Insaciável

OBRAS DA AUTORA PUBLICADAS PELA RECORD

Avalon High
Avalon High – A coroação: a profecia de Merlin
Cabeça de vento
Sendo Nikki
Na passarela
Como ser popular
Ela foi até o fim
A garota americana
Quase pronta
O garoto da casa ao lado
Garoto encontra garota
Todo garoto tem
Ídolo teen
Pegando fogo!
A rainha da fofoca
A rainha da fofoca em Nova York
A rainha da fofoca: Fisgada
Sorte ou azar?
Tamanho 42 não é gorda
Tamanho 44 também não é gorda
Tamanho não importa
Liberte meu coração
Insaciável
Mordida

Série **O Diário da Princesa**
O diário da princesa
Princesa sob os refletores
Princesa apaixonada
Princesa à espera
Princesa de rosa-shocking
Princesa em treinamento
Princesa na balada
Princesa no limite
Princesa Mia
Princesa para sempre

Lições de princesa
O presente da princesa

Série **A Mediadora**
A terra das sombras
O arcano nove
Reunião
A hora mais sombria
Assombrado
Crepúsculo

Série **As leis de Allie Finkle para meninas**
Dia da mudança
A garota nova
Melhores amigas para sempre?

Série **Desaparecidos**
Quando cai o raio
Codinome Cassandra

MEG CABOT

Insaciável

Tradução de
REGIANE WINARSKI

3ª edição

GALERA RECORD
RIO DE JANEIRO • SÃO PAULO
2013

CIP-BRASIL. CATALOGAÇÃO NA FONTE
SINDICATO NACIONAL DOS EDITORES DE LIVROS, RJ

C116i Cabot, Meg, 1967-
3ª ed. Insaciável / Meg Cabot; tradução de Regiane Winarski. – 3ª ed. – Rio de Janeiro: Galera Record, 2013.

Tradução de: Insatiable
ISBN 978-85-01-09134-5

1. Vampiros – Ficção. 2. Romance americano. I. Winarski, Regiane. II. Título.

11-1460

CDD: 813
CDU: 821.111(73)-3

Título original norte-americano:
Insatiable

Copyright © 2010 by Meg Cabot, LLC
Publicado mediante acordo com Harper Collins Publishers.

Todos os direitos reservados. Proibida a reprodução, no todo ou em parte, através de quaisquer meios.

Texto revisado segundo o novo Acordo Ortográfico da Língua Portuguesa.

Foto de capa: Goldmund Lukic/Getty Images

Direitos exclusivos de publicação em língua portuguesa somente para o Brasil adquiridos pela
EDITORA RECORD LTDA.
Rua Argentina 171 – Rio de Janeiro, RJ – 20921-380 – Tel.: 2585-2000
que se reserva a propriedade literária desta tradução

Impresso no Brasil

ISBN 978-85-01-09134-5

Seja um leitor preferencial Record.
Cadastre-se e receba informações sobre nossos lançamentos e nossas promoções.

EDITORA AFILIADA

Atendimento e venda direta ao leitor:
mdireto@record.com.br ou (21) 2585-2002.

Capítulo 1

9h15 EST,* terça-feira, 13 de abril
Plataforma 6 Downtown
Rua 77 East e Lexington Avenue
Nova York, NY

Era um milagre.
Meena correu para o vagão do metrô e segurou em um dos postes brilhantes de metal, sem conseguir acreditar direito na boa sorte que estava tendo.

Era hora do rush, e ela estava atrasada.

Achava que teria de se espremer em um vagão lotado de centenas de outros passageiros que também estariam atrasados.

Mas ali estava ela, ainda ofegando um pouco da corrida até a estação, entrando em um vagão praticamente vazio.

Talvez, ela pensou, *as coisas funcionem a meu favor, para variar.*

Meena não olhou ao redor. Manteve o olhar preso ao anúncio acima da cabeça, que declarava que ela podia ter pele linda e lisa se ligasse para um certo Dr. Zizmor imediatamente.

Não olhe, Meena disse para si mesma. *Não importa o que faça, não olhe, não olhe, não olhe...*

---

*Eastern Standard Time: horário da costa leste dos EUA e do Canadá. (N. da T.)

Com sorte, achava que podia chegar até sua estação na rua 51 sem fazer contato visual ou interagir de qualquer maneira com outro ser humano...

Foram as borboletas, de tamanho real, que chamaram a atenção de Meena primeiro. Nenhuma garota da cidade usaria um escarpin com enormes insetos de plástico na ponta. O romance (Meena supôs que era romance, com base na jovem de aspecto indefeso e olhar gentil que havia na capa) que a garota estava lendo tinha caracteres cirílicos. A mala enorme de rodinhas parada em frente a ela era outro indício de que a garota não era dali.

Apesar de nada disso (inclusive o fato de ela ter prendido as longas tranças louras no alto da cabeça ao estilo *Noviça Rebelde* e de estar usando o vestido barato de poliéster amarelo com uma legging roxa) ser tão determinante para entregar que ela era nova na cidade quanto o que ela fez em seguida.

— Ah, me desculpe — disse ela, olhando para Meena com um sorriso que transformou o rosto dela todo e fez com que passasse de apenas bonitinha a quase linda. — Por favor, você quer sentar?

A garota pegou a bolsa, que estava no banco ao lado, para que Meena pudesse se sentar ali. Nenhuma nova-iorquina faria uma coisa dessas. Não com uma dúzia de outros assentos vazios no vagão.

O coração de Meena se apertou.

Porque agora ela sabia duas coisas com absoluta certeza:

Uma era que, apesar do milagre do vagão de metrô quase vazio, as coisas não iam funcionar a favor dela naquele dia.

A outra era que a garota com borboletas de plástico no sapato ia morrer antes do fim da semana.

Capítulo 2

9h30 EST, terça-feira, 13 de abril
Trem 6
Nova York, NY

Meena queria estar errada sobre a Srta. Borboleta. Só que Meena nunca errava. Não sobre a morte.

Aceitando o inevitável, Meena soltou o poste de metal e deslizou para o assento ao lado da garota.

— Então é sua primeira vez na cidade? — perguntou Meena à Srta. Borboleta, embora já soubesse a resposta.

A garota, ainda sorrindo, inclinou a cabeça.

— Sim. Nova York! — falou com entusiasmo.

Ótimo. O inglês dela era basicamente nenhum.

A Srta. Borboleta havia tirado um celular da bolsa e estava conferindo algumas fotos. Parou em uma e ergueu o aparelho para que Meena pudesse ver.

— Vê? — disse a Srta. Borboleta com orgulho. — Namorado. Meu namorado americano, Gerald.

Meena olhou para a foto pixelada. *Oh, Deus*, ela pensou.

Por quê?, Meena se perguntou. *Por que hoje?* Não havia tempo para isso. Tinha uma reunião. E uma história para escrever. Havia a vaga de redator-chefe, disponível agora que Ned tivera um esgotamento nervoso na sala de jantar da rede de tevê durante as estatísticas de audiência de primavera.

Redator-chefe era o cargo que dava dinheiro em um programa como *Insaciável*.

Meena precisava de dinheiro. E tinha certeza de que a pressão não faria com que *ela* tivesse um esgotamento nervoso. Não houvera nada do tipo até agora, e tinha coisas demais com que se preocupar além da audiência de *Insaciável*.

Uma voz de mulher foi ouvida nos alto-falantes do metrô, avisando que as portas iam fechar. A próxima parada, ela anunciou, seria a da rua 42, a estação Grand Central.

Já tendo perdido sua estação, Meena ficou onde estava.

Deus, Meena pensou. *Quando minha vida vai deixar de ser uma droga?*

— Ele parece muito legal — mentiu ela para a Srta. Borboleta sobre Gerald. — Você veio visitá-lo?

A Srta. Borboleta assentiu com energia.

— Ele me ajuda tirar visto — disse ela. — E... — Ela usou o celular como se fosse uma câmera, tirando fotos de si mesma.

— Fotos do rosto — disse Meena. Ela trabalhava no meio artístico. Entendeu exatamente o que a Srta. Borboleta quis dizer. E o coração se apertou ainda mais. — Então você quer ser modelo. Ou atriz?

A Srta. Borboleta sorriu e assentiu.

— Sim, sim. Atriz.

É claro. É *claro* que esta garota bonita quer ser atriz.

Fantástico, pensou Meena com cinismo. Então Gerald também era o empresário dela. Isso explicava bem o boné de beisebol (enfiado na cabeça a ponto de Meena não conseguir ver os olhos dele) e as inúmeras correntes douradas em torno do pescoço, na foto.

— Qual é seu nome? — perguntou Meena.

A Srta. Borboleta apontou para si mesma, como se estivesse surpresa por Meena querer falar sobre *ela* e não sobre o ultrafantástico Gerald.

— Eu? Sou Yalena.

— Ótimo — disse Meena. Ela abriu a bolsa, remexeu a bagunça e tirou um cartão de visita. Sempre tinha um à mão exatamente para esse tipo de situação, que infelizmente acontecia com muita frequência... Principalmente quando Meena andava de metrô. — Yalena, se você precisar de alguma coisa, de qualquer coisa, quero que me ligue. Meu número de celular é esse aí. Está vendo? — E apontou para o número. — Pode me ligar a qualquer hora. Meu nome é Meena. Se as coisas não derem certo entre você e seu namorado, se ele for mau ou machucar você, seja como for, quero que saiba que pode me ligar. Vou buscá-la onde você estiver. Dia ou noite. E escute... Não mostre este cartão para o seu namorado. É um cartão *secreto*. Para emergências. Entre amigas. Entendeu?

Yalena ficou olhando para ela, sorrindo alegremente.

Ela não entendeu. Não entendeu que o número do telefone de Meena podia representar a diferença entre a vida e a morte para ela.

Nunca entendiam.

O metrô parou na estação da rua 42. Yalena deu um salto.

— Grand Central? — perguntou ela, olhando em volta nervosa.

— É — disse Meena. — Aqui é a estação Grand Central.

— Encontro meu namorado aqui — disse Yalena empolgada, dando um puxão enorme. Ela pegou o cartão de Meena com a outra mão, sorrindo. — Obrigada. Vou ligar.

Ela quis dizer que ligaria para tomarem um café a qualquer hora.

Mas Meena sabia que Yalena ligaria por um motivo totalmente diferente. Se não perdesse o cartão... Ou se Gerald não o encontrasse e desse um sumiço nele. Logo antes de dar um soco na cara dela.

— Lembre-se — repetiu Meena, seguindo-a para fora do vagão. — Não conte para o seu namorado. Esconda o cartão em algum lugar.

— Eu vou — disse Yalena, e foi até a escadaria mais próxima, arrastando a mala atrás de si. Yalena era tão pequena, e a mala, tão grande, que mal conseguia arrastá-la. Meena, aceitando o inevitável, pegou a parte de baixo da mala incrivelmente pesada e ajudou-a a subir a escadaria cheia de gente. Então indicou o caminho para Yalena. O namorado ia encontrá-la "debaixo do relógio" na "grande estação".

Depois, com um suspiro, Meena se virou e foi em direção ao trem que faria o caminho de volta, para que pudesse saltar na esquina da Madison com a rua 53, onde o prédio do trabalho dela ficava.

Meena sabia que Yalena não havia entendido uma palavra do que tinha dito. Bem, talvez uma em cinco.

E mesmo se tivesse entendido, não haveria razão para contar a verdade à garota. Ela não teria acreditado em Meena mesmo.

Do mesmo modo, não havia sentido em segui-la agora, em ver o tal namorado e depois dizer a ele alguma coisa do tipo: "Sei o que você é de verdade e o que faz para ganhar a vida. E vou chamar a polícia."

Porque não se pode chamar a polícia por causa de alguma coisa que alguém *vai* fazer. Assim como não se pode dizer para uma pessoa que ela vai morrer.

Meena tinha aprendido isso da maneira mais difícil.

Ela suspirou de novo. Ia ter que correr agora se quisesse pegar o próximo trem...

Só rezou para que ele não estivesse muito cheio.

Capítulo 3

18h EET*, terça-feira, 13 de abril
Departamento de História
Universidade de Bucareste
Bucareste, Romênia

— Professor?

Lucien Antonesco sorriu para ela de trás da enorme escrivaninha antiga, onde estava sentado, corrigindo alguns trabalhos.

— Sim?

— Então é verdade — perguntou Natalia, agarrando-se à primeira pergunta que lhe ocorreu, já que tinha esquecido completamente o que pretendia perguntar assim que os olhos escuros caíram sobre ela — que os restos humanos mais antigos já encontrados estavam na Romênia?

Ah, não! Restos humanos? Que repugnante! Como podia perguntar uma coisa tão imbecil?

— Os restos humanos mais antigos da *Europa* — disse o professor Antonesco, corrigindo-a com gentileza. — Os restos humanos mais antigos já encontrados foram descobertos na Etiópia. E têm em torno de 150 mil anos a mais do que os restos encontrados no que consideramos hoje ser a Romênia, na Caverna com Ossos.

---
*Eastern European Time: Horário do Leste Europeu. (*N. da T.*)

A garota estava ouvindo apenas parcialmente. Ele era o professor mais sexy que ela já vira, e isso incluía os professores-assistentes. No equivalente da Universidade de Bucareste ao Avalieseuprofessor.com, o professor Lucien Antonesco tinha recebido nota máxima na categoria aparência.

E isso era justificável, pois ele tinha mais de 1,80m de altura, ombros fortes e largos, cabelo cheio e escuro penteado para trás e uma testa lisa e linda.

Como se isso tudo não fosse o bastante, o professor tinha olhos castanho-escuros que, dependendo da luz, quando ele estava falando e ficava entusiasmado com sua matéria (o que acontecia com frequência, pois era apaixonado por História do Leste Europeu), emitiam reflexos avermelhados.

Com certeza as mensagens nos murais eram exageradas... Principalmente as que sugeriam que ele era aparentado com a família real romena e que era duque ou príncipe ou algo do tipo.

Mas desde que tinha começado a frequentar as aulas do professor Antonesco, Natalia podia ver por que ele (e sua a matéria) era tão popular. E por que a fila de garotas e alguns garotos (embora quando mostrasse imagens de arte antiga romena, o professor Antonesco falasse com tanta apreciação das exuberantes curvas femininas que não havia possibilidade de ser gay), nos horários em que ele estava em sua sala, era tão longa. Ele era um orador talentoso, com imponente e envolvente presença...

E era muito, muito gostoso.

— Então... — disse Natalia hesitante, absorvendo o modo como o blazer de cashmere preto feito sob medida modelava aqueles ombros. Ela se perguntou por que não conseguia ver melhor os olhos dele, seus olhos escuros e brilhantes, e se deu conta de que era porque o professor tinha baixado as persianas da sala. Esperava que ele fosse notar que estava usando uma blusa nova, que mostrava bem o volume dos seios. Ela a tinha comprado numa liquidação da H&M, mas ainda assim a blusa a deixava irresistível. — Seria correto dizer que a Romênia é o berço da civilização da Europa.

Isso, Natalia pensou, parecia bastante inteligente.

— Seria uma ideia adorável, sem dúvida — disse o professor Antonesco, pensativo. — Certamente há seres humanos vivendo aqui há mais de dois milênios, e esta terra foi testemunha de muitas invasões sangrentas, dos romanos aos hunos, até que finalmente chegássemos ao que forma a Romênia atual... A Moldávia, a Valáquia e, é claro, a Transilvânia. Mas o berço da civilização... Não sei se podemos dizer isso. — Ele ficava ainda mais bonito quando sorria, se é que isso era possível.

— Professor.

O sorriso a desarmou. Ela sabia que não era a primeira. O status de solteiro dele era lendário, e a fofoca aumentava sempre que era visto com uma mulher, nunca a mesma, nos restaurantes chiques da cidade. Quantas ele havia convidado para ir ao castelo (ele tinha um castelo!) nos arredores de Sighisoara ou para o enorme apartamento no bairro mais moderno de Bucareste?

Ninguém sabia. Talvez centenas. Talvez nenhuma. Ele não parecia querer se casar e constituir família.

Bem, tudo isso mudaria quando ele experimentasse a comida dela. Iliana, na fila para vê-lo a seguir, tinha debochado de Natalia quando ela disse que ia convidá-lo para sua casa. Tão antiquado! Ela disse que Natalia devia simplesmente se oferecer para dormir com ele bem ali, na sala dele, como Iliana ia fazer, e acabar logo com isso.

Mas a mãe de Natalia sempre falava que ela fazia o melhor *sarmale* da família. Uma mordida, dizia a mãe, e qualquer homem seria dela.

— Sim? — respondeu o professor Antonesco, uma das grossas sobrancelhas escuras se erguendo.

Natalia desejou que ele não tivesse feito aquilo. Só o deixava mais atraente e fez com que ela se sentisse tola pelo que ia fazer.

— Você gostaria de ir à minha casa para jantar uma comidinha caseira qualquer dia desses? — perguntou ela, meio depressa demais. O coração batia disparado. Tinha certeza de que ele podia vê-lo pulsando por trás do seio, considerando o quanto a blusa nova era decotada.

Alguma coisa na sala pouco iluminada fez um barulho de trinado.

— Perdoe-me — disse o professor Antonesco. Ele enfiou a mão no bolso interno do paletó caro e tirou um celular fino... O mais moderno, é claro. — Achei que tinha desligado.

Natalia ficou ali parada, imaginando se devia dizer alguma coisa sobre o *sarmale* ou talvez abrir mais um botão da blusa, como Iliana teria feito...

... mas hesitou quando viu a expressão do professor Antonesco mudar quando o olhar conferiu o visor e identificou a chamada.

— Lamento muito. É uma ligação importante. Preciso atender. Podemos voltar a falar sobre o assunto alguma outra hora?

Natalia sentiu as bochechas ficarem vermelhas. E só porque ele estava olhando para ela... E mesmo assim, nem uma vez o olhar do professor desceu além do seu pescoço.

— É claro — disse ela, envergonhada.

— E, por favor, diga aos outros que infelizmente terei que terminar meu horário de atendimento mais cedo esta noite. É uma emergência familiar — falou o professor Antonesco enquanto aceitava a ligação.

Emergência familiar. Ele tinha família?

— Eu aviso — disse a garota, satisfeita. Ele confiava nela! Isso colocaria Iliana em seu devido lugar!

— Obrigado — agradeceu o professor com polidez enquanto ela saía da sala escura e decorada com opulência, toda com mobília forrada de couro e cheia de manuscritos que eram muitos séculos mais velhos do que ela. Até o escritório do professor Antonesco era diferente daqueles dos outros professores, que eram tão vazios e sem graça quanto uma sede do partido comunista soviético.

Ela abriu a porta, passou por ela e se virou para fechá-la...

Mas não antes de ouvi-lo dizer, num tom de voz que nunca o tinha ouvido usar antes, e em inglês:

— O quê? Quando? — E depois: — Não de novo.

Natalia se virou e viu no rosto dele um olhar que fez seu coração revirar no peito.

Mas não do modo alegre como acontecia quando ela o observava passar pelo corredor em direção ao auditório.

Agora ela ficou com medo.

Morrendo de medo.

Porque aqueles belos olhos dele tinham ficado vermelhos... Da mesma cor que a água ficava quando ela se cortava sem querer enquanto raspava a perna.

Só que isso não era um fio de água corrente. Eram os olhos de um homem. Os *olhos* dele.

E eles ficaram da cor de sangue.

O olhar dele a penetrava como se pudesse enxergar pela blusa, através do sutiã e chegar aos lugares mais íntimos do seu coração.

— *Saia* — disse Antonesco numa voz que ela juraria mais tarde, quando fosse contar à mãe, que nem parecia humana.

Natalia se virou, abriu a porta e correu por ela, passando com o rosto pálido como a morte pelos outros alunos que esperavam para ver o professor.

— É, obviamente foi tudo bem — zombou Iliana.

Mas quando Iliana tentou abrir a porta da sala do professor Antonesco, percebeu que estava trancada. Ela bateu várias vezes e, por fim, colocou as mãos em concha contra o vidro fosco e tentou enxergar lá dentro.

— As luzes estão apagadas. Não consigo vê-lo lá dentro. Acho... Acho que ele foi embora.

Mas como o professor podia ter saído de uma sala trancada se não havia outra passagem?

Capítulo 4

9h45 EST, terça-feira, 13 de abril
Exterior do prédio da ABN
Rua 53 East e Madison Avenue
Nova York, NY

— Bom-dia, Srta. Meena. O de sempre? — perguntou Abdullah, o cara do quiosque envidraçado de café do lado de fora do prédio do trabalho dela, quando chegou a sua vez de pedir.

— Bom dia, Abdullah. Melhor me dar um café grande. Tenho uma reunião importante. Fraco, por favor. E não precisa tostar o *bagel*. Estou muito, muito atrasada.

Abdullah assentiu e começou a preparar tudo enquanto Meena o observava. Ela podia ver que ele ainda não tinha ido ao médico se consultar sobre a pressão descontrolada, apesar da conversa que ela havia tido com ele na semana anterior.

Falando sério, era *ela* quem ia ter um derrame um dia se as pessoas não começassem a ouvi-la. Ela sabia que sair no meio do dia de trabalho para ir ao médico era complicado.

Mas quando a alternativa era *morrer*?

Premonição.

Percepção extrassensorial.

Bruxaria.

Não importava como queriam chamar: na opinião de Meena, era um dom totalmente inútil.

Tinha ajudado quando ela finalmente convenceu o namorado de longa data, David, sobre o tumor que ela sentia crescendo no cérebro dele?

Claro, ela havia salvado a vida de David. (Se tivessem descoberto o tumor um pouco mais tarde, ele seria inoperável, os médicos disseram.)

Mas David largou Meena logo após sua recuperação para ficar com uma das alegres enfermeiras da radiologia. Brianna curava os doentes, dissera ele. Não era uma "aberração" que dizia para eles que iriam morrer.

O que Meena ganhou por salvar David? Nada além de um coração partido.

Além disso, perdeu a metade da entrada que dera no apartamento que estavam comprando juntos. Aliás, ela ainda devia a ele. E David estava sendo um idiota ao cobrar que Meena pagasse, considerando a miséria de salário que ela recebia.

David e Brianna estavam comprando a primeira casa. E esperando o primeiro bebê.

É claro.

Meena aprendeu com aquela experiência — e com todas as anteriores — que ninguém estava interessado em descobrir como ia morrer.

Exceto sua melhor amiga, Leisha, é claro, que sempre ouvia Meena... Desde aquela vez no nono ano em que Rob Pace a convidou para ir ao show do Aerosmith, então Meena pediu que ela não fosse e Rob levou Angie Harwood no lugar dela.

Foi assim que Angie Harwood, e não Leisha, acabou sendo decapitada quando a roda de um caminhão se soltou e caiu em cima do Camaro de Rob enquanto ele descia a estrada I-95, voltando para casa depois do show.

Meena, quando soube do acidente na manhã seguinte (Rob escapou milagrosamente com apenas uma clavícula quebrada), vomitou o café da manhã na mesma hora.

Por que ela não se deu conta de que, ao salvar sua melhor amiga da morte certa, tinha feito nada mais do que garantir a de outra garota?

Ela devia ter avisado Angie também, e feito qualquer coisa, *tudo* para impedir que Rob saísse naquela noite.

Jurou naquele momento que jamais permitiria que o que aconteceu a Angie Harwood acontecesse a outro ser humano. Não se pudesse evitar.

Não era de surpreender que o ensino médio, uma tortura para muitos, tivesse sido ainda pior para Meena.

E foi assim que ela entrou na carreira de roteirista de televisão. Adolescentes de verdade provavelmente não apreciariam tanto a companhia da "Garota Você-Vai-Morrer".

Mas as pessoas que Meena descobriu nas novelas que a mãe gostava de assistir (*Insaciável* era uma das favoritas) ficavam sempre felizes em vê-la.

E quando a trama das novelas das quais ela gostava não ia pelo caminho que achava que deveria, Meena escrevia seus próprios roteiros.

Surpreendentemente, o hobby tinha valido a pena.

Bem, se você achar que ser roteirista de diálogos da segunda maior novela dos Estados Unidos vale a pena.

Mas Meena achava. Mais ou menos. Sabia que tinha o que milhões de pessoas matariam para ter... um emprego dos sonhos.

E, considerando seu "dom", ela sabia que a vida podia ter sido bem pior. Vejam o que aconteceu a Joana D'Arc.

Houve também Cassandra, filha do rei troiano Príamo. Ela também tinha o dom da profecia. Como não retribuiu o amor de um deus, o dom foi transformado por ele em maldição, e então as profecias de Cassandra, apesar de verdadeiras, nunca tinham credibilidade.

Quase ninguém acreditava em Meena também. Mas isso não significava que ela ia parar de tentar. Não com garotas como a do metrô, e não com Abdullah. Ela acabaria convencendo-o de ir ao médico.

Só era muito ruim, muito mesmo, que a única pessoa cujo futuro Meena nunca conseguiu ver fosse o dele.

Até agora, pelo menos.

Se ela se atrasasse muito para o trabalho, ia perder qualquer chance de convencer Sy a levá-la a sério.

E poderia esquecer a promoção a redatora-chefe.

Ela não precisava ser paranormal para perceber *isso*.

Capítulo 5

19h EET, terça-feira, 13 de abril
Colinas nos arredores de Sighisoara
Condado de Mures, Romênia

Lucien Antonesco estava furioso, e, quando ficava furioso, às vezes perdia o controle.

Tinha deixado a garota no escritório morrendo de medo, e não pretendia ter feito aquilo. Sentiu o medo dela... Tinha sido penetrante e contraído como um garrote. Ela era uma boa pessoa, ansiosa por amar, como a maioria das garotas da idade dela.

E ele a havia apavorado.

Mas não tinha tempo para se preocupar com isso agora. Havia uma situação muito séria que ia requerer toda a atenção dele no futuro imediato.

E então fez o que podia para tentar se acalmar. Sua música clássica favorita, de Tchaikovsky, tocava nos alto-falantes do salão (que ele tinha comprado e mandado entregar dos Estados Unidos a um preço absurdo; qualidade de som era importante).

E tinha aberto uma das garrafas mais refinadas de Bordeaux da sua coleção, e a estava deixando respirar na bancada. Podia sentir o aroma dos taninos mesmo do outro lado do aposento. O cheiro era tranquilizador...

Ainda assim, ele não conseguia parar de andar pelo grande salão, com um enorme fogo crepitando na lareira de pedra em uma das extremidades e as cabeças empalhadas de vários animais que seus ancestrais tinham matado olhando para ele das paredes acima.

— Três — rosnou para o laptop apoiado na longa mesa de madeira entalhada no centro do salão. — Três garotas mortas? Todas elas nas últimas semanas? Por que não fui informado disso antes?

— Não me dei conta de que havia uma conexão entre eles, meu senhor — dizia em inglês uma voz levemente ansiosa saindo dos alto-falantes do computador.

— Três corpos exangues, todos deixados nus em diferentes parques da cidade? — Lucien nem tentou esconder o sarcasmo na voz. — Cobertos de marcas de dentes? E você não percebeu que havia conexão. Sei.

— Obviamente as autoridades não querem deflagrar o pânico pela cidade — disse a voz, meio irritada. — Minhas fontes não sabiam nada sobre as marcas de dentes até hoje de manhã...

— E o que foi feito para tentar descobrir quem está cometendo essas atrocidades? — perguntou Lucien, ignorando o último comentário.

— Todo mundo com quem falei nega saber qualquer coi...

Lucien o interrompeu:

— Então obviamente você não está falando com as pessoas certas. Ou alguém está mentindo.

— Eu... Eu não consigo imaginar qualquer um que ousasse — disse a voz, hesitante. — Eles sabem que falo em seu nome, senhor. Acredito... se me permite, senhor... que não é... bem, que não é um de nós. Alguém que nós conheçamos.

Lucien parou de andar pelo salão.

— Isso é impossível. Não há ninguém que nós não conheçamos.

Ele se virou e se aproximou do decantador de vinho, que estava cheio de um líquido de intensa cor de rubi. Podia ver o reflexo da lareira em um dos lados do perfeito globo de cristal.

— É um de nós — disse Lucien, inspirando a fragrância terrosa do Bordeaux. — Alguém que perdeu a razão. E esqueceu o juramento.

— Seguramente que não — disse a voz com nervosismo. — Ninguém ousaria. Todos sabem as repercussões de cometer tal crime sob seu domínio. Que sua punição será imediata... e severa.

— Mesmo assim. — Lucien pegou o decantador e observou o líquido no interior deixar uma camada vermelha e transparente em um dos lados do bulbo de cristal. — Alguém está matando mulheres humanas com selvageria e deixando os corpos ao relento para serem descobertos.

— Ele está nos colocando em risco, *todos nós* — concordou a voz do laptop com hesitação.

— Está — disse Lucien. — Desnecessariamente. Ele tem que ser descoberto, punido e impedido. Em definitivo.

— Sim, meu senhor. Mas... como? Como vamos encará-lo? A polícia... Meus informantes me disseram que a polícia não tem nenhuma pista.

Os lábios perfeitos de Lucien se curvaram num sorriso amargo.

— A polícia. Ah, sim. A polícia. — Ele desviou o olhar do decantador que segurava para o rosto na tela do computador a alguns metros. — Emil, arrume um lugar para eu ficar. Estou a caminho.

— Senhor? — Emil parecia assustado. — *O senhor?* Tem certeza? Certamente isso não será...

— Tenho certeza. Vou encontrar nosso amigo assassino. E então...

Lucien abriu a mão e deixou o decantador cair no piso sob seus pés e o recipiente de cristal se estilhaçou em mil pedaços. Aos poucos, o vinho que ele continha deixou uma mancha vermelho-escura no chão onde, séculos antes, Lucien assistira ao pai esmagar os cérebros de tantos criados.

— Eu mesmo mostrarei a ele o que acontece quando alguém ousa quebrar um juramento feito a mim.

Capítulo 6

10h30 EST, *terça-feira, 13 de abril*
Prédio da ABN
Madison Avenue, 520
Nova York, NY

Meena estava engolindo o *bagel* quando Paul, um dos roteiristas, colocou a cabeça calva dentro da sala dela.

— Não tenho tempo pra ajudá-lo a atualizar seu perfil do Facebook agora, Paul — disse Meena. — Só tenho um minuto antes da minha reunião com Sy.

— Presumo que você ainda não soube, então — disse Paul com tristeza.

— Soube o quê? — perguntou Meena de boca cheia.

— Sobre Shoshana.

O sangue de Meena congelou.

Então tinha acontecido. E era culpa dela por não ter dito nada.

Mas como se avisa alguém que malhar demais pode matá-lo? Esteiras não costumam ser fatais, e Shoshana tinha muito orgulho de ter chegado ao tamanho PP.

A verdade era que Meena nunca gostara muito de Shoshana.

— Ela... *morreu*?

— Não. — Paul lançou um olhar estranho a Meena. — Ela foi promovida para a vaga de redatora-chefe. Acho que ontem à noite.

Meena se engasgou.

— O q-quê?

Ela piscou para impedir as lágrimas de saírem. Disse a si mesma que as lágrimas eram por causa do pedaço de *bagel* que desceu pelo caminho errado.

Mas não eram.

— Não viu o e-mail? Foi enviado hoje cedo.

— Não — gemeu Meena. — Eu estava no metrô.

— Ah. Bem, vou atualizar meu currículo. Imagino que ela vá me demitir em breve para que possa contratar uma das amigas de balada. Você poderia dar uma olhada depois?

— Tudo bem — disse Meena, entorpecida.

Mas ela só estava ouvindo parcialmente. Tinha sido deixada de lado por *Shoshana*? Depois de ter trabalhado tanto este ano? A maior parte desse trabalho sendo o de *Shoshana*, que vivia saindo mais cedo do escritório para malhar.

Não. Simplesmente não.

Meena estava de pé na porta da sala de Sy exatamente dois minutos antes da hora da reunião, com a raiva borbulhando dentro de si.

— Sy — disse ela. — Gostaria de falar com você sobre...

Foi aí que reparou que Shoshana já estava sentada em uma das cadeiras em frente à mesa dele, usando, como sempre, alguma peça da Crewcuts, a seção infantil da J.Crew: ela era magra a *esse ponto*.

— Oi, Meena — disse Shoshana Metzenbaum, jogando para o lado o cabelo escuro longo e sedoso. — Aí está você. Eu estava contando ao Sy o quanto adoro a trama que você passou para ele. Sobre Tabby se apaixonar pelo bad boy do bairro pobre. Que gracinha.

Gracinha? Até aquele dia, a única responsabilidade do cargo de Shoshana em *Insaciável* tinha sido, como Meena, a de escrever diálogos para capítulos da novela, principalmente os da maior e mais antiga estrela do programa, Cheryl Trent, que fazia o papel de Victoria Worthington Stone, e agora da filha adolescente dela no programa, Tabitha.

Só que Shoshana raramente conseguia dar conta até mesmo disso, sempre saindo mais cedo para ir à academia ou ligando para dizer que ia se atrasar porque o conversível tinha quebrado quando voltava da casa de fim de semana da família Metzenbaum nos Hamptons.

Ou que o decorador que estava redecorando seu loft não tinha chegado na hora.

Ou que tinha perdido o último voo que saía de St. Croix e teria que ficar lá mais uma noite.

Não que alguém que importasse tivesse ficado aborrecido com essas coisas alguma vez, levando em consideração quem eram a tia e o tio de Shoshana: Fran e Stan Metzenbaum, produtores executivos e cocriadores de *Insaciável*.

Teria sido diferente, Meena pensou, se Shoshana realmente *merecesse* a promoção. Se tivesse sido Paul ou qualquer outro dos roteiristas que realmente apareciam para trabalhar de vez em quando, Meena não teria se importado.

Mas Shoshana? Meena tinha ouvido uma vez ela se gabando ao telefone com uma amiga de nunca ter assistido à novela até a tia e o tio a contratarem para trabalhar com eles... Ao contrário de Meena, que nunca havia perdido um único capítulo desde que tinha 12 anos. Shoshana não sabia o nome de cada um dos ex-maridos de Victoria como Meena, nem o motivo das separações (Victoria era insaciável, não dava para negar, mas não tinha muita sorte no amor). Nem que a amada filha adolescente de Victoria, Tabitha, estava seguindo os passos da mãe. (Até o momento, tinham conseguido eliminar cada um dos rapazes por quem Tabby havia se interessado. O último tinha explodido num acidente de jet ski planejado para Tabby por um pretendente rejeitado.)

— Fico feliz que tenha gostado — disse Meena, se esforçando para parecer paciente. — Achei que criar um bad boy para Tabby poderia atrair a audiência mais jovem...

— Foi exatamente o que ouvimos da diretoria — disse Shoshana, lançando um olhar atônito para Sy. — Estávamos aqui falando exatamente disso. Não é, Sy?

— Estávamos — disse Sy, sorrindo para Meena. — Entre, garota, e sente-se. Já ouviu a novidade sobre Shoshana?

Meena não conseguiu olhar para a outra de tão furiosa que estava. Manteve o olhar fixo em Sy enquanto afundava na outra cadeira Aeron em frente à escrivaninha.

— Ouvi. E eu estava mesmo querendo dar uma palavrinha com você em particular ainda esta manhã, Sy.

— Não é nada que você não possa me dizer em frente à Shoshana — disse Sy jovialmente, balançando uma das mãos. — Para falar a verdade, acho isso fantástico. Vamos ter o verdadeiro poder do estrogênio imperando aqui!

Meena ficou olhando para ele. Sy tinha mesmo usado as palavras *poder e estrogênio* numa mesma frase?

E será que ele não tinha mesmo ideia de que era Meena quem fazia todo o trabalho de Shoshana nos últimos 12 meses?

— Certo — disse Shoshana. — Então acho que Meena deveria ser a primeira a saber sobre a nova direção que a emissora gostaria que seguíssemos.

— A emissora? — repetiu Meena, perplexa.

— Bem, nosso patrocinador, na verdade. — Shoshana se corrigiu.

Pelo que Meena sabia, o Consumer Dynamics Inc., o patrocinador de *Insaciável*, um conglomerado multinacional de tecnologia e serviços, que por acaso também era dono da Affiliated Broadcast Network, nunca tinha se dado ao trabalho de se preocupar com a novela.

Até agora, pelo visto.

— Em uma palavra — continuou Shoshana —, eles querem que a gente siga a linha vampiro. Completamente anjo, o tempo todo.

Meena imediatamente sentiu o *bagel* e o café que tinha tomado voltarem pela garganta.

— Não — disse ela, depois de engolir com esforço. — Não podemos fazer isso.

Sy olhou para Meena, piscando sem entender.

— Por que não?

Ela devia saber. Seu dia, que já começara tão mal, só podia piorar. Ultimamente sua vida toda tinha se encaminhado com firmeza para o fundo do poço.

— Bem, em primeiro lugar, porque já há uma novela no canal concorrente com um enredo de vampiros e que está acabando com nossa audiência — disse Meena. — Uma novelinha chamada *Luxúria*, lembram? Quero dizer, devemos ter *um pouco* de orgulho. Não podemos copiar *Luxúria* descaradamente.

Shoshana fingiu estar ocupada ajeitando a meia-calça estampada enquanto Meena falava. Sy, olhando por cima da mesa, não conseguia tirar os olhos das pernas longas e cheias de energia de Shoshana.

Meena desejou ter consigo uma barrinha de chocolate Butterfinger para lhe dar forças. Ou para esfregar no cabelo lambido pós-chapinha de Shoshana.

Chapinha! Quem ainda se dava ao trabalho de fazer isso?

Certamente não Meena, que havia cortado a maior parte do cabelo escuro sob as ordens de Leisha (o "dom" de Leisha era conseguir olhar para qualquer um e dizer imediatamente qual era a melhor forma que essa pessoa podia usar o cabelo) e que já tinha bastante dificuldade de chegar ao trabalho na hora sem ter que se preocupar com chapinha, mesmo quando não estava ocupada tentando salvar jovens no metrô de uma morte certa como escrava branca.

— Vamos parecer idiotas — disse Meena.

— Eu não acho — disse Shoshana friamente. — *Luxúria* está obviamente fazendo alguma coisa certa. É uma das poucas novelas que não foi cancelada e nem forçada a transferir as filmagens para Los Angeles por economia. A audiência da novela está *subindo*. E como você disse, se queremos sobreviver, precisamos atrair um público mais jovem. Adolescentes não ligam para novelas. Só querem saber de reality shows.

— E o que há de *real* em vampiros? — perguntou Meena.

— Ah, garanto que eles são reais — disse Shoshana com um sorriso felino. — Você leu sobre aquelas garotas que encontraram sem sangue algum no corpo nos parques de Nova York, não leu?

— Ah, pelo amor de Deus — retrucou Meena, feroz. — Elas não estavam completamente sem sangue. Foram apenas estranguladas.

— Ah, me desculpe — disse Shoshana. — Mas tenho um informante que diz que as três garotas tinham mordidas pelo corpo todo e estavam sem uma gota de sangue. Há um vampiro de verdade aqui em Manhattan, e ele está se alimentando de garotas inocentes.

Meena revirou os olhos. Tudo bem. Era verdade que algumas garotas tinham aparecido mortas em alguns parques da cidade.

Mas sem sangue algum no corpo? Shoshana estava contaminada pela febre dos vampiros. E sim, a tal febre estava contagiando o país, não havia como negar; era bastante óbvio que até o Consumer Dynamics Inc. estava ciente disso, e eles costumavam ser tão desligados das tendências que ainda achavam que ter uma página no MySpace era moderno.

— Então vamos dar uma sensação realista ao programa, com manchetes de jornal e um vampiro que se alimente das garotas de *Insaciável* — prosseguiu Shoshana. — Das amigas de Tabby. E vamos deixar que ele faça uma lavagem cerebral em Tabby, e que ela seja sua noiva vampira.

Sy apontou para Shoshana.

— Noiva vampira! — gritou ele. — Adorei. Melhor ainda, o CDI vai amar!

Meena pensou em se levantar, andar até a janela da sala de Sy, abri-la e pular.

— E você ainda nem ouviu a *pièce de résistance* — disse Shoshana. — Posso conseguir que Gregory Bane...

Sy ofegou e se inclinou para a frente.

— *O quê?*

Meena gemeu e cobriu o rosto com as mãos. Gregory Bane era o vampiro em *Luxúria*. Não havia uma única pessoa na Terra que estivesse mais de saco cheio de Gregory Bane do que Meena.

E ela nem nunca o tinha encontrado.

— ... convença Stefan Dominic a fazer o teste para o papel do vampiro — concluiu Shoshana.

Sy, parecendo desapontado, afundou na cadeira novamente.

— Quem diabos é Stefan Dominic? — gritou ele.

Shoshana deu um sorriso afetado.

— Apenas o *melhor amigo* de Gregory Bane — disse ela. — Eles saem para a balada juntos praticamente todo fim de semana. Sei que você já viu a foto dele com o Gregory na Us *Weekly*, Sy. O espaço que vamos conseguir na imprensa por contratá-lo será imenso. Não acredito que ninguém o pegou ainda. E sabe do melhor? Ele já tem registro de ator e pode vir fazer o teste com Taylor na sexta. — Shoshana parecia o gato que engoliu o canário. — Já falei com ele sobre isso. Ele frequenta minha academia.

De repente, Meena entendeu exatamente por que Shoshana estava passando tanto tempo na esteira. E não tinha nada a ver com caber nas peças de roupa da Crewcuts.

— Não acredito mesmo — disse Meena, lutando em busca de paciência — que Taylor — Taylor Mackenzie, a atriz que fazia o papel de Tabby — vá concordar em interpretar uma noiva vampira.

Taylor tinha recentemente entrado numa dieta macrobiótica, contratado um personal trainer e conseguido chegar às mesmas medidas de Shoshana. Apesar de estar extasiada com isso, e com a atenção que os tabloides estavam lhe dedicando, Taylor também precisava tomar cuidado se não quisesse acabar em um caixão... E Meena vinha tentando alertá-la deixando grandes sanduíches de delicatessen no camarim dela. Embora não fosse muito sutil, era o melhor que Meena podia fazer.

— Tabby vai gostar se a emissora mandar — disse Shoshana. — É isso o que a ABN quer.

Meena estava se esforçando para não trincar os dentes. O dentista já tinha lhe dado um sermão por fazer isso dormindo e havia passado uma placa para ela usar nos dentes quando fosse se deitar. Meena odiava usar porque não era a coisa mais romântica para se usar na cama. Ela ficava parecendo um goleiro de hóquei.

Mas era isso, disse o dentista, ou um emprego menos estressante.

E não havia nenhum disponível. Pelo menos não na área de roteirista de TV.

E como atualmente Meena dormia sozinha, ela achou que não era o momento de se preocupar com a aparência.

— Cheryl não vai gostar — alertou Meena. Cheryl era a atriz veterana que fazia o papel de Victoria Worthington Stone nos últimos trinta anos. — Vocês sabem que ela tem esperança de, finalmente, ganhar o Emmy este ano.

Depois de trinta anos, dez casamentos, quatro abortos espontâneos, um aborto voluntário, dois assassinatos, seis sequestros e uma gêmea má, Cheryl Trent ainda não tinha ganhado nenhum Day Time Emmy.

Era um crime, na opinião de Meena. Não só porque Meena era uma das maiores fãs de Cheryl e porque escrever para ela era uma emoção enorme, mas porque a atriz era uma das pessoas mais legais que Meena conhecia.

Inclusive, parte do plano de Meena no direcionamento da trama que ela havia enviado a Sy (e que ele tinha deixado de lado por conta do enredo de vampiros de Shoshana) era que Victoria Worthington Stone se apaixonasse pelo pai do novo namorado de Tabby, um delegado amargo. Victoria ajudaria no processo de reaproximação dele com o filho rebelde... dando a Cheryl uma chance real de ganhar a estatueta dourada que ela tanto desejava.

Mas um enredo de *vampiros*? Ninguém daria um Emmy para isso.

— Pois bem — disse Shoshana, apertando os olhos em direção a Meena. — Cheryl pode chorar o quanto quiser.

O queixo de Meena caiu. Era *esse* o agradecimento que ela recebia por ter salvado Shoshana tantas vezes de seus scripts atrasados?

Por que tinha sequer se dado ao trabalho de ajudar?

— Adorei — disse Sy, estalando os dedos. — Consulte seus tios. Preciso ir, tenho uma reunião. — E se levantou.

— Sy — disse Meena, sentindo a boca seca.

— O quê? — Ele parecia irritado.

— Não...

Havia tantas coisas que ela queria dizer. Era como se *precisasse* dizer alguma coisa. Pelo bem da alma dela. Pelo bem do programa. Pelo bem do país todo.

Em vez disso, ela apenas falou:

— Não vá pela Quinta. Tem um engarrafamento lá. Ouvi na 1010 Wins. Peça ao taxista para ir pela Park.

O rosto de Sy relaxou.

— Obrigado, Harper. Finalmente uma coisa útil vinda de você.

Depois ele se virou e saiu da sala.

Meena lançou um olhar assassino para Shoshana.

Não porque ela estivesse irritada por ter acabado de salvar a vida de Sy (se ele pegasse a Quinta, o táxi ia mesmo se deparar com um engarrafamento que o irritaria tanto a ponto de fazê-lo sair do carro e seguir andando, atravessar a rua 47 fora da faixa de pedestre e ser atingido por um caminhão da Fresh Direct), e ele não parecesse nem um pouco agradecido, mas porque ela sabia o que "consulte seus tios" significava.

Significava que Shoshana tinha vencido.

— *Vampiros* — disse Meena. — Muito original, Metzenbaum.

Shoshana ficou de pé e jogou a bolsa no ombro.

— Vê se supera isso, Harper. Eles estão em toda parte. É impossível fugir deles.

Ela se virou e saiu andando.

E então, pela primeira vez, Meena reparou no dragão de pedras na lateral da bolsa de Shoshana.

Não. Não podia ser.

Mas era.

A bolsa da Marc Jacobs que Meena secretamente desejava há seis meses, mas que não se permitia comprar por custar 5 mil dólares.

E Meena não podia pagar, nem se justificar a gastar, isso tudo por uma bolsa.

É bem verdade que a de Shoshana era verde-azulada, e não a vermelho rubi que se encaixaria perfeitamente no guarda-roupa de Meena.

Ainda assim.

Ela ficou olhando para Shoshana, trincando os dentes por fim.

Agora Meena não teria escolha além de fazer uma corrida de emergência na hora do almoço até a CVS para repor o estoque da gaveta secreta de doces.

Capítulo 7

12h EST, terça-feira, 13 de abril
Estacionamento do Walmart
Chattanooga, TN

Alaric Wulf não se considerava um esnobe. Nem perto disso.
Se alguém no escritório se desse ao trabalho de perguntar (e com exceção do parceiro dele, Martin, nenhum daqueles ingratos tinha feito isso), Alaric teria contado que, durante os primeiros 15 anos de seus 35 de idade, ele vivera na pobreza abjeta, comendo só quando o padrasto da vez ganhava dinheiro o bastante nas corridas de cavalo e se sobrasse o suficiente para comida depois que a mãe viciada tivesse gasto sua parte em drogas.

E então Alaric tinha escolhido viver nas ruas (e contar apenas com sua própria esperteza) em sua cidade natal, Zurique, até que o Serviço de Proteção ao Menor o pegou e o forçou a ir para um pequeno orfanato, onde ele se surpreendeu ao ser mais bem cuidado por estranhos do que jamais tinha sido por sua própria família.

Foi no orfanato que Alaric chamou a atenção e acabou sendo recrutado pela Guarda Palatina, graças a um braço forte para segurar a espada, mira precisa, uma aptidão inata para línguas e o fato de que nada, nem os padrastos, nem os funcionários do serviço social, nem padres que alegavam que a voz de Deus sussurrava nos ouvidos deles, nem vampiros sugadores de sangue, o intimidava (ou impressionava).

Agora Alaric dormia em lençóis de algodão egípcio de 800 fios toda noite, dirigia um Audi R8 e costumava jantar pratos que adorava como *foie gras* e *confit* de pato. Seus ternos eram todos italianos, e ele não vestia de modo algum uma camisa que não tivesse sido passada à mão. Gostava de dar cem voltas na piscina e depois ficar na sauna todas as manhãs na academia; tinha uma vida sexual ativa com várias mulheres atraentes e cultas que não sabiam nada do passado dele; colecionava quadrinhos *Betty and Veronica* (que ele mandava vir dos EUA para Roma por um preço altíssimo); e matava vampiros como profissão para uma unidade militar altamente secreta do Vaticano.

A vida era boa...

É verdade, ele tinha um *estilo* de vida que provocava desdém na maioria de seus colegas de trabalho. A maioria deles, por exemplo, preferia ficar em conventos locais ou em paróquias quando estava viajando, enquanto Alaric sempre se hospedava no melhor hotel que conseguisse encontrar... pelo qual ele mesmo pagava, é claro. Por que não? Ele não tinha filhos nem pais para sustentar. Era sua culpa que um interesse antigo em investimentos (principalmente em metais preciosos, sobretudo ouro, o qual, como ele não podia deixar de reparar, havia bastante no Vaticano) o tivesse transformado no cliente favorito de seu banqueiro em Zurique?

Ainda assim, Alaric Wulf não se considerava em nada um esnobe. Ele podia encarar qualquer coisa, como todos os outros. Na verdade, estava encarando agora.

Sentado no carro alugado do lado de fora de uma loja de departamentos em Chattanooga (Chattanooga, que nome para uma cidade!), Alaric observava enquanto a multidão em horário de almoço seguia em direção ao estabelecimento. Um relato superficial de pais histéricos tinha chegado aos superiores dele na Guarda Palatina: uma jovem que trabalhava nesse Walmart havia sido atacada por um vampiro nesse mesmo estacionamento quando voltava para casa uma certa noite. Ela ainda tinha os ferimentos das perfurações no pescoço.

O problema era que ela insistia com os pais que as marcas não eram provenientes de um "ataque", mas sim o resultado de uma "mordida de amor".

Em outras palavras, ela adorava o agressor.

É claro, pensou Alaric com seu cinismo de costume. *Todas elas adoram.* A sociedade tinha romantizado os vampiros de tal maneira que muitas jovens impressionáveis se jogavam para os atores que faziam papel de vampiros nos filmes e na televisão.

Não que fosse culpa delas. Mulheres eram geneticamente programadas para se sentirem atraídas por homens poderosos e bonitos, homens com um alto nível de testosterona que seriam bons provedores para os filhos delas, que era como os vampiros (ricos, altos, fortes e bonitos) eram apresentados nos filmes.

Alaric se perguntou se as mulheres se sentiriam do mesmo jeito com relação aos vampiros se pudessem ver seu antigo parceiro, Martin, na UTI depois de eles terem se metido com o ninho de vampiros que encontraram no armazém nos arredores de Berlim. Arrancaram metade do rosto de Martin fora. Ele ainda tomava o jantar através de um canudinho.

Felizmente, os demônios deixaram os olhos dele intactos, então Martin ainda veria a filha que ele e o companheiro, Karl, tinham adotado — a afilhada de Alaric, Simone —, comemorar o quarto aniversário.

Por isso Alaric se dedicava ao trabalho.

É claro que já se dedicava antes daquele incidente em particular. Quantas outras profissões permitiam que você usasse uma espada? Só conseguia pensar em umas poucas.

E Alaric gostava muito de sua espada, Señor Sticky. A lâmina, ao contrário dos humanos, não mentia. Não traía e não discriminava... mesmo os vampiros sendo burros. Principalmente os vampiros americanos. Eles frequentavam lugares onde Alaric jamais teria ido, principalmente se fosse imortal. Escolas, por exemplo. E o Walmart.

Se Alaric fosse vampiro (coisa que nunca ia acontecer porque, se por algum acidente atroz do destino ele fosse mordido a quantidade de vezes o bastante para que isso acontecesse, Martin tinha instruções para matá-lo imediatamente, não importando o quanto ele lutasse), ele subiria o nível. Iria à Target, por exemplo.

Alaric achava que os vampiros evitavam a Target por causa das câmeras de segurança no estacionamento. (Era mito que os vampiros não apareciam no espelho ou em filmes. Certamente tinha sido verdade antigamente, quando a maioria dos espelhos e filmes tinha fundo de prata. Mas agora que o mundo tinha ficado digital e espelhos eram vagabundos, os reflexos dos vampiros eram capturados como os de qualquer pessoa.) Alaric gostava da Target. Não havia Target em Roma. Tinha comprado um relógio do Pateta na última vez que foi à Target. Os outros guardas haviam debochado dele, mas Alaric gostava do relógio do Pateta. Era dos antigos e não fazia nada além de mostrar as horas.

Mas, às vezes, tudo que você precisava era saber as horas.

O celular de Alaric tocou e ele colocou os quadrinhos de *Betty and Veronica* de lado para pegar o aparelho no bolso do casaco, e depois leu com interesse a mensagem de texto que havia recebido.

Manhattan. Relatos de corpos completamente exangues. Pelo menos três mortos.

Alaric teve que ler a mensagem duas vezes para ter certeza de que havia lido direito.

Corpos exangues? Não havia vampiro tão burro a ponto de *esvaziar* um corpo de sangue há um século. Pelo menos não que Alaric soubesse.

Porque isso, ao contrário do que esse vampiro estava fazendo em Chattanooga, era assassinato, e não apenas ataque com um par de caninos.

E ataque que nunca poderia ser provado, não numa corte judicial tradicional, porque a vítima tinha consentido... devido a controle mental, é claro.

Mas só os palatinos e os pais da garota acreditariam nisso.

Se algum vampiro era burro o bastante para assassinar vítimas, isso só podia significar uma coisa: o príncipe sairia do buraco onde estava se escondendo no último século.

Ele teria que fazer isso. Jamais permitiria que uma coisa assim pusesse em risco a segurança dos seus súditos.

Alaric sorriu. A semana estava parecendo muito mais interessante.

De repente, no meio da multidão, ele viu uma funcionária uniformizada do Walmart indo para aquele lado, em direção ao carro que os pais da garota haviam descrito como sendo o dela e ao lado do qual Alaric havia estacionado.

Sarah não se parecia com a foto que os pais dela tinham fornecido... pelo menos, não mais. Ser doadora pessoal de sangue para um vampiro podia fazer isso com uma mulher. As bochechas antes arredondadas estavam murchas, e o uniforme parecia pendurado no corpo enfraquecido. O cabelo ruivo encaracolado tinha perdido o viço, e ela usava um lenço no pescoço para esconder a "mordida de amor" que o novo amigo tinha deixado na última visita.

Estava tão anêmica que nem reparou quando Alaric saiu do carro e ficou de pé em frente a ela, uma forma avantajada no sol de meio-dia, Señor Sticky cuidadosamente escondido (por enquanto) nas dobras do sobretudo. Ela prosseguiu bebendo do copo grande de refrigerante que estava segurando.

Ela precisava de muito refrigerante, ele supunha. Precisava repor o plasma se ia ser o jantar de alguém naquela noite.

— Sarah — disse Alaric baixinho.

Ela parou de repente e olhou para ele, o olhar azul apático.

Agora era hora de mostrar a espada a ela. Às vezes era a única coisa que os atingia no transe induzido pelo fervor.

Alaric afastou a parte da frente do casaco.

— Apenas me diga onde ele está, Sarah — disse ele com gentileza.
— E deixarei você viver.

Capítulo 8

14h EST, terça-feira, 13 de abril
Prédio da ABN
Madison Avenue, 520
Nova York, NY

VOCÊ ESTÁ CORDIALMENTE CONVIDADO...
PARA QUÊ: *Um jantar em nossa casa, Park Avenue, 910, apto. 11A*
QUANDO: *Quinta-feira, 15 de abril, às 19h30*
POR QUÊ: *O príncipe, primo de Emil, está na cidade!*
TRAJE: *Chique! CAPRICHE! Essa é sua chance de conhecer a realeza dos tempos antigos, de verdade! Pegue seus sapatos e vestidos mais lindos, sensuais e caros e se divirta! Não precisa se sentir triste só porque seu marido não deixa você levar o cartão de crédito para um passeio no shopping! Vasculhe seu armário e nos vemos na quinta!*

Mary Lou

Meena ficou olhando para o monitor do computador.

Deveria estar trabalhando nos diálogos da cena explosiva da semana seguinte, na qual Tabby confrontava a mãe por dormir com o instrutor de equitação, Romero, pelo qual Tabby estava apaixonada.

Mas só conseguia pensar na promoção de Shoshana e na terrível trama de vampiros, que Fran e Stan tinham aprovado, é claro, concordando com a emissora (que concordava com o CDI) que ia tornar *Insaciável* mais atraente para a importante faixa das mulheres de 18 a 49 anos... O que geraria mais dinheiro de publicidade. E isso faria com que todos tivessem aumentos (a equipe de redação de *Insaciável* estava com o salário congelado há mais de um ano).

E então o e-mail de Mary Lou surgiu na caixa de entrada.

E Meena perdeu a capacidade de se concentrar em qualquer outra coisa.

Perplexa, Meena encaminhou o e-mail para sua melhor amiga, Leisha.

— Quem *é* essa pessoa? — Leisha ligou alguns minutos depois para perguntar.

— Minha vizinha de porta, Mary Lou — disse Meena, surpresa por Leisha não lembrar. Ela costumava reclamar de alguma coisa que Mary Lou tinha dito ou feito dia sim, dia não.

— Ah, isso mesmo — disse Leisha. — A que você costumava gostar até que ela começou a perseguir você no elevador todo dia...

— ... tentando marcar um encontro meu com todo cara solteiro que ela conhece — terminou Meena por ela — depois que David e eu terminamos. Certo. Além do mais, ela fica falando de como pesquisou sobre os ancestrais do marido Emil até chegar à realeza romena. Descobriu que ele é conde, o que a torna...

— Condessa — disse Leisha. Meena ouvia secadores de cabelo ao fundo. Leisha era cabeleireira em um salão chique do Soho. — Não era ela que fazia parte do comitê do prédio e não queria deixar que você e David comprassem o apartamento porque ainda não eram casados? Mas aí ela descobriu que você escrevia para *Insaciável* e mudou de ideia porque é fã de Victoria Worthington Stone?

— É — confirmou Meena. Deu uma mordida no chocolate que tinha tirado da gaveta secreta de doces. — E ela odeia o Jon mas finge que não odeia.

— Por que ela odeia seu irmão? — Agora Leisha parecia surpresa.

— Ela acha que ele é um vagabundo por ter ido morar comigo. A pergunta é: como vou escapar de ir à festa dela?

— Ah, não se ofenda... Mas por que você não iria? Pelo que sei, sua agenda social não anda exatamente lotada.

— Ah, sim. Não tenho tempo para socializar com supostos príncipes romenos quando preciso me preocupar com o que vai acontecer com Victoria Worthington Stone e sua filha vulnerável, porém teimosa, Tabitha. — Meena deu outra mordida no chocolate. O importante era fazer cada um durar o máximo possível, o que era difícil, porque eles eram muito pequenos.

— Mas que burra eu sou. É claro. Então o que *vai* acontecer com Victoria Worthington Stone e sua filha vulnerável, porém teimosa, Tabitha?

Meena suspirou.

— Adivinha. Veio lá de cima hoje. Escrito numa tabuleta de pedra pelo próprio Consumer Dynamics Inc.

— O quê?

— *Luxúria* começou uma linha de história com vampiros, e estão nos massacrando nos índices de audiência. Então...

Leisha deixou escapar uma risadinha.

— Ah, sim. Gregory Bane. Os caras me pedem pra fazer o cabelo igual o dele há semanas. Como se fosse um *corte* e não um penteado feito com navalha e mousse. As pessoas são doidas por esse cara.

— Nem me fale.

Meena se virou na cadeira para não ter que olhar para a tela do computador e para que pudesse olhar para o vale cinzento de arranha céus que era a rua 53 entre a Madison e a Quinta. Ela sabia que, em algum lugar por ali, Yalena estava descobrindo que os sonhos de uma nova vida nos Estados Unidos não seriam exatamente do jeito que ela esperava. Meena se perguntou quanto tempo demoraria para que ela ligasse. E se ela ligaria.

— Não entendo. O cara parece um palito de dentes. Com cabelo — brincou Meena.

Leisha gargalhou alto. Meena amava o som da risada de Leisha. Deixava-a animada e a lembrava dos velhos tempos, antes de as duas terem que pagar hipoteca.

Ainda assim, Meena se viu obrigada a dizer:

— Não é engraçado. Você sabe como me sinto com relação a vampiros.

— Sei — disse Leisha, parecendo um pouco entediada. — O que é mesmo que você sempre diz? No culto da misoginia dos monstros, os vampiros são reis?

— Bem, eles sempre parecem escolher atacar belas vítimas do sexo feminino. E ainda assim, por algum motivo, as mulheres acham isso sexy.

— Eu não. Quero ser morta pelo Frankenstein. Gosto de caras grandes. E burros. Não conte para o meu marido.

— Apesar desses caras admitirem sempre que querem nos matar, a ideia de que estão nobremente se controlando para não fazer isso deveria parecer atraente? Com licença, mas como saber que um cara quer matar você pode ser excitante?

— O fato de que ele quer matar mas não mata faz algumas garotas se sentirem especiais — explicou Leisha com simplicidade. — Além do mais, os vampiros são todos ricos. Eu poderia conviver com um cara rico que quisesse me matar, mas se controlasse por estar apaixonado por mim. Adam não tem emprego, mas não ajuda nem a botar a roupa na máquina.

— Vampiros não são reais! — gritou Meena ao telefone.

— Calma. Olha, não vejo qual é o problema. Se existe alguém que sabe como todo mundo que encontra vai morrer, por que vampiros não podem existir?

Meena respirou fundo.

— Eu contei que Shoshana conseguiu a vaga de redatora-chefe? Por que você não a ajuda a enfiar a faca mais fundo?

— Ah, meu Deus. — Leisha parecia cheia de remorso. — Lamento muito, Meen. O que você vai fazer?

— O que eu *posso* fazer? Esperar. Ela vai fazer besteira em algum momento. Tomara que, quando ela fizer, o programa e eu ainda estejamos aqui e eu possa correr e salvar o dia.

— Entendi. Complexo de heroína.

Meena franziu as sobrancelhas.

— O quê?

— Vampiros são monstros misóginos. E você tem complexo de heroína. Sempre teve. É claro que você acha que vai salvar o programa. E provavelmente o mundo, já que vai estar fazendo isso.

Meena bufou.

— Certo. Chega de falar sobre mim. Como está Adam?

— Não sai do sofá há três dias — respondeu Leisha.

Meena assentiu, esquecendo que Leisha não podia vê-la.

— Isso é normal no primeiro mês depois de uma demissão.

— Ele fica lá deitado vendo CNN, como um zumbi. Está começando a ficar vidrado nesse negócio dos assassinatos em série.

— Que negócio de assassinatos em série? — E então Meena se lembrou do que Shoshana havia falado na reunião com Sy. — Ah, aquela coisa das garotas mortas nos parques?

— Exatamente. Sabe, ele resmungou comigo outro dia, quando pedi que pegasse a correspondência na caixa de correio lá embaixo.

Meena suspirou.

— Jon ficou do mesmo jeito quando perdeu o emprego e teve que morar comigo. Pelo menos agora ele bota a roupa para lavar. Mas só porque tenho uma lavadora no meu apartamento e não dá para não tropeçar nas pilhas de roupa suja para todo lado.

— Perguntei a Adam quando ele ia começar o quarto do bebê. Ou, melhor dizendo, a toca do bebê, já que o quarto é tão pequeno que é praticamente um armário. Mas ainda assim ele precisa colocar uma porta, a parede de gesso e pintar tudo. Sabe o que ele disse? Que ainda é cedo e que temos muito tempo. Thomas vai nascer em dois meses! Às vezes não sei se vamos conseguir. Não sei mesmo.

— Vão sim — disse Meena, consolando-a. — Vamos superar isso tudo. Vamos mesmo.

Meena não acreditava naquilo, é claro. Meses tinham se passado desde que seu irmão, Jon, tinha sido demitido da empresa de investimentos na qual trabalhava como analista de sistemas, e ele não estava mais próximo de conseguir um emprego do que estava no dia da demissão... Assim como o marido de Leisha, Adam, que tinha sido colega de quarto de Jon na universidade antes de Jon apresentá-lo a Leisha. E, para os poucos empregos disponíveis no mercado, havia centenas, talvez milhares de candidatos interessados tão bem qualificados quanto eles.

— Isso é uma previsão? — perguntou Leisha.

— É — Meena disse com firmeza.

— Vou cobrar depois. Boa sorte com o príncipe. Eu usaria preto. Preto sempre é adequado. Mesmo para encontrar a realeza. — Ela desligou.

Meena colocou o fone no gancho, mordendo o lábio inferior. Odiava mentir para Leisha.

Porque as coisas *não iam* ficar bem.

Alguma coisa estava errada. Leisha ficava dizendo para Meena que a data do parto era dali a dois meses.

E talvez tenha sido isso que o médico disse.

Mas o médico estava errado. Toda vez que Leisha dizia "Thomas vai chegar em dois meses", Meena sentia um incômodo.

O bebê, Meena tinha certeza, ia chegar no mês *seguinte*. Talvez até antes disso.

E Thomas! Leisha e Adam queriam batizar o bebê deles de *Thomas Weinberg*!

Aquela criança ia ser um Thomas bem engraçado de se olhar, considerando que era uma menina, e não um menino.

Mas como você conta para uma mãe ansiosa que tudo que o médico disse estava errado... e você sabe isso baseada em uma *sensação*? Principalmente quando todas as suas previsões anteriores haviam sido sobre morte, não uma nova vida?

É fácil. Você não conta. Fica de boca bem fechada.

Voltando para o monitor do computador, Meena deu de cara novamente com o e-mail de Mary Lou. Às vezes ela achava difícil acreditar que ainda havia pessoas que não trabalhavam para se sustentar... damas com parentes *príncipes* que não faziam nada além de planejar festas elaboradas e usar o cartão de crédito do marido para fazer compras o dia todo.

E ao mesmo tempo havia garotas como Yalena, sendo exploradas por vermes como o namorado, Gerald, contra quem os policiais não podiam fazer nada...

Mas essas pessoas existiam.

E moravam no mesmo prédio que ela. No apartamento ao lado, na verdade.

Meena apertou o botão "deletar" decidida, depois abriu um novo documento e começou a escrever.

Capítulo 9

23h GMT*, terça-feira, 13 de abril
Em algum lugar sobre o Atlântico

Lucien Antonesco não gostava de viajar em voos comerciais, mas talvez não pelos mesmos motivos que outras pessoas. Ele não tinha problemas de controle, a não ser sua preocupação em controlar a própria ira, e evidentemente não tinha medo da morte. A ideia de um fim flamejante ou doloroso de alguma outra forma não o incomodava em nada.

Mas ele se incomodava com o modo como as companhias aéreas enfiavam os passageiros em tubos de metal que chamavam de "aviões", depois queriam que ficassem sentados em lugares incrivelmente pequenos e apertados que chamavam de "assentos" por horas infindáveis, sem atividade física ou ar fresco.

Então fazia tempo que Lucien Antonesco não entrava em um avião que não fosse dele mesmo (seu Learjet era ideal para a maioria das viagens, mas não era potente o bastante para uma viagem transatlântica sem escalas). Quando convidado a falar em conferências ou fazer um tour de divulgação dos seus livros em outro continente, Lucien costumava simplesmente recusar. De qualquer modo, não gostava de publicidade.

Mas agora Lucien estava voando de primeira classe. Os assentos

---
*GMT: Horário de Greenwich. (*N. da T.*)

eram projetados como compartimentos individuais; assim, os outros passageiros sentados na frente, atrás e ao lado dele não eram visíveis.

Em um certo momento do voo, a atraente e agradável aeromoça (elas eram chamadas de comissárias de bordo agora, lembrou) ofereceu a ele um cardápio do qual deveria escolher algo dentre uma enorme variedade de comidas e vinhos, incluindo alguns Barolos italianos de qualidade...

Mais tarde, depois que o piloto apagou as luzes, a comissária perguntou se ele queria que ela preparasse a cama dele. Ele aceitou, por pura curiosidade. Que cama? O assento largo e espaçoso, ao que parecia, se abria automaticamente em uma cama razoavelmente grande (mas não para ele, que tinha bem mais do que 1,80m de altura), só com o apertar de um botão.

A adorável comissária de bordo então tirou um colchão de outro compartimento escondido, lençóis que prendeu embaixo do colchão, um edredom e um travesseiro, que afofou bem.

Depois ela entregou a ele uma bolsa de pano com um pijama tamanho grande de marca famosa, uma escova de dente, pasta de dente e uma máscara para cobrir os olhos.

Por fim, com um sorriso, ela desejou a ele boa noite. Ele retribuiu, não porque tivesse qualquer intenção de vestir o pijama ou ir dormir, mas porque achou o procedimento todo — e ela — simplesmente encantador.

O sorriso dele a fez corar. Ela tinha se divorciado de um homem inescrupuloso que a traíra ao longo dos oito anos de casamento, e agora sustentava a filha pequena sozinha. Só desejava que o ex-marido pagasse a pensão na data certa e visitasse a filha de vez em quando. Não contou essas coisas a Lucien... mas não era preciso. Ele sabia porque não conseguia ficar perto de pessoas sem que seus pensamentos secretos invadissem a mente dele. Era uma coisa com a qual ele acabara se acostumando ao longo dos anos e da qual às vezes gostava. O fazia se sentir humano de novo.

Quase.

Ela pediu licença para ir ver outro passageiro, um homem de negócios corpulento que estava do outro lado do espaçoso corredor, no 6J.

O passageiro do assento 6J não conseguia parar de reclamar. O travesseiro não era macio o bastante, o pijama não era grande o bastante, as cerdas da escova de dente eram duras demais e o champanhe não era reposto rápido o bastante. Segundo o que Lucien pudera observar, o passageiro do 6J estava apertando o botão de chamada a cada quatro ou cinco minutos, transtornando tanto a comissária quanto a senhora sentada no assento em frente ao dele, que tirou a máscara de dormir e se esticou em seu compartimento escurecido para dar uma espiada e tentar entender o motivo da confusão. Ela teria uma reunião importante na manhã seguinte e precisava descansar.

Lucien se levantou quando a comissária saiu para buscar outro travesseiro para o homem de negócios. Depois ele cruzou o corredor para fazer uma visitinha ao 6J.

— O que *você* quer? — O homem, cuja mente era tão profunda quanto um dedal, olhou para Lucien com desprezo.

Quando a comissária voltou, ficou surpresa ao ver o passageiro do 6J estranhamente pálido e dormindo tão profundamente que parecia quase em estado de coma. Ela deu uma olhada indagadora ao redor da cabine e cruzou o olhar com Lucien, que estava de pé pegando um livro no compartimento superior.

— Resultado de muito champanhe, imagino — disse Lucien. — Não deve estar acostumado a tanto álcool nessa altitude. — E piscou para ela.

A comissária hesitou e depois, como se hipnotizada pelo sorriso de Lucien, sorriu timidamente e ofereceu a ele um travesseiro extra.

— Muito obrigado — agradeceu.

Mais tarde, quando o avião seguia pelo céu noturno em direção a Nova York, e Lucien andava pelo corredor escuro ouvindo a respiração dos passageiros inconscientes e espiando seus sonhos, olhou para os pescoços nus e vulneráveis enquanto eles dormiam e pensou que alguém devia mesmo fazer alguma coisa para tornar os voos comerciais mais agradáveis para todo mundo, não apenas para os privilegiados da primeira classe.

Capítulo 10

18h30 EST, terça-feira, 13 de abril
Park Avenue, 910
Nova York, NY

Meena apertou o botão de subir e olhou furtivamente ao redor. Estava cansada após aquele longo dia e esperava que uma coisa, apenas uma coisa, fosse dar certo para ela.

E essa coisa era entrar no elevador do prédio onde morava sem encontrar a vizinha Mary Lou, para que pudesse fazer o trajeto até o décimo primeiro andar em silêncio.

O prédio de Meena, o número 910 da Park Avenue, era elegante, com um porteiro ao lado da porta brilhante de metal, um saguão de mármore, um candelabro de cristal e uma garagem no subsolo com vagas pelas quais os moradores podiam pagar um adicional de 500 dólares por mês (embora Meena preferisse empregar tal quantia em uma certa bolsa de Marc Jacobs com um dragão de pedras entalhado... se tivesse 500 dólares a mais por mês, o que não tinha).

Mas o apartamento dela não condizia exatamente com a elegância do prédio: precisava urgentemente de uma pintura; a sanca no teto estava se quebrando; o piso de parquete precisava ser lixado; as lareiras não estavam funcionando; e as portas que levavam à minúscula sacada que dava para o terraço da vizinha Mary Lou (que era praticamente do tamanho do apartamento todo de Meena) estavam emperradas. E ela estava ficando sem espaço no armário.

Mas o importante é que era dela — ou pelo menos seria quando ela acabasse de pagar a David a parte dele. Tiveram sorte de comprar quando o mercado estava em baixa, os donos anteriores haviam se divorciado e estavam desesperados para vender... e bem quando saiu uma pequena herança da tia-avó de Meena, Wilhelmina, em cuja homenagem havia sido batizada. (A mãe tinha escolhido a grafia Meena por medo de que os professores e colegas de classe pudessem escrever e pronunciar errado, como se fosse "Myna".)

Embora David já tivesse ido embora há tempos, Meena nunca viu o apartamento como um lugar para levar um homem. Mas quando viu Shoshana sair do escritório com um cara bonito (que agora ela percebia que devia ser o famoso Stefan Dominic; Meena só tinha conseguido ver a parte de trás do cabelo preto dele antes de os dois desaparecerem no elevador para irem tomar drinques depois do trabalho), sentiu uma pontada de inveja.

Meena nem conseguia lembrar a última vez que tivera um encontro. A não ser que contasse a primeira e última vez que permitiu que Mary Lou apresentasse um homem a ela, um cara do escritório do marido dela... o mesmo que ela se sentiu compelida a informar, enquanto comiam lulas num restaurante da moda no centro, que ele precisava verificar o colesterol senão teria um ataque cardíaco antes de fazer 35 anos.

Era desnecessário dizer que ele nunca a convidara para um segundo encontro.

Mas Meena tinha esperança de que ele *tivesse* ligado para o médico e agora tomasse Lipitor.

E ainda assim ela insistiu em rezar pedindo a única coisa que nunca parecia conseguir.

Com a frequência dos encontros delas, Meena podia muito bem estar namorando a vizinha.

Toda manhã, puf! Mary Lou aparecia assim que Meena apertava o botão do elevador para descer. Era a mesma coisa toda noite.

Bem estranho.

E toda vez, qualquer esperança de um percurso civilizado era destroçada.

Porque então Meena era forçada a ouvir Mary Lou discorrer com entusiasmo sobre o novo cara que havia conhecido e que tinha certeza que seria perfeito para Meena ou sobre alguma ideia incrível que tivera na noite anterior para o enredo de *Insaciável*.

É mesmo?, Meena seria forçada a responder com educação. *Obrigada, Mary Lou. Na verdade, estou saindo com um cara. Alguém do meu trabalho.*

Ou: *Não, é sério, eu vou mesmo propor a Fran e Stan sua ideia de que Victoria Worthington Stone deveria virar embaixadora internacional no Brasil. Tenho certeza de que eles vão adorar.*

Só que não havia nenhum cara do trabalho com quem Meena estivesse saindo (exceto Paul, platonicamente; ele era feliz no casamento há 25 anos e tinha três filhos), e a condessa nunca tinha aparecido com uma ideia aproveitável para sua personagem favorita, Victoria Worthington Stone.

E isso era uma pena, porque Meena gostava de verdade da calorosa porém um tanto exagerada Mary Lou e de seu marido modesto e com aparência um tanto atormentada, Emil.

Só que Meena estava começando a se sentir um pouco como Ned deve ter se sentido no dia de seu esgotamento nervoso na sala de jantar da ABN... principalmente depois que David foi embora e Mary Lou ficou obcecada pela vida amorosa de Meena. Como Meena podia trazer algum homem para casa se o irmão mais velho estava sempre por lá, fazendo fettuccine Alfredo? Alguém precisava dar um empurrão em Meena na direção certa.

E Mary Lou obviamente se oferecera para ser tal pessoa.

Isso ficou especialmente claro naquele dia, quando Meena mais uma vez não conseguiu atingir seu objetivo de evitar a condessa no elevador...

Puf!

Lá estava ela.

— Meena! — gritou a condessa. — Estou tão feliz de ter encontrado você! Recebeu meu e-mail? O primo de Emil, que é príncipe, está vindo para cá. Você vai adorá-lo; ele é escritor, assim como você. Só que ele escreve livros, e não roteiros para novelas. É professor de história romena antiga, na verdade. Você recebeu meu e-mail sobre o jantar que vou oferecer em homenagem a ele nesta quinta-feira, certo? Acha que vai conseguir ir?

— Ah — disse Meena. — Não sei. As coisas estão confusas no trabalho...

— Ah, seu *trabalho*! — Meena se deu conta de que devia ter ficado de boca calada, pois Mary Lou se animou com o assunto imediatamente. — Você trabalha demais. Não que eu não ame cada minuto da novela. Semana passada, quando Victoria beijou o padre Juan Carlos no vestíbulo depois que foi se confessar pela culpa de ter dormido com o instrutor de equitação da filha, tive que enfiar um guardanapo na boca para me impedir de gritar histericamente e não assustar a empregada que estava passando o aspirador de *tão* empolgada que eu fiquei. Aquilo foi brilhante! Aquela ideia foi sua, não foi?

Meena inclinou a cabeça com modéstia. Estava *mesmo* orgulhosa da trama de Victoria e o padre sexy. Era diferente quando se tratava de um *padre* que nobremente se controlava para não dormir com mulheres. E o padre Juan Carlos não queria matar Victoria.

— Bem, na verdade... — começou a dizer, mas Mary Lou a interrompeu.

— Mesmo assim, você vai acabar entrando mais cedo na menopausa trabalhando como uma escrava para esse programa. Mas, enfim, escute...

Com um soar de campainha, as portas do elevador se abriram e Meena e a condessa entraram e começaram o que seria, ao menos para Meena, uma longa jornada para cima.

Mary Lou então fez uma longa descrição do castelo no qual o príncipe passava os verões, na Romênia. Mary Lou conhecia muito bem o local, pois era perto do castelo onde ela e o marido passavam dois meses de verão todo ano, dois maravilhosos meses nos quais Meena conseguia andar de elevador sem a condessa.

No quinto andar, Meena estava se perguntando por que nunca tinha tido uma premonição sobre as mortes de Mary Lou e do marido dela, Emil. Era estranho, de verdade.

Por outro lado, era possível que o poder dela de prever a morte, que apareceu um pouco antes da adolescência, estivesse começando a se esvanecer agora que ela estava chegando perto dos 30 anos (uma garota pode sonhar).

Mas era mais provável, considerando a sorte de Meena, que o poder estivesse mudando para alguma outra coisa... Afinal, havia os estranhos pressentimentos que ela andava tendo sobre Leisha e o bebê.

No décimo andar, Meena já tinha ouvido tudo que podia aguentar sobre as influências arquitetônicas saxônicas.

— Ah, veja só isso — disse Meena quando as portas do elevador finalmente e felizmente se abriram no andar delas.

— Ah, Meena — disse a condessa quando as duas estavam andando em direção a suas respectivas portas. — Me esqueci de perguntar. Como está seu irmão?

E lá estava. A Inclinação de Cabeça.

A Inclinação de Cabeça vinha acompanhada, é claro, do Olhar Solidário. A condessa era íntima do Botox, como Meena bem sabia, já que devia ter passado dos 40 há muito tempo, mas tinha o rosto liso como se tivesse a idade de Meena — talvez porque Mary Lou tivesse uma coleção extraordinária de chapéus de aba longa, assim como de luvas, que ela usava com determinação para se proteger do sol. Hoje era um gigantesco e marrom.

Então estava tudo ali, a Inclinação de Cabeça, o "onze" entre as sobrancelhas (duas linhas de preocupação), a repuxada de lábios como se dissesse: *Eu me preocupo. Profundamente. Conte pra mim: como está seu irmão?*

— Jon está ótimo — disse Meena com tanto entusiasmo quanto conseguiu, dado o número de vezes que era forçada a repetir a frase toda semana. — Ótimo mesmo. Malha, lê muito, até cozinha. Ele preparou uma receita nova no jantar de ontem. Fez um delicioso filé chinês com laranja da receita que tirou do *Times*. Estava excelente!

Era uma grande mentira. Na verdade, estava horrível e Meena ficou furiosa com Jon por sequer ter tentado. Ele não era bom cozinheiro. Bifes grelhados no hibachi de Meena na varanda eram o forte dele, não um prato que eles podiam facilmente ter pedido em algum restaurante. Ela teve que jogar a comida no lixo. Só esperava que a condessa e o marido não tivessem sentido o cheiro quando voltaram de um evento beneficente qualquer a que tinham ido. Eles sempre iam a algum evento de caridade (quando não estavam organizando algum em casa), em toda a cidade, tarde da noite, e o nome deles aparecia nas colunas sociais regularmente, tanto pelas doações generosas quanto por participarem de tantas festas.

— Ah! — Mary Lou passou a palma da mão no colo, alisando a frente da jaqueta Chanel. — Isso é ótimo. Admiro tanto o que você está fazendo, deixando-o morar com você até se recuperar. É tanta generosidade. O príncipe adora pessoas generosas e vai adorar você. É claro... — Mary Lou abaixou a mão, e o diamante de sete ou oito quilates que ela usava por baixo da luva estava exposto e brilhando sob a luz do corredor. — Traga Jon quando vier jantar e conhecer o príncipe na quinta à noite. Ele sempre é bem-vindo. É um jovem tão agradável.

Meena manteve o sorriso congelado no rosto.

— Muito obrigada — disse Meena com alegria forçada. — Mas não tenho certeza sobre nossos planos. Depois eu lhe aviso. Tenha uma boa noite!

— Você também. *Au revoir!*

Uma coisa, Meena pensou quando andava rápido em direção ao apartamento. Uma coisa boa ainda podia acontecer naquele dia. Nunca ia deixar de ter esperança. Sem esperança, o que a gente tem?

Nada. É isso que a gente tem.

Ainda podia encontrar a bolsa de dragão rubi. Talvez online, de segunda mão.

Só que, mesmo de segunda mão, ainda seria mais cara do que ela podia pagar. Seria egoísta e uma atitude horrível comprar uma coisa tão frívola da qual ela claramente não precisava, sobretudo quando tanta gente estava desempregada e mal conseguia comprar comida e havia pessoas horríveis como o namorado de Yalena que se aproveitavam dessa situação.

Nunca ia comprar a bolsa, é claro. Nem de segunda mão.

Mas era importante ter esperança.

Capítulo 11

18h30 EST, terça-feira, 13 de abril
Park Avenue, 910, apto. 11B
Nova York, NY

VOCÊ TEM O NECESSÁRIO PARA ENTRAR PARA A POLÍCIA DE NY?

Para ser candidato a uma vaga na polícia de Nova York, você precisa passar por uma série de exames médicos, físicos e psicológicos que determinarão se você tem o perfil para o cargo. Quer saber mais sobre os requisitos?

Jon, olhando para a tela do computador, deu de ombros, tomou outro gole de Gatorade e clicou em *Saiba mais*.

Os candidatos precisam ter pelo menos 17 anos e meio de idade no último dia de preencher o formulário do exame.

— Ah, sim — disse Jon. — É isso aí.
O cachorro de Meena, Jack Bauer, ao ouvir o som de voz humana, pulou de sua cama e andou com curiosidade até o sofá para ver o que estava acontecendo. Jon inclinou a garrafa de Gatorade na direção do cachorro como se fizesse um brinde e continuou a leitura sorrindo.

Os candidatos não podem ter chegado a 35 anos até a data de início dos exames para o qual se candidataram.

— Pronto — disse para Jack Bauer. — Vamos entrar para a polícia de Nova York!

Jack Bauer inclinou a cabeça sem entender, sentou nas patas traseiras e latiu.

— Sim. — Jon colocou o Gatorade sobre a mesa, pegou o telefone e discou. Assim que a pessoa atendeu, ele disse: — Cara, nós vamos entrar para a polícia de Nova York.

— Porra nenhuma — disse Adam. — Estou prestes a ser pai. Preciso de emprego, mas não um em que possa levar um tiro na bunda. Sabia que tem um serial killer à solta por aí?

— Tenho certeza de que há vários — disse Jon. Ele colocou os pés tamanho 44 sobre a mesa de centro da irmã. Jack Bauer, inspirado por esse comportamento, pulou no sofá, onde Meena o proibia estritamente de sentar. Jon chegou um pouco para o lado para abrir espaço para ele. — E vamos pegá-los. Sabe por quê? O departamento de polícia de Nova York está contratando. Só precisa ter mais que 17 anos e meio e menos que 35. Bingo. Somos nós.

— E ser louco. Você leu essa parte? Que diz que é preciso ser louco pra se candidatar a ser policial nessa cidade maluca?

— Sim, além de um exame escrito e um físico, tem uma avaliação psicológica — disse Jon, olhando para o laptop. — E você pode ter problemas para passar nesse, considerando que era um operador de títulos de hipoteca.

— Acabou? — perguntou Adam. — Porque tenho que ir agora.

— Acabei — respondeu Jon. — Dá uma olhada no site do departamento de polícia. Acho que devemos mesmo fazer isso. Podemos fazer diferença, Weinberg. Podemos prender maus elementos. Ou ajudar criancinhas que sofreram abuso.

— Escute o que está dizendo — disse Adam. Mas Jon ouviu barulhos de cliques ao fundo e sabia que Weinberg estava fazendo o que ele tinha pedido. — Maus elementos. Como se você soubesse alguma coisa sobre maus elementos. Anda assistindo *A Escuta* de novo?

— Estou falando sério. Pense nisso. O que fazíamos no nosso último emprego? Claro, ganhamos muito dinheiro, para outras pessoas e para nós mesmos. Mas tivemos alguma chance real de tocar a vida das pessoas de uma maneira significativa? Não.

— Lamento discordar — disse Adam. — Trabalhei com o fundo de pensão do sindicato de professores do Alasca.

— E o que aconteceu com ele, Adam?

Adam resmungou:

— Não foi minha culpa.

— Aqueles professores vão ficar bem. Tá, provavelmente não. Mas talvez ser demitido seja uma benção disfarçada. Pode ser nossa chance de retribuir o que perdemos. Ajudando pessoas que realmente precisam.

— E portando armas — falou Adam. — Admita, Harper. Você só está interessado nesta parte: portar uma arma.

— A ideia de que receberíamos armas de fogo e permissão para realmente tê-las me passou pela cabeça. Mas quero mesmo é ajudar as pessoas, Weinberg. Quer mesmo deixar esse serial killer que anda te preocupando à solta por aí?

— Não. Quero encontrar um emprego no qual eu faça o que estudei pra fazer. Gostaria de empregar estratégias para aplicar dinheiro e executar negócios enquanto troco informações do mercado e tendências com outros profissionais de investimento dentro da empresa.

— É mesmo? — Jon não conseguia esconder o desapontamento. — É essa a linha que você vem seguindo em seu currículo?

— Foi o que eu disse ao representante de recursos humanos da TransCarta, que é a única empresa que parece estar contratando agora.

— Quando você podia estar salvando vidas.

— Deixa eu te perguntar uma coisa. Você já falou sobre isso com sua irmã?

— O que quer dizer? — perguntou Jon, na defensiva.

— Acho que você sabe o que quero dizer. Já contou para aquela sua irmã louca de pedra que quer se candidatar a trabalhar na polícia de Nova York?

— Não tenho que contar tudo que penso em fazer para minha irmã — disse Jon secamente.

— Ah, é? — Adam riu de uma maneira maligna. — Bem, não vou me candidatar para um emprego na polícia de Nova York a não ser que sua irmã diga que vê nós dois nos aposentando como tenentes ou algo do tipo.

Num surto de irritação, Jon disse:

— Você já devia saber que não é assim que as coisas funcionam com ela.

— É. Acho que se fosse assim, nenhum de nós estaria nessa situação, né?

Jon suspirou. O dom da irmã nunca tornou a vida dele mais fácil. Por que ela não era capaz de prever os números vencedores da loteria ou qual garota do bar tinha maior probabilidade de dormir com ele, ou alguma coisa realmente útil? Ouvir sobre as maneiras como podia morrer era interessante, na opinião de Jon.

Mas ele preferia ficar rico. Ou levar alguém para a cama.

Jon ouviu o barulho da chave de Meena na fechadura. Jack Bauer também ouviu, pulou do sofá e voltou para sua cama.

— Falamos sobre isso depois. Tenho que desligar — disse Jon para Adam, depois desligou e tirou os pés da mesa de centro.

Meena entrou parecendo perturbada e aliviada, como sempre ficava ao voltar de qualquer lugar. Ela perguntou:

— Jack Bauer estava no sofá?

— É claro que não — respondeu Jon, se levantando. — Como foi seu dia, querida?

— Uma droga. Conheci uma garota no metrô que acho que vai ser vendida como escrava branca e depois assassinada.

— Beleza — disse Jon com sarcasmo.

— Nem me fale. E Shoshana conseguiu a vaga de redatora-chefe. E a emissora está autorizando uma porcaria de enredo de vampiros, então minha proposta linda e deslumbrante do bad boy com o pai delegado morreu na praia.

— Shoshana conseguiu a vaga? Que porcaria. Você deu seu cartão para a garota do metrô, não deu?

— Dei — disse Meena, jogando a chave na bandejinha da bancada da cozinha, que ela começou a deixar lá para esse uso depois que Jon comentou que os poderes psíquicos dela eram inúteis para encontrar as coisas que ela vivia perdendo. — Espero que ela ligue.

— E Taylor? — perguntou Jon, tentado manter a voz casual. Ele tinha uma queda por Taylor Mackenzie desde que a irmã começou a escrever para o programa, apesar de Meena já ter comentado que a garota era jovem demais para ele.

— É ela que vai ganhar o novo namorado vampiro. Vão levar o melhor amigo de Gregory Bane para ensaiar com ela na sexta. Pelo que dizem, ele é gato. Acho que o vi saindo do escritório com Shoshana hoje. Mas o que vi mesmo foi a nuca dele.

Jon olhou para seu reflexo no antigo espelho redondo que Meena tinha colocado na parede acima da mesa de jantar.

— *Eu* sou gato — disse ele, admirando seu próprio reflexo. — O que você acha? Não pareço um belo vampiro?

Meena riu com deboche.

— Certo. Fazer o papel de um integrante do coral no musical *Mame* no ensino médio não conta como experiência de ator. Principalmente porque você só participou para ganhar crédito extra e não ser expulso do time de beisebol por conta do D em Espanhol.

Ela tirou a jaqueta e foi até o outro lado da sala para encontrar Jack Bauer, que correu até ela para dar uma lambida de boas-vindas.

— E como está meu homenzinho? Salvou o mundo hoje? Acho que sim. Acho que salvou o mundo da destruição nuclear, assim como faz a cada 24 horas. Olhe só para você. Olhe bem para você.

Jack Bauer era um cruzamento de lulu-da-pomerânia com chow-chow que Meena insistiu em levar para casa assim que botou os pés na Sociedade Protetora dos Animais, "só para olhar", depois que David a largou e ela quase entrou em coma de depressão. O pequeno vira-lata estava sentado sozinho em uma gaiola vazia, os enormes olhos castanhos tão repletos de ansiedade que Meena comentou que, com o pelo claro, ele parecia com Kiefer Sutherland durante um momento dramático na série de TV *24 Horas*.

Quando o cachorro pulou nos braços dela assim que a gaiola foi aberta e cobriu o rosto dela com beijos de agradecimento, a inevitável adoção foi selada, e o nome Jack Bauer pegou, porque o olhar ansioso raramente deixava o rosto do vira-lata completamente, a não ser que ele estivesse deitado no apartamento ao lado de Meena.

— Ele salvou mesmo o mundo — disse Jon. — Tentou cruzar com um misto de poodle e maltês na pista de cachorros de pequeno porte no parque Carl Schurz.

— Meu herói — gritou Meena, pegando o cachorro no colo para abraçá-lo. — Continua mostrando seu domínio masculino, apesar de ter sido castrado. — Ela se virou para Jon. — O que você fez hoje?

— Eu ia preparar um frango. Mas quando cheguei ao mercado, nenhum dos frangos parecia bom.

— É mesmo? — disse Meena, indo até o sofá e pegando o controle remoto.

— É. Todos estavam fora do prazo de validade. Acho que o caminhão de entregas não passou pelo mercado a tempo, sei lá.

— Vamos pedir comida — disse ela. Ligou a TV no noticiário. — Não comemos comida tailandesa faz tempo.

Ele sentiu uma onda de alívio.

— Tailandesa está ótimo. Ou indiana.

— Indiana também é uma boa ideia. Ah, meu Deus, fomos convidados para ir à casa da condessa na quinta. Se mantivermos as luzes apagadas — acrescentou ela, como se essa fosse uma maneira bastante razoável de resolver o problema —, não precisamos nos preocupar que eles vejam que estamos em casa pelas frestas de luz na porta.

— Meena.

Jon amava a irmã.

Mas ela era completamente louca.

Sempre tinha sido.

Meena balançou a cabeça.

— Jon. Você sabe que, apesar de tudo, eu a adoro. Mas ela está tentando me empurrar para um príncipe romeno que é parente do marido dela. Pelo amor de Deus.

— Príncipe? — Jon ergueu as sobrancelhas. — De verdade? Ele é rico?

— Não quero conhecer príncipe nenhum — disse Meena. Ela parecia furiosa. *Estava* furiosa. — Já estou tendo a pior semana da minha vida, e ainda é terça!

Jon conhecia Meena bem o bastante para saber que o problema não era Shoshana ter conseguido a vaga, nem a garota que ela conheceu no metrô, nem a novela, que ela adorava.

— O quê? — disse ele friamente. — O que você viu?

— Nada — disse ela, olhando-o confusa. — Não sei do que você está falando.

— Você sabe de alguma coisa. Sabe do que estou falando. É sobre quem? Eu? É sobre mim, não é? Conte logo. Posso aguentar. Quando vou morrer? Essa semana?

Meena olhou para o outro lado.

— O quê? Não. Você está ótimo. Não sei do que você está falando.

Jon balançou a cabeça. Não achava que estivesse errado. Tinha vivido com a irmã há tempo suficiente para reconhecer os sinais.

Ela obviamente sabia alguma coisa sobre alguém naquele momento... Mas quem? E por que não queria dizer?

— É sobre mamãe e papai? Achei que você tinha dito que eles estavam bem. Quero dizer, relativamente falando.

— Eles *estão* bem. — Meena olhou para ele irritada. — Para duas pessoas que saem pra farrear toda noite em Boca como se achassem que são F. Scott e Zelda Fitzgerald.

— Então não estou entendendo. Sua vizinha doida milionária que pensa que é condessa a convidou para um jantar na casa dela para conhecer um príncipe romeno de verdade na quinta à noite. E você me diz que acha que não vai ter nenhuma ideia de história com isso tudo? Está falando sério?

Meena olhou para ele, os olhos grandes e escuros brilhando sob a luz do sol poente lá fora, que fazia o céu passar de um tom rosado a lilás. Por fim, ela sorriu.

— Você está certo. Como eu poderia perder uma oportunidade tão fantástica, tão cheia de promessas de palhaçada pretensiosa da qual eu poderia debochar depois em *Insaciável*? Tenho o dever profissional de comparecer.

— Isso mesmo — disse Jon.

— Direi à condessa que vou.

— Muito bem. — Jon esticou a mão e bagunçou o cabelo dela, curto e cortado como o de um menino. — Vou pedir umas *samosas* no restaurante indiano.

Meena sorriu e aumentou o volume do noticiário, que falava de como ainda não tinham conseguido identificar nenhuma das vítimas do que agora chamavam de Estrangulador do Parque. Estavam pedindo que qualquer pessoa que conseguisse identificar alguma das mulheres se manifestasse.

— Afinal — disse Meena pensativa, não prestando atenção na informação que a âncora de expressão sombria estava transmitindo —, Victoria Worthington Stone saiu com muitos médicos, advogados, milionários, magnatas de exportação, gângsteres, assassinos, maníacos, policiais, caubóis, padres e uma vez até com o próprio meio-irmão, antes de descobrir quem ele era. Está na hora de sair com um príncipe.

— É esse o espírito — disse Jon, pegando o telefone.

Capítulo 12

18h30 EST, terça-feira, 13 de abril
Rua 4 West
Chattanooga, TN

Alaric Wulf não se surpreendeu ao ver que Sarah, assim como a maioria das mulheres e homens que estavam apaixonados por um vampiro, resistia a princípio à ideia de dar o endereço do amante.

— Me diga onde ele está e deixo você viver.

Sarah se esquivou de responder por um tempo. Como a maioria das vítimas, ela não ligava mais para a própria vida. O cérebro estava desprovido de nutrientes. Só se importava em proteger seu senhor.

Até que Alaric pôs a espada no pescoço dela.

A Guarda Palatina estava listada na maioria das enciclopédias e instrumentos de busca como uma unidade militar extinta do Vaticano, formada para defender Roma contra ataques de invasores estrangeiros.

Isso era parcialmente verdade: a Guarda Palatina era uma unidade militar do Vaticano.

Mas não estava extinta. E os invasores contra os quais ela tinha sido formada para defender não eram estrangeiros.

Eram demônios.

E a Guarda não defendia apenas Roma, mas o mundo todo.

Os integrantes da Guarda tinham métodos diferentes para fazer as vítimas desses demônios falarem, pois elas estavam frequentemente inebriadas por eles. Abraham Holtzman, atualmente o oficial mais antigo da Guarda, que treinou tanto Alaric quanto Martin, sempre preferiu enganar. Mostrava um cartão falso de uma firma de advogados (fictícia) elegante e explicava que tinha sido contratado pela família do vampiro, da qual ele estava afastado, para entregar um cheque de herança.

Era comum que a vítima ficasse tão aturdida com a alegre surpresa que não percebesse que Holtzman nunca sequer mencionara o nome do vampiro.

E isso era porque ele não sabia.

Mas aquele era Holtzman. Alaric sempre suspeitou que Holtzman conseguia se sair bem com isso porque tinha aparência de intelectual. Os pais dele, judeus, ficaram consternados quando ele foi trabalhar para o Vaticano, apesar de Holtzman não ter se convertido. (A conversão não era uma exigência da profissão. Já era difícil o bastante arrumar pessoas capazes de manter a calma enquanto manuseavam uma espada contra um demônio em agonia, quanto mais pessoas que também fossem católicas devotas. Havia membros da Guarda Palatina de uma grande variedade de religiões... ou até mesmo, como Alaric, descrentes totais.)

O estratagema de Holtzman dava certo também pelo fato de que ele *parecia* um advogado, Alaric supunha.

Porém, não havia nada de errado em parecer um caçador de demônios musculoso... principalmente quando se é exatamente isso. Alaric não tinha diploma de nada, exceto cortar cabeças de vampiros e devolver suas vítimas para a vida humana novamente.

Então, não perdia tempo com estratagemas como Holtzman fazia. Principalmente em se tratando de Sarah. Ele foi direto ao ponto... encostando Señor Sticky no pescoço dela.

Quando ela acabou gaguejando "Felix... Felix mora em um loft sobre a loja de antiguidades na rua 4 West... mas, por favor...", ele a pegou pela nuca e a empurrou para o banco do passageiro do carro alugado. Não precisava que ela mandasse um torpedo de aviso para o amante morto-vivo, para que Felix pudesse chamar os amigos vampiros e preparar uma emboscada.

Não foi um trajeto agradável até a casa de Felix. Sobretudo porque Sarah soluçou quase o caminho todo, sussurrando:

— Por favor, por favor, não o machuque. Você não entende... ele não quer ser como é. Ele odeia o que é. Odeia ter que... me machucar.

— É? — Alaric olhou para ela. Tinha colocado o rádio do carro na estação de heavy metal. Não gostava muito de heavy metal, mas precisava de alguma coisa alta o bastante para sufocar o som da garota fungando. — Então por que você o deixa fazer isso?

— Porque ele vai morrer se não fizer — disse Sarah, fungando mais ainda.

— Está enganada quanto a isso. Ele não pode morrer a não ser que alguém enfie uma estaca de madeira no coração dele ou corte sua cabeça. Ou se alguém o empurrar para a luz do sol direta, ou submergir completamente seu corpo em água benta. Mas acho que você deve saber disso tudo — acrescentou ele, lançando um olhar para ela.

— Nada disso é verdade. Ele me disse que todas essas coisas são mitos. Assim como aquele papo de que vampiros podem viver de sangue animal. Ele disse que, se fizerem isso, eles morrem. É por isso que precisa beber meu sangue. Para se manter vivo.

Alaric revirou os olhos.

— Percebe que garotas como você caem nessa há séculos? Vampiros simplesmente não *gostam* de sangue animal. Ele os enfraquece. E eles não ficam tão bonitos depois de um tempo bebendo só isso e uma coisa que todos os vampiros têm em comum é a vaidade. O sangue humano é como filé mignon para eles. Então, se ele disse que vai morrer se você não deixá-lo beber seu sangue, ele é um maldito mentiroso, além de ser uma abominação pútrida e desalmada que se aproveita de mulheres.

Sarah pareceu ficar ofendida com aquelas palavras, já que essa declaração só a fez chorar mais.

Alaric se sentiu um pouco mal com isso. Holtzman sempre dizia que ele precisava se esforçar mais seu traquejo social.

Pensando nisso, Alaric entregou a ela um lenço de papel do pacote que a agência de aluguel havia deixado no carro.

— Você é mau — disse Sarah, assoando o nariz no lenço. — Felix não é uma abominação desalmada. Ele é sensível. Tem sentimentos. Lê poesia pra mim. Shakespeare.

Alaric queria encostar o carro para vomitar, mas não tinha tempo. Quanto mais rápido terminasse com aquilo, mais rápido ele poderia voltar para o hotel; ligar para o serviço de quarto e pedir comida; tomar um banho gostoso e relaxante (na menor banheira do mundo, com aquelas tiras antiderrapantes coladas no fundo para que os hóspedes não escorregassem no chuveiro — para Alaric esse era o principal problema dos hotéis com menos de cinco estrelas; ele era adulto, sabia como ficar de pé sem escorregar na banheira); e ir para a cama.

E então, na manhã seguinte, voaria para Nova York, se hospedaria no Peninsula, encontraria o príncipe e o mataria.

Pensar nisso o deixou bem feliz.

— Isso que você está sentindo não é amor — explicou Alaric com o que pensou ser um tom de voz gentil. — É apenas dopamina. Porque Felix não é como ninguém que você tenha conhecido. Sendo uma criatura da noite, ele é novo, excitante e ativa um neurotransmissor no seu cérebro que libera sensações de euforia quando você está perto dele... principalmente porque você sabe que vocês dois nunca vão poder ficar juntos de verdade. Então ele parece complicado, talvez até sensível e vulnerável. Mas posso garantir: ele não é nada disso.

— Como ousa? — perguntou Sarah apaixonadamente. — Não é dopa... sei lá! É amor! *Amor!*

Alaric queria discutir. Vampiros eram incapazes de amar do jeito humano porque não tinham coração. Bem, tecnicamente, ele supunha que eles *possuíam* corações, já que era lá que a estaca tinha que ser enfiada para matá-los. Mas os corações deles não bombeavam sangue nem batiam.

Então como eles podiam sentir amor, ou mesmo retribuí-lo?

Mas discutir com uma adolescente sobre a semântica do amor vampiro não parecia uma proposta tentadora para ele.

— Ah, pare com isso. — Alaric não conseguiu se impedir de dizer ao reparar que a passageira continuava a soluçar baixinho. — Não é tão ruim assim.

— Como não? — perguntou Sarah, lançando um olhar ofendido para ele. — Como não é tão ruim? Você vai tentar matar meu namorado!

— É verdade — disse Alaric. Estavam próximos do endereço que ela tinha dado a ele. — Mas veja por este ângulo. Ele prometeu transformar você em vampira, não prometeu?

— Prometeu — disse Sarah, parecendo um pouco surpresa. — Ele disse que ia me transformar assim que ficasse forte o bastante. E então serei bonita como ele. E imortal.

— Certo — disse Alaric, com um certo sarcasmo. Ele sabia que esse Felix não tinha intenção alguma de transformá-la. Fazer isso o deixaria sem sua fonte primária de alimentação.

O que Alaric tinha certeza que o vampiro faria em vez disso era enrolá-la por alguns meses mais; então, quando ela ficasse tão anêmica que não servisse mais, ele encontraria outro hospedeiro mais saudável. Provavelmente diria a ela que o problema era ele, não ela... que precisava "pensar em certas coisas". Depois, desapareceria.

Quando o coração partido de Sarah e, mais ainda, seu corpo estivesse curado, Felix provavelmente voltaria para ela (e para Chattanooga) para recomeçar o ciclo. A não ser que Sarah encontrasse forças para bater o pé e dizer que não, não ia se permitir ser explorada daquela maneira.

Mas isso nunca aconteceria. Os vampiros eram sedutores demais. E as vítimas nunca pareciam pensar que mereciam tratamento melhor do que o que recebiam. Era quase como se tivessem medo de bater o pé, porque achavam que nunca iam conseguir coisa melhor...

Mas era para isso que Alaric estava lá. Ele faria isso por Sarah, já que ela não tinha força ou determinação para isso. Ele se certificaria de que ela conseguiria coisa melhor e impediria que o ciclo prosseguisse. Permanentemente.

Alaric achou uma vaga... só que era ao lado de um hidrante.

Não importava. Não ficariam lá por muito tempo.

— Suponhamos que ele a transformasse numa criatura como ele — disse ele, desligando o motor e se virando para olhar para ela. — Eu ou um dos meus colegas teríamos que acabar matando você, porque é isso que fazemos. Somos matadores de demônios. E pode confiar em mim, não ia querer um de nós atrás de você. Seríamos seu pior pesadelo. É bem melhor assim. Vai permanecer humana, vai poder frequentar uma faculdade, ter um diploma e um emprego divertido fazendo alguma coisa de que você goste. Ou talvez você encontre um cara legal no Walmart e saia com ele, talvez até case. E, supondo que você queira, vocês podem ter alguns bebês, envelhecer juntos e vê-los ter bebês, e assim se tornarão avós algum dia. Não gostaria disso? Jamais poderia ter filhos com Felix.

— Vampiros podem ter bebês — informou Sarah a ele. — Li num livro.

— Certo — disse Alaric, sentindo-se irritado. — Bem, nos livros os vampiros lutam nobremente contra seu instinto natural para não te morder porque amam você tanto. Mas não aconteceu exatamente assim, aconteceu? Então os livros não são muito precisos, não é?

Sarah olhou furiosa para ele.

— Odeio você — disse ela.

Alaric assentiu.

— Eu sei. — Esticou-se sobre ela e abriu a porta do carro. — Saia.

Ela olhou para ele sem entender.

— O quê?

— Vá em frente. Sei que está louca para sair correndo para avisar o gostosão. Vou deixar que faça isso. Diga a ele que o deixo ir, com uma condição.

O comportamento dela mudou completamente. De repente, ela ficou condescendente e agradável.

— Que condição? — perguntou ela, ansiosa.

— Diga a ele que, se ele me disser onde posso encontrar o príncipe, deixo vocês dois em paz. Então vocês podem fugir e ter bebês vampiros juntos.

Alaric não conseguiu dizer a parte final sem rir, apesar de ter tentado, lembrando-se de que deveria estar trabalhando seu traquejo social.

Sarah evidentemente não percebeu.

— Ah, obrigada! — Sarah sorria ao sair cambaleando do carro. — Muito obrigada!

— De nada — respondeu Alaric.

Observou-a correr pela calçada até uma porta discreta ao lado da vitrine de um antiquário em um prédio de aparência industrial. Ele pegou suas coisas quando ela tocou o interfone. Depois andou calmamente até a viela lateral, onde, como ele suspeitava, havia uma saída de incêndio. Deu um pulo para pegar a escada de metal ao ouvir a voz de Felix perguntando pelo interfone:

— Quem é?

E então houve um chiado quando ele abriu a porta para Sarah.

Alaric só demorou uns segundos para subir até o teto do prédio, e menos do que isso para prender um gancho com uma corda na lateral do prédio e fixar a extremidade da corda no próprio cinto.

Alguns segundos depois, Alaric pulou do teto e irrompeu pela enorme janela de vidro da sala de estar de Felix...

... no momento em que o vampiro colocava uma capa preta para se proteger do sol, preparando-se para fugir. Sarah gritou quando o vidro com proteção ultravioleta saiu voando para todo lado.

O vampiro, desesperado para fugir dos raios de sol, que podiam ser fatais para ele, se jogou em direção à porta da frente.

— Felix — disse Alaric calmamente. — Você também não pode sair por aí.

Um segundo depois, Felix estava gritando. E o motivo foi o frasco de vidro cheio de água benta que Alaric tinha arremessado contra a porta. O frasco se espatifou contra a maçaneta, queimando os dedos do vampiro quando ele ia abri-la. O vampiro afastou a mão, gemendo de dor e segurando os dedos que fumegavam.

— Pensei que você tivesse dito que ia deixá-lo ir se ele contasse! — gritou Sarah, ultrajada.

— E vou mesmo — disse Alaric, sorrindo para ela. Ele se virou para Felix. — E então? Onde posso encontrar seu príncipe?

Felix, que aparentava ser um garoto bonito de 18 ou 20 anos e que parecia, pelos pôsteres na parede, gostar da banda Belle and Sebastian, repuxou os lábios para revelar dentes brancos e fortes. Os incisivos eram anormalmente longos e, como de costume na espécie dele, bem afiados.

— Jamais contarei, caçador de demônio — rosnou ele.

Então ele jogou a cabeça para trás e soltou um silvo, com a longa língua saindo e entrando na boca como um rabo de lagarto.

Sarah parecia chocada. Aparentemente nunca tinha ouvido o namorado usar aquele tom de voz antes. Ou vira os olhos dele ficarem vermelhos e brilharem.

— Felix — gritou ela. — Conte pra ele! Ele disse que vai deixar você em paz se você contar.

Quando Felix voltou os olhos vermelhos e brilhantes e a língua serpenteante em direção a ela, Sarah deu um passo para trás.

— Por que o trouxe aqui, sua puta burra? — perguntou Felix.

Horrorizada, Sarah começou a chorar de novo.

Alaric viu as lágrimas dela como uma dica de que ela ficaria bem se ele fizesse o que devia fazer. Então deu um passo à frente, puxando Señor Sticky para fora da bainha.

Acabou em poucos segundos. Em seu favor, é preciso dizer que o vampiro lutou bem.

Mas encurralado pela luz do sol de um lado e pela água benta do outro, ele não teve para onde ir. Não havia como escapar.

Alaric não deu uma chance para ele pronunciar suas últimas palavras. Por experiência própria, achava que vampiros não tinham nada muito interessante ou profundo para dizer. Era tudo muito shakespeariano e emo.

Quando terminou, ele olhou para a garota. Ela estava encolhida em um canto perto da janela quebrada, chorando baixinho.

Mas, Alaric sabia que não estava imaginando, o cabelo dela já tinha começado a recuperar o brilho e havia uma cor em suas bochechas que não estava lá antes.

Ela ficaria bem em alguns dias, se os pais a alimentassem com bastante proteína.

Ele guardou a espada.

— Fique em pé — disse ele num tom de voz que esperava que fosse tranquilizador. Não era nada bom nessa parte. Martin era quem sempre sabia a coisa certa a dizer. — Vou levá-la pra casa, pra sua mãe.

Ela se desenroscou um pouco e olhou para ele friamente.

— Você disse que não o mataria se ele contasse. — A voz dela soou mais forte do que antes, e seus olhos tinham um brilho que não vinha das lágrimas. Ela havia voltado a ser ela mesma, ele sabia, e não mais um peão na mão de um vampiro ancestral. Ao matar Felix, ele a tinha libertado.

— E ele não contou — ressaltou Alaric.

— Você nem deu chance a ele! — gritou ela.

Mas ela estava se levantando, evitando cuidadosamente olhar na direção onde o corpo estava.

Só que não havia corpo. Só havia roupas onde Felix estivera antes. Ele devia ter mais de 100 anos. Seus ossos viraram poeira.

— Ele jamais teria contado. Se contasse, o príncipe ou um dos servos dele o teriam matado, e de uma maneira bem menos gentil do que eu. Ele escolheu morrer pela minha espada porque sabia que seria mais rápido. — Ele olhou para ela. — Eles teriam matado você também se a tivessem encontrado aqui com ele. Teriam se alimentado de você até que não restasse nada.

Sarah piscou.

— Você quer dizer... que ele morreu para me proteger? Ah... Isso foi tão doce!

Alaric quis mostrar para ela as fotos que sempre carregava mostrando o que alguns amigos do ex-namorado dela tinham feito com Martin. Como eles morderam e arrancaram pedaços de carne dele só por diversão. Vampiros eram incapazes de serem doces.

Mas Holtzman não aprovaria isso, ele sabia.

Além disso, o trabalho estava cumprido. Ela estava livre agora.

E isso significava que era hora de voltar ao hotel e fazer as malas para ir a Nova York, atrás de um vampiro que podia ser um verdadeiro desafio para ele e sua espada, ao contrário do namorado idiota de Sarah.

Então ele disse apenas:

— Vou te levar para casa agora.

E foi exatamente isso que ele fez.

Capítulo 13

22h EST, terça-feira, 13 de abril
Park Avenue, 910, apto. 11A
Nova York, NY

— O que é isto?
Emil entrou no quarto espaçoso que compartilhava com a esposa magra e cheia de vida, segurando uma versão impressa do e-mail que havia encontrado no computador.

— Oh, querido — disse Mary Lou enquanto caminhava até a penteadeira. — É apenas um convite que mandei pra todas as minhas amigas, convidando-as para o jantar que darei em homenagem ao príncipe Lucien na quinta.

Emil teve uma sensação leve porém incômoda na barriga, que não era muito diferente de alguém cutucando-o sem parar com unhas bem compridas... uma sensação com a qual Emil já estava bem familiarizado.

— Você mandou um *e-mail* sobre o príncipe? Tem consciência de que, se essa mensagem cair em mãos erradas, pode botar tudo em risco?

— Não seja bobo. Só mandei para as minhas melhores amigas. Em que mãos ele poderia cair?

Emil lutou para ser paciente.

— Dos Dracul, por exemplo? — disse ele secamente quando conseguiu falar de novo. — Da Guarda Palatina? Sem mencionar os humanos? Todas as pessoas que gostariam de nos ver, sem falar no príncipe, destruídos?

— Ah, imagina — disse Mary Lou. Ela estava sentada em frente ao grande espelho da penteadeira e começou a tirar a maquiagem. — Você está sendo melodramático. Ninguém quer mais nos destruir. O príncipe tem os Dracul sob controle. A Guarda Palatina não sabe onde estamos, e os humanos nos amam! Veja como somos populares nos livros e na TV. Se todo mundo descobrisse, tenho certeza de que seríamos chamados para ir à *Oprah* como convidados especiais.

— Mary Lou! — Emil olhou para o reflexo dela, atônito. — Alguém está matando mulheres! Na cidade toda! Ninguém vai convidar você para ir à *Oprah* enquanto mulheres são mortas por um membro da nossa irmandade. E o príncipe não vai querer um jantar em homenagem a ele. Vai preferir não chamar atenção enquanto estiver na cidade, *tentando encontrar o assassino*.

— Tenho tantas amigas bonitas e inteligentes — disse Mary Lou, pensativa, olhando para si mesma. — Por que não deveria exibi-las? O príncipe está sozinho há muito tempo.

— Lucien não vem aqui para encontrar uma esposa — disse Emil, com a sensação de estar se afogando. — Ele vem a *trabalho*. Os assassinatos...

— E se ele por acaso encontrar uma boa moça enquanto estiver aqui, isso seria tão ruim? — disse Mary Lou, interrompendo. — Pelo que sei, ele não teve sorte no país dele. Mas você sabe que temos as mulheres mais incríveis do mundo bem aqui nos Estados Unidos...

— Mary Lou. — Emil olhava com desconforto para os ombros nus da esposa. — Você sabe que está me colocando em uma posição de risco e constrangimento. Lucien pediu que eu não falasse sobre a chegada dele a ninguém, e aqui está você, mandando e-mails para todo mundo da sua lista, um e-mail que poderia ser rastreado...

— Não para todo mundo — disse Mary Lou, indignada. — Só para as minhas melhores amigas solteiras e algumas das casadas para que não fique óbvio demais que estou querendo apresentá-lo a alguém. Nenhuma delas trabalha para o Vaticano nem é membro dos Dracul.

Só convidei Linda e Tom, Faith e Frank, Carol, do seu trabalho, Becca, Ashley e Meena, nossa vizinha.

— Meena? — Emil ficou confuso. Muitas coisas na esposa dele o confundiam. Ele tinha certeza de que, mesmo se passassem a eternidade juntos (e já parecia que tinham passado), jamais a entenderia por completo. — O príncipe... e *Meena Harper*? Mas ela...

— Por que não? — Mary Lou deu uma mexida no cabelo naturalmente ondulado e ainda naturalmente louro. — À primeira vista, ela pode não parecer ser o tipo dele, mas gosto dela. Ela é engraçadinha, e o corte curto de fadinha fica bem nela. A maioria das mulheres não fica bem de cabelo curto, mas ela sim. E se o príncipe gostar dela, imagine o quanto vai ficar agradecido a nós. Além disso — acrescentou Mary Lou, dando de ombros —, ela só faz trabalhar para se sustentar e bancar aquele irmão imprestável. Acho que ela precisa de um descanso.

— Ela gosta do trabalho — disse Emil, pensando em todas as vezes em que viu a vizinha descalça e de pijama na lixeira do andar deles, enfiando páginas e páginas de roteiros rabiscados pelo tubo do incinerador.

Bem, talvez ela não gostasse do seu trabalho *sempre*.

— Ah, claro — disse Mary Lou. — A novela. Mas você acha que ela trabalharia se não precisasse?

Emil pensou nisso.

— Sim.

— Bem, isso mostra o tanto que você sabe sobre mulheres, ou seja, nada. Veja as mulheres sobre as quais ela escreve em *Insaciável*, Victoria Worthington Stone e a filha, Tabby. Victoria nunca trabalhou na vida, exceto quando foi modelo. Ah, e designer de moda. Ah, e quando foi piloto de corrida, mas isso foi durante uma semana apenas, antes de ela sofrer um acidente e perder o bebê e ficar em coma. E nem são trabalhos de verdade. Dizem que as pessoas escrevem sobre o que gostariam que acontecesse com elas. Então é óbvio que Meena gostaria de não ter que trabalhar.

— Ou gostaria de ser piloto de corrida.

— E o príncipe Lucien poderia proporcionar isso a ela — prosseguiu Mary Lou, ignorando-o. — E como o príncipe gosta de escrever, os dois já têm alguma coisa em comum.

— São estilos de narrativa bem diferentes. Lucien escreve sobre fatos históricos. E ele deixou bem claro quando conversamos que não queria chamar a atenção. Estamos em um momento crítico com os Dracul. Esses assassinatos...

— Ah, pare de ser negativo. Nenhum homem ia achar ruim jantar com várias mulheres bonitas. — Ela riu e se virou para cutucar o marido na barriga. — Não me diga que não gostaria de ser o centro das atenções de minhas amigas e eu. Não que você não seja...

— Bem... — Emil sentiu a pressão nas entranhas diminuir um pouco. — Talvez ele não se importe tanto assim. Todo homem precisa se alimentar, afinal.

— Exatamente — exclamou Mary Lou. — E por que não fazer isso na companhia de damas adoráveis e bem-sucedidas?

— Por que não? — perguntou Emil.

Talvez, ele pensou, a esposa estivesse certa...

Ele teria que se alimentar, afinal.

Capítulo 14

3h45 EST, quarta-feira, 14 de abril
Park Avenue, 910, apto. 11B
Nova York, NY

Meena olhou para os números vermelhos no relógio digital do quarto. 3h45. Tinha cinco horas até ter que sair para o escritório. Quatro para dormir antes de ter que acordar e se arrumar.

Só que não conseguia dormir. Ficou lá deitada, olhando para o teto, trincando os dentes e pensando em Yalena (só conseguia ver uma imagem do corpo da garota, mutilado e praticamente irreconhecível) e em Cheryl e no CDI e na vaga que não conseguiu e em Jon e nos pais e em David e na condessa e em Leisha, Adam e o bebê.

Agora não dormiria mesmo.

Só havia uma resposta para o problema de Meena, e ela estava em um vidrinho laranja no armário de remédios do banheiro. Odiava recorrer a comprimidos, mas ultimamente andava contando com eles cada vez mais.

Estava prestes a pegar o vidro de comprimidos quando ouviu.

Era o estalar das patas de Jack Bauer no chão de madeira atrás dela.

Vendo-a de pé, Jack Bauer achou que era manhã e já era hora de sua primeira caminhada do dia.

— Tudo bem, Jack — sussurrou Meena. — *Tudo bem*. Já vamos.

Ela tirou a placa que usava nos dentes e deixou-a sobre a pia, depois vestiu silenciosamente o casaco e os tênis e pegou a coleira de Jack Bauer.

Apenas o levaria para uma caminhada rápida e depois voltaria para a cama. Estaria de volta em menos de 15 minutos. Com meio comprimido, ainda conseguiria dormir quatro horas de sono renovador antes de ir trabalhar. Tudo ficaria bem.

No saguão do prédio, Pradip, o porteiro da noite, cochilava com a cabeça apoiada em um de seus livros. Estava estudando para ser massagista, e Meena achava uma boa opção de profissão para ele, já que as pessoas tinham mais de um emprego atualmente, até os 80 anos, e a morte dele não parecia iminente.

Meena passou silenciosamente por ele, tomando cuidado para não acordá-lo (toda a equipe do prédio trabalhava muito), e cruzou as portas automáticas em direção à calçada, onde Jack Bauer foi correndo se aliviar na palmeira que ficava em um vaso logo ao lado do tapete vermelho de entrada do prédio, como sempre fazia. Meena esperou ao lado dele, inspirando o ar fresco da manhã. Ou ainda era noite? Não tinha certeza. O céu acima estava azul bem escuro, e um pouco mais claro nas extremidades, onde desaparecia atrás dos prédios altos.

Meena deu um puxão na coleira de Jack Bauer, e ele começou a caminhar ao lado dela com obediência. Tinha um caminho que sempre percorriam durante esses passeios noturnos: desciam a Park Avenue até a rua 78; passavam pela catedral de St. George, atualmente fechada para reformas muito necessárias; depois voltavam pela rua 80 até o apartamento.

Mas, por algum motivo, naquela noite (ou manhã), Jack estava irrequieto. Meena percebeu porque ele ignorou alguns lugares onde gostava de ficar um tempo cheirando e continuou andando em frente, farejando nervosamente o ar, quase como se... bem, como se estivesse esperando alguma coisa.

Mas como ele costumava se comportar assim, Meena nem deu bola. Afinal, o nome dele era Jack Bauer; ele era uma pilha de nervos, sempre esperava o pior e latia na porta de casa quando a condessa e o marido passavam voltando de uma festa.

Deixou que Jack Bauer a guiasse, pensando vagamente no trabalho. Como ia encaixar um *príncipe* para Cheryl no enredo de Shoshana sobre vampiros?

E Yalena... Será que Meena deveria tê-la seguido quando foi se encontrar com o namorado? Estava se perguntando se podia ter dito alguma coisa a ele, lançado algum olhar, feito *alguma coisa* para que ele soubesse que ela estava de olho, quando percebeu a primeira outra pessoa que viu a pé desde que saiu do prédio, vindo para perto dela no mesmo lado da rua, mas da direção oposta.

Era um homem.

Mas era um homem muito alto, usando um sobretudo preto que voava atrás dele quase como uma capa.

Meena segurou com mais força a coleira de Jack Bauer, e não só porque o cachorro tinha começado a rosnar. Estava sozinha em uma rua escura indo em direção a um homem grande que não conhecia. Que diabos ele fazia na rua às quatro da manhã sem um cachorro se não estivesse bêbado?

Não culpava Jack Bauer por estar desconfiado. Estava desconfiada também.

Mas quando se aproximaram dos largos degraus da catedral de St. George, cercada de andaimes, Meena viu sob a iluminação das lâmpadas de segurança das torres da igreja que o homem era extraordinariamente bonito, na casa dos 30 anos, e não dava sinal algum de não pertencer ao bairro elegante. As roupas eram impecáveis e de bom gosto; o cabelo escuro, penteado para trás e sem sinal de fios brancos, estava perfeitamente arrumado. Até as costeletas tinham o comprimento perfeito.

Era ela que provavelmente parecia suspeita, considerando que o cabelo curto deveria estar todo espetado (como sempre acontecia quando ela acabava de acordar), não estava usando maquiagem e as pernas do pijama azul de flanela (com nuvenzinhas brancas estampadas) apareciam abaixo de onde terminava o sobretudo, acima dos tênis surrados.

Quando Meena ergueu o olhar para encontrar o dele ao se cruzarem, e Jack Bauer rosnava alto nessa hora, ela sorria como que se desculpando, tanto pela aparência quanto pelo comportamento do cachorro.

Ele retribuiu o sorriso, os olhos tão escuros e cheios de mistério quanto as janelas ao redor deles.

E ela relaxou.

Não teve um mau pressentimento em relação a ele. Nem uma pontada sobre como ou quando ele ia morrer. Era impressionante, mas ela não sentia nada...

... absolutamente nada em relação a ele.

— Shhh — disse Meena para Jack Bauer, constrangida pela agitação do cachorro.

E foi naquele momento que o céu despencou.

Capítulo 15

4h EST, quarta-feira, 14 de abril
Catedral de St. George
Rua 78 East, 180
Nova York, NY

O céu não desabou de verdade, é claro.
Só pareceu que foi assim porque uma coisa enorme caiu na direção de Meena, vindo de uma das torres da catedral.

Ela gritou e desviou, cobrindo o corpo de Jack Bauer com o próprio corpo e braços, tentando proteger ambos do que pareciam ser pedaços negros de escombro despencando sobre a cabeça dela.

Só que ela conseguia ver o brilho das luzes da rua e das luzes de segurança por entre os objetos que vinham em direção a ela numa velocidade impressionante.

E foi aí que Meena se deu conta de que não era um pedaço da catedral de St. George despencando.

Inacreditavelmente, eram morcegos. Centenas, talvez milhares de morcegos pretos que guinchavam, todos indo em direção a ela, as bocas rosadas abertas, os olhos amarelos e brilhantes saltados enquanto desciam das torres da catedral, bloqueando a maior parte do céu noturno e da iluminação da rua com as asas de 30 centímetros abertas, o único alvo sendo Meena Harper e o cão mestiço de lulu-da-pomerânia e chow-chow.

No primeiro momento, Meena ficou paralisada. Não tanto de medo, mas de choque. Só conseguia pensar: era *daquele jeito* que ia morrer? Mastigada por ratos com asas?

Meena tinha visões das mortes de outras pessoas há tanto tempo que nunca lhe ocorreu que um dia podia viver sua própria morte.

E agora, frente a frente com o iminente fim, tudo que ela conseguia pensar era que jamais, nem por um segundo, previu que isso estava para acontecer.

Naquele momento, com o coração na garganta, apavorada demais para dar um grito, parada em frente aos degraus que levavam à catedral, ela pegou Jack Bauer nos braços (os morcegos eram quase do tamanho dele) e se jogou no chão para proteger o cachorro, o próprio rosto e os olhos. Enfiou o nariz no pelo de Jack e começou a rezar freneticamente, apesar de nunca ter sido uma pessoa religiosa até aquele momento. *Oh, por favor, por favor, por favor*, ela rezava, para nenhuma divindade em particular, enquanto a cada segundo os gritos dos morcegos ficavam mais e mais altos nos ouvidos dela.

E então, quando parecia que a primeira daquelas garras ia afundar no couro cabeludo dela, no pescoço, nas costas desprotegidas, ela sentiu alguma coisa, ou melhor, *alguém*, cair em cima dela, cobrindo-a, bloqueando a luz e o som quase completamente.

E ela se deu conta, ao arriscar uma breve olhada para cima, que era o homem que passou por ela... o homem alto e bonito com o cabelo legal e o sobretudo caro. O homem sobre cujo futuro ela não sentiu absolutamente nada.

Só que isso era impossível. Porque ele tinha se jogado sobre ela para protegê-la dos morcegos.

E agora ele, e não ela, estava sendo destroçado por garras de morcego e sendo massacrado pelo impacto dos corpos que desciam descontroladamente. Ela podia sentir a força deles quando se chocavam contra o sujeito, um depois do outro, reverberando pelo corpo dele e chegando ao dela enquanto os dois se agachavam na porta da catedral, bombardeados por mísseis com asas.

Por que ele não estava gritando pela dor que com certeza sentia quando cada garra o penetrava, Meena não sabia. Ele não estava nem tentando proteger o rosto e o pescoço dos morcegos enquanto o ataque continuava. Meena não conseguia ver o rosto direito embaixo das dobras do sobretudo, que tinha formado uma espécie de toldo sobre ela, protegendo-a do ataque ameaçador.

Mas pensou ter visto rapidamente os olhos dele quando espiou para cima, tentando ver o que estava acontecendo, e podia ter jurado...

Bem, ela podia ter jurado que eles brilhavam num tom vermelho tão intenso quanto as luzes de freio que via na Park Avenue.

Mas isso, é claro, era impossível.

Tão impossível quanto o fato de que ela não pressentiu que ele morreria esta noite no minuto em que o viu indo em direção a ela.

E que morreria protegendo-a.

Mas tinha que ser isso o que estava acontecendo. Porque nenhum ser humano podia sofrer um ataque desses e sobreviver.

Meena não conseguia acreditar que nada daquilo estava acontecendo. Eram quatro horas da manhã e ela estava na rua 78 em frente a uma igreja pela qual já tinha passado centenas, talvez milhares de vezes antes, e estava sendo atacada por morcegos assassinos, e um homem, um completo estranho, se jogou sobre ela, voluntariamente dando a própria vida pela dela.

E então, assim que Meena teve certeza de que não aguentaria nem mais um minuto, quando estava convencida de que o ataque jamais terminaria e de que os morcegos devorariam o corpo do homem e chegariam ao dela, tão repentinamente quanto tinham aparecido, os morcegos sumiram.

Sumiram no céu da noite, tão misteriosamente quanto tinham aparecido.

E a rua ficou em silêncio de novo, exceto pelo som distante de tráfego na Park Avenue. Não havia um ruído sequer a ser ouvido, a não ser pelos ganidos de Jack Bauer e a respiração ofegante dela mesma. Não tinha se dado conta até aquele momento de que estava chorando.

Ela não conseguia ouvir a respiração do homem. Estaria ele morto? *Como ele podia estar morto sem que ela pressentisse a morte dele chegando?* Apesar de ele ser um estranho, ela devia ter percebido. Seu poder de prever a morte, indesejado, como sempre, nunca tinha falhado antes.

— Ah! — Ela se deu conta de que não conseguia respirar direito. Estava tentando inspirar grandes quantidades de ar, mas nenhum oxigênio parecia chegar-lhe aos pulmões. E não era porque o protetor tinha virado um peso morto sobre ela. — Ah, meu Deus.

Foi neste momento que o homem saiu de cima de Meena e, com uma voz profunda e com um sotaque que pareceu uma mistura de britânico com outra coisa, perguntou:

— Você está bem, senhorita?

Capítulo 16

4h10 EST, quarta-feira, 14 de abril
Catedral de St. George
Rua 78 East, 180
Nova York, NY

Nada daquilo era sequer remotamente possível, é claro.
Que ele estivesse completamente ileso e conversando com ela com tanta polidez como se ela tivesse tropeçado na coleira de Jack Bauer e caído na calçada e ele fosse um transeunte que parou para ajudá-la a se levantar.

Que ela estivesse olhando nos olhos de um estranho charmoso ajoelhado ao lado dela e visse que eles não eram vermelhos, e sim castanhos e normais.

— Est... Estou bem — gaguejou Meena em resposta à pergunta dele. Tinha soltado Jack Bauer porque não conseguia mais segurá-lo se contorcendo. Ele correu para o mais longe que a coleira permitiu e ficou rosnando, todos os pelos das costas eriçados. Meena não conseguia acreditar no quanto ele estava se comportando mal.

— Você está bem? — perguntou ela para seu salvador com voz trêmula.

— Estou muito bem, obrigado. — O homem tinha se levantado e se inclinou para pegar as mãos de Meena e ajudá-la a levantar. — Eu já tinha ouvido falar, é claro, que Nova York era perigosa. Mas não tinha ideia de que era perigosa *desse* jeito.

Ele estava...? *Estava.*

Estava fazendo uma piadinha.

O toque dele era firme. Meena se sentiu estranhamente segura por isso. E pela piadinha.

— N-não é — gaguejou Meena.

Meena concluiu que precisava se sentar. O toque dele nas mãos dela era a única coisa que a mantinha de pé.

— Acho que você precisa ir a um hospital — ela se ouviu dizer.

Ou eu, ela pensou. *Preciso de uma tomografia computadorizada da cabeça.*

— De modo algum — disse o homem, colocando um braço em torno dos ombros trêmulos dela. O toque dele parecia dizer: *Estou no controle. Não há necessidade de se preocupar com nada. Tudo vai ficar bem agora.* Em uma parte distante do cérebro, ela esperava que ele jamais a soltasse. — Estou bem. Mas acho que devia levar você para casa. Você parece exausta. Onde disse mesmo que morava?

— Eu não disse — respondeu Meena. A mente dela estava a mil, ela sabia. Mas a de quem não ficaria assim depois de um acontecimento como esse? Como ele podia estar tão calmo? Morcegos, lembrou Meena, às vezes transmitiam raiva. — Algum deles mordeu você? Devia ir imediatamente a um pronto-socorro. Eles conseguem controlar a raiva se ela for detectada cedo.

— Nenhum deles me mordeu — disse ele num tom divertido.

Ele pegou a coleira da mão dela e agora conduzia a ela e a Jack Bauer. Mas, ao contrário de Meena, Jack Bauer não estava nem um pouco cambaleante e lutava contra a mão que o guiava, com uma expressão nada diferente da de Kiefer Sutherland quando os terroristas sequestraram o presidente em *24 horas*, como se fosse atacar toda e qualquer pessoa que passasse na frente dele.

— Mas irei ao hospital e serei examinado assim que tiver levado você para casa em segurança.

— É importante — disse Meena enquanto atravessavam a rua. Ela sabia que estava falando sem parar, mas não conseguia evitar. *O que estava acontecendo? Quem era esse homem? Como ele podia estar ileso? Por que Jack Bauer agia como um louco?* — É importante que você vá. Victoria Worthington Stone pegou raiva uma vez de um morcego hidrófobo quando sofreu um acidente de avião na América do Sul, e durante a crise de meningite que teve em seguida, ela dormiu com o meio-irmão... apesar de não saber que ele era seu meio-irmão naquele momento.

O que estava dizendo? Victoria Worthington Stone? Ah, Deus. Sério mesmo?

O homem hesitou.

— Ela é amiga sua?

Tomada de constrangimento, Meena disse:

— Bem, quero dizer, Cheryl é. Ela faz o papel de Victoria Worthington Stone em *Insaciável*. Escrevo as falas dela. Mas é verdade o que falei sobre morcegos e raiva. Podemos ser apenas uma novela, mas buscamos autenticidade em nossos enredos...

Ou pelo menos costumávamos, antes de Shoshana virar redatora-chefe e ceder às exigências dos patrocinadores, ela conseguiu se impedir de acrescentar.

— Entendo — disse ele, guiando-a com delicadeza pela mercearia onde Jon disse que a entrega de frango não tinha sido feita. Havia um caminhão de entregas em frente à loja agora, com o motor roncando alto. *Ah, vai ter frango hoje,* pensou Meena de forma desconexa. É. Ela estava enlouquecendo.

— Então você é escritora.

— Escritora de roteiros. — Meena sentiu que precisava corrigi-lo. — Nunca escrevi uma cena como essa — disse ela, referindo-se ao que tinha acabado de acontecer em frente à catedral.

Ela não conseguia tirar da cabeça o som de todas aquelas asas batendo. E o cheiro deles, tão terrível, do jeito que ela sempre imaginou que seria o cheiro da morte, o qual, misericordiosamente, ela não tinha sentido. Conhecia tantas pessoas de quem a morte havia chegado tão perto, algumas das quais a morte até havia tocado, porque ela não tinha conseguido salvá-las...

Mas a morte jamais havia chegado tão perto dela.

E os gritos... aquele som que os morcegos faziam ao descer do céu, e depois quando os corpos deles se chocavam ao dele...

E aqueles olhos. Aqueles olhos vermelhos.

Com certeza ela tinha imaginado isso.

Meena tinha chegado o mais próximo da morte, do inferno na terra, do que gostaria.

E não entendia como tinha escapado. Não entendia mesmo.

— Me desculpe — disse ela, parando em frente dele e erguendo o queixo para olhá-lo no rosto. Não ligava mais para as lágrimas, nem para o modo como devia estar ou como sua voz soava. Tinha que saber. *Tinha* que saber o que estava acontecendo. — Mas eu não entendo. Como você pode não estar ferido? Eu os vi. Havia centenas deles, vindo diretamente para cima de nós. Eu os *senti* batendo contra seu corpo. Você devia estar destroçado. Mas não há um único arranhão em você.

Ele era tão bonito e tão... gentil. Como ela podia ter pensado qualquer coisa diferente do que ele era? Um estranho alto e maravilhoso que tinha salvado a vida dela?

— N-não me entenda mal — disse ela, balançando a cabeça. — Sou eternamente grata. O que você fez... foi incrível. Jamais conseguirei agradecer o bastante. Mas... *como* fez aquilo?

— Só havia alguns morcegos — respondeu ele com um sorriso.

Só alguns morcegos.

Mas... não. Tinha mais... muito mais do que isso. Meena tinha certeza.

Tanta certeza quanto podia ter tão tarde da noite, depois de um acontecimento tão traumático.

— Você está em casa agora — disse ele e assentiu em direção às portas de metal automáticas a alguns metros. — Lamento pelo que aconteceu. Acredito que foi minha culpa. Mas você ficará em segurança agora.

Meena olhou com atenção e percebeu que tinham mesmo chegado ao número 910 da Park Avenue. O toldo verde familiar estava sobre as cabeças deles. Através do vidro das portas, ela via Pradip, ainda cochilando na recepção com o rosto sobre o livro.

— Mas... — Ela olhou de volta para seu salvador, confusa. — Não falei para você onde eu morava. Nem falei meu nom...

Jack Bauer ganiu, puxando a coleira, ansioso para se afastar do homem que havia salvado a vida deles.

— É claro que falou. Foi maravilhoso conhecer você, Meena — disse o homem, tirando o braço de cima dos ombros dela. — Mas seria melhor se esquecer disso tudo e entrar agora.

Jack Bauer puxou-a em direção às portas, que se abriram automaticamente com um som baixo. Pradip, na recepção, se mexeu e começou a erguer a cabeça. Os pés de Meena, como se munidos de vontade própria, começaram a se mover em direção ao número 910 da Park Avenue.

Mas, na soleira da porta, ela se virou para olhar para ele.

— Nem sei seu nome — disse ela para o desconhecido alto, que estava esperando com as mãos nos bolsos do sobretudo, como se quisesse se certificar de que ela havia entrado em segurança antes de seguir em frente.

— É Lucien.

— Lucien — repetiu ela, para garantir que se lembraria. Não que fosse provável que ela esquecesse qualquer coisa daquela noite. — Muito obrigada, Lucien.

— Boa-noite, Meena.

E então Jack Bauer a puxou para dentro, e as portas automáticas se fecharam com um barulho suave.

Quando ela se virou para ver se conseguia dar uma última olhada nele, Lucien já havia ido embora. Ela não tinha certeza absoluta de que ele realmente tinha estado lá.

Exceto pelo fato de que, quando entrou no apartamento, viu que os joelhos do pijama estavam sujos de quando se encolheu na calçada.

Prova de que o que tinha acontecido não havia sido um sonho em absoluto, e nem um pesadelo.

Capítulo 17

4h45 EST, quarta-feira, 14 de abril
Catedral de St. George
Rua 78 East, 180
Nova York, NY

Não era aceitável. Eles o tinham atacado, e em local aberto, quando qualquer um podia ter visto. Uma pessoa *tinha* visto. É verdade que foi só a garota humana, e ela estava em tal estado de choque pela violência extrema do que havia acontecido e pelo tanto que chegara perto da morte que não conseguiria fazer um relato racional de tudo...

... dentro da improbabilidade de ela sequer se lembrar, o que não ia acontecer.

Mas esse não era o ponto.

Alguém teria que pagar. A questão era, quem?

Lucien estava parado em frente à catedral, olhando para as torres. Tinha voltado para lá depois de deixar a garota em casa. Não tinha passado despercebida para ele a ironia de *onde* ela morava. Mas isso provavelmente era de se esperar. Em muitos sentidos. Manhattan era uma junção de vilarejos, assim como seu país natal. As pessoas raramente se aventuravam para fora da área onde moravam, principalmente jovens mulheres passeando com cachorros pequenos e peludos às 4 horas da manhã.

St. George, ou São Jorge. A ironia *nisso* também não passou despercebida. Não tinha sido São Jorge quem matara o dragão?

E agora a catedral estava vazia enquanto sofria uma reforma. Que época melhor para os filhos de Dracul (ou "dragão", em sua língua natal, romeno) a profanarem?

E que época melhor do que agora para os Dracul enviarem a mensagem para o único filho legítimo do príncipe das trevas de que eles não mais obedeceriam às suas leis?

Suspirando, Lucien subiu os degraus onde, poucos momentos antes, tinha se defendido de um ataque de seus semelhantes. Devem ter espalhado a notícia sobre sua chegada segundos depois de ele ter botado o pé em solo americano para conseguirem juntar tantos para a missão de destruí-lo.

Era um pouco decepcionante descobrir que era tão violentamente detestado pelos seus semelhantes.

Por outro lado, nunca pediu para gostarem dele. Só para lhe obedecerem.

Olhando nas duas direções da rua para ter certeza de que estava sozinho, sem nenhuma bela moça de pijama passeando com o cachorro por perto, ele ergueu uma parte do andaime azul que cercava a catedral e entrou. A igreja, necessitando urgentemente de reforma, e mais ainda de uma limpeza, se erguia na frente dele, alguns dos vitrais quebrados, mesmo onde estavam cobertos por grades de metal.

Não que isso pudesse impedi-lo de entrar, e nem ninguém como ele.

Todos tinham ido embora, é claro. Devem ter esperado muito, sabendo que ele passaria por lá alguma hora, indo para a casa de Emil ou saindo de lá. Podia imaginar o bate-boca. Principalmente entre as fêmeas. As mulheres Dracul sempre tiveram língua venenosa.

Com apenas um pequeno movimento, ele entrou pelas portas acorrentadas da igreja e desceu pelo corredor central cheio de lixo. Os bancos estavam fora do lugar, alguns derrubados no chão, alguns meio caídos como marinheiros bêbados depois de uma noitada.

Como ele suspeitava, os Dracul tinham entrado na igreja também. Havia um contorno primitivo de um dragão feito com spray no que havia sido um altar de mármore ornamentado um dia.

Agora estava completamente destruído. Independentemente do quanto a congregação tivesse arrecadado para a reforma, precisariam do dobro para recuperar o altar.

Lucien balançou a cabeça. Tanta destruição desnecessária. Tanto descaso com a beleza.

Ele ouviu um ruído atrás de si e se virou, os reflexos rápidos como um relâmpago mas uma fração mais lentos do que o habitual por causa da energia que tinha gastado durante o ataque do lado de fora da igreja.

Mas felizmente era só uma pomba, voando entre os bancos depredados, que interrompia a solidão de Lucien agora. Os Dracul tinham ido embora, sem dúvida frustrados pela tentativa malsucedida de assassiná-lo.

Aliviado por não ter que se defender de novo tão cedo, ele permitiu que os ombros relaxassem um pouco. Tinha sido preciso usar todo o poder que ele ainda tinha depois do ataque para se curar dos ferimentos causados pelos Dracul. Não teria sido certo deixar que a garota visse o estado em que seu rosto e corpo tinham ficado, então tivera o cuidado de se cicatrizar mesmo quando os ferimentos estavam sendo feitos. Havia humanos que conseguiam tolerar a visão do rosto de um homem destroçado por um ataque de morcegos carnívoros...

E havia outros que não conseguiam.

A moça certamente caía na categoria dos que *não* conseguiam. Ela pareceu ser uma boa pessoa, ou pelo menos alguém que lutava para fazer a coisa certa. Mas os pensamentos dela, por alguma razão, tinham sido tão difíceis de ler quanto uma floresta tropical.

Alguns humanos eram assim. Alguns tinham mentes tão secas e áridas quanto um deserto, e assim como uma área descampada facilmente percorridas. Outros tinham mentes como a da moça com o cachorro, que só eram acessíveis com um facão.

Era estranho que uma moça bonita e vivaz tivesse tanta bagagem emocional. Mas ele confiava que, fossem quais fossem os segredos obscuros que ela guardava, eles não atrapalhariam a limpeza de memória que ele executou nela, o que garantiria que ela não se lembraria de nada do incidente e continuaria vivendo com alegria, como se o ataque nunca tivesse acontecido.

Ele desejava ter a mesma sorte.

Lucien ficou parado no meio das ruínas da catedral, pensando em seu próximo movimento. O sol subiria em breve. Ele precisava se abrigar, depois trocaria umas palavras com seu meio-irmão, Dimitri.

E obviamente faria um cheque generoso para o fundo de reforma da catedral de St. George.

Capítulo 18

8h45 EST, quarta-feira, 14 de abril
Hotel The Tennessean
Chattanooga, TN

Alaric, retornando de suas voltas matinais na piscina, olhou para a mensagem na tela do computador. Parecia bom demais para ser verdade.

VOCÊ ESTÁ CORDIALMENTE CONVIDADO...

PARA QUÊ: *Um jantar em nossa casa, Park Avenue, 910, apto. 11A*
QUANDO: *Quinta-feira, 15 de abril, às 19h30*
POR QUÊ: *O príncipe, primo de Emil, o príncipe, está na cidade!*

— Onde conseguiu isso? — perguntou a Martin pelo celular.
— O departamento de Tecnologia da Informação encontrou durante a busca de rotina e achou que podia ser importante.

O Vaticano tinha adotado a alta tecnologia algum tempo atrás e agora empregava uma armada inteira de programadores e analistas de sistemas para a Palatina, levando a batalha contra as forças do mal para o nível cibernético, além da realidade.

— E o que os faz pensar que isso tem alguma coisa a ver com *nosso* príncipe? — perguntou Alaric em italiano.

Martin parecia irritado, e não era de surpreender. Era hora da soneca em Roma, pelo menos para a filha de Martin, Simone. E provavelmente para Martin também. Ele dormia muito enquanto se recuperava dos ferimentos, graças a todos os analgésicos que os cirurgiões do Vaticano receitaram.

— Estão verificando listas de passageiros de todos os voos que chegam a Nova York, tanto comerciais como particulares, e acharam um Lucien Antonesco, professor de História Romena, em um voo de Bucareste ontem à noite. Primeira classe.

— E daí?

Alaric já estava entediado. A morte do dia anterior não tinha sido muito emocionante, exceto pela parte em que Alaric entrou voando pela janela, que, é claro, fora muito divertida. E o bufê no café da manhã, que ele tinha ido olhar ao voltar da piscina, era deprimente, no mínimo.

— Procuraram informações sobre esse professor Antonesco — disse Martin. — Dizem que ele dá aulas numa universidade, só no turno da noite, há 30 anos. Mas eles têm uma cópia da foto do último livro dele... O cara parece ter no máximo 35 anos.

Alaric ofegou.

— Ah — disse ele com sarcasmo. — A foto do livro. Bem, isso resolve tudo. Nenhum escritor *jamais* usaria uma foto velha no livro.

— Ele tem uma casa de veraneio em Sighișoara — prosseguiu Martin. — Dizem que é um castelo.

— Quem *não tem* um castelo em Sighișoara hoje em dia? — perguntou Alaric.

Ele pegou o controle remoto em cima da cama e começou a mudar os canais. O Tennessean, que se dizia um hotel de luxo, só tinha um canal de TV a cabo Premium, a HBO, e não havia nada de bom passando, a não ser, como podia se podia imaginar, um programa sobre vampiros. Alaric observou os vampiros de Hollywood por um tempo, rindo com deboche do quanto eles eram atraentes e controlados. Se as pessoas soubessem a verdade...

— Acho que esse pode ser legítimo, Alaric. A mulher que enviou o convite tem o sobrenome Antonesco. É uma socialite de Manhattan. O marido é um grande negociador no ramo de imóveis. Jamais tivemos motivo para suspeitar deles, mas o pessoal da informática encontrou a coincidência entre os sobrenomes, a palavra *príncipe* e o voo de hoje. Não custa nada verificar a tal festa, é o que dizem os superiores. Todo mundo diz que esse cara é da realeza. Ele tem que ser o príncipe do e-mail. Essa mulher alega que o marido descende da família real romena e que é uma condessa. Eles também têm uma propriedade em Sighisöara.

— Família real romena. — Os dedos de Alaric ficaram paralisados quando ele ia mudar de canal para tirar dos vampiros de Hollywood.

— Exatamente. Foi por isso que Johanna mandou para mim. Ela achou que você ia querer ver.

— Por que ela não enviou direto pra mim? — perguntou Alaric, confuso.

— Por que você acha, idiota? — Agora Martin parecia não só irritado, mas estar se divertindo. — O caso não é seu. Você deveria estar procurando o serial killer. Além do mais...

Alaric se inclinou para a frente.

— Além do mais o quê? — perguntou.

Não tinha dormido bem. Os travesseiros daquele hotel não eram muito bons. Ele os havia empilhado, mas eles não chegavam aos pés do conforto dos travesseiros de pena de ganso que tinha em casa. Alaric nem quis pensar no que encontraria se passasse uma luz negra sobre o edredom. Ele o tinha dobrado e colocado no armário, junto com o que era chamado de arte que decorava a parede daquele quarto.

— Holtzman ordenou que você continuasse atrás do assassino de Manhattan. Johanna diz que acreditam que você está muito envolvido nisso para ter permissão para ir atrás do príncipe — concluiu Martin rapidamente. — Lamento, amigão.

Alaric quase se engasgou com o gole da água com gás que tinha acabado de tirar do frigobar.

— Eu sei — disse seu ex-parceiro para acalmá-lo quando Alaric falou alguns palavrões. — Sei como você se sente. Acha que não está me matando ficar longe da ação enquanto isso tudo está acontecendo?

— Isso é *merda* burocrática — declarou Alaric e jogou a garrafa vazia de água no local onde a obra de arte horrenda estivera pendurada. Irritantemente, a garrafa nem quebrou. Era de plástico.

— Eu sei — disse Martin no ouvido dele. — Mas veja pela perspectiva de Holtzman. Você praticamente não pode mais ser considerado imparcial. E você não exatamente segue o protocolo quando se trata de caçar demônios, segue? Nem o controle de impulsos é um dos seus traços fortes. O que você jogou na parede?

— Nada — disse Alaric, levantando da cama e indo pegar a espada. — E me ressinto da insinuação de que, se estivesse lutando sozinho com o príncipe das trevas, eu não seria estritamente profissional. — Ele apontou a espada para o vampiro jovem e bonito que aparecia na tela da TV. — Sou perfeitamente capaz de manter minhas emoções sob controle enquanto arranco a cabeça daquele filho da mãe.

— Eu sei. Por que você acha que mandei o e-mail?

Alaric balançou a cabeça. Malditos burocratas. Ele amava o trabalho, mas uma coisa que não conseguia entender era como os superiores não conseguiam ver que só tornavam tudo mais difícil com tanta burocracia.

Martin era um exemplo. Ele ainda tinha que manter segredo para os superiores sobre o fato de ser casado com um homem. Não de Holtzman, claro... Holtzman, como Alaric, não dava a mínima para o que os colegas da guarda faziam à noite, desde que executassem o trabalho para o qual tinham sido treinados (apesar de Holtzman preferir que fizessem isso dentro do orçamento).

Mas os tempos e as atitudes estavam mudando no mundo todo. Era de se esperar que também mudassem no Palácio Papal.

— Apenas lembre-se — disse Martin. — Você não recebeu aquele e-mail de mim. Entendeu?

— Claro — disse Alaric, embainhando a espada. — Obrigado. Como você está?

— Já estive melhor. Já estive pior. Tenho que ir. Simone quer dormir O que você vai fazer hoje?

Alaric sorriu.

— Ah, o de sempre. Fazer o check-out. Pegar um avião para Nova York. Salvar o mundo.

Capítulo 19

14h EST, quarta-feira, 14 de abril
Prédio da ABN
Madison Avenue, 520
Nova York, NY

— Já sei. — O lábio inferior de Cheryl começou a tremer. Só um pouco. — Shoshana me contou ontem à noite.
— Não chore — pediu Meena, enfiando a mão em uma caixa de lenços de papel e passando alguns para a atriz principal de *Insaciável*. — É sério. Você sabe como sua maquiagem escorre quando você chora. E estamos em HD agora.
— Tudo bem — disse Cheryl. Mas pegou os lenços e secou os olhos mesmo assim. — Eles podem retocar. Só não acredito que, depois de todos esses anos, eles vão se vender e arrumar um *vampiro*. Para *Taylor*.
— Foi ordem da emissora — explicou Meena. Mas não sabia por que estava defendendo Shoshana. — O CDI quer. Tenho certeza de que deve haver algum produto envolvido que eles querem anunciar...
— Isso só torna tudo pior — disse Cheryl com um soluço.
— Não conte pra ninguém — disse Meena, tentando parecer animadora. — Mas acho que pensei em uma coisa pra você. Uma coisa fantástica.
Mas não estava disposta a dizer em voz alta. Ainda não. Só não sabia exatamente por quê.

Tudo bem, ela sabia por quê: a emissora ia odiar.

E é verdade... Talvez a reação de Leisha ao telefone quando Meena ligou para ela mais cedo para contar o que tinha acontecido em frente à catedral de St. George tivesse abalado a confiança dela um pouco.

— Morcegos? — repetiu Leisha.

— Sim — disse Meena enfaticamente. — Morcegos.

— Em frente à catedral de St. George — disse Leisha, como se pedindo confirmação. — E esse cara que passava se jogou sobre você para te proteger deles?

— E Jack Bauer — completou Meena.

Leisha a ignorou.

— E ele não sofreu nem um arranhão, apesar de todos esses morcegos terem atacado o rosto dele?

— É. E depois ele me levou até a porta do prédio. *Apesar de eu não ter dito onde morava.* Era como se ele soubesse.

— Olha só — falou Leisha. O som de secadores de cabelo ao fundo como sempre estava muito alto. — Há uma explicação totalmente racional para isso tudo. Você tomou o comprimido para dormir, apesar de achar que não tomou. E então você levou o cachorro para passear. E teve um pesadelo acordada.

— Só que não tomei o comprimido. Leisha, só tomei quando cheguei em casa. Tive que tomar; eu tremia tanto por causa de tudo que aconteceu! De que outra forma eu poderia ter dormido depois de uma coisa dessas? Eu estava péssima.

— Bem, não há outra explicação. Porque nada do que você descreveu poderia ter acontecido. Uma revoada de morcegos, ou sei lá como se chama quando é coletivo de morcegos e não de pássaros, não sai do nada pra atacar pessoas em Manhattan. E como ele poderia saber onde você mora, além do seu nome, que você também falou que ele sabia, sem você ter contado? Não existe gente que lê mentes, Meena. Exceto Sookie Stackhouse, e ela é um personagem. Você só consegue saber como as pessoas vão morrer, o que não é tão útil e nem tão bacana. Você tomou o comprimido antes de sair e não lembra, e depois sonhou tudo isso. Você está trabalhando em uma história de vampiros, lembra? É natural que tenha sonhado com morcegos. Vampiros, morcegos. Me surpreende que o cara do sonho não estivesse usando uma enorme capa preta ou que não brilhasse.

— Ele estava de sobretudo — disse Meena, franzindo as sobrancelhas. — Mas com certeza não brilhava. Era muito educado. E forte. Ficou com o braço em volta dos meus ombros no caminho todo para casa. Foi só por isso que não caí. Ele tinha o controle de tudo.

Pensar no quanto Lucien era forte e em como tinha tudo sob controle trazia de volta sensações reconfortantes de calor, mesmo quando Meena se lembrava de tudo já depois, durante o dia. Exceto por uma coisa.

— Mas Jack Bauer o odiou. Por que eu sonharia isso?

— Meu Deus, só estou feliz por você estar bem — disse Leisha, parecendo preocupada. — Independentemente do que aconteceu ontem à noite. Você não devia sair tão tarde, mesmo com Jack Bauer. E se o cara não fosse tão educado ou cavalheiro? Contou a Jon sobre isso?

Meena franziu a testa enquanto tomava o refrigerante.

— Não. Quero dizer... mais ou menos. Contei que vi uns morcegos do lado de fora da igreja. Só isso.

— Você não contou porque o cara era gato. — Foi uma afirmação.

— Não! Leisha, pare com isso. Eu mal falei com ele. — Ela não mencionou o calor que sentia quando pensava no quanto o sujeito era forte e tinha tudo sob controle.

— O quê? Você está enrolando! Por causa de um cara que você conheceu em *sonho*! Não acredito. Você *gosta* dele.

— Se foi um sonho, partes dele foram bem vívidas — disse Meena na defensiva. — E por que eu não deveria gostar dele? Ele salvou minha vida. E a de Jack Bauer.

— Eu sabia que esse lance de escrever pra uma novela doida ia afetar você um dia, e finalmente aconteceu. *Meena, você está apaixonada por um cara que seu subconsciente criou para você.* Um super-homem que te salva de ataques de morcegos. Meu Deus, é tão óbvio. Ele te salvou de ter que escrever sobre vampiros, coisa que você odeia! Principalmente agora, com Shoshana sendo sua nova chefe.

Meena tinha se levantado para jogar fora a lata de refrigerante. Parou quando ia jogá-la no cesto de reciclagem.

— Bem, acho que nunca pensei sob essa perspectiva. Mas... agora que você tocou no assunto, os morcegos *podem* representar meu ódio profundo e constante por vampiros.

— Certo. É claro. Isso não faz mais sentido do que achar que tudo realmente aconteceu?

— Talvez. Mas como explicar o que aconteceu com a parte dos joelhos do meu pijama? Estavam imundos quando acordei hoje de manhã. É claro que me ajoelhei no chão em algum momento...

— Você realmente saiu pra passear com Jack Bauer e se ajoelhou pra limpar o cocô dele? — sugeriu Leisha. — E não se lembra disso?

Meena fez uma careta.

— Você sabe mesmo como acabar com o romance em uma história, não sabe?

— É para isso que servem as melhores amigas, querida. É um trabalho sujo, mas alguém tem que fazê-lo.

Mas naquele momento, sentada no camarim de Cheryl, Meena se perguntava...

Tinha sido *mesmo* um sonho? O subconsciente trabalhando com as frustrações de ter que escrever sobre uma coisa que ela odiava, como Leisha disse?

E se fosse... Bem, por que não deixá-lo trabalhar a seu favor?

— Olha só — disse Meena. Ela olhou em volta pelo camarim luxuoso da atriz veterana como se tivesse medo que alguém estivesse escutando. Mas só havia a enorme coleção de bonecas de Cheryl (todas as bonecas da coleção Victoria Worthington Stone de Madame Alexander) observando. — Não diga nada a Shoshana, porque ainda não escrevi nada, mas eu estava pensando em fazer Victoria conhecer... bem, um príncipe.

— Um *príncipe*? — Cheryl ficou tão atônita que até parou de chorar. — Que tipo de príncipe?

— Um... príncipe romeno.

A verdade era que, desde que acordou naquela manhã, ainda atordoada pela confusão da noite anterior, apesar de Leisha provavelmente estar certa sobre tudo ter sido um sonho nascido da frustração dela por ter perdido a vaga de redatora-chefe e só porque ela tomou o comprimido antes, e não depois, da caminhada com Jack Bauer, Meena não tinha conseguido tirar Lucien e aquele sotaque ligeiramente europeu da cabeça.

E tudo bem, era mesmo possível que ele *fosse* produto da sua imaginação hiperativa, uma manifestação de como ela via seu eu criativo (era estranho que seu eu criativo fosse um cara lindo de sobretudo preto, mas sabe-se lá...), que a salvava de morcegos, também conhecidos como o enredo de vampiros concebido por Shoshana (que estava usando meia-calça naquele dia, e que provavelmente nem era do tipo de compressão para segurar a barriga).

Mas Meena tinha se sentido tão segura e protegida nos braços dele... Não se sentia assim há muito tempo. Ultimamente sempre parecia que os lobos (ou morcegos) a estavam atacando. Quando não eram as contas a pagar no final do mês, era Shoshana, conseguindo todas as promoções sem fazer trabalho algum no escritório.

Meena suspeitava que Cheryl provavelmente se sentia da mesma forma, pois ela suspirou de repente, olhou para seu reflexo no espelho do camarim e ajeitou o decote.

— Não sei. — Cheryl parecia cética. — Não se ofenda. Mas você contra a emissora? Não vai dar certo. Deixaram Gregory Bane matar Beverly Rivington em *Luxúria* outro dia. Ela estava na novela há 25 anos, e deixaram que um garoto franzino com um corte de cabelo esquisito chupasse todo o sangue dela. Se isso não servir como analogia para o caminho que minha carreira está seguindo, não sei o que pode ser.

— Eu sei — disse Meena. Estivera torcendo para que Cheryl não tivesse ouvido falar sobre Beverly. Mas isso era ridículo em uma área como aquela, em que todo mundo tinha um iPhone e estava conectado ao E! Online 24 horas por dia, sete dias por semana. — Mas não vou deixar isso acontecer a você.

— É mesmo? — Cheryl ergueu uma sobrancelha. — Como?

— Vou criar um príncipe romeno matador de vampiros que Victoria vai contratar para matar o namorado vampiro da filha dela — disse Meena dramaticamente.

Meena sabia que estava se arriscando. Criar um personagem apenas para matar o personagem de Shoshana? O vampiro que deveria salvar *Insaciável* da lavada que estava levando de *Luxúria* na audiência? O vampiro que a *emissora* queria?

Estaria louca?

Mas jamais tinha se sentido tão sã na vida.

Cheryl evidentemente não concordava.

— Vai ser seu fim, querida — disse ela.

— Tem cara de Daytime Emmy para mim.

Cheryl fez cara de modesta.

— Ah, querida. Dos seus lábios para os ouvidos dos eleitores do Emmy. — Ela deu uma ajeitada no cabelo armado. — Acho melhor eu ir lá chupar a língua daquele padre.

Meena foi atrás de Cheryl até o corredor. Mas em vez de ir para o estúdio, ela se virou para voltar para o escritório. Precisava começar imediatamente a escrever sobre Lucien, o príncipe romeno que ia matar o vampiro de Shoshana. Quem imaginaria que ser quase morta por um monte de morcegos podia ser tão inspirador?

Mas ela sabia que não tinham sido os morcegos que fizeram a veia criativa dela pulsar; tinham sido os olhos calorosos e castanhos de Lucien...

E já que estava pensando nisso, talvez devesse escrever um anúncio para publicar na internet, no Craigslist Missed Connections. De que outra forma veria Lucien de novo?

Enquanto pensava em como descreveria os calorosos olhos castanhos no anúncio, quase deu uma trombada em Taylor, saindo do elevador com o figurino e a maquiagem para uma cena que estava filmando no estábulo com o atual interesse amoroso da personagem, Romero, o instrutor de equitação.

— Ah, meu Deus, Meena! — gritou Taylor, abraçando Meena. — Muito obrigada!

Meena, se sentindo um tanto enforcada, retribuiu o abraço de Taylor.

— É claro. Pode contar comigo.

Obrigada pelo quê?

— Você nem imagina o quanto é importante para mim seguirmos esse enredo fantástico — disse Taylor, soltando-a e olhando para ela com lágrimas brilhando nos olhos azuis. — Eu estava com tanta inveja da Mallory Piers de *Luxúria* pela atenção que ela tem recebido da imprensa por todas as cenas que faz com Gregory Bane. E agora vou ter meu próprio vampiro!

— Ah. Isso. Certo. — Meena passou a mão pelo cabelo curto distraidamente. Não conseguia deixar de se sentir um pouco culpada por estar indo para o escritório com a intenção de matar o novo interesse amoroso de Taylor. — Bem, a ideia foi mais da emissora. Do CDI, na verdade...

— Eu sei. Shoshana já me contou.

Aposto que sim, pensou Meena. Shoshana parecia ter percorrido o prédio inteiro, falando sem parar.

— Acho maravilhoso que vocês duas estejam trabalhando juntas para trazer de volta um pouco de sangue novo para *Insaciável* — disse Taylor, pegando as mãos de Meena.

— Imagina. — Não achava que era uma boa hora para dizer que estava planejando criar um par romântico para Cheryl que ia enfiar uma estaca no coração do novo namorado de Taylor na telinha.

— Obrigada de novo. E obrigada pelos sanduíches que você vive deixando no meu camarim. Mas você sabe, eles não fazem parte da minha nova dieta. Que tal sashimi?

Ela saiu correndo, as coxas tão finas que lembravam as de uma gazela. Meena entrou no elevador com uma expressão levemente contrariada e deu de cara com Shoshana lá dentro.

Ótimo.

— Oi, Meena — disse Shoshana com um sorriso travesso.

— Oi, Shoshana. — Meena não pôde deixar de notar que Shoshana estava com a bolsa de dragão de Marc Jacobs. De perto, Meena viu que a bolsa tinha uma alça longa removível também, assim, independentemente de quanta tralha você enfiasse lá dentro, ela jamais machucaria o ombro. — Sobe?

— É claro. Ansiosa para conhecer nosso novo Maximillian Cabrera na sexta?

— Quem é Maximillian Cabrera? — perguntou Meena, perplexa.

— O amante vampiro de Taylor — disse Shoshana, revirando os olhos, como se Meena fosse burra por não saber. Só que Meena não tinha lido os capítulos do enredo de vampiros. Como poderia, já que Shoshana nem tinha passado ainda para Paul redigir? — Stefan vem fazer o teste para o papel na sexta. Você estava lá quando contei a Sy sobre isso. Lembra?

Meena, irritada, manteve o olhar nos números acima das cabeças delas enquanto o elevador subia.

— Ah, claro.

— E Stefan me disse que Gregory deve vir com ele — acrescentou Shoshana.

— Que ótimo — disse Meena. Talvez trouxesse mesmo Jon para o trabalho com ela na sexta. Ele não podia se sair pior no teste do que um amigo qualquer de Gregory Bane.

E Jon era mais bonito. Não que Meena fosse admitir isso na frente dele.

— Estou feliz por você ter decidido agir em favor da equipe com relação a isso, Meena. Você coça as minhas costas e talvez algum dia eu coce as suas.

Aposto que sim, pensou Meena com cinismo.

Capítulo 20

1h EST, quinta-feira, 15 de abril
Concubine Lounge
Rua 11 East, 125
Nova York, NY

A boate estava escura e a música *techno* tocava mais alto até do que na maioria das boates de Bucareste.

Não que Lucien frequentasse esse tipo de lugar... se pudesse evitar. Eram enfumaçados demais para o gosto dele e costumavam atrair uma gente grosseira, seduzida pela promessa de enormes quantidades de bebida barata e mulheres com pouca roupa. Esse tipo de boate era mais para estudantes. Lucien ficava pouco à vontade em ser visto no mesmo lugar que seus alunos. Sentia que não era apropriado.

Principalmente quando as alunas jogavam as pernas sobre as dele e começavam a esfregar a virilha nele, numa dança popularmente chamada de "esfrega".

Lucien tinha visto muitos estilos de dança virem e irem, normalmente com mais diversão do que preocupação. Mas de todos eles, esperava que o "esfrega" fosse o que duraria menos. Não havia nada de atraente ou de sexualmente envolvente naquilo.

No entanto, enquanto avaliava a pista de dança lotada do Concubine, viu que o esfrega era tão popular nos EUA quanto era em Bucareste.

Era um pouco difícil de saber por causa da fumaça das máquinas de gelo seco. Mas assim parecia, vendo todos os corpos se remexendo uns contra os outros.

Quando um corpo, usando só uma calça preta de couro e um top de metal, se afastou dos outros e veio chegando para perto dele, Lucien perguntou:

— Onde está Dimitri?

A garota passou a mão com unhas pintadas de preto pelo abdômen reto dele, puxando a camisa branca de dentro da calça. Olhou para ele por entre uma franja loura espetada, começou a se esfregar nele no ritmo da música e disse de forma sedutora:

— Não precisamos dele. A não ser que você goste assim.

Lucien segurou o punho da garota com força antes que ela enfiasse a mão dentro da calça dele.

— Onde está Dimitri? — perguntou ele de novo, os olhos brilhando, vermelhos.

A garota parou de se esfregar e disse, a voz aguda num gemido de medo:

— Ele está ali. Meu Deus! Eu só estava tentando ser simpática.

Lucien soltou o punho dela e foi até a área VIP, para onde ela tinha apontado com um dedo trêmulo. Não tinha pretendido assustá-la.

Por outro lado, ela estava doidona e tinha esperança de que ele tivesse drogas que a deixariam ainda mais doidona. Fora isso, a mente dela estava tão vazia quanto o Saara. Lucien não podia evitar a lembrança da moça com o cachorro da noite anterior, cuja mente era justamente o oposto, impenetrável como uma floresta.

Ele se perguntou por que não conseguia parar de pensar nela. Disse para si mesmo que era só porque ela e a garota de calça de couro tinham idades próximas e eram bonitas.

Mas a semelhança terminava aí. Ele tinha parado de sentir pena de viciados como a garota de calça de couro. Havia muitos deles hoje em dia.

A área VIP onde Dimitri estava sentado era separada da pista de dança por cordas pretas de veludo e era composta de uma série de cabines elegantes que formavam um abrigo da música alta e dos corpos girando na pista de dança. Nos bancos macios de couro preto havia meia dúzia de homens de meia-idade, todos velhos e barrigudos demais para as mulheres extremamente jovens e magras que se espalhavam entre eles, os olhares de corça delas tão vazios quanto o da garota que tinha acabado de tentar se esfregar em Lucien.

Em uma cabine ao lado, havia alguns homens bem mais jovens. Um deles olhou para cima e sorriu quando Lucien se aproximou...

... na mesma hora em que dois enormes guarda-costas tentaram bloquear a passagem de Lucien.

— Lamento, senhor — disse um dos homens, que pesava quase 140 quilos e usava, em torno do pescoço grosso, uma corrente de ouro com o nome *Reginald* escrito. — Essa área é só para clientes VIP.

— Percebi isso, Reginald. Estou aqui para ver o Sr. Dimitri. E você vai me deixar passar.

— É claro que vou — disse Reginald e chegou para o lado. — Me desculpe, senhor.

O parceiro de Reginald, que pesava quase tanto quanto ele, tudo puro músculo, ficou perplexo.

— Reggie! — gritou ele. — O que está fazendo?

Enquanto Reginald soltava a corda de veludo para deixar Lucien passar explicou:

— Você ouviu. Ele veio ver o Sr. Dimitri.

Dimitri tinha se levantado e veio ao encontro de Lucien. Era um homem alto, de cabelos escuros, usando um terno com um corte tão perfeito quanto qualquer um dos ternos de Lucien e uma camisa branca aberta no pescoço, que revelava um cordão de couro no qual estava pendurado um pequeno símbolo de um dragão de metal.

— Irmão — disse Dimitri, esticando a mão para apertar a de Lucien. — Que surpresa. Faz tanto tempo. Quando chegou?

— Dimitri — respondeu Lucien friamente. Ele apertou a mão do meio-irmão, ignorando a pergunta. — Você está bem, pelo que posso ver.

— Ah, isso? — O gesto amplo que Dimitri fez com a mão esquerda (com a qual ele segurava um caro charuto cubano; ele sempre gostara de fumar, lembrou Lucien, assim como ele próprio sempre gostara de bons vinhos) englobava Reginald e o parceiro, a área VIP, a boate inteira. — Isso não é nada. Tenho outras quatro espalhadas pelo país e vou abrir mais uma no Rio de Janeiro no mês que vem.

— No Rio — disse Lucien, erguendo as sobrancelhas. — Ainda pisando em solo perigoso.

— Que perigo? É uma casa noturna — disse Dimitri, enfatizando a palavra *noturna*. — Só que chamamos de *lounge* agora. Você ia adorar o Rio. A umidade! É muito boa para a pele. Venha, você precisa conhecer alguns dos meus amigos da TransCarta. Você já deve ter ouvido falar, a empresa de *private equity*. Estão fechando um negócio enorme agora e precisam aliviar o estresse. Então é claro que vieram aqui. Todo mundo que trabalha na área financeira tem reputação ruim hoje em dia. Publicidade negativa. Esse é um assunto que eu e você conhecemos, não é, irmão?

Dimitri riu da própria piada e pegou Lucien pelo braço, numa tentativa de guiá-lo até a cabine de homens de meia-idade sendo paparicados pelas jovens magrelas.

— Talvez mais tarde, Dimitri. Prefiro falar em particular com você por um minuto primeiro. Temos muitas coisas a discutir, você e eu.

— Besteira. Prazer antes do trabalho! Sei do que você está falando... e por que está aqui. — Ele passou um braço ao redor do ombro de Lucien e começou a levá-lo para a cabine de onde tinha acabado de sair. — Uma tristeza, essas meninas mortas. E já perguntei por aí... Pode acreditar, não é bom para a boate haver um maníaco solto assim. Mas posso garantir que ninguém sabe nada. Se soubessem, você não acha que eu já teria cuidado disso? Você me conhece, Lucien. Qualquer coisa para melhorar o lucro final!

Lucien inclinou a cabeça em direção à garota que tinha se aproximado dele quando entrou, a de top de metal. Ela agora girava sozinha na pista de dança, presa em seu estupor induzido pelas drogas.

— E ela? Você não está sendo muito eficiente em manter drogas pesadas fora daqui. Isso não pode ajudar a melhorar o lucro final.

Dimitri seguiu o olhar do meio-irmão.

— Ah, drogas — disse ele e revirou os olhos. — Bem, o que se pode fazer? Elas estão em toda parte. O governo devia legalizá-las de uma vez, colocar impostos sobre elas e usar o dinheiro para pagar o déficit e dar aos viciados a ajuda de que precisam. Mas por que estamos falando sobre um assunto tão deprimente? Venha, você não vê Stefan há séculos. E precisa conhecer meu mais recente projeto.

— Seu mais recente projeto? — Lucien ergueu a sobrancelha. — Não é esse... lounge?

— Não mesmo!

Dimitri o guiou em direção à mesa onde havia um jovem um tanto debilitado e um companheiro em estado ainda pior, os dois usando calças muito apertadas e camisas abertas até o peito embaixo de jaquetas de couro. Do lado de cada um havia uma mulher magra como um lápis que não parecia estar usando muita roupa, tinha seios excepcionalmente pequenos e cabelos bem lisos.

— Uma nova empreitada de negócios — anunciou Dimitri com entusiasmo. — Gregory Bane, este é meu irmão, que veio diretamente da Romênia, Lucien Antonesco.

— Olá, senhor.

O mais magro dos dois jovens se levantou para apertar a mão de Lucien. Lucien soube por que ele estava sendo tão subserviente antes mesmo de sentir a pele de Gregory Bane... ou de ver a tatuagem de dragão que decorava a parte interna do pulso pálido.

— É um prazer — disse Lucien sem sorrir.

— O prazer é todo meu — disse Gregory Bane, os olhos piscando nervosamente.

Lucien se perguntou há quanto tempo o rapaz tinha se transformado e quem o tinha transformado. Não Dimitri, com certeza. Seu irmão era muitas coisas... mas não isso. Era mais provável que tivesse visto uma oportunidade e então mandado uma de suas muitas amantes executar o serviço. Lucien supunha que o rapaz era atraente pelo padrão das atuais alunas que ele tinha, que costumavam ser magras e com aspecto sujo.

O outro rapaz, que usava o dragão assim como Dimitri, num símbolo de ferro em um bracelete de couro, ficou de pé e estendeu a mão direita...

— Tio Lucien — disse Stefan um tanto timidamente.

Aquele garoto nunca tinha batido bem da cabeça, pensou Lucien ao apertar a mão do sobrinho.

Se tinha sido porque ele havia visto o pai assassinar a mãe (era uma época e um lugar diferentes, quando o uxoricídio não era tão incomum, apesar de Lucien nunca ter aprovado) ou porque ele tinha sido transformado jovem demais, Lucien nunca teve certeza.

O jovem era uma grande decepção. Dimitri sempre elaborava um esquema ou outro para dar a ele algum rumo. Mas nunca tinha permitido que o rapaz usasse o sobrenome do pai. Como ele podia esperar que Stefan tomasse algum tipo de iniciativa profissional?

Que jogo Dimitri estaria jogando agora?, Lucien se perguntou. E o que os analistas financeiros barrigudos da TransCarta tinham a ver com isso? Seria mesmo aquilo tudo somente parte da nova empreitada comercial de seu meio-irmão?

Ou alguma coisa mais pérfida?

Dimitri fazia o papel de familiar acolhedor, de braços abertos... Até pediu garrafas de Veuve, apesar de champanhe nunca ter sido a bebida favorita de Lucien. Nunca tinha gostado de bolhas, que sumiam imediatamente em sua língua. Preferia vinhos mais pesados e carnudos, que cobriam a boca como... bem, como uma refeição.

Mas tudo aquilo parecia um pouco com o champanhe, ou com as jovens humanas que se jogavam em Gregory Bane e no desafortunado Stefan (sem falar nos gerentes de investimento da cabine ao lado), que não falavam nada e sumiam com frequência para ir ao banheiro feminino, depois voltavam limpando o nariz, as mentes tão vazias quanto a da garota que tinha tentado dançar com ele.

Ostentoso demais. Sem substância. Só um monte de nada.

Depois de um tempo, Lucien achou que vira o bastante. Se havia respostas na boate do meio-irmão, ele não as encontraria dessa forma.

Ele pediu licença, dizendo que tinha que ir.

Dimitri o levou até uma porta dos fundos, já que a da frente estava lotada demais de frequentadores entorpecidos para que ele conseguisse sair sem ter que passar empurrando todo mundo.

— Onde vai ficar enquanto estiver aqui? — perguntou Dimitri, casualmente demais, soprando fumaça de charuto em direção à noite estrelada, que mal podia ser vista da viela escura onde eles estavam.

— Emil arrumou um lugar — disse Lucien. Quanto menos ele falasse sobre isso, pensou Lucien, melhor. Confiava no irmão...

Mas só até certo ponto.

Dimitri deu uma risada.

— Emil. Ele ainda está com aquela esposa idiota?

— Está.

— Casamento. Aí está uma coisa que nós dois temos em comum. Não precisamos nos prender com *isso*. Bem, não de novo.

— Nunca pareceu prudente — concordou Lucien.

Dimitri olhou para ele por um segundo ou dois antes de cair numa gargalhada de surpresa.

— Prudente — gritou ele. — Ouça só você! Não mudou nada, não é? Nem mesmo depois desse tempo todo.

Lucien lançou-lhe um olhar avaliador.

— Não. Acho que nenhum de nós dois mudou.

Dimitri parou de rir de repente e apontou para Lucien.

— Não gostei do jeito que você falou isso — disse numa voz grave. — Espero que não tenha vindo procurar problema, Lucien. Porque temos vivido muito bem deste lado do Atlântico sem sequer um problema vindo dos palatinos... e sem *interferência alguma* de sua parte.

Os olhos dele, normalmente tão escuros quanto os do irmão, brilharam vermelhos como a ponta do charuto quando disse *interferência alguma*.

Um segundo depois, um torvelinho de lixo, poeira, cascalho e vidro quebrado que havia no chão da viela bem em frente a Lucien começou a rodopiar cada vez mais rápido até se tornar um tornado alto e violentamente destrutivo indo bem na direção dele.

Lucien ergueu um braço para proteger o rosto.

E então Dimitri foi arremessado contra a lateral de um depósito de lixo, como se um vento invisível o tivesse erguido e jogado lá. A queda foi amortecida por algumas caixas de bebida vazias que alguém tinha dobrado e empilhado na frente do depósito de lixo para serem recicladas. Se não fosse por isso, ele teria se chocado contra o receptáculo de aço com tanta força quanto se tivesse sido atirado por uma arma.

Enquanto estava lá deitado, atordoado, o turbilhão que havia criado morreu tão abruptamente quanto ele tinha desmoronado, os pedaços de vidro e lixo caindo de volta no chão da viela.

Lucien andou até onde o irmão estava, fazendo uma pausa no caminho para cuidadosamente pisar no charuto que Dimitri tinha deixado cair, pegando-o depois e colocando-o no depósito de lixo atrás dele.

Lucien estava furioso... mas mesmo quando furioso, ele ainda se preocupava com lixo jogado no chão.

— Não tenho ideia de que tipo de jogo você está jogando aqui, Dimitri — disse Lucien, apoiando o cotovelo na lateral do depósito de lixo e falando com o irmão com uma voz que era quase assustadora pela calma depois da violência que havia eclodido segundos antes. — Boates cheias de banqueiros investidores e jovens viciadas. Esse é o seu negócio, e concordei há muito tempo que ficaria longe dos negócios dos Dracul, desde que não houvesse mortes humanas devido à perda de sangue. Mas agora... não é a Guarda Palatina que você deve temer... sou eu.

Dimitri, caído contra a lateral do depósito como um saco de lixo esperando para ser recolhido, fez uma careta para o irmão.

— Sei disso — ele falou, esfregando a nuca. — Sempre soube. Você não precisava me acertar com tanta força.

— Aquelas garotas mortas — disse Lucien, ignorando o irmão. — O que você sabe sobre elas?

— Já falei. Não sei nada sobre elas.

Uma prateleira de aço inoxidável que estava abandonada ao lado do depósito de lixo se ergueu de repente no ar e flutuou ameaçadoramente sobre a cabeça de Dimitri.

— Espere — gritou Dimitri, colocando um braço sobre o rosto para proteger as belas feições de serem destruídas. — Tudo bem, tudo bem. Sim, ouvi falar...

Lucien deixou a prateleira cair inofensivamente de lado. O barulho que ela fez foi ensurdecedor, e os dois homens puderam ouvir ratos guinchando e fugindo. Dimitri, ainda caído na imundície do chão da viela, fez uma careta.

— Mas você não pode achar que sei quem está fazendo isso, Lucien. É óbvio que, se eu soubesse, acabaria com tudo. Nem sei por que você acha que é um de nós. Está claro que é um pervertido doentio.

— Que bebe sangue humano — disse Lucien calmamente.

— Bem, muitas pessoas bebem. Está na moda ser vampiro hoje em dia. Ou pelo menos agir como um.

Lucien examinou o irmão mais novo. Gostaria de acreditar que Dimitri era tão inocente quanto alegava.

Mas Lucien tinha cometido o erro de acreditar na inocência do irmão no passado.

E isso quase tinha lhe custado a vida.

Não cometeria o mesmo erro de novo, principalmente porque agora podia envolver vidas humanas.

— Se eu descobrir que você sabe qualquer coisa sobre esses assassinatos e não me contou ou não fez nada para impedir o assassino de agir, ou talvez até que esteja por trás dos assassinatos, vou destruir você e tudo e todos que você ama, Dimitri. Entendeu?

Dimitri, tentando ficar de pé e sair do meio do lixo e da sujeira, disse:

— Irmão! Obviamente começamos com o pé esquerdo de novo. Lamento aquele mal-entendido. Não podemos...

Mas Lucien não tinha terminado. Ele colocou uma mão no ombro do meio-irmão e o empurrou de volta para o lixo do qual ele estava tentando se erguer.

Depois Lucien se inclinou e sussurrou no ouvido dele:

— Não. Não podemos. Você conhece o acordo. Todo mundo pode beber. Mas ninguém pode...

— Pelo amor de Deus, Lucien! Acha que não sei, depois de todos esses anos? Ninguém pode matar um humano, não importando o quanto possa estar com sede. Fazer isso trará retaliação rápida e absoluta da parte do príncipe. Os Dracul vivem sob suas ordens há mais de um século. Acha que as esquecemos?

— Acho — disse Lucien com raiva. — Porque já esqueceram antes. E esquecerão de novo.

Foi naquele momento que a porta de trás da boate se abriu e Reginald e o parceiro apareceram.

— Sr. Dimitri? — disse Reginald um tanto alarmado, vendo o chefe no chão da viela.

Lucien continuou parado.

— Dê uma mãozinha a ele, Reginald — pediu Lucien, olhando para trás, ao se virar e passar rapidamente por ele e entrar na noite escura. — O Sr. Dimitri vai precisar de toda ajuda que puder conseguir.

Capítulo 21

19h EST, quinta-feira, 15 de abril
Catedral de St. George
Rua 78 East, 180
Nova York, NY

Meena ficou olhando para a catedral. Na luz pálida do poente, ela estava bonita, com as torres subindo em direção ao céu de primavera e os vitrais elegantes, mesmo alguns deles estando um pouco quebrados. Quem jogaria pedras na vidraça de uma igreja?

Lógico, estava cercada pelos tapumes azuis de compensado que sempre envolviam um prédio em Manhattan que entrava em reforma.

Mas o compensado não era alto o suficiente para esconder a grande e linda catedral que havia atrás.

Uma catedral que, há apenas duas noites, tinha sido o palco de um ataque inexplicável e brutal.

Tinha mesmo?

Meena ficou parada na base da escada da catedral com Jack Bauer na coleira, exatamente onde estavam duas noites atrás quando os morcegos desceram de repente do nada.

A princípio ela havia ficado com medo de Jack não querer chegar perto da igreja por causa do que tinha acontecido na última vez em que estiveram lá.

Mas ele não demonstrou sinal algum de relutância. Andou tranquilamente até a igreja e levantou a pata em um carro estacionado em frente a ela.

Ele obviamente não guardava nenhuma lembrança ruim do incidente.

Mas apesar de as lembranças dela terem ficado um pouco embaralhadas a princípio, ela se lembrava de tudo agora, tão claramente como se tivesse acontecido há poucos minutos, e não quase 48 horas atrás. Lá estava o ponto na calçada onde ela havia se abaixado, com o coração na garganta, por muito tempo, enquanto os morcegos se jogavam contra o rosto e corpo de Lucien, tentando (ela tinha tido certeza quando aconteceu) parti-lo em pedacinhos.

Só que no fim ele estava ótimo, o rosto sem uma marca sequer.

E era verdade, não havia gota *alguma* de sangue nem nada do tipo no chão para demonstrar que tinha acontecido um ataque.

Mas ela reconheceu a rachadura na calçada; como poderia esquecer? Seu rosto tinha ficado bem em cima dela quando Lucien se jogara sobre seu corpo, protegendo-a.

Era estranho, Meena pensou enquanto olhava para as torres da igreja, se perguntando se os morcegos estavam lá e quando poderiam acordar e atacar de novo. Não tinha uma sensação ruim vinda da catedral, apesar de o local exato onde estava naquele momento quase ter sido o palco de uma violência selvagem.

Meena não pensava que, por ser redatora de diálogos de uma novela da qualidade de *Insaciável*, era particularmente brilhante. Não tinha pose de gênio criativo.

Nem se achava mais criativa do que qualquer um dos artistas que às vezes via do lado de fora do Metropolitan, os que pintavam pores do sol e paisagens amadoras e depois os vendiam a turistas que estivessem passando por lá.

Meena achava que seus scripts para *Insaciável* eram a mesma coisa: um reflexo do que estava acontecendo diariamente em frente ao americano comum, assim como um pôr do sol... Só que talvez um pouco mais dramático, para manter as pessoas interessadas.

Mas ela sempre percebeu que era um pouco mais sensível ao humor do que as outras pessoas, possivelmente por causa da capacidade de saber quando alguma coisa horrível ia acontecer com alguém.

Talvez apenas não houvesse nada de terrível sobre a catedral a ser sentido. Porque uma tragédia na catedral tinha sido *evitada*... graças a Lucien, fosse quem ele fosse. Ele tinha salvado a vida dela. Ela não sabia como nem por quê, mas era o que ele tinha feito.

Meena se perguntou se Lucien pensava sobre o que havia acontecido do lado de fora da igreja e sobre o quanto tinha sido estranho. Talvez ele também tenha ficado de pé em frente à catedral e se perguntado as mesmas coisas. Talvez tivesse publicado um anúncio no Craigslist Missed Connections sobre *ela* (Meena tinha ficado com vergonha de publicar um sobre ele). Era melhor se lembrar de verificar...

— Meena?

Meena quase pulou de susto. Ela se virou, meio na expectativa de encontrar Lucien olhando para ela.

Mas era apenas Jon, parecendo um tanto surpreso por vê-la em frente à catedral de St. George em uma noite de quinta, olhando para o nada.

— O que está fazendo aqui? Achei que tinha ido passear com Jack Bauer.

— E fui mesmo — disse Meena, puxando a coleira. Jack Bauer estava deitado na calçada, lambendo a perna, e a ignorou. — Quero dizer, estou passeando. Eu só estava... pensando em uma coisa.

— Dá para ver. — Jon foi para o lado dela e olhou para as torres da igreja. Estava vestido com calça cáqui e uma camisa bonita e usava, por alguma razão, uma gravata. Na mão direita ele trazia um saco de papel. — Ainda está com medo daquela revoada de morcegos?

— Acho que morcego não tem coletivo. Procurei na Wikipedia. E descobri que eles normalmente não atacam nada e nem ninguém em grupo do modo como fizeram na outra noite. Aquilo deve ter sido um acaso. Eles são caçadores solitários. Porque usam o sonar de alta frequência.

Jon olhou para ela como se estivesse louca.

— Tudo bem. É bom saber. Você vai em casa se arrumar? Temos o jantar dos Antonesco em meia hora.

Ela piscou.

— O quê?

— O jantar da condessa — disse ele. — Lembra? Em homenagem ao primo dela, o príncipe. É noite de quinta-feira. Você disse que iríamos.

Meena revirou os olhos.

— Ah. Aquilo. É. Não podemos ir. Eu não confirmei presença.

— Meena — disse Jon, balançando a cabeça. — Conversamos sobre isso. Dissemos que iríamos.

— Bem, eu nunca disse para ela que iríamos. Então acho que não podemos ir. Uma pena. Vamos ver uma maratona de *The Office* então.

— Não. Comida de graça. Lembra? Além disso, encontrei Mary Lou no elevador hoje e ela perguntou se a gente ia, e eu disse que sim. Então temos que ir. Veja, comprei uma garrafa de vinho pra eles. — Ele ergueu o saco de papel. — Custou 6 dólares. Não vou desperdiçar.

Os ombros de Meena arriaram.

— Ah, meu Deus. Acho que não aguento uma festa da condessa esta noite. A semana foi horrível.

— Eu sei — disse Jon, pegando-a pelo cotovelo e afastando-a da igreja — Mas você quer conhecer esse tal príncipe, não quer? Não é ele que você quer usar de modelo para o matador de vampiros em seu script? O cara para Cheryl?

— Na verdade, acho que conheci uma pessoa que seria um modelo melhor para o príncipe — admitiu Meena enquanto começaram a andar em direção ao número 910 da Park Avenue.

— É mesmo? Quem?

— Ah, só um cara — falou Meena, sabendo o que Jon diria sobre a aventura dela com Lucien do lado de fora da catedral há duas noites.

E se ela contasse a ele, ele só faria um sermão de irmão mais velho sobre ela sair do apartamento de madrugada, coisa que ela sabia que não devia ter feito. Na sociedade machista em que viviam, ainda não era totalmente seguro para uma mulher andar pelas ruas de Nova York sozinha de madrugada. (Embora, para ser justa, não fosse seguro para *ninguém* fazer isso. Havia bandos enlouquecidos de morcegos em todos os cantos.)

— Bem, dizem que o cara que vamos conhecer essa noite é um *príncipe*. Onde mais você poderia conhecer um?

— Em lugar nenhum — admitiu Meena, percebendo que Jon estava ansioso pelo jantar. Ele não tinha muita chance de sair, já que estava... bem, duro e desempregado. E a maioria dos amigos dele também estava. Entretenimento era a última coisa com a qual qualquer um deles podia gastar. Ela devia ter percebido que, para o irmão, qualquer chance de sair do apartamento era bem-vinda... Mesmo se fosse só para ir até o apartamento dos vizinhos.

Ela olhou por cima do ombro para as torres da igreja que se erguiam em direção ao céu lilás, as nuvens rosadas pelo sol poente, enquanto Jon a levava para longe dali. *Igrejas*, pensou ela vagamente. *Para que elas servem?*

Para se orar dentro delas, é claro. Mas orar para *quê*, exatamente? Um deus que lhe dava dons que você não havia pedido, que eram basicamente uma maldição?

Por outro lado, o que mais as pessoas tinham, exatamente?

Nada.

Nada além de esperança de que tudo pudesse melhorar um dia.

O tipo de esperança que Meena, em seu programa de TV, e os padres na catedral de St. George tentavam dar às pessoas.

— Você está certo — disse Meena com um suspiro, se virando.

— Não precisamos ficar a noite toda — disse Jon quando dobraram a esquina. — Se estiver chato, vamos embora.

— Claro. E quem sabe? Pode até ser divertido.

Só que, é claro, ela não acreditou nisso nem por um segundo.

Capítulo 22

19h30 EST, *quinta-feira, 15 de abril*
Park Avenue, 910, apto. 11A
Nova York, NY

Lucien tinha quase certeza de que seu primo tinha enlouquecido.
— Um jantar? — repetiu enquanto entregava o sobretudo para a empregada, que foi pendurá-lo no closet.
— É só que ela parece achar que você precisa de uma noiva e que Nova York é o lugar onde vai encontrar uma — explicou Emil baixinho, de modo que a esposa, ocupada com o banqueteiro na sala de jantar, não pudesse ouvir. — Nem consigo expressar o quanto lamento. Se você quiser me castigar, meu senhor, eu entendo perfeitamente.

Lucien, em vez de ficar furioso (reação que ele sabia ser a que Emil esperava), apenas achou graça. Apesar de ter deixado claro que não queria que ninguém soubesse de sua chegada a Nova York, aquilo era, evidentemente, uma discussão inútil. O mal estava feito. Era óbvio que seus inimigos já sabiam onde ele estava: tinham tentado acabar com sua vida. A informação fora propagada.

Assim como Lucien esperava que a notícia de como ele havia tratado o próprio irmão se espalharia. Ele não se lamentava disso. *Contava* com isso. Se todos soubessem que Dimitri se colocara contra ele e Lucien vencera, ficariam ainda menos inclinados a preparar um segundo ataque do tipo que tinha acontecido na outra noite, ao qual ele claramente havia sobrevivido.

O príncipe das trevas estava na cidade e continuava invencível, como sempre.

Mas um jantar? Com humanos?

A ideia fez Lucien sorrir.

— Sua esposa é uma mulher ousada — disse para Emil.

— É, podemos dizer que sim — disse Emil com um sorriso constrangido. — Mas, honestamente, meu senhor, se você quiser voltar para a cobertura...

— Está tudo bem, Emil — disse Lucien de maneira tranquilizadora. Às vezes achava que Emil ia implodir de tanta tensão. — Suponho que você tenha vinhos decentes para servir.

O rosto de Emil se iluminou consideravelmente.

— É claro, meu senhor. Comprei alguns Amarones maravilhosos só para a ocasião. Venha, vou abri-los.

Emil seguiu Lucien até a biblioteca, onde ele abriu um bom vinho tinto italiano. Depois de um tempo, do cômodo escuro e confortável, eles puderam ouvir os primeiros convidados chegando e a voz alegre de Mary Lou os cumprimentando.

— Acho que devemos ir para lá — disse Emil com relutância.

— Vai dar tudo certo — disse Lucien, tranquilizando o primo. — Gosto de humanos. Eu era um, lembra? E dou aulas para vários.

Os dois entraram na sala de estar, e Mary Lou deu um gritinho de felicidade.

— Bem, aqui estão eles! — gritou ela. Usava um vestido longo azul-turquesa com muitas joias de ouro e sapatos dourados combinando. A sombra nos olhos era da mesma cor do vestido. O longo cabelo louro tinha sido perfeitamente ondulado e penteado. — Onde vocês dois estavam se escondendo? Príncipe Lucien, quero que conheça nossos amigos Linda e Tom Bradford, e estes são Faith e Frank Herrera, e Carol Priestley e Becca Evans e Ashley Menendez, do escritório de Emil. Pessoal, este é o príncipe Lucien Antonesco...

As mulheres eram atraentes; os homens, joviais. Lucien apertou as mãos de todos, depois se juntou à conversa sobre Nova York e os shows e restaurantes que ele não podia perder enquanto estivesse lá.

Era uma bela noite de primavera, e os Antonesco tinham aberto todas as portas que davam no enorme terraço. O sol já tinha se posto no oeste, e o céu estava num lindo tom rosado e lilás. Lucien andou até o terraço, seguido por várias das mulheres, todas segurando taças de champanhe e falando animadamente sobre a inauguração de uma exposição à qual tinham ido na semana anterior.

Mary Lou não tinha escolhido mal. As convidadas eram mulheres bonitas e inteligentes.

Quando Lucien ouviu a campainha do apartamento tocar, não olhou para ver quem estava chegando porque não quis parecer rude. (E ele sabia que não era um membro dos Dracul ou da Guarda Palatina que estava lá para assassiná-lo. Jamais se dariam ao trabalho de usar a campainha.)

Mas ele acabou olhando, porque alguma coisa lhe dizia que devia olhar.

E o som da conversa das mulheres ao redor dele desapareceu. Não porque elas tivessem parado de falar.

Mas porque ele não estava mais ouvindo.

Era a mulher que estava passeando com o cachorro na noite do ataque, a que quase tinha morrido. Meena Harper era o nome dela.

Ele viu que Mary Lou a cumprimentou com um beijo e pegou uma garrafa de vinho barato da mão do homem alto que a acompanhava.

É claro que ela estava na casa de Emil. É claro. O que ele esperava? No fundo, devia saber. Senão, teria ido embora há uma hora. Não estava em Nova York para socializar com as amigas humanas da esposa de Emil. Nunca precisava de companhia feminina e era perfeitamente capaz de encontrar uma quando queria sem a ajuda de Mary Lou.

E agora a última mulher do mundo da qual ele deveria se aproximar (pois podia sentir a atração magnética que ela exercia sobre ele) tinha entrado no apartamento. E ele estava ali parado, olhando para ela, que usava um vestido preto barato e tinha aquele cabelo curto de menino.

E ficou claro pelo único olhar que ela lançou em sua direção que ele *não* conseguira apagar a memória dela. Não, ela o reconheceu imediatamente. Pelo modo como os grandes olhos castanhos se arregalaram e o queixo caiu, era óbvio que ela se lembrava do encontro deles com perfeição.

E, para piorar, só um leve toque na mente dela (que ele buscou pela sala só para saber se ela estava feliz em vê-lo ou enojada: pura vaidade, e ele achou que mereceu o choque que recebeu em resposta) revelou uma coisa impressionante, quase apavorante que Lucien não conseguia de jeito algum entender:

Vampiro.

Foi o que encontrou na mente dela. Era só nisso que ela pensava. Vampiros.

E também, de forma preocupante, *morte*.

Ele se afastou da mente de Meena imediatamente... mas não antes de captar seu próprio nome.

Lucien.

Ela sabia. Ela *sabia*.

Mas *como*? O que tinha acontecido? O que tinha dado errado? Por que não tinha conseguido apagar a memória dela? Como ela podia ter juntado todas as informações?

Quem era ela? O *que* era ela? O que estava acontecendo com essa garota e o cérebro eletrificado e hiperativo dela?

Ele precisava entender antes que a noite (e que sua missão em Nova York) acabasse dando errado.

— Meena Harper — falou Mary Lou alto enquanto ele se aproximava. Lucien se deu conta de que tinha deixado as mulheres com quem estivera conversando tão amavelmente sem dizer uma palavra. Mas a situação tinha se transformado de forma assustadora. Não tinha nada a ver com a escuridão dos olhos e cabelos de Meena Harper, ele disse a si mesmo, nem com sua cintura fina naquele vestido preto barato de algodão. Nem um pouco. Era uma questão de vida ou morte, para toda a espécie dos vampiros. — Quero que conheça o primo de Emil, o príncipe Lucien Antonesco.

— Ah — disse Meena, sorrindo. Os dois dentes da frente dela eram ligeiramente tortos. Como ele pôde deixar de notar isso naquela outra noite?

— Eu sei. Nós nos...

— Muito prazer em conhecê-la — disse Lucien, interrompendo-a. Ele pegou a mão de Meena ao mesmo tempo em que a expressão atônita dela se tornava uma expressão confusa. *O príncipe!*, a mente dela gritava. *É ele!*

O que isso significava, em nome de Deus? *Quem* era ela?

— Certo — foi tudo que ela disse em voz alta, embora numa voz consideravelmente menos empolgada do que a agitação circense que ele notava na mente dela. — É um prazer conhecê-lo.

A mão dela era fina e quente. A dele, ele sabia, era exatamente o oposto.

— E este é o irmão dela, Jonathan Harper — disse Mary Lou, o tom de reprovação mal disfarçado.

— Jon — corrigiu o homem de cabelos escuros que estava ao lado de Meena, estendendo a mão. — Sou Jon.

— É claro — disse Lucien. Ele apertou a mão do irmão rapidamente, tomando cuidado para não apertá-la com muita força. Mesmo assim, viu o jovem fazer uma careta.

Ele voltou a atenção para a garota, que não tinha tirado o olhar dele desde que entrou no apartamento. Ele tentou alcançar a mente dela de novo...

vampiro morte príncipe padre dragão

... e então se recolheu rapidamente.

Não era de surpreender que não tivesse conseguido limpar a lembrança que Meena tinha dele. Ela estava obviamente perturbada. Havia o caos ali.

— Jonathan — dizia Mary Lou para o irmão dela —, sei que você é bom com aparelhos eletrônicos. Minha amiga Becca tem um iPhone e está tendo uma enorme dificuldade em fazer o download de... Como é que se chama? Ah, isso, aplicativos. Acha que pode ajudá-la?

O irmão olhou para Becca, uma jovem de seios fartos usando um vestido justo vermelho, e disse:

— É claro.

A garota viu o irmão ir sem dizer nada.

Vampiro, Lucien não pôde deixar de ouvir a mente dela gritar. *Lucien, príncipe, matador, dragão, morte.*

Uma imagem de uma bolsa vermelha com um dragão de pedras em um dos lados brilhou na mente de Lucien, imagem essa que ele não conseguiu entender em absoluto.

Não que ele estivesse entendendo algo de tudo aquilo.

— Então quer dizer que você é o príncipe do qual tenho ouvido tanto falar? — A garota se virou para dizer para ele assim que o irmão saiu de perto.

Ele sorriu para ela com educação (tinha perfeita consciência do efeito arrasador de seu sorriso sobre as mulheres humanas), pegou-a pelo braço e a puxou gentilmente para um canto desocupado do terraço dizendo alguma coisa sobre como seria uma pena desperdiçar aquela vista.

Ele pensou que talvez pudesse argumentar com ela, mesmo ela sendo tão psicótica.

— Não contei à esposa do meu primo sobre o que aconteceu do lado de fora da igreja — ele explicou a ela rapidamente em voz baixa quando estavam bem longe de todo mundo. — Não quis assustá-la. Nenhuma mulher gosta de ouvir sobre um bando de morcegos à solta na vizinhança...

É claro que ele não ia mencionar os Dracul.

— Também não contei para Jon — disse ela em um tom perfeitamente racional, surpreendendo-o. — Bem, pelo menos... não a parte sobre você.

— Acho que foi melhor assim. Não queremos preocupar nossos entes queridos.

Ela baixou o olhar escuro e pareceu fitar as janelas dos apartamentos de baixo em vez dos olhos dele. Ele tinha que admitir que a achava encantadora e precisava se lembrar de ser cuidadoso. Ela era humana e, a julgar pela cacofonia na sua cabeça, louca.

O que era uma pena, já que era tão adorável.

— Principalmente porque ninguém se feriu — disse ela.

— Então nós concordamos em não contar. Para ninguém.

— Contei para minha melhor amiga — disse ela, finalmente olhando para ele. — Ela não acreditou. Acha que sonhei.

Talvez a situação não fosse tão terrível quanto ele supôs inicialmente.

— Quem pode culpá-la por isso? — perguntou ele. — A coisa toda é difícil demais de acreditar, você não acha? Morcegos no Upper East Side?! Absurdo.

— Não tão difícil de acreditar quanto a única explicação a que consegui chegar sobre o motivo de você não ter se ferido — disse ela, se apoiando na parede de tijolos do terraço. — Já que sei que não sonhei.

Vampiros, ele sabia que ela ia dizer. Não tinha certeza da sua reação quando ela falasse. Já tinha tanto tempo desde a última vez que um humano descobriu sobre eles... um humano que os queria mal. Sem contar os palatinos, claro.

Que essa garota linda, mas infelizmente insana, pudesse ter descoberto era um tanto perturbador.

Mais perturbador ainda era o que ele ia ter que fazer com ela, seguindo suas próprias ordens, se a garota realmente soubesse a verdade.

— E que explicação é essa? — perguntou ele, tentando parecer casual.

— Acho que você é um anjo — disse ela, sorrindo para ele abertamente. — E que aconteceu um milagre em frente à catedral naquela noite.

Capítulo 23

20h EST, quinta-feira, 15 de abril
Park Avenue, 910, apto 11A
Nova York, NY

O príncipe Lucien Antonesco não gostou de ser chamado de anjo. Mas, como Meena se deu conta um pouco tarde demais, nenhum homem gostaria.

— Não houve milagre algum — insistiu ele. — E não sou anjo. Isso eu posso garantir.

— Não é verdade — disse Meena. Ela estava provocando-o. Ele parecia um homem que não era provocado com frequência. Parecia extremamente sério. — Você arriscou sua vida para salvar a minha, depois desapareceu sem deixar que eu agradecesse de maneira apropriada. Isso é bem angelical.

— Acho que sua amiga está certa — disse ele quando um dos garçons trouxe taças de champanhe em uma bandeja de prata. — E você está misturando seus sonhos com a realidade. Só havia alguns poucos morcegos...

— Você disse isso na noite em que aconteceu — lembrou Meena com indignação fingida. — Não era verdade e ainda não é. Foi possivelmente a coisa mais horrível pela qual já passei na vida, e ainda digo que foi um milagre você ter saído sem um arranhão sequer. Mas se prefere minimizar o acontecido, tudo bem, vá em frente. Podemos falar de banalidades, como todo mundo. Quanto tempo vai ficar na cidade? Já foi ver algum bom musical?

Ele ficou olhando para ela com uma expressão de surpresa. Depois, caiu na gargalhada.

— Na verdade, não — admitiu ele. — Cheguei na noite em que nos conhecemos, então não estou aqui há muito tempo. O que você recomenda?

Meena bebericou o champanhe. Sentia como se sua mente estivesse a mil por hora. Quais eram as chances de Lucien — seu Lucien, o que ela conheceu em frente à catedral de St. George — e o príncipe da condessa serem a mesma pessoa? Era tão perfeito! Precisava descobrir tudo que pudesse sobre ele para poder escrever a descrição perfeita do personagem para levar para Sy.

Não que o príncipe dela fosse ser uma réplica exata de Lucien, é claro. Primeiro, porque ele era jovem demais para Victoria Worthington Stone. Precisariam encontrar alguém um pouco mais velho para fazer o papel de um parceiro romântico adequado.

Não que Cheryl não fosse se encantar com Lucien na vida real. Ela ficaria doida por ele em um segundo. Qualquer mulher ficaria. Bastava olhar para ele! Ele era perfeito... aquele perfil, aqueles ombros impressionantes.

Mas quem fosse fazer o papel dele precisaria ser mais grisalho perto das têmporas e usar... óculos. Sim! Era isso! Um matador de vampiros, ou seja lá como se chamasse isso, devia usar óculos.

— Perdão? — disse o príncipe, olhando para ela com atenção com aqueles lindos olhos castanhos. — Você falou alguma coisa?

— Não — respondeu Meena. O olhar intenso dele a deixava nervosa. Era quase como se ele pudesse ler os pensamentos dela. Ou ver através do vestido.

Mas ele era o homem mais sexy que ela encontrava em muito tempo... um que ela não precisara implorar para deixar de andar de moto.

— Quero dizer, eu estava me perguntando sobre o que você faz. Sei que é uma coisa grosseira e tipicamente nova-iorquina para se perguntar. Somos obcecados com o trabalho dos outros. Mas estou mesmo curiosa. O que um príncipe *faz* o dia inteiro? Costuma salvar donzelas em perigo ou eu só estava no lugar certo na hora certa? Você tem um castelo? Luta com lanças?

Ele continuava parecendo confuso. Parecia achá-la um enigma. Meena se perguntou sobre que assunto as mulheres costumavam conversar com ele. Parecia natural para ela perguntar a um príncipe sobre lutas com lanças.

— Na verdade, tenho sim um castelo. Propriedade da família. Emil e Mary Lou sempre me visitam no verão. Tenho certeza de que ela já contou a você sobre ele...

Meena ergueu a mão. Percebeu que já tinha ouvido falar até demais do tal castelo.

— Deixa para lá. Já sei. Na Romênia.

— Nos arredores de Sighișoara — disse ele com um sorriso. — E em resposta à sua outra pergunta, não, nunca lutei com lanças. Sou professor.

— Professor? — Se ele tivesse contado que usava o Twitter, ela não ficaria mais surpresa. — Dá aula de quê? Evasão de ataque de morcegos?

— História do Leste Europeu — disse ele, ainda se divertindo. — Na Universidade de Bucareste. Aulas noturnas, em geral.

Meena ergueu uma sobrancelha.

— É mesmo?

Ela teve a impressão, não apenas pelo fato de que ele era dono de um castelo, mas pelo relógio caro que usava e por sua postura, de que o príncipe Lucien não precisava do emprego de professor para se sustentar.

A declaração seguinte confirmou as suspeitas dela.

— É importante para mim que a rica herança do meu país não seja esquecida pela próxima geração. Você sabe como é a juventude atual, se liga em videogames e torpedos. Tento tornar a história interessante para meus alunos, despertar neles o tipo de amor que sempre tive por ela. Se sou bem-sucedido... — Ele deu de ombros modestamente.

Meena queria aplaudir. Se ele tivesse um par de óculos bifocais no bolso do paletó, ela achava que daria um pulo e o beijaria na boca.

— E você está passando férias de primavera?

— Na verdade, não — disse o príncipe Lucien, tirando um par de óculos de leitura de armação prateada do bolso do paletó de caxemira e colocando-o no rosto. — Estou aqui para uma série de palestras que um colega está dando no Metropolitan sobre Vlad Tepes.

Ao ver os óculos de leitura, Meena se balançou nos saltos muito altos e quase caiu.

— Você está bem? — perguntou ele com genuína preocupação na voz grossa. — Deixe-me ajudá-la.

Ela sentiu o braço forte dele, tão familiar por causa daquela noite em frente à catedral, circundá-la nos ombros. Um segundo depois, ele a guiava gentilmente e com firmeza até uma das cadeiras brancas de ferro da condessa.

Ela se sentou agradecida na almofada listrada de verde e branco, conseguindo pensar apenas em uma coisa: *Os óculos! Os óculos!*

Ele tirou os óculos e os enfiou rapidamente no bolso, inclinando-se sobre ela com preocupação.

— Quer que eu pegue um pouco d'água?

— Não — disse Meena, tomando todo o conteúdo da taça de champanhe e colocando-a na mesa de ferro ao lado. Apressou-se para dizer algo que mudasse o assunto. — O-o que é Vlad Tepes?

— Foi o príncipe mais poderoso da Valáquia, que atualmente é a Romênia, no século XV. É considerado um grande herói no Leste Europeu. Tem certeza de que está bem? Você não parece estar muito bem.

Ela colocou uma mão sobre a dele, no braço da cadeira ao lado dela. Não conseguiu evitar. Havia alguma coisa nele que a fazia querer tocá-lo. E não achava que era só o fato de ele ter salvado sua vida.

— Estou bem — disse ela, pensando que os dedos dele estavam um pouco frios. Mas ainda não era verão. Desejou ter trazido um casaco. Mas já estavam atrasados para a festa, então ela não teve tempo de procurar no armário algo legal que combinasse com o vestido. — Só estou tendo uma semana péssima no trabalho.

— Lamento ouvir isso — disse ele, tirando o paletó e colocando-o sobre os ombros dela... como se fosse o gesto mais natural do mundo.

Meena sentia como se tivesse levado um soco no peito vindo de alguém em plena liquidação na Marc Jacobs.

Acalme-se, disse ela para si mesma. *Ele é um príncipe. É isso que príncipes fazem. São treinados desde que nascem para agir assim.*

Olhe só para ele. Ele é tão legal, e o paletó nem está quente!

— Assim está melhor? — perguntou ele, parecendo realmente preocupado.

Ah, Meena pensou. *Shoshana. Se você pudesse me ver agora. Ia chorar muito sobre sua salada sem molho.*

— Muito obrigada. Está muito melhor, Lucien. Ah... Posso chamá-lo de Lucien? Ou você prefere professor Antonesco? Ou Dr. Antonesco? Ou Vossa Alteza Real?

— Lucien está ótimo — disse ele, sorrindo mais um pouco.

Ele ficava quase insuportavelmente lindo quando sorria, com todo aquele cabelo escuro e aqueles olhos tristes. Meena não conseguia deixar de pensar que Lucien Antonesco era um homem que precisava de *muita* provocação. Talvez uma vida inteira de provocação, para compensar o que tinha acontecido a ele para colocar tanta dor naqueles olhos castanhos.

— E qual foi a causa de uma semana tão ruim?

— Ah, bem, você ouviu sobre a guerra de vampiros, não ouviu?

— *O que foi que você disse?*

Por uma fração de segundo, ela quase jurou que aqueles olhos castanhos e tristes tinham refletido um tom vermelho, como pensou ter visto na noite em frente à catedral. O olhar dele era de incredulidade misturada quase com... bem, com raiva. A mão de Lucien saiu de debaixo da dela tão rapidamente quanto se a pele de Meena tivesse queimado a dele.

— O jantar está servido — falou o garçom de rabo de cavalo louro, blusa branca e calça preta, sorrindo para eles das portas mais próximas.

Meena não fazia ideia do que tinha feito para insultar o príncipe. Mas ele certamente parecia ofendido. Ele pegou uma taça de champanhe pela qual não havia mostrado interesse algum até então e virou todo o conteúdo.

O que eu fiz?, Meena se perguntou. O que teria dito? O que tinha acontecido para fazer o príncipe mudar de atitude: de docemente ceder o paletó a ela para mantê-la aquecida a virar bebida alcoólica como um drogado procurando a próxima dose?

— Me-me desculpe — gaguejou Meena. — Eu só...

Mas quando ele virou a cabeça para olhar para ela novamente, Meena ficou aliviada em ver que seus olhos tinham novamente o tom normal de castanho.

É claro. Ela deve ter imaginado o brilho vermelho. Tinha mesmo uma imaginação bem ativa. Foi o que a fez conseguir o emprego.

— Não. *Eu* que peço desculpas — disse ele, parecendo mais consigo mesmo. Mas ela sentia que ele estava se controlando com esforço. Os nós dos dedos da mão segurando a taça de champanhe estavam muito brancos. Em um segundo, ela achava que ele quebraria a taça no meio de tanto apertar. — Mas acho que não ouvi direito. Você falou *guerra de vampiros*?

— S-s-sim — disse Meena lentamente. Reparou na condessa vindo em direção a eles de dentro do apartamento e se sentiu um pouco aliviada. Talvez Mary Lou pudesse ajudar a explicar. — Escrevo para *Insaciável*. Passa no canal ABN. Estamos sendo massacrados nas audiências por *Luxúria*. Eles têm um enredo sobre vampiros... Sei que é ridículo, de verdade. Mas essa semana meus chefes anunciaram que querem que *nós* tenhamos um enredo de vampiros também...

— Ah. *Essa* guerra de vampiros.

— É claro — disse ela, rindo e com um pouco de ironia na voz. Esse cara era mesmo intenso! Ela estava certa ao pensar que ele precisava ser um pouco provocado. Precisava ser *muito* provocado. — Existe alguma outra? Achou que eu estava falando de uma guerra de vampiros *de verdade*?

Ela viu-o lançar um olhar na direção da condessa... Um olhar que Meena não conseguiu interpretar. Não tinha certeza do que se passava entre os dois, mas Mary Lou, ao esticar a mão para tirar a taça de champanhe dos dedos do príncipe antes que ele pudesse quebrá-la, falou:

— O que vocês dois ainda estão fazendo aqui fora? O jantar está servido e todo mundo está esperando. Sobre o que vocês poderiam estar falando que nem ouviram o aviso?

— Ah, nada demais — disse o príncipe Lucien, ainda parecendo estar muito tenso. — Só sobre a guerra de vampiros.

A condessa olhou rapidamente para ele, depois jogou a cabeleira dourada para trás e riu.

— Ah, minha nossa — disse ela. O sotaque sulista sempre parecia ficar mais evidente quando ela bebia. — Meena devia estar contando sobre a guerra de vampiros entre o programa de televisão no qual ela trabalha, *Insaciável*, e seu arquirrival, *Luxúria*. Sem querer ofender, Meena, você sabe que sou fã incondicional de *Insaciável*, mas não me canso de olhar para aquele Gregory Bane.

— Bem — disse Meena, fazendo a cara feia costumeira quando ouvia o nome de Gregory Bane —, ouvi falar que *nosso* vampiro vai ser tão sexy quanto ele.

Lucien, enquanto isso, pareceu visivelmente aliviado.

— Televisão. É claro.

Meena ainda não estava entendendo nada do que estava acontecendo. Como, por exemplo, por que toda a tensão finalmente havia sumido do rosto do príncipe... ou por que o sorriso que ele deu a Meena quando se virou era tão deslumbrante que os joelhos dela ficaram bambos de novo, a ponto de ela não ter certeza se conseguiria andar de salto alto até a sala de jantar dos Antonesco. Pelo menos não sem cambalear.

Mas não tinha problema, porque, com uma risada, Mary Lou disse:

— É claro que era disso que ela estava falando, seu bobo. Que outra guerra de vampiros existe? Mas não quero interromper a conversa de vocês. Separei dois lugares para vocês na ponta da mesa. Príncipe Lucien, seja gentil e acompanhe Meena.

O príncipe Lucien *era* gentil. Ele ficou parado, galantemente oferecendo o braço a Meena. Ela olhou para ele com um pouco de surpresa a princípio.

E não era de se surpreender: nenhum homem jamais tinha oferecido o braço a Meena. David não era exatamente um cavalheiro, pois estava mais interessado nos livros sobre dentes e em reuniões de amigos do que em boas maneiras.

Meena não tinha certeza se devia enfiar a mão pelo cantinho perto do cotovelo do príncipe ou colocar os dedos sobre o braço dele, como tinha visto as heroínas de Jane Austen fazerem nas produções da BBC.

Sentia-se um pouco tonta... mas se era pela proximidade do príncipe ou pelo champanhe, Meena não sabia ao certo. Perguntou-se o que havia de errado consigo mesma. Não é que ela nunca tivesse estado perto de um homem bonito. Trabalhava com alguns dos atores mais bonitos da televisão!

Talvez fosse porque nenhum deles tivesse mostrado algum interesse particular nela.

Ou talvez... só talvez... fosse porque pela primeira vez desde que David a deixara, ela havia conhecido um homem por quem se sentia atraída e que não era casado, não era gay e não tinha morte certa pendendo sobre a cabeça.

Ela enfiou a mão no braço dele, caso precisasse se apoiar se a tontura piorasse, e sorriu.

— E então, onde estávamos? — perguntou ela.

Capítulo 24

21h EST, quinta-feira, 15 de abril
Park Avenue, em frente ao número 912
Nova York, NY

— O que você está fazendo aqui? — perguntou a mulher de cabelo azul quando o pequinês dela levantou uma perna não muito longe de onde Alaric Wulf estava. — E não tente mentir para mim, rapazinho. Andei observando você da minha janela. Você está parado aí há uma hora.

— Só estou esperando minha esposa, senhora. Ela tem hora marcada com o Dr. Rabinowitz. — Ele assentiu em direção à placa de metal na parede do prédio contra o qual ele estava apoiado, que dizia *Dr. Rubin Rabinowitz, Obstetrícia*.

A Cabelo Azul seguiu o olhar dele e se virou de novo para Alaric. Não havia acreditado em nada, ele pôde perceber pela expressão dela.

— A essa hora? — perguntou a mulher idosa. — E por que você não está na sala de espera?

— Claustrofobia — disse Alaric. Ele olhou para o pequinês. A carinha dele estava amassada numa expressão de nojo que parecia ecoar a da dona. — E o Dr. Rabinowitz é muito tolerante com o horário difícil da minha esposa, que é uma supermodelo internacional.

— Humpf — disse a mulher, e retomou seu caminho.

Alaric, de pé ao lado do número 910 da Park Avenue, mas sem chamar atenção, apoiado na lateral do prédio onde não seria percebido por ninguém além de mulheres idosas passeando com seus cachorros minúsculos e olhando para ele com reprovação, ficou satisfeito.

Não com a Cabelo Azul, apesar de ter gostado dela. Gostava de mulheres com atitude. Elas faziam com que se lembrasse de Betty e de Veronica.

O que o deixou satisfeito foi o prédio 910 da Park Avenue e seus condôminos.

Os vivos, pelo menos.

Era uma elegante estrutura de tijolos, construída numa esquina e muito bem conservada. As plantas em vasos nos dois lados das portas eletrônicas estavam viçosas e pareciam saudáveis. Havia um impecável tapete vermelho sob o toldo verde acima das portas, e o porteiro era jovem e ansioso por fazer bem seu trabalho. Alaric o viu interceptar e afastar um entregador de comida chinesa antes que ele conseguisse passar, determinado a enfiar cardápios sob as portas dos condôminos.

O porteiro também verificava cuidadosamente, em uma lista que tinha recebido mais cedo, o nome de cada convidado que chegava para a festa dos Antonesco antes de permitir que subissem.

Foi assim que Alaric descobriu que não havia como penetrar na festa sem ser convidado... a não ser, é claro, que fizesse uso de força.

E não estava disposto a usar esse recurso. Ainda.

E como o prédio tinha vinte andares, e os Antonesco moravam no décimo primeiro andar sem saída de incêndio, o truque de quebrar a janela com os pés pulando do telhado também não funcionaria.

Até que descobrisse um meio de entrar pela garagem no subsolo, ou talvez usando a entrada de serviço, ele suspeitava que ia se familiarizar e muito com os carros estacionados em frente ao número 910 da Park Avenue.

Mas não tinha problema. Ele tinha tempo. Todo o tempo do mundo para planejar o próximo passo.

Alaric tinha se hospedado no Peninsula na noite anterior e estava apreciando enormemente a melhora em comparação ao hotel de Chattanooga. Havia diversos canais a cabo para ele assistir em uma televisão de tela plana enquanto relaxava em uma enorme banheira sem tiras de borracha no fundo. Havia também lençóis Frette, além de uma piscina coberta em um salão de vidro no último andar onde ele podia se exercitar; um grande e variado menu de serviço de quarto para explorar; e vários lounges onde havia mulheres atraentes de todas as nacionalidades que tomavam chá e mandavam torpedos para as amigas depois de um dia de compras. Não, Alaric não tinha pressa nenhuma para sair de Manhattan.

Exceto por um fato pequeno e desagradável.

O motivo que o levou até lá.

Mas, por outro lado, se o e-mail que Martin encaminhou para ele fosse autêntico, o príncipe estava na cidade pelo mesmo motivo: para se certificar de que nenhuma outra jovem tivesse a força vital do sangue sugada dela.

O arquivo com todas as fotos delas estava esperando por Alaric quando ele chegou ao hotel.

O que o arquivo continha o horrorizou.

E era preciso muito para horrorizar Alaric, que estava convencido de que já tinha visto de tudo em seus vinte anos na Palatina.

Não havia nomes vinculados às fotos das vítimas. O legista suspeitava, por causa do tipo de tratamento ao qual os dentes das garotas tinham sido submetidos, que elas eram nascidas no Leste Europeu ou mesmo na Rússia, e que estavam no país ilegalmente... o que explicaria por que ninguém aparecera para identificá-las.

Alaric deu a elas nomes americanos, para acompanhar os sonhos americanos com os quais tinha certeza de que cada uma delas tinha viajado para aquele país.

Primeiro havia Aimee, de cabelos longos, encontrada de manhã cedo há dez dias no Ramble do Central Park.

Havia a ruiva Jennifer, encontrada alguns dias depois por um funcionário do Bryant Park.

A última vítima ele batizou de Hayley. A foto dela talvez fosse a mais perturbadora para Alaric, porque ela tinha mais do que uma leve semelhança com a filha de Martin, Simone. As duas tinham pele escura, com cabelos negros espiralados ao redor do rosto em cachos que pareciam saca-rolhas.

Ela tinha sido encontrada no fim de semana anterior no Central Park, como Aimee...

Alaric, avaliando as fotos no quarto do hotel, viu o que o público em geral (e poucos trabalhadores da lei, fora do escritório do legista) não tinha visto. Não havia dúvida quanto à causa da morte, e não havia dúvida, depois que as fotos tinham sido enviadas por e-mail para o Vaticano, sobre quem (ou melhor, *o quê*) era o responsável pelas mortes.

A única questão era: será que a Palatina conseguiria exterminá-lo — ou exterminá-los, porque Alaric, depois de ver as fotos, ficou convencido de que havia mais de um agressor — antes do príncipe?

Ainda era impressionante para Alaric que um vampiro pudesse estar em Nova York em uma missão similar à dele. E não qualquer vampiro, mas o príncipe das trevas.

Mas Alaric achava que o príncipe não ligava para as garotas mortas. Para ele, os assassinatos daquelas garotas só significavam uma possível exposição de sua espécie ao público. Significavam a possível descoberta pelo resto da humanidade de que vampiros não eram uma mera invenção da mente febril de Bram Stoker — coisa que, sendo honesto, Alaric tinha que admitir que o Vaticano se esforçava para fazer tanto quanto os vampiros. Não precisavam de outra onda de pânico como a que se espalhou pelo Leste Europeu durante os anos 1700, quando aldeões ignorantes, incitados por charlatões "exterminadores de vampiros", foram levados a acreditar que integrantes de suas próprias famílias eram mortos-vivos e, depois de serem coagidos a comprar caras "armas contra vampiros", cavaram suas covas e os decapitaram.

Alaric achava que fazia um certo sentido que o príncipe estivesse lá, tentando deter o assassino (ou assassinos), assim como a Palatina. Ele tinha que estar tão receoso quanto o Vaticano de que a verdade sobre a existência da espécie se espalhasse.

Mesmo assim. Alaric ficava furioso só de pensar que pudesse ter o mesmo objetivo que o príncipe.

É claro que Alaric tinha outro objetivo além de encontrar e deter quem ou o que estivesse fazendo aquilo; ele pretendia destruir o príncipe também. Quer seus chefes na Palatina aprovassem ou não.

Ele passou muito tempo refletindo sobre suas frustrações com o trabalho na piscina do hotel, mas foi logo depois comer um excelente almoço no Per Se.

Assim, enquanto não estava feliz com as circunstâncias, pelo menos comia bem.

E certamente não ia morrer de fome enquanto ficava de vigia olhando para a entrada do número 910 da Park Avenue, esperando para ver se o príncipe realmente apareceria.

Estava até começando a pensar que poderia, contra a vontade, é claro, gostar das pessoas que estava vigiando. Os Antonesco eram ricos, podres de ricos. Como ele, pareciam não ter vergonha nenhuma de apreciar as coisas boas da vida. Tinham o castelo de veraneio na Romênia, que não era malcuidado, a julgar pelas fotos, e pareciam gostar de ir a restaurantes famosos. Na noite anterior, tinham jantado no Four Seasons.

Bem, "jantado" era um termo relativo. É claro que não tinham comido muito, sendo os monstros asquerosos de Satã que eram.

A esposa era chefe da cooperativa do número 910 da Park Avenue (uma espécie de comissão que escolhia quem teria permissão de morar no prédio), sem dúvida para poder manter os "emergentes" de fora (pessoas como ele mesmo, Alaric supunha).

Ainda assim, ninguém com quem Alaric tivesse conversado tinha qualquer coisa de negativo a dizer sobre ela... e nenhuma dessas pessoas tinha captado as dicas dele de que ela podia ser uma morta-viva. (Não que ela precisasse dormir no próprio caixão ou ter terra de sua cova próxima de si. Esses eram outros dos antigos mitos que Stoker colocou no livro dele.) Ou ela não era uma vampira ou ela e o marido tinham se adaptado melhor do que qualquer outro demônio que ele havia visto. Ela contribuía com diversos projetos de caridade, até um que ajudava a pagar para que crianças com câncer fossem para acampamentos de verão no interior.

Crianças com câncer. Belo disfarce para uma sugadora de sangue.

O marido era dono e gerenciava inúmeras propriedades por toda a cidade e costumava acompanhar a esposa nos eventos beneficentes, como os do acampamento para crianças com câncer.

Vampiros que frequentavam eventos beneficentes para angariar fundos para acampamentos de verão para crianças... com câncer! Hilário. Mais hilário até que *Betty and Veronica*.

Agora, disse a Martin, tinha visto mesmo de tudo.

Simone tinha pegado o telefone quando Alaric ainda ria com o pai dela sobre os vampiros que frequentavam eventos beneficentes e disse:

— Tio Alaric?

— Sim, querida?

— Você vai pegar as pessoas que comeram o rosto do meu pai?

— Vou — disse ele, ficando instantaneamente sério. — Vou, sim.

Assim como ia pegar o que quer que tivesse matado Aimee, Jennifer e Hayley... ou quaisquer que fossem os verdadeiros nomes das vítimas.

Porque era disso que tudo aquilo se tratava. Se esses Antonesco realmente tivessem parentesco com Lucien Antonesco, e se ele fosse mesmo o príncipe das trevas, Alaric ia destruí-los. Todos eles. Não se importava com o que os superiores no Vaticano queriam ou quanto dinheiro os Antonesco tinham doado para que crianças com câncer pudessem ir a acampamentos. Ainda eram parasitas, como carrapatos, que tinham que ser exterminados pelo que tinham feito a Martin. Àquela garota, Sarah, do Walmart de Chattanooga. Àquelas mulheres não identificadas, deitadas no necrotério.

E a inúmeras outras vítimas que Alaric tinha visto serem agredidas e sacrificadas ao longo dos anos que estava na Palatina. Eles tinham que ser destruídos como os vermes que eram. Porque só criariam mais criaturas como eles mesmos, que agrediriam outras pessoas como Martin, Sarah e aquelas garotas.

Vampiros eram a escória. E eles espalhavam sua sujeira e doença para tudo e todos que tocavam.

Tinham que ser erradicados. Todos.

Não havia muito mais a ser feito do que isso.

Enquanto isso, Alaric ficaria parado do lado de fora do número 910 da Park Avenue e esperaria. Não se importava com quantas senhoras passariam por ele e perguntariam o que ele achava que estava fazendo. Mostraria a elas as fotos de Aimee, Jennifer e Hayley se precisasse.

E, talvez, uma foto do que costumava ser o rosto de Martin.

Isso as faria calar a boca.

Capítulo 25

00h30 EST, sexta-feira, 16 de abril
Park Avenue, 910, apto. 11A
Nova York, NY

Mary Lou e o marido foram muito eficientes garantindo que a taça de vinho de Meena nunca ficasse com menos da metade do conteúdo ao longo da noite.

Mas Meena foi cuidadosa e bebeu pouco. A última coisa que queria era ficar embriagada na frente de pessoas que tinha que ver no elevador todo dia...

Sem falar na frente do príncipe.

Foi só quando Mary Lou perguntou se alguém queria café que ela se deu conta de que passava da meia-noite. Meena reparou que o irmão, Jon, olhava discretamente para o relógio. Ao que tudo indicava, a companheira de jantar dele, Becca, não tinha conseguido tirar da cabeça dele a paixonite pela celebridade Taylor Mackenzie, o que não era de surpreender. Poucas conseguiriam.

— Ah — disse Meena com pesar verdadeiro. — Lamento muito. Tenho que ir. Preciso trabalhar de manhã. E ainda preciso levar meu cachorro para passear.

— Eu levo — falou Jon, pulando do lugar onde estava no sofá com uma velocidade que Meena achou um pouco constrangedora.

— Faço companhia a você, Meena, se não se incomodar — disse Lucien, pousando a taça de vinho na mesa. — Seria bom esticar as pernas depois dessa deliciosa refeição.

Meena sentiu as bochechas ficarem vermelhas. Não conseguia acreditar que estava enrubescendo. Isso não acontecia há séculos.

Até aquela noite.

— Seria um prazer — disse ela. Não comentou que Lucien mal tinha tocado na "deliciosa refeição". Ele tinha dito que ainda estava com o relógio biológico bagunçado por causa da mudança de fuso horário.

Jon voltou a sentar no sofá.

— Ah — disse ele, lutando para esconder a decepção. — Acho que vocês têm tudo sob controle, então.

Becca tinha tirado o celular da bolsa e estava vasculhando os aplicativos, olhando para todos os lados menos na direção de Jon.

— Que ótima ideia — disse Mary Lou com entusiasmo. — Vão dar uma caminhada. A noite está tão agradável. A noite não está agradável, Emil?

— A noite está muito agradável — disse Emil.

Mas Meena não pôde deixar de notar que ele parecia um pouco preocupado quando mandou a empregada pegar o sobretudo do príncipe.

— Só vamos subir a rua — estava dizendo Lucien.

— Vou buscar Jack — disse Meena.

Ela cruzou o corredor, consciente de que Jon tinha rapidamente se despedido e a seguido, não parecendo se importar se a saída tinha sido estranha.

— O que você está fazendo? — perguntou ele quando ela destrancou a porta e os dois entraram no apartamento, depois fechou a porta atrás de si. — Está a fim daquele cara, por acaso?

— Hum, deixe-me pensar — disse Meena. Ela pegou o casaco do cabideiro perto da porta e o vestiu, amarrando-o na cintura, enquanto Jack Bauer, animadíssimo por vê-la, pulava em torno dos seus pés. — De que eu poderia não gostar? Dos modos antiquados, da boa aparência morena ou do fato de que ele está a fim de mim e provavelmente vai ser o pai dos meus filhos um dia?

Jon tinha ido até o sofá e deitado nele. Nessa hora ele ergueu a cabeça de uma das almofadas da Pottery Barn de Meena e ficou olhando para ela.

— Achei que você não queria ter filhos porque não quer ser a pior e mais sufocante mãe do mundo, sempre os seguindo com plástico bolha e seringas cheias de adrenalina.

— Certo — disse Meena, torcendo o nariz. — Aquilo foi modo de dizer. Não quero ter filhos com ele. Mas agora é sério. O que você achou dele?

— Acho que ele é legal — disse Jon, apoiando de novo a cabeça na almofada e pegando o controle remoto. — Se você gosta do tipo misterioso e meditativo.

— Falando sério. — Meena tirou a guia de Jack Bauer do gancho na parede e prendeu na coleira dele enquanto ele pulava. — Você tem que sair mais desse sofá, Jon. Lucien Antonesco é um homem perfeito.

— Só estou falando — disse Jon, ligando a TV. — Não me culpe se ele tentar violentar você em um canto escuro.

— Seria muita sorte — disse Meena. — E você podia ter sido um pouco mais gentil com Becca. Ela parecia muito meiga.

Jon pareceu confuso.

— Achei que o nome dela era Becky.

Meena revirou os olhos.

— Se eu não voltar em uma hora, *não* me espere.

— Pratique sexo seguro — gritou Jon quando ela ia saindo.

Meena olhou para ele enojada.

— Se lembra da nossa conversa há uns cinco segundos sobre eu não querer arruinar as vidas de qualquer futura prole com minha obsessão pelas mortes iminentes deles? Nunca fiz outro tipo de sexo que *não fosse* sexo seguro.

— Ótimo — disse Jon e aumentou o volume de *Top Gear*. — Porque sou jovem demais para ser tio.

Meena se virou revirando os olhos de novo... mas no último minuto, pegou a *outra* bolsa, a grande que tinha uma reserva de preservativos que havia sobrado do encontro com o cara de colesterol alto — o que, obviamente era muito otimismo de sua parte —, e saiu do apartamento.

Ela achava que nunca fazia mal ser cuidadosa. E estar preparada. Embora nada fosse acontecer, é claro. Ele era um príncipe! Príncipes não faziam coisas assim. Não no primeiro encontro.

Lucien estava esperando por ela sozinho no corredor, exatamente como Jon o tinha descrito... misterioso e meditativo. O coração de Meena deu um salto quando ela o viu.

— Oi — disse ela, se sentindo tímida de repente. Certo. O que estava fazendo?

— Olá.

O olhar dele pareceu penetrá-la. Aqueles olhos escuros não pareciam mais tão tristes. Meena estava convencida de que ele sabia não só que ela havia pegado a bolsa com preservativos, mas exatamente como ficava sem o vestido.

O estranho foi que não se importou.

Era uma pena que Jack Bauer se importasse. Ou pelo menos ela achava que ele se importava, a julgar pelo modo como agiu, puxando a coleira e rosnando.

— Me desculpe — disse ela, constrangida pelo cachorro.

— Tudo bem — disse ele, sorrindo. Depois apertou o botão do elevador. — Ele parece meio tenso.

— Você está sendo gentil. É por isso que o nome dele é Jack Bauer.

— Jack Bauer — disse, olhando para o cachorro, que continuava a rosnar para ele. — Ah, entendi. Por causa do personagem da série de TV.

— Certo — disse Meena, satisfeita por ele ter entendido uma referência da cultura pop americana. — Já assistiu?

— O bastante — disse ele. Havia um tom de reprovação em sua voz. Ele *não gostava* do programa. — Não costumo assistir a programas que mostrem torturas.

— Oh — disse Meena. Ela se sentiu mortificada. O tom dele implicava que ele tinha razões pessoais para não gostar desse tipo de enredo. Teria ele sido torturado quando era do serviço militar ou algo do tipo?

Era bem possível. Meena não sabia quase nada sobre a história da Romênia, muito menos a parte militar.

Mas achava que se lembrava de alguma coisa sobre... oh, alguma coisa terrível. Por que não tinha procurando no Google sobre a Romênia quando estava no apartamento? Pelo menos estaria informada.

— Bem — disse ela, desconfortável. — Entendo isso. Não gosto de assistir a programas em que pessoas morrem. — Isso chegou perto demais da verdade para ser reconfortante. — Mas Jack Bauer só tortura caras maus.

— Mas você pode ter tanta certeza quanto Jack Bauer, Meena, de que sempre consegue diferenciar os caras bons dos caras maus? — perguntou Lucien quando as portas do elevador se abriram e sorriu para ela enquanto as segurava.

Isso fez com que Meena hesitasse antes de entrar no elevador. Jack Bauer estava se afastando, rosnando, relutando a sair do corredor. Por alguma razão, o comentário de Jon sobre um canto escuro voltou à mente dela, assim como a resposta irreverente que o príncipe dera.

Será que *sabia* diferenciar os caras bons dos caras maus? Leisha insistia que David, que Meena sempre tinha achado ser um cara bom, era um cara mau... embora Meena nunca tivesse conseguido concordar com ela. No final, ele não estava fazendo o que o coração mandava?

E, na verdade, Meena estava muito melhor sem ele. Se tivesse ficado com David, seria uma dona de casa em Nova Jersey, para onde David tinha se mudado para começar a clinicar, com a nova esposa e para a nova casa. E com o bebê a caminho.

Meena amava seu trabalho e a vida em Nova York, mesmo nenhum dos dois sendo perfeito.

Considerando tudo isso, as coisas entre ela e David tinham dado certo no final, não tinham?

E ali estava Lucien, que tinha salvado a vida dela. Isso o tornava um cara bom, não tornava? Ele era um cara bom, *com certeza*.

É verdade que Jack Bauer não tinha gostado dele.

Mas Jack Bauer também nunca gostou de Mary Lou nem de Emil... desde o dia em que Meena o trouxera do abrigo de animais.

E eles sempre foram uns amores, exceto pelas conversas incrivelmente chatas no elevador. Mas veja todo o dinheiro que eles tinham coletado para a caridade.

Retribuindo o sorriso de Lucien, Meena passou cuidadosamente por cima do vão entre o piso do corredor e o elevador, consciente dos sapatos de salto.

— Acho que você é um cara legal — disse ela deliberadamente enquanto Lucien entrava no elevador. — E Jack Bauer também acha. Ele talvez só precise ser convencido um pouco mais do que eu, porque o cérebro dele é do tamanho de uma noz.

Infelizmente, o cachorro ilustrou esse fato resistindo a entrar completamente no elevador antes que as portas começassem a fechar. Meena teve que se virar e dar um puxão na coleira. O cachorro deu um latido assustado e pulou nas pernas de Meena, o que a fez tombar para a frente, nos braços de Lucien.

— Oh — disse Meena, envergonhada. — Me desculpe.

— Não precisa se desculpar. Você está bem?

— Estou ótima — disse Meena, repentinamente incapaz de afastar o olhar do dele.

Nenhum deles parecia conseguir soltar o outro.

Em vez disso, ficaram olhando nos olhos um do outro por uns cinco segundos. A respiração de Meena estava meio acelerada. Ela se perguntou se ele sentia a carga elétrica que parecia estar pulsando entre eles... ou se era só sua imaginação hiperativa de novo. Seus batimentos estavam mais rápidos que o habitual e um pouco irregulares. O único som, além da respiração ofegante de Jack Bauer, era do elevador passando pelos andares enquanto desciam.

Ela não queria quebrar o silêncio entre eles, porque era o tipo de silêncio durante o qual qualquer coisa podia acontecer.

Achava que ele podia até inclinar a cabeça e beijá-la... se ela ficasse com a boca fechada tempo o suficiente para que isso acontecesse.

Mas ela não conseguia, é claro.

— O que aconteceu com você que não consegue assistir a programas em que os personagens são torturados? — perguntou ela com uma voz um tanto rouca.

Observou o rosto dele atentamente para avaliar a reação.

Mas não houve reação discernível nas feições dele. Em vez disso, ele respondeu a pergunta dela com outra.

— O que aconteceu com você que não consegue assistir a programas em que os personagens morrem?

Ela soltou os braços dos dele imediatamente e se virou para a porta do elevador bem na hora em que a letra T se iluminou e a porta deslizou para revelar o térreo.

— Ah — disse ela com uma risada despreocupada enquanto arrastava o malcomportado Jack Bauer até o saguão. — É que gosto de finais felizes. Só isso.

— Eu também — disse Lucien, seguindo-a com um sorriso. — Amanhã vou começar a assistir a essa sua novela.

— Oh — disse Meena, satisfeita. — Vai ser um bom episódio. Cheryl está envolvida de novo com o padre Juan Carlos, e os fofoqueiros da cidade os veem, e todo mundo fica sabendo. Não é um capítulo a ser perdido.

Lucien riu.

— Então vou ficar grudado à tela.

Passaram por Pradip, que acenou para eles com alegria, dizendo:

— Boa-noite, Srta. Harper!

E então saíram para o ar noturno, que estava um tanto agitado depois do cair da noite. Meena, se sentindo mais feliz do que conseguia se lembrar de estar há tempos, começou a andar na direção em que ela e Jack Bauer costumavam caminhar.

Mas Lucien a pegou pelo braço e gentilmente a guiou em outra direção.

— Por aqui. Quero lhe mostrar uma coisa.

Surpresa, ela sorriu.

— É mesmo?

Depois ela se deu conta de que ele a estava afastando de dois homens que pareciam estar tendo uma briga em frente ao número 912... e também na direção oposta à catedral de St. George.

E o coração dela se inflamou. Ele a estava protegendo!

Há muito tempo nenhum homem (fora os porteiros, que não contavam, porque ela dava gorjetas generosas para eles no Natal) se preocupava com a proteção física dela. Jon parecia pensar que ela podia cuidar de si mesma mais do que adequadamente (e, além disso, ele também não contava, por ser irmão dela). Seu pai tinha desistido de falar com ela sobre outras coisas que não assuntos superficiais depois que ela desenvolveu a habilidade de prever a morte das pessoas (incluindo a dele). Seus pais pareciam vê-la como uma espécie de aberração biológica. Quando Meena os visitava na Flórida agora, ela os ouvia discutindo em sussurros sobre de que lado da família ela tinha herdado o dom (havia mais do que uma leve suspeita de que a tia-avó Wilhelmina podia ser a responsável).

E apesar de ser verdade que ela *podia* cuidar de si mesma — sem contar o estranho ataque de morcegos —, era incrivelmente galante que Lucien tentasse protegê-la. Isso a fez se sentir acolhida e feminina.

Quem falou que o cavalheirismo estava morto?

— Que tipo de surpresa? — perguntou Meena, mal conseguindo conter a empolgação.

— Uma de que acho que você vai gostar.

Eles estavam subindo a rua 79, em direção à Quinta Avenida. Aquela parte da cidade era exclusiva dos prédios de luxo, hotéis e do Central Park...

E de um outro prédio, localizado na esquina da rua 82 com a Quinta, do qual eles rapidamente se aproximavam.

— O Met?

Meena olhou com curiosidade para Lucien. Ele tinha pegado na mão dela quando atravessaram a Quinta Avenida e começaram a andar em direção ao enorme prédio, tão imponente e iluminado contra o céu noturno. Havia algumas pessoas sentadas na escadaria, conversando, fumando, até lendo livros no brilho das colunas iluminadas. Tentando ignorar o formigamento de excitação que surgiu com o toque da pele dele na dela, Meena gaguejou:

— Mas... mas o Met... fica fechado a essa hora da noite.

Ela não tinha certeza de que ele, como estrangeiro (mesmo um que dava aula na universidade e lia os clássicos por prazer), entendesse isso direito.

— Para a maioria das pessoas — disse Lucien com um sorriso misterioso. — Siga-me.

E ainda segurando a mão dela, ele a guiou pela escadaria que levava às portas da frente do Metropolitan Museum of Art. Meena, distraída pelo toque de Lucien, se esqueceu de segurar a coleira de Jack Bauer com a força que deveria, e assim que eles chegaram a uma discreta porta lateral, o cachorro conseguiu fugir.

— Oh! — gritou ela. — Jack!

Ela soltou a mão de Lucien para sair correndo atrás do cachorro. Jack correu só até um grupo de estudantes que estavam a poucos metros, ouvindo os iPods uns dos outros e compartilhando uma pizza, na qual Jack estava extremamente interessado. Quando ela conseguiu pegar o cachorro nos braços e pedir desculpa aos estudantes, que sorriram calorosamente, ela se virou e viu Lucien parado com a porta aberta, esperando que ela se juntasse a ele dentro do museu escuro.

— Oh! — disse ela, olhando para trás. Ninguém na escadaria pareceu perceber que o acompanhante dela tinha acabado de invadir um ponto turístico de Nova York.

Ou era o que ela achava. Certamente o príncipe não tinha uma chave do Metropolitan.

Ou será que tinha? Talvez todos os príncipes-barra-professores romenos tivessem.

— Você não pode simplesmente... Como você...? — Ela se interrompeu, rindo. — Lucien, como você entrou aí?

Ele ergueu um cartão preto com uma tira magnética atrás.

— Eu falei. Um amigo meu vai dar uma palestra aqui essa semana. Achei que você ia gostar de ver sobre o que ele vai falar. Venha. Não tem problema.

Ela continuou hesitante, olhando em volta.

— Mas... não há seguranças?

— Não se preocupe com isso. Eu cuido deles.

Meena ergueu as sobrancelhas. Ele *cuidaria* deles? O que isso significava?

Ah... que ele os subornaria. É claro.

Lucien era um príncipe. Era rico. Estava acostumado a ter o que queria. Com todo mundo. Principalmente funcionários.

Ela achava que ele devia ter dezenas de funcionários. Empregadas. Até mordomos. Funcionários no castelo de veraneio. Pilotos para o jato particular.

Meena tinha uma funcionária, uma faxineira que ia a cada duas semanas e se recusava a lavar roupas.

— Mas eu estou com o cachorro — murmurou ela sem jeito.

— Ninguém liga para um cachorrinho. — Ele estava incrivelmente lindo, de pé com a escuridão atrás, uma mão esticada em direção a ela, a outra segurando a porta aberta. — Confie em mim, Meena.

A parte incrível era que ela confiava. E mal o conhecia.

Mas *confiava* nele.

Por que não confiaria? Ele já tinha salvado a vida dela, e fez isso arriscando a própria.

O que era uma pequena invasão em comparação com aquilo?

Mas Meena nunca tinha sido o tipo de pessoa que corria riscos... não por si mesma. Leisha tinha acertado na mosca quando acusou Meena de ter complexo de heroína. Meena faria qualquer coisa para ajudar a salvar a vida de alguma outra pessoa (se ao menos a pessoa permitisse).

Mas quando se tratava dela mesma? Apesar de ela poder ver o futuro de estranhos, jamais tinha conseguido saber o que o destino guardava para ela.

E muitas vezes ela fez o que era mais fácil — ficar com um namorado que não a amava de verdade; não reclamar sobre um colega de trabalho que se aproveitava dela — em vez de fazer o que sabia, lá no fundo, ser a coisa certa.

E agora?

Ela sabia que, se segurasse a mão de Lucien Antonesco, não estaria apenas se arriscando a uma possível prisão pelo departamento de polícia de Nova York.

Estaria colocando em risco seu coração.

Ia mesmo fazer isso?

Mas que outra escolha tinha? Ia ficar sentada no sofá como Jon pelo resto da vida, esperando a pessoa perfeita, o trabalho perfeito, a vida perfeita chegarem?

Como poderia saber que a pessoa perfeita não estava parada na frente dela agora? Como qualquer um poderia saber?

Era fácil. Ninguém sabia. As pessoas se arriscavam.

Ela entrelaçou os dedos nos dele.

Talvez não pudesse ver o próprio futuro.

Mas isso não significava que não tinha um.

— Tudo bem — disse ela com um sorriso. — Mostre-me. Mostre-me tudo.

Capítulo 26

00h45 EST, sexta-feira, 16 de abril
Park Avenue, 910
Nova York, NY

Alaric os viu sair do prédio juntos — o homem alto de cabelo escuro e a moreninha de cabelo curto e sobretudo amarrado na cintura. Ela estava passeando com um misto de lulu-da-pomerânia e outra raça qualquer. O cachorro parecia estar espumando pela boca de desejo de atacar o homem de cabelo preto...

... que tinha a aparência exata da foto de capa do livro de Lucien Antonesco que Martin havia enviado para ele por e-mail mais cedo.

Alaric enfiou os quadrinhos de Archie no bolso e ficou de pé. Não ia pegar a espada. Ainda não. Ia segui-los e ver para onde iam, caso o cara tentasse alguma coisa.

Quando ele fizesse (e faria; Alaric sabia que sim, sabia com tanta certeza quanto sabia que o braço da espada jamais o deixaria na mão), Alaric cortaria a cabeça dele e teria o prazer de ver o príncipe das trevas finalmente virar poeira.

O único problema foi que, quando Alaric deu um passo em direção ao casal, uma mão pesada caiu sobre seu ombro. Assustado, coisa que não acontecia com frequência, ele se virou, a espada parcialmente para fora da bainha...

E deu de cara com seu chefe.

— Pelo amor de Deus, Holtzman — disse Alaric, baixando a espada.

— O que está tentando fazer, ser perfurado?

— Você está violando ordens, Wulf. — Abraham Holtzman era um homem calvo que tinha se vestido para a missão de seguir o líder de tudo que era ímpio de jeans e sandália. Com meias. Pelo menos ele teve o bom senso de usar uma estrela de Davi no pescoço. — Você não devia estar aqui.

— Belas meias. Muito discreto. Ninguém em Manhattan vai reparar em você ou pensar que não é daqui. Agora se me der licença, vou matar o príncipe das trevas antes que ele escape.

— Pare!

Holtzman levantou a mão para fazer Alaric parar assim que Lucien Antonesco esticou a mão e, observando atentamente Alaric e Holtzman, puxou a jovem de cabelos escuros na direção oposta à deles.

Será que o príncipe tinha visto os dois? Alaric não sabia.

Mas sentiu uma espécie de arrepio como se aquele olhar escuro tivesse pousado, ainda que brevemente, sobre ele.

O príncipe sabia quem ou o que ele e Holtzman representavam? Sabia que a Guarda Palatina o estava observando?

Alaric jamais saberia. Porque Holtzman estava enfiando a mão dentro do paletó e puxando a única coisa no universo que Alaric temia mais do que um grupo de vampiros levado à histeria pelo cheiro de sangue humano fresco.

O Manual de Recursos Humanos da Guarda Palatina.

— Não — disse Alaric, um jorro de irritação percorrendo-o. — Pelo amor de Deus, Holtzman. Não temos temp...

— Olhe aqui, Wulf — estava dizendo Holtzman. — Está escrito bem aqui na página 14 do manual: "Se um agente testemunhar seu parceiro ser ferido no cumprimento do dever, ele será *obrigado* a tirar uma licença de *no mínimo* duas semanas para repouso e recuperação psicológica, *assim como* a cumprir terapia compulsória", o que nós dois sabemos que você não cumpriu, como sempre. E diz que ele não terá permissão de voltar ao trabalho até ter cumprido os dois. Todos nós sabemos que você é workaholic. Não tira férias há anos. E Deus sabe que o que Martin passou em Berlim foi horrível. Você ficou vigiando aquele ninho todo sozinho depois... não negue, eu vi o relatório. Não é sua culpa se eles desapareceram e nunca mais foram encontrados... sem dúvida porque não gostavam da ideia de serem perseguidos por você. Então nos dispusemos a deixar passar essa sua recusa em cumprir as regras. Mas quando se trata do príncipe das trevas, você vai ter que se retirar e deixar que nós... Alaric! Estou falando com você, Alaric!

Mas Alaric já tinha ouvido mais do que podia suportar e saiu correndo atrás do casal que havia acabado de desaparecer na esquina.

Só que, obviamente, naquela hora ele já os tinha perdido.

O que não devia nem ter sido possível. O homem tinha mais de 1,80m e a mulher apenas 1,65m de salto alto, no máximo. Eram um casal impressionante e certamente se destacavam na multidão. Ela estava andando ao lado de uma bola de pelo dourado-escuro ambulante.

Como podem ter desaparecido?

— Eles sumiram — gritou Alaric quando Holtzman foi correndo ao seu encontro. — Eles sumiram. E é sua culpa, seu palhaço burocrático. Se não ficasse lá lendo o manual de RH...

— Eles não sumiram. — Holtzman examinou a rua. — Ele está jogando conosco.

— O quê?

Alaric balançou a cabeça. Sempre teve algum respeito pelo treinamento que o chefe tinha lhe dado durante os primeiros anos como caçador de vampiros. Mas a recusa do homem em fazer as coisas de qualquer outra maneira que não fosse de acordo com as regras sempre fazia o sangue de Alaric ferver.

— Ele nos viu — disse Holtzman. — E imediatamente lançou um encanto para se proteger.

Alaric foi pego de surpresa.

— É claro. Por que não pensei nisso?

Holtzman balançou a cabeça com tristeza.

— Porque você está muito envolvido nisso, Alaric. Por que acha que pedi que se concentrasse no caso para o qual foi designado, encontrar o assassino das garotas mortas, e não no príncipe? Seu desejo de exterminar toda a raça de vampiros pelo que eles fizeram ao seu parceiro... fez com que você ficasse ineficiente no seu trabalho. Agora volte para seu hotel. Aliás, ouvi falar que é o mais caro nesta cidade... como sempre. Espero que você não ache que o Departamento de Contas vá aceitar os recibos de um lugar daquele. Não há razão imaginável para você não ter ficado na paróquia de St. Clare, como eu.

Alaric se irritou. Não gostava de receber ordens, nem mesmo de seu mentor mais velho.

Ou de ouvir que devia ficar em uma paróquia desconfortável custeada pelo empregador em vez do hotel luxuoso que ele mesmo estava pagando.

Nem gostava de ouvir que seus sentimentos estavam tornando-o ineficiente no trabalho... mesmo havendo uma *leve* possibilidade de ser verdade.

Mas, principalmente, ele não gostava do fato de que tinha encontrado um vampiro com o tipo de poder que Lucien Antonesco parecia possuir. A habilidade de simplesmente se tornar invisível em uma calçada com poucas pessoas? E fazer a mulher que estava com ele e o cachorro dela invisíveis também?

Alaric tinha lutado com alguns vampiros bastante poderosos no passado — os sul-americanos, ele lembrava, sempre foram particularmente impressionantes —, mas nenhum com esse tipo de habilidade.

— Nem sabemos se ele vai voltar — reclamou Holtzman irritado, começando a andar em direção à Quinta Avenida. — Agora ele nos viu. Vai saber que sabemos sobre os Antonesco. Nós o perdemos.

Holtzman não chegou a acrescentar: *E é sua culpa, Wulf.* Mas Alaric sabia que estava pensando isso.

— Ainda os temos em vista — disse Alaric. — Mary Lou e Emil Antonesco. Podemos usá-los para encontrá-lo.

— Eles jamais falarão. — Holtzman parecia pesaroso. — Principalmente se eu deixar você responsável por isso. Você vai arrancar a cabeça deles antes que eu tenha a chance de perguntar qualquer coisa. Conheço você.

Alaric balançou a cabeça. Ergueu os ombros e se virou para voltar para o número 910 da Park Avenue.

— Wulf? — Holtzman pareceu assustado pela movimentação repentina de seu protegido. Foi correndo atrás dele. — Wulf. Eu estava brincando sobre arrancar a cabeça dos Antonesco. Eles ainda podem ser fontes vitais de informação para nós. Não vamos fazer nada que nos entregue. Eles ainda não sabem que os descobrimos. Lucien pode não ter nos visto muito bem ou se dado conta de quem somos. Não faça nada precipitado...

Alaric andou pelo tapete vermelho em frente ao número 910. Assim que chegou à frente das portas duplas com moldura de metal, elas se abriram com um ruído e o porteiro de uniforme verde-escuro, lendo um livro intitulado *A Arte da Massagem Sensual*, olhou para ele e sorriu.

— Como posso ajudá-lo, senhor?

— Olá — disse Alaric, com um sorriso largo. — Eu podia jurar ter visto meu melhor amigo da faculdade sair desse prédio, um homem alto de cabelo escuro. Mas ele entrou em um táxi antes que eu conseguisse chamá-lo. Era ele, Lucien Antonesco, ou estou maluco?

— Lucien Antonesco? — O porteiro continuou sorrindo. — Lucien Antonesco? Acho que não temos... Ah, você deve estar falando do cavalheiro alto que estava visitando o Sr. e a Sra. Antonesco esta noite! Sim, sim. Havia um Sr. Antonesco na lista.

— Eu sabia — exclamou Alaric na hora em que Holtzman chegou correndo atrás dele. — Eu sabia que era Lucien!

O porteiro, cuja identificação dizia *Pradip*, olhou para a lista sobre a mesa.

— É isso mesmo. Era Lucien Antonesco que estava na festa do Sr. e da Sra. Antonesco desta noite.

— Está vendo, papai — disse Alaric, se virando para Holtzman. — Eu falei que era ele.

— Papai? — disse Holtzman. Agora foi a vez dele de ser surpreendido.

— E aquela bela jovem que estava com ele, a que passeava com o cachorro, devia ser a esposa dele — continuou Alaric, se virando para o porteiro. — Não consigo acreditar. Ele não me contou que tinha se casado!

— Ah — disse Pradip, rindo. — Não, aquela era a Srta. Harper. Ela mora aqui no prédio. Oh, não. A Srta. Harper não é casada.

Alaric fez uma expressão de tristeza.

— Está falando sério? Não era a esposa de Lucien?

— Não, não — disse Pradip. Ele estava rindo muito agora, como se a ideia de a Srta. Harper se casar com o Sr. Antonesco fosse a coisa mais engraçada que ouviu nesse mundo. — Não, a Srta. Meena Harper mora aqui com o irmão, o Sr. Harper. Ela e seu amigo se conheceram esta noite, na festa dos Antonesco. Eu acho.

A avaliação de Alaric do número 910 da Park Avenue subiu um ponto. O porteiro Pradip era observador, realmente, mas um pouco sociável demais com estranhos sobre a vida pessoal dos condôminos... Alaric agora sabia que a mulher que acompanhava Lucien Antonesco se chamava Meena Harper, que ela morava no prédio e que vivia com o irmão. Não era pouca informação, levando em consideração que tudo que ele oferecera sobre si mesmo foi a mentira de que tinha sido colega de quarto de Lucien na faculdade.

— Bem, é uma pena não ter conseguido falar com ele. Quer saber de uma coisa? Vou ver se consigo encontrá-lo no Facebook.

— Ah, é uma ótima ideia — disse Pradip. — Sabe, dá para encontrar praticamente qualquer pessoa no Facebook hoje em dia. Eu estava logado outro dia e consegui fazer contato com um velho amigo que não via desde o jardim de infância. Dá para acreditar?

— Está vendo, pai? — Alaric sorriu para Holtzman. — Facebook. É assim que se faz.

Holtzman parecia confuso.

— Facebook? — repetiu ele.

Alaric piscou para o porteiro.

— Obrigado, Pradip. Você por acaso não tem ideia de onde Lucien está hospedado aqui na cidade, tem?

— Ah, não. Mas se quiser, posso interfonar para os Antonesco — disse Pradip e ergueu o fone. — Tenho certeza de que eles adorariam...

— Não é necessário — disse Alaric, abrindo a mão para fazer o sinal internacionalmente reconhecível de *pare*. — Não quero incomodá-los tão tarde. Talvez eu passe por aqui qualquer outro dia, obrigado.

E se virou e saiu do prédio, com Holtzman logo atrás.

— Impressionante — disse seu superior a ele. — É bom ver você usando uma das técnicas que lhe ensinei para variar, em vez de simplesmente sacudir essa espada por aí.

— Tento evitar matar a população civil sempre que possível — falou Alaric, lançando um olhar irritado ao chefe. — Você também me ensinou isso, lembra?

— Lembro. Mas o que exatamente você conseguiu lá, além de provavelmente alertar os Antonesco de que sabemos sobre eles? Você sabe que aquele porteiro vai contar para eles que estivemos lá. E não estamos mais próximos de encontrá-lo.

— Não — concordou Alaric. — Mas sabemos o nome da garota.

— E que benefício isso trás para nós?

— Ah, muitos benefícios, imagino. Porque ela vai nos levar diretamente para ele.

E depois acrescentou, pensativo:

— Se ela sobreviver a esta noite.

Capítulo 27

1h EST, sexta-feira, 16 de abril
Metropolitan Museum of Art
Quinta Avenida, 1000
Nova York, NY

Meena tinha passado muito tempo no Metropolitan quando se mudou para a cidade. Tinha sido especialmente atraída por um quadro de Joana D'Arc feito por um artista chamado Jules Bastien-Lepage que ficava pendurado na ala do século XIX.

O quadro mostrava Joana parada no jardim do casebre dos pais, olhando para o nada, aparentemente ouvindo as vozes dos santos. Figuras etéreas e com auréolas flutuavam atrás dela, parecendo sussurrar alguma coisa.

O quadro não era nada de muito especial. Em comparação a outros tesouros que havia no museu, era considerado um dos trabalhos menores da coleção.

Ainda assim, Meena sempre fez da tela seu primeiro destino quando entrava no museu e, toda vez que se sentia particularmente desanimada ou sem esperanças, ficava quase uma hora parada olhando para ela, acompanhada de outras almas similarmente oprimidas.

Mas o príncipe Lucien não levou Meena em direção à ala do século XIX quando a puxou para dentro do Metropolitan naquela noite.

Em vez disso, ele a levou em direção à exposição de arte medieval no térreo, passando pelo Grande Átrio escuro e silencioso.

Era estranho estar no museu depois de fechado. Meena nunca tinha visto os corredores tão vazios... e nem tão silenciosos.

Podia até ouvir o próprio coração batendo com força pela excitação do que estavam fazendo — apesar da insistência de Lucien de que não havia problema, ela sentia como se houvesse algo ilícito na presença deles lá. É claro que havia!

E agora Lucien estava segurando a mão dela novamente.

O toque dele não era exatamente quente — os dedos sempre pareciam um pouco frios —, mas era estranhamente reconfortante, como na noite em frente à catedral de St. George.

Mas também havia uma empolgação meio infantil nele, uma ansiedade com a qual ele parecia querer mostrar a ela os tesouros que o museu guardava. Levava um dos dedos aos lábios de uma forma divertida enquanto a guiava pelo museu.

— Vamos disparar algum alarme? — perguntou Meena nervosa, segurando Jack Bauer, que se contorcia sem parar, com um dos braços.

— Só se você tentar roubar alguma coisa — respondeu o príncipe em tom de brincadeira.

— Acho que vou ter que me controlar então — disse Meena, brincando também. Estava feliz em ver que o lado descontraído dele já aparecia. Ele talvez não assistisse muito à televisão, mas sabia se divertir.

Logo estavam cercados de trípticos absurdamente lindos da Virgem com o menino Jesus e crucifixos de ouro incrustados de pedras que pareciam brilhar com a luz sobrenatural que vinha das vitrines onde ficavam. Lucien se afastou, indo em direção a uma coleção de retratos e entalhes em madeira do século XV. Meena não conseguia ler os cartões nas vitrines ao lado dos retratos porque estava escuro demais, mas Lucien explicou:

— Estes são do príncipe Vlad Tepes da Valáquia, o homem sobre quem estávamos falando, o que é um herói no meu país. Ele viveu na era das primeiras gráficas, então há muita documentação histórica sobre ele. O pai dele, Vlad II, era membro da Ordem do Dragão, estabelecida pelo rei da Hungria para unir reinos vizinhos contra o império Otomano. Assim, Vlad Tepes foi doutrinado pela ordem também... aos 5 anos, pouco antes de ele e o irmão menor serem entregues pelo pai como reféns ao sultão do império Otomano como garantia pessoal de que não atacaria o sultão enquanto os garotos estivessem morando com ele.

— Minha nossa — disse Meena, sentindo-se um tanto para baixo. Essa história era meio deprimente.

Ela não estava realmente surpresa ao ouvir sobre a crueldade do pai de Vlad, que entregou os filhos a um sultão para preservar a paz, levando em consideração a imagem dele no retrato. Se Vlad Tepes se parecia ao menos um pouco com o pai, ele não devia ser muito bonito. O pai tinha um bigode longo e de aspecto sinistro e olhos pequenos e brilhantes.

Ou talvez apenas não soubessem desenhar muito bem naquela época. Meena sempre tinha evitado essa parte do museu. O gosto dela caía mais para o Romantismo...

Mas Lucien não pareceu notar que Meena não gostava daquele assunto. Como professor de História, ele obviamente tinha muito entusiasmo pelo assunto da maior figura do passado do país dele.

Lucien prosseguiu:

— Apesar do irmão dele ser o favorito do sultão, infelizmente os otomanos não trataram Vlad Tepes muito bem. E quando ele finalmente herdou o trono do pai e voltou para a Valáquia, ainda estava muito magoado por tudo o que aconteceu... e as coisas não melhoraram muito para ele depois. Ele teve uma vida infeliz, repleta de dor. A primeira esposa dele, a quem ele amava muito, era uma jovem bela e inocente. Algumas pessoas até diziam que... bem, que ela era como um anjo na terra.

Meena ergueu as sobrancelhas ao ouvir isso, e viu Lucien dar um rápido sorriso.

— É. Achei que você ia gostar dessa parte da história.

Ele pegou a mão dela e a levou até um entalhe em madeira primitivo em preto e branco, mostrando um castelo com torres e com um rio passando por baixo.

— Infelizmente, ela não tem o tipo de final que você gosta — disse ele, com uma voz que pareceu a Meena cuidadosamente livre de emoções. — Vlad e a esposa viveram em tempos de guerra. Ao saber que o castelo estava cercado pelos turcos, que eram famosos por serem indescritivelmente cruéis com as prisioneiras naquela época, a jovem esposa se jogou de uma janela dos andares superiores, preferindo a morte ao que ela achou que teria que encarar nas mãos deles.

Meena prendeu a respiração, o olhar voando em direção a uma das altas torres mostradas no entalhe.

— Ela caiu no rio abaixo da janela do palácio e morreu afogada — prosseguiu Lucien no mesmo tom sem emoção. — Aquele rio ainda é chamado de rio da Princesa.

— Oh — disse Meena com tristeza. Estava gostando cada vez menos da história. — Que triste!

— Foi *mesmo* triste — disse Lucien, concordando. — E fica ainda mais triste. O marido tinha se casado com ela por amor... uma raridade naquela época. Ele nunca foi o mesmo depois da morte dela. Alguns dizem que enlouqueceu. Ele começou a tratar os inimigos, e até os próprios súditos, os próprios *filhos*, de uma... bem, de uma maneira muito lamentável.

Meena olhou para a frente atentamente quando ouviu-o dizer as palavras *de uma maneira muito lamentável*.

Porque enquanto o tom dele ainda soava acadêmico e distante como sempre — e talvez ninguém mais notasse a pequena diferença na voz — Meena sabia: o príncipe estava pensando em sua própria infância. O pai de Lucien o tinha tratado de "uma maneira muito lamentável". Tinha certeza disso... e teve mais ainda quando viu o modo como o olhar dele parecia queimar enquanto observava o entalhe do rio da Princesa.

E o coração de Meena se contorceu de pena dele. Sim, ele era um príncipe, e era lindo e rico e cosmopolita.

Mas ela sabia como era ter problemas. Problemas *reais*. Do tipo que faziam você ficar acordado à noite, andando no escuro, indo atrás de comprimidos para dormir em vidros cor de âmbar.

Foi naquele momento que Meena foi tomada por um desejo, tão repentino quanto intenso, de salvá-lo... o mesmo desejo que sentia com todo mundo que conhecia e sabia que ia morrer em breve.

Só que, nesse caso, ela queria salvar Lucien da tristeza que via naqueles olhos castanho-escuros, não da morte certa... Do mesmo modo que ele a havia salvado dos morcegos que vieram guinchando das torres da catedral de St. George naquela noite.

Só que não sabia como. Sabia só como salvar pessoas de seus futuros (e mesmo isso ela não fazia muito bem).

Como se salvava alguém de seu passado?

Nesse momento, Lucien pareceu despertar, e apertou a mão de Meena com um sorriso, dizendo:

— Me desculpe, Meena. Você disse que gosta de histórias com final feliz, e eu conto essa, que não é *nada* feliz. Não sei por que senti tanta vontade de compartilhá-la com você. É uma história importante, mas para mim. Para meu povo. Mas... não é para uma mulher como você, que é tão repleta de vida e alegria.

Meena ergueu as sobrancelhas. Caramba, ele não a conhecia mesmo.

— Mas a questão é a seguinte: Vlad Tepes é o maior herói romeno... como o seu General Washington. Nosso país não existiria se não fosse por ele — disse Lucien, ainda sorrindo.

— Ah — disse Meena. — Nesse caso, que bom.

Mas ela não tinha certeza de que acreditava nele. Não sobre esse tal de Vlad, quem quer que ele fosse, mas sobre o sorriso que ele deu para ela. Sabia que era falso. Ainda podia sentir a dor secreta nele...

E porque ela sabia como era se sentir tão solitário, achava que cabia a ela encontrar um bálsamo para o desespero dele.

O olhar de Meena vagueou, procurando alguma coisa que pudesse ajudar.

E um segundo depois, ela o estava guiando em direção a uma imagem que brilhava sob a luz dourada dentro de sua vitrine.

— Olhe — disse ela triunfantemente, pensando: *Oh, que bom. Isso vai ajudar.* — Isso é apropriado, considerando a forma como nos conhecemos.

Meena sorriu para a pintura alegre feita em madeira de um cavaleiro em seu valente cavalo, a lança furando o coração de uma serpente que se debatia sob as patas da montaria.

— Ah, sim — disse Lucien no mesmo tom acadêmico que tinha usado quando falava de Vlad Tepes. — São Jorge. Lá está a fonte, protegida pelo temido dragão, que há muito tempo não permitia que os aldeões tirassem a água da qual eles tanto precisavam... a não ser que antes eles oferecessem uma donzela em sacrifício. Mas nesse dia, não havia mais donzelas na cidade, exceto a filha do rei. Ela foi corajosamente para a beirada da água, apesar dos protestos do pai, achando que ia morrer. Mas veja quem apareceu... um cavaleiro chamado Jorge, que vai matar o dragão e salvar a garota e o povo. Eles ficariam tão agradecidos a ele que abandonariam o paganismo para sempre.

Meena continuou segurando a mão dele, observando a imagem.

Tudo bem, pensou ela. *Então isso não funcionou. Ele ainda parece muito deprimido.*

E agora estou deprimida também. Obrigada, São Jorge. Eu não sabia que você também era o padroeiro dos deprimidos.

E então, sem mais nem menos...

Ela soube.

Era loucura. Era revelar coisa demais sobre si para ele... muito mais do que jamais desejara.

Mas se deu conta de que era uma coisa que tinha que fazer.

— Quer ver meu quadro favorito dentre todos que existem no mundo? — perguntou Meena a ele.

Ele pareceu surpreso... e feliz.

— Eu adoraria.

Dessa vez foi Meena que o guiou... para fora da exposição de arte medieval e para o andar de cima, para a ala do século XIX.

Ela ficou um pouco nervosa quando se aproximaram do quadro que amava há tanto tempo que podia não ser tudo aquilo que ela lembrava.

Mas por outro lado, por que estava preocupada? Era Joana D'Arc, amada por todos...

Enquanto se aproximavam, ela viu que não tinha nada com que se preocupar. Não, o quadro, como sempre, era fantástico... ao menos para Meena. A luz acima da elaborada moldura dourada estava acesa e iluminava o rosto da camponesa com cara de menino que olhava para o nada enquanto, atrás dela, o arcanjo Miguel fazia um sinal. Meena ficou tão vidrada que se esqueceu de se preocupar se Lucien ia gostar ou não do quadro.

Ela colocou Jack Bauer no chão e foi direto para o quadro, ficando mais perto dele do que jamais ousaria nos horários de visita.

— Ela não é linda? — murmurou, maravilhada com os detalhes da pintura.

— É, sim — concordou Lucien, melancólico.

Com uma virada de cabeça, Meena ficou nervosa ao perceber que Lucien estava bem mais perto do que tinha percebido...

... a cerca de meio metro dela. Ele nem estava olhando para o quadro quando concordou que ela era linda.

O olhar escuro estava preso ao rosto dela.

Corando, Meena se deu conta de que podia ter encontrado um rival para a beleza do quadro no corpo alto de Lucien e suas feições perfeitas.

Ele também tinha um cheiro bom, Meena tinha que admitir. Não conseguia precisar exatamente que cheiro ele tinha. Jon tinha passado por uma sucessão de colônias masculinas ao longo da vida, a maioria delas forte e desagradável demais.

Mas o cheiro de Lucien era leve e limpo.

Meena queria derramar o que quer que fosse aquilo sobre si mesma.

— E o que há em Santa Joana que a atrai tanto? — perguntou Lucien, sorrindo para ela.

— Oh — disse Meena. Ela se deu conta com uma pontada de arrependimento que estava sofrendo as consequências do que ela mesma armara para si.

Mesmo assim. Ele tinha pedido que ela confiasse nele quando estavam de pé do lado de fora do museu.

Não podia contar a verdade a ele, é claro. Sabia o que aconteceria. A mesma coisa que tinha acontecido com David. Lucien pensaria que ela era esquisita. Até mesmo pior que isso.

Acharia que ela é uma aberração.

Não deixaria isso acontecer. Esconderia dele a verdade o máximo de tempo possível.

Para sempre, se fosse preciso.

Mas achava que podia contar a ele uma *versão* da verdade, sem entregar muito sobre si mesma.

— Acho que é por ela ter conseguido fazer tanta diferença na vida de tantas pessoas, apesar de ser pobre e de ser mulher... grandes defeitos na época em que viveu — disse ela, escolhendo as palavras com cuidado — Ela previa o futuro, como você sabe... com muita exatidão, e a princípio ninguém acreditava. Mas depois de um tempo ela convenceu bastante gente de que estava falando a verdade, e conseguiu uma audiência com o rei. E ele acreditou nela. — Meena apertou os olhos em direção ao quadro, tentando imaginar como fora ser Joana, tão determinada mas ao mesmo tempo com tantas coisas contra si. — É claro que as pessoas diziam que ela era louca. Hoje em dia, muita gente diz que as "vozes de Deus" que ela ouvia eram esquizofrenia de adolescência. E acho que ela estava na idade certa para isso...

— Mas você não quer acreditar nisso — disse Lucien quando a voz dela sumiu.

Sentindo-se corar de novo, Meena olhou para os pés.

Ela não se enganava sobre parte da razão de amar o quadro em frente ao qual estavam parados ser que ela, como Joana, tinha suas próprias vozes interiores para suportar. Não que acreditasse que suas vozes interiores — as sensações que tinha sobre como as pessoas iam morrer — viessem de Deus.

Mas sabia que não era esquizofrênica.

— Muita gente também não acreditou em Joana. Pelo menos no começo — disse Meena por fim, erguendo o olhar para encontrar o dele. — Mas ela acabou persuadindo muitas pessoas de sua sanidade, até que foi levada perante o rei... e *ele* acreditou nela. Como uma mulher louca poderia enganar um rei cujo próprio pai sofria de psicose? Ele teria reconhecido os sinais. Não — continuou Meena, olhando de novo para o quadro e balançando a cabeça. — Ela não era esquizofrênica. Ela sabia coisas. Foi a maior estrategista militar que a França já teve... uma adolescente que ouvia as vozes dentro de sua cabeça e guiou os homens para a vitória várias vezes...

Quando Meena olhou de novo para Lucien, ficou constrangida pelas lágrimas que surgiam espontaneamente em seus próprios olhos.

— Até que foi capturada pelo inimigo, abandonada pelo rei e queimada na fogueira acusada de ser bruxa — disse ela, com um aperto na voz.

O sorriso dele era de diversão... até que as lágrimas de Meena vieram. Então os lábios de Lucien se retorceram e ele esticou os braços para ela.

De repente, Meena se viu puxada contra ele, os braços dele ao redor dela, o rosto dela pressionado contra o peito dele...

— Você se parece com ela — disse ele, com o rosto nos cabelos escuros e curtos dela.

Meena, envergonhada pelas lágrimas e constrangida por se ver nos braços dele, por estar chorando — por causa de uma santa há muito morta —, sentiu-se corando mais do que nunca.

— Não, não pareço — disse ela apressadamente contra a frente da camisa dele. — Não tenho absolutamente nada em comum com ela. Não mesmo. Eu...

— Sim — disse ele, afastando-a, segurando-a pelos braços para poder olhar nos olhos dela. — Tem sim. Percebi no minuto em que chegamos aqui. Seu cabelo é mais curto e mais escuro. Mas vocês têm a mesma intensidade. Conte-me uma coisa: você também ouve vozes, Meena Harper?

Ela não sabia o que fazer. Queria soluçar. Queria cair na gargalhada. Queria chorar. *Sim. Escuto sim.*

Só que não sobre você.

O que podia significar só uma coisa. Ou o "talento" dela estava sumindo, ou...

Ele não ia morrer. Ao contrário de todos os homens que ela conheceu antes e por quem se sentiu atraída, Lucien Antonesco não ia morrer.

Não em um futuro próximo, pelo menos.

E então, antes que pudesse pensar em alguma coisa para responder, ele deslizou uma mão para debaixo de seu queixo e virou o rosto de Meena em direção ao dele, forçando-a a olhar em seus olhos.

— Meena — disse ele. A voz dele era um suspiro rouco em meio à galeria escura. — O que está escondendo de mim?

A voz dela estava tão rouca quanto a dele.

— Nada — mentiu ela. — Eu juro.

E então o inacreditável aconteceu. Os lábios dele tocaram os dela.

Meena estava tão perplexa que a princípio ficou paralisada, sem saber o que fazer. Fazia tanto tempo que um homem não a beijava, que ela não conseguia acreditar que estava acontecendo.

E ainda assim, havia provas indiscutíveis de que estava nos braços dele... eles a seguravam com firmeza. Sentia os lábios de Lucien contra os seus, estranhamente frios, como os dedos que estavam enlaçados aos dela, mas muito doces, muito pacientes, como se ele estivesse mais do que disposto a esperar a noite inteira que ela se desse conta do que estava acontecendo...

E, de repente, Meena se deu conta. O coração deu uma batida dupla explosiva, e ela percebeu e pensou, *Meu Deus, ele está me* beijando.

E ela se ergueu na ponta dos pés e passou os braços em torno do pescoço dele, retribuindo o beijo, se afundando nele, exultante pelo fato de os braços dele estarem segurando-a com força, inspirando aquele cheiro bom. Fechou os olhos contra a beleza do quadro atrás de Lucien enquanto ele a erguia e a apertava mais e mais perto do coração, que ela não conseguia sentir por causa das batidas frenéticas do dela.

E foi como se o teto acima de suas cabeças tivesse subitamente evaporado e o brilho frio e branco das estrelas e da lua se combinassem numa flecha brilhante que voou em disparada em direção a Meena.

Ela não tinha ideia de que ser beijada podia ser assim.

Mas os beijos de Lucien a faziam sentir... *querida*. As mãos dele a aninhavam com tanto cuidado como se ela fosse um dos objetos preciosos ao redor deles... um vaso da coleção de arte chinesa do Met que ele tinha medo de rachar se apertasse com muita força. Os lábios dele exploravam os seus, com delicadeza no começo, e depois, quando ele pareceu perceber que ela não ia se estilhaçar com o toque, com crescente urgência.

Ela não conseguia evitar que sua boca se abrisse sob a dele...

E de repente, pareceu que alguma coisa dentro dele explodiu. Alguma coisa que parecia ter ficado presa por muito tempo, e que foi libertada pelo toque da língua dela na dele. Toda a civilidade polida desapareceu.

E ela não se importou nem um pouco. A necessidade que ele tinha dela se equiparava à que Meena tinha dele. Era como se ele tivesse feito uma pergunta.

E ela tivesse dito sim.

O único problema era que, quanto mais apaixonadamente ele a beijava, mais altos ficavam os rosnados de Jack Bauer. Por fim, Meena não teve escolha a não ser afastar a cabeça e, olhando para o cachorro, disse com irritação:

— Jack, cale a boca!

Jack Bauer soltou um latido assustado, olhou para Meena com as orelhas inclinadas para a frente... e espirrou.

Meena não conseguiu deixar de cair na gargalhada. Olhou para Lucien para ver se ele também estava sorrindo...

Só que ele não estava. Estava olhando para ela com uma intensidade que ela só podia descrever como... *ardente*.

A julgar pela expressão dele, ela viu que ele não parecia achar a situação nem um pouco engraçada. Ainda segurando Meena de modo que os pés dela estavam a alguns centímetros do chão, ele olhava profundamente nos olhos dela.

— Passe a noite comigo — disse ele numa voz enrouquecida pela paixão.

Meena não se impressionou.

Sabia que ele ia convidá-la. Sentiu isso, pelo jeito como os corpos deles tinham se encaixado. Era como se tivessem sido feitos um para o outro. Ela sentiu a fome no beijo de Lucien depois da gentileza inicial... e era semelhante à dela. Ele a queria tanto quanto ela o queria.

Mas a última coisa de que ela precisava — a *última* coisa — era se apaixonar.

E estava se apaixonando por Lucien Antonesco... e pelos beijos dele, que pareciam queimar através da pele dela, até a alma.

Podia se sentir balançando na beirada... naquele delicioso e estreito precipício entre a admiração e amizade, e o amor.

Era bobeira, era muita tolice. Mas era verdade. Estava se apaixonando loucamente por um homem que tinha acabado de encontrar.

Não fazia sentido algum. Ela mal o conhecia.

Mas como podia *não* se apaixonar por ele depois do que tinham passado juntos, depois do que ele tinha feito por ela?

E agora ela estava indefesa frente aos beijos dele. Eles a faziam virar cinza.

Mas que benefício dormir com Lucien Antonesco ia trazer a ela? Ele ia embora depois. Estava na cidade só por pouco tempo. Ela nunca tinha tido a chance de experimentar, mas tinha muitas dúvidas de que se sairia bem em uma relação de longa distância. Ele não ia se mudar para Nova York.

E ela certamente não ia se mudar para a Romênia.

Ou, colocando de outra maneira: ela ia se esforçar *muito* para não ir atrás dele na Romênia.

Portanto, a coisa sensata a fazer era dizer não para esse convite para passar a noite com ele. Não. Era simples. Ene, a, o, til.

Ela não era do tipo que corria riscos. Lembra?

— Tudo bem — ela se ouviu dizendo.

O quê? O que havia de *errado* com ela? Estava *louca?*

Lucien, sorrindo, puxou-a mais para perto — o que ela não achava possível — e a girou em um círculo até que Meena, rindo, implorou que ele parasse, enquanto Jack Bauer latia. Ainda, rindo muito, Lucien colocou Meena no chão, a expressão dele parecendo quase de triunfo.

— Você não vai se arrepender — disse ele com sinceridade.

Meena nesse momento estava ajoelhada para acalmar Jack Bauer. Ela olhou para ele com uma expressão confusa ao ouvir essas palavras.

Não se arrependeria? É claro que não se arrependeria.

Por que se arrependeria?

Capítulo 28

3h EST, sexta-feira, 16 de abril
Union Square West, 15, cobertura
Nova York, NY

Lucien sabia que o que estava fazendo era errado.
Mas isso não significava que conseguiria evitar.
Meena o deixou pegar o casaco dela, depois ficou admirando o apartamento que Emil tinha encontrado para ele, uma cobertura elegante e decorada de forma austera, com o sistema de segurança mais sofisticado que havia disponível e um terraço que fazia o de Emil, no qual vinte e poucas pessoas podiam ficar confortavelmente, parecer um selo postal. A vista, por janelas com bloqueio para raios UV — portas deslizantes para o terraço compunham a maior parte das paredes —, era do centro de Manhattan de um lado, do Hudson River do outro, do parque da Union Square no terceiro lado e depois os arranha-céus da cidade, eretos à frente deles como uma árvore de Natal muito iluminada. Ao longe, depois do East River, dava para ver as luzes vermelhas de aviões, voando baixo sobre o Queens, pousando nos vários aeroportos que há lá.
— É incrível — sussurrou Meena Harper, indo até uma das portas de vidro e olhando pela escuridão para as luzes brilhantes e para o céu limpo e enluarado. O pescoço longo e magro, saindo do vestido preto e simples, parecia particularmente vulnerável com o cabelo curto.

Ela obviamente não fazia a menor ideia do redemoinho emocional no qual ele se encontrava.

Lucien sabia que seu comportamento era repreensível, possivelmente cruel, desde o momento em que ele abriu a boca na casa de Emil e perguntou à garota se podia ir com ela passear com o cachorro.

Até o cachorro, que conseguia farejar o que ele era, sabia que o que Lucien estava fazendo era errado.

Ele se censurava por emitir as palavras na mesma hora em que elas lhe saíam da boca.

E depois, quando ela entrou no apartamento com o irmão atrás (que Lucien chegou a achar que tinha ido dissuadi-la de sair com ele), ele pensou: *Que bom. Ele vai me impedir. Como bom irmão, é o que ele deve fazer.*

Mas não. O irmão, no final das contas, era muito egocêntrico para ver o que estava realmente acontecendo. (Lucien achou que estava sendo muito duro. Ele era o que era há mais de meio milênio. O irmão dela estava vivo há apenas pouco mais de trinta anos. Lucien achava que não devia ter uma opinião tão grosseira sobre ele.)

Lucien tinha ficado no corredor dizendo para si mesmo para ir embora. Pegue as escadas, deixe-a em paz. Ela era uma boa pessoa, uma pessoa melhor do que ele... alguém que obviamente tentava fazer a coisa certa. Ela não merecia ter a vida arruinada pela espécie dele. O que Mary Lou estava pensando para sequer envolvê-la na bagunça que eram vidas como as dele?

Que Mary Lou inventasse alguma história sobre para onde ele tinha ido. Que Meena Harper pudesse viver sua vidinha feliz.

Mas não conseguiu fazer isso. Estava fascinado demais. Não conseguia se lembrar da última vez que tinha ficado tão curioso sobre uma mulher, muito menos uma mulher humana.

E nem tão atraído.

Mas isso não significava que ele merecia tê-la. Principalmente porque tudo que ele tocava, ele maculava.

Era assim com a espécie dele.

Não seguiu seu próprio conselho. Mesmo quando lembrou a si mesmo que não podia se permitir uma distração. Havia muitas outras coisas que precisavam da atenção dele naquele momento: o fato de que alguém estava sugando todo o sangue de jovens e deixando os cadáveres nus espalhados por Manhattan como lenços de papel usados.

O fato de que alguém estava tentando matá-lo.

O fato de que possivelmente essas duas pessoas eram uma só.

De qualquer modo, precisava manter a calma.

Estava se virando para a escada, determinado a deixá-la em paz, quando a porta do apartamento dela se abriu e ela voltou para o corredor.

E ele sabia que estava travando uma batalha perdida contra si mesmo. Não ia a lugar algum. Ela parecia tão viçosa quanto um presente antes de ser aberto.

E ele queria ser o homem que abriria aquele presente.

A pior parte era que não se tratava meramente de atração sexual. Havia também o enigma da mente dela. A cacofonia que ele ouvia na cabeça de Meena Harper não era devido ao fato de ela ser louca. Não. Ela estava escondendo alguma coisa. Alguma coisa sobre a qual não gostava de pensar, alguma coisa que tinha se especializado ao longo dos anos em esconder das pessoas... até de si mesma.

Ele percebia que era alguma coisa que assombrava não só os sonhos dela, mas também as horas que passava acordada. Ele mal conseguia interpretar as imagens que corriam pela consciência dela porque Meena tinha enterrado certas lembranças dolorosas muito profundamente. E assim, os pensamentos dela chegavam a ele apenas em fragmentos, como uma estação de rádio, indo e vindo.

Ele não costuma usar os poderes para descobrir os sentimentos verdadeiros de uma mulher pela qual estava romanticamente interessado. Isso não era nem uma atitude de cavalheiro nem de quem tem espírito esportivo.

Mas no caso de Meena, ele não pôde evitar. O animado monólogo interior dela — a parte que ele conseguia entender, pelo menos — brilhava como as luzes sobre o Empire State Building, intenso demais para ser ignorado.

Mas a vista estava obstruída.

Isso a tornava ainda mais fascinante. Era difícil imaginar que sob a alegre personalidade — o flerte provocativo e o amor por finais felizes — se esgueirava alguma coisa tão lúgubre que ela mal conseguia suportar se permitir pensar sobre isso.

Mas parecia ser verdade.

E ele sabia que essa lugubridade era o que o atraía de forma inexorável para ela.

Seria possível que tivesse encontrado uma mulher capaz de entender o monstro dentro dele... porque escondia um monstro dentro de si também?

E se fosse assim, por que também tinha a sensação de que havia uma doçura nela na qual podia de alguma forma encontrar sua redenção?

Não era possível. O homem só podia encontrar a redenção através de Deus.

Mas Deus tinha renegado a espécie dele séculos atrás.

E ainda assim Lucien não podia negar o que estava sentindo naquela noite, quando olhava nos olhos escuros dela... a crescente convicção de que Meena Harper seria sua salvação.

Ou será que estava exigindo demais de uma pessoa só... de um ser humano?

Ele não sabia.

Mas estava desesperado para descobrir.

Tinha sido necessário usar todo seu autocontrole no museu para manter as mãos longe dela. Ele se dava conta agora de que estava tentando, de seu modo desastrado, dar um aviso justo a ela, mostrando o retrato, tentando se certificar de que ela soubesse em que estava se metendo. Burrice.

Mas verdade.

E por uma fração de segundo, ele teve certeza de que ela sabia... alguma coisa. Não tudo, é claro, senão mesmo compreensiva como ela era, ela teria saído correndo, apavorada.

E houve outros momentos também, como ao lado do quadro de Santa Joana...

Lucien tinha vivido tempo o bastante para saber que anjos e santos não existiam — apesar do que Meena evidentemente queria acreditar em relação à Joana D'Arc. Ou, se existiam, ele nunca tinha encontrado nenhum. Obviamente, ou ele e a espécie dele teriam sido dizimados há muito tempo.

Mas de que outra forma podia explicar Meena Harper... e a necessidade dolorosa que sentia de tê-la para si?

Por outro lado, ele *era* um vampiro — uma coisa que o próprio cachorro dela tinha se esforçado muito para avisá-la a noite toda, apesar de ela parecer totalmente alheia ao fato. Até mesmo agora, enquanto andava lentamente pela cobertura, apreciando a vista, ela não tinha ideia do perigo que corria.

Lucien sentia que tinha que dizer alguma coisa. Era justo dar a ela a chance de lutar.

Era a coisa mais elegante a se fazer.

— Você mencionou a guerra de vampiros mais cedo — disse ele. Tinha ligado o aparelho de som quando entraram; um quarteto de cordas tocava suavemente. Ele foi até a adega cromada de vidro e escolheu uma garrafa. Alguma coisa leve, pensou, como ela. Ela não ia gostar de nada pesado demais, sombrio demais.

— Ah — disse ela com uma risada. — Aquilo... é trabalho. — Ela tremeu. — Não vamos falar de trabalho. Atrapalha o clima, sabe?

Ele encontrou um pinot noir que Emil havia escolhido. Perfeito.

— Me desculpe — disse ele com um sorriso. — É tão ruim assim?

— É bem ruim — disse Meena, indo até onde ele estava, ao lado do bar, e sentando-se em um dos bancos cromados forrados de couro preto ao lado dele. — Perdi uma promoção que queria muito, e o canal quatro está nos detonando nas audiências, tudo porque eles têm um horrível enredo de monstros misóginos que as pessoas parecem amar.

Lucien parou de servir o vinho.

— Monstros misóginos? — perguntou ele, uma sobrancelha erguida e a expressão curiosa.

Meena ergueu as duas mãos como se fossem garras.

— Você sabe. Vampiros. — Ela mostrou os dentes e sibilou como se fosse um vampiro de filme.

Lucien quase deixou cair a taça de vinho que oferecia, e o cachorro dela, a alguns poucos metros de distância, latiu com ferocidade impressionante para um animal tão pequeno.

— Jack Bauer! — Meena baixou as mãos e se virou no banco. — Você precisa relaxar! — Para Lucien, ela perguntou: — Você tem carne de hambúrguer ou algo do tipo na geladeira?

Lucien ficou paralisado. Se ela abrisse a geladeira, encontraria a mais recente entrega do mercado negro do Banco de Sangue de Nova York.

— Acho que não...

— Ah, deixa pra lá — disse ela, interrompendo-o. Felizmente, ela havia começado a revirar a bolsa que tinha pendurado atrás do banco. — Eu talvez tenha alguma coisa na bolsa. Ah, aqui. Alguns petiscos para cachorro. Vou atraí-lo até o banheiro e trancá-lo lá, e então talvez tenhamos um pouco de paz.

Meena desceu do banco e esticou a mão em forma de concha para o cachorro, que continuava a latir... até farejar os petiscos.

Então as orelhas alertas se inclinaram para a frente e ele foi atrás dela até chegar ao aposento que Lucien indicou ser o banheiro. Depois de lavar uma saboneteira que encontrou lá, enchê-la com água e deixá-la no chão para que ele pudesse beber, Meena colocou os petiscos no chão e, assim que Jack Bauer estava ocupado demais comendo-os para perceber o que estava fazendo, ela fechou a porta atrás de si.

Lucien tentou não mostrar seu alívio por ter escapado por pouco de ser descoberto. Ele normalmente não fazia coisas tão estúpidas quanto colocar seu suprimento de sangue na geladeira da cozinha, onde qualquer mulher que levasse para casa poderia descobri-lo enquanto procurasse um petisco para o cachorrinho.

Mas ele certamente não havia esperado dormir com ninguém enquanto estivesse em Nova York. Estava lá a trabalho. Era só porque Meena Harper era tão diferente de qualquer outra mulher que ele já havia conhecido na vida que tinha violado seu código de conduta pessoal consagrado.

E quase arruinara tudo ao fazer isso.

— Pronto — disse ela, reassumindo a posição no banco do bar. — Me desculpe por isso. Não sei o que deu nele. Ele costuma ser ótimo com as pessoas. Menos com seu primo, por algum motivo. E com Mary Lou. Talvez seja mau com pessoas que têm um castelo de veraneio. Jack Bauer obviamente tem tendências marxistas. — Ela riu e ergueu a taça. — Então.

— A Jack Bauer, marxista em desenvolvimento — disse Lucien ao brindar com Meena.

Ela riu de novo, os grandes olhos escuros brilhando perto da borda larga da taça de vinho. Ele não a estava elogiando quando fez a observação de que ela parecia um pouco a garota no quadro com o qual ela claramente sentia uma grande ligação no museu. A verdade era que ela era muito mais bonita.

Muito mais bonita e parecia muito mais vulnerável.

— Então posso concluir que você não gosta de vampiros? — perguntou ele com cuidado.

Meena riu.

— Considerando que eles estão basicamente arruinando minha vida agora? Não muito.

— E monstros misóginos são...?

— Você sabe — disse Meena. — Nos filmes de terror, nos livros e nos programas de TV, o monstro ou o serial killer com a serra elétrica sempre vai atrás da bela garota indefesa. É tão sexista. E os vampiros são os piores. O motivo é que, como Van Helsing demonstra em *Drácula*, os vampiros sabem que a família da garota vai ficar hesitante de cortar a cabeça dela, mesmo sabendo que ela virou vampira. Acho que é porque deve ser mais fácil cortar a cabeça do filho do que da filha.

Ela tremeu e acrescentou:

— E essa mania dos vampiros de sempre querer transformar a garota bonita em sua namorada morta-viva? Ou pior, *não* querer transformá-la em sua namorada morta-viva. E então ela o convence disso, para o deleite da plateia. Porque estar morta e acompanhada parece ser um final mais feliz do que estar viva e sozinha. Só que como estar morta pode ser um final feliz? — Os olhos dela brilharam. — Acredite em mim. Estar morto *nunca* é um final feliz.

Ele a observou. Tinha havido muita paixão atrás da última afirmativa. Ele se perguntou de onde tinha vindo aquilo e se aquela estranha obstrução na mente dela estava relacionada a ela.

— Mas você não *acredita* em vampiros — disse ele cuidadosamente. Ela engasgou com o vinho.

— O q-quê? — gaguejou ela. — Você acabou de me perguntar se *acredito* em vampiros?

Lucien levou a mão à haste da taça de vinho, olhando para o líquido cor de rubi que havia dentro. Ele sabia que era importante olhar para qualquer lugar menos para os olhos dela. Estava com medo do quanto podia entregar se olhasse naqueles olhos que pareciam ver tanto... e tão pouco.

— Me perdoe — disse ele. — Só pensei que, na outra noite, na igreja...

— Ah — disse Meena. Ela tomou outro gole de vinho. A taça estava quase vazia. — Aquilo? Não é você que fica dizendo que eram apenas alguns poucos morcegos?

As palavras que tinha dito usadas contra ele. Ele achava que merecia.

— Mas você acredita que Santa Joana ouvia vozes. Vozes contando o futuro. Como uma mulher culta como você pode acreditar nisso e não em criaturas da noite? Ou você prefere só acreditar em coisas felizes, como faz com os finais felizes? — perguntou ele.

O olhar que ela lançou a ele foi tão afiado que podia ter cortado vidro.

— A história de Joana não teve final feliz — disse ela, lembrando-o. — E gosto de uma boa história de terror como qualquer um, desde que matem alguns homens também, e não apenas garotas. Mas as vozes que Joana ouviu eram *reais*. Há provas claras e fundamentadas de que eram reais. Ela venceu batalhas que teriam sido perdidas, graças ao que as vozes contaram a ela previamente, permitindo que os generais franceses criassem estratégias bem diferentes do que faziam antes de Joana aparecer. A vida de muitas pessoas foi salva por causa do que aquelas vozes disseram a ela.

— E não há provas similares de que vampiros são reais — disse Lucien, o olhar ainda na taça.

— Há muitas provas de que algumas empresas estão ganhando uma fortuna por conta do público que gosta de pensar que eles são reais. Inclusive os anunciantes de *Luxúria*. Por que você acha que nosso patrocinador está tão inflexível para que mudemos logo a história? O dinheiro é muito, muito real. Mas mortos-vivos sem alma que andam por aí mordendo pessoas no pescoço e bebendo o sangue delas, que não podem sair durante o dia senão vão virar torrada e que precisam dormir em caixões? Por favor.

— Parte da mitologia foi exagerada ao longo dos anos — disse Lucien com um sorrisinho nos lábios. — Alguns autores, inclusive seu Sr. Stoker, podem ter tomado liberdades.

— E que podem virar morcego? — acrescentou Meena.

— E uma parte, não — disse Lucien com certa dureza. Ele encheu a taça dela, que estava vazia. — Então, só para ter certeza. Apesar de você nunca ter encontrado um, porque eles não existem, é claro, você não quer nada com vampiros?

Meena mordeu o lábio inferior. Lucien não pôde evitar notar o modo como o sangue correu para lá, deixando-o ainda mais suculento e vermelho do que antes.

— Isso soa um pouco preconceituoso. Você pensaria mal de mim se eu admitisse que não gosto de lobisomens e nem de hobbits?

Lucien esticou o braço e colocou a mão sobre a dela, no balcão do bar. A pele dela parecia tentadoramente lisa e macia. O toque era tão gostoso quanto a aparência.

— Eu jamais poderia pensar mal de você.

— Ah — disse ela, levando a taça aos lábios com a mão livre e dando um grande gole no vinho. — Confie em mim. Poderia, sim. Você não sabe tudo sobre mim. Ainda.

A voz dela soou um tanto pesarosa.

— E se eu dissesse para você que sou um vampiro? — perguntou Lucien, fazendo um pequeno círculo nas costas da mão dela. — Você me odiaria?

— Ah — disse Meena, rindo. — Você seria um péssimo vampiro.

Ele ergueu as sobrancelhas.

— É mesmo?

— É claro que sim — disse ela, ainda rindo. Ela colocou o copo no balcão, depois tirou a outra mão de debaixo da dele para segurar sua gravata, deslizando no banco do bar até que os joelhos estivessem entre as coxas dele. — Você teve diversas oportunidades de me morder naquela noite dos morcegos, e depois, naquele museu grande, escuro e deserto, mas não mordeu. Não pense que não reparei.

Ela colocou a outra mão no banco onde ele estava, bem entre as pernas dele, para que pudesse se apoiar enquanto se inclinava para a frente e, usando a gravata para puxar a cabeça dele de leve para baixo de forma que ficasse a centímetros da dela, então disse, com uma voz tão rouca pelo vinho que era quase um murmúrio:

— O lance é que já estive com um rapaz que morde... falando de modo figurado, é claro. Eu meio que tinha esperanças de evitar caras assim no futuro.

Lucien se perguntou quem exatamente estava em perigo ali. Os olhos dela eram piscinas gêmeas, escuras como a meia-noite.

Ele sentiu como se estivesse se afogando.

E achou que não se importava.

— Nunca vou morder você — sussurrou ele. — A não ser que você me dê permissão, é claro.

E então ele pressionou os lábios contra os dela.

E Lucien não tinha certeza se tinha falhado... ou se tinha sido mais bem-sucedido do que podia ter esperado. Tinha dito a ela o que se sentia obrigado a compartilhar, por honra.

Era culpa dele que ela não acreditava?

Sim. Era. Porque ele não tinha oferecido a ela a prova da qual ela disse que precisava.

Mas não ia fazer isso agora... não com a mão dela pousada tão perigosamente perto da parte interna da coxa dele. A parte dele que era homem pode ter desejado ser redimido por ela.

Mas a parte dele que era monstro queria uma outra coisa bem diferente.

O homem teria que esperar.

Seus braços enlaçaram a cintura dela, puxando-a contra si de um jeito possessivo que pareceu surpreendê-la, se é que era isso que significava o suspiro que ela soltou contra os lábios dele.

Mas ele tinha passado do ponto de ser cortês. Puxou-a do banco onde ela estava para seu colo, esmagando-a contra si, sugando com os lábios e a língua o que não podia sugar com os dentes... a essência dela, o que ele esperava, o que há tanto tempo sonhava que poderia salvá-lo.

Ele sabia pelo suave som que Meena emitiu (mas se era de protesto ou de prazer ele não sabia, e os sinais que ele recebia da mente dela eram enevoados, como sempre) quando os lábios dele tocaram os dela que seu beijo estava ainda mais exigente do que o beijo no museu, como se reivindicasse o título de proprietário dela.

Mas ele não podia evitar. Lá ele a havia beijado com reverência, como se tivesse medo que ela pudesse quebrar.

Esse era um tipo diferente de beijo... um beijo exigente, um beijo que, ele sabia, estava despindo sua alma em frente à de Meena...

E, ao mesmo tempo, reivindicava que ela entregasse sua alma também.

E Meena não parecia se importar. Ela não tinha hesitado nem tentado afastá-lo de si quando ele a puxou para perto. Foi o contrário, na verdade. Ela tinha aberto as pernas para se encaixar nele por baixo da ampla saia do vestido, só a renda preta da calcinha dela e a calça do terno dele separando a pele dos dois, os braços dela em torno do pescoço dele. Ela se apertava contra ele, o calor que emanava de sua boca e do seu corpo esguio parecendo consumi-lo. Ele podia sentir o coração dela batendo contra ele através do fino tecido do vestido, um pulsar rítmico vindo do corpo dela que fluía nas têmporas dele e o fez beijá-la com mais intensidade ainda...

... depois descer a boca dos lábios dela até o queixo, em direção ao pescoço. Ele ergueu o braço e pousou a mão sobre a curva de um dos seios, e sentiu o coração batendo sob seus dedos, disparado como o de um cão de caça, antes de baixar a cabeça para onde estava a mão, substituindo os dedos pelos lábios, apertando a boca contra a pele macia que ele descobriu ao afastar o decote do vestido e o bojo rendado do sutiã.

Meena reagiu enfiando os dedos pelos cabelos dele, pressionando ainda mais os lábios de Lucien contra ela. O suspiro apreciativo ao toque da língua dele, delicadamente provando a pele dela, fez com que ele apertasse mais os quadris de Meena...

E isso apertou a calcinha preta rendada mais firmemente contra a frente da calça dele.

Lucien afastou os lábios do seio dela. Não aguentava mais. Afastou-a abruptamente de si, passou um braço pela cintura dela e o outro por baixo dos joelhos e ficou de pé, erguendo-a junto.

Meena soltou uma gargalhada de deleite e segurou mais firme no pescoço dele.

— Não me diga — disse ela. — Você está me levando para o quarto para me desonrar.

— Sim — murmurou ele.

E se virou decididamente em direção à porta do quarto escuro.

Ele seria amaldiçoado pelo que estava prestes a fazer.

Mas, por outro lado, já estava amaldiçoado de qualquer jeito.

Capítulo 29

9h15 EST, sexta-feira, 16 de abril
Union Square West, 15, cobertura
Nova York, NY

Meena acordou com o cheiro de bacon frito.
Por alguns segundos, pensou que estava na casa em que crescera em Nova Jersey. Tinha sido lá a última vez que ela se lembrava de ter acordado com cheiro de bacon de verdade.

Mas quando Meena abriu os olhos, ela se viu não no quarto lilás e branco de sua juventude, cercada da coleção Beanie Baby da infância, mas na cobertura urbana ultrachique de Lucien Antonesco, decorada em tons de cinza e marrom, com o cachorro, Jack Bauer, de pé no colchão ao lado da sua cabeça, ofegando ansiosamente perto do seu rosto.

— Jack — disse Meena, meio tonta. O que tinha acontecido na noite anterior? — Desça.

O que tinha acontecido na noite anterior começou a voltar aos poucos quando Meena levantou o cachorro e o colocou no chão preto de cerâmica, no qual as patas dele fizeram um barulho agitado quando ele se virou e deu uma corridinha para pular de volta para a cama.

A condessa. Ela tinha ido para o apartamento da condessa com Jon — porque ele a obrigou — e *ele* estava lá...

Lucien, o homem da catedral de St. George, o homem que tinha salvado a vida dela. Eles tinham conversado e rido, e depois ele havia perguntado se podia acompanhá-la enquanto ela passeava com Jack Bauer.

E mais tarde ele invadiu o Metropolitan. E a tinha beijado em frente ao quadro de Santa Joana. E a tinha convidado para o apartamento dele. E ela tinha ido.

E então eles...

Eles...

Ah, Deus, eles...

Meena sentou de repente na cama, depois apertou as têmporas — tontura repentina! — e caiu de novo em cima dos travesseiros.

Tinha mesmo feito amor com Lucien Antonesco a noite toda?

E ele estava mesmo — se o cheiro que ela sentia era algum indicador — fazendo café da manhã para ela?

Um enorme sorriso se abriu no rosto de Meena. Pelo menos até o momento em que o cachorro se jogou estrategicamente no colo dela.

— Ai! Jack! Não foi engraçado.

Mas Jack não pareceu estar tentando ser engraçado. Estava choramingando e batendo com a pata nela (uma sensação nada agradável, já que Meena estava completamente nua sob os lençóis cinza-escuros de Lucien) enquanto tentava lavar o rosto dela com lambidas ansiosas.

Por que, dentre todos os cachorros da Sociedade Protetora dos Animais de Nova York, Meena tinha que ter levado para casa o mais desajustado de todos?

— Tudo bem, tudo bem — disse ela. — Vou me levantar.

Um olhar para a parede de vidro que levava ao terraço enorme de Lucien mostrou a ela que era um belo dia de primavera. O vidro parecia ser ligeiramente escurecido, mas Meena podia ver que já era bem tarde.

E uma olhada no celular dela, que tinha tirado da bolsa ao lado da cama, no chão, confirmou isso. Estava atrasada para o trabalho. Ótimo.

Ela viu também que tinha sete mensagens, quatro de Leisha, duas da mãe e uma de Jon (provavelmente avisando-a de que a mãe tinha ligado à procura dela). Meena não sumia com tanta frequência (certo... nunca).

Mas quando sumia, era em grande estilo.

Meena ficou sentada na beirada da cama e digitou *Estou bem* para Leisha, cujas mensagens foram ficando cada vez mais nervosas conforme Meena não respondia. *Mais do que bem. Ligo para você mais tarde.*

Para Jon, ela só escreveu *Você não contou nada pra mamãe, contou? PS: Eu* ♥ *a Romênia.*

Não escreveu nada para a mãe. Ligaria depois. A mãe não sabia mandar mensagens de texto.

Ficou se perguntando o que fazer em relação ao trabalho. Que dia era? Não conseguia nem lembrar... Ah, certo. Sexta. O que ia acontecer naquele dia? Alguém ia fazer um teste para alguma coisa...

— Achei que você tinha acordado — disse uma voz profunda da porta, assustando-a. Meena se virou num pulo e teve a visão mais deleitável de que conseguia se lembrar de ter em muito tempo.

Lucien Antonesco usando apenas um short de pijama cinza de seda, segurando uma taça de cristal de champanhe cheia do que parecia ser suco de laranja.

— Mimosa? — perguntou ele.

Meena teria achado que ainda estava sonhando se Jack Bauer não tivesse escolhido aquele momento para enfiar uma pata no rim dela.

— Ai — disse ela, empurrando gentilmente o cachorro para fora da cama enquanto segurava o lençol cinza contra o peito. Jack deu um latidinho ao cair na pilha de roupas de Meena e Lucien. — Que gentileza sua, Lucien. Eu adoraria.

Lucien foi em direção a ela com um sorriso amoroso (não havia outro jeito de descrever) no rosto, e Meena pôde observar o corpo seminu dele à luz do dia. Era perfeito... tão perfeito quanto tinha parecido na noite anterior, grande mas sem nenhum grama de gordura, atlético sem parecer musculoso, excitantemente masculino. Meena se lembrou de ter passado os dedos pelas costas largas e de ter enlaçado a cintura dele com os braços, tentando tê-lo ainda mais perto. Ela até se lembrava (e com isso corou ainda mais) de ter beijado a trilha de pelos escuros naquela barriga firme.

Ficou mais corada ainda.

— Bom-dia — disse ele, inclinando-se para beijá-la e entregar-lhe o drinque.

— Estou sentindo cheiro de bacon? — perguntou Meena, tentando mudar o assunto... dos pensamentos pecaminosos em sua cabeça.

— É sim. Você não é vegetariana, é?

— Eu deveria ser — disse Meena, bebericando o suco que ele tinha levado para ela. As laranjas tinham sido espremidas na hora. — Por amar animais e tudo mais. Mas, em vez disso, sou apenas uma hipócrita.

— Gosto de garotas que comem — disse ele, passando um dedo pela maçã do rosto dela. — Estou preparando ovos também. Como você gosta?

Meena não se lembrava de um homem ter perguntado isso a ela durante toda a vida, incluindo o próprio pai.

— Hum, mexidos? — Ela sorriu, saboreando o toque dele e tentando ignorar o cachorro, que estava rosnando no canto oposto da cama.

— Estarão prontos quando você estiver pronta — disse Lucien. — Achei que você poderia gostar de um banho quente. Preparei para você ali. — Ele apontou para uma porta no lado oposto da que tinha acabado de entrar. Meena percebeu pela primeira vez que nuvens de vapor vinham de lá.

— Oh — disse ela, estupefata. — Preparou? Que gentil. É sério, você não precisava fazer tudo isso.

— Não — disse Lucien. — Precisava, sim.

Ele colocou as mãos em torno do rosto dela, se inclinou e beijou-a profundamente. Meena se lembrou do quanto tinham se beijado na noite anterior. Seus lábios estavam um pouco doídos por causa disso. Na verdade, ela toda estava doída. De um jeito bom.

Jack Bauer, da pilha de roupas na qual tinha caído, rosnou baixo.

— Ah — disse Lucien, interrompendo o beijo e dando um olhar indecifrável para o cachorro. — Já passeei com seu cachorro.

Meena ergueu as duas sobrancelhas. Era bom demais para ser verdade.

— *Passeou?*

— Bem, talvez eu devesse ter dito que o *levei* para passear. Ele parecia querer sair, e o porteiro ficou feliz em levá-lo. De qualquer forma, você não precisa se preocupar com ele. Agora vá. — Ele apontou um pouco imperativamente para a porta do banheiro. — Antes que você me distraia ainda mais do que já distraiu.

Meena riu. Era um tanto divertido receber ordens de um homem bonito usando um short de pijama de seda cinza.

Principalmente um que tinha feito as coisas que Lucien tinha feito com ela na noite anterior.

Então, puxando o lençol contra si, ela saiu da cama e foi em direção ao enorme banheiro de mármore marrom, com Jack Bauer trotando atrás. O que viu nos espelhos a animou. Não estava tão horrorosa assim. Estava até meio... bonita. Seria porque pela primeira vez em muito tempo ela havia tido uma boa noite de sono? Bem, o pouco que dormiu tinha sido ótimo.

E, pela primeira vez, Meena acordou feliz de verdade. Não tinha nem sentido falta da placa de bruxismo. Achava que não tinha rangido os dentes nenhuma vez naquela noite.

A enorme Jacuzzi estava pela metade com água bem quente. Ela se perguntou o que os romenos consideravam uma boa temperatura para o banho e ligou a água fria para temperar a da banheira, depois se afundou na água quando ela chegou à temperatura certa.

Êxtase. Exceto por Jack Bauer, sentado nervoso ao lado da banheira. Ela podia ver as pontas das orelhas dele pela lateral, viradas para ela, alertas. Tentou ignorá-lo e tomar banho em paz.

Mas a cara ansiosa e esperta dele encarando-a quando ela saiu e pegou um dos roupões brancos e grossos que viu pendurados atrás da porta do banheiro a fez se sentir culpada. Onde Jack Bauer tinha passado a noite? Ela tinha mesmo trancado o cachorro naquele banheiro? Pelo menos o tapete era grosso e fofo como os roupões e devia ter servido de cama confortável.

Mas esse era o problema. Ela era uma péssima dona. Ia ter que fazer uma longa caminhada com ele para compensar o mau comportamento...

Ela vestiu o roupão (ficou enorme, e ela teve que dobrar as mangas para que as mãos não ficassem perdidas lá dentro) e depois bochechou com o enxaguante bucal que encontrou. Tinha alguns itens de maquiagem na bolsa. Ela passou um pouco, mas as bochechas e os lábios estavam tão vermelhos da fricção nos lábios de Lucien que só precisou de um pouco de rímel e delineador.

Encontrou o vestido jogado sobre a poltrona de couro preto e as roupas de baixo espalhadas pelo chão. Ela as vestiu, pensando em como mais tarde, depois do trabalho, teria que fazer a caminhada da vergonha em frente ao porteiro. Será que quem estivesse de serviço perceberia que ela estava usando as mesmas roupas com as quais saiu na noite anterior? Rezou para que Pradip não estivesse lá quando chegasse em casa. Não que ela se importasse com o que o porteiro pensava dela.

Mas e se ela desse de cara com Mary Lou no elevador? Não era "se". Ela *iria* dar de cara com Mary Lou no elevador.

Mas talvez, considerando o que tinha acontecido na noite anterior, a sorte dela estivesse finalmente começando a mudar.

Ela se recusou a pensar se Lucien ia convidá-la para sair naquela noite. A noite de sexta. Também não falaria nada. Não ia fazer joguinhos. Eram velhos demais para isso. Ele estava na cidade a trabalho. Não queria parecer desesperada...

— Está livre esta noite? — gritou Lucien da cozinha, onde o cheiro de bacon, agora acompanhado pelo de café, estava mais forte do que nunca.

Ela gritou:

— Acho que sim. — E seguiu o som da voz dele.

Lucien tinha posto a mesa de jantar de vidro e aço com um lugar. Havia um guardanapo de pano cinza-escuro, um conjunto de talheres, uma xícara de café, um copo de suco de laranja.

Lucien, reparando no olhar curioso pela abertura entre a sala de jantar e a cozinha, disse:

— Espero que não se incomode, mas tomei meu café mais cedo. Fui correr e voltei faminto. Não quis te acordar... Você dormia tão tranquilamente. Como um anjo. — Ele piscou para ela.

Meena disse:

— Ah, não. Tudo bem.

Isso é esquisito, ela pensou.

Meena sentou na cadeira em frente ao lugar posto para ela quando ele saiu da cozinha segurando um prato. Ele apresentou o prato com um floreio. Nele havia três pedaços de bacon perfeitamente fritos, dois ovos mexidos num tom amarelo-dourado, uma fatia de pão integral levemente tostado com geleia de damasco, algumas fatias finas de laranja e um morango grande, perfeitamente maduro.

Meena ficou olhando para o prato de queixo caído.

Lucien puxou a cadeira ao lado da dela.

— Fiquei em dúvida sobre como você gosta do café. Tem açúcar e leite na mesa.

— Obrigada — murmurou Meena quando se viu novamente capaz de falar.

Ele é um príncipe, disse ela para si mesma. *Isso não é tão incomum. Todos os príncipes provavelmente fazem isso para impressionar as namoradas depois da primeira noite juntos.*

Talvez, pensou ela, erguendo o garfo e admirando a aparência do bíceps dele na luz do dia, *a história de já ter ido correr não seja tão estranha. Ele precisa malhar para manter o corpo assim. Eu devia começar a malhar também. Podíamos malhar juntos. Antes de ele voltar para a Romênia, claro.*

— Achei que hoje à noite podíamos ir assistir à sinfonia — comentou ele. — Se você estiver livre. Tenho ingressos para a Filarmônica. Masur vai ser o maestro, vão tocar Beethoven. Não acho que você vá odiar muito.

Meena olhou para ele com rigidez sobre uma garfada de ovos.

— Não vou odiar. Por acaso, gosto de Beethoven. — Ela se perguntou quanto tempo levaria para ele perceber que não tinha ideia de quem era Masur. Achou que podia usar o tempo do concerto para pensar em algum bom diálogo para a nova proposta de caçador de vampiros que ia abordar com Sy.

— Ótimo. Infelizmente, tenho um compromisso de jantar com um colega. Podemos nos encontrar no chafariz do Lincoln Center às 19h30?

— Estarei lá — disse Meena. — E sem ele. — Ela lançou um olhar intenso para Jack Bauer, que estava sob a mesa, alternadamente rosnando para Lucien e olhando para ela na expectativa de pegar quaisquer migalhas de comida que pudesse derrubar.

— Ele é um companheiro muito leal — observou Lucien gentilmente.

— É — disse Meena, tomando um gole de café. — Tipo isso. Quanto tempo uma sinfonia costuma durar?

— Se você está perguntando porque quer saber quanto tempo vai demorar até que eu arranque todas as suas roupas e comece o ato sexual indecente que fizemos ontem à noite e que deixaria sua mãe horrorizada caso ela descobrisse, podemos fazer isso agora mesmo — ofereceu Lucien.

Meena, que estava olhando para ele com as bochechas ficando cada vez mais vermelhas conforme ele falava, disse enquanto se levantava da mesa:

— Não posso. Quero dizer, e-eu adoraria. Mas já estou atrasada para o trabalho. Então... é melhor eu ir. Vejo você às sete e meia.

Lucien riu e, levantando-se também da mesa, tomou-a nos braços.

— Comentei sobre o quanto gosto de ver você ficar vermelha?

— Isso é bom — disse Meena para o meio do peito dele, já que não parecia conseguir erguer o olhar mais alto que isso. — Já que é só isso que eu pareço conseguir fazer perto de você. Nos vemos de noite?

— Não esqueça seu casaco.

Ele pegou o casaco no armário, ajudou-a a vesti-lo e acompanhou-a até o elevador — era do tipo que ia direto para dentro do apartamento. Quando chegou, ele a pegou pela cintura de novo e a puxou contra si, depois beijou-a profundamente, não parecendo se importar que ela estivesse com gosto de torrada e café.

— Sete e meia — disse ele quando a soltou. — Não se atrase.

Ele sorriu quando ela entrou no elevador como uma mulher em transe. Jack Bauer, no entanto, entrou no elevador com o andar rígido, claramente feliz por ver Lucien Antonesco pelo que ele achava ser a última vez. O cachorro se virou e deu um latido de advertência.

— O mesmo para você, meu amigo — disse Lucien quando as portas se fecharam.

Meena, sozinha no elevador, observou os números acima irem diminuindo. A cada um que passava, sentia a sanidade retornar. Quando as portas se abriram no saguão e ela e Jack Bauer saíram da entrada do luxuoso prédio para o ensolarado dia de primavera, a ficha finalmente caiu.

E com isso, sentiu o impacto do que havia acabado de fazer.

Capítulo 30

9h30 EST, sexta-feira, 16 de abril
Hotel Peninsula
Nova York, NY

Alaric dava cem voltas na piscina todas as manhãs antes do café. Às vezes nadava costas se houvesse alguém atraente do sexo feminino deitado à beira da piscina.

Mas com o Peninsula sediando um congresso nacional de designers e de vendedores de implantes dentários, esse não era mesmo o caso.

Alaric estava na volta 188 (a piscina do Peninsula era menor do que a que ele costumava usar, então tinha que aumentar o número de voltas) quando uma mão surgiu pela água cristalina e agarrou sua cabeça.

A reação instantânea usual de Alaric teria mandado a pessoa que o havia abordado voando por cima de seu ombro para dentro da piscina se ele não tivesse olhado bem na hora e se dado conta de que era seu chefe.

— Porra, Wulf! — trovejou Holtzman enquanto se afastava, procurando uma toalha para enxugar o braço e o ombro encharcados. — Precisava tentar me afogar? Eu só queria chamar sua atenção. Temos uma crise, caso você esteja ocupado demais curtindo suas acomodações de luxo para perceber.

Ofegando, Alaric se agarrou à lateral da piscina. Ele tentou não demonstrar o prazer pelo fato de ter conseguido estragar o paletó do terno incrivelmente feio do chefe.

— Que crise? — perguntou ele. A voz ecoou satisfatoriamente entre as paredes da piscina coberta.

— Shhh — disse Holtzman. Ele tinha pegado uma toalha com um dos funcionários da piscina e se esfregava vigorosamente. — Não fale tão alto. Alguém pode ouvir você.

Alaric deu de ombros. Havia duas ou três pessoas dos congressos por perto, mas eles dificilmente seriam uma ameaça para as atividades da Guarda Palatina.

— Nenhum deles fala alemão — disse Alaric em alemão. — São dentistas americanos.

— Mesmo assim — disse Holtzman. Ele foi até a lateral da piscina, onde Alaric esperava por ele. — Mais uma garota morta foi encontrada em um parque hoje de manhã.

Alaric ficou mais atento.

— Meena Harper?

— Não, não foi Meena Harper. Como Meena Harper podia ter sido encontrada morta? Ela estava com o príncipe na noite de ontem, e o príncipe está aqui para impedir os assassinatos, não para cometê-los.

Alaric, desapontado, deu de ombros. Não que quisesse ver Meena Harper morta, é claro. Ela era a única pista que tinham para encontrar o príncipe, e era, se ele se lembrava bem, bastante bonita, de um jeito diferente.

Mas a morte dela teria ligado o caso dele ao príncipe.

E então a direção geral talvez o deixasse ir atrás do príncipe, no fim das contas.

— Ainda não identificaram a garota morta — disse Holtzman. Ele estava ajoelhado em frente à piscina, tomando cuidado para evitar os pontos molhados no piso, e falava com a lateral da boca. Como se alguém na área da piscina pudesse não ter reparado que Holtzman e Alaric se conheciam. — Assim como as outras.

— Então pode ser Meena Harper — disse Alaric, pensando com certo pesar nas pernas torneadas de Meena e no cabelo escuro.

— Não é ela — disse Holtzman, irritado. — Vi uma foto. A garota morta tem cabelo comprido. Meena Harper tem cabelo curto. Quer parar com essa obsessão por Meena Harper?

— Não estou obcecado por ela. É só que, se nós vamos pegar o príncipe...

— *Nós* não vamos fazer nada. *Eu* vou pegá-lo. Você vai atrás do assassino. Quero que se vista e vá olhar fotos de passaporte de recém-emigradas que se encaixem na idade e descrição geral dessa garota, para ver se encontra alguma compatível. Acham, por causa do tratamento feito nos dentes, que ela pode ser do Leste Europeu, como as outras.

— Certo — disse Alaric. *Perda de tempo*, pensou. — Mas se eu fosse você, o que eu faria esta manhã seria visitar Meena Harper.

— Ah, você iria, não é?

— Bem, o que você acha que ela e Lucien Antonesco fizeram ontem à noite? Não voltaram para a casa dela. Ela sabe onde o morcego se esconde. Descubra onde é e o teremos.

— Tenho uma ideia melhor. Pensei em fazer uma visita a Emil e Mary Lou Antonesco.

Alaric jogou água no chefe.

— Pare com isso! — gritou Holtzman, se afastando. — O que pensa que está fazendo?

Alguns dos vendedores de implante dentário, que descansavam em espreguiçadeiras ali perto, riram.

— Diga uma palavra para os Antonesco e teremos toda a população Dracul de Manhattan em nossas cabeças — declarou Alaric. Estava zangado agora, muito zangado. Primeiro Holtzman tinha arruinado o exercício dele. Agora estava tomando decisões burocráticas que iam tornar seu trabalho ainda mais difícil.

— Não sei como o príncipe não nos viu na noite de ontem, mas evidentemente ele não viu. Sei disso porque nós dois ainda estamos vivos e os Antonesco não se mudaram do número 910 da Park Avenue. Sabe como sei disso, Holtzman? Porque ainda estou respirando e liguei para o prédio hoje de manhã fingindo ser um técnico de TV a cabo, querendo saber de uma conexão no apartamento deles. E eles *ainda estão lá*.

Holtzman ficou olhando para Alaric com preocupação nos olhos castanhos.

— Eu sabia que devia ter colocado você em licença psicológica. Não está pronto para trabalhar. Você...

— Sou o melhor que você tem, Holtzman — disse Alaric, saindo da piscina. Esticou a mão para pegar a toalha que o chefe tinha deixado cair. — Vou pegar o assassino. Mas o mais importante é que vou pegar o príncipe também. Só me deixe fazer meu trabalho sem ficar me dizendo *como*, ao menos dessa vez. Nada de manuais. Nada de regras. Apenas vampiros mortos.

O chefe ficou olhando para ele. Alaric estava ciente de que o olhar de Holtzman tinha descido para seu torso musculoso.

E por que não? Alaric se cuidava bem, malhava regularmente com pesos além de nadar. Tinha uma imagem um tanto intimidadora. Até os vendedores de implantes dentários não conseguiram evitar olhar.

Depois reparou que o olhar de Holtzman parecia particularmente atraído por uma cicatriz um tanto feia que Alaric tinha abaixo da caixa torácica, onde um dos vampiros de Berlim conseguiram cortar um pedaço da carne dele (usando os caninos afiados como navalhas) enquanto Alaric estava tentando tirar Martin das mandíbulas de alguns dos outros membros da irmandade.

Alaric suspirou. Sabia por que Holtzman estava olhando.

Os médicos do Vaticano tinham aconselhado uma cirurgia plástica.

Mas Alaric tinha recusado. Não gostava de hospitais, muito menos de procedimentos médicos desnecessários.

Alaric supunha que Holtzman estava concluindo que tinha se recusado a se livrar da cicatriz pelo mesmo motivo que tinha se recusado a fazer acompanhamento psicológico depois do incidente de Berlim.

Mas a cicatriz tinha uma função importante: ela o lembrava, toda vez que ele a via, o quanto ele odiava os mortos-vivos.

E o quanto era importante que livrasse o mundo de todos eles.

— Se você quer encontrar um vampiro, pergunte à última refeição dele — disse Alaric, ignorando o olhar de Holtzman e o fato de que o homem mais velho estava obviamente tentando pensar em alguma coisa a dizer sobre a cicatriz. — No caso do príncipe, é Meena Harper, que mora na Park Avenue, 910, apartamento 11B.

Isso pareceu distrair Holtzman da cicatriz.

— Isso mesmo — disse ele. — É por isso que vou ao apartamento dela esta noite, fingindo ser um...

— Abraham — disse Alaric, interrompendo-o. — O papo do cheque de herança de algum parente distante não vai funcionar. Ela não vai acreditar em você. Quem deixaria um cheque de herança para um *príncipe*? O cara é mais rico do que Midas.

— Ah. — Holtzman parecia desapontado. — Certo. Eu não tinha pensado nisso.

— É por isso que *eu* vou ao apartamento dela hoje à noite. E vou fazer a entrevista do meu jeito.

— Não acho isso inteligente — disse Holtzman. — Na verdade, eu o proíbo de ir. Não vou permitir.

Surpreso, Alaric ficou olhando para ele.

— Por que não?

— Porque você vai fazer aquela coisa de invadir com a espada em riste. Você sabe que tivemos muitas reclamações sobre isso, Alaric. As pessoas realmente parecem não gostar.

— Ela acabou de passar a noite com o príncipe das trevas — disse Alaric, indignado. — Você acha mesmo que *eu* sou assustador em comparação a isso?

Alaric ficou desapontado por Holtzman só ter olhado para a cicatriz de novo e não ter dito nada. A cicatriz não era tão assustadora. O que era realmente assustador, na opinião de Alaric, era o terno de Holtzman.

Capítulo 31

10h30 EST, sexta-feira, 16 de abril
BAO
6th Avenue, 155
Nova York, NY

— Bem, olhe só isso — disse Leisha quando Meena apareceu na área de trabalho dela naquela manhã no BAO (By Appointment Only). — Alguém aqui foi uma menina muito má.

Leisha estava recostada com as longas pernas nuas cruzadas nos tornozelos, como uma rainha núbia em sua própria cadeira de cabeleireiro, equilibrando uma salada grande com frango grelhado em um recipiente plástico sobre o barrigão, apesar de o dono do salão, Jimmy, ter uma regra rigorosa de que ninguém podia comer em seu local de trabalho.

Mas as regras de Jimmy não se aplicavam a Leisha por ela ser a cabeleireira mais popular e por estar grávida de sete meses. Seria um desastre para Jimmy (e para o BAO) se Leisha pedisse demissão.

Meena apontou sem dizer nada para a cadeira vazia ao lado da de Leisha.

— Pode sentar — disse Leisha, balançando a mão, as muitas pulseiras tilintando e as unhas, Meena reparou, com francesinha feita recentemente. Alguém no salão estava usando as unhas dela para treinar. — Ramone tirou o dia de folga porque descobriu que o namorado não se deletou do Grindr. — Leisha lançou um olhar ofendido para ela. — Estou puta da vida com você. Jon disse que você saiu para caminhar com um cara depois da festa da condessa e não voltou. E depois, no noticiário dessa manhã, disseram que encontraram outra garota morta. Obviamente, fiquei aqui a manhã inteira achando que era você. Pelo menos até você responder minha mensagem de texto. Fiquei morta de preocupação. Pode perguntar para qualquer um aqui. *Morta.*

Meena olhou explicitamente para a salada.

— Não tão morta que não pudesse pedir o almoço cedo, antes de eu chegar.

— Não fui eu — disse Leisha, apontando para a barriga. — Foi ele! *Ele* não se importa com o que acontece com você. Está morrendo de fome. E anda me chutando. Ah, meu Deus. Você não acreditaria no quanto ele vem me chutando a manhã toda. E é tudo culpa sua.

— Como pode ser *minha* culpa? — perguntou Meena, se inclinando, pegando Jack Bauer e colocando-o no colo. Ele se aconchegou nela, pois precisava de amor e carinho. Agora que Lucien não estava por perto, ele tinha voltado ao estado normal, sem rosnar.

— Por ter me feito passar por isso tudo! — declarou Leisha. — Acha que Thomas não percebe o quanto senti medo de ser você? O que estava pensando? Você *nunca* passa a noite com homens estranhos. O que você tinha na cabeça, Harper?

Meena coçou o pescoço de Jack Bauer e ele se esticou de deleite.

— Ele não era um homem estranho, Leish — disse ela em vez de avisar que o médico tinha errado no sexo do bebê, o que não parecia que seria útil. — Era o cara da outra noite. Dos morcegos.

Leisha ficou olhando para ela.

— Mas isso é impossível.

Meena estava coçando tanto o cachorro que a perna de trás dele começou a se sacudir. Ela diminuiu a intensidade.

— Não. Não é impossível. É um fato. Lucien Antonesco, o cara que a condessa estava querendo que eu conhecesse, é o mesmo cara que me salvou dos morcegos em frente à catedral. Sei que parece loucura. Mas é verdade. E Leish, gosto dele. *Mais* que gosto.

Leisha balançou a cabeça.

— Não é surpresa você ter vindo direto para cá em vez de ir para casa antes de ir trabalhar. Está tendo um colapso mental.

Meena franziu a testa.

— Como assim, estou tendo um colapso mental? Acha que estou inventando isso?

— Não. Porque é uma loucura!

— Porque dormi com ele?

— Porque é estranho demais ser o mesmo cara! — declarou Leisha. — É *claro* que você dormiu com ele. E espero que você goste dele. Afinal, você nos apavorou ao desaparecer na noite com ele. — Ela colocou a salada na mesa móvel do secador de cabelo entre as duas cadeiras e tentou ficar o mais confortável que uma grávida de sete meses poderia ficar. — E então? Como foi?

— Foi... — Meena olhou para o teto, que Jimmy tinha deixado aberto, apesar de ter pintado todo o encanamento de prateado e preto e o teto acima de roxo escuro. — Incrível — disse ela, suspirando. — De verdade. Não vejo outro modo de descrever.

— Adjetivos, por favor. Faço sexo com o mesmo homem há quase sete anos e estou enjoada. Quero detalhes. Ele fez você ver estrelas?

— Leish! — gritou Meena, rindo.

— Falando sério. Não ligo para mais nada. Ah, espere. Ligo sim. Qual é o prazo de validade dele?

Meena olhou para a amiga com o rosto tomado por um sorriso.

— Essa é a melhor parte. Ele não tem prazo de validade. Ou talvez... Meena parou no meio da frase. Ela ia dizer que talvez sua capacidade de prever a morte das pessoas estivesse sumindo.

Mas sabia que não era verdade. E o bebê Weinberg e o sentimento estranho que Meena tinha sobre ela?

Tinha que contar a Leisha. Tinha que contar.

Mas como podia fazer isso sem apavorá-la totalmente?

— Talvez seja apenas o quê? — Leisha lançou-lhe um olhar exasperado. — O que há com você? Está estranha. Tem certeza de que está bem? Acho que deve estar com febre, sei lá. Deixe-me sentir sua temperatura.

Os dedos de Leisha estavam frios contra sua testa. Meena desejou que ela os mantivesse ali para sempre. Talvez *estivesse mesmo* com febre.

— Hummm. Você está mesmo meio quente. O que esse cara fez com você, exatamente? É o calor de um novo caso amoroso? Ou ele te passou gripe suína?

— Ah, Leish. Ele foi maravilhoso. — Ela sabia que estava alucinada, mas não conseguia evitar. Ainda conseguia sentir o cheiro de Lucien na pele, no local onde ele havia dado o beijo de despedida. — Ele é tão... diferente dos outros caras que conheci ultimamente, entende? Quero dizer, ele nem sabe o que é *Call of Duty*. E fez café da manhã para mim. *Perguntou como gosto dos meus ovos.* E preparou um banho de banheira para mim. E foi legal com Jack, mesmo Jack tendo se comportado como um lunático, não fazendo nada além de rosnar pra ele a noite toda. E...

— Então foi perfeito — disse Leisha, concluindo por ela.

— Foi perfeito — disse Meena. Depois se lembrou de uma coisa, e mordeu o lábio inferior. — Só que...

— O quê? — Leisha franziu as sobrancelhas escuras. — Não me diga. Ele é casado. Tem uma esposa na Estônia.

— Romênia — corrigiu Meena. — E não, é claro que não. Não é isso. Tem alguma coisa... Não vá rir. Mas tem alguma coisa... de *triste* nele.

— *Triste?* — Leisha sacudiu a cabeça de modo que o longo cabelo negro, que ela tinha alisado com um pente quente e depois enrolado dando um aspecto retrô ousado, roçou nos ombros. — O que você quer dizer com triste? Estilo perdedor? Você não cansou dos perdedores depois de David?

— Não. Não é triste no estilo perdedor. Parece mais que uma coisa muito triste aconteceu com ele no passado. E ele nunca superou.

— Talvez a esposa tenha morrido no parto — disse Leisha. Ela, ao contrário de Meena, adorava filmes com finais tristes; quanto mais triste, melhor. Leisha era grande fã de Nicholas Sparks. — Ou morreu em um trágico acidente de carro horas antes do casamento deles! Ou morreu soterrada em um deslizamento no Peru enquanto vacinava órfãos.

Meena olhou para ela com sarcasmo.

— Voltando à realidade, acho que ele teve uma infância terrível. Ele pareceu nem querer falar sobre isso. Perguntei a ele sobre a família dele, e ele disse que os pais já tinham morrido. Disse que tem um meio-irmão, mas não são próximos.

— Bem, aí está — disse Leisha, parecendo um pouco decepcionada por não haver uma esposa morta cujo papel pudesse ser feito por Rachel McAdams na versão para cinema da história. — Ele só precisa do amor de uma boa mulher para deixá-lo animado. Uma mulher como você... a mulher que ele salvou de um ataque de morcegos! É tão romântico. Exceto pela parte em que você deu para ele no primeiro encontro, o que não é nem um pouco a sua cara. Deixe-me sentir sua temperatura de novo. Quero ver se sua febre piorou.

Leisha estava esticando a mão para sentir a testa de Meena de novo quando um jovem, a pele quase tão escura quanto a de Leisha e o cabelo preto cortado bem rente (ideia de Leisha, Meena não tinha dúvida, pois o corte era perfeito para o formato do rosto dele), apareceu em frente à cadeira dela.

— Ah, meu Deus, Meena! — gritou ele com um enorme sorriso. — E Jack Bauer Segundo! Estou tão feliz em ver vocês dois! — Ele andou até ela, pegou Jack Bauer do colo dela e começou a acariciá-lo. Jack lambeu o rosto dele, animado. — Leisha me deu a boa notícia!

Meena o reconheceu como sendo Roberto, um dos cabeleireiros em treinamento do BAO.

Mas não tinha ideia sobre o que ele estava falando.

— Boa notícia? — repetiu ela enquanto se reclinava na cadeira.

— Sobre *Insaciável* — disse Roberto enquanto fazia carinho nas orelhas de Jack Bauer. — De finalmente haver vampiros na história. Estou tão animado! Já era hora. Adoro Gregory Bane. Fico colado na tela cada vez que ele aparece. Ele e aquele outro cara, daqueles filmes de vampiro baseado nos livros. Ah, meu Deus, eles são tão gostosos. Quero que eles façam um sanduíche vampiresco comigo de recheio.

Meena lançou um olhar ressentido para Leisha.

— Ah. — disse ela. — Certo.

— Ah, e segui seu conselho, lembra, na última vez que você esteve aqui? Falei para o Felipe que eu não ia ao Marrocos de jeito nenhum no nosso aniversário de namoro, como ele queria. — Roberto prosseguiu, acariciando ainda mais as orelhas de Jack. — Como você mandou. Disse que deveríamos ir para as Bahamas. E fomos. E a coisa mais estranha do mundo aconteceu: sabe o hotel no qual Felipe tinha reservado um quarto, o do Marrocos? Na mesma semana em que estaríamos lá, um homem-bomba o explodiu! Dá para acreditar? Era como se você *soubesse*! Felipe fica repetindo o quanto tivemos sorte de não estar lá. Podíamos estar lá sentados no saguão tomando café e, de repente, *estaríamos mortos!*

Meena deu um sorriso sem graça para Roberto. Só conseguia pensar que, obviamente, havia pessoas lá tomando café da manhã e que *tinham* morrido... as pessoas que ela *não tinha* salvado. Assim como Angie Harwood.

— Fico feliz por você ter se divertido nas Bahamas — disse Meena enquanto Leisha a encarava séria por trás de Roberto.

— Você está brincando? — Roberto sorriu. — Foi maravilhoso. Me conta, quem vai ficar com o vampiro em *Insaciável*? Vai ser Victoria Worthington Stone ou Tabby? Acho que vocês deviam deixar Tabby se dar bem. Ela é a adolescente virgem mais velha da televisão...

— Roberto — disse Leisha, interrompendo-o. Ela nunca teve muita paciência com os colegas de trabalho, mas, desde o começo da gravidez, tinha menos ainda. — Estou com sede. Por que você não vai lá atrás e pega água mineral com gás para Meena e para mim? E uma tigela de água para Jack Bauer.

— Ah, tudo bem, querida — disse Roberto. Com óbvia relutância, ele pôs Jack Bauer de volta no colo de Meena. — Quer uma fruta ou alguma outra coisa?

— Manga? — Leisha sorriu. Quando Leisha sorria, ninguém conseguia recusar nada a ela. Era assim desde que ela e Meena eram crianças. — Cortada em cubinhos; você sabe, do modo como fez da última vez. Estava ótimo.

— Tudo bem — disse Roberto. E correu para satisfazer o desejo de Leisha.

Leisha virou o olhar escuro e de cílios grossos para Meena.

— Ok. Ele foi embora. Me desculpe por isso. Obrigada por salvá-lo naquele lance do Marrocos, aliás. Eu teria sentido saudade caso ele tivesse sido explodido em pedacinhos com todas aquelas pessoas. E não só porque ele traz manga fresca cortada em cubinhos para mim. Muito bem, voltando a Lucien. Então... irresistivelmente atraída pelo estrangeiro incrivelmente lindo com um grande e obscuro segredo. Não que você soubesse qualquer coisa sobre se ter um grande e obscuro segredo. O que exatamente ele fez com você para que fosse para cama com ele? Você é tão reprimida que nem tomava banho no vestiário com o resto de nós depois da aula de educação física, lembra? Era por isso que Angie Harwood chamava você de Meena Fedida.

Meena corou de novo.

— Bem, ele me levou em um tour particular pelo Met de madrugada. Foi lá que o *vi* com aparência triste pela primeira vez... e não sei... apenas... pareceu certo. Gosto *mesmo* desse cara, Leish.

Leisha ficou olhando para ela.

— Oh-oh. *Não gosto* desse seu olhar, Meena. Você não apenas gosta desse cara. Você o ama. Pior ainda... você quer salvá-lo. Admita!

— E se eu quiser? — Meena olhou para a cabeça de Jack Bauer e suspirou. — Não importa. Ele vai voltar para a Romênia.

— Quando?

— Não sei — disse Meena, dando de ombros. — Não perguntei. Não quis ser esse tipo de garota, entende?

— Você quer dizer que não quis ser você mesma?

— Cale a boca. — Depois Meena se animou. — Ele me convidou para ir à sinfonia esta noite.

Leisha fez uma careta.

— Ugh! Ele conhece você mesmo?

— Adoro sinfonias — disse Meena, protestando. — Sou uma pessoa muito culta. Toquei clarinete no sexto ano.

— Hum, e mal, pelo que me lembro — disse Leisha. — Você tinha a vigésima cadeira. De um total de vinte e uma

— É o que diz a pessoa que sentava na vigésima primeira cadeira — retrucou Meena secamente.

— Então ele não sabe sobre isso também? — E Leisha bateu com a ponta do dedo na cabeça.

Meena fez uma careta.

— Por que eu contaria a ele? Não vou estragar isso como estraguei todos os outros relacionamentos que já tive.

Leisha franziu o rosto.

— Meena. Falando sério. Se quer que isso vá em frente, tem que ser honesta com ele. Não pode ficar com joguinhos. Seu dom é uma enorme parte de quem você é...

— Mas não a *única* parte.

— Você quer dizer como a parte que diz que você nunca quer ter filhos? — perguntou Leisha diretamente.

Os olhos de Meena se arregalaram. Ela ficou sem fala.

— Não estou tentando magoar você — insistiu Leisha. Não estava convencendo ninguém. — Acho você fantástica. Por que outro motivo eu teria escolhido você para ser minha melhor amiga em vez de Lori Delorenzo? Ela tinha o cabelo bem melhor que o seu. Acho você generosa, tanto que até se mete em encrenca de vez em quando. Você se preocupa com estranhos, mais uma vez a ponto de sair do seu caminho para ajudá-los, o que eu acho um pouco demais. E você é engraçada, inteligente, bonita e doce. Mas a verdade é que, se esse cara ficar ao seu lado, ele vai descobrir quem você é de verdade. Assim como ele vai descobrir que você não gosta de sinfonias. Talvez você devesse ser honesta com ele desde o começo e ver o que acontece. Você pode se surpreender.

— Como com David? — Meena deu uma risada sarcástica. — Acho que não. Talvez eu apenas o ajude a conhecer a verdadeira Meena Harper um pouco de cada vez.

— Mas, ao que parece, ele conheceu uma boa parte de Meena Harper ontem à noite — disse Leisha com uma risada sarcástica. Depois ficou séria. — Mas falando sério, Meena. Sei que reclamo de Adam, mas o motivo de estarmos junto há tanto tempo é porque ele foi o primeiro cara com quem consegui ser eu mesma, sem me conter. Se você não consegue ser você mesma com esse cara, devia mesmo continuar sozinha.

Meena olhou para a amiga, pensativa. Leisha tinha razão.

A parte assustadora era que ela não sabia o quanto Meena não estava contando para ela... Meena ia ter que contar.

E a julgar pelo tamanho da barriga dela e pelo volume do alarme disparado na cabeça de Meena cada vez que Leisha falava no bebê, ia ter que ser logo.

— Ei — disse Leisha, olhando para o relógio. — Você não devia estar no trabalho?

— Devia — disse Meena devagar. — Era meio sobre isso que eu queria falar com você... Posso deixar Jack aqui até depois do trabalho e vir pegá-lo depois? Você sabe como todo mundo o adora...

Roberto, voltando com uma tigela de água para o cachorro de Meena e com um prato de mangas cortadas em cubos perfeitos para Leisha, ouviu essa última parte e ofegou:

— Sim, por favor! Vamos cuidar do filhote!

Meena, sufocando uma vontade de gargalhar, olhou para Leisha.

— É para não ter que ir até meu apartamento para deixá-lo, e depois ter que voltar para trabalhar...

— Amamos o filhote! — gritou Roberto. — Vamos arrumar uma pedicure de filhote para ele!

— Você me deve uma — disse Leisha, olhando para Meena enquanto enfiava um pedaço de manga na boca.

— Devo mesmo — concordou Meena.

— Vai cuidar do meu filho para mim quando ele nascer — disse Leisha. — De graça.

— Pode acreditar, já estou cuidando — disse Meena baixinho enquanto entregava um Jack Bauer nervoso para os braços ansiosos de Roberto.

Capítulo 32

13h EST, sexta-feira, 16 de abril
Union Square West, 15, cobertura
Nova York, NY

— Esta é a vítima mais recente — disse Emil, pegando uma pasta vermelha e colocando-a solenemente sobre a mesa com tampo de granito.

Lucien ficou olhando para a foto.

Ela devia ter sido bonita antes... o tipo de garota que teria tido dificuldade em não sorrir quando a câmera apontava na direção dela.

Só que... como ele podia saber disso?

Mas a morte violenta tinha roubado a beleza dela. Agora o rosto era uma máscara circunspecta cinzenta, com sombras roxas sob os olhos.

E abaixo do pescoço...

Lucien virou a foto. Já tinha visto esse tipo de destruição antes.

Mas não nos últimos dois séculos.

— Estimam que a hora da morte tenha sido por volta das três da madrugada — disse Emil.

O que ele estava fazendo às três da madrugada enquanto o sangue dessa garota era sugado do corpo dela?

Sabia perfeitamente bem. Se estivesse fazendo o que tinha ido até aquela cidade para fazer, ela talvez estivesse viva agora.

— Os assassinatos estão acontecendo mais próximos uns dos outros — observou Emil. — Quem quer que esteja por trás deles parece estar ficando mais desesperado. Ou ávido. Ele matou uma vez e viu que gostou. Quer o tempo todo agora. Não quer parar. Talvez *não consiga* parar.

— Talvez — disse Lucien. Não tinha mais certeza do que acreditava em relação aos assassinatos. — Pode ser viciante. E é por isso que não pode ser permitido. Mas essas marcas de mordida não são de um indivíduo só.

— Vai ser um risco para todos nós quando os humanos finalmente se derem conta do que está acontecendo e decidirem nos exterminar do modo como a Palatina quer... — disse Emil melancólico. — Como fizeram com seu pai.

Emil tremeu, talvez se lembrando de como o pai de Lucien tinha encontrado seu desonroso fim. Depois ele ergueu o olhar repleto de culpa para Lucien e balbuciou:

— É minha culpa, meu senhor. A morte dessa última garota. Minha, só minha. Eu nunca devia ter permitido que minha esposa convidasse... *aquela mulher* para nossa casa ontem à noite.

Não havia como não entender de quem Emil estava falando quando dizia *aquela mulher*. O nome pareceu ficar flutuando no ar da cobertura assim como o cheiro da humanidade dela tinha ficado...

Meena Harper. Meena Harper. Meena Harper.

Emil prosseguiu:

— Eu percebo que, ao fazer isso, errei muito. É claro que você foi distraído de seus deveres. Eu entenderia se você decidisse me matar, meu senhor, por minha terrível negligência.

Lucien olhou para o homem menor, que baixara a cabeça, humildemente esperando que seu corpo fosse erguido e jogado por uma das janelas com proteção contra raios UV e para a luz do dia, onde teria fritado instantaneamente no sol como uma batata frita.

Mas Lucien não podia culpar o primo pelo que tinha acontecido na noite anterior assim como não podia explicar. Ainda não sabia por que estava tão convencido de que a garota de olhos escuros de pijama que ele tinha salvado na noite em frente à catedral de St. George seria a fonte de sua redenção espiritual e emocional.

Ele certamente não a tinha tratado como qualquer pessoa trataria um redentor. Tinha passado a noite fazendo coisas com ela que, à luz do dia, não tinha certeza se ela se lembrava... mas tinha que admitir que, na hora, ela pareceu apreciar completamente.

Deus sabia que ele tinha apreciado.

Agora a essência de Meena Harper parecia ter entrado nas veias dele há muito tempo vazias. Suas veias vibravam com a força vital e a energia de Meena, que davam a elas uma espécie de vitalidade elétrica.

Mas isso não era tudo. Ele parecia... saber das coisas.

Não sabia explicar. Não fazia sentido algum. Era quase uma espécie de... loucura. A loucura *dela*, as mesmas imagens tremeluzentes que ele tinha visto indo e vindo na cabeça dela cada vez que tinha entrado lá. Como ele sabia, por exemplo, que a garota na foto tinha dificuldade em não sorrir quando havia uma câmera por perto?

A garota na foto estava morta. E ele nunca a tinha encontrado.

O que isso significava?

Ele ainda não sabia.

Mas sabia que significava uma coisa diferente.

E algo diferente, depois de cinco séculos, era bom.

Muito, muito bom.

— Está tudo bem, Emil — disse ele. Sentia uma certa gentileza em relação ao primo. O que era ridículo. Há apenas uma semana, estaria irado com essa mancada colossal. Era Meena Harper que estava fazendo com que ficasse tão meloso?

Ou alguma outra coisa?

Emil ergueu a cabeça, confuso.

— Então... — Ele olhou ao redor do cômodo, como se esperasse ver outro dos servos de Lucien aparecer com uma estaca na mão. — Você não quer me matar, meu senhor? Nem minha esposa?

— Acho que já tivemos muitas mortes ultimamente — disse Lucien suavemente. — Por que não nos concentramos em encontrar esse assassino e em detê-lo? Ou detê-los? Está me dizendo que ninguém conseguiu dar à polícia nenhum tipo de descrição de nenhuma espécie de suspeito? — perguntou, levantando-se da mesa e indo ficar de pé ao lado da janela de vidro. — Ninguém foi visto se livrando do corpo e nem perto dele?

Emil, parecendo imensamente aliviado por ter conseguido adiar sua execução, pegou os arquivos e os folheou rapidamente.

— Ah, muitos — disse ele. — Há tantos possíveis suspeitos que a polícia ainda está entrevistando as pessoas. Todo mundo acha que viu alguma coisa. O que significa, é claro, que ninguém viu nada. Porque quem quer que tenha feito isso teve bom senso o bastante para apagar a memória de qualquer pessoa que possa ter visto algo importante.

Lucien franziu a testa, olhando para a cidade. Podia ver as luzes vermelhas das torres do aeroporto do outro lado do East River, ao longe.

As luzes o lembravam do brilho que tinha visto na outra noite nos olhos do irmão. Dimitri sempre tinha tido fome de poder, sempre procurando novas formas de expandir seus negócios, seus domínios, seu controle. Isso quase havia provocado sua morte quando o pai deles deixou a imensa fortuna para o filho mais velho... apesar de Lucien ter estado mais do que disposto a dividir tudo.

Teria a fome de riqueza e poder de Dimitri se estendido a outras coisas também? Lucien não tinha certeza se sabia a resposta.

Era algo triste para um homem ter que admitir sobre o próprio irmão.

Lucien se virou de costas para a janela de sobressalto. Emil estivera falando todo aquele tempo e ele não havia prestado a menor atenção.

— É claro — disse ele. Fosse o que fosse, Lucien tinha certeza de que Emil cuidaria de forma admirável, como fazia com todos os assuntos de interesse do príncipe. — Emil.

— Senhor?

— Vou ter que cancelar meus planos para esta noite.

Emil pareceu inseguro.

— Meu senhor?

Lucien ignorou o latejar em suas veias, uma nova sensação... ou pelo menos uma que ele não sentia há meio milênio, e disse:

— Eu tinha planos de ir à sinfonia esta noite com a Srta. Harper. Mas, devido a... isto — ele apontou para a pasta sobre a mesa —, eu obviamente tenho assuntos mais urgentes a resolver.

— Ah — disse Emil, os olhos refletindo verdadeira decepção. — Entendo. É claro. Eu cuido disso. Mas tem certeza? É claro que há tempo para o prazer assim como...

— Mais tarde. — Os arranha-céus de Manhattan se estendiam lá embaixo. Em algum lugar por lá, ele sabia, se escondia um assassino. Mais do que um. Precisava encontrá-los e detê-los.

Mas seria antes que eles matassem de novo?

— Quatro mulheres já morreram. Não posso me dar ao luxo de ser negligente outra vez.

Mas, mesmo enquanto falava, ele sabia que seria uma questão de horas até começar a desejá-la de novo. Ele falava sobre os assassinos serem viciados.

Mas quem, afinal, era o verdadeiro viciado?

Capítulo 33

14h EST, sexta-feira, 16 de abril
Prédio da ABN
Madison Avenue, 520
Nova York, NY

— Sei quem você é — disse Tabitha Worthington Stone com uma voz ofegante. — Ou acho que deveria dizer que sei *o que* você é.

— Sabe? — O jovem alto de cabelos escuros olhou para ela com um olhar que ardia, um leve sorriso brincando nos lábios perfeitos. — O que eu sou?

— Você é um... um... — Taylor olhou para o outro lado, mordendo o sedutor lábio inferior e jogando dramaticamente um braço por cima da testa. — Não! Não consigo dizer. Não é possível!

— Fale! — Maximillian Cabrera a pegou pelos dois ombros. — Apenas fale!

— Oi. — Paul, um dos roteiristas de capítulos, acenou para Jon. — Veio ver Meena?

Jon parou de olhar para a cena incrivelmente apaixonada que estava sendo encenada no cenário vazio à sua frente. Taylor Mackenzie conseguia ser sexy de legging e cardigã largo cinza, que ela usava aberto por cima de uma camiseta preta que deixava a barriga de fora.

Era uma pena que Jon não tivesse algo tão bom para dizer sobre o futuro parceiro dela, Stefan Dominic. Achava a aparência de Dominic terrível, de jeans skinny preto, cabelo oleoso e uma barba de dois dias por fazer.

Não iam mesmo dar o papel a ele, pensou Jon. Seriam mais inteligentes e dariam o papel a alguém com aparência mais distinta. Como Jon, por exemplo. Dominic era tão... *óbvio*. Para alguém que deveria estar fazendo papel de vampiro, claro.

— Isso mesmo — disse Jon para Paul. — Quero dizer, Meena sabe que estou aqui. Para o segurança me deixar entrar tive que ligar pra ela. — Ele apontou para o passe de visitante, preso à gola da jaqueta jeans. — Mas não a vi em lugar algum.

— Ela está na sala dela — disse Paul. — Sob a pilha de diálogos que acabei de entregar. É melhor você tomar cuidado. O humor dela está péssimo.

Jon franziu a testa.

— É mesmo? Por quê?

— Se eu fosse dar um palpite, acho que é por isso — disse Paul, inclinando a cabeça na direção do cenário.

Fran e Stan, os chefes de Meena, tinham entrado na frente das câmeras e estavam dando o feedback a Taylor e Stefan.

— Isso foi fantástico — estava dizendo Fran, uma senhora de meia-idade com vários colares pendurados e cabelo encaracolado grisalho. — Stefan, você me fez ficar arrepiada.

— Obrigado — disse Stefan laconicamente, de pé com os ossos da bacia em evidência.

Jon queria socá-lo nos rins.

— Certo, tia Fran? — Uma garota magrela com cabelo preto muito liso e usando uma saia lápis saiu de trás de um homem corpulento. Shoshana, percebeu Jon. E o homem corpulento era o outro chefe de Meena, Sy. — Ele é simplesmente brilhante.

Brilhante. Tão brilhante quanto Jack Bauer. O cachorro, não o personagem de Kiefer Sutherland.

— Obrigado — disse Stefan de novo, tirando uma mecha do cabelo com aparência de sujo de cima dos olhos.

— Tenho uma sensação ótima sobre ele — disse Taylor com a vozinha fina. — Acho que temos uma boa química. Funciona pra mim.

Oh, Deus, pensou Jon com um gemido mental. Por que tinha se dado ao trabalho de ir lá? Era pura tortura. Ver (ver de verdade, na vida real, não em uma tela de TV) sua amada Taylor nos braços de outro? Era demais.

E então Jon percebeu que Taylor estava indo em direção a ele, usando pequenos tênis brancos. Ele inspirou fundo e encolheu a barriga, apesar de quase não ter uma, porque andava mesmo malhando agora e não apenas dizendo que ia malhar, já que estava levando a sério essa ideia de fazer teste para a polícia.

— Oi, Taylor — disse ele na hora em que ela ia passando, deixando um leve aroma de grapefruit atrás de si.

Ela virou a cabeça e o viu, os lábios cheios de gloss se abrindo de surpresa... e depois se curvando para cima em um sorriso de reconhecimento.

— Oi... — Ela claramente não conseguia se lembrar do nome dele.

— Jon — disse ele rapidamente. — Jon Harper. O irmão mais velho de Meena Harper.

— Ah, certo — disse ela, rindo. — Sou péssima com nomes. Como você está?

— Ótimo — disse ele. Seu coração batia como uma bola de basquete quicando. — Peguei o finalzinho da sua cena com... aquele cara. Foi um excelente trabalho.

— Ah, obrigada — agradeceu Taylor, os olhos brilhando. — O nome dele é Stefan. Ele vai fazer o papel do novo vampiro do programa. Estou empolgada porque isso vai atrair um público mais jovem para a novela. Stefan não é fabuloso?

Não, pensou Jon. *Você é fabulosa. Não Stefan. Aquele cara é péssimo.*

— Então vão mesmo escalar esse cara, hein? — perguntou Jon. — Porque, você sabe, atuei um pouco na escola...

— Ah, acho que vão — disse Taylor. — O canal quer muito que seja ele. E ele tem o mesmo agente de Gregory Bane, sabe, de *Luxúria*? Aquele cara ali. Dimitri qualquer-coisa.

Ela apontou para um homem que estava de pé no canto, falando com Stan, Fran, Sy e Shoshana. Dimitri Qualquer-Coisa era enorme — fisicamente, muito alto e de ombros largos, um pouco como o príncipe de Meena — e usava um terno impecável que devia ter custado uns 3 mil dólares mais ou menos. Ele parecia ter dois guarda-costas com ele.

Então era rico também.

Outro cara que Jon teria que socar nos rins.

— Interessante — disse Jon, fingindo que não ligava. — Ei, o que você vai fazer agora? Quer beber alguma coisa?

— Ah, eu adoraria, mas tenho que ir encontrar meu personal. Talvez numa próxima ocasião, tá?

E então ela ficou na ponta dos pés, colocou uma das mãos no pulso dele para se equilibrar e deu um beijinho na bochecha, leve como o toque de uma asa de borboleta.

E então foi embora, indo malhar alguma gordura imaginária.

Jon ficou de pé olhando para onde Taylor tinha ido por um minuto ou dois, antes de conseguir se livrar do feitiço que o havia envolvido, e foi procurar a irmã. Acabou encontrando-a exatamente onde Paul tinha dito que ela estaria, na sala dela — a qual, estritamente falando, era mais um cubículo do que uma sala, apesar de ter uma janela estreita com vista.

Ela estava digitando furiosamente, com papéis espalhados pela escrivaninha e por todas as outras superfícies planas de uma forma que parecia aleatória, embora Jon soubesse por experiência própria que, se alguém ousasse tocar nelas, ela gritaria loucamente, porque havia sim alguma espécie de ordem nelas; mas só a irmã sabia qual era.

— Oi, Meen — disse Jon. Como não havia muitos assentos para escolher, ele sentou sobre uma pilha de scripts perigosamente alta sobre uma cadeira em frente à mesa dela.

— Vá embora — disse ela. Não tirou os olhos da tela à sua frente.

— Qual é o problema?

— Tudo. Nada. Apenas vá embora. Esse lugar está implodindo. Como minha vida. Você não acreditaria nas falas que Fran e Stan me deram para colocar na boca da pobre Taylor. Sim, porque Shoshana não é inteligente o bastante para ter escrito isso. Isso sem contar com as falas da Cheryl. Há merchandising em *toda parte*. Nunca nem ouvi falar sobre essas coisas. Acho que não são produtos do CDI. Creme para rugas Revenant? Óculos de sol Strigoi? Tem até uma espécie de spa para onde Victoria vai para fazer um rejuvenescimento total. Você já ouviu falar do Spa Regenerativo para o Despertar Juvenil?

Jon deu de ombros.

— Não. Mas Meena, o que você esperava? Eles têm esse novo enredo de vampiros, e o CDI acha que o programa tem chance de captar a audiência mais jovem. Por que não iriam inserir novos produtos? Estão tentando ganhar dinheiro.

Ela suspirou.

— Não sei. Achei que teriam um pouco de integridade. Respeito pelo público devoto que o programa tem há trinta anos. Mas *eu* sou a idiota, ao que parece. O que você está fazendo aqui mesmo?

— Ah — disse ele. — Vim para o teste.

— Que teste? — Meena olhou para ele sem entender.

— Para o papel de vampiro — disse Jon. Meu Deus, ela *estava mesmo* alterada.

— Não tem teste. O papel é de Stefan. Só estão querendo ter certeza de que ele e Taylor têm química, o que basicamente significa que ele não seja mais baixo do que ela.

— É — disse Jon com amargura. — Eu meio que entendi isso agora.

— Olhe — disse ela, se virando para a tela do computador. — Estou muito ocupada. É melhor você ir.

Paul estava certo. Ela estava mesmo de péssimo humor.

— Qual é o problema com você? Entendo que esteja chateada com o novo enredo de vampiros, mas podia tentar ser um pouco mais simpática com as pessoas.

Ele pensou tê-la ouvido murmurar qualquer coisa do tipo "Estou tentando" e depois alguma outra coisa sobre um bebê. Não tinha ideia do que ela estava falando.

— Que bebê? — perguntou, confuso.

— Esquece — disse ela, olhando para o monitor.

Mas ela não tinha como disfarçar a expressão no rosto, que ele conhecia bem demais.

E como um relâmpago vindo do céu, ele soube.

— É por isso que você está agindo como louca ultimamente? Você teve uma visão sobre o bebê de Adam e Leisha?

— Não — disse ela com uma risada. — É claro que não. Não seja burro.

— Essa foi a risada mais falsa que já ouvi — disse Jon, balançando a cabeça. — O que você viu?

Ela hesitou, depois desistiu abruptamente.

— Tudo bem. Eu não *vi* nada. É só uma sensação. E não é necessariamente uma sensação ruim. Só não quero que Leisha se preocupe. A preocupação de que alguma coisa ruim vá acontecer poderia ser a causa de uma coisa ruim acontecer. Então não vamos contar para ela, certo? Nem para Adam. Porque não há nada a contar.

Jon balançou a cabeça. Nunca tinha entendido completamente o dom da irmã, mas havia aprendido a respeitá-lo ao longo dos anos. Menos quando garotas tinham se recusado a sair com ele por ser o irmão da Garota "Você-Vai-Morrer".

— Tem certeza disso? — perguntou ele.

— Absoluta — disse ela com firmeza.

— Tudo bem. Então por que você está se estressando?

Ela arregalou os olhos e ele se deu conta um pouco tarde demais de que tinha perguntado exatamente a coisa errada.

— Espere — disse ele, erguendo a mão enquanto ela inspirava fundo. — Deixe-me dizer de outra maneira. O que posso fazer para facilitar as coisas para você?

Ela pensou nisso.

— Pode ir pegar Jack e levá-lo para casa? Deixei-o no salão de Leisha quando estava vindo para cá, depois de sair da casa de Lucien hoje de manhã. Fico te devendo essa. Depois de vender minha alma para a corporação o dia todo desse jeito, só quero ir para casa e...

— Começar a trabalhar com persistência no grande romance americano?

— ... me aprontar para meu grande encontro desta noite — concluiu ela com um sorriso.

— Meu Deus — disse Jon, se levantando da enorme pilha de papéis sobre a qual estava se equilibrando. — Vai vê-lo de novo hoje à noite? Está mesmo caidinha por esse cara.

O sorriso de Meena cresceu.

— Você disse que eu devia começar a ser mais simpática com as pessoas.

— Eu estava falando sobre mim, mas tudo bem, vou pegar seu cachorro. E não se preocupe, não vou dizer nada para Leisha sobre sua estranha não-visão em relação ao filho ainda não nascido dela.

— Espero que não diga mesmo — disse Meena. — Ainda mais por que não há nada a contar. Vamos, vou com você até o elevador.

Quando se aproximavam do hall dos elevadores, ele ouviu Meena falar um palavrão bem baixinho. Olhou para a frente e viu o motivo. Fran e Stan estavam de pé lá, ao lado da arquinêmesis de Meena, Shoshana, Stefan Dominic, o agente de Stefan e os guarda-costas. Uma multidão.

— Oi, Meena — cumprimentou Shoshana com uma voz melosa como mel.

— Oi, Shoshana — disse Meena. Ela parecia querer estar em qualquer lugar, menos lá.

— Não sei se você já conheceu nosso novo membro de elenco, Stefan Dominic — disse Shoshana, se virando para o cara magrelo de cabelos escuros que Jon desejava esmurrar há mais ou menos meia hora.

— Não. Ainda não tive o prazer — disse Meena educadamente, e apertou a mão do homem que em breve teria o prazer de enfiar a língua na boca de Taylor Mackenzie diariamente.

— É um prazer conhecê-la — disse Stefan Dominic, olhando para Meena.

Meena, ao apertar a mão de Stefan Dominic, ficou paralisada, olhando para ele. Jon sabia que ela estava tendo mais uma de suas visões.

— Já nos conhecemos? — perguntou ela, com curiosidade.

Não era uma coisa que ela costumava dizer. Ela costumava dizer coisas do tipo *Não pegue a rodovia* ou *Eu mudaria para farinha de trigo integral se fosse você.*

— Acho que não — respondeu Dominic.

— Você me parece muito familiar. — Ela ainda estava segurando a mão dele. — Podia jurar que já o vi antes.

— Bem, Meena — disse Shoshana com escárnio —, Stefan é meu namorado. Você *deve* tê-lo visto antes. Aqui no escritório, comigo.

— Ah — disse Meena. Ela soltou uma risadinha constrangida e soltou a mão dele. — Me desculpe. É claro.

Com isso, o elevador chegou e Jon entrou, junto com Dominic e o agente dele, que tinha se despedido de Shoshana e dos tios dela.

O último rosto que Jon viu antes das portas do elevador se fecharem e de descer com os outros em silêncio foi o de Meena. Ela parecia confusa.

Mas não era surpresa: Meena tinha muita coisa para fazê-la se sentir confusa. Jon não voltou a pensar na confusão da irmã.

Em vez disso, pensou em como Taylor Mackenzie o tinha beijado. Parecia uma coisa muito mais agradável para pensar durante a descida no elevador até o saguão do que a conversa que tinha acabado de ter com Meena.

O que Jon não se deu conta foi de que pensar em Taylor Mackenzie em vez de na irmã tinha salvado a vida dele durante a descida no elevador.

Capítulo 34

17h EST, sexta-feira, 16 de abril
Park Avenue, 910
Nova York, NY

Meena, depois de cuidadosamente avaliar o saguão do prédio, se deu conta de que o local estava livre da condessa e foi andando rapidamente para o elevador.

Não conseguia acreditar. Tinha conseguido passar pelo porteiro (que não era Pradip, graças a Deus, pois ele não estava de serviço) e ir até o elevador sem esbarrar na vizinha. Aquela semana tinha sido uma tremenda montanha-russa, indo de ótima até péssima e voltando a ser ótima, e ela não tinha certeza do que esperar de um momento ao outro. Naquele momento, parecia estar numa hora boa.

Só que, assim que as portas do elevador iam fechar, uma mão familiar, coberta de diamantes, apareceu para impedir que se fechassem completamente.

E então Meena ouviu a voz com sotaque sulista de Mary Lou gritar:
— Yoo-hoo! Meena?

A porta se abriu e revelou a condessa ali de pé, com cara de inocente, usando um terninho de cor pêssego com um chapéu de abas largas combinando e segurando várias sacolas da loja Bergdorf Goodman.

— Ah — disse Meena. Mal conseguia esconder a decepção. Estava feliz por ter amarrado bem o sobretudo. Talvez Mary Lou não reparasse que ela ainda estava usando o vestidinho preto da noite anterior. — Oi, Mary Lou.

— Olhe só para você — gritou Mary Lou. — Não está com as bochechas rosadas e linda como num quadro? Sabe, eu estava pensando em você. Vi seu irmão Jon saindo mais cedo e perguntei como você estava, e ele me disse que não sabia, que não a tinha visto hoje ainda.

Meena registrou mentalmente que deveria matar Jon quando ele chegasse do BAO com Jack Bauer.

— Ah, hum... — disse ela, de maneira inteligente. Desejava que o piso do elevador sumisse, fazendo com que as duas caíssem para a morte.

Mas não tinha tanta sorte. A porta se fechou e elas começaram a longa subida ao décimo primeiro andar.

— E então, gostou do príncipe? — perguntou Mary Lou, completamente sem necessidade.

Meena achava que era óbvio que tinha gostado, já que estava claro que tinha passado a noite com ele.

— Oh — disse ela, desistindo. Para quê? Estava apaixonada por Lucien Antonesco. O mundo todo descobriria em breve se eles continuassem saindo juntos. — Gostei dele sim. — *Será que isso soou carente demais?*

— Fico feliz — disse Mary Lou, sorrindo. — Eu sabia que ia gostar. Ele não é lindo? E legal. Eu o acho tão *legal*.

E então Mary Lou, inacreditavelmente, pareceu preocupada em ter dito a coisa errada.

— Mas não legal demais, sabe? Quero dizer, ele não é bobo. Já o vi fazer coisas... bem, que fariam seus cabelos se arrepiarem.

Meena ergueu as sobrancelhas. Não tinha ideia do que a condessa estava falando.

— Ah, não ligue para mim. Emil diz que tenho tendência a falar demais. Só quis dizer que Lucien é um homem de verdade, se você sabe o que quero dizer.

Meena sabia exatamente o que ela queria dizer. Tinha os arranhões na pele para provar.

Meena se deu conta de que essa conversa de mulherzinha podia ser uma boa oportunidade para descobrir uma ou duas coisas sobre o príncipe. Mas só tinham mais seis andares para subir, então achou que era melhor se apressar.

— Achei que havia algo... de melancólico nele — disse Meena.

— Melancólico? — Mary Lou parecia não ter certeza do que significava aquela palavra.

— É — continuou Meena. Sabia que tinha que pisar com cuidado. Não queria dizer nada que pudesse fazer a condessa ir correndo falar com Lucien, dizendo que Meena estava falando sobre ele pelas costas. Precisava ser sutil. Mas não sutil demais. Deus, tinha esquecido como era difícil estar apaixonada! — Como se alguma coisa tivesse acontecido com ele... talvez na infância... que pudesse tê-lo deixado triste.

— Ah — disse Mary Lou, mordendo a isca perfeitamente. — Pode apostar. O pai dele era um monstro. Mas a mãe dele! Não havia mulher mais doce. Uma santa. Mas eu não os conheci, sabe; eles morreram bem antes de eu aparecer. Isso foi o que Emil me contou. Mas sim, o pai dele...

— Ele batia em Lucien? — perguntou Meena, baixando a voz apesar de estarem sozinhas no elevador.

— Sim — sussurrou Mary Lou de volta. — Pelo que ouvi falar.

O coração de Meena se apertou por Lucien enquanto ela se lembrava da expressão dele no museu quando estavam olhando a pintura de Vlad Tepes. O que significava, ela se perguntou, ele ser tão interessado em um herói nacional que tinha tratado os filhos do mesmo modo que o próprio pai parecia tê-lo tratado?

E não era surpresa nenhuma ele odiar a série *24 Horas*. Deve ter trazido de volta lembranças terríveis de infância.

Pobre homem! Era fantástico o quanto ele tinha ido longe na vida considerando o início obviamente traumático.

— O que vocês dois planejaram para esta noite? — quis saber Mary Lou. — Não me diga que ele não a chamou para sair. É sexta-feira!

Meena se sentiu corar. Ia mesmo ter que superar esse negócio de ficar vermelha quando se tratava do príncipe se iriam ficar juntos, pelo menos pelo tempo que ele estivesse na cidade.

— Vamos à sinfonia.

— À Filarmônica? — gritou Mary Lou. — Que ótimo! Eu que consegui os ingressos para ele, sabe. Estão esgotados há meses. Mas conheço uma pessoa que tem um contato. Fico feliz que você vá com ele, será bom para os dois. Vocês têm tanta coisa em comum, você nem imagina. Os dois trabalham demais. E os dois precisam relaxar um pouco, tirar umas folguinhas para aproveitar a vida. Foi por isso que pensei que seriam um ótimo casal. Mas você tem que pegar emprestado um vestido vintage Givenchy meu para hoje; ele vai ficar divino em você. — disse Mary Lou quando o elevador chegou ao décimo primeiro andar e as portas se abriram. — Sei que sou um pouco maior do que você, mas eu não era, acredite se quiser.

Meena abriu a boca para protestar e dizer que não precisava pegar nada emprestado para vestir, mas Mary Lou não quis ouvir. Não havia como impedi-la. Ela arrastou Meena até seu apartamento e depois até o closet (que era tão grande quanto o quarto de Meena) e revirou tudo até encontrar o vestido que estava procurando, um lindo vestido de noite vintage Givenchy, todo coberto por cristais cor de ébano costurados à mão que capturavam a luz e brilhavam como diamantes negros.

— Você vai ter que usar uma combinação por baixo — disse Mary Lou de forma crítica, segurando o vestido no alto em direção à luz que brilhava sobre o espelho da penteadeira embutida. — Esqueci que era transparente. Você tem uma combinação?

Ao ver o belo vestido, Meena esqueceu todos os protestos. Ia ficar fantástica com ele. Mesmo sabendo que Lucien estaria mais interessado em como ela ficaria sem ele.

— Tenho — respondeu. Tinha uma combinação preta que havia comprado para usar por baixo de seu vestido quando foi dama de honra de Leisha.

Não sabia o que estava acontecendo. Parecia uma adolescente se arrumando para o baile de formatura. Nunca tinha passado tanto tempo falando de roupas.

Amor. Tinha que ser amor.

— Não se preocupe em se apressar para devolvê-lo — disse Mary Lou, levando Meena até a porta da frente. — Fique com ele o tempo que quiser. Fico feliz que alguém finalmente vá tirar proveito dele depois de tantos anos. Sabe, acho que não uso esse negócio desde os anos 1960.

Meena riu.

— Quando você ainda era um feto?

— Espere, eu disse anos 1960? — Mary Lou colocou a mão cheia de anéis sobre o peito e riu. — Eu quis dizer que ele foi *feito* nessa época. Não sei o que eu estava pensando.

— Obrigada, Mary Lou — disse Meena. Estava mesmo agradecida. Parte da antipatia que sentia por ela começava a se dissipar. — E obrigada por me apresentar a Lucien. Ele é mesmo... bem, como você disse. Muito legal.

Essa foi a frase mais injusta da década.

— Ah, querida — disse Mary Lou, se inclinando para beijar a bochecha de Meena, que pôde sentir o intenso perfume da condessa. — Fico tão feliz por vocês. Você nem imagina. Eu sabia que daria certo na hora em que vi seus olhos se encontrarem de cantos opostos da sala ontem à noite. Era quase como se vocês já se conhecessem.

Meena engoliu o comentário quase instintivo: *Ah, mas nos conhecíamos.*

— Obrigada, Mary Lou — disse de novo, o vestido sobre um dos braços. — Eu... Muito obrigada.

Ela teve que sair correndo pelo corredor antes que uma repentina lágrima que sentiu surgir no canto dos olhos transbordasse. Qual era seu problema? Nunca tinha sido emotiva sobre nada. Bem, exceto sobre o que estava acontecendo com Leisha e o bebê. E o trabalho, é claro.

Ah, Deus, o trabalho. Tinha que se sentar e trabalhar na proposta do príncipe romeno caçador de vampiros que ia matar o vampiro de Shoshana e acabar sendo o interesse amoroso de Cheryl. Se não terminasse até segunda, sabia que não havia esperança de que o enredo fosse aceito. Quando Maximillian Cabrera ganhasse o coração do público, jamais conseguiria convencer Fran e Stan (sem contar o canal e o CDI, que estava obviamente investindo muito nesse negócio de vampiros) a matá-lo.

O que havia com Stefan Dominic que tinha mexido com ela? Assim que o encontrou parado perto dos elevadores, Meena soube, simplesmente soube que o tinha visto antes.

E não, como Shoshana sugeriu, saindo com ela.

Não. Meena conhecia Stefan Dominic de outro lugar.

E não de um lugar bom.

Meena destrancou a porta e entrou no apartamento, que estava vazio. Jon tinha ido buscar Jack Bauer. Ela quase desmoronou de alívio por estar sozinha, pelo menos por um tempo. Pendurou a bolsa e o casaco nos ganchos ao lado da porta, jogou as chaves na bandeja que ficava sobre a mesa e foi guardar o vestido de Mary Lou no armário com cuidado.

Depois ela vestiu as "roupas de escrever" (uma legging e um moletom velho de Jon), pegou o laptop, arregaçou as mangas e se aconchegou na poltrona favorita para trabalhar.

E ficou sentada lá, olhando para a tela em branco.

Como poderia trabalhar quando só conseguia pensar em Lucien?

Achava que isso deveria ter ajudado o processo criativo, já que estava escrevendo sobre ele. Ao menos em teoria.

Mas, em vez de escrever, ela só conseguia ficar lá sentada, lembrando-se do jeito possessivo de Lucien quando a tinha agarrado e beijado na noite anterior... do modo como ele pareceu quase devorá-la, do olhar escuro dele consumindo-a cada vez que olhava para ela antes de beijá-la, mais e mais vezes... do gosto de vinho nos lábios dele.

E então ela se lembrou dos caminhos que aqueles lábios estranhamente frios tinham percorrido na pele dela quando ele os deslizou dos seios fartos e arredondados, até a suave curva da barriga; do modo como as mãos dele tinham apertado e comprimido a pele dela, silenciosamente exigindo coisas que ela estava mais do que disposta a dar porque ele, em retribuição, era tão generoso; do modo como ele a tinha aconchegado contra si depois, como se tivesse medo que ela fosse escapar dele à noite.

Como podia pensar em alguma outra coisa? Sua pele ainda ardia de paixão em todos os lugares que ele a tinha tocado.

Estava se enganando se achava que ia conseguir escrever alguma coisa. Em vez disso, jogou o nome dele no Google e leu sobre os livros que ele escreveu (teria comprado os livros, mas eram todos em romeno). Ainda estava lendo sobre ele quando reparou na hora, falou um palavrão e deu um pulo, correndo para o quarto. Tinha que começar a se arrumar se quisesse ficar absolutamente maravilhosa e conseguir chegar ao Upper West Side em tempo de encontrá-lo.

Estava passando a última camada de batom quando a porta se abriu e Jon entrou com Jack Bauer.

— Por que está tão arrumada? — perguntou ele, se abaixando para soltar a coleira do cachorro.

— Meu encontro com Lucien. Lembra?

— Ah, é.

O cachorro correu até Meena animado, pronto para se jogar contra os joelhos dela. Ela pulou no sofá, não querendo que ele estragasse sua meia-calça.

— Não — disse ela com firmeza. — *Desça*.

Jack Bauer pareceu confuso e desapontado.

— Jon, pode dar alguma coisa para ele comer? Ele está...

Foi nessa hora que o interfone do apartamento tocou, dando um susto em Meena. Ela pulou do sofá e foi atender.

— Pois não?

— Oi, Srta. Harper — falou Roger, o porteiro do turno diurno. Pradip ainda não tinha começado a trabalhar. — Entrega para a senhorita.

Meena, confusa, falou:

— Não encomendei nada. — Ela olhou para Jon. — Você encomendou alguma coisa?

Ele deu de ombros.

— Como o quê? Acabei de chegar.

— Não encomendamos nada — disse Meena para o aparelho.

— Não? — Roger parecia tão confuso quanto ela. — É um entregador. Com uma caixa enorme da Bergdorf Goodman.

— Ah — disse Meena. Talvez fosse alguma encomenda de Mary Lou que tinha sido endereçada ao apartamento dela por engano. — Bom, acho melhor mandá-lo subir.

— Pode deixar, Srta. Harper — falou Roger, desligando.

— O que você encomendou da Bergdorf Goodman? — Jon perguntou depois que Meena também desligou. — Achei que estávamos sem grana.

— Estamos — disse Meena, indo pegar a bolsa atrás de uma gorjeta para o entregador. — E não encomendei nada.

— Então, onde arrumou esse vestido? Nunca o vi antes.

— Mary Lou me emprestou — murmurou Meena.

— O que você falou?

— Mary Lou me emprestou — disse Meena mais alto.

Jon assoviou.

— Uau. Vocês duas viraram amiguinhas? O que as mocinhas vão fazer depois? Fazer mão e pé juntas? Tomar chá no Plaza?

— Cala a boca — disse Meena. — Ela não é tão chata.

— Isso é uma mudança radical. Ultimamente você tem tido um trabalhão para evitá-la. Acho que uma noite na cama com um príncipe propicia uma nova perspectiva de vida, hein? De repente sua vizinha esnobe com um castelo de verão não parece tão chata, afinal.

— Falando sério — disse Meena, indo até a porta para destrancá-la. — Cala a boca.

— Quanto você acha que essa coisa custou? Três mil?

— Não — disse Meena. — É vintage. Dos anos 1960.

— Bem, ele fica mesmo bem em você. Não estou brincando. Lucien vai desmaiar. Você parece uma princesa.

Meena ficou radiante. O irmão raramente elogiava sua aparência, então isso significava muito.

Principalmente porque ela estava tendo uma semana muito estranha.

— Ah, Jon — disse, os olhos se enchendo de lágrimas. — Muito obrigada. — Foi em direção a ele para abraçá-lo.

— Ei — disse Jon, retribuindo o abraço. — O que está acontecendo? Só falei que você estava bonita, mais nada. Por que todo esse aguaceiro?

Felizmente naquele momento houve uma batida na porta e Meena o soltou rapidamente, limpando os olhos, preocupada que a maquiagem manchasse. Foi abrir a porta enquanto Jack Bauer latia atrás dela, animado pela visita.

Um homem com um casaco bege e um boné de beisebol, segurando uma enorme caixa preta com um laço dourado em volta, perguntou:

— Meena Harper?

— Sou eu — respondeu e pegou a caixa, dando a ele a nota de cinco dólares que estava segurando.

— Obrigado — disse o rapaz e se encaminhou ao elevador.

— Ei — disse Meena enquanto ele estava lá de pé esperando.

— Pois não? — Ele olhou para ela intrigado.

— Nada — disse Meena e começou a fechar a porta. Depois mudou de ideia, abriu-a de novo e disse: — Só... cuidado com as pizzas de pepperoni, tá?

O entregador ficou olhando para ela, sem entender.

— Tudo bem.

Meena sorriu e fechou a porta. Depois carregou a caixa até dentro do apartamento, com Jack Bauer pulando atrás.

— O quê? — perguntou Jon. — Colesterol?

— Engasgo — respondeu Meena. Ela colocou a caixa sobre a mesa de jantar. — Mas talvez ele não se engasgue mais, se for cuidadoso. Quem pode ter enviado isso? — Tinha o nome dela na caixa, não o da condessa.

Ela desamarrou o laço dourado e ergueu a tampa da caixa. Estava cheia de papel de seda. Ela abriu as abas e depois ficou sem fôlego...

A bolsa de couro com o dragão de pedras na lateral.

Em vermelho-rubi.

— É a bolsa — sussurrou Meena, segurando-a em uma mão e acariciando cada uma das pedras com a outra.

— Que bolsa?

— A bolsa — disse Meena, sentindo como se tivesse perdido todo o ar. — A bolsa que eu sempre quis. Na cor certa. Shoshana tem uma verde-azulada. Mas a dela é feia. A rubi é perfeita. Simplesmente perfeita. Ah, Jon. É linda.

Sentiu vontade de chorar de novo. Nunca tinha visto nada tão lindo.

— Bem, *eu* não comprei para você — disse Jon. Ele começou a mexer no papel de seda na caixa. — Quem comprou? Tem algum cartão?

— *Ele* comprou para mim — disse Meena, sem tirar os olhos da bolsa. — Sei que foi ele.

Mas como ele podia saber? Nunca tinha contado a ele. Nunca tinham falado sobre nada tão ridículo quanto o desejo inapropriado de Meena por uma bolsa da Marc Jacobs com um dragão de pedras, que ela, aliás, jamais poderia ter comprado.

— Quem é ele? — queria saber Jon, mexendo com mais insistência. — Lucien? O príncipe encantado? É esse o presente de manhã seguinte da moda nos dias de hoje? Uma bolsinha?

— É uma bolsa grande — disse Meena, abrindo-a para ver que a alça larga e comprida podia ser trocada por uma elegante corrente dourada para ser usada à noite ou, como ainda, por uma fina alça de couro para eventos mais formais. — Não é uma bolsinha.

— Ah, é claro — disse Jon, tirando um envelope prateado do fundo da caixa. — Aqui tem um bilhete.

O envelope tinha a palavra *Meena* escrita numa caligrafia elegante e um pouco antiquada que ela imediatamente reconheceu como sendo de Lucien, apesar de nunca ter visto nada escrito por ele.

— O que o Sr. Importante tem a dizer? — perguntou Jon, mal-humorado. Meena achava que ele estava com inveja porque nunca tinha comprado nada de tanto bom gosto e tão elegante para nenhuma das ex-namoradas. Achava que ele tinha dado uma pulseira da Tiffany para uma delas uma vez, mas pouco depois ela havia terminado com ele quando descobriu que Jon tinha comprado exatamente a mesma pulseira para a mãe no Natal.

Meena colocou a bolsa na mesa e passou a unha pela dobra do envelope. Tirou uma folha de papel cor de marfim.

Minha querida Meena, ele tinha escrito.

Ela sorriu. Nunca tinha sido chamada de *minha querida* por ninguém antes.

> *Cada momento longe de você parece tempo passado em uma espécie de prisão. Não consigo pensar em nada, sonhar com nada além de você. É uma pena que eu precise permanecer involuntariamente nessa prisão por mais algum tempo, pois o trabalho vai me impedir de me encontrar com você esta noite. Não consegui dar um jeito de evitar isso... No entanto, espero que este presente compense meu comportamento imperdoável. Vi isto e pensei em você e em São Jorge. Você matou o dragão.*
>
> *Até nosso próximo encontro, permanecerei sendo o seu Lucien.*

Meena leu o bilhete uma vez e depois releu.

Depois os olhos dela se encheram mais uma vez de lágrimas.

— Ele não vem — disse ela para ninguém em especial.

Jon ficou olhando para ela.

— Espere... está falando do concerto desta noite?

Ela assentiu, sem olhar para ele. Deixou o bilhete cair no chão.

— Ele não vem — repetiu ela.

Depois ela se virou e andou até a poltrona onde estava sentada um pouco antes, sem conseguir escrever, e desabou nela, a saia de tule do vestido Givenchy de Mary Lou ficando toda fofa ao redor.

Jon se abaixou para pegar o bilhete.

— Espere — disse ele. — Você está *chorando*?

— Não sei o que há comigo — disse Meena, infeliz, erguendo os joelhos e abraçando-os contra o peito.

— Bem, não chore no vestido da condessa — aconselhou Jon. — Ela provavelmente vai fazer você pagar a lavanderia. — Ele leu o bilhete. — "*Você matou o dragão*"? Que diabos isso significa? Qual é o tamanho do pau desse cara, afinal?

Meena encostou a testa nos joelhos e começou a chorar.

— Não seja grosso.

— Puta merda — ela ouviu o irmão dizer com preocupação. — Não chore, Meen. Sei que você teve uma semana ruim, mas ele não está terminando com você. Só precisa trabalhar. Provavelmente vai te ver amanhã. Pelo amor de Deus. Ele mandou um bilhete bem legal. E uma bolsinha.

— Não é uma bolsinha. E esse é o problema — disse Meena, erguendo o rosto molhado de lágrimas. — Eu não contei a ele.

— Não contou o que a ele? — perguntou Jon, indo sentar no braço da poltrona depois de ter afastado parte do tule.

— Nunca contei sobre isso. Estou querendo essa bolsa há tempos. Mas não temos dinheiro. E nunca contei para ele. É como... — A voz dela virou um sussurro. — É como se ele tivesse lido minha mente.

Jon ergueu as sobrancelhas.

— Bem — disse ele secamente. — Posso imaginar como isso seria perturbador para alguém que faz isso com as pessoas há uns 15 anos.

— Cala a boca — disse Meena, incapaz de conter uma risada.

— Não — disse Jon. — É sério. Deve ser um tremendo golpe no ego ter que admitir que pode haver outra pessoa que consegue fazer o mesmo que você. Ah, espera... Não, deixa para lá. O príncipe não consegue saber quando as pessoas vão morrer. Ele só tem a habilidade psíquica de saber que bolsa a namorada dele secretamente deseja.

Meena levantou a mão para limpar os olhos.

— Você não é engraçado.

— Então por que você está rindo?

— Tudo bem — disse Meena com um suspiro. — Talvez eu tenha exagerado. Mas é bem estranho. Você tem que admitir.

— Acho que o fato de você ter passado a noite fazendo sexo com um príncipe é bem estranho. Mas quem sou eu para julgar? Então, como você vai ficar em casa hoje à noite... comida chinesa e um DVD?

Meena sorriu. Ainda se sentia abalada.

Profundamente abalada, na verdade.

Mas era bom ter Jon por perto para apoiá-la.

— Para mim está bom.

— Ótimo. — Jon deu um tapinha no joelho dela por cima do tule. — Vou até a locadora escolher alguma coisa. Para chegarmos a um acordo, vou pegar um filme que tenha romance e algumas coisas sendo explodidas. Que tal moo shu? Vou trazer frango com alho também, para variar. Venha, Jack. — Ele bateu na coxa e Jack Bauer, feliz da vida, foi atrás enquanto ele andava em direção à coleira. — Voltamos logo.

Meena, sorrindo mas ainda um pouco abalada, se levantou da poltrona e, depois que Jon e o cachorro tinham saído, abriu o vestido, tirou-o e pendurou-o cuidadosamente no cabide dentro do armário. Achava que teria outra chance de usá-lo. Não era uma coisa tão ruim.

Pegou o bilhete que Lucien tinha escrito e leu de novo. Isso a fez sorrir e o coração dela bateu mais rápido.

Você matou o dragão. Ela também não tinha entendido o que aquilo significava.

Mas gostou.

Decidiu tomar outro banho e tirar toda a maquiagem que tinha colocado, isso sem falar no perfume. Não fazia sentido desperdiçar com Jon. Tinha tirado a meia-calça e estava indo descalça para o banheiro para ligar a água e tirar a combinação preta sexy e a calcinha (*certamente não ia ficar se torturando com nenhuma dessas coisas a noite toda se não fosse necessário*) quando a campainha do interfone tocou de novo.

O que estava acontecendo? A casa dela tinha virado a estação Grand Central?

Ela atendeu.

— Alô.

— Oi, Srta. Harper — disse Roger. — Entrega.

— *De novo?* Não encomendei nada, Roger.

— Eu sei, Srta. Harper. Agora são flores. Do Sr. Antonesco, diz o entregador. Não o Sr. Antonesco do 11A, mas sim o Sr. Antonesco seu amigo. Você sabe, da festa de ontem.

Meena sorriu. De nada adiantou tentar impedir que os porteiros do prédio soubessem da vida pessoal dela.

— Mande-o subir, Roger — pediu e depois desligou.

Flores *e* a bolsa? Lucien já tinha o coração dela. Não precisava ficar tentando conquistá-lo.

Ela foi até a bolsa e procurou na carteira por alguma gorjeta para o entregador. Não tinha mais notas pequenas. Teria que ver se o entregador teria troco.

Você matou o dragão.

O que isso significava?

Antes de ter a chance de vestir um roupão, Meena ouviu um barulho no lado de fora da porta. Olhou pelo olho mágico. Lá estavam elas. Rosas vermelhas. Um buquê enorme.

O coração dela se inflou. Ele era maluco. E extravagante.

Sim, ele era um príncipe.

Mas isso era demais.

Meena destrancou a porta e abriu uma fresta.

— Muito obrigada — disse para o entregador de flores. — Tem troco para dez?

Foi quando ele baixou as rosas de frente do rosto.

E Meena, pela primeira vez na vida, soube que era ela quem ia morrer.

Capítulo 35

19h EST, sexta-feira, 16 de abril
Park Avenue, 910, apto. 11B
Nova York, NY

A coisa mais incrível, ao menos para Meena, foi que ela jamais teria adivinhado que ele era um assassino. Não à primeira vista, pelo menos. Estava bem-vestido, usando jeans escuros bem ajustados, um suéter de cashmere e um sobretudo longo e preto. O cachecol em torno do pescoço dele parecia ser feito de cashmere também, pelo menos de onde Meena estava, e acentuava o azul dos olhos dele... o tipo de azul intenso que não ficaria deslocado em algum louro forte e bonitão percorrendo um tapete vermelho ou remando em uma prancha de surfe em alguma praia australiana de areia branca.

Não pareciam nada com os olhos de um assassino.

Só que Meena soube que ele era um no momento em que abriu a porta e ele afastou o enorme buquê de rosas vermelhas do rosto.

Por que tinha caído nesse velho truque? No truque do buquê na frente do olho mágico? Merecia morrer só por cair em um truque que ela mesma já havia usado um milhão de vezes em seus scripts.

E agora ali estava ela, encarando a morte com nada além do sutiã e de uma combinação preta de seda. Estava furiosa por não ter vestido um roupão ou não ter pegado alguma coisa que pudesse usar como arma... Uma lata de laquê e um isqueiro para usar como lança-chamas improvisado... Ou até mesmo um sapato para jogar nele.

Mas não tinha se dado conta do quão perto estava da morte até aquele momento, quando era tarde demais. A única coisa que tinha pegado foi o BlackBerry, que em quase qualquer circunstância ainda seria completamente inútil.

E nesse caso era realmente lamentável, a não ser que ela quisesse ligar para a polícia e pedir que alguns policiais fossem até lá morrer junto com ela.

Porque esse cara não ia se permitir ser preso sem lutar. Dava para perceber só de olhar para o rosto bonito e cruel.

E obviamente, como qualquer assassino decente, ele já tinha colocado firmemente um pé entre a porta e o batente, assim ela não podia bater a porta na cara dele. Ela só ia se chocar com a ponta de metal da bota dele.

Os dedos da mão direita dele estavam sobre você sabe o quê. É. Parecia inacreditável, mas considerando tudo mais que tinha acontecido naquela semana, Meena percebeu que não deveria ter ficado surpresa. Por Deus, era o *punho de uma espada*.

Prendeu a respiração quando aquele olhar azul se pousou nela.

— Não vim aqui atrás de você, Meena — disse ele com um sotaque alemão e uma voz tão grave que parecia reverberar pelo peito dela.

Como ele podia saber seu nome? Não fazia ideia de quem ele era. Nunca o tinha visto antes na vida.

Mesmo assim... sentia como se de alguma forma já o conhecesse desde sempre.

Talvez fosse assim que todo mundo se sentisse quando encontrava seu assassino.

Ou talvez fosse só Meena.

Ele desembainhou a espada. A lâmina fez um som metálico na calmaria do corredor, alto como um sino, ao sair da bainha.

Meena engoliu em seco.

É incrível o que se pensa antes de morrer. Tudo em que Meena conseguia pensar, por exemplo, era: *Uau. Não tem preliminar com esse cara.*

Depois: *Espera aí, isso nem foi engraçado.*

E depois: *Mas, na verdade, seria uma ótima fala para Victoria na novela.*

E ainda: *Mas não vou viver o bastante para escrever outro capítulo da novela. É tão injusto.*

Ela sabia só de olhar para o perfil duro como pedra do assassino que não havia a menor centelha de esperança.

Mas é incrível o que fazemos para sobreviver.

Meena abriu a boca. Forçou a língua a umedecer os lábios.

— Sei que você está mentindo. Está segurando uma *espada*. Veio me matar.

— Não estou mentindo. Apenas me diga onde ele está e eu a deixo viver.

Meena não tinha ideia de quem ou de que ele estava falando. Ela apontou para a bolsa que estava pendurada no gancho onde a havia colocado quando chegou em casa.

— Olhe. Há bastante dinheiro ali. Acabei de ir ao caixa eletrônico. Pegue o que quiser e vá embora. Fora isso, tenho algumas joias que minha tia-avó Wilhelmina deixou para mim, mas é tudo falso. Juro para você...

Ele pareceu irritado. Meena sentiu seu coração disparar. *Muito bem, Meen. Contrarie seu assassino. Muito inteligente.*

— Já falei, Meena — disse ele, as sobrancelhas louro-escuras erguidas com um certo sarcasmo. — Não tenho interesse nenhum em matar você. Só ele. Mas se você vai bancar a difícil...

Difícil. Ele não fazia ideia do quanto Meena podia ser *difícil*. Principalmente porque sabia que já estava praticamente morta.

Meena soube naquele momento que não tinha absolutamente nada a perder.

E foi por isso que escolheu aquele momento para jogar o BlackBerry nele com toda sua energia.

Ei. Era tudo que ela tinha. Aquilo e a vida.

Então se virou e saiu correndo.

Capítulo 36

19h02 EST, sexta-feira, 16 de abril
Park Avenue, 910, apto. 11B
Nova York, NY

Meena não conseguiria escapar pela frente do apartamento, já que o maníaco de sobretudo portando uma espada tinha fechado e trancado a porta.

Mas pensou que, se abrisse as portas de vidro da varanda do quarto de trás e gritasse pedindo socorro, alguém ia acabar ouvindo.

Mary Lou. Mary Lou ia ouvir.

Se estivesse em casa. O que era improvável, já que era noite de sexta.

Mas assim que Meena se virou para fugir, alguma coisa absurdamente dura e incrivelmente forte se prendeu no tornozelo dela e a derrubou. Ela caiu no meio das rosas e o pé direito foi puxado antes que ela entendesse o que estava acontecendo, as palmas deslizando pelo piso quando tentou aliviar a queda.

Ela virou o pescoço atônita, e viu o homem com a espada de pé acima dela.

Uau. Ele era rápido *mesmo*. Meena tinha jogado o BlackBerry nele (e nem esperou para ver se o tinha atingido, embora tenha ouvido o baque surdo, depois o barulho de peças de plástico caindo no chão de madeira) e ele já estava puxando o pé dela?

Ele por acaso era biônico?

— Meena — disse ele na mesma voz calma e ligeiramente entediada, ainda segurando o pé dela. — Você não tem para onde correr. Acho que sabe disso.

O triste era que ele estava absolutamente certo. Mesmo sem ar devido à queda, Meena sabia.

Sempre se perguntou como seria quando chegasse sua vez de encontrar a morte cara a cara.

Mas agora que estava acontecendo, ela soube de uma outra coisa: não ia se entregar sem lutar.

— Não vou morrer hoje — disse ela por entre dentes trincados. — Lamento.

E se virou de forma que, em vez de ficar de bruços, ficou de barriga para cima...

... e numa posição melhor para impelir o pé livre contra a virilha dele.

O único problema foi que ele pareceu prever o movimento, pois soltou o tornozelo dela tão rapidamente que Meena mal teve tempo de registrar o que estava acontecendo, foi para cima dela... o peso do corpo todo dele esticado sobre ela, tão forte quanto uma viga de aço.

— Já falei, Meena, não vim matar você. — O rosto dele estava a centímetros do dela agora.

A lâmina da espada também estava. Ele a segurava apoiada casualmente contra a garganta de Meena enquanto olhava para ela, como se a garota fosse alguma espécie interessante de borboleta que ele tinha conseguido capturar e acrescentar à coleção.

Não foi assim que Meena imaginou que seu fantástico chute na virilha iria terminar.

— É mesmo? — grunhiu ela, tentando parecer que não ligava. Isso não era fácil, considerando o fato de que seu coração estava batendo com tanta força que ela se perguntou se ele conseguia ver sua pulsação na garganta.

Além disso, ele não era leve. Ela estava tendo dificuldade de respirar com ele em cima dela daquele jeito.

Mesmo assim, tentou parecer casual. Como se não ligasse por ele estar por cima dela como um cobertor de chumbo. Como se ela não tivesse consciência do fato de ser uma frágil jovem usando nada além de um sutiã preto e uma combinação de seda e ele ser um homem mais ou menos da idade dela que pesava pelo menos 35 quilos a mais e segurava uma faca — perdão, uma *espada* — na sua garganta.

Ela estava começando a repensar a ideia de não ter medo de morrer.

— Não — disse ele com a mesma voz perturbadoramente grave e calma, e com aquele leve sotaque. — Já avisei. — Era a imaginação de Meena ou ele parecia um tanto insultado? — Não estou interessado em você.

Meena teve que rir ao ouvir aquilo. Mesmo sabendo que ia morrer. Ou coisa pior. Talvez estivesse histérica.

Ainda assim, ela tinha que admitir, era meio engraçado: um cara segurando você seminua, com uma espada contra sua garganta, dizendo que não estava interessado em você. Principalmente estando em cima de você.

— Você quase me enganou. Parece *bem* interessado em mim nesse momento.

Ele ergueu uma sobrancelha loura.

— Isso? — Ele se mexeu um pouco. — É só a bainha da minha espada. — Depois, aparentemente temendo que pudesse parecer indelicado, ele acrescentou: — Não que você não seja atraente. Mas não é mesmo meu tipo.

Meena o encarou com raiva. Aquilo era demais. Matá-la — bem, ir até lá com a intenção de matá-la e depois ainda insultá-la?

— Bem, você também não é o meu tipo — disse ela, irritada.

— Ah, eu sei disso. — Ele sorriu para ela. Os dentes dele eram brancos, mas não muito certinhos. Um ou dois eram tortos o bastante para provar que eram de verdade, não coroas. — Eu estou vivo.

Meena ficou olhando para ele. Como evidentemente era estrangeiro, ela achou que ele não tinha entendido.

— Sobre o que você está falando? — perguntou ela. — Eu quis dizer que não gosto de homens que irrompem em apartamentos de mulheres sem serem convidados, brandindo espadas.

Agora ele estava passando as pontas dos dedos (da mão que não estava segurando a espada) ao longo do braço dela. Parecia estar fazendo isso de forma distraída, como se não conseguisse resistir ao toque da pele de Meena.

Mas ele evidentemente a tinha entendido.

— Eu sei — disse ele. — Eu quis dizer que sei qual é o seu tipo. Lucien Antonesco é seu tipo. É por isso que estou aqui. Só quero que você me diga onde ele está. Depois vou embora.

Meena teria ficado paralisada se já não estivesse imobilizada pelo peso do corpo dele. Lucien? Isso era sobre Lucien?

Ela achava que fazia sentido de uma maneira maluca. Homens com espadas nunca tinham invadido o apartamento dela *antes* de Lucien entrar em sua vida.

E Roger tinha dito que as flores eram de Lucien.

— Você conhece Lucien? — perguntou ela.

Ela devia saber. Tudo estava indo muito bem. Bem demais. A noite maravilhosa que passaram juntos. O bilhete, dizendo que ele era dela. A bolsa.

Ela devia saber que era bom demais para ser verdade.

Devia ter sido tão óbvio para ela quanto a espada em frente ao seu rosto. Leisha até tinha sugerido que Lucien era casado.

É claro que era. Nenhum homem solteiro da idade dele era tão perfeito. Todos eram gays, separados ou comprometidos.

Obviamente, a esposa louca de Lucien havia contratado esse homem para deixá-la completamente apavorada.

Bem, tinha funcionado.

— Na verdade — disse o homem (ainda distraidamente acariciando a pele dela, como se nem se desse conta de que estava fazendo isso) —, nunca nos encontramos pessoalmente, o príncipe e eu. — Ela percebeu

que ele ainda estava respondendo à pergunta se conhecia ou não Lucien.
— Mas conheço bem o trabalho dele.

— O trabalho dele? — Meena ficou mais confusa do que nunca. Tentou imaginar aquele homem frequentando um curso de História do Leste Europeu, mas não conseguiu. Ele obviamente não era um acadêmico. Um maníaco homicida, talvez. Mas não um acadêmico. — Está falando dos livros dele?

O homem riu brevemente.

— Não. Estava me referindo às atividades extracurriculares.

Meena não tinha ideia do que ele estava falando.

Mas não deixou de perceber o tom de insinuação dele. Ele estava falando que sabia que ela e Lucien...

Bem. O que tinham feito juntos na noite anterior.

Deus. Será que tinha tirado fotos? Não era isso que detetives particulares contratados por esposas faziam?

Ela queria morrer.

Estava claro que o Lucien que ela conhecia e o Lucien que aquele homem conhecia eram pessoas diferentes. Sabia que Lucien tinha segredos, e isso não era problema. Ela também tinha segredos que não revelou.

Mas ficou furiosa pelo segredo de Lucien ser que ele era casado. Ele não parecia ser desse tipo. Ela havia até perguntado diretamente se ele tinha esposa, e ele tinha dito que não. Se o visse de novo (e certamente o veria, porque assim que se livrasse do mamute louro que estava em cima dela, ia embalar a bolsa da Marc Jacobs e ia direto para o apartamento de Lucien para devolvê-la, de preferência com parte dos excrementos de Jack Bauer espalhados nela), ia dizer a ele exatamente o que pensava de homens que traíam as esposas com roteiristas inocentes.

— Olha — disse ela numa voz que esperava ser forte e firme. Irritada pela risada do homem, Meena afastou o ombro da mão dele.

Pela primeira vez, percebeu que estava tocando a pele dela. Pareceu quase surpreso e imediatamente afastou a mão.

— Não sei quem você pensa que é — disse ela. — Mas não pode invadir meu apartamento com... com... *armamentos medievais* e ir me dando ordens. Pode dizer para a esposa de Lucien que está tudo acabado. Não quero mais nada com ele. Está bem? Portanto, a tentativa dela de me assustar para me afastar dele, ou seja lá o que isso for, teve o efeito desejado. Ela pode ter Lucien de volta. Nem o quero mais.

Ele estava franzindo a testa agora. Parecia irritado.

Mas não estava olhando para ela. Estava olhando para a própria mão.

— Você me ouviu? — perguntou Meena. Tinha consciência de que a lâmina da espada ainda estava muito perto da sua garganta. Muito perto, e era muito afiada.

Por outro lado, ele parecia um pouco distraído, olhando para a mão e depois para a pele dela. *Agora*, ela pensou, *pode ser o momento perfeito para eu dar uma joelhada nos testículos dele*. Então, enquanto ele estivesse encolhido com a dor excruciante, ela pegaria o abajur da Pottery Barn e bateria na cabeça dele...

— Ele ao menos mordeu você? — perguntou o homem, voltando o olhar azul para ela.

Meena, que estava formulando a terceira parte do plano (a parte em que ia pegar o conjunto de facas Wüsthof na cozinha), ficou paralisada.

— O quê? Me mordeu? Do que você está *falando*?

O homem então fez uma coisa que a deixou totalmente atônita (não que nada do que ele tivesse feito desde que ela abriu a porta não a tivesse deixado atônita). Ele pegou o queixo dela com a mão que não estava segurando a espada e virou o rosto dela primeiro para um lado e depois para o outro, examinando o pescoço do jeito que um clínico geral examinaria alguém à procura de gânglios.

— O que você está *fazendo*? — perguntou Meena. Teria sido estranho se ele fosse matá-la.

Mas a cada momento que passava, Meena sentia menos e menos que isso ia acontecer.

Principalmente quando ele jogou a espada de lado (ela caiu no chão de madeira com um som metálico), se sentou e, ainda montado nela, abaixou a frente da combinação junto com uma grande parte do sutiã.

— Ei! — gritou Meena, se debatendo debaixo dele.

— Cale a boca — disse ele. — Fique parada.

— De jeito *nenhum* — respondeu Meena, irada, dando-lhe um soco no peito.

— Ele mordeu você — disse o homem, colocando uma mão sobre a clavícula dela e a empurrando contra o chão. — Ele *tem* que ter mordido você. Não é possível que não tenha. Olhe para você. Sua pele é como seda. *Eu* quero mordê-la. A pergunta é, onde ele mordeu? Não na carótida, obviamente. Você não tem nenhum hematoma. Às vezes eles vão direto ao coração. Você olhou?

Meena, o sutiã e as alças da combinação caídos nos ombros, só ficou onde estava, olhando para ele.

Jamais teria conseguido escrever uma cena assim. E mesmo se tivesse escrito, Fran e Stan jamais deixariam que fosse ao ar.

Porque ninguém acreditaria. Era bizarro demais.

— Quem *é* você? — perguntou Meena.

— Sou Alaric Wulf — disse o homem pacientemente. Não falava como um lunático. E nem parecia um... sem contar a espada. Era bonito, se você gostasse do tipo louro alto e musculoso que se vestia bem e falava com um leve sotaque alemão.

E numa situação normal, Meena pensou que o acharia bonito. Se ele não estivesse sentado em cima dela, calmamente verificando se achava alguma espécie de mordida inventada em seu peito.

— E trabalho para uma organização que está muito interessada em encontrar Lucien Antonesco. Portanto, se você puder gentilmente me dizer onde ele está, ficarei feliz em deixá-la em paz, Srta. Harper.

Ele parecia estar falando a verdade. E parecia que não gostava muito dela.

E isso não era problema para Meena, já que o sentimento era 100% mútuo.

— Eu gostaria de saber o nome dessa organização — disse Meena—, para que eu possa me dirigir aos seus superiores. Seu empregador sabe que é assim que você trata as mulheres, apavorando-as e depois se sentando nelas? Saia de cima de mim... — Ela se contorceu embaixo dele, dando-lhe mais socos no peito.

E então, quando ele estava se protegendo dos golpes com as palmas abertas, veio o som de uma chave sendo girada na fechadura da porta da frente.

Em um movimento rápido, Alaric Wulf ficou de pé, simultaneamente puxando Meena pelo pulso com uma mão e pegando a espada com a outra.

Quando Jon destrancou a porta e entrou no apartamento, Alaric estava com Meena atrás de si e com a lâmina da espada apontada a centímetros da garganta de Jon.

— Merda! — disse Jon e soltou a sacola de comida chinesa que estava segurando junto com um DVD.

No mesmo instante Jack Bauer saltou para a frente e começou a lamber com avidez o líquido derramado da sacola, ignorando completamente o fato de que havia um homem armado ameaçando sua dona a alguns metros.

Mas para Lucien Antonesco, Meena pensou cinicamente, ele latira a noite toda. Que excelente cão de guarda tinha escolhido. Maravilhoso.

Alaric baixou a espada quando viu quem tinha entrado.

— Jonathan Harper — disse ele, os ombros largos perdendo um pouco da tensão. — 32 anos. Ex-analista de sistemas da Webber and Stern. Desempregado nos últimos sete meses. Preso uma vez por embriaguez e atentado ao pudor por urinar em um parquímetro em Miami Beach, Flórida, enquanto visitava os pais há quatro anos.

O queixo de Meena caiu.

— *Jonathan!* — gritou ela.

Ela achava estranho que Jon sempre precisasse voltar a Miami "a trabalho". Ele tinha dito que estava pensando em investir a parte dele da herança da tia-avó Wilhelmina em um apartamento de férias perto do apartamento dos pais deles em Boca, o que já era estranho por si só.

Mas isso não tinha dado em nada.

— Merda — disse Jon de novo em outro tom, fechando e depois trancando rapidamente a porta da frente, como se tivesse medo que os

Antonesco pudessem ouvir. — Eram quatro horas da manhã! Em frente a um Subway. Que estava fechado. Não tinha ninguém por perto! Eu estava muito apertado.

Meena balançou a cabeça.

— Mesmo assim...

— E paguei uma nota para os advogados apagarem meu registro policial — disse Jon com pesar.

— Advogados — disse Alaric com um tremor. Ele se voltou para Meena. Ela não gostou do brilho nos olhos azuis dele. — Precisamos conversar — disse ele e a puxou, não com muita gentileza, para o sofá verde. — Sente-se — continuou, e a empurrou sobre as almofadas com uma mão grande e imperiosa.

Meena, com a raiva em ponto de ebulição, ficou de novo de pé.

— Não. — Não precisava aguentar a grosseria dele. — Não vou me sentar. Ainda não sei quem você é e nem o que está fazendo aqui. Vou ligar para a polícia. Jon. — Ela se virou para o irmão. — Por favor, ligue para a polícia. Este homem entrou aqui à força, contra minha vontade. Depois ele...

— *Sente-se* — disse Alaric de novo, e a forçou para o sofá, dessa vez colocando os dedos abertos das mãos gigantescas em cima do rosto dela e empurrando-a.

Meena, completamente estupefata por esse tratamento bárbaro, ficou lá sentada, olhando para a passagem para a cozinha com assombro. Quem fazia esse tipo de coisa?

— O que exatamente está acontecendo aqui? — perguntou Jon, olhando para o buquê de rosas destruído e para os pedaços do BlackBerry quebrado de Meena espalhados no chão. Jack Bauer, no meio disso tudo, ainda estava lambendo o líquido das caixas de comida chinesa derrubadas. Quando ele olhou para Alaric, seu rabo se sacudiu alegremente. Seu cachorro. Seu próprio cachorro!

— Sua irmã fez isso — falou Alaric Wulf para Jon sobre a bagunça. — Ela não está cooperando nada.

Meena fez um barulho que foi meio choramingo, meio protesto. O quê? Era *ela* que não estava cooperando?

— Meena Harper está em grande perigo — prosseguiu Alaric com uma voz completamente impassível, ignorando-a. — Lucien Antonesco é um monstro sem alma. É imperativo que eu o encontre e o destrua e que você faça exatamente o que eu disser se quer que ela viva.

Jon ficou olhando para o homem com a espada no meio da sala de Meena. Depois ele olhou para Meena, que fez um gesto de ligar em um celular. Depois ela movimentou os lábios, dizendo: *Ligue para a polícia.*

— Hã — disse Jon para Alaric. — Claro. Certo.

— Meena Harper — disse Alaric, embora não estivesse olhando na direção dela. — Sei o que você está fazendo. Se não parar, não terei problema nenhum em algemá-la a alguma coisa. Na verdade, vou até gostar.

Meena, furiosa, disse:

— Lucien não é um monstro! Certo, ele pode ter me enganado e ter dito que não era casado, mas eu garanto, ninguém está em perigo de...

— Ele não é casado — disse Alaric. — Ele nunca foi casado. Ninguém sabe por quê. Alguns dizem que é porque ele testemunhou o suicídio da própria mãe e nunca superou isso. Outros dizem que é porque ele nunca encontrou sua alma gêmea. Tenho a sensação de que isso pode ter mudado recentemente. — Ele lançou um olhar profundo a Meena e depois prosseguiu. — É por isso que é vital para sua sobrevivência que me diga onde ele está. E você também precisa parar de falar, porque acho sua voz muito irritante.

— Hum. — Jon ergueu a mão. — Me desculpe. Sei que cheguei atrasado, mas ninguém aqui respondeu minha pergunta. Que diabos está acontecendo aqui?

— É bem simples, na verdade — disse Alaric Wulf. — Lucien Antonesco é o príncipe das trevas.

Jon assentiu.

— É. Nós sabemos. Ele tem um castelo e tudo.

— Não — disse Alaric de novo, balançando a cabeça. — Príncipe das *trevas.*

Jon olhou para Meena, depois para Alaric, e depois novamente para Meena.

— Príncipe... ele disse o que eu acho que disse?

Meena revirou os olhos.

— Me desculpe por ser *irritante* — disse ela para Alaric da forma mais doce possível. — Mas Lucien não é o demônio.

— Eu não disse que ele era o demônio — disse Alaric, tirando o sobretudo e limpando-o cuidadosamente com a mão antes de pendurá-lo em um dos ganchos decorativos ao lado da porta. Então tirou a espada da cintura e a apoiou contra a parede, ao lado da porta. Depois de passar por cima das rosas derrubadas e dos pedaços do BlackBerry, além das caixas de comida chinesa, ele se inclinou para afagar a cabeça de Jack Bauer e disse: — Ele é o príncipe das trevas. O mais poderoso. O líder das criaturas da noite.

Meena e Jon trocaram olhares. Depois Meena disse, mais uma vez tentando manter o tom completamente desprovido de mau humor, já que ele parecia achar a voz dela tão irritante:

— Então estou confusa. Achei que o príncipe das trevas era o demônio.

— O demônio é a personificação do mal e o inimigo de Deus e da humanidade — disse Alaric. Ele cruzou a sala e se sentou na poltrona na qual Meena tinha passado mais ou menos uma hora sem conseguir escrever, depois de lançar-lhe um olhar depreciativo (ele não parecia aprovar muito o gosto de Meena para mobília doméstica). — O príncipe das trevas é o consagrado, aquele que executa o trabalho do demônio aqui, no lado mortal do inferno.

— Espere — disse Meena, piscando. — Você está dizendo...

— Sim — disse Alaric. — É exatamente isso que estou dizendo.

Jon parecia não entender.

— Não entendi. Ele é o demônio ou não?

— Lucien Antonesco é um vampiro — disse Alaric. — Não apenas um vampiro qualquer, mas o soberano de todos os vampiros.

Capítulo 37

20h EST, sexta-feira, 16 de abril
Park Avenue, 910, apto. *11B*
Nova York, NY

Alaric Wulf estava olhando para ela. Os olhos dele eram muito azuis. Alarmantemente azuis. Se ele fosse qualquer outra pessoa, se Meena o tivesse conhecido em qualquer outro lugar, ela teria dito: "Que homem bonito."

Mas como ele a tinha atacado em seu próprio apartamento com uma espada e estava agora acusando o namorado dela de ser um vampiro, ela ia ter que dizer que era uma pena que uma aparência tão bonita tivesse sido desperdiçada em alguém tão... aquilo que ele era.

— Irmão Jon — disse ele. Seu olhar era tão intenso que parecia prendê-la ao sofá, do mesmo jeito que o peso do corpo dele a tinha prendido ao chão. — Pegue alguma coisa para sua irmã beber. Alguma coisa doce. Ela ainda não sabe. Mas vai precisar em alguns minutos.

— Ah — disse Jon. — Tudo bem. — E ele se levantou para ir à cozinha.

— Com licença — disse Meena. Qual era o problema daquele cara? — Eu posso pegar minha própria bebida.

— Não — disse Alaric. — Fique onde está. Você não é de confiança

Meena ergueu as duas mãos em protesto.

— O quê? — disse ela. Não conseguiu evitar cair na gargalhada, apesar de tudo ser tão... triste. — Por quê? Porque namoro um suposto vampiro?

— Ele não é suposto — retrucou Alaric. — E sim. Você é serva dele agora.

— Serva! — Agora Meena tinha ouvido tudo. — O quê? Estou *infectada* porque saí com Lucien?

— Pode-se dizer assim, claro — respondeu Alaric. — Certamente é uma forma de infecção. Você vai trazer aquele refrigerante ou não, irmão Jon?

— Refrigerante a caminho — falou Jon da cozinha.

— Jon — falou Meena do sofá. — Já que você está aí, coloque um pouco...

— Não a escute — disse Alaric. — Ela vai te dizer em algum tipo de código que só vocês dois vão entender porque são irmãos para ligar para a polícia do seu celular. Mas se você fizer isso, vou matar você e me livrar do seu corpo em um lugar em que ninguém vá encontrar. No rio, eu acho. Seu porteiro é tão burro que nem vai notar se eu sair do prédio carregando um corpo em um tapete enrolado.

Jon esticou a cabeça para olhar para Meena.

— É — disse ele. — Só vou pegar umas Cocas e evitar a coisa de ser enrolado no tapete, tá, Meen?

Meena olhou para ele com raiva.

— É, muito bem, Jon. — Ela olhou para Alaric. Podia lidar com aquilo. Não era diferente dos ataques de se achar gorda de Taylor. Bem, talvez um *pouco* diferente. — Olhe, Sr., hum, Wulf. Agradeço sua tentativa de me avisar sobre isso. De verdade. *Mas vampiros não existem.* São fantasia. Nós, escritores, os inventamos. Lamento termos feito um trabalho tão bom que tornamos o mundo todo paranoico, mas é verdade. Eles são ficção. Culpe Bram Stoker. Ele que começou.

— Não, não foi ele, na verdade — disse Alaric. — Eles já existiam bem antes de Stoker nascer, em quase todas as culturas e em quase todos os continentes deste planeta. São como mosquitos... Se alimentam do sangue dos outros. Não conseguem existir sem um hospedeiro.

— E como você sabe tanto sobre eles? — perguntou Meena, entrando na onda dele.

— Luto com vampiros quase diariamente no meu trabalho — disse ele com uma voz entediada. — São criaturas repulsivas e brutais. Um grupo deles quase matou meu parceiro há alguns meses.

— Ah, é mesmo? — indagou Meena. Ela tinha cruzado as pernas e agora balançava um dos pés. *Vampiros! É sério?*

Vê se supera isso, Harper, Shoshana tinha dito. *Eles estão em toda parte. É impossível fugir deles.*

Não era justo. Por que não conseguia escapar dos vampiros idiotas? No trabalho, na TV, no salão de Leisha e agora aqui, em casa.

Eles realmente *estavam* em todo lugar. Até estranhos bonitos (mas obviamente perturbados) que invadiam o apartamento dela tentando matá-la ficavam falando sobre eles.

— Eles nos encurralaram em um armazém nos arredores de Berlim — prosseguiu ele, olhando para longe. — Em parte, foi minha culpa. Fiquei convencido. Achei que não havia tantos deles e que podíamos vencê-los. Mas havia mais do que eu pensei, e eles nos pegaram de surpresa. Aqui. — Ele colocou a mão dentro do bolso do paletó esporte escuro e justo que usava. — Esta é uma foto de como meu parceiro está agora. O nome dele é Martin.

O que Meena viu quando ele entregou a foto a ela gerou uma onda de choque físico. Não estava esperando... *aquilo.* Era a foto de um homem com metade do rosto. Onde as feições dele deveriam estar na parte de baixo do rosto só havia o esqueleto. Ele tinha claramente sido destroçado por caninos.

Meena só conseguiu ficar olhando.

Alaric pegou a foto dos dedos débeis dela e disse, guardando-a:

— Mas uma foto, eu sei, não prova nada. Logo você vai dizer que o que houve com o rosto dele podia ter acontecido em um acidente de carro.

Meena gaguejou.

— Eu... Eu não ia dizer isso.

Ela não sabia o que ia dizer. Olhou para Jon. Ele ainda estava ocupado com os refrigerantes na cozinha. Ela desejou que ele se apressasse. Estava se sentindo cada vez menos certa de que Alaric Wulf era realmente perturbado a cada segundo que passava.

Por que isso devia ser mais enervante do que a alternativa, Meena não tinha certeza.

— Aqui — disse Alaric. — Essas são fotos das quatro garotas que foram assassinadas recentemente em sua cidade, os corpos encontrados em parques na manhã seguinte, nuas e sem sangue algum.

Ele espalhou quatro fotos sobre a mesa de centro em frente à Meena. Eram fotos de mulheres, tiradas do peito para cima. A única coisa que elas tinham em comum eram múltiplas marcas de mordidas cercadas por feios hematomas roxos e verdes, não só no pescoço mas em toda parte, como se tivessem sido atacadas com selvageria por alguém...

Ou por alguma coisa.

Meena olhou para as fotos. Jon, voltando da cozinha segurando três copos de refrigerante, se juntou a ela no sofá e também olhou para as fotos.

— Essas são as garotas das quais estão falando no noticiário? — perguntou.

— São — respondeu Alaric.

— Mas não falaram nada sobre elas terem morrido por mordidas — disse Jon. — Disseram que foram estranguladas.

— Porque a prefeitura não quer deflagrar o pânico — disse Alaric.

— Mas você não está dizendo que Lucien fez isso — disse Meena com voz fraca, ainda incapaz de arrancar o olhar das fotos. Ela trabalhava em um mundo em que fotos daquelas eram forjadas todo dia... um mundo onde enganar os telespectadores para que acreditassem que alguma coisa incrível assim podia acontecer era o que ela e os colegas redatores lutavam para alcançar. Estava tentando desesperadamente encontrar algum sinal de que aquelas fotos eram falsas, de que tinham sido a invenção de alguém como ela ou Shoshana.

Mas as imagens pareciam dolorosamente reais. Ela reconheceu os rostos das garotas pelo que tinha visto no noticiário. Fotos que não tinham mostrado nada abaixo do queixo.

— Não — disse Alaric, tomando um gole do refrigerante. — O príncipe não está por trás desses assassinatos... ou pelo menos não foi ele que os cometeu. Mas alguém da espécie dele, sim. Um dos servos dele.

— Servos? — Ela o encarou. — Você disse que *eu* sou uma serva.

Ele deu de ombros, e eles eram muito largos.

— Um tipo diferente de serva. Para se tornar um vampiro, a pessoa tem que ser mordida três vezes, depois beber o sangue do hospedeiro. Suponho que você não fez isso ontem à noite, fez?

Os olhos de Meena se arregalaram de horror. Jon, sentado na outra poltrona, ergueu as sobrancelhas o máximo que conseguiu.

— Ei — disse ele. — Já ouvi coisas bizarras, mas isso é...

Meena o interrompeu.

Porque já tinha ouvido o máximo que podia.

— Com licença — disse ela, sabendo que ia atacá-lo porque de repente ficou com medo... com medo das fotos que havia acabado de ver, mas não tinha jeito racional de explicar. Mas, mais do que isso, com medo de algumas das peças que tinha começado a juntar na cabeça. — Mas você não pode entrar aqui e esperar que a gente acredite que há uma enorme conspiração de vampiros por aí da qual o resto da humanidade nada sabe e da qual meu namorado é o líder e da qual você, de alguma forma, foi informado. O que você é, afinal? Alguma espécie de caçador de vampiros?

— Sim — respondeu Alaric simplesmente.

Meena afundou contra as costas do sofá.

— Ah — disse ela. — Certo. É claro que você é.

Afinal, depois da semana que ela teve, o que mais ele poderia ser?

— É sério? — perguntou Jon. Ele parecia empolgado. — Como se consegue um emprego assim? Tem benefícios?

— Tem que começar o treinamento muito jovem — disse Alaric, sem tirar o olhar de Meena. — E não estão contratando agora.

— Ah — disse Jon. — É claro. Não estão contratando em lugar nenhum. Mas a questão é que acho que eu seria exemplar em um emprego como esse. Porque sou muito bom com minhas mãos e sempre, sempre odiei vampiros. *Drácula* foi meu filme favorito quando eu era pequeno. Conte a ele, Meen. A parte em que enfiam a estaca nele...

— A decapitação é mais eficiente — disse Alaric, ainda sem tirar o olhar de Meena.

— Veja bem — disse Jon —, eu seria melhor ainda nisso. Fui do time de beisebol da escola. Eu batia muito bem com o taco. Meena, é sério. Fale para ele.

Meena não falou nada. Ela estava observando Alaric. Ele tinha enfiado a mão no bolso interno do paletó de novo. Dessa vez ele tirou uma medalhinha de ouro, que jogou no meio da mesa de centro tão casualmente como se fosse uma moeda. Jon a pegou e a ergueu em frente à luz da lâmpada ao lado do sofá.

— Legal — disse ele, apertando os olhos. — O que é isso? Estou reconhecendo. Desse lado... não é...?

— O selo papal — disse Alaric com a mesma voz entediada que parecia usar habitualmente.

— O Papa? — Jon olhou para ele. — Não acredito.

— Ele é meu empregador. — Alaric continuava a olhar para Meena. Ela retribuía o olhar. Ela percebeu em uma parte separada de seu cérebro que a boca dele era pequena demais para o resto do rosto.

O resto do cérebro dela gritava que não podia ser verdade. *Não era* verdade. Ela e Lucien tiveram uma longa conversa sobre vampiros no apartamento dele...

Oh. *Deus.*

— E o que é isso atrás? — perguntou Jon. — Meena, toma, olha isso.

Meena pegou o medalhão da mão dele. Ela podia ver claramente a imagem na parte de trás.

Era um cavaleiro montado. Matando um dragão.

Ela prendeu a respiração.

— São Jorge? — O coração dela deu um nó.

— O padroeiro da Guarda Palatina — disse Alaric. — Minha ordem. São Jorge e Santa Joana são os santos padroeiros dos soldados. São Jorge matou o dragão...

— Eu sei — disse Meena rapidamente. De repente, ficou difícil respirar.

— Ei — disse Jon, animado. — Lucien não disse alguma coisa sobre dragões no bilhete que escreveu para você, Meena? Que você tinha matado o dragão?

— Sim — disse Meena. Por que Jon não *calava a boca* só para variar? O coração dela batia com tanta força que ela mal conseguia respirar.

Alaric, percebeu ela, tinha erguido uma única sobrancelha clara.

— Ele escreveu para você? — perguntou.

— Escreveu — disse Jon, se levantando e indo até a mesa de jantar, onde o bilhete de Lucien estava ao lado da bolsa que ele tinha enviado. — O bilhete está bem...

— *Não* — disse Meena, o coração batendo com ainda mais força quando ela deu um salto do sofá. — Jon, não entregue para...

Mas Alaric foi, como sempre, rápido demais para ela. Ele pulou da cadeira e passou um braço forte como pedra ao redor da cintura dela, puxando-a antes que ela tivesse dado um passo sequer.

— Me dê o bilhete — disse, ainda segurando Meena, que se debatia, enquanto Jon, pego de surpresa pelos acontecimentos recentes, ficou parado no espaço entre a sala de estar e a de jantar, olhando para eles com o bilhete de Lucien na mão.

— Não entregue o bilhete a ele, Jon! — gritou Meena, batendo com os pés descalços nas pernas de Alaric.

Mas é claro que ele não sentiu nada.

Ela nem sabia por que estava tão determinada a impedir que ele pegasse o bilhete. Mas era imperativo que ele não o visse.

Só que era tarde demais. Jon entregou o envelope prateado para Alaric, que soltou Meena, abriu o bilhete e leu o conteúdo Meena olhou chateada para o irmão.

— É só um bilhete, Meen — disse Jon, dando de ombros. — Nem tem o endereço dele nem nada. Está tudo bem.

Mas não estava tudo bem.

Principalmente quando Alaric olhou para a frente e disse:

— *Dragão* em romeno é *dracul*.

— O quê? — perguntou Meena. Ela não entendeu.

— Dragão — disse Alaric casualmente. — Quando ele diz neste bilhete que você matou o dragão, está falando de si mesmo. A palavra romena para *dragão* é *dracul*. Drácula.

Meena inspirou com força. A sala começou a girar um pouco.

— Espere — disse Jon. — Então São Jorge na verdade não matava dragões? Ele matava *vampiros*? Os dragões nas imagens são metáforas para vampiros?

Mas nesse dia, ela se lembrava de Lucien falando no museu, *não havia mais donzelas na cidade, exceto a filha do rei. Ela foi corajosamente para a beirada da água, apesar dos protestos do pai, achando que ia morrer. Mas veja quem apareceu... um cavaleiro chamado Jorge, que vai matar o dragão...*

Não era de surpreender que Lucien não tivesse parecido muito feliz quando ela o levou em direção àquele quadro.

— Acho que vou vomitar — disse Meena. De repente, a cabeça dela estava latejando. Ela achou que talvez fosse desmaiar.

— Sente-se — disse Alaric, empurrando-a para o sofá de novo. Só que, dessa vez, até ela precisava admitir que ele tinha feito isso com gentileza.

— Não, é sério — disse ela. A sala estava girando. — Preciso...

— Beba o refrigerante — disse ele. — O açúcar vai ajudar. — A mão no ombro dela era quente. Isso a fez lembrar (com outro nó no estômago) que as mãos de Lucien nunca ficavam quentes. Sempre eram frias. Estranhamente frias.

Até os lábios dele, quando percorriam o corpo dela, eram frios...

— Oh, Deus — disse ela. Bebeu alguns goles do refrigerante, depois botou a cabeça entre os joelhos. Se não fizesse o sangue voltar às têmporas, tinha certeza de que ia desmaiar. — Mas vampiros não existem — disse ela para os pés descalços. — Não existem. *Não existem...*

Parecia para Meena que, quanto mais ela repetisse isso, mais probabilidade havia que fosse verdade.

Mas tantas coisas da noite anterior, incluindo a lembrança da própria voz de Lucien, voltaram como uma avalanche à memória dela.

Mas você acredita que Santa Joana ouvia vozes, ele tinha dito.

Como uma mulher culta como você pode acreditar nisso e não em criaturas da noite?

Criaturas da noite.

Oh, meu Deus.

Era verdade. Era *verdade*.

— Beba seu refrigerante. — Ela ouviu a voz de Alaric encorajando-a gentilmente. — Enquanto isso, quero contar para você sobre um homem chamado Vlad Tepes.

Meena, a cabeça ainda entre os joelhos, gemeu assim que ouviu o nome.

— Ah — disse Alaric, parecendo surpreso e satisfeito. — Você já ouviu falar desse homem? Bem, vou contar ao seu irmão sobre ele, então. Vlad Tepes era um príncipe de uma parte da Romênia chamada Valáquia... a parte que é hoje conhecida como Transilvânia...

Meena gemeu mais alto. Não a Transilvânia. Qualquer coisa menos a Transilvânia.

— Ele foi um homem cruel e brutal que usou um método impiedoso de tortura do qual vocês talvez tenham ouvido falar, chamado empalamento...

— Espere — disse Jon. — Você está falando sobre Vlad, o *Empalador?*

— Estou — disse Alaric, parecendo mais empolgado. — Vejo que já ouviu falar dele.

— Todo mundo já ouviu falar de Vlad, o Empalador — disse Jon. — O empalamento era uma forma de tortura na qual uma longa estaca, geralmente não muito afiada, era enfiada por vários orifícios da vítima...

— Preciso de algo mais forte do que Coca-Cola — disse Meena de repente, erguendo o tronco. — Uísque. Preciso de uísque. Ah, meu Deus...

A sala rodopiou perigosamente e ela logo botou a cabeça entre os joelhos de novo.

— Nada de uísque — disse Alaric com firmeza.

— Por que ela não pode tomar uísque? — perguntou Jon.

— Porque aí ela vai fazer uma conexão embriagada com o vampiro — disse Alaric. — E vai avisá-lo sobre mim, e vou perder o elemento surpresa. Já aconteceu antes. Vlad, o Empalador, governou o que é agora a Romênia moderna de 1456 a 1462. Ele era conhecido pelas punições excepcionalmente cruéis, tanto aos inimigos quanto aos próprios servos, apesar de ser impossível dizer quantas pessoas ele realmente matou. Ele talvez tenha empalado cem mil pessoas ou mais, deixando que morressem lentamente sentindo uma dor excruciante, às vezes por dias, em longas estacas ao longo da estrada que levava ao palácio dele como uma forma de intimidar os visitantes.

Meena fechou os olhos, desejando que pudesse bloquear as palavras dele.

Mas não podia, tanto quanto não podia fazer o tempo voltar para o momento em que o porteiro tocou o interfone, dizendo que havia uma entrega para ela.

Alaric Wulf não era uma entrega que alguém fosse querer.

Agora ela sabia como todo mundo devia se sentir quando ela contava suas mortes iminentes.

— O próprio Vlad foi supostamente morto em uma batalha contra os turcos em 1476. Ele foi decapitado e a cabeça dele foi levada em uma lança para o sultão em Istambul para provar que estava morto.

Jon pareceu desapontado.

— Então não era vampiro.

Meena ergueu a cabeça com esperança.

— Talvez. Ou talvez não fosse Vlad Tepes. Ele foi supostamente enterrado em um mosteiro em uma ilha perto de Bucareste — disse Alaric. — Mas quando a tumba dele foi aberta recentemente, estava...

— O quê? — perguntou Jon, ansioso.

— Vazia — disse Alaric.

Jon pareceu confuso.

— Então onde ele está?

Alaric olhou para ele e para Meena com paciência.

— Vlad Tepes é mais conhecido no país dele pelo apelido, Vlad, o Dragão, pelo serviço à Ordem Húngara do Dragão. Ou, se você usar o romeno para dragão, Vlad Dracul. — Ele olhou para Meena, o olhar azul sem vacilar. — Mais conhecido nos países de língua inglesa como a inspiração para *Drácula* de Bram Stoker.

Meena prendeu a respiração. Ela sabia e ao mesmo tempo temia o que vinha depois. Sabia tão bem quanto todas as coisas que sabia na vida.

Apenas temia mais do que podia se lembrar de temer quaisquer palavras que já tivesse ouvido.

— Lucien Antonesco — disse Alaric — é filho de Vlad Drácula.

Capítulo 38

21h EST, sexta-feira, 16 de abril
Park Avenue, 910, apto. 11B
Nova York, NY

Meena só conseguia olhar, muda, para Alaric enquanto ele continuava a falar.

— Lucien, mas esse não era o nome dele naquela época, e seu meio-irmão se esconderam depois que Vlad, por razões desconhecidas mas provavelmente ligadas à ambição dele de conquistar o mundo, se vangloriou para Stoker sobre o que ele realmente era. Foi assim que um dos nossos oficiais conseguiu encontrá-lo e enfiar uma estaca nele.

Alaric tinha voltado a se sentar na poltrona e estava olhando para Meena e Jon, mas mais para Meena, com uma expressão séria e cruel.

— Depois o livro de Stoker foi lançado e o nome Drácula ficou famoso e virou o sinônimo do mal. Os filhos dele se escondem da população desde então, mudando de nome e de profissão com frequência, tentando se manter um passo à nossa frente. Mas posso garantir, a morte de Vlad Drácula nas mãos da Palatina há cem anos tornou o filho mais velho dele, que agora se chama Lucien Antonesco, o novo príncipe das trevas. Ele tem que ser exterminado.

O olhar azul de Alaric foi tão direto ao encontrar o de Meena que a prendeu novamente ao sofá.

— E você vai nos ajudar a fazer isso, Meena Harper, me contando onde passou a noite de ontem com ele, para que possamos encontrá-lo e eliminá-lo, seguido de todos os membros do clã dele, o Dracul, que nós acreditamos serem os vampiros responsáveis por matar aquelas garotas, assim como por quase matarem meu parceiro.

Meena ficou olhando para ele com olhos arregalados, sem acreditar. Não conseguia parar de se lembrar do rosto de Lucien enquanto ele contava a história da mulher que tinha saltado para a morte no rio da Princesa em vez de ser levada como prisioneira pelos turcos.

Se o que Alaric estava contando fosse verdade, aquela mulher tinha sido a mãe de Lucien, que ele havia visto cometer suicídio.

Com aqueles olhos escuros que Meena tinha achado tão cheios de tristeza.

E não era de surpreender!

Mas isso era impossível. Porque se ele tinha mesmo visto a esposa de Vlad, o Empalador, se matar, isso faria com que Lucien tivesse *quinhentos anos*.

Por outro lado, se ela não tivesse sido mãe dele, por que outro motivo Lucien teria feito questão de mostrar a ela a pintura de Vlad Tepes? Tinha que ter algum significado especial para ele.

Só que...

Vampiros não existem.

Ela devia mesmo acreditar que Lucien Antonesco era um *vampiro* que tinha se transportado magicamente para o museu, tirado todos os guardas de cena e depois desligado o alarme... só para impressionar uma garota?

Só que...

O que *tinha* acontecido com todos os guardas?

E quanto aos morcegos? Os morcegos que os tinham atacado do lado de fora da catedral de St. George?

— Não pode ser verdade — disse ela baixinho, sacudindo a cabeça. — Ele nunca... Quero dizer, ele parecia tão... *normal*.

Menos pela parte em que ele tinha sido absolutamente perfeito.

Ao ponto de ela nem ter sentido que ele ia morrer algum dia. É claro que não.

Porque ele já estava morto.

O que Leisha tinha dito naquele dia ao telefone quando Meena contou a ela sobre Shoshana ter conseguido a vaga de redatora-chefe? *Se existe alguém que consegue dizer como todo mundo que ela encontra vai morrer, por que vampiros não podem existir?*

Sentindo frio de repente, Meena esticou o braço para pegar a manta na ponta do sofá, a que Jonathan costumava usar para se cobrir quando cochilava.

Mas então o braço dela fraquejou e ela não parecia ter força suficiente para pegar a manta.

Ele já estava morto.

Oh, Deus.

Vampiros existiam.

E ela tinha dormido com um.

— Eles aprenderam a se misturar aos humanos ao longo dos séculos — disse Alaric, dando de ombros. — Tiveram que aprender para poder sobreviver. Veja seus vizinhos, os Antonesco.

O queixo de Jon caiu.

— *O quê?* — gritou ele. — Você não está tentando me dizer que...

— Você nunca achou estranho jamais tê-los visto em lugar aberto na luz do dia?

Meena e Jon trocaram olhares.

— Eu já vi Mary Lou em lugar aberto à luz do dia — disse ela. — Muitas vezes.

— Onde? — perguntou Alaric. — Me diga um lugar onde você a viu.

Meena abriu a boca para dizer que tinha visto Mary Lou na rua várias vezes... em frente ao prédio... no mercado... no balcão da delicatéssen...

Mas então se deu conta de que nunca a tinha visto em nenhum desses lugares. Nenhuma vez.

— Já a vi no saguão — murmurou Meena. O tremor que ela sentia de repente pareceu pior.

— Talvez — disse Alaric. — Vindo da garagem, onde ela e o marido guardam o carro, com vidros escurecidos.

— Bem... sim. Já a vi lá. Ela parece estar sempre lá. — Usando chapéus de abas bem largas. E luvas.

— Espere — disse Jon. — Eles têm um terraço enorme. Acabaram de nos receber para um coquetel nele. — Depois ele acrescentou: — Mas isso foi *depois* do pôr do sol.

— Mas eles são grandes doadores para a pesquisa contra o câncer! — gritou Meena.

— Jack Bauer não os suporta — disse Jon.

— O cachorro não gosta deles? — Alaric perguntou a Jon, ignorando Meena.

— Odeia. Tem um ataque cada vez que vê algum deles no elevador. Sempre foi assim, desde o dia em que o trouxemos para casa. — Ele olhou para Meena. — Pensando bem, ele também não gostou muito de Lucien, se os rosnados que ouvi no corredor ontem eram algum sinal disso.

Meena parecia desconfortável. Jon estava certo, é claro. Mesmo assim.

— Jack Bauer é nervoso. Sempre foi. É por isso que ele tem esse nome. Ele tem muita coisa na cabeça.

— É o que parece — observou Alaric.

Eles olharam para Jack Bauer. Ele estava esparramado de barriga para cima na caminha, a barriga e a genitália à vista, a língua pendendo da boca enquanto dormia.

— Bem — disse Meena. — Não o tempo *todo*, é claro.

— Acho que o motivo de seu cachorro ficar tão nervoso no elevador e no corredor e não quando está em casa é porque ele é um cão vampiro.

— Agora meu *cachorro* é um vampiro? — gritou Meena, indignada. — Quem vem depois? Eu?

— Eu não disse que seu cachorro era um vampiro — esclarecendo Alaric calmamente. Ele tinha o hábito irritante de nunca perder o controle... mesmo quando estava ameaçando alguém com uma arma mortal. — Eu disse que ele era um *cachorro* vampiro. Alguns animais, especialmente cachorros, são mais sensíveis ao cheiro da decomposição vampírica do que outros, e por causa disso eles são usados desde o começo da humanidade para ajudar a encontrar e controlar a população de vampiros. Alguns foram até criados para procurar e capturar vampiros. Parece que seu cachorro deve ter algum instinto antigo de senti-los e ficar alerta. — Alaric deu de ombros. — Acho que você deve ter dado bronca nele, mas ele só estava tentando avisá-la sobre um mal que você não conseguiu sentir.

Meena, envergonhada (porque *tinha* dado bronca em Jack Bauer pelo comportamento dele e tinha até deixado ele trancado em um banheiro por uma noite), ficou aliviada quando Jon mudou de assunto.

— Se os Antonesco são vampiros, porque não nos morderam como fizeram com as garotas? — Jon apontou para as fotos sobre a mesa de centro. — E tiveram muitas oportunidades.

— Porque aí os teríamos pegado — disse Alaric. — Exatamente como vamos pegar quem fez isso a essas garotas. Desde que seu namorado virou príncipe, os vampiros vivem sob ordens de agirem disfarçadamente, tomando o cuidado para *não* chamar atenção para si mesmos assassinando as vítimas. Em vez disso, eles encontram "doadores" de mente fraca que podem usar para se alimentar, sugando-os lentamente, um pouco de cada vez. Só que em vez da palavra *doador*, o mais correto seria a palavra *escravo*.

Meena soltou uma risada amarga.

— E você acha que Lucien está me usando como escrava? Está enganado, Sr. Wulf.

— É — disse Jon, parecendo cético. — Não sei se você reparou, mas minha irmã não tem mente fraca. Acho que ninguém ia conseguir fazer dela uma escrava. A não ser uma escrava do amor, talvez.

No minuto que Jon disse as palavras *escrava do amor*, Alaric fez uma expressão estranha.

Ele ficou de pé.

— Levante sua saia — disse ele para Meena.

Ela girou o pescoço para olhá-lo de onde estava no sofá.

— O que você disse? — disse ela com uma risada incrédula.

— Levante sua saia — disse ele de novo com uma voz autoritária. Então ela não tinha ouvido errado.

— Hum — disse ela e olhou para Jon, que deu de ombros sem entender. — Não. Não vou fazer isso.

E então, mais subitamente do que ela podia pensar ser possível, ele a pegou pelo braço e a botou de pé. Jack Bauer, acordado pelo grito que ela deu, ficou olhando esse repentino gesto de violência. Jon ficou de pé com expressão alarmada.

— Ei, espera aí! — gritou ele.

— Pare com isso! — gritou ela enquanto Alaric começava a levantar a barra da saia de sua combinação. — O que você pensa que está fazendo?

— A artéria femoral — dizia Alaric. Estava praticamente balançando-a no ar com um braço enquanto erguia a saia com o outro. — Esqueci. Os sexuais sempre vão atrás da artéria femoral.

— Ei — disse Jon, parecendo pouco à vontade. — Acho que minha irmã não gosta que você faça isso...

— Não estou fazendo isso porque gosto, seu tolo. Preciso ver se ela foi mordida. — Alaric jogou Meena de volta no sofá, onde ela caiu com as pernas ligeiramente afastadas, a combinação tão acima da metade das coxas que ele conseguiu apontar e dizer triunfante: — Lá! — Enquanto isso, ele a segurava com a mão livre.

Meena, furiosa, olhou para o próprio corpo para ver do que ele estava falando. No máximo ela esperava ver uma marquinha. Estava disposta a admitir que, considerando tudo objetivamente, as coisas *talvez* tivessem saído de controle com Lucien na noite anterior, era verdade. Muito do que havia acontecido na cama dele, se fosse sincera, ela não lembrava direito.

Mas ela nunca esperou ver *aquilo*.

Era uma mordida. Não havia como negar. Não era muito diferente das que ela havia visto nas garotas mortas das fotos que Alaric tinha deixado na mesa de centro. Na verdade, era *exatamente* igual. Só que não tão grande e não tão roxa.

— Ah, meu Deus — disse Meena num sussurro.

Meena rapidamente fechou as pernas, constrangida, e baixou a barra da saia da combinação. Agora tanto o irmão quanto esse estranho grosseiro a tinham visto com a calcinha preta mais sexy que tinha.

— Não é surpresa ele ter te mandado uma bolsa — disse Jon com uma voz estupefata.

— Na parte interna da coxa — disse Alaric. Ele a soltou. — Eu devia ter olhado ali desde o começo. A artéria femoral costuma ser usada para cateteres e tubos em hospitais devido ao fácil acesso ao coração. Mas as mordidas nela costumam passar despercebidas. — O olhar que Alaric lançou a ela foi inescrutável, algo entre a curiosidade e a descrença. — Você não se lembra de ele ter mordido você?

— Eu... eu... — gaguejou Meena. — Me lembro de ouvi-lo dizer que ele só me morderia se eu desse permissão — disse ela, se sentindo confusa. E com muito frio.

— E? — Jon ainda estava de pé na frente dos dois, de Meena e do homem que tinha se sentado nas almofadas ao lado dela. — Você deu?

Meena ficou olhando para ele. Isso não podia estar acontecendo a ela. Lucien a tinha mordido? O homem que a tinha protegido dos morcegos em frente à catedral de St. George? O homem que tinha dado o paletó a ela na casa de Mary Lou? Ele a tinha mordido?

E o que era pior... tinha a clara impressão de que havia gostado.

— Eu disse que sim — murmurou ela olhando para o colo. Sentia as bochechas ficando escarlate. — Oh, meu Deus. Eu acho que disse sim.

No silêncio que se seguiu, Jack Bauer espirrou. Ele ficou de pé, bocejou e se espreguiçou com graciosidade. Depois ele andou até o sofá, pulou em cima, deu uma farejada em Alaric e se aconchegou no colo de Meena, virando de costas para baixo para que ela coçasse a barriga dele.

— Não entendo isso — disse Jon, começando a andar pela sala. — Se esses... esses vampiros estão andando por aí em todo canto, escondidos no meio da população, se alimentando de mulheres inocentes como minha irmã, por que as pessoas como você guardam segredo? Não devia haver avisos de interesse público para que garotas como Meena não se envolvam nessa situação? Hã?

Meena ficou olhando para o irmão. Jon sempre demorava para ficar com raiva.

Mas quando ele chegava lá, era quase impossível acalmá-lo.

— Você acha que seria melhor se as coisas fossem como eram nos séculos XVIII e XIX — perguntou Alaric Wulf delicadamente —, quando milhares de seres humanos inocentes foram falsamente acusados de vampirismo e assassinados pelos vizinhos porque pessoas como você, que estavam chateadas porque a irmã havia sido mordida, acusavam as pessoas erradas? Não, acho que não. É melhor que pensem que essas coisas não existem e que profissionais como eu cuidem silenciosamente do problema.

— Certo — disse Jon, ainda andando pela sala. — Tudo bem. Então como resolvemos isso? Água benta? Estacas de madeira? Tem alguma sobrando? Porque eu vou com você. Quero enfiar uma estaca no peito desse cara. Vamos. Estou pronto. Ande.

Alaric ficou onde estava, sentado ao lado de Meena.

— Não — disse ele calmamente.

— Estou falando sério — disse Jon. — Não tenho medo. Príncipe das trevas? Não me assusta. Ninguém morde minha irmã e depois manda uma bolsa para ela e se safa numa boa. Ande, vamos. Meena, conte-nos onde esse cara está. Estamos perdendo tempo aqui.

Meena, fazendo carinho na barriga de Jack, olhou de Jon para Alaric e de volta para Jon. Não tinha certeza do que ia fazer. Houve um som de rugido no ouvido dela. Parecia que o fundo do estômago dela tinha despencado.

Não. Não vinha do estômago.

Vinha da alma.

— Ele já disse que você não vai, Jon — disse ela para lembrar o irmão.

— É claro que vou — disse Jon. — Só nos diga onde ele está.

— Não — disse Meena, os dedos se enroscando no pelo sedoso de Jack.

Alaric, ocupando a maior parte do espaço do sofá, se virou para ela.

— Meena, sei que esse homem, o príncipe, disse a você coisas que talvez a tenham feito sentir... coisas por ele. Sentimentos de amor ou até de pena. Mas apesar do que ele pode ter dito, ele é um homem mau que faz coisas ruins.

— Não acredito nisso — disse Meena. — Você mesmo me contou que Lucien não assassinou aquelas garotas.

Um músculo no maxilar de Alaric se mexeu. A boca já pequena dele pareceu se encolher ainda mais de frustração.

— O que ele está fazendo aqui se não as matou? — perguntou ela. — Me diga. Ele está aqui para encontrar a pessoa que fez isso, não é?

— Si-im — disse Alaric lentamente. — Mas isso não o torna um homem bom. Ele nem é um homem. É um monstro. Veja o que ele fez a você. E você nem sabia. O que ele é... é uma coisa morta. Não é natural. E ele criou outros como ele... É isso que os Dracul são. Os servos dele. E eles criaram seus próprios servos. Vê como não termina nunca? E é um desses outros que está matando essas garotas. É por isso que meus colegas e eu temos que detê-lo. Antes que as coisas piorem ainda mais. Então, por favor, me conte onde ele está e irei embora. Você nunca terá que me ver de novo.

Meena balançou a cabeça. Estava segurando a orelha de Jack Bauer com tanta força que ele mexeu a cabeça, irritado. Os dedos dela pareciam gelo.

Mas ela não cedeu.

— Não... posso — disse ela.

— Não pode? — perguntou Alaric, erguendo as duas sobrancelhas. — Ou não quer?

— Não quero — disse ela. Até a voz dela tinha começado a tremer.

Mas o que, exatamente, ela devia fazer? Nunca tinha gostado de vampiros.

E agora *ele* os tinha trazido até a porta dela.

Bem, ela achava que não tinha sido *ele* a fazer isso. Ela achava que tinha arranjado sozinha, naquela noite em que colocou a coleira em Jack e saiu para andar em frente à catedral...

— Vamos, Meena! — gritou Jon para ela. — O que você está fazendo? Você não é assim! Está protegendo seu namorado violento? Está brincando?

— Não o estou protegendo — disse ela com os lábios congelados. Tremia visivelmente agora. Não conseguia evitar. Nunca tinha sentido frio assim, nem mesmo durante o mais brutal dos invernos de Nova York, quando o vento soprava com vigor na avenida Madison em frente ao prédio da ABN. — Estou p-protegendo vocês dois — disse ela, baixinho, lutando contra as lágrimas. — Vocês n-não entendem. Ele vai matar vocês. Por tentarem me manter longe dele. Ele vai matar os dois.

Alaric tinha se virado para ela, um braço esticado sobre o encosto do sofá.

— O que ela está dizendo? — perguntou ele a Jon.

O rosto de Jon ficou meio esverdeado.

— Ela sabe — foi tudo que ele disse com uma voz fraca.

— Ela sabe *o quê*? — perguntou Alaric.

— Como todo mundo vai morrer. — Jon lançou um olhar confuso. — Ela sempre soube. É o que ela faz. Apenas sabe. Se Meena diz que ele vai nos matar... nós vamos morrer.

Capítulo 39

22h EST, sexta-feira, 16 de abril
Park Avenue, 910, apto. 11B
Nova York, NY

Alaric sabia que talvez tivesse exagerado no modo como reagiu. Principalmente quando a garota jogou o telefone nele. Um telefone!

Mas Meena Harper havia mostrado ter mais coragem do que ele tinha esperado.

É *claro* que ele tinha que pular nela. Para imobilizá-la. Era só isso. Que outra opção ele tinha?

Ele não sabia por que não tinha conseguido manter as mãos longe dela. *Isso* tinha sido uma surpresa.

Mas ela tinha uma pele tão boa. Macia e suave... como a cera que ele usava para polir os esquis quando ia a Kitzbühel todo ano entre o Natal e o Ano Novo.

Tinha sido impossível para ele não tocá-la... e não continuar tocando nela, apesar de isso claramente irritá-la.

Bem, *ela* o irritava. Ele não queria tocar nela. Queria descobrir onde o príncipe estava, ir lá, destruí-lo e depois voltar para o quarto de hotel e tomar um delicioso banho quente.

O que Alaric *não* queria era estar preso em um apartamento de Nova York lotado de mobília barata (porém bastante confortável) da

Ikea com a atual amante de olhos grandes e pele macia do príncipe das trevas que aparentemente tinha a habilidade psíquica de prever como as pessoas iam morrer.

— Ela sabe isso tudo? — perguntou Alaric ao irmão dela com ceticismo.

— Ela nunca erra — disse Jon para Alaric. — Ela sabe. Ela apenas... sabe. Desde que era criança.

Alaric ficou olhando para Meena Harper. Ele tinha visto muitas coisas desde que havia entrado para a Palatina: um súcubo que tinha se separado do corpo do brinquedinho noturno dele com um grito de tristeza porque Alaric tinha jogado água benta nele.

Chupa-cabras, frequentemente confundidos com coiotes sarnentos, mas que na verdade eram uma espécie vampiresca que sugava a vida de carneiros no Texas.

E que, quando não conseguiam encontrar carneiros, sugavam de bom grado a vida de crianças que dormiam quando conseguiam chegar a elas por alguma janela aberta.

Demônios, voando para cima dele com as bocas abertas, enquanto um padre local tentava exorcizá-los de aldeões possuídos nas montanhas da Colômbia.

E, é claro, mais vampiros do que ele conseguia lembrar, todos com sangue escorrendo pelo queixo e camisas manchadas de vermelho, correndo para cima dele saídos da escuridão, gritando obscenidades.

Os vampiros, ainda que romanceados em filmes e na literatura, geralmente eram seres bem boca-suja. Só os Dracul eram dotados de pretensa civilidade.

Mas Alaric não conseguia se lembrar de ter encontrado uma paranormal, nenhuma que tivesse qualquer coisa relevante a dizer. Alaric nunca entendeu por que todos os paranormais, se tinham poderes verdadeiros mesmo, não previam imediatamente os números vencedores da loteria e depois pegavam o dinheiro e se mudavam para Antígua.

O Vaticano também não acreditava neles, provavelmente pelos mesmos motivos que Alaric, e não tinham nenhum na folha de pagamento.

Mas Alaric percebia pelo olhar assustado, porém resoluto, no rosto do irmão de Meena Harper que ele acreditava na habilidade dela.

E ele percebia pela infelicidade no rosto de Meena Harper que ela também acreditava.

Meena tinha tirado o cachorro do colo e estava sentada com os cotovelos sobre os joelhos e o rosto escondido nas mãos. Sendo tão pequena, com o cabelo escuro e curto e membros e pescoço magros, usando nada além de uma combinação preta, ela parecia uma bailarina.

Uma bailarina tendo um colapso nervoso.

Em outro lugar e em outra vida, Alaric achava que eles poderiam passar bons momentos juntos, porque ela era atraente.

Mas isso não ia acontecer agora. Porque ela obviamente o odiava.

Alaric sabia o que tinha que fazer, é claro: pedir ajuda. Deixar Holtzman lidar com esses dois. Ele só queria o endereço. Señor Sticky cuidaria do resto.

Ele despacharia Emil e Mary Lou Antonesco também quando estivesse saindo. Seria uma noite muito satisfatória.

— Olha — disse Meena, levantando o rosto manchado de lágrimas das mãos e olhando para ele. Os olhos dela estavam muito arregalados e escuros no meio do rosto branco. — Sei que você não acredita em mim. Ninguém nunca acredita. Mas não estou inventando isso. Eu mesma não acreditei até... bem, até que você disse que ia matá-lo e me mostrou a marca de mordida. E aí, eu soube. E o fato... bem, de ele já estar morto. Foi por isso que não consegui saber... deixa para lá. Mas *ele* vai matar *vocês*. Os dois. Você tem que acreditar em mim.

A voz dela, que o tinha irritado antes, havia adquirido uma doçura rouca agora que estava preocupada. Uma doçura que ele achava irresistivelmente sexy.

O que havia de errado com ele? Ele *não* ia cair no charme dessa... fosse lá o que ela fosse. De jeito nenhum. Tinha vampiros para matar. E depois um delicioso serviço de quarto esperando.

— Espere um minuto, tá? — disse ele e pegou o celular e digitou o número de Holtzman. — Só preciso fazer uma ligação rápida. Só vai demorar um segundo. Quer outra Coca? Você está tremendo. Talvez um chá. Seu irmão pode fazer chá.

— Ele vai encontrar você primeiro — disse ela, uma única lágrima escorrendo pela bochecha macia e arredondada. Os olhos dela estavam fechados, como se ela estivesse observando alguma coisa na parte interna das pálpebras. — Em algum lugar... um aposento feito de vidro. Um saguão. Há água para todo lado. Como uma piscina. Sim. Uma piscina de hotel. Isso não faz sentido... Talvez... em um terraço. Você está hospedado em um hotel com uma piscina na cobertura?

O polegar de Alaric congelou quando ele ia apertar o botão Send.

— Porque é lá que ele vai encontrar você — disse ela. Estaria ela vendo mesmo aquilo por trás das pálpebras fechadas? — Você gosta de nadar ou algo parecido?

Alaric ficou olhando para ela.

— Como diabos você poderia saber disso? — perguntou ele antes de conseguir se impedir de falar.

Não era fácil assustar Alaric Wulf.

E isso incluía o jeito apavorante como os chupa-cabras tinham levantado as cabeças dos carneiros que estavam devorando, quando ele acidentalmente pisou em um galho enquanto se aproximava.

E o modo como o sangue dos carneiros tinha pingado dos dentinhos pontudos deles quando inclinaram a cabeça sem entender.

Ela não estava mais chorando.

— Eu apenas sei algumas coisas — disse ela, dando de ombros. — Acredite, nunca pedi para ter esse... dom. E se pudesse, devolveria na mesma hora. Acha que *gosto* de saber que meu namorado vai enfiar a mão na água e pegar você pelo cabelo enquanto nada amanhã, depois vai levantar você da água e arrancar seu...

— Ele não vai — disse Alaric rapidamente, guardando o celular e andando para o lado dela no sofá de novo. — Ele não vai. Porque agora que você me contou, isso muda tudo. Certo? Não é assim que funciona?

Alaric Wulf não era um homem de fazer orações.

Mas estava assustado. Estava assustado de verdade.

E estava rezando para ser assim que a coisa funcionava.

Porque, assim como ele sabia que a tinha feito acreditar sobre os vampiros, ela o tinha feito acreditar nos poderes dela.

— Você me avisar que ele vai estar lá vai fazer com que eu mude meus planos — disse ele. — Não funciona assim? Agora vou ficar mais atento. Talvez nem vá nadar.

O coração de Alaric estava disparado.

E era preciso muito para fazer a pulsação dele disparar.

Mas a imagem que ela descreveu do príncipe das trevas pegando-o pelo cabelo dentro d'água e arrancando alguma coisa enquanto ele nadava inocentemente no Peninsula?

Isso tinha conseguido.

Porque não havia como aquela garota saber que era lá que ele estava hospedado.

Então ela não podia estar inventando tudo.

— Olhe de novo — disse ele. Ainda falava com ela com gentileza, porque havia alguma coisa na linguagem corporal de Meena Harper, o modo como ela se encolheu desde que ele mostrou aquela marca de mordida na coxa dela, que dizia para ele que ela estava bem arrasada e precisava ser tratada com cuidado para poder melhorar.

Mas era difícil manter a urgência fora do tom de voz.

— O que você vê — perguntou ele. Pegou uma manta na beirada do sofá e enrolou-a nos ombros dela. — O que você vê quando olha agora?

Meena balançou a cabeça.

— Não adianta. Ele ainda vai matar vocês dois.

— Por que eu? — gemeu o irmão dela. — O que *eu* fiz?

— Mas onde? — perguntou Alaric, ignorando Jon. — Onde agora?

Meena ainda estava falando.

— Não na piscina... Em algum lugar escuro. Mas... alguma coisa está pegando fogo. — As pálpebras dela se abriram e ela olhou para Alaric de forma acusatória. A voz dela recuperou parte da aspereza. — Você não pode culpá-lo. Ele só está tentando se defender. Você tentou matá-lo primeiro. Foi você que começou.

— *Eu?* — Alaric apontou para si mesmo com o polegar. — Ah, certo. *Eu sou* o príncipe das trevas, servidor de tudo que é profano, guardião do inferno. Certo. É *minha* culpa.

— Ele não escolheu o pai — disse Meena calorosamente —, assim como você também não escolheu o seu.

Alaric refletiu brevemente que seria legal saber quem era seu pai para que pudesse dar um chute no traseiro do homem por tê-lo abandonado.

— Meena — disse Jon. — Você não acha que devia nos contar onde ele está para que possamos matá-lo antes que ele nos encontre e mate? É sempre assim que se faz no cinema. Matam Drácula no caixão durante o dia, enquanto ele dorme indefeso.

— Os vampiros não fazem esse lance de caixão — comentou Alaric.

— É mesmo? — Jon parecia estupefato. — Mas...

— Stoker só acrescentou isso para ficar mais dramático — disse Alaric. — Ou quem sabe talvez Drácula tenha dito a ele que era verdade para pregar uma peça. O cara era cruel. Seria bem mais fácil se fosse verdade.

— Você... — Meena olhava com raiva para Alaric. — Já deu suas terríveis notícias. Certo. Meu namorado é o filho do Drácula. Obrigada. Pode ir embora agora.

— Hum — disse Alaric. — Lamento, mas não posso fazer isso. Tenho um trabalho a fazer. Matar o dragão e aquilo tudo mais. Achei que tinha deixado claro.

— Ah — disse Meena, assentindo. — Como na medalhinha.

— Certo — disse ele, dando uma piscadela. — Exatamente como São Jorge.

— Vejo a semelhança — disse Meena com sarcasmo. — Bem, boa sorte com tudo isso. Agora saia da minha casa antes que eu chame a polícia.

Alaric olhou a sala ao seu redor. Então, vendo o telefone em uma mesinha ao lado do sofá, ele ergueu o fone, deixou-o cair no chão e pisou nele com a bota pesada com ponteira de metal.

Quando ergueu o pé, o fone estava partido em vários pedacinhos no chão.

Os olhos de Meena se arregalaram ao máximo.

— Acredito que seu celular também não esteja funcionando — disse Alaric, olhando diretamente para os pedaços do BlackBerry no chão.

— Você não pode me manter como prisioneira dentro da minha própria casa — disse Meena... com bastante coragem, na opinião dele, para alguém que recentemente tinha servido de banco de sangue humano para o filho do lorde das trevas.

— Se você quiser que eu vá — disse Alaric com educação —, irei com prazer. Só me diga onde posso encontrar Lucien Antonesco e irei embora. E como bônus adicional, você nunca vai ter que me ver de novo.

— Mas você vai me dar seu e-mail, certo? — perguntou Jon para Alaric. — Porque estou falando sério sobre tentar entrar nesse negócio palatino. Sei que não estão contratando, mas acho que eu seria excelente em...

— Ah, deixa pra lá — disse Meena, interrompendo. — Vocês estão me dando dor de cabeça. Vá em frente, fique. Fique a noite toda se quiser. Vou dormir.

E com isso, ela se levantou e saiu batendo os pés descalços pelo corredor, a manta pendurada. Ela bateu a porta do quarto bem na cara de Jack Bauer, que tinha ido atrás dela.

— Não tem telefone no quarto, tem? — perguntou Alaric ao irmão.

— É claro que tem — respondeu Jon.

Movendo-se na velocidade de um raio, Alaric pulou por cima da mesa de centro e dos pedaços quebrados no caminho e abriu a porta do quarto bem decorado de Meena, com objetos da Pottery Barn dessa vez, bem na hora em que ela erguia o fone para ligar. Ele arrancou o aparelho da mão dela e falou com austeridade:

— Tsc, tsc, tsc. O que falamos sobre usar o telefone?

— Eu não ia ligar para Lucien — disse Meena. — Não sou burra. Não quero que vocês dois morram. Estava ligando para minha amiga Leisha. Preciso falar com alguém que não seja homem.

Mas Alaric já estava andando em direção às portas de vidro que levavam a uma pequena varanda e depois as abriu. O ar da noite já estava bem mais frio do que quando ele tinha entrado no prédio. Nuvens de tempestade, ele observou, estavam chegando, indo em direção à cidade sobre o rio, como um exército.

— Pare — disse Meena, correndo atrás dele quando ele esticou o braço sobre a grade de ferro decorada.

— Não pode contar a *ninguém* o que está acontecendo aqui — explicou ele. — Nem para sua amiga Leisha. Nem para sua mãe. Nem para a polícia. Não se você quer que eles vivam. Entende, Meena? Esses monstros vão matar todo mundo que você ama num piscar de olhos se acharem que vão se beneficiar de alguma maneira.

— Entendo — disse Meena. — Mas *você* entende que há pessoas lá embaixo? Se você jogar o telefone lá embaixo, pode atingir alguém.

Alaric olhou por cima da grade da varanda de Meena.

— Teve alguma premonição da partida iminente de alguém?

Meena mordeu o lábio inferior.

— Bem — disse ela. — Não. Mas...

— Lá vai — disse ele, e soltou o telefone. O vento o levou rapidamente para baixo.

— ... não funciona assim — disse Meena. — Tenho que *encontrar* a pessoa. Mas bom trabalho. Você provavelmente acabou de matar uma pessoa.

Lá embaixo, um alarme de carro disparou.

— Que absurdo — disse Alaric, negando ao balançar a cabeça. — Matei um carro.

— Acha que isso tudo é uma brincadeira? — Meena olhou para ele com raiva na luz da lua que aparecia entre as rápidas nuvens de tempestade. — Porque não é.

Alaric sentiu uma pontada de desapontamento. Meena Harper não tinha feito nada além de surpreendê-lo, desde a resistência (nenhuma vítima tinha lutado fisicamente como ela) até a descoberta sobre a habilidade psíquica dela.

Teria sido bom se ela tivesse se mostrado imprevisível dessa forma também. Mas ele sabia o que ela ia dizer. Tinha ouvido mil vezes antes

Esse era o problema com vampiros... e por que eles precisavam ser universalmente erradicados. Eles se insinuavam discretamente até para as pessoas mais sensatas e inteligentes e as transformavam em viciados do mesmo modo que a heroína marrom fazia.

— Eu sei — disse Alaric sem rodeios. — Você o ama. Não consegue viver sem ele. Mas, sabe, eu posso curar isso. Se você me contar onde ele está, vou matá-lo e então...

— Não — disse Meena, interrompendo-o. — Não era disso que eu estava falando. Você alguma vez *escuta* as pessoas? Ou apenas entra correndo sacudindo aquela sua espadona e faz as perguntas depois? Ele *vai* matar você. E meu irmão também. Você sabe que não posso deixar isso acontecer, Alaric.

Foi a primeira vez que ela falou o nome dele. Ele não sabia por que, mas o som do seu nome nos lábios dela provocou uma estranha sensação nos cabelos da nuca dele.

Ou talvez tenham sido os relâmpagos sobre o rio Hudson.

— Não posso ser responsável pelo que acontece ao seu irmão — disse Alaric, lutando para ficar calmo. E não só porque ele estava começando a se dar conta de que a atração que sentia por ela era mais do que física. — De qualquer modo... pelo que sei, ele está desempregado há algum tempo. Você devia ficar feliz por ele estar demonstrando iniciativa...

— Porque ele quer matar vampiros? — A voz de Meena se ergueu acima do ribombar dos trovões. — Eu só queria que ele arrumasse um emprego e fizesse uma parede de gesso no quarto do bebê no apartamento de Leisha. Nunca quis que ele morresse indo atrás de mortos-vivos!

— Bem, você devia ter pensado nisso antes de passar a noite com Lucien Drácula — disse Alaric, cruzando os braços. Lá embaixo, o dono do carro tinha finalmente desligado o alarme. Estavam em um andar baixo o bastante para o som do tráfego ainda poder ser ouvido, mas em baixo volume. Ele achava que ela devia estar com frio só de combinação, mas Meena não mostrou sinal disso, apesar de ter deixado a manta em algum lugar. A raiva a estava mantendo aquecida, ele acreditava.

E as bochechas ruborizadas dela. Meena não gostou que ele tivesse chamado o envolvimento dela com Antonesco de "passar a noite".

— Mas como você não pensou — prosseguiu ele, brutalmente —, vai ter que lidar com as consequências. Uma delas sou eu. E não vou a lugar algum até você me dizer onde o príncipe das trevas está. A escolha é sua, de verdade. *Ele.* Ou eu.

Ela apenas olhava com raiva para ele. Depois, sem uma palavra, se virou e entrou, descalça, da varanda para o quarto.

A decisão dela estava óbvia.

Ia ser uma longa noite, Alaric percebeu.

Capítulo 40

00h EST, sábado, 17 de abril
The Box
Chrystie Street, 189
Nova York, NY

Para Lucien, era fácil encontrar seu irmão, Dimitri.
Afinal, ele era o príncipe das trevas. Podia encontrar qualquer pessoa que quisesse.

Menos, é claro, quem estava matando garotas e largando os corpos em parques de Manhattan. A pessoa, ou pessoas, que estava fazendo isso parecia querer guardar segredo dele, por motivos óbvios...

Dava valor à própria vida.

Disseram que o irmão estava entretendo outro grupo de analistas financeiros em uma casa noturna no centro. Lucien não frequentava lugares assim. Francamente, se ele quisesse ver uma mulher se despir na frente dele, não precisava pagar pelo privilégio.

Essa casa em particular era mais lotada do que qualquer outra que ele tivesse visto, e não havia só homens. Havia mulheres lá também, de todas as idades, esperando que o show começasse, a maioria de pé. A casa só tinha lugares de pé. As mesas custavam uma "taxa de garrafa" de mil dólares.

Isso significava que os fregueses só se sentariam a uma mesa se comprassem uma garrafa de champanhe ou vodca... por mil dólares.

Era um absurdo.

Mas era assim que a casa ganhava dinheiro.

Lucien não tinha tempo para parar e ouvir as queixas da multidão. Estava atravessando o mar de pessoas e indo em direção às escadas para chegar aos bancos de veludo vermelho onde o irmão estava sentado com os banqueiros com os quais ele andava por algum motivo.

Mesmo assim, era difícil manter o zunido fora da cabeça dele. Não o zunido das conversas ao redor, mas o que sentia desde que havia saído do lado de Meena naquela manhã e que parecia ocorrer sempre que ele estava perto de humanos.

Era uma sensação muito estranha. Não dava para comparar com nada que ele tivesse sentido antes. Era como ter uma abelhinha dentro do cérebro. A sensação sumia sempre que não havia alguém vivo perto dele.

Mas assim que alguém com coração batendo chegava perto, a vibração recomeçava.

E não era só um zumbido. Ele sabia de coisas. Só de olhar no rosto das pessoas que passavam perto dele. Como a garçonete segurando a bandeja de copos vazios, rebolando por ele com bustiê de cetim preto e cinta-liga de renda. Ela precisava tomar cuidado quando andava na escadaria estreita com os precários sapatos plataforma de salto, senão ela ia tropeçar, cair e quebrar o pescoço.

Não era uma coisa que ele sabia por ler a mente dela. Era algo que ele simplesmente sabia, só de olhar para os olhos maquiados dela.

— Cuidado com os degraus — disse ele quando ela passou ao lado dele.

— Obrigada — disse ela, sorrindo para ele sugestivamente com os lábios vermelhos. — Mas eu preferia tomar cuidado com você.

E não era só ela. O garoto gritando ao celular no alto da escada também.

— Você não vai acreditar nesse lugar — dizia ele para algum amigo do outro lado da linha. — Uma das mulheres no palco fuma! E não é com a boca, é com...

— Filho — disse Lucien, dirigindo-se a ele.

— Cara. — O rapaz se virou para ele. — Não sou seu filho. E não sei onde é o banheiro... — A voz dele sumiu quando ele olhou nos olhos de Lucien. Ele engoliu em seco. — Me desculpe. Posso ajudá-lo, senhor?

— Sim — disse Lucien, esticando a mão. — Me dê a chave do seu carro.

O rapaz, que não devia ter mais de 19 anos (e obviamente tinha usado uma identidade falsa para entrar na casa noturna), enfiou uma mão trêmula no bolso do casaco e tirou um chaveiro. Colocou-o na palma esticada de Lucien.

Lucien colocou as chaves no bolso do próprio casaco.

— Pegue um táxi para ir para casa — disse para o rapaz, dando tapinhas no ombro dele. — Acho que você bebeu demais para ir dirigindo para casa em segurança.

— Mas... — O rapaz olhou enquanto Lucien se afastava, indo em direção às cortinas de veludo vermelho-escuras que separavam os camarotes da área sem mesas, no mezanino do segundo andar, com vista para o palco. — Vim de Long Island City.

— Pegue o trem — disse Lucien com uma piscadela. — Vai me agradecer um dia.

Encontrou Dimitri em um camarote particular escuro com seis ou sete sujeitos de terno com cara de executivos, todos reclinados em sofás e sobre almofadas suntuosamente decoradas ao redor de uma mesa cheia de bebidas. Não havia mulheres à vista. Elas, Lucien sabia, iam aparecer no palco lá embaixo, em vários estados de nudez, fazendo coisas com diversos acessórios que surpreenderiam até o pai dele, que tinha sido criado por turcos do século XV.

— Lucien! — gritou Dimitri ao vê-lo. — Que surpresa! Cavalheiros, conheçam meu irmão, Lucien. Lucien, estes são alguns dos meus amigos da TransCarta.

Lucien lançou um olhar para os homens abaixo dele, todos de meia-idade, um pouco acima do peso por passarem tempo demais em frente ao computador o dia todo, e todos eles iam morrer...

... dentro de uma semana.

Espere. *Todos eles?*

Como?

E por quê? Alguma espécie de acidente de avião corporativo?

Mas tudo que Lucien conseguia ver na imagem indistinta em sua mente era um aposento... um aposento muito escuro. Um porão, talvez.

E sangue. Muito sangue.

Um acidente de carro em uma garagem subterrânea?

Era a única coisa que fazia sentido.

Pobres malditos.

O que estava acontecendo com ele? Como ele sabia que todas aquelas pessoas iam morrer?

E *por que* ele sabia?

— Como vão? — disse Lucien educadamente para os homens que logo estariam mortos. Não ia adiantar de nada avisá-los, é claro. O que ele poderia dizer? — Lamento por importunar a noite de vocês. Mas gostaria de saber se posso dar uma palavra com meu irmão a sós.

Um olhar de irritação tomou conta do rosto de Dimitri. Lucien viu. Tinha certeza de que vira.

Mas sumiu tão rápido quanto apareceu.

— É claro — disse Dimitri. — Volto logo, cavalheiros.

— Não se apresse — um dos homens que logo estariam mortos falou jovialmente. — O próximo show é só daqui a dez minutos. Devia se juntar a nós, Lucien. Dizem que a garota fuma com a...

— Já vi — disse Lucien rapidamente. — Na Turquia, uma vez. Mas obrigado pelo convite.

Dimitri se levantou e passou por baixo da cortina que Lucien levantava para ele.

— O que é isso? — ele perguntou mal-humorado, seguindo Lucien pela lateral do mezanino em direção a uma placa que dizia *saída*. — Estou aqui a negócios, sabia? Não tenho tempo para essas reuniões não tão familiares de que você gosta.

Um homem careca com um bíceps enorme, vestindo camiseta e calça preta e que tinha se posicionado em frente à porta onde estava escrito *saída* disse:

— Aqui é a saída de emergência. Desçam pela escada.

— Isso não vai ser necessário, Marvin — disse Lucien com gentileza.

— Não — disse Marvin, parecendo confuso. Depois ele deu um passo para o lado e abriu a porta para eles. — Lamento, senhor. Não sei o que eu estava dizendo. Tenha uma boa noite.

— Teremos — disse Lucien.

Eles se retiraram por uma saída de incêndio sobre um beco escuro. O ar noturno estava frio. Estava bem mais silencioso lá fora do que dentro da casa, onde havia rock tocando em altíssimo volume. Mas Lucien podia ouvir o som de trovões distantes de uma tempestade que se preparava para cair sobre Nova Jersey.

O segurança fechou a porta quando eles saíram.

— Pois então? — perguntou Dimitri, irritado, pegando um charuto e acendendo-o. — O que foi? Pensei que tivéssemos dito tudo que tínhamos a dizer na última vez que nos encontramos.

— Não — disse Lucien. — Não tudo. Tenho pensado em você.

— Tem? — Dimitri parecia desconfiado. — Pensado o quê?

— Estava querendo saber o que aquele pequeno — Lucien fez um gesto de girar com o dedo indicador — quis dizer no nosso último encontro, na verdade.

Dimitri olhou para o céu.

— Eu devia saber. Você pensa demais, sabia. Sempre pensou. Com você, eram sempre os livros. E o passado. Nunca o futuro.

— Você já pensou que é só estudando os erros do passado que podemos ter um futuro? — perguntou Lucien calmamente.

Dimitri revirou os olhos.

— Certo. O que você está fazendo agora é muito nobre, preparando as mentezinhas humanas. Talvez nunca tenha lhe ocorrido, não é, que *nossa* espécie está começando a dizer que você ficou fraco...

Lucien ergueu uma sobrancelha.

— É mesmo? *Você* acha que fiquei fraco, Dimitri?

— Não falei que *eu* acho. Mas estava te dando uma oportunidade de mostrar a eles que estão errados. — Ele esfregou a nuca, como se lembrasse da queda pelas mãos de Lucien. — Você devia me agradecer, na verdade. Acho que fui exemplar ao mostrar que você continua no seu ápice.

— Interessante — disse Lucien. — Considerando que fui atacado no começo dessa semana também.

Dimitri olhou para a frente, surpreso. Lucien não conseguia saber se a surpresa era genuína. Dimitri sempre teve talento para as artes dramáticas.

— Aqui? Na cidade?

— Sim. E na frente de uma humana. — Não ia dizer uma palavra sobre Meena. Nada mais do que já tinha dito. Sabia que não devia demonstrar que tinha um interesse especial em uma mulher, principalmente uma humana, na frente do meio-irmão. — Você por acaso não sabe nada sobre isso, sabe?

— Pelo amor de Deus, Lucien — disse Dimitri. Ele bateu a cinza do charuto no corrimão da saída de incêndio. — É claro que não. O que pensa de mim?

Lucien esticou a mão para o símbolo de dragão pendurado no pescoço do meio-irmão.

— Alguém que tentou me matar no passado para poder tomar o trono para si. Vejo que você ainda usa isso — disse, deixando a imagem de ferro pendurada entre os dedos, cuja proximidade da garganta de Dimitri era uma ameaça por si só. — Seu filho e aquele outro rapaz que estava sentado com vocês na boate também. Está me dizendo que isso não significa nada?

— É claro que significa alguma coisa. — Dimitri cuspiu pela lateral da saída de incêndio, direto no beco 15 metros abaixo. — Somos parentes de Drácula, pelo amor de Deus! Por que eu não usaria isso e o brasão da família para promover minha imagem de empresário? Você sabe que nunca entendi sua relutância em fazer o mesmo.

A expressão de Lucien se transformou em nojo.

— Talvez porque não quero ter nada a ver com os Dracul. Nem vejo nada de admirável em ser descendente direto de alguém que matou dezenas de milhares de mulheres e crianças inocentes ao longo da vida e que foi morto por causa disso, justamente.

Dimitri parecia entediado.

— Bem, se você colocar as coisas *dessa* maneira...

— E você está me dizendo que nem você nem seu filho tiveram nada a ver com o ataque dos Dracul à minha vida em frente à catedral de St. George? — perguntou Lucien.

— Irmão — Dimitri balançou a cabeça, a expressão de desapontamento. — O que eu fiz para que você desconfiasse de mim dessa maneira?

— Acredito que foi o fato de você ter tentado me enterrar vivo em Târgoviște — comentou Lucien.

— História antiga — disse Dimitri. — Você sempre se prendeu às brigas antigas por muito tempo. Papai também achava.

— Estranhamente, não dou muito crédito a nada que papai dizia — comentou Lucien. — Se ele não tivesse os lábios tão frouxos, a verdade sobre nossa existência jamais teria vazado para aquele tolo do Stoker e não teríamos a Palatina atrás de nós e nem teríamos tido que mudar nosso sobrenome.

As sobrancelhas de Dimitri abaixaram em uma expressão que Lucien reconheceu.

— Há falhas na Palatina — disse Dimitri. — Não são tão poderosos quanto gostam de pensar.

Lucien esticou o braço e, pegando o meio-irmão pela garganta, ergueu-o no ar. Não apenas um pouco, mas até que ficasse balançando do alto da saída de incêndio, a 15 metros do asfalto lá embaixo. Dimitri, em pânico, se agarrou às mangas de Lucien, olhando para baixo desesperadamente e ofegando. Tinha deixado cair o charuto, que atingiu o chão e explodiu numa chuva de fagulhas vermelhas.

— Papai também costumava se gabar que a Palatina nunca ia pegá-lo — disse Lucien. — E olhe o que fizeram a ele. É isso que quer que aconteça a você?

— E-eu não quis dizer isso — gaguejou Dimitri. Não estava em uma posição muito confortável, pendurado pelo pescoço a vários metros do chão. — Pare de brincar, Lucien. Me c-coloque no chão.

Lucien apertou mais a mão.

— Você talvez tenha uma coisa para se preocupar de verdade, Dimitri, além da Palatina... porque hoje de manhã acordei com a estranha sensação de que isso tudo, as garotas mortas, o ataque à minha vida, de alguma maneira aponta para... você.

Dimitri fez um som de sufocamento. Parecia estar dizendo: "*Não, não, não fui eu...*"

Mas Lucien apenas sorriu.

— Ah, sim. Tenho quase certeza, na verdade. Não posso provar... ainda. Mas vou provar. E quando eu conseguir, vou fazer algo pior do que decapitar você, posso garantir... Assim como com qualquer um que eu descubra que possa ter ajudado você. Fiz vista grossa quando você instigou uma rebelião contra mim no passado porque você é meu irmão, Dimitri, e família é... família. Mas as coisas mudaram agora. Você não precisa saber de que maneira, só que não vou mais fazer vista grossa. Não com vidas humanas sendo perdidas e outras em jogo. Você me entendeu?

Dimitri assentiu. Não parecia feliz com a situação.

— É claro — disse, sufocando. — *Meu príncipe.*

— Bom menino — disse Lucien.

E abruptamente ele abriu as mãos e deixou o irmão cair.

Dimitri, como Lucien sabia que aconteceria, caiu apenas alguns metros antes de se transformar em uma coisa preta e brilhosa, feita de asas e dentes e garras, que voou numa espiral graciosa antes de pousar no chão ao lado do charuto abandonado...

... e depois voltou a tomar a forma do irmão que ele conhecia tão bem.

— Porcaria, Lucien — disse Dimitri, ficando de pé e limpando o terno. Ele parecia furioso. — Você sabe que odeio quando você faz isso!

Lucien sorriu. Quem tinha ficado fraco?

Ele se virou e bateu na saída de emergência. Marvin, prestativo como antes, abriu a porta para que ele entrasse. O método de saída do irmão tinha sido mais rápido, mas Lucien costumava preferir seguir pela escada

Capítulo 41

1h EST, sábado, 17 de abril
Park Avenue, 910, apto. 11B
Nova York, NY

Meena ficou deitada no quarto escuro, olhando para o teto, com Jack Bauer descansando a cabeça no ombro dela.

Ela estava se esforçando para não pensar em nada, porque, toda vez que se lembrava do que estava realmente acontecendo (de por que, por exemplo, ela podia ouvir o som baixo de dois homens conversando na sala, junto com o DVD de *Velozes e Furiosos* que Jon tinha colocado), tinha vontade de chorar.

Os sons abafados do outro cômodo pareciam bastante inofensivos: dois homens adultos assistindo a um filme sobre carros e armas. Tinham conseguido juntar a comida chinesa que não havia caído fora das caixinhas e a estavam comendo, então ela também sentia o cheiro disso — o odor misturado de moo shu e de bolinhos fritos. Era apenas uma típica noite de sexta na casa dela, enquanto lá fora uma tempestade se preparava para cair. Ela ouvia o vento balançando as árvores e o ribombar distante de trovões e via ocasionais brilhos de relâmpagos que refletiam na parede pelas frestas da persiana da janela e das cortinas de voal que cobriam as portas de vidro que davam na varanda.

Mas ela sabia perfeitamente bem o que estava acontecendo. Alaric Wulf estava vigiando a porta da frente para impedir que ela saísse para ver Lucien. Estava fazendo isso pelo mesmo motivo que tinha quebrado todos os telefones. (Ela esperava que ele não tivesse pensado em e-mail. Se ele quebrasse o laptop dela, Meena encontraria um jeito de processá-lo. Não ligava se o chefe dele era o Papa.)

Mas Alaric não precisava se preocupar com tentativas de fuga. Meena não estava nada ansiosa para ter um confronto com Lucien. Tinha até levado uma arma para a cama: uma agulha de tricô que tinha sobrado de uma breve e infeliz tentativa dela e de Leisha no passado.

Ela segurava a agulha de tricô com força em uma das mãos enquanto com a outra acariciava a cabeça de Jack Bauer, observando as sombras dançarem no teto dela e um ocasional raio de luar que brilhava por entre as nuvens.

O que exatamente planejava fazer com a agulha de tricô ela não sabia.

Mas enfiá-la no coração de qualquer homem que entrasse no quarto dela, humano ou vampiro, parecia um bom plano. Meena não estava se sentindo afetuosa com relação a nenhum ser do sexo oposto naquele momento.

Ainda não tinha assimilado completamente tudo que havia descoberto durante o desenrolar da noite. Não tinha certeza de que poderia chegar a entender (e muito menos acreditar em) tudo.

A única coisa da qual tinha certeza era que, depois de tudo que havia visto naquela noite, se sentia bastante cansada e queria descansar.

Mas mesmo depois de vestir sua camisola branca mais macia, no minuto em que ela se deitou e puxou o edredom até o queixo, dormir se tornou impossível. Ela se sentia completamente desperta, e não por causa dos trovões e nem dos sons abafados que vinham da sala.

Ela só conseguia pensar que o homem dos sonhos dela, o cara que tinha achado perfeito, o cara que, se quisesse ser completamente honesta consigo mesma, havia feito com que pensasse se mudar para a Romênia... era um vampiro.

Um vampiro! Aquelas criaturas de ficção que ela tanto desprezava!

Mas não. Porque os vampiros da vida real não eram nada como os vampiros da ficção. Os vampiros da vida real faziam coisas às pessoas que nenhum redator podia ter imaginado em um milhão de anos, coisas bem mais horríveis dos que os vampiros dos filmes, cujas imagens Meena estava convencida de que ficariam eternamente gravadas no fundo da sua mente.

Não só isso, mas Lucien era o *supremo governante dos vampiros*.

E era o filho de Vlad, o Empalador. De *Drácula*.

Depois de se trancar no quarto, Meena procurou seu exemplar surrado do livro — que ela havia comprado durante seu período gótico obcecado pela morte na adolescência — e cometeu o erro de tentar lê-lo de novo.

E então tudo voltou como uma enxurrada. Não só os detalhes sangrentos sobre as criaturas contra as quais Alaric Wulf alegava lutar, mas Mina! Havia uma personagem no livro chamada Mina! Era a personagem que, Meena se lembrou imediatamente, se apaixonou por Drácula e bebeu um pouco do sangue dele... e depois, como tantas mulheres em livros e filmes de terror, teve que ser salva.

E era verdade que no livro o nome tinha uma grafia diferente do dela. Mas mesmo assim.

Como essas coisas aconteciam com ela? Como se não fosse ruim o bastante ter que saber como todo mundo que ela encontrava ia morrer e depois se sentir moralmente obrigada a avisá-los.

Ela também tinha que se apaixonar (e *ser mordida*) pelo filho do personagem mais desprezível em toda literatura gótica? Que, no fim das contas, era real?

Quando ela superasse tudo isso (e superaria sim — tinha que superar; que outra escolha havia?), ia escrever um livro.

É claro que ia. Alguém tinha que abrir a boca. Era o único modo de salvar outras mulheres do que ela estava tendo que passar agora.

As mulheres são de Vênus, os vampiros são do Inferno.

Meena ficou deitada pensando no livro, observando as sombras dançarem no teto. Estava tão profundamente concentrada no que ia dizer quando

Oprah perguntasse por que Meena tinha deixado Lucien fazer as coisas que ele fez a ela que nem percebeu quando Jack Bauer ergueu a cabeça e, com os olhos nas portas de vidro, empinou as orelhas para a frente.

Meena tinha certeza de que a Palatina ia tentar impedi-la de ir ao programa da Oprah. Alaric Wulf tinha sido categórico que nada sobre a existência dos vampiros podia ser dito para a população.

Mas por que, se eles causavam tanta dor e sofrimento?

E isso só os que *não estavam* matando jovens garotas.

E era verdade que tinha dado consentimento para tudo que Lucien havia feito. E tinha gostado.

Mas isso não tornava certo...

Ao lado dela o corpo de Jack Bauer começou a vibrar. Ele estava rosnando, a cara apontada para as portas de vidro. Meena olhou para ele e depois para as portas. Pensou ter visto alguma coisa preta passando pelo vidro coberto pela cortina.

Um pombo, provavelmente. Ou uma sacola de plástico voando no vento da tempestade que se aproximava.

— O que foi, rapazinho? — sussurrou Meena. — Um pássaro? Você vai matar aquele pássaro?

Jack Bauer se ergueu nas quatro patas e, parado no meio da cama, com os pelos eriçados, rosnou ainda mais alto. Toda a atenção dele estava focada nas portas de vidro, o pequeno corpo tremendo como vara verde.

Meena sentiu sua própria pele arrepiar com a reação dele ao que tinha percebido do lado de fora da porta da varanda.

Não era pássaro nenhum.

Quem — ou mais precisamente, *o quê* — estava lá fora?

— Tudo bem, rapaz — disse Meena baixinho, girando as pernas para fora da cama. Segurava a agulha de tricô com força em uma das mãos. — Fique.

Ela sabia que devia chamar Alaric Wulf. Era por isso que ele estava lá. Para protegê-la.

Mas não era bem por isso. Estava lá para conseguir o endereço do amante dela.

Para que pudesse matá-lo.

E, por sua vez, ser morto *por* ele. Junto com Jon.

Meena não podia deixar isso acontecer, assim como não podia deixar Lucien ser morto, fosse ele o que fosse, independentemente do que ele tivesse feito a ela... e do quanto ele tivesse mentido.

Um relâmpago brilhou. Um trovão soou um segundo ou dois depois, parecendo muito mais perto agora do que antes. A tempestade tinha cruzado o rio. Cairia sobre eles em alguns minutos.

Não podia correr para Alaric. Se fizesse isso, ele morreria nas mãos de Lucien, e Jon iria logo em seguida... se ela não estivesse perdendo a sanidade e Lucien estivesse mesmo atrás das portas de vidro. Não, é claro, que isso fosse sequer possível, porque ela morava no décimo primeiro andar e não havia saída de incêndio pela qual ele pudesse ter subido. (Ela se recusava a pensar em morcegos, ou no modo como o conde Drácula do livro de Bram Stoker podia escalar prédios como um lagarto.)

Ela ergueu a agulha de tricô na altura do ombro e andou com cautela para as portas de vidro, a cortina branca de voal obscurecendo a vista do que havia na varanda. Atrás dela, Jack Bauer pulou da cama e a seguiu, ainda rosnando, apesar de Meena ter sibilado:

— Jack! Cachorro mau! Fique!

Jack, como sempre, não prestou a menor atenção ao que ela disse.

Colocando uma das mãos sobre a maçaneta, Meena respirou fundo e puxou.

Uma repentina rajada de vento empurrou a porta na direção dela, e Jack, agitado, correu para a varanda. Meena, com o coração na boca, sussurrou "Jack! Não!" e correu para fora para impedir que ele se machucasse.

Mas não havia ninguém, *absolutamente nada* lá fora.

Meena, tremendo, ficou de pé no vento crescente. Sobre a cabeça dela, o céu era um mosaico de nuvens escuras, atrás das quais os relâmpagos continuavam a brilhar em intervalos de segundos. Ela mal conseguia ver a lua. Um trovão soou, tão alto que ela parecia senti-lo reverberando dentro do peito.

Talvez tivesse sido por isso que não ouviu o nome dela a princípio. A voz que chamava era tão selvagem e grave quanto o trovão.

Mas então ela reparou que Jack estava rosnando de novo, a cabeça virada na direção do terraço dos Antonesco, o nariz entre as grades e os dentes de fora.

E quando Meena se virou, ela o viu.

Capítulo 42

1h15 EST, sábado, 17 de abril
Park Avenue, 910, apto. 11B
Nova York, NY

Lucien.
Ele estava lá, de pé no terraço do primo Emil, o longo sobretudo preto se sacudindo em torno dele ao vento como uma capa...
O que ele estava *fazendo* parado ali, olhando para ela daquele jeito?
Era o meio da noite. As nuvens no céu pulsavam, cheias de chuva.
Ela colocou uma mão sobre o coração disparado.
— Meena.
A voz dele era como seda líquida. Ela quase conseguia senti-la, lambendo a pele dela como o algodão branco e macio da camisola.
Ele a estava chamando. Chamando como o relâmpago chamava o trovão.
O que ela ia fazer? O que ela ia dizer para ele?
Meena andou até a parede da varanda e, inclinada contra ela, disse por cima do vão de 2,5 metros que os separava:
— Não posso conversar agora, Lucien.
A voz dela tremia tanto quanto os dedos, mas ela ainda conseguia segurar a agulha de tricô de madeira. Esperava que ele não tivesse reparado.

— Por que não, Meena? — perguntou Lucien, a preocupação na voz dele uma carícia. — Está chateada porque precisei cancelar nossa noite juntos? Não recebeu meu bilhete?

A voz dele se enroscava em torno das emoções mais intensas dela do mesmo modo que o sobretudo se enrolava nas pernas dele cada vez que o vento soprava.

— Recebi seu bilhete. Muito obrigada pela bolsa. Mas agora não é uma boa hora.

— Talvez eu possa ir até aí — disse ele. — Tentei ligar mais cedo, mas você não atendeu ao telefone.

— Eu sei — disse Meena, engolindo em seco. Se ele realmente fosse o príncipe das trevas, ia descobrir em algum momento. Então era melhor que ela contasse a verdade. — Não pude atender ao telefone. Tem um homem da Guarda Palatina na minha sala. Ele destruiu todos os meus telefones.

Lucien ficou totalmente imóvel. Na verdade, pareceu a Meena que *tudo* ficou muito parado. O céu acima das cabeças deles ficou paralisado. Os relâmpagos, os trovões, os batimentos dela... até o vento parou. As nuvens, que se moviam rapidamente no céu segundos antes, pareceram se empilhar umas sobre as outras. As nuvens pretas e grossas de tempestade bloquearam o brilho da lua, escondendo a expressão de Lucien.

— Meena — ela o ouviu dizer.

A palavra, só aquelas duas sílabas, revelou tudo que ela precisava saber, como se a repentina exibição meteorológica não tivesse sido suficiente para convencê-la. Elas carregavam um mundo de emoções.

E de perigo.

Uma pequena parte dela (a romântica que havia nela, ela achava) vinha cultivando uma esperança de que Lucien fosse negar. Vampiro? Claro que não! Que ridículo. Todo mundo sabe que vampiros não existem.

Mas ela ouviu a verdade naquela hora, na voz dele.

— Tentei te contar — disse ele. A voz dele parecia tão partida quando o coração dela. — No museu...

— Vá embora. — Ela estava sussurrando para que não fossem ouvidos por ninguém na sala. Mas era difícil manter o horror fora de seu tom de voz, assim como a dor. — Vá embora, Lucien. E não volte nunca mais.

— Meena. — A lua ainda estava perdida atrás das nuvens.

Mas agora ela podia ouvir que ele parecia menos ferido e mais impaciente. Como se tivesse algum direito de estar impaciente com *ela*.

— Não acredito que fui tão idiota. — Meena sentia como se estivesse sufocando. Estava segurando a agulha de tricô perto do peito como alguma espécie de talismã para afastar o mal. — Eu achei que tínhamos uma ligação incrível. Não me pergunte por quê. Talvez fosse pelo fato de você ter salvado minha vida em frente à catedral. Só que eu não sabia que era *você* que os morcegos estavam atacando! Eu não sabia que você era um... um...

Ela nem conseguia pronunciar a palavra.

— Meena. Posso explicar.

Ele estava falando sério? Podia *explicar*?

— Quem eram eles, Lucien? — perguntou ela. — Você os conhecia, não é?

O tom de Lucien era de tristeza.

— De certo modo...

— E o tempo todo você estava lendo minha mente, não estava? — A voz de Meena soava perturbada, até aos ouvidos dela mesma. — Foi assim que você soube onde eu morava! E a bolsa! — Ela balançou a cabeça. — Aquela bolsa idiota! Eu devia tê-lo mandado jogá-la pela janela em vez de jogar meu telefone. *Você matou o dragão*. Meu Deus, não consigo acreditar que caí nisso! Já pensou em escrever diálogos para uma novela, Lucien? Porque posso arrumar um emprego pra você onde trabalho.

— Meena — disse Lucien. Agora o tom dele era afiado... tão afiado quanto seus dentes, ela pensou, que Meena nem chegou a sentir quando do se afundaram na pele dela. — Ele ainda está aí? O integrante da Guarda Palatina?

— Ah, qual é o problema? — Ela sabia que provavelmente parecia mais histérica do que sarcástica. — Não consegue ler minha mente e descobrir?

Uma rajada de vento extremamente forte que pareceu vir do nada soprou na varanda e a teria derrubado se ela não tivesse soltado a agulha de tricô e se segurado na grade com uma das mãos enquanto protegia os olhos com a outra.

Por alguns segundos ela não conseguiu ver, havia poeira e sujeira demais — alguns eram pétalas secas dos gerânios mortos da varanda dela, rodopiando em um repentino tornado primaveril, vindo do nada.

Mas tinha quase certeza de que via o contorno embaçado de um objeto grande e parecido com um morcego flutuando entre a varanda dela e o terraço dos Antonesco, bloqueando o pouco de luz que ainda vinha do céu noturno e das janelas dos apartamentos ao redor. Como a vez em que ela e Jack Bauer foram atacados pelos morcegos...

Só que agora ela sabia que não estavam indo atrás dela. Era Lucien que eles queriam.

E a razão para não o terem atingido era porque ele não era humano. Os dentes e garras deles não podiam feri-lo porque nada podia. Nada exceto cortar fora a cabeça dele com uma espada, ao menos de acordo com Alaric Wulf, ou enfiar um pedaço de madeira no coração dele.

E estupidamente ela havia acabado de soltar o único pedaço de madeira pontuda que tinha.

Quando o vento se acalmou e Meena conseguiu abrir os olhos, ela viu Lucien parado na frente dela, na varanda dela, a apenas alguns centímetros de distância.

Meena, o coração parecendo que podia pular do peito, ergueu o queixo para olhar no rosto dele, naquele rosto incrivelmente sensível e bonito, e viu que a expressão de Lucien era de desagrado extremo.

Pela primeira vez, ela reconheceu o que fez sua pulsação disparar pelo que ele era de verdade — sentiu medo.

E não só por Jon e pelo guarda palatino dentro do apartamento dela. Medo pela vida dela mesma.

— Para ser sincero — disse Lucien calmamente —, nunca consegui ler sua mente, Meena. Seus pensamentos sempre foram um tanto... confusos.

Meena, os dedos tremendo convulsivamente, apertou ainda mais a grade da varanda. O que tinha feito? O que estava acontecendo? O que ele estava fazendo lá? Ia matá-la?

— Achei que vampiros não p-podiam entrar em uma casa a não ser que fossem convidados — gaguejou ela por entre dentes que tinham começado a bater. Era a imaginação dela ou os olhos negros dele tinham um brilho vermelho, bem dentro das pupilas?

— Isso era verdade — disse ele. O trovoar tinha recomeçado, tão alto que sacudiu a grade de metal sob os dedos dela. A tempestade sobre a cabeça deles começava a se armar. — Pelo menos nos dias em que as pessoas se preocupavam o bastante com suas casas para fazerem com que fossem abençoadas por padres ou rabinos. Atualmente, quando ninguém mais se dá a esse trabalho, não é mais um problema para nós.

— Ah. Certo. — O olhar de Meena estava fixo no dele, embora ela tateasse discretamente com o pé descalço no chão da varanda, procurando a agulha de tricô que tinha deixado cair. Se encontrasse, teria mesmo a coragem (e a força) de enfiá-la no coração dele (ou no lugar onde o coração dele um dia havia estado)?

Talvez devesse apenas pular. A morte era uma alternativa melhor.

— Mas quando encontramos uma entrada sagrada — disse Lucien, continuando com o mesmo tom distante, quase de conversa —, conseguimos encontrar um jeito de burlar isso. Podemos usar o controle da mente para convencer os menos... fortes mentalmente que nos convidem a entrar. Alguns de nós até conseguem virar uma névoa e passar por uma fechadura, se não nos importarmos em sermos vistos por outros depois.

— Você pode virar névoa? — perguntou ela com voz fraca.

O olhar vermelho dele se prendeu ao dela.

— Sim — disse ele. — Posso virar névoa. Posso virar um lobo também. E você não vai me matar, Meena. Não com uma agulha de tricô. Você não vai pular, e nem vai gritar para aquele guarda da Palatina vir aqui fora, por mais repulsivo que você me ache. — As sobrancelhas escuras dele se franziram. — Por que *é* assim?

Ele *podia* ler a mente dela. Podia sim.

Ou quase, pelo menos.

De repente o mundo girou loucamente na frente dela.

Lucien esticou o braço e a pegou pela cintura, puxando o corpo dela contra o seu. A sensação dos músculos fortes dele contra o tecido fino da camisola fez com que o universo rodopiante se acalmasse.

Mas só um pouco.

Agora a voz dele era uma corrente tranquilizadora.

— Entendo por que você está chateada...

— Não. — Ela virou o pescoço para olhar para ele. Tinha vergonha das lágrimas que dançavam em seus olhos, mas não havia nada que pudesse fazer para impedi-las. — Acho que não entende. Há algumas horas eu achava que você era a melhor coisa que aconteceu comigo. E agora descobri que nunca conheci você. — A consciência dela a espetava. — E tudo bem, você também não me conhece... mas você não é nem *humano*.

O céu se acendeu com uma única linha de um relâmpago e depois tremeu com o trovão.

E então, começou a chover. Pingos grossos e fortes caíram na cabeça e nos ombros dela.

Lucien disse:

— Meena. — Ele não parecia mais distante. Agora a voz dele, como o trovão, soou irritada e desesperada. — Eu *fui* humano... no passado. — Ele se virou de forma que seu corpo protegesse Meena da chuva, abraçando-a naquele abrigo duvidoso que a porta para o quarto oferecia contra a chuva enquanto o mundo continuava a despencar em torno dela. O cachorro, vendo os dois próximos, entrou num frenesi de rosnados mas não parecia ousar se aproximar. — Acha que não tenho vontade de sentir essas coisas de novo?

Pelo tom de voz dele, parecia ferido. Ele sabia o que era... e obviamente odiava isso.

Mas acabara aceitando... Do mesmo modo, Meena soube, num momento de lucidez, que ela tinha aceitado o que ela era.

— Acha que *gosto* do que meu pai me tornou? — perguntou ele desesperadamente. — Não. Mas acha que tive alguma *escolha*? Não sei que pacto profano ele fez ou com quem foi... demônios, bruxas ou com o próprio diabo. Só sei que uma noite eu morri e acordei... assim. Ele fez o mesmo com meu irmão Dimitri. Ele nos falou para não nos preocuparmos, porque agora viveríamos para sempre. Ao contrário da minha mãe... A morte dela foi o que fez com que ele procurasse essa grotesca meia vida para todos nós.

Meena olhava para Lucien horrorizada ao abrigo dos braços dele enquanto, atrás, a chuva caía em uma pesada cortina e trovões soavam sem parar. Não queria ouvir aquilo. Não queria ouvir nada daquilo.

— É claro que não era tão simples assim — disse ele com um sorriso amargo. — Havia... desejos. Tentei não ceder a eles. Mas eram muito fortes. Papai só fez nos encorajar, nos trazer... presentes. Dimitri, que sempre tinha sido mais fraco, não se importou em deixar a febre tomar conta e em permitir que os instintos o governassem, matando inocentes e se tornando mais monstro do que homem. Mas eu... não sei. Talvez porque tive o benefício de ter nascido da minha mãe, que, como você sabe, diziam que era em parte anjo...

— Lucien.

Ela sentia pena dele. Sentia mesmo. Ela ergueu uma das mãos... não sabia por quê. Talvez para acariciar a bochecha dele.

Ela sabia o que ele era. E odiava.

Mas ele estava sofrendo.

Ele se afastou antes que ela pudesse tocar nele e olhou para o outro lado, em direção à chuva.

— Não estou dizendo que sou um homem melhor do que meu irmão. Ou que minha mãe era uma mulher melhor do que a mãe dele. E não estou dizendo que não podia ter feito mais para tentar impedi-lo, a ele e meu pai. Eu podia. Eu devia ter feito. E depois de um tempo... eu fiz.

Lucien olhou novamente para ela, e os olhos dele eram como pedaços de carvão em chamas. Meena baixou rapidamente a mão, como se ela tivesse sido queimada.

— Quando meu pai foi destruído e me tornei príncipe — afirmou ele —, disse para todos que a matança tinha que acabar.

Meena não queria ouvir. As fotos que Alaric Wulf tinha mostrado estavam vívidas na mente dela.

Mas também não podia ficar parada ali de pé enquanto ele se desmanchava de vergonha na frente dela. Principalmente com a tempestade caindo nas costas dele, jogando neles aquele aguaceiro que parecia um furacão.

Como ele tinha dito: podia ser um vampiro agora.

Mas tinha sido humano no passado.

— Entre — sussurrou ela. — Você está ficando encharcado.

Ele olhou para ela, como se assustado por ver que ela ainda estava em seus braços. Depois o olhar dele se focou nela com tanta intensidade, como um laser, que ela não tinha certeza se havia gostado.

Estaria ele vendo-a finalmente como Meena, a mulher que ele amava... ou como a próxima refeição?

Ela sabia que podia ser o pior erro que cometeu na vida.

Mas abriu a porta do quarto mesmo assim.

Lucien a seguiu para dentro da escuridão.

— Você acha que sou um monstro — disse ele.

Ela não podia negar.

Então fingiu ser hospitaleira.

— Tenho uma toalha em algum lugar por aqui — disse ela enquanto levantava Jack Bauer, que os tinha seguido, ainda rosnando, para dentro do quarto. Ela o colocou dentro do closet, pegando uma toalha lá. Jack Bauer olhou confuso para os sapatos de Meena e depois latiu, só uma vez, enquanto ela fechava a porta. Ele ficaria bem lá dentro. Mais seguro do que ela.

E o mais importante, ninguém o ouviria, principalmente com o som da tempestade lá fora e do filme, que ela ainda ouvia na sala.

— Você fez alguma coisa comigo — acusou Lucien com uma voz engasgada enquanto ela lhe entregava a toalha, ajudando-o a tirar o casaco molhado em seguida.

— O quê? *Eu* fiz alguma coisa *com você*? *Não fui eu* que fiz alguma coisa — sussurrou Meena, incrédula, sentando-se na cama e encarando-o. — Só cometi o enorme erro de me apaixonar por você. O que, pode acreditar, estou comparando com meus maiores arrependimentos, como o permanente que fiz no oitavo ano porque não ouvi Leisha, e ir ao baile de formatura com Peter Delmonico. Tá bem? Então deixe-me apenas atribuir essa coisa toda a uma péssima decisão e terminar tudo agora. Quando parar de chover, você vai ter que ir embora. Acredite em mim, estou fazendo um favor enorme a você. Porque basta um grito e aquele guarda na minha sala entrará aqui voando para enfiar uma estaca em você.

Ela viu o olhar brilhante e vermelho passar por ela e ir em direção à porta do quarto.

Ela balançou a cabeça e, esticando os braços para pegar com as duas mãos a frente da camisa dele, puxou-o para o lado dela sobre a cama.

— Você sabe que não posso ir — disse Lucien, ainda olhando para a porta do quarto.

— Pode sim — disse Meena, balançando a cabeça. Ela continuou a segurá-lo pela frente da camisa. — Por que não pode?

O olhar dele voltou para ela, o brilho vermelho morrendo um pouco, felizmente.

— Você sabe por quê, Meena.

Do que ele estava *falando*? Não podia querer dizer... não havia como ele...

— Não posso ir porque estou apaixonado por você, Meena — disse ele com a voz grossa. Colocou as mãos sobre as dela. — Já falei. Você matou o dragão.

Ele estava *apaixonado* por ela? Lucien Antonesco estava *apaixonado* por ela?

Apenas algumas horas antes, essa notícia teria feito dela a garota mais feliz do mundo.

Mas agora...

Agora ela sabia que ele não era apenas Lucien Antonesco, professor de história do Leste Europeu.

Ele era o príncipe das trevas.

Ele prosseguiu com a mesma voz grossa e áspera, ainda segurando as mãos dela:

— Mas você está escondendo alguma coisa de mim, Meena. E não é só o guarda da Palatina na sua sala. Percebi desde que conheci você. É alguma coisa que esconde de todo mundo...

— *Eu* estou escondendo alguma coisa? — Ela sabia exatamente do que ele estava falando, é claro. Mas mentiu automaticamente. Porque sempre fazia isso.

— Sim, você — disse ele. Agora as mãos dele se moveram até os ombros dela. — Eu sei. Eu nunca devia ter pensado que podia enganar você, logo você. Mas sabe que fui tão honesto quanto poderia ser sem... apavorar você. Mas você... você também não foi honesta comigo. Há alguma coisa com você. Desde que... ficamos juntos... eu... eu...

— Você o quê? — perguntou Meena. O coração dela estava disparado. Ela sabia que estava correndo um risco enorme deixando-o entrar no quarto, sem contar no coração dela. A qualquer momento, Alaric podia entrar, com Jon logo atrás. Depois disso, se o pior acontecesse, seria tudo culpa dela...

Ao deixá-lo entrar no quarto, ela estava fazendo o que ele tinha acabado de confessar ter feito, todos os anos com o pai e o irmão... cometendo assassinato.

O que ela estava *fazendo?*

— Desde que nos separamos hoje de manhã, tenho a estranha sensação de que sei como quase todo humano com quem me encontrei vai... vai morrer. E não, por mais que você possa pensar mal de mim, nas minhas mãos — disse Lucien.

Meena ficou olhando para ele. Pela primeira vez desde que podia se lembrar, não conseguiu pensar em nada para dizer.

— Tenho certeza de que o homem na sua sala contou algumas coisas bem intensas sobre mim. Muitas delas podendo até ser verdade. Sou o que sou há muito tempo. — Lucien estava obviamente escolhendo as palavras com cuidado. — Mas eu nunca, nunca vivi nada assim. Não até... bem, estar com você. Poderia me contar o que exatamente está acontecendo? Acho que tem alguma coisa a ver com esse seu segredo. Essa coisa que você esconde. O que torna impossível que eu leia sua mente por completo. E o que faz você se identificar com tanta intensidade com Joana D'Arc, que ouvia vozes. Porque é assim que me sinto. Ouvindo vozes.

Na sala ao lado, ela ouviu uma batida de carro em estéreo. *Velozes e Furiosos* estava chegando no momento de clímax.

— Fui eu — disse ela. E deu um suspiro lacrimoso.

O toque dele ficou mais intenso.

E não muito gentil.

— Do que você está falando? — sibilou ele.

— Você bebeu meu sangue — disse ela. — Não muito, portanto provavelmente vai passar depois que se alimentar de novo. Isso devia ensinar você a ser mais cuidadoso. Você é o que você come, sabe?

Capítulo 43

2h EST, sábado, 17 de abril
Park Avenue, 910, apto. 11B
Nova York, NY

Lucien ficou olhando para Meena. O rosto dela era como uma lua pálida e resoluta abaixo do dele.

Como aquele olhar devia parecer para ela?, Lucien se perguntou. Uma expressão de choque profundo.

— Você consegue saber — murmurou ele, tentando ter certeza de que havia entendido corretamente — como todo mundo vai morrer?

— Bem, não todo mundo — disse Meena. — Obviamente, não você. Já que você já está morto.

Ele estava segurando os braços dela, e não soltou e nem afrouxou o toque. Só ficou encarando-a.

— É por isso que você tem que ir — disse Meena com uma voz rouca. — Sei que você vai matar o guarda. O do Vaticano. E Jon também.

Na palavra *Jon*, a voz dela falhou.

Lucien sentiu como se o trovão que soou naquela hora tivesse vindo de algum lugar dentro dele. Balançou a cabeça, tentando afastar a verdade das palavras dela da mente, como pequenas gotas de chuva que ainda se prendiam aos fios de cabelo dele.

— Não — disse ele. — Meena, eu não faria isso. Não mato um humano há séculos, e você precisa saber que eu *jamais* mataria seu irmão ou alguém que você ama.

Apesar da escuridão no quarto, ele viu as lágrimas nos cantos dos olhos dela, brilhando como diamantes.

— Mas você vai — disse ela simplesmente.

— Meena — disse ele. Seu coração, que ele por tantos anos suspeitou ter morrido dentro dele, junto com sua alma, finalmente estava voltando à vida. — O que você vê... suas visões... elas nem *sempre* viram realidade. Viram? — Ele pensou no garoto cuja chave do carro tinha pegado no começo da noite.

— Não. — Meena ergueu um punho e limpou os olhos úmidos. — Não se eu avisar as pessoas. E elas fizerem alguma coisa sobre isso. Mas você é um *vampiro*, Lucien. E não é um vampiro qualquer. Pelo que sei, você é o soberano de todos os vampiros, o *príncipe das trevas*. E eu devo apenas... acreditar que você não vai fazer nada com esse cara? E nem com meu irmão? Nem mesmo em legítima defesa? Porque os dois querem muito matar você. Alaric Wulf tem uma espada enorme e...

Lucien soltou os ombros dela naquela hora. Mas só para puxá-la para mais perto e apoiar a bochecha no cabelo dela.

— Shhh... — disse ele. — Então o que você viu é só um futuro possível.

— A não ser que alguma coisa mude — disse Meena, afastando-o. — E o que precisa mudar é a sua presença aqui. E você devia dizer para Emil e Mary Lou irem embora. Porque a Palatina está atrás deles também. E estou mesmo tentando não ter preconceito contra o que... bem, o que você é. Porque Deus sabe que tenho meus próprios problemas com as pessoas achando que sou horrível só porque tenho esse tipo de... obsessão com a morte. Mas eles chamam mesmo você de príncipe das trevas. E isso tende a sugerir que você é mau e não muito confiáv...

— *Não* sou mau — rebateu ele. Depois reconsiderou. — Bem, não sou mais.

— Acredito que as palavras *servidor de tudo que é profano* foram usadas para se referirem a você — disse Meena. — Talvez eu esteja errada, mas, para mim, isso não sugere nada de bom.

— A Palatina é muito tendenciosa quando se trata de mim — disse Lucien com ironia. — Mas trabalhei duro desde que cheguei à minha posição para trazer uma era nova e iluminada para o meu povo, para proteger tanto os interesses deles quanto os da humanidade.

— Vi uma foto de um guarda da Palatina com metade do rosto arrancada. Alaric — ela apontou com a cabeça para a parede do quarto — disse que foi em um ataque de vampiros.

Lucien assentiu, dando de ombros. Alaric. Alaric Wulf.

— Sim. Sei sobre esse homem. E — acrescentou ele, incapaz de disfarçar o choque por tudo que estava acontecendo — sobre o parceiro dele. Foram os Dracul que os atacaram.

— Foram os... Dracul — disse ela a palavra como se fosse algo repugnante — que nos atacaram em frente à catedral de St. George naquela noite?

— Foram. Mas eles não *nos* atacavam. *Me* atacaram. Estavam atrás de mim. Você nunca esteve em perigo.

Meena soltou uma risadinha seca.

— Bem, você não corria perigo enquanto eu estava lá — disse Lucien, consertando o comentário.

— E são os Dracul que estão assassinando aquelas garotas? — perguntou Meena.

Ele olhou para ela. Como uma personalidade tão forte podia estar presa em um corpo tão incrivelmente pequeno?

— Sim — admitiu ele. — Tenho quase certeza de que sim.

— Então... a nova era iluminada não está dando certo, não é? — perguntou Meena.

Ele nunca tinha sentido tanto desespero. Por que tudo aquilo estava acontecendo agora, quando ele finalmente tinha chegado perto de alcançar um pouco de felicidade?

A barganha que o pai havia selado tinha conseguido a imortalidade para ele e para a família dele.

Mas qual era o sentido da vida eterna quando se estava destinado a passá-la sozinho?

— É complicado. O desejo de sangue é forte, principalmente nos recém-transformados, então eles desejam se alimentar... mas não permito que matem. Eles sabem que haverá repercussões se desobedecerem. Mas há muito mais agora do que antigamente. Não consigo tomar conta de todos. Tentei delegar, mas... Acho que meu irmão está por trás de uma rebelião contra mim. Ele já fez isso antes. Ele sempre quis o trono.

Meena esticou a mão para pegar a toalha que ele tinha largado e ergueu-a para secar o cabelo e a nuca dele.

— Como redatores de diálogos — murmurou ela, gentilmente beijando os locais onde tinha passado a toalha segundos antes —, sempre querendo ser redatores-chefes.

Ele olhou para ela, surpreso. O toque da boca quente dela contra a pele dele tinha enviado um choque elétrico pelo corpo de Lucien. Ele não sabia como reagir. Não tinha certeza se o beijo significava alguma coisa...

Ou tudo.

— Como? — perguntou ele, perplexo.

Os olhos dela estavam arregalados. Ela parecia tão surpresa pelo que tinha feito quanto ele.

— Mas o fato é que você ainda vai matar meu irmão — disse ela.

— Não vou — insistiu ele, pegando a mão dela e puxando-a para perto de si, depois baixando o rosto para a curva quente onde o pescoço dela se encontrava com a clavícula. Mas teve o cuidado de não beijá-la ali. Tinha visto um exemplar de *Drácula* no canto do quarto dela, no chão, como se tivesse sido jogado lá com certa violência. — Meena, já falei, amo você. Eu jamais...

— Sei que você não ia querer fazer isso — sussurrou ela contra o cabelo úmido dele. A voz dela estava trêmula, embargada pelas lágrimas não derramadas. — Mas também sei que meu irmão não conhece você como eu. E ele vai tentar matar você. Ele quer se juntar a eles.

— Se juntar a quem? — Lucien não estava raciocinando direito. Seria resultado da proximidade entre os dois ou do sangue remanescente dela ainda fervilhando nas veias dele?

— A Palatina — explicou ela.

Lucien mal a ouviu. De alguma forma sua camisa estava aberta, e ela beijava os ombros dele como se não conseguisse se controlar, os lábios macios como pétalas de flores. Ele só conseguia pensar em como a pele dela era macia, lembrava um Montrachet recém-servido, e no fato de que podia ouvir sua pulsação correndo nas veias, nas veias *dele*, um eco dos batimentos cardíacos que ele costumava ter.

Então Lucien apenas disse:

— Acho que não precisamos nos preocupar com isso. Assim como não precisamos nos preocupar que eu mate Jon.

Enquanto ele falava, ergueu a camisola branca como neve por cima da cabeça dela, não inteiramente certo de que ela estava ciente do que estava fazendo.

Ela se ajoelhou ao lado dele, completamente despida, o olhar escuro observando o rosto dele. Mesmo escuro como o quarto estava, ele podia ver um seio tremendo a cada batida do coração dela.

A onda de desejo que o percorreu foi mais forte do que qualquer coisa que ele podia se lembrar de ter sentido antes na vida. Durante seus quinhentos anos de existência.

— Meena — disse ele. A voz era magoada, o desejo enorme. Ele esticou uma das mãos calejadas para capturar o seio trêmulo.

Então, as reservas finais de controle destruídas pela sensação da pele acetinada dela sob seus dedos, ele se viu puxando-a contra si, maravilhado com o calor do corpo de Meena e colou os lábios sobre os dela, dominado por um desespero de consumi-la... devorá-la... engoli-la.

Ela soltou um gemido abafado — se era de protesto ou de desejo, ele não conseguiu determinar — e colocou as duas mãos no peito de Lucien.

Relutante, ele afastou os lábios dos dela e perguntou, os olhos semicerrados:

— O que foi?

— Nada de mordidas — sussurrou ela. — Estou falando sério dessa vez.

Capítulo 44

10h15 EST, sábado, 17 de abril
Park Avenue, 910, apto. 11B
Nova York, NY

Jon olhou para a panqueca na frigideira na frente dele. Perfeição. De verdade.

Estava animado naquela manhã. Uma dúzia de panquecas, cada uma mais dourada que a outra.

Seria um café da manhã inesquecível para todos.

Quando teve certeza de que a panqueca estava toda cozida, ele a acrescentou à pilha no prato ao lado do fogão, cantarolando baixinho.

Ele sabia que não devia se sentir tão alegre, já que a irmã estava passando por um momento tão difícil.

Mas poderia haver alguma coisa mais legal do que o fato de que havia um caçador de vampiros no apartamento deles?

Ele olhou pela passagem para verificar a mesa de jantar. Ah, sim. Isso era bom. A mesa estava posta. Havia suco de laranja nos copos. Guardanapos dobrados. Parecia o restaurante Sarabeth pronto para o *brunch*. Só que não havia carrinhos, nem yuppies e nem bebês gritando.

Desejou que pudesse ligar para Weinberg e chamá-lo para vir comer algumas das suas excelentes panquecas. E também, contar a ele o que estava acontecendo. Vampiros em Manhattan? Ele jamais acreditaria.

Uma sociedade secreta de *caçadores* de vampiros?

Como Jon, ele ia querer entrar. Sem dúvida alguma. Para arrasar alguns mortos-vivos!

Por outro lado, Weinberg tinha ficado relutante em entrar para a polícia de Nova York. Talvez então ele não se interessasse. Talvez preferisse ficar em casa vendo a CNN e reclamando sobre aquele serial killer que estava...

Jon parou com a jarra de massa de panqueca na mão. O serial killer. O serial killer sobre quem Weinberg sempre ficava falando.

É *claro*. Era o mesmo vampiro que Alaric estava caçando.

Bem, não o mesmo que tinha mordido sua irmã, se Jon tinha entendido o que estava acontecendo — e Jon ainda não tinha certeza se entendia *exatamente* o que estava acontecendo.

Mas um *vampiro*, de qualquer modo.

Agora ele *tinha* que contar a Weinberg.

Jon colocou a jarra com massa de panqueca sobre a bancada, pegou o celular mais próximo e começou a discar.

— É o *meu* celular? — perguntou Meena, entrando na cozinha vestindo jeans, camiseta e um lencinho vermelho no pescoço com um sapato sem salto combinando, o cabelo curto úmido e ondulado até a nuca por causa do banho matinal.

Jon olhou com surpresa para o celular que tinha na mão.

— Oh — disse ele, encerrando a chamada. — É. Me desculpe. Eu, hum, o montei de novo ontem à noite depois que você foi dormir. Está funcionando direitinho. Acho que foi só um ferimento superficial.

— Me dá? — disse Meena, esticando a mão.

— De jeito nenhum. — Jon lançou outro olhar pela passagem, para a sala de estar. Mas Alaric Wulf não estava lá. Ele ainda estava no outro banheiro, tomando banho. Tinha deixado Jon encarregado, com instruções estritas, a não deixar Meena chegar perto de nenhum telefone, computador ou da porta de saída do apartamento. — Você ainda está... contaminada.

— Jon — disse Meena com firmeza. Ela estava melhor no sol luminoso que passava pelas janelas do que havia estado na noite anterior. Tinha colocado maquiagem, por exemplo.

E não estava mais chorando. Ela parecia... bem, *alegre* foi a única palavra na qual Jon conseguiu pensar para descrevê-la. Apesar de saber que ela odiava aquela palavra. Como sempre, Jack Bauer estava perto dela, ofegando.

— Não seja idiota — disse Meena. — Não vou ligar para ele.

Não precisava dizer quem *ele* era. Os dois sabiam.

O vampiro.

— Só quero verificar minhas mensagens.

Jon hesitou. Ela realmente parecia bem melhor. Talvez tivesse esquecido o cara.

A verdade era que, se Jon descobrisse que uma garota com quem ele estava saindo era vampira, ia esquecê-la rapidinho.

A não ser que ela fosse Taylor Mackenzie, é claro.

— Bem — disse ele. Ele olhou para o celular. Tinha vibrado loucamente a manhã inteira. Alguém estava sendo bem insistente ao tentar falar com ela.

Podia ser o vampiro, ele sabia. Se fosse, ele podia dar o telefone a Meena, ouvir a conversa, descobrir onde o cara estava, contar para Alaric e ajudar a matá-lo.

Depois disso, certamente ele seria contratado por esse grupo palatino, ou seja lá qual fosse o nome. Teria uma profissão nova! E uma profissão fantástica.

Por outro lado, tinha aquela história de Meena ter certeza de que seu novo namorado ia matá-lo.

Isso era um pouco desanimador.

O telefone vibrou em sua mão enquanto ele estava ali de pé, pensando se o entregava ou não a ela.

— Pode ser Leisha — disse Meena. — Ela pode estar em trabalho de parto.

— A data prevista é daqui a dois meses.

— Essa é a opinião do médico — disse ela. — Não a minha.
— E seu conhecimento médico é bastante famoso — disse Jon.
— Na verdade, é sim.
Jon olhou para o telefone em suas mãos.
— Diz "número desconhecido" — falou ele.
— Leisha deve estar ligando do trabalho.
— Em um sábado.
— Ela é *cabeleireira* — lembrou Meena.
Jon revirou os olhos e entregou-lhe o telefone. Ela obviamente não estava tão preocupada com a história de que o príncipe das trevas iria matá-lo. Então por que ele deveria estar?
Meena apertou o botão para atender.
— Alô?
— O que está acontecendo aqui? — soou uma voz grave da sala de jantar.
Jon lançou um olhar desesperado a Meena. Agora ela o tinha posto em encrenca. Isso não ia ficar bem na ficha de inscrição para um emprego na Guarda Palatina.
— Hum, nada — disse Jon, saindo da cozinha com o prato de panquecas. — É só a melhor amiga dela que está ligando. Ela vai ter um bebê. É sério, cara. Eu verifiquei. Panquecas?
Alaric Wulf parecia irritado. O cabelo louro ainda estava molhado do banho, e ele tinha deixado a camisa em algum lugar, exibindo uma combinação de peitorais e deltoides impressionante, sem contar o abdômen duro como pedra que redefinia o termo *tanquinho*. Na verdade, se Jon conseguisse uma musculatura daquela, não tinha dúvida de que Taylor Mackenzie estaria comendo na mão dele há meses.
Por outro lado, o cara tinha umas cicatrizes horríveis que estavam fazendo Jon repensar se queria entrar no negócio de matar vampiros. Aquilo era uma marca de *mordida*? Parecia... bem, nodosa foi a única palavra que ocorreu a Jon para descrevê-la.
Meena, em um ato de bravura pelo qual Jon decidiu que a admiraria para sempre, apontou um dedo na direção de Wulf, no gesto interna-

cional que diz *Estarei com você em um minuto* enquanto assentia para quem tinha ligado para ela.

Apoplético de raiva, com as veias saltando no pescoço e na testa, Alaric Wulf ficou olhando irado para Meena, ignorando Jon completamente. Ele nem reparou na mesa bem posta ou no fato de que Jon tinha preparado bacon. Bacon de verdade! Não era nem peru. Ele tinha tido que abrir a janela para deixar um pouco do fedor da gordura sair.

— Desligue... o... telefone — disse Wulf.

Jon olhou para Meena, que nem parecia ter reparado em Alaric. As sobrancelhas dela estavam franzidas, e ela estava dizendo ao telefone:

— Espere, fale devagar... onde exatamente você está?

Alaric Wulf cruzou a sala em três passadas largas. Jon pensou que ele ia arrancar a cabeça de sua irmã.

Mas ele só esticou a mão para pegar o telefone.

Meena, entretanto, correu para trás da poltrona, se movendo tão rápido quanto Wulf, e falou com sarcasmo:

— Me dá licença? Estou ao telefone. É *importante*.

Alaric Wulf por fim olhou na direção de Jon, obviamente procurando uma explicação.

— Hã — disse Jon. — É. A melhor amiga dela está grávida, e ela acha... é uma longa história. Juro que não tem nada a ver com vampiros. Veja, fiz panquecas. Por que não sentamos e comemos antes que esfrie? Quer que eu faça um café? É fácil com a cafeteira de Meena.

Alaric rosnou alguma coisa. Jon não entendeu o que era. Ele não parecia feliz. Ficou onde estava, esperando que Meena terminasse a ligação, os braços cruzados sobre o peito largo e cheio de cicatrizes.

— Eu entendo — dizia Meena ao telefone. — Não, você fez a coisa certa. Só fique onde está. Vamos pegar você imediatamente.

Um olhar de total descrença tomou conta do rosto de Alaric Wulf. Meena encontrou o olhar dele e apertou os olhos.

— Sim. Sei exatamente onde você está — disse Meena ao telefone. — Vamos encontrar você. Eu prometo. Nos dê meia hora. Tchau.

Ela desligou.

— Temos que ir — disse ela. — Nós...

Antes que ela pudesse dizer mais uma palavra, Wulf explodiu:

— Você esteve com ele na noite de ontem. — Ele apontou um dedo acusatório na direção de Meena. — Ele esteve aqui!

O queixo de Meena caiu. E não só o dela. Jon olhava para o caçador de vampiro com espanto.

— Do que você está falando? — perguntou Jon. — Ficamos aqui a noite toda. E ela nunca...

— Estou falando *disso*.

Wulf andou em direção a ela e puxou o lencinho vermelho que Meena tinha amarrado no pescoço, o que combinava com o sapato.

— Ai — disse Meena, parecendo irritada. — Costuma esganar as pessoas? Seu chefe não se importa de você tratar as pessoas assim?

Alaric, parecendo muito mais irritado do que ela, passou um braço de urso em torno da cintura dela para impedir que corresse de novo. Depois, com a mão livre, desfez o nó que prendia o lenço no lugar.

Quando o lenço caiu no chão, Jon ficou boquiaberto com a marca circular já conhecida que viu no pescoço longo e esguio da irmã.

Estava disposto a dar a ela o benefício da dúvida, considerando que era sua irmã, Meena, que odiava vampiros, se as bochechas dela não estivessem da mesma cor que o lenço aos seus pés.

— Puta merda, Meena — Jon se ouviu dizendo. — Qual é o seu problema?

— Você não entende — disse ela, dando um chute na canela de Wulf com seu calcanhar que o fez soltá-la com um gemido.

Mas apesar da aparência externa de rebelde dela, havia lágrimas nos enormes olhos castanhos.

— Ele não é mau. Está tão preocupado com os assassinatos quanto vocês — insistiu ela para Alaric. — Sei o que você acha que ele é, mas ele não é. Ele não é como o pai. Acho que você está caçando o homem errado.

— Como ele entrou aqui? — perguntou Jon a Wulf, ignorando a irmã, porque era óbvio que ela estava louca. — Vigiamos a porta a noite toda.

— A porta da *frente* — disse Alaric Wulf com raiva. Não parou de olhar para Meena nem por um segundo. — Devíamos ter vigiado a porta da varanda também.

— A porta da varanda? — A voz de Jon falhou. — Estamos no décimo primeiro andar. O que esse cara fez, veio voando?

Tanto Meena quanto Wulf olharam para ele; Meena com tristeza, Wulf com sarcasmo. Jon, percebendo sobre quem estavam falando, engoliu em seco.

— Ah — disse ele. Depois se virou para a irmã. — Achei que você estivesse preocupada que ele fosse nos matar. E você o deixa entrar?

— Ela não consegue evitar — disse Wulf. Ele se virou em direção ao banheiro, aparentemente em busca da camisa. — Ela é serva dele agora. Se ficamos vivos ou morremos não significa nada para ela. Desde que *ele* fique com ela.

Jon olhou para a irmã com acusação.

— Meu Deus, Meena. Você conhece um vampiro e seu ódio profundo e permanente por monstros misóginos voa pela janela, e você vira uma *daquelas* garotas? Achei que você odiasse esse tipo de garota.

Ferida, Meena inspirou fundo.

— Não sou — gritou ela. — Não sou uma dessas garotas. Não sou uma serva. Ainda odeio vampiros. Mas não Lucien. Porque ele não é como os outros. E me preocupo com vocês dois! Bem — ela acrescentou com um olhar seco para Alaric que se distanciava —, com um de vocês.

Wulf passou a mão pelos cabelos enquanto seguia pelo corredor em direção ao quarto de Jon.

— É verdade. — Meena virou os olhos cheios de lágrimas na direção de Jon. — Você tem que acreditar em mim. Não sou uma serva. Se vocês deixassem Lucien em paz, não haveria nada com que se preocupar.

Jon balançou a cabeça.

— Não sei, Meen. Deixar o príncipe das trevas entrar no apartamento depois de você ter me dito que ele ia me matar? E deixá-lo morder você? *De novo?* É um comportamento bastante servil, se você quer saber. — Ele baixou a voz para que Alaric não pudesse ouvir. — E não fica muito bem para mim, com esse lance do emprego.

— Lance do *emprego*? — Meena parecia perplexa.

— Você sabe — disse Jon. — Se quero conseguir um emprego na Palatina, não posso ter uma irmã que dorme com o inimigo. Você tem que parar com isso.

Tudo ficou claro. A expressão de Meena ficou sarcástica.

— Ah, me desculpe. Esqueci que tudo isso se tratava de uma oportunidade de emprego para *você*, Sr. Não Consegue Ficar de Calça.

O queixo de Jon caiu.

— *Uma* vez — sussurrou ele, erguendo o dedo indicador. — E já falei, foi no meio da noite! Eu tinha mesmo que mijar! Como podia saber que um guarda ia parar naquele exato segundo naquela exata loja do Subway?

Wulf voltou, abotoando a camisa.

— O que você contou a ele?

— A quem? — perguntou Meena, piscando sem entender.

Wulf revirou os olhos.

— Ao inimigo da luz.

— Não contei nada a ele. E pare de chamá-lo assim. Ele não é desse jeito.

— Ela contou tudo para ele — disse Wulf com segurança para Jon.

Jon ergueu as sobrancelhas.

— Ela acabou de dizer que não...

— Seus vizinhos vão se mudar. — Wulf terminou de abotoar a camisa. — Espero que eles não tenham pegado seu açucareiro emprestado, porque jamais vai vê-lo de novo.

— Não sei por que você não quer me escutar — disse Meena, olhando para ele com raiva. — Lucien não é como os outros, hum, vampiros que você deve conhecer. Ele é gentil, tem o coração doce, é generoso e sofreu muitas agressões do pai, que o tornou o que ele é. Ele não teve escolha. Você devia estar atrás do irmão dele, Dimitri. Sabia que ele tentou nos matar outro dia? Ou que mandou um grupo de morcegos para fazer isso por ele? Ele quer destruir Lucien para que *ele* seja o príncipe das trevas, ou seja lá qual for o nome. E se isso acontecer, o mundo vai *mesmo* estar com problemas.

Wulf olhou para Jon com expressão de tédio.

— Aceito aquele café agora.

— Ah, claro, já vai sair — disse Jon, correndo para pegar uma xícara.

— Puxa-saco — disse Meena para o irmão de forma acusatória. Depois, seguindo Alaric até o espelho ao lado da mesa de jantar, onde ele tinha ido verificar se não havia deixado passar nenhum ponto sem se barbear, ela disse: — Lucien é que cuida para que ninguém dos Dracul e nem do resto dos vampiros por aí mate mais. Quero dizer, sim, eles bebem sangue humano... mas só de doadores voluntários.

— Que tal dizer isso a Caitlyn — disse Wulf.

— Quem é Caitlyn? — perguntou Meena sem entender.

— O nome que dei para a última vítima do assassino — respondeu Wulf, bebendo o café que Jon tinha corrido para entregar a ele.

— Você não ouviu o que eu disse? — perguntou Meena com impaciência. — Lucien está tentando descobrir quem está matando essas garotas para detê-lo, assim como você. Por que não pode julgá-lo pelo que ele *faz* em vez de julgá-lo pelo que ele *é*?

— O que isso quer dizer? — Wulf tinha puxado uma cadeira para se sentar à mesa de jantar e estava indo pegar um pedaço do bacon de Jon.

— Quero dizer que você está julgando Lucien só por causa do que ele é. E admito, ele é um vampiro. Mas ele não age como um.

— Não? — perguntou Wulf, o olhar indo claramente para o pescoço dela.

O rosto de Meena ficou vermelho como o lenço.

— Isso é só... só... — gaguejou ela. — Só estávamos nos curtindo.

— *Você* podia estar curtindo — disse ele, pegando uma faca e um garfo e começando a comer as panquecas que Jon fez. — Mas posso garantir, para ele não era "curtição". O fato é que, depois que você deixa um vampiro se aproximar uma vez, ele nunca vai embora. São como parentes desempregados e sem casa.

— Ei — protestou Jon.

— Sem querer ofender — disse Wulf, dando uma mordida na torrada. Meena olhou para o prato dele.

— O que você está fazendo?

— O que parece que estou fazendo? Tenho um longo dia pela frente, protegendo você para ter certeza de que não vai fazer mais nenhuma burrice. Obviamente vou precisar de energia. Porque tenho a sensação de que você vai tentar fazer muitas outras burrices muito grandes.

— Não temos tempo para isso agora — disse Meena, parecendo exasperada. — Temos que ir. A não ser que queira me deixar sair sozinha.

Wulf ergueu uma sobrancelha loura.

— Isso é muito improvável. E aonde você precisa ir com tanta urgência?

— Era Yalena no telefone ainda agora — disse Meena, olhando para Jon. — Ela finalmente conseguiu escapar do namorado. Prometi que ia buscá-la.

Capítulo 45

12h EST, sábado, 17 de abril
Shenanigans
Rua 42 West, 241
Nova York, NY

Alaric não entendia direito como tinha ido parar em um restaurante chamado Shenanigans na Times Square ao meio-dia de um sábado.

Mas se perguntassem a ele como achava que era o inferno na Terra, seria o Shenanigans.

— Quero uma Coca Diet grande — dizia Meena para a garçonete por detrás do menu de nove páginas.

A garçonete, de calça verde de poliéster e viseira, pareceu reprovar Claramente o pedido não era grande o bastante para satisfazê-la.

Ou para justificar que pegassem uma mesa ao lado da janela com vista para a Times Square, para que Meena pudesse observar a chegada dessa tal de Yalena, que ela ficava dizendo que eles tinham que salvar.

— Que tal alguns tacos torpedos? — sugeriu a garçonete. — Ou as batatas Spicy Stax, que são o especial de hoje? Uma dúzia sai por 5,99 dólares.

— Só a Coca Diet — disse Meena com um sorriso. Tinha recolocado o lenço vermelho, de um jeito meio inclinado. Fazia com que ela parecesse como uma atriz americana acharia que uma francesa se vestiria.

Assim como aquele lugar era a ideia de um conglomerado corporativo sem alma de como um restaurante devia ser.

A garçonete se virou para o irmão de Meena, Jon.

— Aceito os tacos torpedos e as batatas Spicy Stax — disse ele. — E também quero batatas com páprica, asinhas com molho e cebola empanada.

Meena balançou a cabeça.

— Seu babaca — disse ela para o irmão. — Odeio você. — Alaric não tinha ideia do que tudo isso significava. Talvez ela se ressentisse do irmão pela falta de controle calórico dele?

Jon sorriu para a irmã.

— Ah, e uma Coca — disse ele para a garçonete.

A garçonete sorriu para ele com aprovação, pegou o cardápio dele e sorriu para Alaric.

— E você?

— Café — disse Alaric, entregando o cardápio a ela. Era tão pesado, ele suspeitava, quanto as cebolas empanadas. — Preto.

A garçonete parou de sorrir.

— Trago tudo daqui a pouco — disse ela e depois desapareceu.

— Me conte de novo — pediu Alaric, apoiando os cotovelos na mesa grudenta. — Quem é Yalena?

Meena olhou para ele irritada. Estava claro que não era a pessoa favorita dela.

— É uma garota que conheci no metrô. É recém-chegada ao país. Dei meu número a ela e pedi que ligasse se ela tivesse problemas, porque eu sabia que o namorado dela ia tentar matá-la.

— Ao contrário do que fez conosco — disse Jon, apontando para si mesmo e para Alaric. — Quando Meena tem uma visão do namorado *dela* tentando matar alguém, ela o convida para entrar, dorme com ele e o deixa morder o pescoço dela.

Agora Meena olhava com raiva para o irmão.

— Lucien só vai matar você em legítima defesa. Se você não tentar matá-lo, então ele não terá problema nenhum com você e não vai...

— Quero voltar a falar da garota do metrô — interrompeu Alaric, colocando o indicador e o polegar na parte de cima do nariz e fechando os olhos. — Estou cansado de ouvir o quanto Lucien é maravilhoso. E vocês dois brigando o tempo todo está me dando enxaqueca.

E passar a noite no sofá não tinha ajudado em nada.

Nem o fato de que tinha perdido a oportunidade de decapitar Lucien Antonesco por tão pouco. Se Holtzman descobrisse sobre aquilo, nem saberia do final da história no escritório.

— Ah — disse Jon com um risinho. — *Nós dois brigando?* E vocês dois? Parecem um casal de velhos quando começam a pegar no pé um do outro.

Alaric abriu um olho e olhou para o jovem.

— Estou com minha espada, sabe. Sou perfeitamente capaz de usá-la aqui no Shenanigans. Na verdade, duvido que alguém repararia.

O irmão fechou a boca e pegou o cardápio plastificado de coquetéis que ficava na extremidade da mesa, com uma garrafa de ketchup e outros condimentos, claramente mal-humorado. Estava aborrecido, Alaric sabia, porque queria ser membro da Palatina, e a menor sombra de crítica por parte de Alaric estragava o sonho dele de um futuro emprego.

Alaric sabia que mais cedo ou mais tarde ia ter que contar para o irmão de Meena que o sonho dele nunca ia se realizar. O principal motivo era que eram necessários anos de treinamento para chegar ao ponto, e Jon estava velho demais para começar esse treinamento.

Mas também porque Alaric achava que Jon, assim como a irmã dele, era irritante.

Mas de um modo completamente diferente, é claro. Alaric não se sentia sexualmente atraído pelo irmão, por exemplo, como se sentia pela irmã. Fato esse que o fazia se repreender constantemente. Como podia se sentir atraído por uma mulher que estava dormindo com o mestre da escuridão eterna? Ela nem era tão atraente! Tinha o cabelo curto demais para o gosto dele e os dentes da frente eram meio tortos.

Além disso, tinha o hábito irritante de balançar o pé. Estava fazendo isso naquele momento, debaixo da mesa. Ele podia sentir o sapato dela roçando na perna dele. O contato era íntimo demais, levando-se em consideração como ela tinha passado a noite: fazendo amor com o filho do Drácula bem debaixo do nariz dele.

Meena prosseguiu como se o irmão nunca a tivesse interrompido.

— Ele, Gerald, o namorado, pegou o passaporte dela e a estava mantendo prisioneira, fazendo-a... — Ela olhou para baixo e tossiu. — Ser usada por outros homens. Yalena conseguiu fugir e me ligou porque era o único número que tinha. Ela vai me encontrar aqui. Mas o que ela vai fazer quando vir vocês dois, eu não sei. — Meena olhou com profunda irritação para Alaric e para o irmão. — Ela não exatamente confia nos homens nesse momento.

— Bem, eu também não exatamente confio em você — disse Alaric, ainda massageando a parte de cima do nariz. — Principalmente *nesse momento*.

— Ah, claro — respondeu Meena, a voz repleta de sarcasmo. — Porque é muito provável que isso seja um artifício para que eu possa fugir com meu amante vampiro. Ou dar a ele uma dica de onde encontrar você. Como se eu não pudesse ter feito isso ontem à noite, quando vocês estavam assistindo a filmes na sala ao lado. Vamos ver se ainda vai achar isso quando ela entrar aqui, ferida, apavorada e sozinha.

Alaric baixou a mão e abriu os dois olhos para observá-la.

— Você age como se já tivesse feito isso antes.

Meena deu de ombros.

— Não é totalmente incomum. Infelizmente.

— Não entendo — soltou o irmão. — Minha irmã é vampira agora ou não?

Tanto Alaric quanto Meena se viraram para olhar para ele, atônitos.

— Bem — disse Jon —, ninguém quer falar sobre isso. Ela foi mordida *de novo*. Ela é ou não é? Temos que enfiar uma estaca nela?

— Ah, mas que legal, Jon — disse Meena, ainda sarcástica. — Falando sobre enfiar uma estaca em mim no meio do Shenanigans.

— Já falei para você. — A dor de cabeça de Alaric não estava melhorando. — Ele tem que mordê-la três vezes e depois ela tem que beber o sangue dele para se tornar vampira. Foi só a segunda vez que ele a mordeu. Você bebeu o sangue dele, Meena?

— Não! — gritou ela, parecendo horrorizada. Ele sentiu o pé dela parar de sacudir e ficar encostado na perna dele. Achava que ela não sabia que a perna dele era a perna dele, e não uma parte da mesa.

Ele sabia que devia afastar a perna.

Mas mesmo assim, não afastou. Não sabia por quê. Isso era o mais perturbador.

Está certo. Ele sabia, sim.

Isso era o mais perturbador.

Devia sair daquela missão o mais rápido possível. Talvez Holtzman estivesse certo e ele precisasse mesmo de aconselhamento psicológico.

— E nem vou beber — falou ela. — Gosto de coisas como a luz do sol e comer no Shenanigans. Mesmo sendo propriedade do Consumer Dynamics Inc., o que significa que provavelmente vai aparecer já já em um capítulo de *Insaciável,* considerando o rumo que as coisas estão tomando — acrescentou ela sombriamente. — E por acaso eu estaria aqui em plena luz do dia se fosse vampira? — Ela olhou para o teto. — Não acredito que estou tendo essa conversa. Em um *Shenanigans.*

A garçonete apareceu e colocou as bebidas de Meena e Alaric sobre a mesa com violência. Para Jon, ela deu um sorriso gracioso.

— Seus tacos e suas batatas ficarão prontos daqui a pouco, senhor — disse ela.

— Obrigado — disse Jon, retribuindo o sorriso.

Na mesa ao lado, um homem de jaqueta de couro preta e calça cáqui com vinco riu quando o celular preso no cinto deu um estalo de estática e uma voz de criança foi ouvida, alto o suficiente para chegar ao segundo andar do restaurante:

— Papai? Você está aí?

O homem deu um sorriso e apertou um botão na lateral do celular/ rádio e gritou:

— Estou aqui, docinho! Estou na Times Square!

Enquanto isso, a mulher em frente a ele na mesa, que tinha enormes seios de silicone que estavam sendo exibidos em uma camiseta de crochê pequena demais por baixo da jaqueta de pele de marta, tomava um *frozen daiquiri* e digitava em seu celular com unhas longas pintadas no estilo francesinha.

Alaric lançou um olhar de aviso para o homem. O homem de calça cáqui fingiu não perceber.

Aquilo em breve se tornaria a desgraça dele, Alaric concluiu.

— Lá está ela — disse Meena, o pé parando de novo e a coluna se empertigando como um taco de sinuca.

Alaric se virou no assento e viu uma garota se afundando em uma cadeira de uma mesa para dois em um canto escuro do restaurante, bem longe de onde a luz do sol cortava as janelas de vidro que davam para a Times Square.

A garota usava um par de óculos de sol enormes, apesar de estar em um ambiente fechado, o que por si só já era meio suspeito...

Se não fosse pelo hematoma horrível que ele podia ver no canto na parte de baixo de um lado dos óculos de sol, que indicava que ela sofria de um olho roxo recente. Ela usava um casaco cinza com o capuz puxado sobre a cabeça, com tufos de cabelo louro não muito bem cortados escapando em um ponto e outro.

O que mais chamou a atenção de Alaric nela era o calçado que usava: sapatos brancos com enormes borboletas de plástico na ponta.

Ela olhou ao redor furtivamente por trás dos óculos... até que o olhar dela caiu sobre a mesa deles.

Então ela olhou para o outro lado rapidamente e pegou um dos cardápios de nove páginas, atrás do qual escondeu o rosto machucado.

— Meu Deus — disse Alaric, estupefato. As vítimas que ele costumava encontrar tinham sofrido abuso nas mãos de mortos-vivos. Parecia difícil de acreditar que a pessoa que tinha feito aquilo, ao menos de acordo com Meena, possuía um coração que batia.

— Fiquem aqui — disse Meena, e colocou o guardanapo sobre a mesa. — Volto já.

— Vou com você — disse Alaric, se levantando. Ele deixou claro com seu tom de voz que não aceitaria uma negativa.

— Fique onde está e deixe que eu cuide disso — respondeu Meena. — Você só vai assustá-la.

E então ela se foi.

Alaric, perplexo com essa explosão (como uma pessoa tão pequena podia perder tanto sangue a cada noite e permanecer tão... *vigorosa?*), observou enquanto Meena se deslocou da mesa deles, deixando os dois homens sozinhos, e foi se juntar a Yalena, que olhou para ela quando ela se aproximou... e imediatamente irrompeu em lágrimas. Meena puxou uma cadeira para o lado dela e passou um braço ao redor dos ombros da garota, murmurando coisas para acalmá-la.

— Minha irmã é muito relaxada, não é? — ironizou o irmão enquanto enfiava o canudo no buraco do gelo do copo. — É difícil de ver o que esse tal de príncipe vê nela.

Alaric resmungou, nem concordando nem discordando. A verdade era que ele estava começando a formar suas próprias teorias sobre aquele assunto em particular...

— Quero dizer, ele podia ter qualquer uma — prosseguiu Jon. — Taylor Mackenzie, por exemplo. Por que ele ia querer uma mala sem alça como a minha irmã?

Por que será?, pensou Alaric.

— Ela conheceu essa garota no metrô? — perguntou ele ao irmão, em vez de responder à pergunta. — E disse que teve uma visão de que ela morreria?

— Não — disse Jon, bebendo Coca. — Meena só disse a ela que ligasse caso tivesse problemas. Meena não diz para as pessoas que elas vão morrer. Ninguém nunca acreditou quando ela fazia isso. Então ela agora só dá uns conselhos.

Alaric olhou de novo para Meena.

— E quando não escutam os conselhos?

Jon deu de ombros, desconfortável.

— Bem... elas morrem.

Alaric balançou a cabeça. Ja era ruim o bastante estar em um Shenanigans na Times Square com uma mulher que estava dormindo com o príncipe das trevas. E não queria parar.

Mas agora ele estava descobrindo que essa mulher podia realmente ser o que ela disse... uma paranormal.

E se isso fosse mesmo verdade... então ela podia acabar sendo um recurso valioso para seu empregador.

Sim. Por que não? Meena Harper — não o irmão dela — podia ser a pessoa que a Palatina precisava para ajudar na batalha contra os mortos-vivos.

Por um lado, ter alguém por perto que podia avisar quando ele e os companheiros de trabalho estivessem prestes a cair numa armadilha mortal podia ser útil.

Por outro lado... Alaric não tinha certeza de quanto tempo queria passar com Meena Harper no futuro.

— Papai, adivinha? — gritou o celular no quadril do homem na mesa ao lado da de Alaric. — Estamos vendo *Astro Boy*!

— Que legal, amigão! — gritou o homem de calça cáqui ao celular.

Alaric fechou um punho.

— Aqui está — gritou a garçonete, chegando com uma bandeja lotada de comidas fritas. — Seus tacos e suas batatas Spicy Stax, as batatas com páprica e a cebola empanada...

— E as asinhas com molho? — perguntou Jon, parecendo preocupado.

— Bem aqui — disse ela, colocando vários milhares de calorias em cestas na frente do irmão de Meena.

— Delícia — disse Jon e começou a comer com disposição. Precisaram sair de casa antes que ele tivesse tempo de terminar o café da manhã, Meena insistia que deveriam se encontrar com Yalena na hora marcada.

Alaric olhou para a comida na mesa em frente a ele. Tudo parecia incrivelmente... gostoso. Principalmente as asinhas com molho.

Jon, aparentemente notando o olhar de Alaric, falou:

— Mete bronca. Falando sério. Você não vai acreditar no quanto é gostoso. E é melhor você comer antes que Meena volte dali, porque não sobra nada quando ela começa a comer. Foi por isso que ela não pediu. Está tentando ser saudável, mas nunca dá certo. Ela é viciada na comida do Shenanigans. Ela pode ser pequena, mas você não ia acreditar no tanto de comida que consegue comer. Você devia ver a gaveta secreta de doces no trabalho dela. Dá enjoo.

Alaric observou as muitas cestas à sua frente. Depois deu de ombros, pegou uma asinha e a mordeu.

Os sabores que explodiram em sua boca não eram como nada que ele já tivesse experimentado. O *foie gras* do Per Se não chegava nem aos pés daquilo.

Atrás dele, o celular do homem de calça cáqui soltou um bipe alto e depois fez um barulho de estática. Docinho gritou:

— Papai, papai, a mamãe quer saber quando você vem pra casa!

Alaric botou o osso de frango num prato. Cada um de seus músculos se contraiu pelo que ele sabia que viria a seguir. Não tinha escolha, de verdade.

Ia ter que limpar o chão com o homem de calça cáqui por perturbar sua experiência gastronômica e a de todos ao redor. Era simplesmente uma falta de educação.

Jon limpou o rosto com um guardanapo.

— Não — disse ele, erguendo uma mão. — Me permita.

Alaric observou com ceticismo quando Jon se levantou, andou até a mesa ao lado e arrancou o celular do cinto do homem de calça cáqui.

— Docinho — disse Jon ao telefone. — Pode dizer para sua mamãe que seu papai não pode falar agora porque ele está almoçando com outra mulher? E que a outra mulher tem seios muito grandes? Não se esqueça de contar à mamãe sobre os seios da mulher.

— Tudo bem — disse Docinho com empolgação.

— Que porra...? — falou o homem de calça cáqui, ficando de pé tão rápido que a cadeira onde ele estava caiu para trás.

Alaric pegou outra asinha de frango e comeu, apreciando o show...

Pelo menos até ele notar um homem usando um moletom com capuz e um boné dos Yankees quase cobrindo os olhos subindo pela escada. Por trás de um par de óculos escuros espelhados, o olhar fixo em Meena e Yalena.

Alaric soltou a asinha de frango e pegou alguns guardanapos para limpar os dedos.

— Calma, Phil — falou a mulher com a jaqueta de pele de marta. — Não fique nervoso. Cuidado com o coração.

— Talvez você devesse atender suas chamadas lá fora — disse Jon, entregando o celular a Phil. — Assim, você não cria problemas.

— Talvez eu faça isso — disse Phil bufando na hora em que se ouviu o barulho de estática no telefone e uma voz de mulher surgiu, gritando.

— Phil? Phil? O que Docinho está falando sobre você e uma mulher?

Phil apertou um botão e a voz da mulher foi abruptamente cortada. Ele colocou o telefone ao ouvido e disse:

— Ah, querida, deixa para lá. Era só uma piada. Um maluco de Nova York.

Enquanto isso, foi andando rapidamente em direção à escadaria...

... e esbarrou no homem de boné e óculos escuros, que estava enfiando a mão no bolso interno da jaqueta de couro com uma mão enluvada enquanto ia rapidamente em direção à mesa de Meena e Yalena.

Ao mesmo tempo, Alaric falou um palavrão e saiu da mesa enquanto puxava a espada.

Jon estava se sentando novamente no banco em frente a Alaric, parecendo satisfeito consigo mesmo.

— Está vendo? — disse ele para Alaric. — Algumas situações podem ser resolvidas sem sacudir uma espada... Espere. O que está acontecendo? Aonde você vai?

Mas Alaric já tinha se lançado por cima da mulher de casaco de pele de marta (que tinha ficado para terminar o daiquiri e mandar os torpedos), puxando Señor Sticky da bainha no caminho. Na mesa de Yalena, Gerald — pois é claro que era o namorado de Yalena, Gerald, de boné e capuz; quem mais podia ser? — tinha tirado alguma coisa pequena e preta de dentro da jaqueta de couro e a apertava contra as costas de Meena, falando com ela baixinho, os óculos escuros ainda cobrindo os olhos por baixo da aba do boné.

Ninguém no restaurante estava prestando a menor atenção a eles. Todos os olhos estavam em Alaric, o maluco de sobretudo de couro, fazendo rodopios atléticos com uma espada na mão. Só Alaric viu as costas de Meena se retesarem como um taco de sinuca de novo, os olhos arregalados e assustados.

Enquanto isso, do outro lado da mesa, Yalena não parecia nem um pouco surpresa. Parecia mais aliviada por não ser o tórax *dela* sendo pressionado pela arma dessa vez.

Pelo menos até Alaric surgir ao lado deles.

Aí ele conseguiu ver uma reação em Yalena. Os lábios dela formaram um O perfeito de surpresa.

Esse O ficou ainda maior quando Alaric pegou Gerald pelo pescoço com uma das mãos e colocou o lado achatado da lâmina contra o punho de Gerald com a outra, fazendo com que ele largasse a pistola de tanta dor.

Alaric olhou para a Ruger .22 no chão com uma risadinha de desprezo.

— Está planejando praticar tiro ao alvo mais tarde? — perguntou a Gerald.

Gerald abriu a boca e soltou um sibilo, revelando incisivos bastante pontudos... junto com uma língua longa e pontuda que saiu da boca dele como se fosse de uma cobra. Meena, os olhos arregalados de horror, pulou da cadeira e abraçou a parede, derrubando enfeites do Shenanigans no chão.

— Ah, meu Deus — gritou ela. — Ele é...

— Sim, ele é, não é? — disse Alaric calmamente, ainda segurando o vampiro pela garganta. — Me faça um favor, enfie a mão no meu casaco.

Meena ergueu uma mão trêmula e a enfiou no bolso fundo do sobretudo de Alaric.

— Pegou? — perguntou ele ao sentir os dedos finos se fecharem ao redor do que estava no fundo do bolso.

— Peguei — disse Meena, pegando um pequeno frasco de cristal e observando-o com curiosidade. — O que é?

— Água benta. Quero que jogue no rosto dele agora.

O vampiro sibilou com ainda mais ódio ao ouvir isso e deu uma unhada no braço de Alaric.

Meena olhou do frasco para o vampiro, a expressão horrorizada.

— Não posso fazer isso — disse ela, chocada.

— Pode sim, Meena — disse Alaric. — Ele não é mais um homem. É um monstro. Olhe para ele. E ele acabou de ameaçar atirar em você.

— Não é isso — disse Meena.

— Não quero perturbar todo mundo nesse restaurante legal cortando a cabeça dele — disse Alaric. Era verdade. As pessoas nas mesas ao redor tinham largado suas asinhas com molho e estavam olhando, claramente confusas sobre o que estava acontecendo. — Mas preciso dominá-lo de alguma forma. Então, por favor, faça o que peço e jogue um pouco de água benta no rosto dele. Não tem problema mesmo. Ele já está morto. Então você não vai machucá-lo.

— Não — disse Meena, balançando a cabeça. — Quero dizer que não posso mesmo fazer isso. Esse é Stefan Dominic, o novo astro de *Insaciável*. Eu sabia que já o tinha visto em algum lugar. Foi na foto que Yalena me mostrou no celular dela. *Ele é Gerald.*

— Ótimo — disse Alaric, olhando para o alto.

Essa era, sem dúvida alguma, a pior missão que ele já teve.

Capítulo 46

13h EST, sábado, 17 de abril
Park Avenue, 910, apto. 11A
Nova York, NY

Emil não tinha certeza de como consolar a esposa chorosa. Nunca tinha visto Mary Lou tão chateada.

— Provavelmente é por pouco tempo, querida — disse ele enquanto ela jogava braçadas de roupas de estilistas, a maioria ainda no cabide, nas malas Louis Vuitton. Como era o dia de folga da empregada, não tinha ninguém para fazer as malas dela.

— Amo esse apartamento — soluçou ela. — Não quero ir. E vou sentir falta de liquidações relâmpago!

— Voltaremos num piscar de olhos — disse Emil.

Ele não acreditava nem um pouco que isso era verdade. Mas disse para consolá-la, já que ela chorava tanto.

— E você vai poder fazer muitas compras em Tóquio — comentou ele.

— T-Tóquio! — repetiu Mary Lou com tristeza. — O que tem para mim em Tóquio? Nada!

Exatamente, pensou Emil. *Ninguém para ser seu homenageado em jantares e nem para mandar e-mails.*

Mas não ousou dizer nada disso em voz alta.

— Você vai adorar — disse ele. — E acho que você não precisa levar tantos vestidos. Podemos comprar o que precisarmos quando chegarmos lá — acrescentou, um pouco hesitante, já que não queria chateá-la ainda mais. — Apresse-se, querida. Vi o caçador de vampiros saindo pelo elevador com a garota Harper ainda agora. Vão voltar logo, tenho certeza. Acho que não temos muito tempo.

— Meena! — Mary Lou rosnou o nome como se fosse um palavrão. — Depois de tudo que fiz por ela! E logo *ela* se virou contra nós!

Emil olhou furtivamente para o relógio.

— Acho que ela não teve muita escolha — disse ele. — E foi você que armou para ela e o príncipe. Não tenho certeza do que você achou que ia acontecer. Nunca é bom misturar nossa espécie com os humanos.

Mary Lou estava tentando fechar a mala. Mas ela não fechava. Emil não tinha certeza se foi isso ou o comentário dele que fez a esposa perder o que ainda tinha de paciência e gritar:

— *Eu* era humana quando você me conheceu! Lembra? E está dizendo que *nós* não devemos nos misturar?

— Claro que não, querida — disse Emil. Ele esticou o braço, abriu a tampa da mala e começou a enfiar para dentro todas as mangas e punhos que estavam sobrando fora da mala. — Só estou dizendo que, satisfeito como o príncipe está com a Srta. Harper, e ele parece gostar muito dela, e com toda a atenção que as garotas mortas têm recebido da mídia, faz sentido que a Palatina tenha aparecido. E é claro que isso significa que iam descobrir onde *nós* estamos. E agora... bem.

Mary Lou, fungando, caiu sentada na cama ao lado da mala, o cabelo louro normalmente perfeito agora sem vida. A maquiagem dos olhos estava manchada.

— Se ele vai nos matar, por que não vem logo? — perguntou ela. — Prefiro levar uma estaca no peito a ter que sair de Manhattan!

Emil pensou que aquilo era dramático demais, mas não disse nada, pois a esposa já estava muito transtornada pelas emoções. Ele mesmo estava se sentindo meio perdido desde seu encontro de manhã cedo com o príncipe, que havia aparecido inesperadamente no terraço e depois tinha entrado andando pelas portas de vidro.

— Meu senhor! — tinha gritado Emil. — Está tudo bem?

— Não — disse Lucien. A camisa estava desabotoada até a cintura, mostrando o corpo esguio. Emil desejou que tivesse sido transformado quando estava em perfeita forma física como ele e não, como tinha acontecido, tão perto da meia-idade. — Tem um caçador de vampiros da Palatina no apartamento vizinho, da Srta. Harper.

Emil quase soltou o copo de sangue humano que estava tomando de café da manhã.

— O *quê*?

— Sim — respondeu o príncipe com seriedade. — Sugiro que você e Mary Lou encontrem uma moradia alternativa agora mesmo.

Emil não tinha certeza de ter ouvido o príncipe corretamente.

— Senhor? Não seria... Será que nós... — Emil estava falando coisas sem sentido, mas o que mais um homem podia fazer frente a tal notícia? — Quero dizer, será que não deveríamos apenas... matá-lo?

— Não podemos — disse Lucien, afundando em uma das poltronas favoritas da sala de Mary Lou. — Meena é paranormal, sabe.

Essa declaração deixou Emil completamente perplexo.

— O quê? — perguntou ele de novo. De uma forma bem burra, ele achava. Um século mais jovem do que o príncipe, felizmente para ele, pelo que tinha ouvido sobre as coisas pelas quais Lucien passou nas mãos do pai recém-transformado, Emil nunca havia se acostumado ao fato de que tinha parentes da realeza e nunca sabia ao certo como agir perto dele.

— Ela sabe como todo mundo vai morrer — explicou Lucien. — Os humanos, pelo menos. E eu também, porque bebi sangue dela.

Lucien não parecia feliz com isso.

De repente, Emil entendeu o que o príncipe ficou fazendo a noite toda.

Que extraordinário. Ele nunca tinha ouvido falar de um paranormal antes, não de verdade. Nenhum que conseguisse fazer previsões consistentes.

E agora Lucien conseguia fazer previsões... é claro que seria melhor se ele pudesse prever alguma coisa mais interessante do que quando um humano vai morrer... tal como o resultado de eventos esportivos.

O príncipe prosseguiu:

— De qualquer modo, Meena teve uma visão de que vou matar o irmão dela e o caçador. Obviamente, isso não pode acontecer.

Emil ouviu essa última parte com espanto.

O príncipe *não* queria matar um membro da Guarda Palatina que estava ameaçando o bem-estar deles?

Emil entendia que Lucien queria fazer as coisas de forma diferente do pai quando ele tinha sido o senhor das trevas.

E geralmente fazia sentido do ponto de vista da publicidade não sair matando pessoas para se alimentar, principalmente mulheres e crianças, coisa que Lorde Drácula parecia nunca ter entendido.

Mas quando uma sociedade papal estava trabalhando para extinguir a espécie deles, não parecia uma boa ideia deixar que fizesse isso.

Mas Emil sabia que não devia discutir com o príncipe. Dava muito valor ao próprio pescoço.

— Certamente, meu senhor.

— Mas também não posso colocar você e Mary Lou em perigo. Então vocês dois vão precisar fazer as malas e partir. Sugiro não irem para Sighișoara. Acho que já devem saber sobre lá.

Emil ouviu isso tudo com crescente horror. Sabiam de Sighișoara? Ele vivia lá sob os narizes da Palatina há séculos.

E agora, porque o príncipe havia se apaixonado pela vizinha, que era alguma espécie de aberração paranormal, ele tinha que abandonar o lugar para sempre? Em vez de ficar e lutar?

— Está bem, meu senhor — foi tudo que Emil conseguiu dizer, entretanto.

Porque isso era tudo que ele sempre dizia.

Mas não era o que *queria* dizer.

— E quanto ao seu irmão? — perguntara ele.

— O que *tem* meu irmão? — O tom de Lucien fora ríspido.

Talvez, Emil pensou, tivesse ido longe demais.

Mas Dimitri certamente ia querer ficar e lutar.

E isso iria causar problemas.

— Bem... — Emil sabia que ia ter que escolher as palavras seguintes com cuidado. — Só achei que você poderia querer avisar a seu irmão que um palatino está na cidade, para que ele e seu sobrinho possam fugir também.

— E eu direi alguma coisa ao meu irmão — falou o príncipe. — Quando chegar a hora.

Emil achou que tinha visto em que direção o vento soprava com *aquele* comentário.

E foi naquela hora que ele decidiu que era melhor fazer o que o príncipe tinha mandado e tirar Mary Lou da cidade o mais rápido possível.

E não só porque havia um guarda palatino no apartamento vizinho, e nem porque esse guarda palatino seria usado como peão na guerra de vampiros que estava sendo travada entre os dois irmãos...

Mas porque havia um brilho nos olhos do príncipe que Emil nunca tinha visto antes.

E Emil tinha uma boa ideia do que — ou, mais precisamente, de quem — tinha colocado aquele brilho ali.

Jamais olharia para Meena Harper do mesmo jeito novamente. Isso se voltasse a vê-la, claro.

Então ele se virou para a esposa, que empilhava sapatos em outra mala, e disse:

— Querida. Chega. Há sapatos em Tóquio.

Chorosa, Mary Lou olhou para ele.

— Mas tenho alguns desses há quarenta anos! E você sabe que estão na moda de novo.

— Voltaremos para buscá-los, querida — disse ele, pousando gentilmente uma das mãos no braço dela.

— Tem certeza? — perguntou ela, fungando.

Emil relembrou a expressão decidida que vira no rosto do príncipe Não sabia o que Lucien tinha planejado.

Mas estava certo de que o príncipe tinha algum tipo de plano.

E não ia ser agradável para quem estivesse por perto quando esse plano fosse executado.

— Tenho certeza — disse ele para a esposa. — Temos que ir. Acho que há uma batalha prestes a acontecer.

— Você já disse isso — falou Mary Lou, fungando. — A Palatina...

— Não. Entre o príncipe e o irmão dele.

— Bem, é claro que há — disse Mary Lou com amargura. — Eles se odeiam há séculos. Foi por isso que achei que se o príncipe conhecesse uma boa moça, ele poderia ficar mais ponderado. E achei que Meena seria perfeita para ele, por causa daquilo que ela faz.

Emil ficou olhando para ela.

— Que coisa é essa, querida?

Ele disse para si mesmo que ela não podia saber. Como poderia? *Ele* não soubera até o príncipe lhe contar naquela manhã. E ele sabia de tudo que acontecia no mundo deles. Não sabia?

— Você sabe. — Mary Lou fez um gesto impaciente. — Ela prevê como as pessoas vão morrer. Achei que o príncipe podia gostar. Isso a torna diferente das outras garotas.

— Você *sabia* sobre isso? — perguntou Emil com uma sensação de horror crescente. — Você *sabia* que Meena Harper consegue fazer isso quando a convidou para jantar na nossa casa... com o *príncipe*?

— É claro que sabia. — Mary Lou ficou olhando para Emil como se ele fosse um idiota. — Ando no elevador com ela quase todo dia. Você acha que eu não sei o que se passa naquela cabecinha? Bem, admito... é um pouco confuso lá dentro. Mas aquele irmão dela, ele é um livro aberto. Só somei dois mais dois. Admito que fiquei um pouco tentada a dar uma mordida só para ver como seria. Só que você sempre disse para não nos alimentarmos onde moramos. Mas quando descobri que o príncipe viria, pensei: *Não seria legal se* eles *ficassem juntos?* Uma garota que sabe quando todo mundo vai morrer e seu primo, o príncipe das trevas, com tudo que *ele* consegue fazer. Juntos... bem, que casal poderoso! E depois, se ele a transformasse... bem, pense nas possibilidades!

— Mary Lou — disse Emil. Ele sentia como se suas entranhas tivessem virado pedra. — Você não contou a ninguém, contou? Sobre Meena e a habilidade dela. E sobre ela e o príncipe terem ficado juntos. Diga que não contou para ninguém.

— Bem, não — disse Mary Lou, batendo os cílios. — Quero dizer, para ninguém que *importe*. Só para Linda. E para Faith. Bem, e para Carol, do seu escritório. E para Ashley. Ah, e para Becca, é claro.

— Ah, Deus — disse Emil, gemendo.

Então ele pegou o celular.

Capítulo 47

19h EST, sábado, 17 de abril
Capela de St. Clare
Sullivan Street, 154
Nova York, NY

Meena estava sentada na cozinha iluminada em frente a Yalena, observando-a enquanto ela erguia uma xícara de chocolate quente fumegante até os lábios com dedos que ainda tremiam horas depois do salvamento. Meena não tinha certeza se Yalena algum dia pararia de tremer depois de tudo que havia passado.
— Mais leite quente no seu chocolate, querida? — perguntou a irmã Gertrude, rodeando-a com uma jarra.
Yalena não respondeu. Não estava claro se ela não entendia o que a freira estava dizendo ou se estava surda de todas as surras que havia levado nas mãos dos captores.
Ou talvez só estivesse em estado de choque por tudo que tinha acontecido.
Meena não a culpava. *Ela mesma* ainda estava um pouco em estado de choque pelo modo como Alaric tinha saltado por cima das mesas, subjugado Stefan sozinho e depois assegurado a todos os perplexos fregueses do Shenanigans que Stefan era um viciado em metanfetamina e que Alaric era um policial disfarçado que o estava prendendo.

Meena tinha certeza de que se estivesse ali sentada, comendo asinhas de frango no Shenanigans, jamais teria acreditado.

Mas todos, até os garçons e o gerente, que ofereceu cebola empanada para os fregueses pelo incômodo, pareciam acreditar sem problemas.

Só quando desceram a escadaria de trás do Shenanigans para pegar um táxi para St. Clare (onde Alaric insistiu que teriam ajuda para Yalena e "acertariam o resto") foi que descobriram mais dois vampiros, esperando nas sombras ao pé da escada.

Eles fugiram ao verem Alaric segurando Stefan com a espada apontada para ele, saindo correndo pela cozinha do restaurante e por uma porta dos fundos até um carro que os esperava na viela escura. O carro, com os vidros escurecidos a ponto de serem quase pretos, saiu em disparada cantando pneu... ou pelo menos foi o que Jon disse depois de ter corrido atrás dos vampiros. Aparentemente estavam esperando apenas Meena, Yalena e, é claro, Stefan... não Meena, Yalena, Stefan, o irmão de Meena e um enorme caçador de demônios da Guarda Palatina.

Primeiro o namorado de Meena. Depois os vizinhos de porta. Agora um dos atores do programa no qual ela trabalhava.

Será que *todo mundo* que ela conhecia ia acabar se mostrando ser vampiro?

Meena sabia que Stefan parecia familiar. Só não tinha conseguido lembrar de onde quando o encontrou no estúdio. Mas por que Stefan — que, no final das contas, era *Gerald* — tentou sequestrá-la?

Alaric estava em outro canto da capela, aplicando água benta em várias partes do corpo de Stefan Dominic, tentando descobrir a resposta para aquela pergunta.

De onde ela estava, na cozinha da paróquia, Meena mal conseguia ouvir os gritos do vampiro.

— Aqui está — disse a irmã Gertrude de forma tranquilizadora, colocando mais leite na xícara de Yalena, apesar de a garota não ter indicado que queria mais. Depois a freira se inclinou para endireitar o cobertor felpudo que tinha colocado sobre os ombros de Yalena. — Gostoso e quente. E bom para o corpo. É bom para a alma.

Yalena não sabia o quanto tinha sorte de ainda *ter* uma alma.

Ou talvez soubesse. Meena não tinha certeza do que a garota sabia.

Mas uma coisa *Meena* sabia:

O modo como Alaric tinha salvado Meena — e Yalena — no Shenanigans tinha abrandado sua postura em relação a ele. Havia algo a ser dito sobre uma pessoa que pulava por cima de várias mesas de restaurante para colocar a mão em torno do pescoço de um vampiro que estava tentando sequestrar você.

— Isso acontece com frequência? — perguntou ela a Abraham Holtzman, apontando na direção da qual os leves sons dos gritos de Stefan Dominic podiam ser ouvidos. Abraham tinha se apresentado a Meena e a Jon como chefe de Alaric Wulf. Estava naquele momento andando, nervosamente de um lado para o outro pela cozinha, esbarrando de vez em quando na irmã Gertrude e dizendo: *Oh, me perdoe, irmã*.

— Meu Deus, não — disse ele, parando no meio da caminhada pela cozinha. Parecia horrorizado. — Não toleramos esse tipo de coisa em circunstâncias normais. Alaric tem seus próprios métodos, é claro, e, bem, apesar de eu não poder dizer que realmente os *aprovo*, eles se mostraram surpreendentemente efetivos ao longo do tempo...

Meena ergueu uma das mãos para interrompê-lo.

— Não diga mais nada — disse ela secamente. — Entendi.

No entanto, ela ficava um pouco incomodada pelo irmão dela ter se oferecido de forma arrogante para "ajudar" Alaric e vários dos freis franciscanos que moravam na paróquia a torturar Stefan.

— Srta. Harper — disse Abraham Holtzman, parecendo um tanto perturbado. — Percebo por seu tom que você pode não gostar muito do oficial Wulf e, por extensão, da Palatina, o que, para uma mulher em suas atuais circunstâncias, é perfeitamente compreensível.

Meena se sentiu corar. Sabia que Alaric tinha contado ao chefe quais eram as "atuais circunstâncias" dela — que ela estava dormindo com o príncipe das trevas —, e estava profundamente envergonhada. Esse estranho (que tinha idade o bastante para ser pai dela) saber dos detalhes mais íntimos de sua vida não era *nada* bom.

Será que a irmã Gertrude sabia também? Meena lançou um olhar nervoso em direção a ela, mas a irmã estava serenamente tentando convencer Yalena a comer um biscoito com pedaços de chocolate da bandeja que tinha acabado de tirar do forno. (Meena estava enfiando na boca os biscoitos da irmã Gertrude sem parar desde que a freira os levara para a cozinha da paróquia quando saíram do táxi. Alaric tinha mantido Stefan Dominic sob o sobretudo de couro preto para protegê-lo do sol, e sempre sob a mira da espada, para o espanto do motorista do táxi.)

Abraham Holtzman prosseguiu:

— Seja qual for a impressão que o oficial Wulf tenha causado em você, e não duvido que seja uma impressão forte, você deveria saber que ele é um dos nossos funcionários mais experientes. Ele coleciona mais mortes por ano que um guarda médio em toda a carreira. Que ele consiga fazer isso com nenhuma perda de vida civil é um feito nunca conseguido antes em nossa linha de trabalho. — Abraham pareceu pensativo. — Ele tem um jeito rude. Isso eu admito. Mas considerando o passado dele, isso é de se esperar.

Meena ergueu as sobrancelhas.

— O passado dele? — perguntou ela.

— Bem, o fato de que ele é... — Abraham pareceu pouco à vontade com a irmã Gertrude e com Yalena e sussurrou: — *Bastardo*.

Meena teve que sufocar um sorriso.

— Nos Estados Unidos, chamamos isso de ser criado por uma mãe solteira — sussurrou ela em resposta. — E não é nada de mais. Acontece com muita gente.

— Ah, mas ele não foi — disse Abraham. — A mãe dele era uma viciada em drogas que o abandonou. Ele cresceu nas ruas até que foi colocado em um orfanato, onde a Palatina o encontrou. Agora é verdade essa história de você ser uma espécie de paranormal? — perguntou Abraham antes que Meena tivesse chance de se recuperar da surpresa de ouvir isso sobre um homem que parecia viver a vida sempre irritado com tudo. — É muito improvável, não é? Talvez Alaric tenha entendido errado. Ele sempre faz isso. As habilidades sociais dele deixam muito a desejar... o que é compreensível.

Meena ficou furiosa. Qual era o problema dos homens que trabalhavam na Guarda Palatina? Eram *todos* completamente arrogantes?

— Sim — disse ela. — É isso mesmo. Ele entendeu errado.

— Foi o que pensei. — Abraham olhou pelas janelas da paróquia e depois para o relógio. — O sol está começando a se pôr. Irmã, acho que é melhor levarmos a Srta. Yalena para uma sala sem janelas.

— É uma boa ideia — disse a irmã Gertrude. Ela colocou as mãos de forma gentil nos ombros de Yalena. — Venha, querida.

— Espere — disse Meena quando Yalena ficou de pé, como uma criança obediente, e permitiu que a freira começasse a guiá-la para fora do aposento. — Não entendi. Para uma sala sem janelas? O que vocês acham que vai acontecer quando o sol se puser?

— Bem — disse Abraham, parecendo pouco à vontade. — Acho que é bem provável que depois que a noite caia, os Dracul venham aqui procurando você, Srta. Harper.

— *Eu?* — indagou Meena. Ela ficou olhando para ele fixamente. — O que os Dracul iam querer *comigo*?

— Bem, essa é a pergunta de um milhão de dólares, não é? — disse Abraham com o mesmo tipo de entusiasmo que qualquer outro acadêmico poderia demonstrar. Ele por acaso era um especialista em demonologia. — Mas há uma razão para que o vampiro lá embaixo tenha tido tanto trabalho para tentar uma abdução em plena luz do dia. Muito arriscado. Ele podia facilmente ter sido fritado vivo. Alguém quer você, Srta. Harper, e quer muito. Se é o lorde das trevas ou outra pessoa...

Meena abriu a boca para dizer que era ridículo sugerir que *Lucien* estivesse por trás da tentativa de sequestro dela. Era verdade, ela se lembrava de ter arrancado uma promessa de Lucien, imediatamente antes de adormecer nos braços dele ao amanhecer, de que ele iria embora e jamais voltaria... senão mataria o irmão dela e Alaric.

Mas sequestrá-la contra sua vontade para que pudessem ficar juntos? Nunca. Lucien a amava, e ela o amava. Ele *jamais* mandaria alguém fazer algo assim com ela. Ele mesmo a teria sequestrado.

Espere. Não, não teria.

Ou teria?

Mas Abraham Holtzman não deu a ela a chance de dizer uma palavra.

— A melhor coisa que podemos fazer agora é fecharmos as escotilhas, como dizem, e nos prepararmos para uma longa noite. Você e eu podemos nos defender, é claro, mas essa jovem aqui... — Ele lançou um olhar compadecido na direção de Yalena; ela ainda estava perto da porta, com o braço da irmã Gertrude ao redor dela. — Bem, ela ficará melhor na cama, eu acho.

A irmã Gertrude assentiu, não parecendo nada perturbada pela sugestão de que a igreja dela pudesse ser atacada por vampiros agora que estava escurecendo lá fora.

— Vou colocar um pouco de alho na porta dela por precaução — disse a freira com um aceno vigoroso.

— Excelente ideia — disse Abraham Holtzman. — Os métodos antigos ainda são bons.

— E tenho minha Beretta semiautomática — acrescentou a irmã Gertrude alegremente, dando um tapinha no hábito. — Bem aqui, com balas de prata. Isso deve acabar com alguns daqueles malditos.

Os olhos de Meena se arregalaram. Não era de surpreender que ela tivesse uma sensação ruim sobre tudo aquilo.

Aquelas pessoas eram completamente doidas.

Yalena surpreendeu todo mundo quando abriu a boca e tentou falar:

— Eu... — Seus olhos azuis estavam fixados em Meena. Yalena se encontrava sob o umbral da porta, enrolada em um cobertor absurdamente enorme, com o braço da freira robusta ao redor de si. — Eu... desculpe — Yalena finalmente conseguiu dizer, uma lágrima escapando de uma pálpebra inchada e escorrendo pela bochecha marcada pelo hematoma. — Não queria ligar você, Meena. Não queria c-colocar você mesmo problema que eu. Mas ele achou o cartão você me deu. Achou logo. E hoje, por algum motivo, eles fizeram eu ligar. Disseram fazem comigo o que com... as outras garotas se eu não ligo. Desculpa!

Ela colocou as duas mãos trêmulas sobre o rosto e começou a soluçar. A irmã Gertrude fez um barulho de tsk-tsk e puxou o corpo magro de Yalena contra seus seios.

— Calma, calma, querida — disse a irmã Gertrude. — Eles são criaturas horríveis. Você não deve se culpar. Você não sabia.

— Eu não sabe — Yalena soluçou contra o hábito da irmã Gertrude. — Eu não sabe!

Meena se levantou da mesa da cozinha e foi colocar uma das mãos nas costas magras de Yalena, o coração se contorcendo pela garota.

— Está tudo bem, Yalena — disse ela. — Foi bom você ter me ligado. Eu falei para você ligar, lembra? Eu disse que a ajudaria, e ajudei. — Bem, tecnicamente Alaric havia ajudado. Mas tinha sido ela que havia levado Alaric e a espada consigo. — Mas preciso saber... que outras garotas?

Yalena ergueu o rosto ferido e manchado de lágrimas do ombro da Irmã Gertrude e disse, fungando:

— Para os banqueiros. Gerald não ser agente de atrizes. — Yalena parecia infinitamente triste. — Ele só quer garotas para alimentar os banqueiros.

— Para *alimentar* os banqueiros? — Meena sacudiu a cabeça, completamente confusa... e horrorizada. — Yalena, do que você está falando?

— Os banqueiros — disse Yalena. Os olhos dela estavam arregalados de terror. — Que eles transformam em vampiros.

Capítulo 48

19h30 EST, sábado, 17 de abril
Capela de St. Clare
Sullivan Street, 154
Nova York, NY

— Ah, meu Deus — disse Meena depois que a irmã Gertrude levou Yalena para a cama, que estava soluçando de forma incoerente demais para que se entendesse qualquer outra coisa.

— O quê? — Abraham Holtzman olhou para ela distraidamente. — Ah, certo. A irmã Gertrude. Ela é uma mulher incrível. Santa Clara, que era contemporânea de São Francisco de Assis, fundou sua própria ordem só para mulheres, as Irmãs Pobres de Santa Clara. Ah, e isso pode ser de interesse especial para você, Srta. Harper, Santa Clara também é a padroeira da televisão, pelo fato de...

— Por favor — disse Meena, tentando não parecer mal-educada. — Não estava falando da irmã Gertrude. Estava falando...

Antes que Meena tivesse a chance de prosseguir, sons de passos pesados foram ouvidos no corredor que levava à cozinha. Depois a porta de vaivém se abriu e revelou Alaric Wulf, uma mecha de cabelo louro caída sobre um olho.

— Ele... ele está morto? — perguntou Meena com hesitação. Estava dividida entre ter esperanças de que tivessem matado Stefan, que havia feito coisas tão terríveis a Yalena, e ficar horrorizada por desejar a morte de alguém, até mesmo um vampiro.

— Só estou descansando um pouco — disse Alaric. Foi direto para a geladeira industrial da paróquia. — Estou com sede.

Meena ficou olhando para ele enquanto pegou o leite, depois se ergueu e começou a beber diretamente da garrafa, sem se dar ao trabalho de encher um copo primeiro.

Bem, ela achava que matar vampiros *era* mesmo o trabalho dele. Não era de surpreender que lidasse com isso de forma... arrogante.

E agora que o chefe tinha explicado sobre a infância dele, Meena achava que entendia a falta de habilidade interpessoal e de modos de Alaric Wulf.

— O que ele disse? — perguntou Abraham Holtzman com ansiedade. — Ele falou, Wulf?

A boca pequena de Alaric se contorceu com um humor amargo.

— Essa é boa, Holtzman. Você está cheio de graça esta noite, pelo que estou vendo.

— Escutem — disse Meena, olhando de um homem para o outro. — Eu, hã, agradeço tudo que fizeram por mim. De verdade. Mas se não faz diferença para vocês, estou cansada depois de um dia exaustivo e gostaria de ir embora. Além do mais — os olhos dela brilharam com desafio, apesar de Alaric só estar olhando-a tranquilamente por cima da garrafa de leite, não a desafiando de maneira alguma —, e imagino o que vocês vão dizer sobre isso, portanto nem sei por que estou me dando ao trabalho, mas aqui vai: acho que se eu apenas pudesse *falar* com Lucien, por telefone, poderíamos esclarecer muito disso. Apenas me deixem ligar para ele. Algumas das coisas que Yalena falou... Acho que ele não sabe sobre elas. E... bem... — Ela acrescentou a última parte meio correndo. — Jack Bauer precisa passear.

Ainda segurando a garrafa de leite com uma das mãos, Alaric desviou o olhar para as janelas e para a escuridão crescente atrás delas. Meena só conseguia pensar em um jeito de descrever a expressão dele quando mencionou o cachorro...

Parecia que alguém o tinha chutado na barriga.

Para a surpresa de Meena, ele não mencionou nada sobre o que ela disse em relação a Lucien. Ele só murmurou, como se falasse consigo mesmo, o olhar se desviando das janelas que escureciam.

— O cachorro. Eu me esqueci do cachorro.

— O quê? — Meena olhou de Alaric para as janelas e para Abraham Holtzman, que também tinha ficado pálido. Ela não precisava ser paranormal para saber que a tensão no aposento tinha crescido drasticamente.

— O que você quer dizer com ter se esquecido do cachorro? — perguntou ela. — Por que está com essa cara?

Antes que qualquer um dos dois pudesse responder, a porta de vaivém da cozinha se abriu de novo e o irmão dela entrou. Ele, no entanto, não possuía nada da arrogância de Alaric Wulf. Andava arrastando os pés como um velho, os ombros caídos, a expressão confusa. Pareceu olhar diretamente através de Meena. Na verdade, ela não tinha certeza de que Jon estivesse ciente da presença dela até ele murmurar quando chegou ao seu lado:

— Meen... você tinha que estar lá. Foi... foi surreal.

Foi quando ela se deu conta de que ele estava falando do que estava acontecendo no porão da paróquia... de onde ela não ouvia um grito sequer já há algum tempo, motivo pelo qual ela havia perguntado se Stefan estava morto.

— Não quero saber — disse ela com firmeza. Não aprovava tortura, nem de um vampiro que havia espancado sem misericórdia uma jovem e depois a tinha forçado a ligar para Meena para combinar um encontro falso para poder sequestrá-la.

Já matar o vampiro... Quanto a isso, Meena não tinha certeza se teria algum problema. Principalmente depois de Stefan Dominic não ter feito nada além de sibilar insultos para ela de debaixo do sobretudo de couro de Alaric durante a viagem de táxi até a paróquia, chamando-a de prostituta do demônio e de muitas outras coisas terríveis, apesar de Alaric Wulf ter ameaçado erguer o sobretudo e deixá-lo fritar na luz que passava pela janela do táxi.

Mas por outro lado... havia uma chance de que, com reabilitação (e talvez o amor de Shoshana), Stefan Dominic pudesse mudar seu comportamento cruel. Por que não?

Lucien tinha mudado.

E *ele* era o príncipe das trevas, supostamente o mais cruel de todos os demônios contra os quais a Guarda Palatina tinha jurado lutar.

Então, se o matassem, estariam matando qualquer chance de ajudar Stefan Dominic a se tornar um vampiro melhor e mais gentil... como Lucien.

— Vocês vão matá-lo? — perguntou ela nervosamente.

— Eu queria poder — disse Alaric, parecendo triste.

— É claro que não, Srta. Harper. — Abraham Holtzman puxou um manual do bolso da jaqueta de veludo e começou a folheá-lo. — De acordo com o *Manual de Recursos Humanos da Guarda Palatina* — ele disse quando chegou à página que queria —, é antiético matar qualquer entidade demoníaca enquanto ela for nossa prisioneira e estiver sob nosso poder. Ele vai, é claro, ser julgado por um oficial palatino pelos crimes que cometeu e será propriamente executado se for considerado culpado.

Meena olhou para Alaric.

— Então não entendo exatamente o que vocês fazem o dia inteiro. Achei que caçavam demônios e os matavam. Você nunca mencionou nada sobre julgamento.

— Ah, tem sempre um julgamento — garantiu Alaric, parando com a garrafa de leite a caminho dos lábios. — Acho demônios muito irritantes. Por isso sempre os mato quando os encontro.

Meena olhou para Abraham Holtzman, que rapidamente explicou:

— No calor da batalha, se um demônio tenta matar um de nossos caçadores, é claro que eles podem se defender.

— Bem, algum de vocês dois descobriu o que está acontecendo? — perguntou ela a Alaric e a Jon com impaciência. Não queria uma aula sobre o *Manual de Recursos Humanos da Guarda Palatina*. E ela percebia pela expressão de sofrimento de Alaric que ele também não estava gostando.

— Ele não falou *nada* — disse Jon. — E jogamos água benta no...

— Eu disse que não quero saber — disse Meena, gesticulando com a palma aberta: *Pare*.

Mas Jon não prestou atenção a ela.

— Eles têm superpoderes de cicatrização, você sabia? É incrível, Meen. Assim que você faz alguma coisa a eles, eles cicatrizam imediatamente, desde que você não enfie uma estaca no coração ou corte a cabeça deles. Eles quase nem sentem. Talvez só por alguns segundos. Então você não precisa se preocupar. O rosto de Stefan Dominic estará ótimo para a filmagem. Certo, Alaric?

Alaric deu de ombros, claramente não querendo fazer parte daquela conversa, e voltou a atenção para a garrafa de leite e para um calendário da Liga Religiosa que estava na parede da cozinha da paróquia.

Jon prosseguiu:

— Mas talvez você queira avisar a Fran e Stan que eles contrataram um vampiro *de verdade*. — Ele pareceu ter se recuperado o bastante do que tinha acontecido lá embaixo para dar uma risada sarcástica. — Taylor talvez tenha algum problema para ficar íntima de um cadáver ambulante. Mas o que eu sei? Sou apenas um analista de sistemas desempregado...

— O que você quis dizer quando falou que tinha se esquecido do meu cachorro, Alaric? — interrompeu Meena.

Alaric demorou para se virar do calendário e abrir a geladeira para guardar a garrafa de leite pela metade onde a tinha encontrado. Ela percebeu que ele tomou o cuidado de não olhar na sua direção.

— Conte a ela, Holtzman — disse ele depois de ter fechado a geladeira.

Meena sentiu alguma coisa fria lhe descer pelas costas. Não gostou do tom de Alaric Wulf. Não conseguia descrever, mas não tinha gostado.

— Calma, Alaric — disse Abraham. — Não vamos tirar conclusões precipitadas.

A voz de Alaric açoitou como um chicote.

— Quando os fatos estão na nossa cara?

— É cedo demais — disse Abraham — para termos certeza de qualquer coisa sem saber...

— Por que — perguntou Alaric — vampiros atacariam Meena Harper?

Só então o olhar dele pousou nela. E quando isso aconteceu, ela ficou impressionada mais uma vez com o quão azuis e penetrantes os olhos dele eram... Da cor do céu. Da cor do oceano.

Da cor de uma chama azul.

A sensação fria de medo que Meena tinha sentido nas costas tomou conta do seu corpo inteiro.

— Ela devia ser a mulher mais segura nessa cidade — disse Alaric. — Ela é a escolhida. A amante do príncipe das trevas. Ninguém deveria ousar colocar um dedo nela, tocá-la, por medo da ira dele. O que aconteceu hoje nunca devia ter acontecido em um milhão de anos. Mas mesmo assim... aconteceu. Já pensei muito sobre isso. Por quê? E acho que só tem uma resposta.

Abraham Holtzman fez um barulho. Era um gemido de protesto.

Tanto Meena quanto Jon viraram a cabeça para olhar para ele.

Ele tinha baixado o *Manual de Recursos Humanos da Guarda Palatina* para olhar para Alaric.

— Não, Wulf — disse Abraham. — Não é possível.

— Não é? — perguntou Alaric. — Que outra explicação existe então?

— A óbvia — disse Abraham. — Se não foi o próprio príncipe, então alguns dos Dracul se rebelaram. Acontece, você sabe, de tempos em tempos. Como quando você e Martin foram atacados naquele armazém...

— Então por que ele tem tanto medo de nos contar? — perguntou Alaric com severidade.

Meena deu um salto diante da rudeza do tom dele.

Independentemente do assunto sobre o qual eles falavam, Alaric acreditava no que estava dizendo.

E acreditava com força o bastante para desafiar o chefe sobre qualquer outra explicação que ele estivesse procurando.

— Se ele não está respondendo a uma autoridade maior, por que estava com tanto medo de abrir a boca e nos dar o nome de quem mandou que ele colocasse aquela arma nas costas de Meena? — trovejou Alaric, a voz tão alta que Meena imaginou que as panelas penduradas acima do fogão tinham se balançado ligeiramente. — Me responda isso, Holtzman. Usei tudo o que eu tinha naquele garoto lá embaixo, e não consegui nada. Nada! Está acontecendo, Holtzman. Você devia admitir.

Meena olhou rapidamente para Abraham para ver como ele recebia essa notícia. Ele estava pálido.

O tremor de frio na espinha dela ficou glacial.

— Ah, meu Deus... — disse o homem mais velho. — Acho... Acho que, nesse caso, é melhor eu ligar para o escritório.

— Do que vocês dois estão *falando*? — perguntou Meena. O frio que subia pela espinha tinha virado uma calota polar. — E o que isso tem a ver com a minha volta ao apartamento para passear com meu cachorro?

Alaric olhou para Meena como se só agora se desse conta de que ela ainda estava ali.

— Você? — disse ele. — Você nunca mais vai voltar para aquele apartamento.

Capítulo 49

20h EST, sábado, 17 de abril
Capela de St. Clare
Sullivan Street, 154
Nova York, NY

— Como? — gritou Meena. Essa única palavra ricocheteou pela cozinha polida como uma bala.
— Ei. — Jon ergueu uma mão. — Não vamos nos precipitar. Quero dizer, acho que devíamos poder decidir se queremos arriscar...
— Você quer decidir? Tudo bem.
Alaric abriu o bolso da jaqueta e tirou a foto do parceiro, o que não tinha metade do rosto, e segurou para que todos vissem.
— Lembram-se disso? — perguntou ele brutalmente. — É *isso* que vai acontecer se você voltar para aquele apartamento. Porque eles vão estar esperando por você. E isso provavelmente é só *uma* das coisas que vão fazer com você.
— Como? — gritou Meena de novo, só que mais baixo dessa vez. — Mas... *por quê?*
— Guerra — explicou Abraham Holtzman. — Alaric acha que caímos no meio de uma guerra de vampiros. E lamento dizer que, considerando as evidências, tenho que concordar com ele.

— Uma... *guerra* de vampiros? — Meena olhou de um para o outro. Ela se lembrou da estranha reação de Lucien àquelas exatas palavras quando ela as disse no terraço da condessa algumas noites antes.

— Isso mesmo — disse Alaric. Ele, ao contrário do chefe, não tentou suavizar o tom. Alaric Wulf não adoçaria nada do que tinha a dizer. Ele acrescentou sem rodeios: — E você, Meena Harper, é a bandeira que todos querem capturar. É por isso que não pode voltar para seu apartamento.

Meena, com os joelhos ficando bambos de repente, cambaleou até uma cadeira próxima.

— Mas... — vacilou ela. — Uma guerra? Com quem? Entre quem? — Depois ela acrescentou: — E quanto a Jack? Meu cachorro está no apartamento. O que vai acontecer com meu cachorro?

Ela sabia que não fazia sentido se preocupar com o cachorro. Afinal, ele era apenas um cachorro.

Mas ele era tudo que tinha.

Ela pensou ter visto Alaric Wulf lançar outro olhar para a janela da cozinha. Depois ele franziu a testa.

O que estava acontecendo com as janelas? Por que estava todo mundo obcecado com elas?

— Espere — estava dizendo Jon. — Guerra de vampiros? Como assim? Do que exatamente se trata isso? E o que isso tem a ver com minha irmã?

Pacientemente, Abraham Holtzman explicou.

— Alaric está falando sobre uma batalha pelo trono de príncipe das trevas. Quando Drácula originalmente fez seu pacto com as forças do mal para obter vida eterna em troca de sua alma imortal, foi ungido como o profano, o herdeiro do Lorde das Trevas, o administrador de todos os negócios de Satã na Terra, ou plano mortal. Quando despachamos Drácula, esse manto passou para o filho mais velho dele, o príncipe Lucien, amante de sua irmã.

Meena fez uma careta ao ouvir as palavras *o amante de sua irmã*.

— *Há* uma razão para acreditarmos que Lucien Drácula é uma anomalia no mundo vampiresco — Abraham prosseguiu, abrindo uma página surrada do *Manual de Recursos Humanos da Guarda Palatina*.

— Acreditava-se que a mãe dele, como você deve saber, era uma criatura angelical, e alguns dizem que isso pode ter...

— Holtzman — interrompeu Alaric. Quando Abraham olhou para a frente, ele apontou para as janelas. — Acelere.

— Oh, certo, certo — disse Abraham, fechando o livro, para alívio de todos. — Bem, em todo caso, Lucien tem um meio-irmão...

— Dimitri — falou Meena com voz fraca. Percebendo o olhar curioso que Abraham lançou a ela, disse com lábios entorpecidos: — Lucien me contou. Ele não gosta muito do irmão. Nem confia nele.

— Sim, e com bons motivos, eu diria — disse Abraham, assentindo. — Sujeitinho desprezível esse Dimitri Antonesco, que é como acho que ele se chama agora. A mãe era completamente diferente. Uma mulher ambiciosa, gananciosa. E o filho é igual, pelo que eu soube. Assassinou a própria esposa. Nunca ficou feliz pelo trono ter ido para o irmão mais velho. Nunca concordou com o modo como Lucien governa as coisas desde que o pai morreu. Quer assumir toda a operação...

Jon pestanejou.

— Você acha que foi *Dimitri*...

— Que mandou Stefan Dominic tentar capturar sua irmã para usá-la para convencer Lucien a abdicar do trono, ou pelo menos fazer alguma burrice para que Dimitri pudesse emboscá-lo e matá-lo e depois assumir o trono? Sim — disse Alaric, sucintamente. — É exatamente o que ele está dizendo.

— Ele provavelmente descobriu de alguma forma que o irmão estava, hum, saindo com você, Srta. Harper — disse Abraham. Meena apreciou a delicadeza cavalheiresca com que ele colocou a situação. — E que você tinha alguma ligação com Yalena...

— Dei meu cartão de visitas a ela — murmurou Meena, ainda se sentindo atordoada pela descoberta de que o fato de ela ter dormido com Lucien Antonesco a tinha feito perder o amado cachorro, o apartamento e provavelmente, já que os Dracul pareciam saber tudo sobre ela, o emprego...

A vida inteira, basicamente.

Mas e quanto a Lucien? Onde ele estava? Será que ele sabia de alguma coisa? Estava em segurança? Se ao menos a deixassem ligar para ele!

— Sim, sim, é claro — estava dizendo Abraham, empolgado. — Provavelmente acharam seu cartão nas coisas de Yalena e depois fizeram a conexão. Meu Deus. Eles vão ficando cada vez mais inteligentes, não é, Alaric?

— Eles conseguem ler mentes — disse Meena, sentindo-se enjoada. — Quando vi Stefan no trabalho ontem... não o reconheci da foto que Yalena tinha me mostrado no celular, mas eu sabia... de *alguma coisa*. Ele deve ter captado alguma coisa.... e minha ligação com Lucien...

Ela gemeu e apoiou o rosto nas mãos. Tudo aquilo era culpa dela. Culpa dela mesma, por ser tão burra.

— Ah, bem, aí está — disse Abraham quase alegremente. — Isso explica tudo. Então ele deve ter ido até Dimitri...

Jon o interrompeu:

— Desci no elevador com esse tal de Stefan e com o agente dele. O nome dele era Dimitri.

Fez-se um silêncio perplexo por alguns segundos depois disso. Depois Alaric falou devagar:

— Você andou de elevador com um dos vampiros mais degenerados de todos os tempos. Dimitri Antonesco, ou Drácula, é famoso por estar atrás apenas do pai em termos de crueldade, perversão e devassidão moral. Você tem sorte de estar vivo.

Agora foi a vez de Jon de desabar em uma das cadeiras da cozinha.

— Merda — disse ele, o rosto pálido como a camisa que vestia.

Meena não o culpava. Sabia exatamente como ele se sentia.

Mas não quando ele perguntou:

— E quanto às nossas coisas? Lá no apartamento? O que vamos fazer quanto a isso, pedir ajuda à Cruz Vermelha? Duvido que acreditem quando dissermos que perdemos um apartamento inteiro para um bando de vampiros em guerra.

— Jon! — gritou Meena, perplexa.

— Bem — disse Jon, olhando para ela —, estamos prestes a perder tudo que temos. Pense na sua bolsa nova. Aquela coisa deve valer uns 2 mil dólares, pelo menos.

Quando Jon mencionou a bolsa que Lucien tinha lhe dado, Meena sentiu alguma coisa explodir dentro dela.

— Isso é ridículo — gritou ela, ficando de pé, apesar de os joelhos ainda estarem bambos. Viu que gritava basicamente com Alaric, que estava apoiado na bancada da cozinha, os braços cruzados sobre o peito largo, olhando para ela, a boca normalmente pequena reduzida ao tamanho de uma uva. — Vocês *têm* que me deixar ir para casa! — Não era por causa de uma bolsa, é claro. Ela não ligava mais para a bolsa. Era por causa de muito mais. — Ou ao menos me deixe ligar para Lucien. Ele pode acabar com isso. Pode mesmo.

— Mas não queremos que acabe — disse Alaric simplesmente.

— *Como?* — Era a coisa mais louca que Meena tinha ouvido o dia todo. — Por que não?

— É política da Palatina deixar que clãs inimigos de vampiros em guerra se exterminem. — Abraham Holtzman explicou com seriedade. — Desde que os civis estejam protegidos.

Levou um momento para que o significado completo dessa declaração fosse registrado... mas quando foi, ela sentiu como se tivesse levado um soco no rosto.

Então eles esperavam que ela deixasse Lucien ser atacado pelo irmão e pelos Dracul? Que ela não levantasse um dedo para tentar avisá-lo ou ajudar?

É claro que esperavam. Não se importavam com ele. Nem pensavam nele como qualquer outra coisa diferente do que ele era.

O príncipe das trevas.

— Então se Lucien for ao apartamento, procurando por mim... — disse ela baixinho.

— É exatamente isso que eles esperam que ele faça — disse Alaric. — É ele que estarão lá esperando.

Lágrimas encheram os olhos dela. Alaric não afastou o olhar dos olhos dela.

— Ah, isso é ótimo — disse Meena. A voz dela tremia tanto quanto os joelhos agora. — Deixem que os vampiros se exterminem. Mas obviamente ninguém se importa com o que pode acontecer com meu cachorro!

Foi quando ela falou a palavra *cachorro* que um projétil foi lançado pela janela da cozinha, jogando vidro para todo lado.

Alguma coisa pesada e dura atingiu Meena no diafragma, jogando-a no chão. Ela se deu conta depois de que era Alaric Wulf. Ele a tinha derrubado quase do mesmo jeito na noite anterior.

Mas dessa vez não foi para impedir que ela fugisse dele. Foi para protegê-la das chamas do coquetel Molotov que tinha explodido contra a parede.

— Você está bem? — Ele ergueu a cabeça para perguntar, o rosto a centímetros do dela.

O impacto do peso do corpo dele jogando-a ao chão tinha lhe tirado completamente o ar. Ela sabia que sentiria dor no dia seguinte, mas fora isso, não estava ferida. Assentiu e ofegou:

— Jon?

— Estou bem!

Olhando por cima do ombro de Alaric, ela viu um braço se movendo debaixo da mesa da cozinha.

— Estou bem — gritou Jon. — Mas tem vidro para todo lado. E a parede está pegando fogo.

— Protejam-se! — Abraham tinha corrido para encher uma jarra na pia da cozinha para apagar as chamas. — Fiquem longe das janelas. Está começando.

A porta de vaivém se abriu e um homem de gola clerical perguntou:

— Está todo mundo bem? Pensamos ter ouvido... oh, Deus.

— Sim, sim — disse Abraham. — Eles parecem ter seguido Alaric do centro até aqui, como temíamos. Precisamos nos certificar de que o padre Joseph tenha fechado a capela esta noite. A oração noturna terá que ser cancelada. Não podemos ter nenhum civil na propriedade. Sugiro que coloquem um aviso dizendo que houve uma pequena inundação por causa de um cano que estourou. Jon, vá ver como o padre Bernard está indo com as estacas que ele está fazendo com a manjedoura do ano passado.

— Pode deixar. — Jon saiu de debaixo da mesa na hora em que Alaric saiu de cima de Meena e ofereceu uma das mãos para ajudá-la a levantar do chão.

Ela aceitou, dando uma olhada rápida por sobre o ombro para a parede enfumaçada da cozinha, e seguiu Alaric até o corredor. Freiras e freis (a equipe da St. Clare era composta de freis franciscanos e irmãs clarissas, a paróquia bem atrás da igreja e o convento logo ao lado) andavam rapidamente para ir aos seus postos de batalha. Meena nunca tinha visto tantos crucifixos na vida.

— Alaric — disse ela sem fôlego, correndo atrás dele. — *Por favor*, me deixe ligar para Lucien. Preciso falar com ele agora mesmo. Ele vai impedi-los. É o príncipe deles. Eles vão ouvi-lo.

Alaric deu um riso debochado, aparentemente por causa da ingenuidade de Meena.

— Você não está prestando atenção? Não vão ouvi-lo. Não se iniciaram uma rebelião contra ele. E acredite em mim, foi o que aconteceu. Na verdade, agora que estou pensando nisso, devia ser esse o motivo para os corpos daquelas garotas mortas.

— O que você quer dizer? — perguntou ela.

— Isca — disse Alaric de forma enigmática.

Meena balançou a cabeça. Ele era muito frustrante às vezes.

— Não sei do que você está falando. Yalena disse alguma coisa sobre banqueiros...

— Banqueiros? — Alaric continuou andando rápido pela paróquia, se desviando de freiras com bestas e flechas.

— Alaric — disse Meena, fazendo um gesto com a cabeça. — Para onde você está *indo*?

Essa pergunta foi repetida pela voz já familiar atrás deles.

— Wulf! — gritou Abraham Holtzman. — Aonde você pensa que vai?

Alaric parou, fazendo Meena se chocar contra ele.

Lentamente, ele se virou no corredor para encarar o chefe, que estava sob o umbral de uma porta.

— Eu vou... — disse Alaric com segurança — pegar o cachorro.

— Cachorro? — Meena virou a cabeça repentinamente para olhar para ele. — Mas...

Abraham Holtzman a interrompeu, irritado.

— Você não pode estar falando sério, Wulf. Estamos em plena batalha aqui. Precisamos de você! Além disso, é uma missão tola. Você vai cair em uma armadilha.

— Estou acostumado — disse Alaric. — E você tem mais lutadores treinados aqui do que precisa. A irmã Gertrude pode matar um Dracul com os olhos fechados. O padre Bernard abateu meia dúzia depois da encenação de Natal do ano passado com o anjo que ele tirou do topo da árvore de Natal.

— Essa não é a questão, Wulf — sibilou Abraham, baixando a voz quando uma das noviças riu depois de ouvir isso. — Não vá bancar o herói só para impressionar a garota.

Meena, percebendo que era a garota a quem ele tinha se referido, queria chamar atenção para o quanto Abraham estava avaliando mal a situação. Alaric Wulf a odiava.

— Você vai acabar morrendo — prosseguiu Abraham. — E precisamos de você *aqui*, caso não tenha percebido.

— Volto com o cachorro em menos de uma hora — foi tudo que Alaric disse, e depois desapareceu por outra porta de vaivém.

— Tolo teimoso. — Abraham revirou os olhos e desapareceu por outra porta.

Meena, olhando de uma porta para a outra, se deu conta de que tinha causado uma confusão ainda maior do que a da bomba caseira feita com gasolina. Como conseguia sempre fazer isso?

Foi atrás de Alaric em disparada.

— Espere — gritou ela.

Ele estava no saguão da paróquia, prendendo a bainha da espada. Não parecia, pelo olhar que lançou a ela por sob os cabelos louros que mais uma vez tinham caído por cima dos olhos azuis, animado por vê-la. Ela não o culpava.

— O que você quer? — perguntou ele.

Ela de repente se sentiu ciente do tamanho dele, que era enorme. As mãos dele, os pés... tudo nele era gigantesco, enorme. Quando ele entrava em um aposento, não apenas entrava. Ele invadia, ele ocupava, ele *dominava* o aposento.

Ela não conseguia contar quantas vezes tinha desejado nas últimas 24 horas que ele nunca tivesse aparecido na porta dela.

Mas agora que ele tinha salvado a vida dela, duas vezes, ela não conseguia achar as palavras para expressar o quanto estava feliz por ele ter aparecido. E ela escrevia diálogos.

— Me desculpe. Eu não quis dizer que queria que *você* fosse — foi o que ela decidiu dizer por fim, esticando a mão para pousar os dedos sobre um dos pulsos enormes, quase toscos. — Você não precisa fazer isso.

As mãos dele, ocupadas com o fecho do cinto que manteria a espada no lugar, pararam.

— Sim — disse ele para o tapete florido surrado. — É minha culpa. Eu não devia ter me esquecido do cachorro.

— Mas você não sabia, Alaric — disse Meena. Ela circundou o pulso dele com os dedos. A pele dele parecia quente em toda parte, e ela se lembrou de como a de Lucien sempre era estranhamente fria. — Você não sabia que nada disso ia acontecer. Como poderia saber?

— *Você* sabia — disse ele, jogando as palavras contra ela de forma quase acusatória. E agora, ela viu, ele *estava* olhando para ela, os olhos azuis e brilhantes avaliando o rosto dela. — *Você* sabe de tudo antes de acontecer.

— Não. — O olhar direto dele a enervou. — Não tudo. Só... bem, você sabe.

— Certo — disse ele, baixando o olhar novamente. — Só como as pessoas vão morrer. Mas não os cachorros.

Ela balançou a cabeça.

— Não. Não cachorros. Só pessoas. Olha... — Ela ergueu o queixo e tentou dar um sorriso corajoso. — Esqueça o que eu disse antes. Jack Bauer vai ficar bem. Você mesmo disse, ele é um cachorro vampiro. Vai conseguir se cuidar direito. Portanto, fique aqui. De verdade. Quero que fique aqui. Eu vou. Eu vou ficar. Por favor, fique comigo.

Ele ergueu o olhar para encontrar o dela mais uma vez, apertando os olhos.

— Não precisa se preocupar — disse ele. — Holtzman vai proteger você enquanto eu estiver fora.

— *Eu?* — Ela se deu conta de que ele não entendeu o que ela estava tentando dizer a ele. — Não estou preocupada *comigo*.

Agora ele parecia confuso.

— Mas eu vou ficar bem — disse ele. — E você quer o cachorro.

— Alaric. — O queixo dela estava começando a tremer, e ela se deu conta de que sua expressão corajosa estava desmoronando. — Talvez você *não fique* bem. E apesar de eu amar muito Jack Bauer, no fim das contas, você é uma pessoa e ele é só um cachorro.

O olhar dele era inescrutável.

— Como? — perguntou a ela com curiosidade

Agora foi ela que não entendeu

— Como assim?

— Como vai acontecer? — Os dedos dele estavam trabalhando de novo, prendendo o cinto. — Minha morte. Você a está vendo, não é? Acha que se eu for, vou morrer. Como vai acontecer dessa vez? Não na piscina. Ainda é na escuridão? E com fogo?

— Não — mentiu ela. — Nada disso. Agora vejo você vivendo uma vida longa e feliz e morrendo de velhice em alguma espécie de comunidade na Flórida, talvez. Palm Beach?

Era tarde demais. Ele tinha visto as lágrimas nos olhos dela. Os ombros largos dele se contraíram e ele se virou de costas para Meena, pegando o sobretudo de couro preto que estava pendurado perto da porta.

— Está mentindo pra mim — disse ele. — Eu jamais me aposentaria na Flórida. Em Maiorca, talvez. Ou Antígua. Mas nunca na Flórida. Você não devia mentir para um oficial para proteger os sentimentos dele. A informação que você pode nos fornecer antes de uma missão pode salvar nossas vidas. — Já de casaco, ele olhou para ela com aqueles incríveis olhos azuis. — Nunca minta para mim de novo, Meena. Jure para mim.

Ela piscou para afastar as lágrimas ainda presas nos cílios.

— Tudo bem — disse ela com voz rouca. — Eu juro. Vejo uma morte cheia de fumaça, escuridão e fogo para você. Pronto. Está feliz?

— Ah — disse ele, o rosto se iluminando. —- Está vendo? É bom saber. Gosto disso. — Ele esticou o braço para acariciar a clavícula dela, depois bateu na dele mesmo. — Precisamos aprender a nos comunicar mais assim se vamos trabalhar juntos no futuro.

— O quê? — Ela sacudiu a cabeça, confusa. A garganta dela ardia, tanto pela emoção quanto pela fumaça que ela havia inalado na cozinha. — Não tenho ideia do que você está falando, Alaric. Por que trabalharíamos juntos no futuro? Estou tentando dizer que se fizer isso, você não vai *ter* futuro. Mas já que você não quer me ouvir... me deixe ir com você.

— Ah, não — disse ele com uma risada sem humor algum.

— Mas é pelo *meu* cachorro que você vai arriscar sua vida...

— Não. — Ele balançou um dos dedos grossos na frente do rosto dela. — E se eu pegar você me seguindo, vou algemá-la em algum lugar para mantê-la em segurança. Não pense que não faria isso.

Ela acreditava nele.

— Sei que faria — disse ela. — Mas pelo menos me deixe... Tome.

Impulsivamente, ela afrouxou o lenço que estava usando no pescoço.

Alaric olhou para baixo e a viu amarrar a delicada tira de tecido vermelho no pulso dele, o que ela estava segurando.

— O que é isso? — perguntou ele, com a voz... bem, estranha.

Para dar sorte, ela pensou. Da dama para São Jorge, prestes a ir guerrear contra o dragão por ela.

Ela sabia que estava perdendo a frágil conexão que tinha com a sanidade.

Não havia a menor chance de ela dizer esse negócio de dama em voz alta para Alaric.

— Não sei — disse ela, tentando não deixá-lo ver as lágrimas que ainda estavam nos olhos dela. — Para dar sorte, eu acho. Se você vai mesmo e não vai me deixar ir com você.

— Ah, eu vou — disse ele com segurança enquanto Meena puxava a manga dele para cobrir o lenço. — E sozinho. A Palatina não deixa ninguém para trás. Isso inclui cachorros.

— Então isso também é para dar sorte — disse ela numa voz embargada.

Ela ficou na ponta dos pés e deu um beijo na bochecha de Alaric.

Uma sobrancelha dele se ergueu e a boca pequena se contraiu ainda mais numa expressão de... surpresa? Reprovação?

Ela não sabia.

— Meena Harper — disse ele, olhando para ela com atenção.

— Sim? — perguntou ela.

— Isso é para você — disse ele, e colocou uma coisa longa e dura na mão dela. — Não tenha medo de usar.

Depois ele abriu a porta da frente da paróquia, olhou para os lados e saiu, fechando a porta atrás de si.

Ele foi embora.

Meena examinou o que Alaric tinha colocado na mão dela.

Era uma estaca pontuda de madeira.

Ela teve que sorrir sozinha.

Ele era tão... *irritante*.

Então por que ela estava ali parada, chorando?

— Aí está você.

O irmão dela, Jon, tinha vindo do corredor. Estava segurando várias jarras plásticas de leite vazias.

— Querem que alguém encha essas jarras com água benta — explicou ele. — Ofereci você para o trabalho. Então você pode ir pegar a água na fonte no batistério?

Meena ergueu a mão apressadamente para limpar as lágrimas das bochechas, enfiou a estaca no bolso de trás do jeans e disse:

— Claro.

Ela sabia o que tinha que fazer. O que tinha que ter feito há muito tempo.

Com um certo tremor, ela perguntou:

— Jon?

Ele já tinha começado a descer o corredor. Ao ouvir seu nome, ele se virou.

— O que, Meen? O que foi?

— Nada. É só... — Ela andou até ele, com a cabeça baixa e arrastando os pés. — Estou com um pouco de medo. Posso dar um abraço no meu irmão mais velho?

— Ah, é claro — disse ele, abrindo bem os braços.

Quando ele a tinha envolvido com o abraço, ele perguntou por cima da cabeça dela:

— Isso é loucura ou o quê? Sempre pensei que sua paranormalidade era estranha. Mas *vampiros*?

— Nossa, obrigada, Jon — disse Meena secamente, o ouvido perto do coração dele. — Você sempre sabe a coisa certa a dizer para fazer uma garota se sentir melhor.

— Bem — disse Jon com a falta de jeito típica dele. — Me desculpe. Você sabe o que quero dizer.

— Sei — disse Meena. Ela se afastou dele e deu um sorriso triste. — Sei, sim. E obrigada. Me desculpe por destruir nossas vidas.

— Não foi nada. — Jon mexeu no cabelo dela. — E não se preocupe. Tenho certeza de que Alaric vai voltar com Jack logo, e os dois ficarão bem. Agora vá encher as jarras. — Ele praticamente jogou as jarras de leite em cima dela. — Tenho que ir. Abraham vai me ensinar a melhor maneira de cortar a cabeça de um vampiro. — Ele correu de volta para a cozinha.

Meena o observou ir. Depois ela ergueu a mão. Nela estava seu celular, que ela conseguiu pegar do bolso da jaqueta jeans dele enquanto Jon a abraçava.

Ela verificou se a bateria ainda estava carregada.

O celular se iluminou.

Perfeito.

Tinha uma ligação importante a fazer.

Capítulo 50

20h30 EST, sábado, 17 de abril
Concubine Lounge
Rua 11 East, 125
Nova York, NY

Lucien Antonesco tinha ouvido tão calmamente quanto possível a informação que seu primo Emil deu de que a esposa dele, Mary Lou, sempre soubera da habilidade de Meena Harper de prever a morte — antes até de armar para os dois se conhecerem. Que tinha sido esse, na verdade, o *motivo* para ela querer apresentá-los.

Que Mary Lou tivesse escolhido para ele uma jovem conhecida dela que possuía um... talento tão *incomum* era lisonjeiro, no mínimo.

Mas o fato de que Mary Lou tinha contado para todo mundo que ela conhecia sobre o talento de Meena, colocando-a numa posição de tanto perigo?

Isso Lucien não podia aceitar calmamente.

Lucien já tinha tomado diversas decisões nas primeiras horas da manhã enquanto observava Meena dormir, antes de falar com o primo Emil.

A primeira era de que não poderia, é claro, voltar para o trabalho de professor na Romênia e nem para nenhuma das casas que tinha lá.

Não agora que a Palatina sabia quem ele realmente era.

Obviamente, ele ia ter que mudar de nome.

De novo.

O surpreendente era que ele não ficou tão irritado por essas coisas como poderia ter ficado se não tivesse conhecido Meena. O fato de que ela estava na vida dele agora tornava tudo que um dia teria sido intolerável um mero incômodo.

É claro que a Palatina não era mais uma organização que apenas perseguia sua presa a pé, satisfeita com a antiquada estaca no coração, e deixava as coisas por isso mesmo.

Ah, não. Não mais.

Eles agora usavam tecnologia sofisticada para rastrear os negócios e imóveis de suas presas também, monitorando contas bancárias mesmo em países que criminalizavam a violação de leis de privacidade bancária, tal como a Suíça e as ilhas Caimã. Se a Palatina não conseguia pegar o monstro, dava um jeito de confiscar seu dinheiro. E faziam isso tão impiedosamente que deixaria a CIA verde de inveja... se a Palatina não fosse uma organização tão secreta da qual nem mesmo a CIA sabia da existência.

O dinheiro, mais do que tudo, era um problema. Recomeçar sem dinheiro nenhum teria sido tranquilo se fosse só ele.

Mas ele não podia exigir isso de Meena. Isso seria impossível.

E ele não ia a lugar algum sem Meena... apesar da insistência dela de que não se vissem mais.

Ela nunca ficaria em segurança agora. Todos os vampiros do mundo iam querer dar uma mordida nela. Qualquer chance de conseguir vivenciar o que Lucien tinha — a capacidade de prever a morte de um humano, e não por mãos vampirescas — seria irresistível para eles. Não seria irresistível pelo mesmo motivo que era para Lucien... Para ele, o dom permitia que, de alguma forma, compensasse pecados do passado, como quando tinha tirado as chaves daquele garoto, salvando a vida dele. Ou até porque era uma coisa diferente depois de séculos de mesmice.

Já eles pensariam em como usar isso em vantagem própria. Lucien não tinha dúvida de que seu irmão, Dimitri, encontraria uma forma de usar o dom premonitório de Meena para explorar o medo real que a raça humana sentia da morte e de alguma forma lucrar financeiramente com isso.

Além disso, havia o fato de o sangue de Meena correndo pelas veias de Lucien não ter apenas dado a ele a capacidade de prever como os humanos iam morrer. Ele também havia acentuado seus outros sentidos, de um modo que o sangue de nenhum outro humano tinha feito, fazendo-o se sentir pela primeira vez em séculos como se estivesse vivo de novo.

Ele sabia que era uma coisa que jamais poderia contar para ninguém. Porque se isso se espalhasse, Meena Harper se tornaria isca para demônios... a mortal mais perseguida da Terra.

O fato de que Meena era dele devia ter sido proteção o bastante em circunstâncias normais. Mas não estavam vivendo em circunstâncias normais. A Palatina havia colocado as mãos nela... e tinha descoberto sobre *ele*. Como ele podia protegê-la de maneira apropriada? Não conseguia nem encontrá-la, muito menos fazer contato com ela. Seus telefonemas desesperados para ela tinham caído direto na caixa postal. O apartamento dela, de acordo com Emil, que Lucien tinha mandado ficar em casa até que o paradeiro de Meena fosse descoberto, estava vazio, exceto pelo cachorrinho. Emil havia relatado que não parecia que ninguém, ao menos ninguém humano, tivesse passado por lá o dia todo. Eles teriam abandonado o imóvel? Certamente que não. Lucien saberia, pressentiria se alguma coisa tivesse acontecido com ela...

Mas ele não sentia nada... nada além de medo e um aperto no peito onde no passado houvera um coração. Não tinha sentido nada naquele local há séculos. Não até Meena Harper entrar na vida dele.

Então ele recebeu a ligação de Emil que mudou tudo.

Uma Mary Lou chorosa e arrependida, disposta a tentar consertar tudo que havia feito de errado e ajudar no que pudesse, tinha lido uma notícia de fofoca enquanto surfava na internet que dizia que uma altercação acontecera em um restaurante do centro envolvendo um homem com uma espada...

... e o melhor amigo de um certo astro de novela.

Esse, certamente, só podia ser o guarda palatino de Meena

E o filho de Dimitri, Stefan.

Não havia outra explicação.

Lucien só precisou ouvir o nome *Dimitri* e logo estava em um dos carros pretos de Emil, a caminho da casa noturna do irmão. Se descobrisse que o irmão tinha alguma coisa, qualquer coisa, a ver com o desaparecimento de Meena... se ele ou aquele filho idiota tocassem em um fio de cabelo sequer dela...

Não havia um buraco na terra profundo o bastante no qual Lucien pudesse jogá-los.

Mas quando Lucien chegou ao Concubine, estava fechado.

Não que isso incomodasse Lucien. Com o humor que ele estava, ele simplesmente chutou as portas e entrou.

O local era bem diferente quando estava vazio. Com todas as luzes acesas e sem gelo seco, perdia um pouco de seu mistério. O ponto alto do grande aposento, cercado de cortinas de veludo pretas, era o balcão metálico do longo bar. O lugar não estava tão limpo quanto poderia: o chão estava meio grudento.

Talvez a equipe de limpeza ainda não tivesse chegado. Não havia ninguém ali.

E ainda assim Lucien, com os instintos apurados por causa de Meena, sentiu que havia várias almas ali por perto — humanas, e no mais grave perigo...

... e não só por causa dele.

— Olá? — gritou ele. Onde estavam todas aquelas pessoas? Por que ele não as via?

A voz dele ecoou de forma fantasmagórica pela pista de dança, pelo bar e pela sala VIP. Ninguém.

Nada.

Onde estava seu irmão? Por que ele tinha sentido uma atração tão intensa para aquele lugar desagradável se a fonte certa de todos os seus problemas, Dimitri, não estava lá?

Então Lucien ouviu. Passos pesados, vindo da frente do prédio. Ele se virou com expectativa.

— Posso ajudar?

Era Reginald, o guarda-costas de 140 quilos de Dimitri, ainda usando a corrente de ouro com o nome entalhado com orgulho. A cabeça escura brilhava, recentemente raspada.

— Oi, Reginald — disse Lucien, genuinamente feliz em vê-lo. Isso seria fácil. Alguns humanos, como Meena, por exemplo, eram impossíveis de controlar, as mentes danificadas demais ou lotadas demais com bagagem mental. Mas a de Reginald era uma planície vasta e aberta.

— Como você entrou aqui? — Reginald segurava a arma com um jeito de gângster de Hollywood, meio de lado e não de frente, apontando-a para Lucien, usando a outra mão para firmá-la e obter uma melhor mira.

Lucien se sentiu mais animado. Pobre Reginald.

— Abaixe a arma, filho — disse ele. — Você se lembra de mim. Estive aqui outra noite, visitando meu irmão.

Reginald baixou a arma obedientemente.

— Ah, é — disse ele, reconhecendo-o. — Você deixou o Sr. Dimitri irritado.

— Isso mesmo — disse Lucien, sorrindo com a lembrança. — Voltei para fazer isso de novo. Você não saberia onde o Sr. Dimitri está agora, saberia?

Reginald balançou a cabeça, colocando a arma de volta no coldre, no cinto... não o melhor lugar para se guardar uma arma carregada na opinião de Lucien.

— Não — disse Reginald. — Todos ficaram empolgados por causa de alguma coisa e saíram há um tempo, e me deixaram aqui. Não disseram quando iam voltar nem nada. Nem sei se devo abrir a casa hoje à noite.

— Interessante — disse Lucien. — E você por acaso sabe o que foi que os deixou tão animados, Reginald?

— Eu, não — disse Reginald. — Ninguém me conta nada aqui.

Lucien entrou no cérebro dele com sua própria mente e examinou delicadamente. Reginald estava contando a verdade. Ele não sabia nada... exceto...

— Reginald — disse Lucien. — Somos as únicas pessoas aqui?

— Não — admitiu Reginald. Lucien podia sentir o medo do homem. Era tão agudo e afiado como uma faca. — Tem um pessoal no porão.

— No porão — repetiu Lucien. — Pode me levar ao porão, Reginald?

O medo de Reginald o dominou.

— O Sr. Dimitri disse que nenhum de nós deve ir lá — protestou Reginald. Ele *não* queria ir até o porão.

— Tudo bem, Reginald — disse Lucien calmamente. — Estarei com você. Nada de ruim vai acontecer no porão se eu estiver lá com você.

Reginald acreditou nele... mas só porque Lucien estava lá no cérebro dele para dar-lhe segurança. Relutantemente, ele foi até o bar pegar as chaves do porão, depois levou Lucien até uma porta que destrancou com mãos ainda trêmulas, apesar da presença de Lucien.

Fosse lá o que houvesse no porão, os empregados humanos do Concubine, que não deviam saber que existia, não só sabiam mas tinham medo.

Lucien seguiu Reginald pela escadaria estreita de concreto, sentindo a morte mais perto a cada passo. Ele não conseguia apenas sentir o cheiro de morte... podia *senti-la*, escorrendo pelos seus poros como a umidade escorria pelas paredes do porão. Tinha sido isso o que ele havia notado quando entrou na casa noturna: batidas de corações humanos, tremendo com a vida... e com a morte iminente.

Era isso o que Meena Harper sentia a cada dia da vida dela, ao andar pelas ruas, ao entrar no metrô, ao viver sua rotina?

Como ela conseguia suportar?

Chegaram a duas portas. Atrás de uma, Lucien podia ouvir batimentos cardíacos tão altos que teve vontade de colocar as mãos sobre os ouvidos.

Atrás da outra, ele não ouvia... nada.

Ele assentiu em direção à porta onde havia apenas silêncio.

— Abra — disse ele para Reginald.

Reginald, segurando as chaves como se fossem um terço, parecia prestes a chorar.

— Não quero fazer isso, senhor. Por favor, não me obrigue.

Lucien concordou, compreendendo. Havia um limite para o que a mente humana podia suportar.

Ele ergueu o pé e arrombou a pesada porta de metal com um único chute poderoso.

Dentro do aposento escuro, em mesas de concreto parecendo de necrotério, estavam os sete analistas financeiros da TransCarta aos quais seu irmão Dimitri o tinha apresentado na noite anterior.

Só que eles não estavam mais vivos.

Por outro lado, também não estavam exatamente mortos.

Estavam em um ponto entre a vida e a morte. Alguém tinha baixado os colarinhos duros deles e mordido cada um cuidadosamente na carótida, não uma nem duas vezes, mas três vezes.

E perto da boca de cada homem, Lucien viu leves traços de sangue.

Eles estavam sendo transformados. Estavam naquele momento em um estado metamórfico. Quando acordassem, seriam vampiros.

E estariam morrendo de fome.

— Quem fez isso? — perguntou Lucien, virando-se para encarar Reginald, que, incapaz de controlar sua curiosidade (mesmo se sentindo tão apavorado), estava parado espiando na porta quebrada, pendurada pelas dobradiças.

— Não faço ideia — disse ele. — Que diabos há de errado com esses caras? Porque estão deitados aí, mordidos no pescoço? Eles são... eles são...? — Reginald não conseguia dizer a palavra.

— Sim — respondeu Lucien.

Ele saiu do aposento e voltou ao corredor para ficar de frente para a outra porta, atrás da qual podia ouvir tantos corações batendo.

Reginald ficou olhando para ele.

— Sei que você não vai derrubar essa porta — disse Reginald. — Se havia vampiros por trás da primeira porta, o que haverá por trás dessa? Nem *pense* em...

Lucien arrombou a segunda porta.

Atrás dela, meia dúzia de jovens estavam piscando, todas bem vivas, em vários estados de seminudez, deitadas em colchões baratos, parecendo muito fracas e confusas por ver tanta luz entrando no aposento de repente. O cheiro não era agradável.

Lucien pôde perceber que nenhuma das garotas era vampira. Ainda.

Mas todas elas tinham sido mordidas e sugadas, o bastante para mantê-las submissas.

O mistério sobre o que seria o alimento dos vampiros da sala ao lado quando eles acordassem estava resolvido.

— Gerald? — perguntou uma das garotas com voz confusa.

— Não é o Gerald — disse outra, parecendo ainda mais confusa.

Todas elas pareciam apavoradas.

Lucien se virou e fez um sinal para Reginald.

— Tire-as daqui — disse ele. — Comece a levá-las lá para cima. Espere por mim lá.

— Certo — disse Reginald mais afável agora que o mistério do porão tinha sido solucionado. — Mas e quanto...? — Ele apontou com a cabeça para a sala ao lado.

Lucien olhou ao redor pela pequena cela na qual as garotas estavam presas, claramente há algum tempo, com apenas um balde e nenhum banheiro. Viu uma cadeira frágil e a partiu em pedaços.

— Isso serve — disse ele, erguendo uma das pernas da cadeira e examinando a extremidade pontuda. — Agora vá.

Enquanto Reginald começou a trabalhar, guiando as garotas escada acima (elas precisaram de muitas confirmações de que aquilo não era uma armadilha e de que estavam sendo libertadas), Lucien iniciou sua própria tarefa.

Era um trabalho cruel. Ele não tinha ideia se os homens pediram para serem transformados ou se o irmão dele estava formando alguma espécie de exército de banqueiros vampiros submissos para cuidar de suas finanças.

Conhecendo o irmão, apostava na segunda hipótese.

De qualquer modo, aqueles homens não iam acordar imortais, com poderes sobre-humanos e sedentos de sangue humano.

Eles jamais voltariam a acordar.

Quando Lucien terminou a tarefa suja, tirou a perna da cadeira, se lavou da melhor forma que pôde — humanos que ainda não tinham se transformado eliminavam uma quantidade enorme de sangue — e se virou para sair do aposento de concreto, dando uma última olhada por cima do ombro.

Era exatamente o último lugar de descanso que ele tinha visualizado para todos eles quando os conheceu na casa noturna.

Só que tinha achado que eles morreriam em um estacionamento, em alguma espécie de acidente de carro. Jamais imaginou que *ele próprio* seria o instrumento da morte deles.

Só que, na verdade, não tinha sido ele.

Tinha sido o irmão.

Dimitri conhecia as regras. O que ele estava fazendo ao transformar humanos e deixá-los em um porão de casa noturna para acordarem sozinhos, e depois jogar garotas humanas enfraquecidas como alimento para eles?

Pelo menos agora Lucien tinha uma boa ideia de onde tinham vindo os corpos dos parques.

— Reginald — chamou ao subir as escadas do porão.

Reginald estava esperando por ele no bar. Tinha dado uma lata de refrigerante e uma tigela de frutas secas para todas as garotas, como se elas fossem convidadas VIP. Lucien também viu que Reginald tinha conseguido roupas para elas nos achados e perdidos. Todas as garotas estavam completamente vestidas, ainda que algumas de uma maneira bem estranha.

— Sim, chefe? — perguntou Reginald. Estava limpando o bar como se a casa noturna estivesse aberta e ele estivesse cuidando de tudo.

— Onde fica o cofre do Sr. Dimitri?

— No escritório — respondeu Reginald imediatamente. — Aqui, vou lhe mostrar.

Reginald não precisava mais de empurrãozinho mental algum para fazer o que Lucien pedia. Depois de encontrar um ninho de futuros vampiros no porão do seu patrão, junto com a fonte de alimentação de cada um deles, a lealdade de Reginald ao Sr. Dimitri parecia ter terminado.

— Senhoritas — disse Lucien. — Por aqui, por favor.

As garotas, cochichando em suas línguas, trouxeram os refrigerantes e as frutas secas consigo ao seguir Lucien e Reginald até o escritório sofisticado de Dimitri.

— É ali — disse Reginald, apontando para um espelho pendurado sobre uma grande escrivaninha de art déco. — Atrás do espelho. Ele guarda um monte de dinheiro ali. Caso precise fazer uma fuga repentina.

— Que sorte a nossa — disse Lucien. — Afastem-se, senhoritas.

Ele ergueu um peso de papel com formato de cachorro greyhound e quebrou o espelho com ele.

— Esse cara gosta mesmo de sair quebrando as coisas — comentou Reginald com as garotas, que pareciam impressionadas.

Lucien segurou a porta do cofre e a arrancou fora, deixando-a cair no chão com um baque.

— Uau — ouviu Reginald dizer. As garotas ofegaram.

Lucien os ignorou. Tinha trabalho a fazer. Como Reginald tinha dito, o cofre estava cheio de uma quantidade enorme de dinheiro vivo. Também havia muitos passaportes. Lucien os pegou e jogou na mesa de Dimitri.

— Procurem aí — ele disse. — Talvez as garotas encontrem seus passaportes.

Houve um burburinho de animação atrás dele quando as garotas fizeram o que ele mandou. Lucien continuou a revirar o cofre mas não achou mais nada de útil, nem para ele e nem para mais ninguém, a não ser um molho de chaves e os documentos de um caro.

— Reginald, essa chave é de quê?

— Ah — falou o jovem. — São as chaves do Lincoln Continental do Sr. Dimitri. Ele o deixa estacionado numa garagem do centro. Às vezes ele me deixa dirigir. É um Mark III 69 preto. Uma beleza.

Lucien assentiu.

— Considere-o seu — disse ele, e jogou as chaves e os documentos em direção a Reginald, que os pegou no ar com habilidade.

— Está brincando? — Reginald olhou para as chaves que estavam em sua mão. — Mas o que o Sr. Dimitri vai dizer?

— Não muito... — disse Lucien — quando eu tiver terminado com ele. Senhoritas, venham aqui, por favor.

Quando as garotas se reuniram ao redor da mesa, Lucien deu a cada uma várias pilhas de notas de cem dólares.

— Peguem esse dinheiro e seus passaportes, e comecem uma nova vida, bem longe daqui — instruiu ele. — Ou voltem para suas antigas vidas, se acharem que isso vai fazê-las felizes. Esqueçam tudo que aconteceu aqui. Vou cuidar das pessoas que machucaram vocês. Não vão machucar mais ninguém. Eu prometo. Vocês não têm mais nada a temer. Vão embora, sejam saudáveis e felizes.

As garotas, que não entendiam inglês muito bem, sorriram, primeiro para o dinheiro em suas mãos, depois umas para as outras, e depois para ele.

Não precisavam saber inglês para entender o que ele tinha dito.

Porque ele nem tinha falado em voz alta. Tinha dito tudo que precisava dizer em suas mentes, apagando gentilmente a memória cada uma delas.

Demoraria muito até que ficassem completamente curadas. Nem mesmo ele podia fazer isso por elas.

E ele sabia que era apenas o começo.

O dinheiro não conseguiria trazer de volta as vidas que tinham sido perdidas por causa do fracasso dele em controlar a crueldade do irmão.

Mas naquele momento, era a única coisa que ele podia fazer.

— Reginald — disse ele em voz alta. — Leve as mulheres lá para fora e coloque-as em segurança dentro de táxis. Peça que os motoristas as levem para o aeroporto JFK. Elas podem decidir para onde querem ir quando chegarem lá.

— Pode deixar — disse Reginald.

— Depois você vai pegar o carro e dirigir até a Geórgia para morar com seu irmão.

— Com meu irmão — disse Reginald, parecendo feliz. — Que boa ideia!

— Foi o que pensei. Não se esqueça de nada aqui. Se esquecer, não vai poder voltar para buscar. Vai se queimar.

— Queimar, senhor? — Reginald parecia confuso. — Como?

— No incêndio — explicou Lucien, paciente. — Agora vá. E não se preocupe. Ninguém vai delatar você. Eu garanto.

Reginald se virou com os braços abertos e direcionou as garotas para fora. Todas elas se foram, sorrindo para Lucien com gratidão... e uma certa adoração.

Ele olhou para o outro lado. Gratidão era a última coisa que ele merecia, e adoração, muito menos.

Estava encharcando os corpos no porão com rum tirado do bar — tinha descoberto que rum 151 queimava de forma mais rápida e eficiente, deixando muito pouco tecido residual — quando o celular tocou.

Ele o pegou e viu na tela o nome que tinha ansiado por ver o dia inteiro.

Meena Harper.

Capítulo 51

21h15 EST, sábado, 17 de abril
Capela de St. Clare
Sullivan Street, 154
Nova York, NY

— Lucien? — gritou Meena quando alguém finalmente atendeu. — É você?

Ela teve que pressionar o outro ouvido com o dedo para conseguir ouvi-lo.

O motivo eram os gritos vindos lá de baixo.

Mas ela achava que era culpa dela mesma: tinha jogado um balão cheio de água benta em cima de um grupo de vampiros que estava tentando pular a cerca do jardim da igreja para entrar na paróquia.

— Meena — disse ele. — Você está bem?

— Estou bem. Mas me desculpe. Mal consigo te escutar. Onde você está? A ligação está péssima.

— Não, *eu* peço desculpas — disse Lucien. Ele parecia impossivelmente distante. — Não estou num local muito bom para a recepção do celular agora. Espere... pronto. Você consegue me ouvir agora?

— Ah — disse Meena. Uma onda de calor a percorreu ao som da voz dele. De repente, ela sentiu como se tudo fosse ficar bem.

Mas isso era ridículo, porque um homem não podia consertar todas as coisas que tinham dado errado nas últimas poucas horas.

Mesmo Lucien, que não era um homem comum.

— Está muito melhor — disse ela. — Você parecia estar em algum tipo de túnel. Não está no apartamento?

— Não — disse Lucien. — Meena, onde *você* está? Isso são... gritos?

— Ah — disse Meena. Ela olhou para os vampiros perto da cerca do jardim da igreja, sentindo uma pontada de medo... e ódio.

Mas então imediatamente se sentiu culpada por causa do ódio. Não conseguia acreditar no quão rápido passou de sentir pena dessas criaturas que não tinham culpa do que eram e de insistir que deviam existir qualidades neles que compensavam, assim como em Lucien, a jogar balões cheios de um líquido que era tão corrosivo para eles quanto ácido de bateria, do teto da paróquia.

O que estava acontecendo com ela? Em que estava se transformando? Era tão monstruosa quanto eles.

Mas, por outro lado, ela achava que ser quase assassinada costumava fazer aflorar o monstro dentro de cada um de nós.

— Não se preocupe com isso — disse ela para Lucien. — Eles vão estar bem em alguns minutos. — O irmão dela estava certo sobre os poderes de cicatrização vampirescos. Eram incríveis. Nada matava essas coisas. Bem, exceto uma estaca no coração, pelo que diziam, mas Meena, no teto da paróquia, não estava perto o bastante deles para testar essa teoria. Ainda.

— Meena. — A voz grave de Lucien soava como o paraíso nos ouvidos dela. Principalmente quando ele dizia o nome dela daquele jeito, tão cheio de puro amor masculino... e de saudade. — Do que você está falando? Quem vai estar bem?

— Ninguém — disse ela. Não queria estragar as coisas admitindo que tinha passado os últimos 15 minutos encharcando a espécie dele com água benta para conseguir algum tempo sozinha e poder ligar para ele. — É bom ouvir sua voz.

— É bom ouvir você também — disse ele. — Você não pode imaginar o que estou passando sem saber onde você estava esse tempo todo. Andei me torturando, pensando em todas as coisas que podiam ter acontecido com você e como eu não estava lá para protegê-la.

— Ah — disse Meena, colocando uma mão sobre o peito. Lágrimas encheram os olhos dela. — Lucien, você tem que parar de dizer esse tipo de coisa. Você sabe que não podemos ficar juntos. É impossível.

— Você fica dizendo que é impossível — disse Lucien —, mas se tem uma coisa que aprendi em meus cinco séculos na Terra é que nada é impossível. Principalmente para um homem tão apaixonado quanto eu estou por você.

Uma mão apareceu na beirada ao lado do pé de Meena — um vampiro, tentando escalar pelo prédio para chegar até ela. Dando um gritinho abafado de susto, Meena pegou um revólver de água do bolso de trás do jeans, mirou e lançou um jato de água benta nele. Ele gritou quando os dedos pegaram fogo, perdeu o equilíbrio e caiu 15 metros até o chão. Horrorizada, Meena se virou.

— Meena — disse Lucien. — O que foi isso?

— Isso? Oh, nada. Olhe, quero que você saiba que recebi seus recados. Eu teria ligado antes, mas tive que roubar meu telefone que estava com meu irmão. Ele não sabe que peguei...

Como se aproveitando a deixa, ela ouviu o irmão gritando da janela do segundo andar abaixo:

— Quer isso aqui? Quer isso aqui? Então venha pegar, seu vampiro boiola! — O comentário foi seguido por uma pequena explosão.

— Meena — disse Lucien. Havia uma urgência no tom de voz dele. Ela se deu conta de que ele definitivamente tinha ouvido a explosão. — *Onde você está?*

— Ah — disse ela. — Não importa.

Uma parte dela só queria continuar ouvindo enquanto ele dizia que a amava e sentia saudade dela. Mas isso era errado, porque ela sabia que ele ainda ia matar Jon e Alaric.

— Importa *sim* — insistiu ele. — Meena, você tem que me ouvir. Acho que você corre sério perigo.

— É mesmo? — Ela tentou ignorar o cheiro de fumaça que ainda vinha da cozinha da paróquia. O padre Bernard já tinha ligado para o corpo de bombeiros e dito que (caso algum dos vizinhos da igreja tivesse ligado para a emergência, ele não queria se preocupar que o departamento de polícia de Nova York fosse atacado por vampiros) o único problema era um "cano estourado", que tinha feito com que cancelassem a missa da noite. A fumaça? Ah, a fumaça era de uma leva dos biscoitos da Irmã Gertrude que tinha ficado tempo demais no forno.

— É engraçado — disse Meena ao telefone —, porque eu acho que *você* está correndo grave perigo.

— Estou falando sério, Meena — disse Lucien. Ela ouvia o movimento dele na outra extremidade da linha. Era estranho mas parecia que ele estava derramando alguma coisa. — Eu preferia ter essa conversa pessoalmente, mas com as coisas do jeito que estão agora... bem, vou ser direto: vamos embora juntos.

— O quê? Você quer dizer... fazer uma viagem?

— Sim — disse ele com uma estranha hesitação. — Exatamente. Uma viagem. Bem, talvez um pouco mais longa do que uma viagem normal. E sei que você vai dizer que vou matar seu irmão e o guarda. Mas não vou poder fazer isso se não estivermos por perto, não é?

— Não — Meena teve que concordar. — Isso é verdade.

— E eu sei como você se sente em relação ao seu trabalho. Mas você deve ter férias para tirar.

— Bem — disse Meena. Ela mordeu o lábio inferior, pensando em Stefan Dominic, ainda preso no porão. Os Dracul já tinham conseguido se infiltrar onde ela trabalhava e, de acordo com Alaric, onde ela morava também. Tirar férias até as coisas se acalmarem um pouco não seria uma ideia tão ruim. — Umas duas semanas de folga não vão fazer mal algum, agora que você falou nisso...

— Bem — disse ele, parecendo surpreso. E muito mais animado. — Isso foi fácil. Achei que você resistiria mais à ideia, para ser honesto. Você pode partir esta noite, Meena? Posso estar perto da sua casa em poucos minutos. Você acha que consegue escapar da Guarda Palatina?

E me encontrar em sua varanda? Não precisa ter medo. Eu ajudo você a passar para o terraço de Emil. Podemos partir de lá.

Ele parecia tão seguro de si. Essa era uma das coisas que ela amava nele. Ele sempre parecia saber exatamente o que estava fazendo, e nas poucas ocasiões em que não sabia, bem, aquela vulnerabilidade só fazia com que ela o amasse com ainda mais intensidade.

— Hum, encontrar você na varanda pode ser meio problemático, Lucien.

— Por quê?

Ela não queria contar a ele dessa maneira. Mas agora não tinha escolha.

— Bem, porque nesse momento estou no telhado da paróquia de St. Clare, na Sullivan Street, no centro de Manhattan, perto da Houston Street — disse ela ao telefone. — Não temos exata certeza do que está acontecendo aqui, mas parece que seu irmão mandou Stefan Dominic, o cara que contratamos para fazer o papel de vampiro em *Insaciável*, só que na verdade ele é mesmo um vampiro, me sequestrar...

— Ele machucou você? — perguntou Lucien com uma voz dura como pedra.

— O quê? — perguntou Meena. — Não. Bem, quero dizer, ele tentou. Tinha uma arma. Mas Alaric o impediu. Agora estamos com ele preso aqui e no momento estamos tendo um pouco de dificuldade, porque algumas dezenas de Dracul parecem querer entrar aqui e nos matar, ou algo do tipo...

— *O quê?*

Ela fez uma careta e teve que afastar o telefone do rosto.

De tão alto que ele gritou no ouvido dela.

— Lucien — disse ela quando o volume do que supunha ser o xingamento dele (em romeno, então ela não entendeu uma palavra sequer) voltou a um nível de decibéis suportável. — Eu sabia que você ia dar um chilique desses, e foi por isso que eu não...

— Meena — trovejou ele. Ela teve que afastar o telefone do rosto de novo. — *Fique exatamente onde está.* Vou buscá-la.

— Não — gritou ela ao telefone antes que ele desligasse. — Pense bem, Lucien. É uma armadilha. Alaric diz que eles estarão esperando por você no meu apartamento também. — E tinha sido por isso que ela não ia dizer uma palavra sobre Jack Bauer. Não precisava ter *dois* homens arriscando a vida pelo cachorro dela. — Tudo isso é uma armadilha para atrair você, para que seu irmão possa matá-lo...

— Ah, Alaric disse isso, é? — rugiu Lucien. — Bem, não ligo para o que *Alaric* diz. Sabe quem é Stefan Dominic, Meena? Ele é meu sobrinho. É *filho* de Dimitri.

— Ah — disse Meena, surpresa. — Então... você está dizendo que devíamos soltá-lo?

— Estou dizendo que vou buscar você, e você e eu vamos partir...

— Você quer dizer fugir — disse ela, baixinho. — Não é?

A voz de Lucien estava fria como gelo.

— Não vamos fugir, Meena. Vou mantê-la em segurança. Essa é minha primeira, minha *única* prioridade.

— Bem — disse ela, passando uma mão pelo cabelo. A voz dela se entalou num soluço que ela não esperava.

Achou que estava se saindo muito bem em manter a calma. Pelo menos na última meia hora.

Mas agora tudo começava a sair de controle de novo.

— E quanto a Jon, Lucien? — perguntou ela, a voz falhando. — Porque ele também está aqui. E se nós partirmos e seu irmão for capturado? Acha que eu poderia viver em paz se alguma coisa acontecesse com meu irmão? Você vai proteger Jon, Lucien, pelo resto da vida dele também? Porque acho que não vai. Na verdade — disse, e a voz dela se elevou com um tanto de histeria —, ainda acho que você vai matar Jon e Alaric também.

— Meena. — Lucien parecia calmo agora. A tempestade tinha passado. Ele parecia estar escolhendo as palavras com cuidado deliberado, do modo como um joalheiro escolheria pérolas para colocar num colar.

— Não vou matar ninguém. Exceto meu próprio irmão. Isso sem falar no meu sobrinho. E então, Jon estará seguro. E você também.

Ela queria acreditar nele desesperadamente.

— Acha mesmo isso? — perguntou ela.

— É claro que acho, Meena — disse ele. — Tudo isso vai acabar em breve. Agora, comece a pensar sobre para onde quer ir. Sempre sonhei em ter uma casinha na Tailândia.

— Tailândia — disse Meena. Ela gostava do som da palavra nos lábios dele. — Nunca fui à Tailândia.

— Nem eu — falou Lucien. — Podemos conhecer juntos.

Enquanto Meena sonhava em compartilhar com Lucien uma cabana de telhado de palha na praia (apoiada em vigas de madeira sobre a água, como ela via nas revistas), ela ouviu um barulho de movimento. Ao se virar, viu um morcego pousando no telhado a alguns metros e começando a se transformar em vampiro.

— Ah, não — disse ela com um gemido, o coração martelando no peito. Ela correu em direção a ele, dando o chute mais forte que conseguiu no morcego, derrubando-o aos gritos de cima do telhado...

... na hora em que ele mudou de forma e virou uma jovem de jeans e jaqueta de couro. A garota gritou enquanto caía pelo ar, não voltando a ser morcego com rapidez o bastante para se salvar de cair nas estacas da cerca do jardim abaixo, que furaram o corpo dela em várias partes.

Mas como as estacas não eram feitas de madeira, ela apenas ficou lá deitada, perfurada e se contorcendo, enquanto os amigos tentavam soltá-la.

Meena, vendo tudo isso se desenrolar de cima do telhado, fez uma careta horrorizada e olhou para o outro lado.

— Espero que você esteja certo, Lucien — disse ela, levando o telefone ao ouvido novamente. — Sobre isso tudo terminar logo. Porque não tenho certeza do quanto mais consigo suportar.

Não houve resposta.

— Lucien? — disse ela. Depois afastou o telefone do rosto e olhou para a tela. Ainda tinha sinal.

Ela se deu conta de que Lucien tinha desligado na cara dela.

Teria ela falado alguma coisa errada?

Meena pulou quando o telefone vibrou na mão dela. Ele estava retornando a ligação.

— Lucien? — gritou ela.

— Quem? — Uma voz familiar penetrou em seus ouvidos.

— Ah — disse Meena, desapontada. — Oi, Paul. Olha só, não posso mesmo conversar agora.

— Tudo bem — disse Paul. — Lamento interromper sua orgia de chocolates de sábado à noite. Só queria saber se você recebeu o e-mail de Shoshana.

— Que e-mail? — perguntou Meena. Ela precisava descer para avisar todo mundo. Agora entendia por que os Dracul estavam se esforçando tanto para entrar na paróquia. Não era apenas *ela* que eles queriam.

Era o filho de Dimitri Antonesco.

— Fomos vendidos — Paul disse.

Meena quase derrubou o telefone.

— O quê? O que você quer dizer? A novela? — Mas isso não fazia sentido. Programas não podiam ser vendidos. Podiam?

— Não a novela — disse Paul. — A emissora. O Consumer Dynamics e tudo que ele possui. Hoje de manhã. Para alguma coisa chamada TransCarta.

— Nunca ouvi falar — disse Meena.

— Nem eu — disse Paul. — Tive que procurar no Google. É uma empresa de *private equity*.

Meena ficou parada, segurando o BlackBerry contra o rosto. Não podia mesmo falar, como tinha dito a ele. Mesmo assim...

— Mas... o que isso significa?

Demitida. Como todo o resto, agora tinha perdido o emprego também.

— Shoshana garante a todos no e-mail dela que isso não significa nada, que tudo vai continuar normalmente, que a TransCarta apoia a ABN e *Insaciável* integralmente e está ansiosa para um futuro lucrativo trabalhando conosco.

— *Shoshana* disse isso tudo? — perguntou Meena com incredulidade. Shoshana mal conseguia fazer um pedido de restaurante.

— Eu sei — disse Paul. — Mas Fran e Stan assinaram embaixo. E o mais estranho: Shoshana mandou o e-mail uma hora antes disso tudo ser anunciado na CNN.

— Então como é que ela sabia? — divagou Meena em voz alta.

Foi bem naquela hora que um alçapão que levava ao telhado foi aberto de repente, deixando passar um feixe brilhante de luz amarela vindo do terceiro andar da paróquia.

— O que você está *fazendo* aqui em cima? — perguntou seu irmão, Jon. Ele subiu no telhado, levando uma besta. — O que aconteceu com minha brigada da água benta? Parece que secou de repente.

— Desculpa — disse Meena, desligando na cara de Paul e colocando o celular discretamente no bolso de dentro da jaqueta de camurça. — Me distraí. Estão começando a me bombardear. — Ela olhou para o alto, procurando assassinos alados no céu, mas tudo parecia quieto... naquele momento. — Parece que eles recuaram por enquanto.

— Sim, é por isso que estou aqui. Abraham acha que estão se reposicionando e que é melhor você descer. Provavelmente não é mais seguro aqui em cima.

— Tudo bem — disse Meena. — Preciso contar uma coisa a Abraham. Sabe aquele Stefan? Ele é...

O telefone de Jon tocou.

— Quem diabos pode ser? — Ele pegou o telefone dentro do bolso. — Ah, meu Deus. É Weinberg. — Para a surpresa de Meena, o irmão atendeu a chamada. — Adam. Como você está?

Meena balançou a cabeça. Não conseguia se lembrar da última vez que tinha visto Jon com o humor tão bom. Talvez só quando ele estava empregado.

Era bom saber que pelo menos alguém estava se divertindo com isso, a pior noite da vida dela.

Então Meena sentiu seu bolso vibrar. O que estava acontecendo? Alguém mandando mensagem de *texto* para ela? *Agora?*

Lançando um olhar furtivo para o irmão (ele ainda estava tendo sua conversa animada com o marido de Leisha), Meena tirou o celular do bolso e olhou para a mensagem que tinha sido deixada para ela.

Era de Lucien.

Fique onde está, ele tinha escrito. *Estou indo buscá-la.*

Foi naquele momento que, ao longe, no lado leste, ouviu-se o som de uma explosão enorme.

— Jesus Cristo — disse Jon, olhando para cima. — Que porra foi essa?

— Não sei — disse Meena, olhando na direção de onde tinha vindo o som. — Foi alto demais para ser um carro.

— Pareceu um prédio inteiro explodindo — disse Jon. — Cara, olha só aquilo.

Ele apontou para um brilho laranja que tinha começado a tomar o céu ao leste, onde estaria o sol se fosse manhã. Meena, ao olhar para aquilo, só conseguiu pensar em uma coisa.

Lucien. Lucien tinha alguma coisa a ver com aquilo.

Tinha tanta certeza disso quanto de que estava ali parada.

O som de derramar que ela havia ouvido ao fundo enquanto falava com ele. Teria sido gasolina?

Não importava.

Essa guerra de vampiros tinha acabado de alcançar um novo nível.

— Com certeza foi um prédio — estava dizendo Jon. Alguma empresa de seguros vai se dar mal hoje. — Para Adam, que ainda estava ao telefone, ele disse: — O quê? Sim, me desculpe. Não, era uma coisa na TV. É, Meena e eu estamos relaxando em casa hoje. — Ele fez uma cara engraçada para Meena. — Acho que vamos pedir comida chinesa... Se queremos tomar um drinque? Hã, não. Acho que vamos ficar descansando hoje, não é, Meen?

— Hã, é — disse Meena, erguendo a voz para que Leisha pudesse ouvi-la caso estivesse ao telefone com o marido. — Vamos ficar em casa e relaxar.

— É — disse Jon. — Depois a gente se fala... — De repente, o rosto dele ficou pálido. — Ah. Estão? — perguntou ele ao telefone.

Meena ficou olhando para ele.

— O quê?

De repente, todas as preocupações dela com Leisha e o bebê voltaram com força total.

— Qual é o problema?

— Estão em frente ao nosso prédio — disse Jon para ela, afastando o telefone do rosto. Ele parecia que ia vomitar. — Em frente ao 910 da Park Avenue. Querem saber se podem subir.

Meena sentiu como se o chão tivesse tremido sob seus pés. E não porque os vampiros estavam atacando de novo.

Não, pensou ela. *Não Leisha e o bebê. Não desse jeito.*

Só que... é claro. *É claro* que ia ser Leisha e o bebê.

E é claro que ia acontecer desse jeito.

E ela sempre soubera que seria assim.

Apenas tinha se recusado a ver, porque era horrível demais para se imaginar.

Até aquele momento, quando estava bem em frente dos olhos dela.

Capítulo 52

21h45 EST, sábado, 17 de abril
Capela de St. Clare
Sullivan Street, 154
Nova York, NY

Ela esticou o braço e arrancou o telefone da mão de Jon.
— Alô, Adam? — disse ela. Seus dedos tinham ficado dormentes. Ela não conseguia senti-los.
Não conseguia sentir nada.
Exceto medo.
— Ah, oi, Meena, é o marido inútil e desempregado da sua melhor amiga — disse Adam com a zombaria costumeira. — Leisha cansou de mim em casa o dia inteiro sem fazer nada, então propôs que saíssemos para dar uma caminhada porque a tarde estava linda, e acabamos no Central Park.
— Oi, Adam — disse Meena. — Posso falar com...
— Depois cruzamos o parque e jantamos e viemos parar perto da sua casa — disse Adam. — Então Leisha sugeriu que parássemos para ver o que vocês estavam fazendo, já que pelo visto não atendem mais os telefones...
— Meena? — A voz de Leisha, forte e vibrante, soou no ouvido de Meena. Ela parecia ter arrancado o telefone à força de Adam. — Oi

O que está havendo com você? Te deixei umas cinco mensagens. Como foi o concerto? Tão chato que você não pôde nem me ligar para contar? Pode dizer para Pradip nos deixar subir? Preciso fazer xixi. Essa criança deve ter se instalado na minha bexiga. E não me dê a desculpa da casa estar bagunçada, porque nesse momento não ligaria se vocês tivessem cadáveres empilhados no chão. Para você ver o quanto estou apertada. Seu interfone deve estar quebrado, porque Pradip falou que vocês não estão atendendo, mas Jon disse que estão em casa...

— Leisha. — Meena respirou fundo. Isso era um pesadelo. Ela estava vivendo um pesadelo. — Vocês têm que ir embora. Vocês têm que virar as costas e se afastar do meu prédio. Por favor, não faça perguntas. Apenas vá.

— O quê? — Leisha estava compreensivelmente confusa. — Do que você está falando? Pare de brincar, preciso muito fazer xixi. E não tem nenhum Starbucks a menos de dois quarteirões de distância. E acredite em mim, não vou conseguir chegar.

— Leisha.

O coração de Meena batia com força contra o peito. Jon, de pé na frente dela, estava fazendo gestos desesperados com as mãos e sussurrando:

— Diga que estou com febre. Diga que acha que estou com gripe e você não quer que Leisha pegue. Não conte a verdade, Meen. Você sabe o que Alaric disse sobre contar a verdade para as pessoas...

Mas ela não ligava para preservar a conspiração de silêncio da Palatina sobre a existência de vampiros.

Ela só se importava com afastar sua melhor amiga e o bebê dela da morte.

— Lembra-se de Lucien Antonesco? — Meena perguntou a Leisha ao telefone.

— Sim... — disse Leisha. — O Sr. Perfeito? O que tem ele? Vamos, Meena, diga logo.

— Ele não é tão perfeito — disse Meena. A voz dela estava tremendo. Ela *toda* estava tremendo.

Era imaginação dela ou os sons de ataque no prédio estavam diminuindo? Onde estava Abraham Holtzman, gritando ordens para os freis? Por que Meena não ouvia a Beretta da irmã Gertrude?

— Ele é um vampiro — disse Meena, ignorando Jon, que tinha dado um tapa na testa com a palma da mão. — Certo, Leisha? Ele é o príncipe das trevas. E muitos outros vampiros estão vigiando meu apartamento nesse momento para matá-lo. Então você e Adam têm que sair daí imediatamente caso algum deles a veja e de alguma forma conecte você a mim. Está bem? Então faça o que falei. Vá embora.

Leisha não falou nada por um minuto.

Então ela falou, parecendo mais estar achando graça do que ofendida:

— Meena, querida, se você não quer que Adam e eu apareçamos sem ligar, só precisa dizer. Não precisa usar uma das suas tramas loucas de *Insaciável* desse jeito...

— Ah, meu Deus, Leisha, isso não é uma trama de *Insaciável*! — gritou Meena. Como isso podia estar acontecendo com ela? E por que *agora*, quando realmente importava? — É real! Você se lembra de Rob Pace, Leish? Você lembra que falei para você não entrar no carro dele? É a mesma coisa. Se não quer que você e seu bebê terminem como Angie Harwood, tem que fazer o que falei.

— Mas você nunca falou nada. — Leisha parecia perplexa. — Você nunca...

— Eu já sei há algum tempo que alguma coisa ia acontecer ao bebê, Leish — prosseguiu Meena —, mas não contei porque não queria assustar você. Eu errei. Devia ter te contado. Sou uma idiota. Isso é tudo minha culpa. Está bem? Você precisa acreditar em mim agora. Uma coisa ruim vai acontecer ao bebê. Você tem que sair daí.

Ela ouviu sua melhor amiga respirando na outra extremidade da linha. Por alguns segundos, isso foi *tudo* que Meena ouviu, além de Jon, ofegando profundamente ao seu lado, e os barulhos do tráfego na Houston Street. Os jardins da igreja estavam silenciosos. Os Dracul, ao que parecia, tinham desistido e ido embora.

Meena e todo o seu ser, toda sua concentração, estavam fixados no suave som da respiração de Leisha.

Então Leisha disse:

— Uma coisa vai acontecer ao bebê? — O tom de voz dela era o mais frágil que Meena já tinha ouvido sair da boca de sua amiga escandalosa, segura e exagerada.

— Se você não sair daí — disse Meena, o coração se contorcendo no peito —, sim.

Então, para seu infinito alívio, ela ouviu Leisha dizer para o marido:

— Vamos. Vamos embora.

— O quê? — Meena ouviu Adam dizer, parecendo confuso. — O que está acontecendo?

— Vamos embora. Meena disse que temos que sair daqui. Vá chamar um táxi. — Leisha parecia ter se esquecido de desligar o telefone. Estava dando ordens a Adam, com o telefone frouxo na mão enquanto fazia isso. — Não fique aí parado. Arrume um táxi! Lá tem um, chame. Chame!

— Não estou entendendo — Meena ouviu Adam dizer. — Por que não querem que a gente suba?

— Chame o maldito táxi — falou Leisha. — Depois eu explico.

Meena se sentiu começar a relaxar. Uma espécie de risada repentina semi-histérica surgiu na garganta dela. Jon, de pé na frente dela, falou sem emitir som:

— O que está acontecendo?

— Estão indo embora — disse Meena e ele fez sinal de positivo com os polegares, aliviado.

Tudo ia ficar bem. Leisha ia ficar bem. O bebê ia ficar bem. Todas aquelas premonições loucas que vinha tendo há tanto tempo... estavam erradas.

Tinha sido por pouco. Bem pouco.

Mas tudo ia ficar bem, afinal.

Graças a Deus.

— Ah, merda — Meena ouviu Leisha dizer. — Quem é esse cara?

Meena ficou tensa de novo, apertando o telefone contra a orelha.

— O quê? — perguntou Jon, reparando na expressão facial dela.

Ela ergueu uma mão para silenciá-lo e poder escutar. Uma voz de homem estava falando. Parecia estranhamente familiar.

— Com licença — falou a voz. — Era o apartamento 11B que vocês estavam tentando chamar?

— Não — disse Leisha apressadamente. — Lamento.

— Era — disse Adam. — Na verdade, era sim. Por que está perguntando?

— Meena Harper, certo? — a voz perguntou de maneira simpática.

Oh, Deus, Meena pensou, angustiada. *Não. Não, não, não, não... isso não pode estar acontecendo. Saia daí. Saia daí, Leish...*

— Não — disse Leisha. — Não a conhecemos.

— Conhecemos sim — disse Adam. — Leish, o que há com você? Meena é sua amiga. É a melhor amiga da minha esposa, na verdade.

Meena se sentou no telhado coberto de cascalho, com a sensação de que o chão sumiu debaixo dela.

— Meena, o que foi? — perguntou Jon, correndo para se ajoelhar ao lado dela. — O que está acontecendo?

Sem falar nada (ela não teria conseguido falar se quisesse, pois sua língua tinha virado chumbo dentro da boca), ela colocou o celular entre os dois e ligou o viva-voz para que ele também pudesse ouvir os amigos deles sendo mortos.

— Não é não — estava dizendo Leisha em voz alta. — Não conheço nenhuma Meena Harper.

— Acho que conhece — falou o estranho. Ele tinha uma voz estranhamente doce, tranquilizadora, quase... hipnótica. Era isso que ele estava fazendo para que Adam admitisse todas aquelas coisas? Hipnotizando-o? — Acho que você conhece Meena Harper muito bem.

— Sim — disse Adam. — Claro que conhecemos.

— Meu Deus — exclamou Jon, olhando para Meena com uma expressão de espanto no rosto. — Quem *é* esse cara? Como está fazendo isso? Adam odeia todo mundo. Ele acha que todo mundo é um serial killer em potencial. Adam! — gritou para o telefone. — Adam! Não o escute!

Meena apenas balançou a cabeça. Lágrimas corriam pelo rosto dela quando murmurou:

— Não adianta. Ele não consegue te ouvir. Já está feito.

— O que você quer dizer? — disse Jon. Ele parecia zangado. — Você... você *sabia* sobre isso?

— Eu te contei — disse ela, erguendo a mão para limpar algumas lágrimas. — O bebê...

O rosto de Jon ficou pálido.

— Foi *isso* que você viu acontecer?

— Não, é claro que não. — Meena cobriu o rosto com as mãos. — Como eu ia saber que tinha a ver com *vampiros*?

— Talvez porque você começou a dormir com um? — Jon gritou Jon para o telefone: — Adam! Adam!

Mas Adam não estava ouvindo.

— Ei... você não é aquele cara? — eles o ouviram dizer com uma voz entusiasmada que não tinha nada a ver com Adam. — Aquele cara da novela? Gregory Bane. É isso! Olha, Leish. É Gregory Bane.

Uma onda de náusea tomou conta de Meena. *Gregory Bane*.

É claro. É claro que Gregory Bane era um Dracul.

— Sim — disse a voz doce. — Sou Gregory Bane. Obrigado por assistir.

— O que você está fazendo? — ouviram Leisha gritar. — Não toque em mim. Tire suas mãos de mim. Afaste-se!

— Ei — disse Adam. Ele parecia atordoado. — Ela é minha esposa...

— Adam! — gritou Jon para o telefone. — Adam! Ataque os olhos dele! Os olhos, Adam! — Ele virou a cabeça para olhar para Meena. — O que há de errado com ele?

— Eles podem controlar a mente das pessoas — disse Meena, afastando as mãos do rosto e apoiando a cabeça nos joelhos. As lágrimas deixaram manchas úmidas no jeans dela. — Não é culpa de Adam.

Jon estava revirando os bolsos.

— Vou ligar para Alaric — disse ele. — Tenho o número dele. Se ele ainda estiver lá pegando Jack, talvez possa impedir...

— É tarde demais — sussurrou Meena. Ela tinha começado a se embalar, com os joelhos apertados contra o peito. — É tarde demais.

Eles ouviram um barulho de movimento no celular, de sapatos no asfalto. Depois um som que perfurou o coração de Meena.

Leisha gritou.

Depois um barulho alto, como se o telefone tivesse caído no chão.

E então... nada. Meena ergueu o celular e o apertou contra a orelha, se esforçando para ouvir um barulho, qualquer coisa.

Mas ela apenas ouviu ao longe o familiar ruído de tráfego na Park Avenue.

— Ei — disse Jon. Ele ainda estava revirando os bolsos. — Onde está seu celular?

Meena enfiou a mão no próprio bolso, mantendo o celular dele colado à orelha, e o passou para o irmão.

— Eu devia ter percebido — disse Jon de forma tensa, digitando números no teclado depois de olhar em um pedaço de papel que tinha tirado do bolso do jeans. — Para quem você tem ligado? Para *ele*?

— Cale a boca, Jon — disse Meena, ainda apertando o telefone contra a orelha.

— Que ótimo — disse Jon com sarcasmo. — Era exatamente o que precisávamos agora, seu namorado chegar e...

Meena ergueu uma mão para silenciá-lo. Alguma coisa estava acontecendo na outra extremidade do telefone de Adam: um barulho de arranhar...

Alguém estava pegando o telefone.

Depois bipes, como se alguém estivesse digitando números no teclado.

— Ai — gritou Meena, afastando o telefone do rosto. — Alô? Alô? Quem está aí?

Então a voz de Adam, ainda parecendo atordoado, soou.

— Meena? — Ele parecia confuso. — É você? Eu estava tentando te ligar.

Jon baixou o telefone que estava segurando.

— Adam — gritou Meena. — Oh, meu Deus. Adam, você está bem?

— Cara — gritou Jon ao telefone. — Onde está sua esposa? Onde está Leisha?

— Eles... eles a levaram — disse Adam. A voz dele parecia um fio. E Meena sabia que não era porque ele estava em um celular.

Ele não estava chorando. Ainda não.

Mas iria começar. Em breve.

— Tentei impedi-los — disse ele. — Eu tentei, mas eles... eles... me *morderam*. Estou sangrando. — Adam parecia assustado. — Tem sangue para todo lado.

Meena e Jon trocaram olhares de pânico.

Ligue para Alaric, pediu Meena para o irmão com movimentos de lábios. *Agora*.

— Adam — disse Meena ao telefone de Jon. — Onde você está? Ainda está em frente ao prédio?

— Estou — disse Adam vagamente, como se estivesse surpreso por descobrir isso.

— Bem, entre então — disse Meena. Ela tentou falar com autoridade, o que não era fácil, porque estava tremendo demais. Mas queria que Adam fizesse o que ela estava dizendo. — Vá até o porteiro, Pradip. Ele tem um kit de primeiros socorros. Ele vai ligar para 911 e ajudar você até que a ambulância chegue. Vá até Pradip, Adam.

— Mas tenho que encontrar minha esposa — disse Adam. — Eles a levaram.

— Sei que a levaram — disse Meena, mexendo no cabelo, frustrada. — Sabe para onde a levaram, Adam?

— Me mandaram dizer a você — falou Adam lentamente, como um homem enfeitiçado ou sofrendo de choque profundo. — Mandaram um recado para você...

Meena olhou para o irmão, que estava falando rapidamente no telefone. Ela ficou aliviada de ver que ele tinha conseguido falar com Alaric.

— Qual? — perguntou ela a Adam, desesperada. — Qual foi o recado que mandaram, Adam?

— Me mandaram dizer que se você quer ver Leisha de novo, tem que ir para a igreja — disse Adam.

— Igreja? — Meena balançou a cabeça, sem entender. — Mas já estou na igreja!

— A de St. George — disse Adam. — Eles a mandaram ir para lá. É onde a coroação vai acontecer.

— Coroação? — Meena ficou olhando para o celular. Agora estava completamente confusa. — Coroação de *quem*?

— Do novo príncipe das trevas.

Capítulo 53

21h45 EST, sábado, 17 de abril
Park Avenue, 910, apto. 11B
Nova York, NY

Alaric ficou olhando para a área de destruição que já tinha sido o apartamento de Meena.

Os Dracul tinham sido meticulosos e até mesmo criativos na destruição do local. Não havia uma mobília sequer no 11B que não tivesse sido quebrada, rachada, partida ou destruída. As almofadas do sofá tinham sido rasgadas com facas, o enchimento espalhado por todos os lados. A moldura de madeira exposta do sofá tinha sido partida em pedaços. O mesmo tinha sido feito com a poltrona de Meena e o resto dos assentos.

A mesa de centro estava em pedacinhos, assim como os abajures e toda a louça da cozinha. As pernas da mesa de jantar tinham sido enfiadas na tela da tevê. Todos os livros de Meena que estavam nas estantes da sala de estar tinham sido empilhados na banheira, e o chuveiro tinha sido deixado aberto para que ficassem encharcados.

Isso tinha exigido verdadeira inspiração da parte dos Dracul. Ele não conseguia parar de se perguntar qual deles tinha pensado naquilo. Destruir os amados livros de uma escritora?

Só podia ter sido Dimitri. O gesto trazia todos os sinais da tradição dele. Crueldade no estilo dos hunos.

A cama de Meena havia sofrido um ataque particularmente cruel, tendo sido destruída pelo que parecia ter sido uma serra elétrica. Na parede acima dela, alguém tinha pintado com spray preto a palavra *piranha*. O dragão, símbolo dos Dracul, também tinha sido pintado com spray nas paredes do apartamento todo, nos lugares que não haviam sido vários outros eufemismos da palavra *prostituta*, normalmente escritos de forma errada.

Alaric, passando por cima do vidro quebrado e das roupas rasgadas do armário de Meena, balançou a cabeça.

Os Dracul jamais teriam que se preocupar em serem confundidos com universitários de Oxford.

Não havia a menor chance, é claro, de eles terem deixado qualquer coisa viva naquele apartamento. Onde quer que estivesse o cachorro de Meena, ele sem dúvida estaria morto. Alaric nem sabia por que estava se dando ao trabalho de procurar.

Mas ele queria ver o cadáver com os próprios olhos. Sentia que isso daria a ele muito mais motivos para odiar os inimigos e fazer o tipo de coisas que fantasiava fazer a eles desde que entrou no apartamento.

Estava inspecionando os conteúdos dos eletrodomésticos de Meena — não se espantaria se tivessem fervido ou congelado o cachorro até a morte — quando ouviu uma voz vindo da porta do 11B, que ele certamente tinha trancado atrás de si.

— Olá — gritou uma mulher. — Tem alguém aí?

Alaric, que estava obviamente com Señor Sticky na mão, se pôs em posição defensiva, pronto para cortar fora a cabeça da vampira que estava na porta de Meena, olhando para ele. Era uma loura alta usando uma roupa fantástica que incluía um par de sapatos altos plataforma, uma espécie de calça capri com a boca larga de um tecido brilhante e uma blusa que parecia feita de penas.

Se os olhos dele não o estavam enganando, era Mary Lou Antonesco, a socialite.

E embora ela parecesse surpresa ao ver a espada, não estava nem perto do quanto ele estava surpreso por vê-la. Como ela havia entrado ali? Ele não tinha ouvido a chave girar na fechadura.

Seria possível que ela, assim como o príncipe, tivesse a habilidade de virar névoa? Teria ela passado por *debaixo da porta?*

— Ah, oi — falou ela de maneira simpática. — Você deve ser o guarda palatino que está tentando pegar o príncipe. Não vai cortar minha cabeça com esse troço, vai?

Alaric ficou olhando para ela, horrorizado. Se ela possuía a habilidade de virar névoa, devia ser uma vampira extremamente poderosa.

Mas ela parecia que tinha acabado de chegar das compras em um shopping chique.

— Por que não? — perguntou ele.

— Porque essa blusa é Gucci e custou uma fortuna — disse ela. — Seria uma pena estragá-la ao me fazer virar pó. Além do mais, estamos do lado de Meena. Vi as luzes se acenderem e achei que era você. Eu sabia que você ia cortar a cabeça de Emil primeiro e fazer perguntas depois. Mas achei que você não seria tão rápido para matar uma dama. Veio buscar o cachorro?

Alaric não conseguia acreditar que estava parada na cozinha de Meena Harper tendo uma conversa com... bem, com uma vampira.

Uma vampira que estava elegantemente vestida com roupas de estilistas famosos, agitando as mãos com longas unhas enquanto falava como uma jovem atriz em um programa de entrevistas, promovendo seu filme mais recente de Hollywood.

Seria algum tipo de armadilha?

Mas vampiros não eram inteligentes o bastante para engendrar armadilhas assim. Nem mesmo os Dracul. Armadilhas como descer de repente de um duto de ventilação secreto no teto e arrancar metade do rosto de alguém com os dentes, sim.

Mas uma conversa?

Isso era novidade.

— Vim — disse ele por fim. Mas não baixou a espada. — Vim buscar o cachorro.

— Ele está no nosso apartamento — disse Mary Lou. — Ele está bem. Lucien nos pediu para vir pegá-lo depois que soubemos do que aconteceu no Shenanigans. Não tínhamos certeza se era você, mas é melhor prevenir do que remediar. Achamos que Meena poderia ter... bem, visitantes desagradáveis, e Jack poderia não estar seguro aqui.

Ela olhou ao redor pelo apartamento, balançando a cabeça.

— Que pena — disse ela, estalando a língua. — Meena tinha um lar aconchegante. E eles destruíram o apartamento todo, não foi? Ouvimos enquanto eles estavam fazendo isso, é claro. Mas não havia nada que pudéssemos fazer. Pelo menos se não queríamos ser os próximos. Íamos sair da cidade para fugir deles, e de você, é claro, mas depois decidimos esperar. Acho que podíamos ter deixado o cachorro em um canil, mas isso não parecia certo.

Alaric, ainda segurando a espada, apertou os olhos para observá-la. O que *era* isso?

— Sei o que está acontecendo aqui — disse ele. — Você é um súcubo, não é? Vai tentar me seduzir e depois sugar minha alma. Bem, não vai dar certo. Já lidei com sua espécie antes. E sempre venço.

Mary Lou, surpresa, jogou a cabeça dourada par trás e gargalhou. Foi um som feliz em um lugar lúgubre.

— Um súcubo — disse ela. — Querido, essa foi boa. Espere até eu contar a Emil. Já me confundiram com muitas coisas, mas nunca com um desses! Não, querido, sou um vampiro, assim como todos os outros. Bem, não *como* todos os outros. Estou do seu lado, como falei.

— Sim, bem, isso não é possível — disse Alaric. Ele se moveu um pouco para a frente, com Señor Sticky mirando o pescoço dela. Ela, por sua vez, deu alguns passos para trás até estar com as costas contra a porta da frente. — Humanos e vampiros não se misturam. Vampiros matam humanos. E por isso, é meu trabalho matar vocês. Todos vocês. Não importa o quanto sejam bonitos.

— Ah, querido — disse ela, parecendo satisfeita com o elogio. — Obrigada. Mas nem todos os vampiros matam humanos. Eu não mato. Já fui humana uma vez. Mas abri mão disso. Sabe por quê?

— Não — murmurou Alaric. — E não ligo.

— Por amor. — Ela ergueu os cílios maquiados para olhar para ele. — Me apaixonei por um vampiro. Meu marido, Emil. Não estou dizendo que ele é perfeito nem nada. Ele não é. Ninguém é. Mas ele me ama. Ele me ama tanto que se dispôs a deixar de matar humanos só porque pedi a ele... e isso foi antes do príncipe se tornar príncipe e dar a ordem de *todos* nós pararmos de matá-los. Quando Emil fez isso por mim, eu soube que tinha encontrado o amor da minha vida. E me dispus a abrir mão de tudo que eu amava, minha família, torta de pecã, a luz do sol, a chance de ter bebês, só para ficar com *ele*.

— É uma pena — disse Alaric sem emoção na voz. — Se tivesse feito contato com alguém do meu trabalho, poderíamos ter ajudado você. É nosso trabalho impedir que mulheres como você sejam presas de demônios sugadores de almas como ele. Mas é tarde demais agora.

— Bem — disse Mary Lou, colocando os dedos delicadamente na lâmina da espada dele para afastá-la alguns centímetros do pescoço dela —, foi bom eu não ter chamado. Porque nunca me arrependi da minha decisão. Emil é tudo para mim. Se acha que eu iria preferir ter filhos e comer torta de pecã a isso, só posso dizer que sinto pena de você. Porque você não tem ideia do que é o amor.

Alaric pensou nas palavras dela com cuidado. Ele *sabia* o que era o amor? O parceiro dele, Martin, tinha dito que soube que havia encontrado o amor verdadeiro, o homem com quem compartilhava a paternidade de Simone, quando os dois descobriram o gosto mútuo por waffles belgas e por uma certa banda alemã de rock dos anos 1990. Alaric sempre achou isso meio... estranho.

Era verdade que Alaric não conhecia a sensação de amar e ser amado. Que pessoa já tinha tido nessa vida para amar e para ser amado por ela?

Mas não se pode sentir falta do que não se conhece, e, portanto, Alaric nunca tinha se incomodado com isso.

Até bem recentemente. Tinha se dado conta disso quando Meena Harper insistiu em segui-lo pela paróquia e depois amarrou aquele lenço ridículo em torno do pulso dele.

Foi naquele momento em que ele se viu quase revelando a verdade. Não toda, é claro. Mas a parte da ideia dele de como ela devia ir trabalhar para a Palatina.

O que ele estava pensando? Quase tinha revelado uma coisa que, até aquele momento, ele tinha guardado só para si.

Ainda estava com o lenço amarrado no pulso, apesar de não ser muito confortável. Que homem usava um lenço em torno do pulso? O que ela estava pensando ao colocá-lo ali?

Mas Meena tinha dito que era para dar sorte. E depois ela o tinha beijado.

Então ele não ousava removê-lo.

Tinha a sensação desagradável de que era um tolo, exatamente como Holtzman tinha dito que ele era.

Ele olhou a vampira nos olhos. Ela disse que ele não fazia ideia do que era o amor?

— O que você está confundindo com amor — concluiu ele em voz alta — é a liberação do neurotransmissor dopamina no seu cérebro, estimulado pelo hormônio mamífero ocitocina.

— Acho que devemos apenas concordar em discordar — disse Mary Lou Antonesco. — Quer o maldito cachorro ou não?

Suspirando, Alaric afastou a espada e a embainhou.

— Quero o cachorro — disse ele. — Se for uma armadilha, vou matar você e seu marido. E não vai ser rápido.

Não era uma armadilha. Ela estava com o cachorro, trancado em um banheiro do apartamento dela, que era cinco vezes do tamanho do de Meena e não tinha sido destruído nem saqueado pelos Dracul. Alaric se viu aprovando tanto a decoração cara e de bom gosto quanto a timidez do marido, Emil Antonesco, que parecia estar esperando que Alaric o atacasse a qualquer momento.

— Pelo amor de Deus, Mary Lou — exclamou ele quando a esposa abriu a porta da frente para que os dois entrassem. — Onde você estava? Não avisei para você não sair...

Foi quando ele viu Alaric e deixou cair a taça de conhaque que estava segurando. Ela caiu com estrondo no piso de parquete, e pedaços de cristal e conhaque voaram para todos os lados. Emil ficou tão pálido... bem, quanto um vampiro.

— Es-esse é o-o... — gaguejou o marido.

— Oh, não se preocupe, querido — disse Mary Lou. — Os Dracul parecem ter ido todos embora. E este é só o guarda palatino, que veio buscar o cachorro de Meena. Ele prometeu não nos machucar. Bem, ele não prometeu exatamente. Mas tenho certeza de que ele não vai fazer isso. Ele parece até legal para um guarda palatino. Ah, veja a sujeira que você fez, Emil. Quem você acha que vai limpar? Você sabe que é a folga da empregada. Quer uma bebida? — Essa última pergunta foi dirigida a Alaric. — Não perguntei seu nome. Qual é?

Alaric estava olhando para um quadro de uma bela jovem que estava pendurado no saguão. A assinatura no canto dizia *Renoir*.

— Alaric Wulf — disse ele, observando o quadro. — E não bebo. Só vim pegar o cachorro. Gostei muito desse quadro.

— Não é lindo? — disse Mary Lou, falando do quadro. — Emil comprou por uma bagatela direto do artista quando ele ainda era desconhecido. Emil tem um olho ótimo. Tem certeza de que não quer nada? Nem mesmo um refrigerante?

— Nada mesmo — disse Alaric. Como se ele fosse aceitar uma bebida oferecida por um vampiro. E se colocassem veneno dentro? — Só o cachorro, por favor.

— É claro. Volto já.

Mary Lou se afastou, deixando Alaric sozinho com o marido dela, que estava na outra extremidade da mancha de conhaque derramado no piso polido de madeira clara, olhando para ele com olhos arregalados.

— Eu mataria você agora — disse Alaric para Emil Antonesco —, mas prometi a Meena Harper que levaria o cachorro dela imediatamente.

— Eu mataria você agora — disse Emil Antonesco, o ódio fazendo os olhos dele adquirirem um brilho vermelho —, mas meu príncipe me proibiu de fazer isso.

— É mesmo? — Alaric ouviu isso com interesse. — Queria saber por quê.

Emil deu de ombros.

— Seu pessoal não fez nada além de perturbar minha espécie por décadas, nos causando sofrimento e dor.

— Bem, acredito que seu pessoal tenha começado — observou Alaric — ao se alimentar do sangue de inocentes.

— Não bebemos mais para matar — disse Emil. — Estamos proibidos. Agora só nos alimentamos de doadores voluntários ou de sangue comprado em bancos de sangue. Por que não nos deixam em paz?

A mão com que Alaric empunhava a espada estava coçando. Era incrivelmente difícil estar tão perto de um vampiro e não matá-lo.

— Talvez porque não exista doador voluntário, só seres humanos que são fracos demais para se oporem aos seus estranhos jogos mentais. E o seu pessoal é que vive atacando o meu.

— Em legítima defesa — sibilou Emil. — Só em legítima defesa.

Alaric deu um passo em direção a ele... e continuou andando até haver apenas centímetros entre eles.

— Não foi legítima defesa quando um grupo de Dracul atacou meu parceiro e eu em um armazém nos arredores de Berlim e quase o matou — rosnou ele, olhando para o homem mais baixo.

— É uma pena ter sido *quase* — Emil rosnou de volta, dando um empurrão nele.

Alaric puxou sua espada. Ela saiu cantando da bainha, a lâmina brilhando na luz do candelabro de cristal pendurado no teto alto e curvo do saguão...

— Aqui estamos — cantarolou Mary Lou. Ela chegou arrastando um Jack Bauer muito relutante pela coleira. O cachorro lutava contra ela a cada passo, rosnando e lutando contra a coleira, as patas se arrastando no chão polido.

Os homens se afastaram imediatamente, voltando para pontos distantes do parquete.

Mas quando Jack Bauer viu Alaric, ele parou de lutar e correu para ele com empolgação.

Alaric se inclinou e pegou o cachorro, que parecia estar ileso e em perfeita saúde.

— Ele parece estar bem — Alaric disse, incapaz de conter a surpresa na voz.

— É claro que ele está bem. — Emil olhava para ele com raiva. — Não somos selvagens. Não machucaríamos um cachorrinho.

Alaric ergueu uma sobrancelha para o vampiro. Mas Mary Lou já tinha dado um tapa no peito do marido.

— Oh, *Emil*! — censurou ela. — Alaric, não ligue para ele. Só está de mau humor porque o fato de vocês terem descoberto onde moramos significa que vamos ter que nos mudar de novo. Você sabe, porque agora vocês vão tentar nos matar e tudo mais. E é minha culpa, já que fui eu que mandei aquele...

— Mary Lou. — Emil Antonesco passou um braço pela cintura fina da esposa, depois puxou-a para seu lado. — Por favor. Pare de falar. Só dessa vez.

Foi quando o olhar de Mary Lou caiu na espada na mão de Alaric.

— Bem — disse ela, o sorriso se esvaindo. — O que aconteceu entre vocês dois enquanto eu estava lá dentro?

— Nada — disse Emil. — Não aconteceu nada. O Sr. Wulf estava indo embora. Não estava, Sr. Wulf?

Alaric continuou parado, segurando o cachorro de Meena, que se contorcia. Pela primeira vez ao longo da carreira, não tinha certeza do que fazer.

Tinha jurado matar todos os demônios, não importando a forma deles. E às vezes essas formas podiam ser traiçoeiras.

Era isso o que o lado das trevas fazia: trabalhava para pregar peças na mente humana, para gerar compaixão e solidariedade para impedir que um homem fizesse o que tinha sido treinado para fazer: enfiar uma estaca no coração de qualquer criatura do mal que estivesse na frente dele.

Mas, pela primeira vez, Alaric não tinha certeza se o que estava na frente dele era do mal.

Talvez toda aquela falação de Meena Harper sobre redenção e reabilitação e sobre como Lucien Antonesco não era como os outros vampiros o estivesse atingindo.

Mas ele acreditava mesmo que aqueles dois vampiros eram só um par de patéticos perdedores (com excelente gosto para mobília e arte) que merecia ter que passar toda a eternidade um com o outro.

Será que ele podia sentir *pena* deles?

E a verdade era... que eles *tinham* salvado Jack Bauer de ser cozido no micro-ondas pelos Dracul.

E Meena Harper gostava deles.

Meu Deus. O que estava *acontecendo* com ele?

— Se contarem a alguém sobre isso — disse ele, apontando Señor Sticky para os pescoços deles, fazendo com que os dois dessem alguns passos para trás —, vou encontrá-los, seja onde estiverem, e vou fazer com que um de vocês sufoque com o pó do outro.

Mary Lou pareceu enojada.

— Céus — disse ela. — Não vamos contar.

Alaric se virou e saiu correndo do apartamento. Não se deu ao trabalho de pegar o elevador. Desceu pela escada, dois degraus de cada vez, pelos onze andares, sacudindo Jack Bauer nos braços. Só quando chegou ao térreo ele parou para pensar no que tinha feito.

Deixar dois vampiros escaparem.

Ainda ia se arrepender. Isso ia voltar para assombrá-lo.

Por outro lado...

Sempre poderia caçá-los e matá-los depois. Seria difícil, considerando o gosto da mulher por roupas de grife?

Ele embainhou a espada e colocou Jack Bauer no chão. Depois empurrou a porta de saída e seguiu pelo saguão.

Seu celular tocou. Ele esticou a mão para atendê-lo.

— Alaric Wulf — disse ele.

— Alaric? — A voz ansiosa de Jon Harper soou na outra extremidade da linha. — Onde você está? Ainda está no prédio? Porque temos um problema. Um problemão.

Capítulo 54

22h15 EST, sábado, 17 de abril
Trem 6
Nova York, NY

O metrô. É claro que tinha que ser de metrô.
Bem, de que outra forma ela poderia chegar lá? Era noite de sábado e ela estava no centro. Não havia táxis.

E Meena tinha que chegar do outro lado da cidade o mais rápido possível.

O que mais ela deveria fazer? Ficar sentada quieta em uma sala sem janelas no convento, como queriam que fizesse, e deixar a irmã Gertrude e "os homens" irem para o outro lado da cidade com Stefan Dominic para morrerem tentando salvar Leisha?

Ficar sentada quieta em uma sala sem janelas podia ser bom para Yalena, que estava traumatizada física e emocionalmente. Mas não era bom para Meena, que era o motivo de todas aquelas pessoas, inclusive Leisha, estarem correndo tanto perigo.

Meena se sentou no trem 6, tentando não fazer contato visual com nenhuma das outras pessoas no vagão. A última coisa de que precisava naquele momento era se envolver com os problemas de outra pessoa.

Ela já tinha problemas demais.

Depois de ouvir Jon e ela tentando explicar freneticamente o que tinham ouvido ao telefone após descerem correndo do teto para encontrá-lo, o culto Abraham Holtzman assentiu seriamente e disse:

— Sim. Sim, é claro. Faz sentido. A catedral de St. George está em obras, você disse?

Jon assentiu.

— Está. Está fechada para o público durante a reforma.

— Quando eu estava passando por lá na noite em que conheci... — Meena interrompeu o que dizia. — Bem, quando o grupo de morcegos me atacou, achei que uma das torres estivesse caindo. Está em péssimo estado.

O padre Bernard, a irmã Gertrude e Abraham Holtzman trocaram olhares de desconforto quando ouviram isso.

— O quê? — gritou Meena. — Que diferença isso faz? — Ela já tinha começado a se arrepender de ter contado para eles. Devia ter saído correndo da paróquia e ido para a estação de metrô mais próxima...

— Uma igreja que fica muito tempo sem ser usada ou reformada cai no perigo de se tornar desconsagrada — explicou Abraham lentamente. — Perfeita para ritos demoníacos.

— Ritos demoníacos? — Essas duas palavras fizeram os pelos da nuca de Meena se arrepiarem. — Como... a coroação do novo príncipe das trevas?

Ninguém respondeu. Já tinham começado a correr, juntando armas para o que obviamente achavam que seria uma batalha apocalíptica na catedral de St. George contra os Dracul — que haviam desaparecido misteriosamente dos arredores da igreja de St. Clare. Nenhum deles, nem Abraham Holtzman, nem o padre Bernard, nem a irmã Gertrude, nem os freis e as outras freiras... nem mesmo as noviças e nem seu irmão, Jon, mostrava o menor sinal de medo ou hesitação. Todos estavam perfeitamente preparados para lutar.

E talvez morrer.

Mas o que eles não sabiam, e ela sim, era que eles *iam* morrer. Todos eles. Cada um deles. A verdade do que o futuro preparava para eles a tinha atingido com clareza perfeita, quase surpreendente, naqueles poucos momentos em que ela ficou parada no corredor da paróquia.

Dimitri estava mantendo a amiga dela — a melhor amiga *grávida* dela — como refém na catedral de St. George e não ia soltá-la a não ser que Meena aparecesse para fazer a troca.

A vida dela pela vida da amiga.

Depois, quando isso acontecesse, haveria uma segunda troca. A vida de Meena pela de Lucien.

Em seguida, Dimitri Antonesco, o meio-irmão demônio de Lucien Antonesco, filho de Drácula, o príncipe das trevas, seria coroado o novo príncipe na catedral profanada...

... e um reinado de terror vampiresco e morte se abateria sobre Manhattan, se não sobre o mundo.

Enquanto isso, o irmão de Meena, Abraham, a irmã Gertrude... todas essas boas pessoas que corriam ao redor dela iam morrer lutando para tentar impedir o que Meena via acontecer com os olhos da mente. Na verdade, ela viu para eles exatamente a mesma morte que tinha visto para Alaric Wulf quando olhou para o futuro no momento em que amarrava o lenço no pulso dele.

Trevas. Fogo. Muito, muito fogo. E então...

Nada. Só... nada.

Era o que Meena tinha tentado explicar para Lucien naquela primeira noite que passara com ele. Como estar morto nunca era um final feliz.

Porque quando Meena olhava para o futuro das pessoas que iam morrer, tudo que ela via era um vasto abismo de nada, abrindo-se abaixo dela como uma fenda gigantesca. Ela ficava de pé com as pontas dos sapatos na beirada dessa fenda, tão grande que ela nem conseguia ver o fundo.

Esperava que houvesse alguma espécie de vida após a morte além desse poço de nada. Mas talvez fosse melhor que ela não pudesse ver caso houvesse.

Porque era o nada que fazia com que Meena avisasse as pessoas para terem cuidado, embora elas frequentemente não ouvissem. Foi o nada que ela viu no futuro dos amigos naquela noite. As vidas deles marchavam diretamente para isso.

E foi por esse motivo que, naquele momento, parada na paróquia, ela decidiu agir. Pegou uma caneta e uma folha de papel e escreveu um bilhete rápido; pegou moedas suficientes para uma passagem de metrô de um jarro perto da porta, pois Alaric há muito tinha pegado a carteira dela; e saiu, certificando-se de que o bilhete seria facilmente encontrado.

Sabia que ficariam aborrecidos. Na verdade, as ordens explícitas de Alaric Wulf quando Jon falou com ele ao telefone tinham sido o exato oposto do que ela estava fazendo: manter Meena tão longe da catedral de St. George quanto possível.

Ah, e ele também tinha dito que o cachorro dela estava bem e que o deixaria aos cuidados de Pradip, o porteiro, pelo menos naquele momento.

Ao que tudo indicava, a ida de Meena para a catedral de St. George só ia apressar e não impedir a chegada do apocalipse demoníaco.

Mas nada disso mudava o fato de que Meena sabia que tinha sido a causadora de tudo aquilo.

E que tinha visto o que tinha visto, e sabia o que sabia.

E era mais do que Alaric Wulf, com toda a experiência dele, e do que Abraham Holtzman, com seu *Manual de Recursos Humanos da Guarda Palatina*, sabiam.

Era ela que tinha visto o futuro cheio de fogo, trevas e, por fim, a morte agonizante de todos eles.

Depois, o nada.

Não. Não hoje.

Porque se ela sabia de alguma coisa, era que aquela era apenas uma versão do futuro.

O futuro podia mudar. Ela podia mudá-lo. Já tinha feito isso antes, muitas vezes. Tinha impedido que pessoas saltassem pela beirada daquele precipício mais vezes do que podia se lembrar.

Ia fazer isso de novo naquela noite.

E ninguém, nem Alaric, nem Lucien, nem mesmo um grupo enlouquecido de vampiros ia impedi-la.

O metrô entrou na estação da rua 77, a estação de Meena.

Ela se levantou... depois fez uma pausa antes de passar pelas portas automáticas quando elas se abriram. Havia um casal que estava se beijando nos bancos em frente ao dela. Eles tinham se levantado na mesma hora que ela. Meena olhou para eles.

E, com os olhos da mente, ela viu os dois sendo atingidos na cabeça por um pedaço gigantesco de andaime azul e morrendo.

Parecia muito com o andaime azul que cercava a catedral de St. George.

O casal estava enlaçado e ainda se acariciava quando seguiram em direção à porta do vagão. Meena, parada em frente à porta aberta do metrô, ergueu as duas mãos como garras, abriu a boca e sibilou para eles.

— Voltem! — gritou ela. — Não desçam nessa estação!

— Merda! — gritou o rapaz, cambaleando para trás.

A garota parecia dividida entre o medo e a vergonha. Ela riu com nervosismo.

— Cara — disse ela para o namorado. — Qual é o problema dela?

— Sou uma vampira! — gritou Meena, saindo do trem mas ainda bloqueando a passagem e fazendo gestos ameaçadores com as mãos. — Uma vampira! Fiquem no trem!

— Afastem-se das portas automáticas — anunciou a voz pelo alto-falante.

As portas do vagão se fecharam, prendendo o casal em segurança lá dentro. Meena imediatamente baixou as mãos, reassumiu a postura normal, se virou e começou a andar. Viu o rapaz fazer um gesto obsceno quando o vagão passou por ela, saindo da estação.

Ela acenou para ele.

Meena correu pela estação, que estava vazia num sábado à noite, inalando o cheiro familiar de urina seca, e depois subiu correndo os degraus para a rua 77.

Não demoraria agora. O que ela faria quando chegasse lá?

Não sabia exatamente. Ainda tinha no bolso de trás da calça a estaca que Alaric tinha dado a ela. Talvez enfiasse a estaca em alguém. Como em Dimitri.

Tinha exigido que Jon devolvesse o celular dela depois que ele ligou para Alaric. E então mandou uma mensagem de texto para Lucien contando o que havia acontecido com Leisha.

Com sorte, ele já estaria na catedral de St. George quando ela chegasse lá e teria resolvido tudo. Ela entraria e veria Leisha livre e bem, e Dimitri e o resto dos Dracul transformados em pó, com estacas no coração. Lucien a tomaria nos braços carinhosamente e eles iriam embora para a Tailândia para começar a nova vida juntos como marido e mulher... depois de pegar Jack Bauer com Pradip, é claro. Jon poderia ser padrinho no casamento deles.

Ah, tá, pensou Meena cinicamente enquanto se aproximava da igreja, as torres iluminadas contra o céu escuro. *Isso não ia acontecer mesmo*.

A igreja parecia abandonada... morta. O andaime azul que a cercava estava intacto, com arame farpado no alto, trancado com cadeados.

Ninguém que Meena pudesse ver estava por perto, nem humano nem vampiro.

Teria sido aquilo uma espécie de brincadeira doentia de vampiros? Eles a teriam feito ir até lá para nada?

E se fosse assim... onde *estava* Leisha? Como Meena ia encontrá-la?

Frustrada, Meena ficou no pé dos degraus em frente à igreja, exatamente onde Lucien a tinha protegido algumas noites antes e a havia salvado do que ela sabia agora ser um ataque dos Dracul. Se ao menos ela pudesse voltar no tempo e...

E o quê? O que ela teria feito diferente?

Absolutamente nada. Teria se apaixonado por ele de novo naquele mesmo lugar. Quem não se apaixonaria? Ele era tudo que...

— Meena!

Assustada, Meena se virou. Uma voz familiar gritava seu nome.

Ela se virou para o outro lado, a princípio não conseguindo ver ninguém. Depois viu um homem sentado nos degraus de uma varanda do outro lado da rua. Ela o reconheceu sob a iluminação da rua.

— Adam? — gritou ela. — O que você está fazendo aí?

Mas quando Meena corria para atravessar a rua até o lado em que ele estava, logo viu a resposta à sua pergunta.

Adam, com uma bandagem branca ao redor do pescoço, tinha sido algemado ao corrimão de metal ao lado dos degraus do prédio.

— Aquele maluco me prendeu aqui! — gritou Adam, puxando as algemas num esforço para se soltar. — Ele me mandou ficar com Pradip depois que fez meu curativo, mas eu o segui. Então ele me algemou para que eu não pudesse ir atrás dele na igreja. Ele disse que era perigoso demais. O que devo fazer agora, Meena? *Eles estão com minha esposa lá dentro!* E estou preso aqui fora. Você tem que me ajudar a me soltar, Meena. Tem um grampo de cabelo ou algo parecido? Você sabe arrombar cadeados, certo?

Meena olhou para Adam. Ele estava péssimo. A parte toda da frente da camisa estava coberta do que parecia ser o sangue dele mesmo da mordida que tinha sofrido no pescoço.

Mas ele não parecia mais estar em choque. As pupilas dele estavam de tamanho normal.

E a raiva dele era típica de Adam.

— Quem o deixou aí, Adam? — perguntou Meena. Mas já tinha uma boa ideia de quem tinha sido. Só queria ter certeza. — De quem são essas algemas?

— Daquele seu amigo caçador de vampiros maluco — gritou Adam. — É dele. O que você e Jon mandaram teoricamente para me ajudar. Mas que ajuda ele deu! Estou sentado aqui sem fazer nada enquanto minha esposa, Leisha, deve estar sendo comida viva...

— Leisha está bem — disse Meena de forma reconfortante, colocando uma mão tranquilizadora no ombro dele. — Eu juro. Eu saberia se alguma coisa tivesse acontecido a ela. — Meena esperava que isso fosse verdade. — Você disse que Alaric já está dentro da igreja?

— É, ele está dentro da igreja. Já falei, ele me deixou aqui fora e entrou com aquela espada enorme! Ela até tem nome. Señor Stinky ou algo do tipo. Meena, você tem que abrir essas algemas. Preciso entrar lá e encontrar minha esposa. Quem sabe o que estão fazendo com ela?

— Você devia estar em um hospital — murmurou Meena, dando tapinhas no ombro dele.

— Dane-se o hospital — disse Adam. — Preciso encontrar minha esposa! É por minha culpa que ela está lá.

— Não — disse Meena com firmeza. — É minha culpa.

Ela foi se afastando dele, atravessando a rua, em direção à igreja. Se Alaric tinha entrado, ela também poderia.

— Ei — gritou Adam, enfurecido. — Aonde você vai? Você não pode me deixar aqui também, Meena!

— Você vai ficar bem aí fora, Adam — gritou ela por cima do ombro. — Acredite. Estará melhor aí do que se fosse comigo.

— Isso é besteira! — gritou Adam. — Besteira! Volte aqui, Meena! Dê meia-volta e venha aqui agora!

Mas em vez de dar meia-volta, Meena continuou andando até o andaime que cercava a igreja. Tinha que haver um meio de entrar, ela disse a si mesma. Se Alaric tinha encontrado um meio de entrar, ela também podia encontrar.

Hesitante, ela pousou uma das mãos sobre a madeira fria e azul.

Assim que ela fez isso, o andaime explodiu.

Capítulo 55

22h30 EST, sábado, 17 de abril
Catedral de St. George
Rua 78 East, 180
Nova York, NY

A força da explosão fez Meena voar e cair na calçada onde Lucien a tinha protegido. Também fez com que pedaços de arame farpado e compensado saíssem voando. Meena ergueu os braços para proteger os olhos. Em torno dela, alarmes de carros dispararam.

E então, de repente, foram silenciados.

Ela abaixou os braços e abriu os olhos bem na hora em que um pedaço grande de compensado pintado de azul caiu exatamente onde o jovem casal do metrô estaria... se ela não os tivesse assustado e feito ficar no trem.

Em vez de atingi-los, a madeira caiu na calçada com um baque sólido.

— Que diabos foi *isso*? — ela ouviu Adam perguntar do outro lado da rua.

Meena se levantou com dificuldade e limpou as mãos e os joelhos. Estava de frente para as portas da catedral, que tinham sido abertas. Um homem alto não muito diferente de Lucien, apesar de ser um pouco mais baixo e mais forte e que usava um terno cinza claro com camisa e gravata pretas (coisa que Meena não imaginava que Lucien fizesse), passou pela nuvem de poeira da explosão e olhou para ela, com uma expressão satisfeita no rosto.

— Meena Harper, presumo — disse ele. Ao contrário do irmão, não havia um traço sequer de algo europeu no sotaque dele.

Meena assentiu.

— Sou eu — disse ela, tossindo um pouco por causa da poeira. — Você é Dimitri?

— Sou — disse ele. Ele ofereceu a mão para ajudá-la a se levantar. Meena, o coração em disparada, aceitou, pois o que mais podia fazer? Tinha ido lá por um motivo, e esse motivo era libertar sua amiga e acabar com isso.

Tinha chegado a hora de fazer as duas coisas.

— Me desculpe por isso — disse ele. — Ah, olhe só seu pobre casaco. Deixe-me ajudá-la. — Ele limpou o pó e pedaços de compensado da jaqueta de camurça. — Sabe, você não é nada como eu esperava.

— Ouço muito isso — disse ela, ainda tossindo. — Mais baixa?

— Mais jovem — disse ele. O olhar dele em seu rosto era tão intenso quanto o do irmão dele. Mas ao contrário de Lucien, os olhos castanhos de Dimitri não eram tristes. Não, eles não eram profundos assim. Eram tão superficiais quanto os enredos de *Insaciável*. — Mas é bonita! — acrescentou ele de forma galante. — Bem, isso eu esperava, para ser honesto. Meu irmão nunca conseguiu resistir a um rosto bonito.

— Obrigada — disse Meena com sarcasmo enquanto atravessava os escombros.

Ela percebeu que não estavam sozinhos. Olhares brilhantes e vermelhos os perscrutavam das sombras... olhares que pertenciam, ela sabia, aos Dracul, os fiéis seguidores do pai de Dimitri. Ela os viu furtivamente. Esperava ver homens magros de jaqueta de couro que pareciam Gregory Bane e garotas que pareciam Taylor Mackenzie, de jeans de cintura baixa e frente única.

E viu Gregory Bane, observando-a ao lado de Dimitri.

Mas a maioria das criaturas que ela viu pareciam pessoas comuns, nada diferentes das que ela veria andando de metrô ou na fila do quiosque de café do Abdullah de manhã, ninguém particularmente magro ou gordo, jovem ou velho, na moda ou fora de moda.

E talvez isso, pensou Meena, o coração batendo com ainda mais força, tenha sido o que mais a assustou.

A única coisa que todos tinham em comum era que pareciam... com fome.

Mas com fome de *quê*, exatamente?

Dimitri a guiava para dentro da igreja. Meena nunca tinha entrado na catedral de St. George. Ela sabia que era bem grande e sempre tinha ouvido falar que era bonita. De fora, já havia visto que tinha muitos vitrais. O maior de todos ficava acima das portas da frente e deveria mostrar São Jorge montado em seu cavalo, matando dragões em formato de serpente.

Mas nunca tinha conseguido perceber que era um vitral porque os vidros precisavam urgentemente ser limpos. Era apenas uma superfície preta. Quase nenhuma luz entrava na igreja, mesmo das lâmpadas de segurança presas nas torres. A única luz à vista era a emitida por centenas de velas que tinham sido acesas pelos Dracul... e nem eram velas votivas. Eram velas grossas e pretas que tinham sido colocadas, com a cera escorrendo, por todas as superfícies planas disponíveis da igreja, inclusive os bancos, que pareciam terem sido chutados para todos os lados.

As paredes da igreja não estavam em melhores condições. Tinham sido agredidas por algumas dúzias de tinta spray. Havia símbolos de dragões pintados em todas as partes, inclusive sobre os vitrais. Meena, olhando para o teto de dez metros de altura da igreja, viu que a área do coral tinha sido igualmente destruída e também estava coberta de pichações.

— Uau — disse ela. — Vocês fizeram maravilhas com esse lugar. Quem é o decorador?

Ela ouviu uma risada fina e depois uma voz feminina bastante familiar atrás dela disse:

— Eu. Sou eu.

Meena se virou, o coração explodindo no peito.

— Oi — disse Shoshana com um sorriso enorme. — Surpresa!

Meena se sentiu como se tivesse sido atropelada por um rolo compressor.

Mas então ela se perguntou por que estava tão surpresa. Sempre soubera que alguma coisa ia matar Shoshana na academia.

Por que não podia ter sido um vampiro? Especificamente, o filho de Dimitri Antonesco, Stefan, que naquela manhã tinha enfiado uma arma nas costas de Meena.

Ainda assim, Meena não conseguiu parar de olhar. Shoshana estava lindíssima. O cabelo nunca tinha brilhado tanto... nem nunca esteve tão liso.

Acho que não se precisa de chapinha quando se está morta, pensou Meena.

— É — disse Shoshana, andando até ela. — Sou eu. Ei... obrigada pela bolsa.

Meena baixou o olhar e viu que Shoshana estava segurando uma bolsa da Marc Jacobs com pedras em formato de dragão.

Vermelha.

A bolsa vermelha da Marc Jacobs com pedras em formato de dragão de *Meena*, para ser precisa. A que Lucien tinha dado a ela.

Meena não sabia o que dizer. Mil respostas diferentes surgiram na mente dela.

Mas ela estava estupefata demais para dizer qualquer uma delas em voz alta.

— A propósito — Shoshana disse, chegando mais perto para colocar uma unha longa e bem-feita na abertura da blusa de colarinho branco de Meena, bem onde a pulsação dela se destacava no pescoço. — Adivinhe quem são os novos codiretores de entretenimento da Affiliated Broadcast Networks?

Shoshana apontou por cima do ombro para um casal de meia-idade de roupas executivas, que acenou com entusiasmo na direção de Meena.

O tio e a tia de Shoshana.

O coração de Meena se afundou no peito. Não Fran e Stan também.

Todo mundo que Meena conhecia era mesmo vampiro.

Mas codiretores de entretenimento da ABN? Como isso era *possível*? A única coisa que eles fizeram foi criar *uma novela*.

— Ah — disse Shoshana, jogando para o lado o longo e sedoso cabelo preto. — E adivinhe quem eles nomearam presidente de programação da emissora? — Ela apontou com orgulho para si mesma. — E como meu primeiro ato oficial nesse cargo, você está despedida, Meena. Lamento muito.

— O *quê?* — gritou Meena. Sabia que tinha algumas coisas mais importantes na vida com que se preocupar além do trabalho.

Mas o trabalho dela era, de certa forma, sua vida.

— O que posso dizer? — perguntou Shoshana, dando de ombros. — Não apreciamos pessoas que têm preconceito com a nossa espécie. Nem precisamos que elas façam comentários depreciativos sobre nossas supostas tendências misóginas.

— Sua *espécie?* — Meena sentiu uma onda de raiva quente tomando conta de si — Sua *espécie?* Deixe-me dizer uma coisa sobre sua espécie e o que vi fazerem com as mulheres...

— Já chega, Shoshana — disse Dimitri num tom de pai reprovador ao mesmo tempo em que esticou o braço e pousou uma das mãos no ombro de Meena para guiá-la para longe da outra mulher. — Tenho usos melhores para o tempo da Srta. Harper agora. Por exemplo...

Foi quando Meena finalmente viu o pórtico para o altar, na frente da igreja. O presbitério, degradado com pichações. O altar, no alto, quebrado em pedaços. Uma estátua de São Jorge caída no chão e sem a cabeça.

E Leisha, sentada no único banco de igreja que não estava virado, com as mãos amarradas na frente, sobre o colo.

— Leish — gritou Meena, o alívio tomando conta dela. Ela puxou o ombro da mão de Dimitri e correu até o lado da amiga. — Você está bem? — perguntou Meena, se ajoelhando ao lado dela. — Eles machucaram você?

Leisha sacudiu a cabeça. As bochechas estavam úmidas e a maquiagem do olho, borrada. Mas fora isso, ela parecia bem.

— Eu só quero sair daqui — sussurrou ela para Meena. — Odeio essas pessoas. São uns loucos. Aquela garota, Shoshana, do seu trabalho? Você sempre me falou que ela era uma vaca, mas nunca soube o *quanto* até hoje. E ainda preciso fazer xixi.

Meena engoliu um soluço. *Leisha. Oh, Leisha.*

— Tudo bem — disse Meena. Ela esticou a mão para as cordas que prendiam os pulsos de Leisha e começou a desamarrá-la. — Vamos tirar você daqui.

— O que eles são? — perguntou Leisha, olhando desconfiada para Dimitri por cima da cabeça de Meena. — Viciados em metanfetamina ou o quê? Você sabe que aquele Gregory Bane de *Luxúria* mordeu Adam, não sabe? Ele o *mordeu*.

Leisha, com o habitual bom senso, tinha escolhido ignorar a explicação de Meena ao telefone sobre o que estava acontecendo e arrumou uma própria, uma que conseguia processar e entender.

— Sim — disse Meena —, são viciados. — Ela levou a cabeça até o nó que prendia as mãos da amiga, tentando rompê-lo com os dentes. Não tinha conseguido soltá-lo de outra forma.

— Ei — disse ela por fim, erguendo a cabeça, percebendo a inutilidade do que estava fazendo. — Alguém pode me dar uma mão aqui para desamarrá-la? Cumpri minha parte do acordo. Estou aqui. Vocês disseram que iam soltá-la se eu viesse. Então será que alguém pode me ajudar?

Ela olhou para Dimitri, mas o viu sorrindo para ela com uma expressão no rosto da qual ela não gostou nem um pouco.

— Ah — disse ele. — Vejo porque meu irmão gosta de você. Você é tão... confiante.

Ao pronunciar a palavra *confiante*, ele esticou a mão, a pegou pelo braço e a puxou para que ficasse de pé de novo, tudo de uma vez. O gesto foi tão violento e brusco que Meena viu estrelas por um segundo ou dois.

— Mas acho que vamos manter sua amiguinha aqui por mais um tempinho — disse ele. — Porque tê-la por perto vai deixar você condescendente às minhas necessidades. E ainda preciso de algumas coisinhas de você, algumas das quais eu gostaria de obter logo antes que meu irmão chegue e tente estragar tudo, coisa que ele sempre teve a infeliz tendência de fazer.

Dimitri a arrastou, nada gentilmente, até o presbitério e depois degraus acima, até a lateral do altar. Meena não estava gostando do jeito que os Dracul — incluindo Shoshana e seu tio e tia — tinham se reunido em volta, como se ansiosos por um show prestes a começar.

E ela também não gostava do que de repente reconheceu pousada na parte alta do altar.

Era uma vasilha do apartamento de Meena. Uma peça de antiguidade feita de peltre, que a tia-avó Wilhelmina havia deixado para ela e que Meena nunca usava porque tinha medo de envenenamento por ingestão de chumbo.

Primeiro a bolsa que Lucien tinha dado a ela. Depois o emprego. Agora a vasilha de sua tia-avó. O que *mais* os Dracul iam tirar dela?

— Soube que você possui o poder de prever o futuro, Meena Harper — disse Dimitri com sua voz grave.

De repente, Meena teve uma sensação ruim sobre o que estava prestes a acontecer.

Principalmente por causa do modo como todos os Dracul olhavam para os buracos que Lucien já havia feito no pescoço dela — que estavam óbvios para todo mundo porque Meena tinha dado a Alaric o lenço que usava para cobri-los — e depois olhavam com expectativa para a vasilha prateada. A expressão faminta nos olhos deles pareceu aumentar cem vezes.

Dimitri estava certo sobre uma coisa: Meena sempre tinha sido boa em prever o futuro das pessoas. *Das outras pessoas.*

Nunca o dela.

Até aquele momento.

Meena olhou para Dimitri. Ele olhava para ela com aqueles olhos castanhos e sem emoção, nos quais ela viu mais do que apenas um brilho vermelho-sangue.

Depois ela olhou para o enorme símbolo de dragão que alguém tinha pintado com spray atrás do altar.

Desde que nos separamos hoje de manhã, Lucien tinha dito para ela na noite anterior, no quarto dela, *tenho a estranha sensação de que sei como quase todo humano com quem me encontrei vai... vai morrer... eu nunca, nunca vivi nada assim. Não até... bem, estar com você.*

Agora, Meena sabia exatamente para que serviria a vasilha... e por que Dimitri estava tão determinado a levá-la para a catedral de St. George. Não era só porque ele queria atrair o irmão até lá, para pegá-lo numa armadilha e matá-lo.

Embora aquilo certamente fosse um bônus adicional.

Não, Dimitri a queria para outra coisa.

Ele queria o sangue dela, para um pequeno coquetel de premonição pré-coroação.

Meena levou a mão à boca para evitar soltar um grito semi-histérico.

E então, antes que ela tivesse a chance de pensar duas vezes sobre o que estava fazendo, enfiou uma das mãos no bolso de trás para pegar a estaca de Alaric, depois usou a outra para se estabilizar no altar enquanto lançou o pé direito, com o máximo de força que conseguiu, no rosto de Dimitri.

Pena que estava usando sapato baixo e não as botas de plataforma.

Ainda assim, ela conseguiu pegá-lo um tanto desprevenido, pois ele se curvou e gritou de dor, com a mão no rosto.

Houve uma arfada coletiva dos Dracul.

Sim! Ela havia conseguido! Tinha pegado um vampiro desprevenido!

Ela foi para cima de Dimitri com a estaca enquanto ainda estava em vantagem, determinada a enfiá-la no coração dele e acabar com aquilo tudo, de uma vez por todas, para sempre. E salvar a si própria, o irmão e os amigos.

Isso foi por Yalena e por Leisha e pelo que tinham feito ao apartamento dela e por qualquer coisa que pretendessem fazer a Cheryl e Taylor e a todo mundo de *Insaciável...*

Só que Dimitri, ainda curvado de dor, esticou uma mão com a rapidez de um raio e pegou o pulso dela — o que segurava a estaca — com um aperto que parecia de ferro.

E então começou a apertar o pulso dela com tanta força que Meena, por mais que tentasse continuar segurando, acabou tendo que soltar. A estaca de Alaric caiu com um baque sobre o piso de mármore do altar e rolou para longe, até sair do campo de visão dela.

Mas ainda assim ele não parou de apertar, mesmo quando Meena gritou de dor, caindo de joelhos na frente dele e dos Dracul e do altar e de todo mundo, convencida de que ele ia esmigalhar todos os ossos do pulso dela...

— Você acha que, só porque consegue ver a morte antes dela chegar, pode ser mais esperta que eu, Meena Harper? — perguntou ele, olhando para ela com olhos que brilhavam num tom vermelho, como carvão de churrasqueira. Os dentes dele tinham virado presas, e estavam de repente perto demais do pescoço de Meena para ela ficar tranquila. — Ou os boatos são verdade e você consegue ler os pensamentos dos mortos também? Foi assim que conseguiu cativar tanto meu irmão?

Ler o pensamento dos mortos? Não era de surpreender que estivessem tão desesperados pelo sangue dela.

— Não — disse ela, ofegante. — Não consigo ler o pensamento de ninguém, nem vivo nem morto. Só consigo saber como alguém vai morrer...

Dimitri sorriu, as presas brilhando ameaçadoramente à luz das velas.

— Oh, minha querida. Acho que você se superestima. Porque se isso fosse verdade, por que diabos teria vindo aqui esta noite?

Os olhos de Meena se encheram de lágrimas, a dor em seu pulso era cada vez maior e aquelas presas estavam cada vez mais perto do seu pescoço.

Acabou, pensou Meena, fechando os olhos. *Finalmente chegou minha vez de descobrir se existe alguma coisa além daquele nada...*

Foi quando ela ouviu alguém gritar o nome de Dimitri, em advertência.

E ela abriu os olhos para ver uma coisa enorme e pesada e preta vir pendurada numa corda do mezanino do coral, bater em Dimitri Antonesco bem no peito e lançá-lo sobre o dragão pintado atrás do altar.

Dimitri ficou tão surpreso que soltou o pulso de Meena... mas só a tempo de não arrastá-la pelo altar com ele.

Alaric Wulf, soltando a corda e caindo de pé a alguns metros de onde Meena estava ofegante sobre o frio mármore branco, examinou a lâmina da espada.

— Droga — disse ele. — Errei.

Meena, mais aliviada do que era capaz de expressar, se sentou.

— Como assim, errou? — perguntou ela. — Você quase cortou a minha cabeça.

Alaric apontou para onde Dimitri estava, se levantando do meio do escombro, tendo acabado de dar um grito furioso e sem palavras.

— Eu quis dizer que errei quanto a *ele* — disse Alaric. Depois ele olhou para trás. — E eles não parecem felizes em me ver também.

Os Dracul, furiosos pelo ataque ao seu líder, se moviam em direção a Alaric, sibilando em protesto. Ele ergueu a espada de forma defensiva. Meena engatinhou pelo chão do presbitério em direção a ele, sem forçar o pulso machucado.

Ela sabia que era inútil, é claro. Estavam ambos mortos. Havia provavelmente uns cem Dracul contra eles dois.

Mas ela não ia deixá-lo lutar sozinho. Tinha que haver alguma coisa que ela pudesse fazer.

Mas o quê? Tinha perdido a estaca que ele tinha dado a ela, a única arma que possuía.

Alaric pareceu estar pensando quase nas mesmas coisas.

— Você tinha algum tipo de plano quando veio escondida para cá? — perguntou Alaric enquanto brandia a espada em direção aos vampiros que se aproximavam.

— Não — disse Meena quando chegou aos pés dele. — E você?

— Não tive tempo — disse ele. — Enfie a mão no meu bolso. Talvez ainda haja água benta ou algumas estacas aí.

Ela ficou de joelhos e procurou nos bolsos do sobretudo de couro enquanto ele sacudia a espada no ar.

— Não — disse ela, a decepção tomando conta de seu rosto. — Não tem nada aqui.

— Falei para você não me seguir — disse Alaric. — Não falei?

— Falou — admitiu Meena. — Mas eu não podia ficar lá sentada e deixar que todo mundo morresse.

— *E então.*

Os dois olharam para Dimitri, que estava de pé a alguns metros deles, com uma expressão muito insatisfeita no rosto. Ele obviamente não tinha gostado de ter sido chutado em uma parede por um guarda palatino.

— Como acho que vocês podem ver, estamos em número maior. — Dimitri ergueu uma sobrancelha escura. — Parecido com quando você e seu parceiro foram até aquele armazém nos arredores de Berlim, hã, Sr. Wulf?

— Foi você? — Alaric parecia furioso. — Juro que vou arrancar cada um de seus membros, seu...

— Não seja tão infantil — disse Dimitri com uma gargalhada. — Vocês, palatinos, são todos iguais. Arrogantes. Sempre achando que estão um passo à frente de nós. Mas mesmo com todos os seus equipamentos modernos de computação para rastrear nossos movimentos e nosso dinheiro, sempre encontramos meios de passar por entre seus dedos e vencer... por causa da sua arrogância. E da sua burrice. É por causa da sua burrice que vamos matar a grávida agora.

O coração de Meena subiu para a garganta. As hordas de Dracul que se reuniam em torno dela e de Alaric aos pés do altar se separaram um pouco e ela viu que Leisha tinha sido colocada de pé. Ela estava com um braço esticado de cada lado, segurados por Gregory Bane e Shoshana. Os dois sorriam de forma um tanto maníaca, mas Leisha não parecia muito feliz.

Talvez porque Gregory Bane estivesse sibilando para ela, mostrando as presas.

— Pare com isso — disse Meena, ficando de pé com pernas bambas. O pulso dela latejava e a cabeça doía um pouco. — Vou lhe dar o que você quer.

Ela mancou até o altar e ergueu a vasilha de peltre, que brilhava à luz das velas.

— Meena — disse Alaric. Os olhos azuis brilhantes dele davam-lhe um aviso. Ele balançou a cabeça.

Não. Não faça isso.

Mas Meena sabia que não adiantava. Ela tinha falhado. Alaric tinha falhado. Lucien obviamente não ia aparecer, fosse por que razão fosse, senão já estaria lá.

Era o fim. Não tinha sentido.

Estava feito.

Os dedos do pé dela estavam na beira do precipício.

— Pegue — disse ela, oferecendo a vasilha a Dimitri. — Pegue tudo. Não ligo mais. Apenas solte Leisha.

— Obrigado. — Dimitri ergueu a vasilha das mãos dela e fez uma reverência com cortesia. — Você não é uma criatura condescendente?

Depois ele tirou uma adaga com um punho de ouro e pedras do bolso interno. Apertou-a contra o pescoço de Meena. Ela engoliu em seco, o coração disparado.

Mas tudo que Dimitri fez depois foi olhar para Gregory Bane e Shoshana e assentir.

— Podem matar a mulher agora — disse para eles.

— *O quê?* — Meena se virou na hora em que Dimitri, ainda segurando a adaga na direção do pescoço dela, segurou-a pelo braço e começou a arrastá-la em direção ao altar. — *Não!*

Mas era tarde demais. Os Dracul deram um salto para a frente, caindo com gana sobre o lugar onde Meena tinha visto Leisha pela última vez, na mesma hora em que Alaric pulou na direção deles, com a intenção de salvar a amiga dela.

Só que Leisha não estava mais lá. Meena piscou, pensando que os olhos deviam estar pregando peças nela por causa da luz de velas.

Mas era verdade. Os Dracul famintos — Fran, Stan, Shoshana, todos eles — estavam olhando para o lugar vazio onde Leisha tinha estado. Meena, se contorcendo nas mãos de Dimitri ao lado do altar, viu de rabo de olho um movimento rápido na extremidade da igreja.

Foi assim que ela viu que Leisha já estava na parte de trás da igreja, sendo levada pelas portas para os braços ansiosos do marido, Adam, por mais ninguém que...

Mary Lou Antonesco?

Meena teria pensado que imaginou a coisa toda em uma espécie de alucinação induzida por estresse pós-traumático se Dimitri não tivesse apontado a adaga para Mary Lou e gritado:

— *Traidora!*

Os Dracul se viraram, quase como uma entidade única, e se lançaram em direção a Mary Lou, como se pretendessem parti-la ao meio, como estavam prestes a fazer com Leisha.

Foi aí que uma rajada de vento surgiu do nada e percorreu a igreja. Tão forte que apagou as chamas de todas as velas e fez com que todo mundo lançasse um braço sobre os olhos para protegê-los da poeira da obra.

Então o vento mudou de direção e percorreu a igreja de novo, dessa vez na direção oposta.

Agora todas as velas se reacenderam magicamente, as chamas queimando com alegria.

Depois que a última rajada de vento morreu e Meena baixou com cautela o braço que Dimitri não segurava, abalada pelo que tinha acabado de acontecer, ela — e todo mundo na igreja de St. George — viu que havia outra pessoa de pé no altar ao lado de Dimitri Antonesco. Alguém que não estava lá antes do vento esquisito açoitar com tanta violência a igreja, apagando e depois reacendendo todas as velas.

Era o irmão de Dimitri, Lucien.

O príncipe das trevas.

Capítulo 56

23h EST, sábado, 17 de abril
Catedral de St. George
Rua 78 East, 180
Nova York, NY

Lucien nem olhou na direção de Meena. Todos os poderes de concentração dele pareciam focados no irmão.

— Dimitri — ele disse. A voz dele, como sempre, era como veludo. — Soube que você queria falar comigo sobre alguma coisa.

Dimitri ainda estava segurando o braço de Meena. Era o braço dolorido, cujo pulso ele tinha quase quebrado. Talvez tivesse até quebrado; Meena não tinha certeza.

Ainda segurava a adaga também.

— Isso mesmo, Lucien — disse ele. A voz dele ronronava como um gatinho. — Que prazer ver você hoje. E que entrada. Mas você sempre soube fazer isso, não é?

— Solte-a — disse Lucien. Agora o veludo tinha se transformado em gelo.

— Mas a Srta. Harper e eu tínhamos acabado de nos conhecer — disse Dimitri, passando casualmente a ponta da adaga pelo pescoço dela. — E também quero conseguir ler a mente de todo mundo e saber o futuro. Não acho justo que só você se divirta.

— Acho que você já se divertiu o bastante — disse Lucien friamente.
— Fui ao Concubine hoje e vi o que você guardava no porão.

Dimitri pareceu surpreso. Estava segurando Meena bem perto de si, e ela sentiu-o ficar completamente imóvel. Todo mundo na igreja — os Dracul, até mesmo Alaric, ao pé do altar — pareceu observar com atenção a conversa tensa entre irmãos.

— Foi? — perguntou Dimitri. Depois ele sorriu, de modo que as presas apareceram de novo. — Então você deu de cara com meu último empreendimento financeiro...

— A TransCarta — gritou uma voz masculina de algum lugar perto do fundo da igreja.

Meena, reconhecendo a voz, ficou paralisada.

Não. Oh, não.

Todas as cabeças lá dentro se viraram para seguir o som daquela voz.

E foi assim que todo mundo conseguiu dar uma boa olhada no irmão de Meena, Jon, de pé na entrada da igreja, com a irmã Gertrude de um lado e Abraham Holtzman do outro, este com uma estaca apontada para o peito de Stefan Dominic. Atrás deles estava cada frei, freira e noviça da capela de St. Clare.

Meena ergueu o olhar para o teto. Como se as coisas já não estivessem ruins o suficiente. O quão ruim essa noite ia ficar?

— Ah, oi — falou Abraham com alegria, acenando para eles. — Não queríamos interromper. Prossigam. Desde que ninguém tente nos atacar, deixarei esse sujeito aqui viver.

— Deixe-o me matar, pai — gritou Stefan Dominic, lutando nos braços do guarda. — Por favor! Prefiro morrer a desonrar você desse jeito!

Nem Dimitri nem Lucien pareceram particularmente impressionados por esse discurso inflamado. Mas pelo menos ficou claro que as ambições teatrais de Stefan não foram mal direcionadas.

— Stefan! — Shoshana parecia preocupada. Ela lançou um olhar de pânico para Lucien e Dimitri. — Por favor, não deixem que ele o matem, meus senhores! Vocês não podem!

Mas Dimitri não tinha tirado o olhar de Lucien, que prosseguiu:

— Sim. TransCarta é o banco onde todos os homens mortos que encontrei em seu porão trabalhavam.

— A TransCarta comprou a emissora de tevê que é dona da novela para a qual trabalho — disse Meena com surpresa.

Mas ela se deu conta depois que deveria ter dito *para a qual trabalhava*.

— Na verdade, é a empresa suíça de *private equity* que Dimitri Antonesco fundou ano passado — disse Jon.

— *Trans* de Transilvânia, é claro — disse Alaric, pensativo. — Não sei o que *Carta* representa.

Lucien olhou para o meio-irmão com uma sobrancelha erguida.

— Deve ser por causa de Carta Abbey, presumo — disse ele. — Onde você tentou me matar pela... que vez foi? Terceira?

Dimitri deu de ombros.

— Achei que soava bem. Uma empresa de *private equity* permite que sejam feitos negócios sem o escrutínio usual por parte do governo federal e de olhos curiosos de *outras* entidades. — Ele deu uma piscadela para Alaric.

— Porque elas não são comercializadas publicamente na bolsa de valores e não estão sujeitas a nenhum outro tipo de registro ou divulgação — disse Alaric por entre dentes cerrados. Ele parecia não conseguir acreditar que não tinha pensado nisso antes.

— Exatamente. — Dimitri sorriu. — São um ótimo modo para um indivíduo como eu, que valoriza sua privacidade, expandir sua, hum, marca... por meio de, digamos, uma emissora de tevê.

Lucien franziu a testa.

— Dimitri — disse ele, num tom de advertência —, não *temos* uma marca.

— Na verdade, os integrantes tanto da comunidade financeira quanto da do entretenimento estão bastante impressionados com o nome Drácula e ansiosos para experimentar a imortalidade. E os consumidores... bem, o medo da morte é o que os faz ir atrás da indústria da beleza. Até o ano 2013, vão ter gasto pelo menos quarenta bilhões de dólares só em serviços de cirurgia cosmética. Bem, quem não ia querer viver para sempre, se pudesse? Você sabe muito sobre isso, não é, Srta. Harper, na sua área de trabalho?

Meena sentiu como se uma sombra gélida tivesse passado por cima de sua alma.

Creme para rugas Revenant.

É claro. *Revenant* significava cadáver animado.

— É você — gritou ela com asco, tentando se soltar da mão dele. — É *você* por trás dos novos produtos que querem que mostremos em *Insaciável*.

— É claro — disse ele com um sorriso, facilmente controlando as tentativas dela de se soltar. — Mas você não precisa ficar assim, minha querida. Não somos diferentes do seu patrocinador anterior. Nós também só queremos ajudar seus espectadores a encontrar produtos que ajudem a melhorar as vidas deles.

— Como o Spa Regenerativo para o Despertar Juvenil? — perguntou Meena.

— Visitei um desses — disse Lucien com uma voz fria como o inverno. — No porão do Concubine.

— Bobagem — disse Dimitri. — Aquilo era apenas um protótipo. Você nunca devia ter visto aquilo naquele estado, Lucien. Temos planos de melhorar e expandir nossos spas no mundo todo...

— Não — disse Lucien, interrompendo-o. — Porque isso vai acabar. Agora.

Dimitri deu de ombros.

— Pode não ser como *você* imaginou os negócios da família, Lucien, mas posso garantir que vi o planejamento financeiro, e o potencial para crescimento é astronô...

— Não *existe* negócio da família — disse Lucien, dando um passo na direção de Dimitri. — E acredito que o potencial para crescimento da sua empresa vai despencar significativamente se você continuar a dar garotas indefesas para alimentar seus recém-transformados. Embora eles talvez gostem da ideia de ficarem jovens para sempre, uma coisa que você parece nunca ter aprendido sobre os humanos ao longo dos anos, Dimitri, é que eles tendem a nao gostar de assassinato.

Meena, olhando do rosto de um irmão para o outro, estava atordoada demais para conseguir acompanhar a conversa.

Não por ela estar em uma igreja profanada com uma adaga no pescoço, em frente de uma multidão de vampiros famintos.

Mas porque ela tinha se dado conta de que Dimitri estava certo:

Ela sabia *sim* tudo sobre querer viver para sempre.

Não só tinha passado mais da metade da vida protegendo todo mundo que encontrava de uma morte fora de hora, mas era sobre isso que ela escrevia: a insaciável sede pela vida (e pelo amor) de Victoria Worthington Stone e da filha dela, Tabby.

Mas será que Victoria e Tabby eram *mesmo* tão insaciáveis? Elas só queriam alguém que as amasse e cuidasse delas.

Não era dessa necessidade muito humana que empresas como a de Dimitri se aproveitava quando insinuavam que as mulheres jamais encontrariam aquela pessoa especial a não ser que comprassem os produtos deles para que ficassem com uma determinada aparência? Eles se alimentavam da insegurança humana do modo como os Dracul se alimentavam da vida humana.

De repente, Meena se deu conta do quanto o irmão de Lucien era cruel.

E quem tinham sido os verdadeiros insaciáveis o tempo todo.

— Se você está tão ansioso para expandir a marca Dracul, mas ainda tem tanto medo da Palatina que se dá ao trabalho de formar uma empresa suíça só para que eles não possam se apoderar dos seus fundos, por que pelo menos não esconder os corpos das garotas mortas, Dimitri? — Lucien perguntava sem entender, sacudindo a cabeça. — É isso que não consigo entender. Expor os corpos foi expor tudo.

Isca.

Era *isso* que Alaric quis dizer.

— Porque ele queria atrair você para cá, Lucien — disse Meena. Tudo estava tão claro para ela agora. — Ele nunca se preocupou com a

Palatina. As garotas mortas só serviram para trazer você a Nova York, para que ele pudesse atrair você até aqui e fazer *isso*.

A coroação era apenas a fase final do grande plano de Dimitri para transformar todos os Estados Unidos — e logo depois o mundo — em um buffet vampiresco. A única coisa que o atrapalhava era...

O olhar de Lucien se moveu do irmão até ela.

E quando seus olhares se encontraram, Meena sentiu uma onda explosiva dentro da cabeça.

Ela podia ver nos olhos dele o quanto ele a amava.

E o quanto era difícil para ele não matar o irmão naquele lugar, naquela hora, com as próprias mãos, pelo que Dimitri tinha feito a ela.

Mas ele não podia.

Não com Dimitri tão perto de Meena, com um braço ainda em torno dela, uma adaga no pescoço e as presas tão próximas para dar uma mordida.

Meena assentiu. Ela entendeu. Estava tudo bem. O importante era que ela precisava impedir Dimitri e os Dracul de fazer o que tinham ido ali fazer.

Matar o único empecilho para a realização do grande plano. Lucien.

Foi naquela hora que uma estaca saiu zunindo de uma besta em algum lugar perto das portas da igreja e penetrou diretamente no meio das costas de Lucien.

— Sim! — Meena ouviu o irmão gritar. — Vocês viram isso? Eu o acertei!

Capítulo 57

00h EST, domingo, 18 de abril
Catedral de St. George
Rua 78 East, 180
Nova York, NY

Meena nunca teve certeza do que exatamente houve depois disso, porque tudo pareceu acontecer de um jeito meio enevoado, como se fosse debaixo d'água ou em um pesadelo.

Ou pelo menos foi o que pareceu a ela.

Lucien caiu de joelhos.

Disso ela tinha certeza, porque estava a apenas meio metro dele. Ela tentou pegá-lo quando ele cambaleou, para impedir que ele desabasse no chão de mármore duro.

Mas Dimitri a puxou de volta.

Ela pensou ter ouvido alguém dizer "não" baixinho.

Depois se deu conta de que esse alguém era ela mesma.

Então alguma coisa passou com um zumbido perto da cabeça dela. Tanto Dracul quanto humanos começaram a gritar. Dimitri puxou o braço dolorido dela com muita força de novo e gritou no ouvido dela:

— Abaixe-se!

Depois ele a puxou com força para o chão do altar.

Meena podia ouvir alguém — parecia Alaric — gritando alguma coisa. Parecia "Pare, seu tolo! O que está fazendo?".

Meena sabia que devia sentir medo. Sabia que devia sentir pelo menos *alguma coisa*.

Mas ela não sentia nada. Nada mesmo. Apenas ficou lá deitada com a bochecha pressionada contra o mármore frio, olhando na direção onde tinha visto Lucien pela última vez.

Não conseguia ver nada lá agora. Nem mesmo o pó que ele devia ter virado.

Ele está morto, ela pensou com a parte do cérebro que ainda funcionava. *Ele está morto e eu nunca tive a chance de avisá-lo que ele ia morrer... porque nunca tive a chance de conhecê-lo quando estava vivo. Só o conheci quando já estava morto.*

E agora ele está morto de verdade.

Depois ela pensou: *Por que achei que ele ia matar Alaric e Jon? Ele jamais faria uma coisa assim. É a pessoa mais gentil e maravilhosa que já conheci.*

E agora, está morto

Depois ela pensou: *Eu queria estar morta também.*

E então ela foi puxada abruptamente para cima por Dimitri Antonesco.

E Meena se deu conta de que seu desejo estava prestes a ser realizado.

— Você vem comigo — disse Dimitri. O rosto dele era uma máscara retorcida de avidez e ódio e alguma outra coisa. Alguma coisa que Meena nunca tinha visto antes.

Maldade, ela pensou com aquela parte do cérebro que tinha dominado o resto da mente, que parecia ter parado de funcionar desde que ela vira Lucien morrer.

O irmão de Lucien não passa de maldade pura.

E então Dimitri a jogou por cima do ombro, segurando-a pelos quadris, com tanta facilidade como se ela fosse feita de palha.

Agora o mundo de repente ficou de cabeça para baixo.

Não que Meena se importasse.

Mas ela achou interessante, enquanto estava lá pendurada como uma boneca inerte, observar que o padre Bernard e a irmã Gertrude e o resto das pessoas que ela havia conhecido na paróquia de St. Clare estavam de repente no meio dos Dracul, na nave da catedral, lutando com estacas e crucifixos e água benta... e, no caso de Abraham Holtzman, com uma besta e uma brilhante estrela de Davi.

Interessante, mas nada muito além disso. Meena esperava que ninguém morresse.

Mas ela sabia que iam morrer. Tinha tentado avisá-los. Todos eles iam morrer.

Mas nenhum deles tinha ouvido. Ninguém ouvia.

E agora, aquilo tudo estava acontecendo.

Ah, tudo bem. Todo mundo ia morrer em algum momento. Até ela. Podia muito bem ser naquela noite.

— Meena!

Ela ouviu alguém gritar o nome dela no meio da fumaça e do caos. Ela achava que era Alaric.

Ela não se importava.

Dimitri a estava levando para algum lugar. Ela não sabia para onde. Ele provavelmente ia mordê-la — e não de uma maneira agradável, como Lucien tinha feito — e depois ia sugar todo o sangue dela.

E depois era *ele* quem ia saber como todo mundo ia morrer.

Antes ele do que ela.

— *Meena!*

Por que Alaric não a deixava em paz? Ele era *mesmo* a pessoa mais irritante do planeta.

Dimitri parecia estar levando-a escada acima, para o mezanino do coral. Ele provavelmente ia estuprá-la também depois que chegassem lá. Não seria o final perfeito para um dia perfeito?

— *Meena!*

Alaric era tão irritante. Ele nunca a deixara em paz quando estava viva, e agora não a deixava em paz quando ela estava prestes a morrer

Relutantemente, ela ergueu a cabeça. Alaric estava lutando para chegar até eles — sem dúvida para deter Dimitri, sem se dar conta de que Meena queria que isso acontecesse; ela *queria* morrer. Que motivo tinha para viver? Não tinha emprego. Não tinha apartamento. Não tinha Lucien — mas Alaric tinha um vampiro pendurado em cada braço, impedindo-o de ir em frente. Era até meio cômico o modo como os Dracul estavam tentando morder o pescoço de Alaric.

Afastando as bocas sibilantes e as presas pontudas com saliva pingando, Alaric tinha uma mão em volta do pescoço de cada um. Ele lançou um olhar furioso para Meena. Parecia enfurecido com ela.

— Deixe de ser idiota — ele rugiu para ela. — Ele não está morto. *Olhe.*

Meena olhou na direção em que Alaric inclinou a cabeça. O presbitério.

E então ela viu.

Era verdade.

Lucien não estava morto. Ele estava se levantando.

Lentamente. Dolorosamente.

Mas estava se levantando.

Só que Meena viu mais do que isso naquela olhada.

Ela viu que os guerreiros da capela de St. Clare estavam sendo vencidos pelos Dracul, que eram mais do que o triplo do que eles em número. Jon podia ter sido bem-sucedido em um disparo único nas costas do príncipe das trevas, mas o resto dos disparos não teriam atingido a lateral de um armazém se ele estivesse de pé ao lado de um. Gregory Bane estava dando socos no rosto do irmão dela, e parecia gostar do que estava fazendo, pelo sorriso de estrela de cinema em seu rosto. Stefan Dominic prendia a irmã Gertrude numa chave de pescoço. E em cima de Emil Antonesco havia três ou quatro homens — que estavam vestidos de maneira estranha, como os caras com quem Jon trabalhava na Webber and Stern — rasgando o paletó do terno dele com as presas, enquanto Mary Lou tentava afastá-los com um castiçal de ferro batido.

Meena esticou os dois braços — até mesmo o machucado — contra as paredes da escadaria pela qual Dimitri a carregava, agarrando-se.

Dimitri não estava esperando que sua vítima, até então em estado de semicoma, de repente voltasse à vida. Foi só por isso que Meena conseguiu sair dos braços fortes que a seguravam e de cima dos ombros largos, uma manobra física que exigiu o elemento surpresa e uma falta total de medo da dor da parte dela... principalmente porque ela acabou caindo pelos últimos degraus da escada e batendo sobre o cóccix.

Dimitri deu meia-volta, parecendo estupefato. Ela havia passado de completamente inerte a um projétil humano em questão de segundos.

— Afaste-se de mim — Meena o avisou, indo o mais rápido que conseguiu para longe da escada.

Mas Dimitri já descia a escada atrás dela, os olhos brilhando vermelhos como holofotes. Meena ficou de pé e se virou para sair correndo...

... e trombou contra o peito sólido e largo de Alaric Wulf. Ele havia conseguido se livrar dos novos amigos vampiros e tinha ido correndo com a espada em riste para ajudá-la.

— Você é muito popular com os garotos Drácula — comentou Alaric secamente. — Todos parecem querer você para o jantar.

— Menos brincadeira — disse ela. Dimitri estava com a adaga na mão, a lâmina brilhando à luz das velas. — Mais corte de cabeças. E, por favor, não erre dessa vez.

— Não é legal? — perguntou Dimitri a Alaric enquanto jogava a adaga de uma mão para a outra. — Finalmente vamos terminar o que começamos em Berlim. Você fugiu com seu parceiro naquele dia antes que tivéssemos terminado. Não teve espírito esportivo.

— É — disse Alaric. — Bem, eu tinha coisas mais importantes a fazer do que ficar por lá para matar você. Meu parceiro estava sangrando muito, como você talvez se lembre.

O sorriso de Dimitri se alargou.

— Eu sei — disse ele. — Ele estava delicioso. Mal posso esperar para dar outra mordida qualquer dia desses.

Alaric ergueu a espada, o rosto se enchendo de sombras.

Oh-oh, pensou Meena. *Isso não é bom. Será que ele devia lutar com raiva?*

— Alaric — disse ela com urgência na voz. — Não...

Foi quando todos ouviram um som como nenhum outro — certamente nada humano. Mas não era nada vampiresco, também.

Veio da parte da frente da igreja, onde ficava o altar. Foi tão alto que sacudiu a edificação até os alicerces. Tão alto que voou poeira do mezanino do coral e do teto baixo que havia sobre as cabeças de Alaric e Meena.

Virando-se lentamente, Meena estava com medo do que ia ver — mas sabia muito bem o que era. É claro. Ela estava na catedral de St. George. Todas as visões dela tinham sido de fogo. E havia desenhos rudimentares em todas as paredes.

Ela ainda não conseguia acreditar nos próprios olhos.

Mas lá estava ele.

Um dragão.

No Upper East Side.

Capítulo 58

00h15 EST, sábado, 18 de abril
Catedral de St. George
Rua 78 East, 180
Nova York, NY

Ele estava agachado debaixo do portal que separava a nave do presbitério, o enorme corpo e extensão das asas preenchendo o espaço todo e a cabeça astuta ao fim de um longo pescoço chegava quase até o teto de dez metros de altura.

As garras faziam sons terríveis de arranhar no chão de mármore.

As escamas eram vermelho rubi.

Fumaça saía das narinas dele.

Em um dos ombros estava espetada uma estaca de madeira.

Lucien, pensou Meena, sentindo o coração como gelo no peito. Meu Deus. *Lucien.*

O que aconteceu com você? O que fizeram a você?

— Ah... meu Deus — disse Dimitri, soltando a adaga quando viu o dragão.

Ao ouvir a voz de Dimitri e o barulho da adaga caindo no chão, a cabeça do dragão se virou na direção deles... e depois desceu, para olhar para eles debaixo do mezanino do coral.

O coração congelado de Meena bateu com fúria convulsiva. *Oh, Deus.* Oh, Deus. O dragão estava olhando para eles.

Uma mistura de vapor e algo que tinha cheiro de enxofre foi lançada na direção deles quando a besta expirou ar quente com força suficiente para apagar todas as velas daquele lado.

De repente, todos foram mergulhados na penumbra.

Mas Meena ainda conseguia enxergar, graças ao brilho ardente que vinha das narinas do dragão, que estava chegando cada vez mais perto deles... e do qual ela ouvia um estranho som de farejar.

— Faça qualquer coisa — sussurrou Alaric no escuro, assustando-a, enquanto esticava lentamente uma mão quente e firme na nuca de Meena —, mas não se mova.

— Eu não pretendia — sussurrou Meena em resposta. — Mas o que... está acontecendo?

Não era o que ela queria perguntar. O que ela queria perguntar era: *Onde está Lucien? É possível mesmo que ele esteja ali, por baixo de todas essas escamas? É ele mesmo?*

— Não sei — respondeu Alaric. — Nunca vi isso antes. Mas acho que ele está...

De repente, a cabeça do dragão ficou bem ao lado de Meena. Ela ficou paralisada, cada músculo do corpo contraído. Não conseguia se lembrar de já ter ficado tão paralisada de medo na vida — nem mesmo quando se dera conta de que Lucien era um vampiro de verdade — como quando se viu sendo examinada por um olho enorme, com pálpebras duplas, de trinta centímetros de altura, suas muitas facetas, cada uma da cor de um sol vermelho, mostrando o reflexo apavorado dela.

Acalme-se, ela tentou dizer para si mesma. *É o olho de* Lucien. *Vai ficar tudo bem.*

Mas ela não tinha certeza se isso era verdade, já que não conseguia ver lá dentro nenhum sinal do homem que conhecera e amara. O que ela estava vendo não era um homem. Era um animal por completo.

Uma pálpebra gigante se moveu lateralmente sobre a pupila que a observava, depois se abriu de novo enquanto o dragão olhava para ela — e depois para Alaric, parado atrás dela.

Então ouviu-se aquele som de farejar de novo, tão alto que Meena teria dado um salto se Alaric não a segurasse com firmeza pela nuca.

Ele acabou... de me cheirar? Meena se perguntou, atordoada.

Alaric apertou a nuca dela.

Ela entendeu a mensagem. Não fale. Não se mexa. Nem mesmo respire.

Era um bom conselho.

Pena que Dimitri não pareceu querer seguir.

Ele tinha encontrado a adaga que havia deixado cair.

E logo depois saiu correndo da escuridão em direção ao animal, indo para cima do olho gigante com um grito de puro ódio.

Mas isso acabou se mostrando ser um erro. Um tremendo erro.

— ... furioso — disse Alaric, terminando a opinião sobre o humor de Lucien. Ele jogou Meena no chão e depois se jogou em cima dela. — *Fique abaixada.*

O fogo que saiu do nariz e da garganta do dragão na direção de Dimitri era branco e quente.

Era o calor abrasador do sol. Era o calor cheio de enxofre dos poços ardentes do inferno, e estava apontado para apenas um alvo. Passou por cima das cabeças e corpos deles.

Meena nunca tinha sentido um calor assim antes na vida e esperava jamais sentir de novo.

Meena não tinha certeza se Dimitri chegou a saber o que o atingiu. Um minuto ele estava lá, e no próximo só havia fogo...

E depois só havia uma densa fumaça negra.

Onde Dimitri estava antes havia um ponto chamuscado e emitindo fumaça.

— Ai, meu Deus — Meena ouviu alguém dizer. E depois percebeu que tinha sido ela mesma. Estava dizendo isso sem parar. — Ai, meu Deus, ai, meu Deus.

— Fique abaixada. — Ela ouviu a voz grave de Alaric em seu ouvido. — Continue abaixada.

Meena prendeu a respiração quando a cabeça do dragão desceu mais uma vez em direção a eles. Lucien passou o brilhante focinho vermelho a poucos centímetros deles, mais uma vez fazendo aquele som de farejar.

Ele *estava* farejando-os. Meena tinha certeza disso.

Depois a cabeça desapareceu.

Lucien estava virando o olhar e o bafo de fogo em direção às pessoas e aos vampiros no resto da igreja.

Alaric também deve ter percebido. Foi por isso que ele saiu de cima de Meena e correu atrás da cabeça de Lucien.

Ela soube instantaneamente aonde ele estava indo.

E por quê.

— *Não!* — gritou ela.

E saiu correndo atrás dele.

Ela o perdeu no caos que se desenrolava do lado de fora do abrigo que era o teto do mezanino do coral.

Sim, podia haver um dragão de vinte metros cuspindo fogo em uma parte da igreja.

Mas no resto do prédio, ainda havia uma guerra entre vampiros e humanos acontecendo. Ela viu alguns Dracul enfiando presas em pescoços de noviças... A irmã Gertrude atacando um Dracul com um pedaço de banco de igreja... Jon disparando a besta à queima-roupa contra um Dracul (e errando). Fran e Stan jogando freis para o alto com uma força sobre-humana que era impressionante para pessoas que Meena nunca tinha visto levantando nada mais pesado do que um knish. Abraham Holtzman e Emil e Mary Lou Antonesco tinham formado uma espécie de parceria bizarra e pareciam estar tentando matar o máximo de Dracul que conseguiam com qualquer coisa que arrumassem... o que parecia ser não muitos com muito pouco.

Meena, horrorizada, sabia que não podia só ficar ali parada. Tinha que fazer alguma coisa para ajudar... mesmo havendo um dragão por ali, incinerando as pessoas com seu hálito.

Ela pegou um pedaço estraçalhado de banco de igreja e agarrou o cabelo do vampiro mais próximo, que estava tentando enfiar os dentes no pescoço de uma infeliz noviça...

... e ficou chocada ao se ver cara a cara de novo com Shoshana.

— Ah, tá — disse Shoshana, sorrindo com deboche para Meena e o pedaço pontudo de madeira que ela segurava. — Como se você tivesse coragem.

— Ah, eu tenho coragem — garantiu Meena.

Mas não havia como ela ter coragem.

Aquela era *Shoshana*. Claro, Meena nunca tinha gostado muito dela. Tinha dito a si mesma, quase todo dia durante um ano, que hoje era o dia em que ia finalmente avisar sua colega que, se não parasse de se exercitar tanto, ia acabar morrendo.

Agora Meena se deu conta de que nunca tinha sido a academia que Shoshana precisava temer.

Era Stefan Dominic, o homem que ela havia conhecido lá.

Mas Meena sempre tivera a intenção de salvar a vida de Shoshana.

Portanto, ela ia mesmo enfiar uma estaca no coração de Shoshana e acabar com tudo? Ali, naquela hora?

Não. É claro que não.

— Pois é. — Shoshana riu com mais deboche. — Eu sabia. A propósito, peguei uma outra coisa no seu apartamento além dessa bolsa.

Shoshana abriu o zíper da bolsa vermelha da Marc Jacobs que ainda carregava a tiracolo e mostrou a Meena uma coisa lá dentro.

— Obrigada por todas as ótimas ideias para a história — disse ela, sorrindo. — Divirta-se no desemprego.

Então ela se virou para procurar a noviça, que tinha saído correndo, chorando.

Meena ficou olhando para as costas magras de Shoshana.

Seu *laptop*? Shoshana tinha roubado seu *laptop*?

Meena não tinha backup de *nada* que guardava naquele laptop. Nem no computador do trabalho. Nem on-line. Em lugar nenhum.

Meena deu um passo e agarrou as costas da blusa de duzentos dólares de Shoshana, virando-a para encará-la...

... depois enfiou o pedaço de banco quebrado no peito dela.

Shoshana virou uma pilha de pó na frente de Meena.

No topo do pó estava a bolsa vermelha com pedras em forma de dragão que Lucien tinha dado a ela, junto com as roupas de Shoshana. Meena a pegou, tirou o excesso de pó e a colocou a tiracolo.

O peso do laptop a deixou mais segura.

Quando Meena ergueu o olhar de novo, foi para ver a última pessoa que esperava: Leisha, segurando a barriga e indo cuidadosamente até Meena, no meio da fumaça e dos escombros.

— Ah, meu Deus — gritou Meena. — *Leish?*

Todos os piores pesadelos de Meena pareceram de repente virar realidade. Seu namorado era um vampiro. Tinha acabado de matar a própria chefe.

E sua melhor amiga grávida estava caminhando no meio de um campo de batalha sem consideração nenhuma com a própria segurança ou a do bebê ainda não nascido.

Meena correu até Leisha.

— O que você ainda está fazendo aqui? — perguntou Meena, ansiosa. — Pensei que Mary Lou Antonesco tivesse levado você lá para fora!

— Ah, era ela? — Leisha parecia confusa. — É, ela me levou. Mas depois que ela soltou Adam daquelas algemas e contou para ele o que estava acontecendo, ele decidiu que queria ficar e ver o final da peça.

Meena ergueu as sobrancelhas.

— *Peça?*

— É — disse Leisha. — Eu meio que gostei no começo, mas agora não sei, tem aquela *coisa*...

Ela apontou por cima do ombro de Meena. Meena se virou e ali, atrás dela, estava Lucien, a cabeça de dragão indo de um lado para o outro como se ele estivesse procurando por alguma coisa — ou alguém —, sua longa língua entrando e saindo da boca. De vez em quando ele abria a boca e soltava um rugido de romper os tímpanos.

— Está vendo? Aquilo parece demais para mim — disse Leisha.

O olhar de Meena voltou para a amiga. Ela tinha certeza de que Leisha estava com a mente confusa por uma combinação de choque e algum tipo de lavagem cerebral dos Dracul. Os olhos normalmente alertas pareciam vidrados.

— Entendo que faz parte do show — reclamou Leisha—, mas tenho quase certeza de que a fumaça não faz bem para o bebê. Não estou me sentindo muito bem...

Meena esticou as mãos e segurou a amiga pelos dois braços.

— Leisha, isso não é uma peça — disse ela com urgência. — Você tem que sair daqui. O bebê vai nascer prematuro. E não é um menino. É uma menina. Me desculpe por não ter contado antes. Eu sabia, mas...

— O quê? — gritou Leisha, puxando ambas as mãos. Fosse o que fosse que tivessem feito com a memória de Leisha, não tinham afetado a preocupação dela com o bebê. — Você sabia e não me contou? Meena, qual é o seu problema? *Quão* prematuro?

— O bastante para que Adam já tivesse que ter começado a preparar o quarto do bebê faz tempo — disse Meena. Ao ver de repente o irmão atrás de Leisha, ela gritou: — Jon! Jon! Venha cá.

Jon cambaleou até lá. Havia sangue saindo de um corte na testa dele; Gregory Bane tinha feito aquilo a socos. Jon estava sujo e suado e parecia estar se divertindo como nunca.

— O quê? — perguntou ele. — Ah, meu Deus. Leisha, o que você ainda está fazendo aqui?

Perto do altar, o dragão soltou outro rugido.

As paredes tremeram.

Do lado de fora da igreja, sirenes tocavam alto. Os bombeiros e a polícia de Nova York estavam chegando. Foi preciso uma guerra de vampiros e um dragão de vinte metros para alguns vizinhos da catedral ligarem para a emergência.

— Ah, graças a Deus — disse Leisha ao ouvir as sirenes. — Alguém precisa atirar naquela coisa.

— Não! — gritou Meena. Depois, ao ver as expressões nos rostos do irmão e da amiga, ela disse com mais calma: — Jon, acho que Leisha está em trabalho de parto. Você precisa encontrar Adam e tirar os dois daqui.

— O quê? — Leisha e Jon exclamaram juntos.

— Sim — disse Meena com firmeza. — Leisha, acho que você está tendo seu bebê. Jon, você tem que colocar ela e Adam dentro da primeira ambulância que vir e mandá-la para longe daqui. Para *bem* longe. Agora, Jon. Quero que vá com eles. Eles estão aqui por sua culpa.

— Por que é *minha* culpa? — perguntou Jon, indignado.

— Você se lembra do bilhete que deixei na paróquia de St. Clare? — perguntou Meena. — Aquele onde declarei especificamente que qualquer um que me seguisse até aqui ia morrer esta noite?

Jon revirou os olhos.

— Ah, certo. É, nós lemos o bilhete. Mas o que deveríamos fazer, Meen? Deixar você vir para cá lutar com esses caras sozinha? Você parecia estar se saindo muito bem quando cheguei aqui.

— Você *disparou* contra meu namorado — falou Meena. — Ele estava lidando com tudo muito bem, e aí você o acertou. E agora, veja o que está acontecendo. A polícia está aqui, os bombeiros estão aqui, e pessoas inocentes vão se machucar. E a propósito, tenho quase certeza de que é *você* que ele está procurando.

O dragão deu outro rugido. Pareceu bem mais perto do que o anterior. Jon deu um pulo e pareceu se dar conta de que Meena estava certa: Lucien *estava* indo atrás dele. Aqueles olhos enormes e vermelhos pareciam estar procurando por alguém...

Jon rapidamente entregou a besta engatilhada para Meena.

— É — disse ele, culpado. — Lamento muito por isso. Eu estava mirando no irmão dele. — Ele pegou Leisha pelo braço. — Relaxe, Leish. Vou tirar você daqui rapidinho. Tenho certeza de que vi Adam perto das portas. Ele devia estar procurando por você.

Leisha olhou para Meena com nervosismo enquanto Jon a levava para longe.

— Você não vem conosco? — perguntou ela.

Meena sorriu e acenou para ela.

— Quero ver o final da peça. Me liga mais tarde e me conta onde você vai estar. — Ela levou um telefone imaginário ao ouvido.

Leisha assentiu e pareceu preocupada.

— O bebê é menina? Nunca nem falamos sobre nomes de meninas.

— Sempre gostei do nome Joana — gritou Meena...

... na mesma hora em que um Dracul a viu ali de pé e começou a correr na direção dela. Enquanto Jon se apressava para levar Leisha lá para fora, Meena se virou para encarar o vampiro...

... que era ninguém mais do que Gregory Bane.

— Oi, Meena Harper — disse ele, exibindo para ela o mesmo sorriso lento e planejado que provocava ataques histéricos em tantas milhares de mulheres entre 18 e 49 anos.

Meena revirou os olhos, ergueu a besta de Jon e atirou diretamente no peito de George Bane.

Depois passou por cima do pó que havia sobrado dele.

Foi quando outro projétil percorreu o ar, passando a centímetros da bochecha de Meena.

Um segundo depois, o dragão deu um grito, dessa vez de dor, que foi alto o bastante para sacudir os alicerces do prédio. Meena, confusa, olhou para o alto e viu uma estaca presa no pescoço dele.

Uma estaca. Outra *estaca*.

Alguma outra pessoa além do irmão dela atirava em Lucien.

Meena se virou, tentando ver quem era.

Ela viu Abraham Holtzman no meio da igreja repleta de fumaça, uma besta apoiada no ombro, recarregando-a.

Ela largou sua própria besta e saiu correndo em direção a ele.

— Pare — gritou Meena para ele. — Você tem que parar. Está machucando-o!

— É claro que o estou machucando, Srta. Harper — disse Abraham, sem rodeios. — É esse o objetivo, não é? Estou tentando distraí-lo enquanto Alaric...

— Mas Lucien está do nosso lado — gritou Meena. — Está tentando nos ajudar! Ele matou Dimitri.

— Não seja ridícula, Srta. Harper. Ele matou o irmão para preservar o próprio trono — disse Abraham com paciência calculada. — Ele é o príncipe das trevas, o filho escolhido de Satã na Terra para governar todos os seres demoníacos. Sei que você acha que o ama, minha cara, mas ele tem que ser destruído para que o bem e a luz tenham chance...

— Mas ele é *parte* do bem e da luz — insistiu Meena. — A mãe dele era...

— Srta. Harper — disse Abraham. — Você não pode estar querendo me dizer que há alguma parte *daquilo* que não é má.

Quando falou a palavra *daquilo*, ele gesticulou em direção ao dragão, que estava soltando o fogo branco em cima dos banqueiros que Meena tinha visto atacando a irmã Gertrude. Num minuto, eles estavam iá.

No outro, tinham sumido.

— Ah, céus — Meena ouviu uma voz perto de si dizer. Ela virou a cabeça e viu Emil e Mary Lou Antonesco de pé ao lado dela.

Mas eles não se pareciam em nada com o que costumavam ser quando ela os via no prédio onde moravam. Os dois estavam cobertos de fuligem e sangue, as roupas de grife rasgadas e o cabelo de Mary Lou, completamente desgrenhado. Ela estava agarrada ao marido, observando apavorada Lucien cuspir fogo nos Dracul.

— Vocês sabiam sobre isso? — Meena perguntou a eles. — Vocês sabiam que Lucien... — ela nem sabia muito bem o que dizer — podia... podia...

Emil se virou para olhar para ela. A expressão dele era grave. E um pouco triste.

E não deixava dúvida alguma, ao menos na mente de Meena, de que ele sabia. Oh, ele sempre soubera.

— O príncipe sempre teve um temperamento muito difícil — foi tudo que ele disse, entretanto.

— Um temperamento difícil? — gritou Meena. Ela gesticulou em direção ao dragão, que tinha baixado o pescoço longo e esguio para pegar Stefan Dominic na boca e agora o partia em pedaços, membro a membro. Meena teve que cobrir os olhos com as mãos. — Você chama isso de *temperamento difícil*? — ela perguntou com um gemido.

— Nunca é uma boa ideia irritar o príncipe — disse Emil. — Dimitri deveria saber.

Meena, com cuidado para não olhar na direção de Lucien, baixou as mãos e perguntou:

— Bem, e como acabamos com isso? Como fazemos ele se transformar de volta?

— Oh — disse Emil, apertando mais a esposa. — Não dá.

O queixo de Meena caiu.

— O quê? Está querendo dizer...

Era exatamente o que Meena tinha temido quando ficou tão perto daquele olho gigantesco e não viu nada nele do homem que amava... que Lucien jamais voltaria a ser ele mesmo de novo.

Não que importasse. Meena ainda ia fazer tudo que pudesse para impedir que ele fosse destruído por uma combinação dos bombeiros de Nova York, polícia de Nova York, Guarda Palatina e Dracul, fosse ele o que fosse, homem ou animal. Ou vampiro.

— Ah... ele vai voltar a ser ele mesmo em algum momento, quando não estiver mais tão zangado — disse Emil. — Enquanto isso ele olhou por cima do ombro para o policial que agora gritava para dentro da igreja em um megafone, mandando que soltassem as armas e saíssem com as mãos atrás da cabeça —, Mary Lou e eu vamos embora. Sugiro que faça o mesmo, Srta. Harper.

E com isso, os dois desapareceram bem na frente de Meena. Num minuto eles estavam lá, e no outro não havia nada onde estavam eles exceto dois pequenos redemoinhos de fumaça.

Atordoada, Meena olhou para Abraham, que recarregava a besta. Ele pareceu absorver o que tinha acontecido sem se perturbar. Nem ligava por ter perdido a oportunidade de enfiar uma estaca nos Antonesco.

Estava atrás de um alvo bem maior.

Ela ia acordar em breve, Meena decidiu. Porque aquilo tudo tinha que ser um pesadelo. Ia acordar no próprio quarto, com Jack Bauer nos braços, e ainda seria manhã e o sol estaria brilhando, e tudo estaria bem. Nada disso teria acontecido. Ela levantaria e iria trabalhar, e...

— Meena — ela ouviu Alaric gritar de algum lugar na igreja. — Meena!

Então ela o viu. Ele estava de pé diretamente atrás do dragão.

— Saia daí! — ele gritou para ela e fez um gesto de saia da frente com os braços, indicando que queria que ela se afastasse de Abraham.

E bem naquela hora, naquele momento, ela soube exatamente o que ele e o chefe estavam planejando fazer.

Abraham atiraria contra Lucien, distraindo-o com outra estaca no pescoço.

E então, enquanto Lucien estivesse rugindo pela dor, Alaric subiria pelas costas do dragão...

... e cortaria a cabeça dele fora.

Meena concluiu que Alaric era louco. Principalmente se achava que Meena ia deixar isso acontecer.

— É melhor fazer o que ele diz, Srta. Harper — disse Abraham, levando a besta até o ombro e mirando. — Sei que é doloroso para você. Mas acredite, é o melhor jeito. Prometo que vai se sentir bem melhor quando tudo tiver acabado.

Enquanto Abraham falava, o dragão, que tinha terminado sua última refeição, olhou ao redor. Ele começou a balançar a cabeça de um lado para o outro como se procurasse sua próxima vítima. Mas então ele parou de repente... e fixou o olhar em Meena e Abraham.

Aqueles olhos gigantescos e cristalinos se focaram diretamente neles, sem piscar, como os olhos de uma serpente. Todos os pelos da nuca de Meena ficaram arrepiados quando o dragão a encarou. Ela viu filetes de fumaça saindo das narinas dele. O odor nauseante de enxofre os envolveu um segundo depois.

— Oh, céus — disse Abraham, com o dedo paralisado no gatilho da besta. — Acho...

Meena ergueu uma das mãos para soltar a fivela da alça da bolsa de dragão. A alça deslizou pelo ombro dela. Depois, segurando a alça com as duas mãos, ela bateu em Abraham com a bolsa com o máximo de força que conseguiu, o peso do laptop dentro atingindo-o com toda força nas costas.

— O quê...? — gritou ele quando perdeu o equilíbrio.

Mas ele não caiu. Era pesado demais e tinha experiência demais.

Mas o disparo passou longe.

O que aconteceu a seguir não fazia parte do plano de Meena.

Capítulo 59

00h30 EST, domingo, 18 de abril
Catedral de St. George
Rua 78 East, 180
Nova York, NY

A ponta da cauda longa e vermelha do dragão se lançou à frente, se enrolou na cintura de Meena e ergueu o corpo dela no ar.

Meena teria gritado se pudesse. Mas estava sendo apertada com tanta força que não conseguia respirar.

Além do mais, estava apavorada demais para gritar.

Sendo balançada por cima das cabeças de todo mundo na igreja, Meena teve uma visão vertiginosa de bancos estraçalhados, paredes fumegantes, sua bolsa de dragão e o laptop esquecidos nos escombros e, por fim, do rosto estupefato de Alaric... até que foi recolocada no local em que o dragão aparentemente tinha reconhecido o cheiro dela primeiro, ao lado da escada para o mezanino do coral, e onde ele parecia querer que ela permanecesse.

Porque foi lá que ele a soltou, com o que ela acreditava que o dragão devia achar uma gentil consideração, mas que na verdade foi uma aterrissagem que fez com que ela rodopiasse até a mesma parede onde havia apenas um ponto queimado como prova de que Dimitri Antonesco tinha existido no planeta.

Atordoada demais para se mover, ela ficou caída lá, vendo apenas a escuridão.

— Meena! — Ela pensou ter ouvido alguém gritar ao longe.

Mas ela se sentia enjoada demais pela experiência no ar, em combinação com a força com que atingiu a parede, para responder.

E então Alaric estava lá, tentando abrir um dos olhos dela e depois o outro, verificando as pupilas, perguntando se ela estava bem.

— Vá embora — disse ela. Queria vomitar. A cabeça doía. O braço doía. Só queria ir para casa.

Mas não tinha mais casa.

— Meena, olhe para mim.

Ela olhou para ele. Mal conseguia vê-lo na escuridão enfumaçada.

Mas o rosto dele parecia tenso de preocupação.

— Achei que você tinha um dragão para matar — disse ela.

— Bem — disse ele —, acho que perdi minha oportunidade. Quantos dedos tem aqui? — perguntou ele, erguendo dois.

— Nove — disse ela.

E então o pior aconteceu. A cauda voltou. Meena prendeu a respiração quando a viu, fazendo com que Alaric se virasse e visse também. Ela brilhou, perigosamente vermelha no meio da fumaça, parecendo procurar alguma coisa. Meena ficou paralisada na hora em que a viu, pensando: *Oh, não. De novo não.*

Era legal que Lucien a amasse tanto.

Mas ele precisava trabalhar nas aterrissagens.

Alaric parecia estar pensando do mesmo jeito, pois ergueu a espada, como se estivesse pronto para cortar a cauda de Lucien na ponta se ela chegasse muito perto...

Mas dessa vez, não era Meena que Lucien estava procurando. A cauda encontrou um dos pilares de sustentação do mezanino do coral. Se enrolou em torno dele...

... e puxou.

— Merda — disse Alaric, jogando os braços sobre Meena.

Não houve tempo de fazer mais nada.

Talvez se a catedral de St. George não fosse tão velha. Talvez se não estivesse precisando tanto de reforma. Talvez se não tivesse aguentado tantos golpes de um dragão de trinta toneladas, rugindo e cuspindo fogo pela última meia hora.

Talvez aí a integridade estrutural tivesse aguentado um pouco melhor.

Mas no final, a remoção de um único pilar fez com que uma enorme parte do mezanino do coral despencasse.

Não *em cima* deles. Só em volta deles.

O bastante para os isolar efetivamente de tudo que estava acontecendo na nave e no altar, prendendo-os em uma espécie de caverna de madeira e gesso feita por um dragão.

E esse tinha sido o plano de Lucien desde o começo, Meena teve certeza. Ele estava cansado de se preocupar que ela se ferisse. E isso era doce, de uma certa forma, ela achava.

Mas ela não tinha certeza de quanto tempo mais ia conseguir sobreviver ao modo como os dragões expressavam seu afeto.

— Ah, meu Deus. — Ela tossiu. Havia muita poeira.

E Alaric Wulf, em cima dela, pesava uma tonelada. Como sempre.

— Você está bem? — perguntou ela.

Ele não disse nada a princípio. Isso foi um tanto alarmante.

— Alaric?

A força do desmoronamento tinha provocado o deslocamento de algumas peças de compensado, arrancando as tábuas de uma janela que estava selada, o que agora permitia a entrada de um pouco de luz cinzenta da rua. Nela, Meena conseguiu ver que o rosto de Alaric, acima dela, estava coberto de cinza e poeira de gesso. Ele parecia... estranho. Ela não conseguia entender como.

— Alaric? Você está ferido? — perguntou de novo.

— Não — disse ele, de um modo lento e um tanto pensativo. — Acho que não.

O que estava errado com ele? Por que ele estava daquele jeito?

Bem, ele devia estar desapontado. Tinha perdido a grande chance de matar Lucien, e agora provavelmente jamais teria outra. Graças ao sentimento do namorado por ela, eles estavam presos ali até que alguém os retirasse. Era culpa de Alaric por ter ido correndo ver se ela estava bem. Se ele ao menos tivesse ficado no altar...

— Meena — disse ele, olhando para ela. Seus olhos ainda estavam tão brilhantes e azuis como sempre. Mas agora, ela pensou, eles pareciam...

— Ainda vou morrer? — perguntou ele.

— O quê? — Ele era tão pesado. Por que tinha que ser tão grande? E por que estava agindo de forma tão estranha?

— Ainda vou morrer? — perguntou ele. — Agora. Esta noite.

— Oh, Alaric — disse ela com um suspiro.

E então o coração dela deu um salto. Ele ainda *ia* morrer.

Só que... isso não era possível.

Lucien tinha jogado-a ali para mantê-la em segurança. Alaric devia estar em segurança também. Tudo devia estar bem agora.

Mas, por algum motivo, Alaric *ainda* ia morrer.

Como isso podia estar acontecendo? Não fazia sentido.

Ele devia ter visto a verdade na expressão horrorizada dela, pois disse:

— Foi o que pensei. É por isso que vou fazer isso agora.

Então ele abaixou a cabeça e começou a beijá-la.

Apesar de esse acontecimento ser alarmante — assustou-a mais do que qualquer outra coisa que tinha acontecido a ela nos últimos dias, e isso queria dizer muito —, não era nem um pouco tão alarmante quanto o fato de Meena não ter achado nada desagradável ser beijada por Alaric.

Bem ao contrário, na verdade.

Já fazia algum tempo que tinha sido beijada por um homem com batimentos cardíacos e sangue pulsando nas veias... duas coisas que Alaric Wulf tinha em abundância. Ela podia sentir as duas coisas com intensidade enquanto ele a beijava com lenta deliberação... um beijo que ele parecia não ter pressa de terminar, um beijo sobre o qual ele parecia, se ela não estivesse enganada, ter pensado antes... pensado *bastante*. Alaric Wulf a estava beijando como se fosse o último beijo que daria em alguém em sua vida.

E quando ela abriu os olhos e olhou para baixo, se perguntando o que havia no corpo dele que a estava aquecendo tanto, e viu o corte enorme na panturrilha direita dele, do qual jorrava sangue em um volume alarmante, ela pôde ver por que ele achava que beijá-la podia ser a última coisa que faria antes de morrer. Um prego ou alguma outra coisa devia tê-lo perfurado ali quando o mezanino do coral despencou, e ele galantemente tinha rolado para cima dela. Para salvar-lhe a vida. De novo.

Isso é que era complexo de herói.

Por que ele sempre estava tentando fazer aquilo? Ele não sabia que assim ia acabar morrendo?

Meena falou um palavrão, empurrou-o de cima dela e até o chão sem cerimônia e se moveu para estancar o sangramento com as mãos.

— Alaric — disse ela, tentando manter a calma. Havia tanto sangue. — Você se machucou. Está sangrando.

— Eu sei — disse ele. Não parecia ligar muito. Ele continuou a olhar para o rosto dela. Parecia perfeitamente feliz.

Ele já tinha perdido muito sangue. Havia uma poça no chão debaixo deles. O sangue a cobria. E cobria Alaric também.

— Temos que estancar o sangramento — disse Meena. — Acho que você rompeu uma artéria. — Ela tentou se lembrar de todos os cursos de primeiros socorros que tinha feito na escola. Por que não conseguia se lembrar deles agora, quando mais precisava? — Acho que preciso fazer um torniquete.

— Você disse que eu ia morrer — falou ele, dando de ombros. — Você disse que estaria escuro e que haveria fogo. E agora, está acontecendo. Você estava certa.

— Não — disse ela. O coração dela parecia estar correndo a mais de cem quilômetros por hora. *Por favor*, ele parecia dizer. *Que eu tenha errado. Só dessa vez. Para longe do precipício.* — Eu errei. Preciso do seu cinto ou de algo parecido.

— Ninguém tira Señor Sticky de mim — disse Alaric, segurando o punho da espada.

— Ah, meu Deus — disse Meena. — Não quero sua espada idiota. Eu...

Então ela se lembrou.

— Meu lenço. — Aquele que eu te dei. Ainda está usando?

Ele ergueu o pulso e puxou a manga. Ela ficou aliviada de ver que o lenço vermelho que tinha dado a ele na paróquia ainda estava lá.

— Está falando disso? — perguntou ele. — Mas você deu para mim.

— Bem, preciso que devolva — disse ela. — Tire-o. Me dê.

Os dedos grandes dele, tão habilidosos para tantas coisas, se mostraram desajeitados com isso, lutando contra o nó que Meena tinha dado.

— Estou muito surpreso com você, Meena Harper — disse ele, parecendo desapontado como uma criança. — Achei que você tinha me dado de presente. Não é muito educado de sua parte pegar uma coisa de volta depois que a deu para alguém, sabe.

Além da pilha de escombros ao redor deles, Meena ouviu um rugido — Lucien. Então o prédio tremeu. Meena fechou os olhos. O que Lucien estava fazendo?

Por favor, ela rezou. *Mais nenhuma morte.* Já tinha havido tantas mortes naquela noite. Até demais. Ela não aguentava mais.

Alaric também ouviu. Ele balançou a cabeça enquanto continuava a lutar com o nó.

— É por isso que você precisa vir trabalhar na Palatina — disse ele.

— O quê? — As mãos dela estavam com sangue até os pulsos de apertar o ferimento. — Do que você está *falando?*

— Você. Não vê, Meena? Se você viesse trabalhar na Guarda Palatina, poderia impedir que coisas assim acontecessem. Os demônios... eles não teriam chance se você estivesse do nosso lado em vez do deles.

— Não estou do lado dos demônios — replicou Meena. Ela sabia que não era culpa dele. Ele obviamente estava tendo alucinações por causa da perda de sangue. Tinha sido por isso que ele a havia beijado. Nunca teria feito aquilo se estivesse em juízo perfeito. Ele a odiava. — Só não entendo por que todo mundo quer matar Lucien. Ele...

— Como o dia em que Martin e eu entramos naquele armazém perto de Berlim — disse Alaric, ignorando-a. — Não tínhamos ideia de que estávamos entrando em uma armadilha. Mas se você estivesse trabalhando na Palatina, talvez tivesse dito: "Ei, Alaric. Ei, Martin. É perigoso lá. Tomem cuidado." E nós teríamos tido mais cuidado. E talvez agora Martin ainda conseguisse mastigar.

Ele entregou o lenço a ela depois de conseguir desamarrá-lo.

Meena ficou olhando para ele por um segundo.

Ele estava falando sério? Ou isso era parte da alucinação, causada pela grande perda de sangue?

Ir trabalhar na Guarda Palatina? *Ela?*

Não. Esse era o sonho do irmão dela, não o dela. Ela não queria ser uma caçadora de demônios. Estava *apaixonada* por um demônio.

Isso não seria um leve conflito de interesses?

— Queria que você viesse trabalhar conosco, Meena — disse Alaric, o olhar fixo no dela. — Não quero morrer. Um aviso seu sobre quando esperar que isso pudesse acontecer seria bem legal. Sei que todo mundo ia gostar.

Ela pegou o lenço da mão dele. Os olhos dele, mesmo na penumbra, estavam muito azuis.

— Vou... vou pensar nisso — disse ela.

E então ela se inclinou para se concentrar em fazer um torniquete com o lenço e um pedaço de madeira que encontrou nos escombros. Felizmente, ela havia escrito os diálogos para o episódio de *Insaciável* em que Victoria Worthington Stone teve que colocar um torniquete na perna do meio-irmão quando o avião em que eles estavam caiu em uma floresta da América do Sul. Victoria tinha feito contato pelo rádio com uma clínica médica local para obter instruções, e Meena tinha sido cuidadosa em colocar os detalhes certos, para o caso de algum dos espectadores algum dia estar na mesma situação...

Nem em um milhão de anos tinha imaginado que *ela* poderia ser uma dessas pessoas.

Mas o torniquete funcionou. O sangue parou de jorrar da perna.

Ou isso, ou o fluxo de sangue tinha parado porque Alaric estava morto.

Mas quando ela olhou para o rosto dele, viu que ele ainda olhava para ela, com uma expressão pensativa no rosto.

— E aí? — perguntou ele.

— A má notícia é que você beija muito mal — informou ela com seriedade debochada. Era melhor usar o humor para fazer com que ele pensasse que a situação não era tão grave quanto era do que contar a verdade. — A boa notícia é que você tem tempo para melhorar sua técnica. Você vai viver.

— Não — disse ele. Ele pegou a mão dela, não parecendo ligar por estar coberta de sangue. O sangue dele. — Não estou falando disso. Estou falando sobre a outra coisa.

Ela sacudiu a cabeça.

— Alaric — disse ela, rindo, sem jeito. — Não vou me mudar para *Roma*.

Ele pareceu pensar nisso.

— Será que seus poderes psíquicos funcionam por Skype? — perguntou ele por fim.

Depois ele desmaiou.

Mas ele não soltou da mão dela. Ainda estava segurando com firmeza horas depois, quando os bombeiros fizeram um buraco nos escombros e perguntaram se eles estavam bem.

— Estou bem — gritou Meena. — Mas meu amigo precisa de uma ambulância. A perna dele está muito machucada.

— Tudo bem, senhora — disse o bombeiro. — Fique parada. Vamos tirar os dois daí em um minuto.

— E as outras pessoas? — perguntou Meena preocupada, pensando em Lucien... mas também, disse para si mesma, em Abraham Holtzman, na irmã Gertrude e nos outros. — Está todo mundo bem?

— Não sei nada sobre isso, senhora — disse o bombeiro. — Pelo que sei, vocês dois são os únicos sobreviventes.

Capítulo 60

18h, sexta-feira, 23 de abril
Hospital Lenox Hill
Rua 77 East, 100
Nova York, NY

Alaric estava profundamente infeliz.
Já era bem ruim ele estar no hospital.
Mas para piorar as coisas, estava lá há quase uma semana, e ninguém tinha se lembrado de levar para ele suas coisas, que estavam no quarto do Peninsula. Nem o pijama de seda, nem o chinelo forrado de pelo de carneiro, nem mesmo um roupão.
Nada.
Então ele estava preso — com a perna suspensa, para piorar — em uma cama de hospital incrivelmente desconfortável, sobre lençóis de hospital terríveis, com um daqueles travesseiros baixos de hospital horrendos e de camisola de hospital. Camisola de hospital!
Ela nem fechava direito nas costas. Então, se ele quisesse dar uma volta no andar (coisa que ele não podia porque a perna estava suspensa; disseram a ele que ele não caminharia em semanas — semanas! —, e se diziam médicos), não podia, porque teria que expor seu traseiro para toda a ala hospitalar.
E a televisão do quarto do hospital nem tinha nenhum canal premium com filmes.

E não tinha frigobar. Não que ele pudesse andar até o frigobar e abri-lo caso houvesse um, já que a perna estava suspensa. Se ele quisesse até mesmo um gole d'água, tinha que chamar a enfermeira.

Não podia nem andar até o banheiro.

Nunca tinha sido tão humilhado.

Alaric teria se dado alta se não tivessem dito que ele tinha uma infecção tomando conta de suas veias, o que exigia que tomasse antibiótico intravenoso. E ele nem tinha certeza se acreditava nisso. Sempre havia sido muito saudável. Como podia ter pegado uma infecção?

— Talvez porque você quase se esvaiu em sangue por causa de uma artéria rompida em um desabamento e porque a Srta. Harper teve que usar as próprias mãos e um torniquete feito com um lenço e um pedaço de madeira para estancar o sangramento e salvar sua vida? — havia sugerido Abraham Holtzman quando Alaric tinha feito essa pergunta a ele.

Mas Holtzman só estava mal-humorado, Alaric sabia, porque tinha perdido a maior parte das sobrancelhas e havia sofrido queimaduras em 10% do resto do corpo graças ao sopro de despedida de Lucien Antonesco — que tinha matado a maioria dos Dracul e queimado todo o hábito da irmã Gertrude.

Como Alaric desejava ter estado lá para ver isso.

Não que tivesse algum prazer em ver freiras nuas.

Mas teria gostado de testemunhar todos eles tentando correr para as catacumbas secretas que existiam debaixo de todas as igrejas católicas da cidade antes que os bombeiros entrassem com suas mangueiras.

— É sua culpa — tinha dito Holtzman, censurando-o, na primeira vez em que tinha ido visitar Alaric no quarto de hospital. — Se você tivesse ido até o fim como deveria e seguido atrás do animal em vez da garota, nós o teríamos pegado. Mas não. Você tinha que ver se Meena Harper estava ferida. E assim, por sua causa, o príncipe das trevas escapou. Você nunca vai se safar dessa, Wulf.

Não havia analgésicos o suficiente no mundo para tornar suportável uma repreensão pós-tarefa. O fato de que Alaric não estava tomando nenhum porque não gostava de como deixavam sua cabeça confusa só piorava tudo.

— Então eu devia ter deixado ela lá, caída? — perguntou ele. — Com uma possível concussão ou algo pior? Ela havia sido jogada do outro lado do recinto por um dragão!

— Lucien Drácula nunca ia ferir aquela garota. — Holtzman obviamente não estava se sentindo muito bem. Tinha perdido a primeira camada de pele das mãos e do rosto. Estava incrivelmente engraçado sem as sobrancelhas.

Mas é claro que Alaric não podia falar nada sobre aquilo. Embora ele ainda planejasse tirar algumas fotos com o celular, assim que possível, para mandar para Martin, para ele dar umas boas risadas.

— Você sabia disso — disse Holtzman. — Você correu atrás dela em vez de fazer seu trabalho porque está caído por ela. Tenho *graves reservas* quanto à Srta. Harper e essa sua ideia de contratá-la para trabalhar para nós. Acho que só vai criar confusão. Principalmente com Lucien Drácula ainda à solta e obviamente apaixonado por ela.

— Não estou caído por ela. — Nunca em toda sua vida, Alaric tinha ouvido algo tão ridículo. Mas parte dele se perguntava: *É tão óbvio?* — Mas se você não consegue ver as vantagens de ter alguém que...

— Ah, eu vejo as vantagens. — Holtzman pegou seu lenço e limpou um ponto da queimadura de onde escorria secreção. Alaric olhou para o outro lado embora imaginasse que sua aparência não devia estar muito melhor. Como ele odiava hospitais! — E, infelizmente, nossos superiores também, pois eles já deram início à papelada para a criação de uma unidade especial aqui em Manhattan, da qual eu serei o chefe. — Ele acrescentou, mal-humorado: — Querem você nela também.

Alaric, surpreso, tentou não mostrar o quanto essa informação o deixava feliz. Exceto pela parte de Holtzman ser o chefe, é claro.

— Eu obviamente informei a eles que a Srta. Harper não é a única com relação a quem tenho *graves reservas*. — Holtzman dobrou o lenço e guardou-o, encarando Alaric. — Vi seu comportamento em campo na semana passada, e achei longe de aceitável. Se você quer ser parte dessa nova unidade, primeiro terá que tirar aquele período obrigatório de duas semanas de descanso e recuperação que não tirou depois de Berlim. —

Olhando para a perna de Alaric, Holtzman resmungou e acrescentou:
— Bem, acho que você terá que fazer isso de qualquer jeito. Mas vai ter que fazer terapia. Combinado?

Alaric franziu a testa. Não conseguia pensar em nada pior do que ter que se sentar no consultório de um sujeito pretensioso, falando sobre seus *sentimentos*.

Mas se isso significava ver Meena Harper mais vezes...

— Tudo bem — disse Alaric por entre dentes cerrados.

— Excelente. É isso que gosto de ouvir. Você não devia ser tão resistente a essas políticas, Alaric. Elas existem para o seu benefício. Mas isso não significa, é claro, que não vou estar observando de perto como você se comporta perto da Srta. Harper. Se bem que ela nem disse ainda se vai aceitar o emprego ou não — acrescentou Holtzman.

Alaric quase saltou da cama de surpresa, apesar de estar praticamente amarrado a ela por um complicado sortimento de fios.

— O *quê?* — gritou ele. — Por que não? Você não ofereceu...

— Ah, acalme-se — disse Holtzman secamente. — Oferecemos a ela um pacote totalmente adequado.

— Adequado? — Alaric queria arremessar algo no chefe. Mas a única coisa que estava perto o suficiente era o controle remoto da televisão. E ele já o havia arremessado tantas vezes que as enfermeiras tinham ameaçado não trazê-lo de volta se ele fizesse de novo. — Ela...

— Ela é uma *paranormal* — Abraham o lembrou. — Ela não vai estar em campo arriscando a vida. O pacote que oferecemos levava isso em conta. Inclui benefícios completos e é bastante generoso, se você quer saber. Não consigo imaginar alguém que não o aceitaria, principalmente nessa área de trabalho. Quem não iria querer trabalhar para a Palatina?

— Alguém que está apaixonada pelo príncipe das trevas — disse Alaric, da cama de hospital, um tanto amargamente.

Naquele momento, só de se lembrar da conversa com Holtzman, ele tinha vontade de arremessar alguma coisa de novo.

Pelo menos até que a própria Meena Harper o surpreendeu ao entrar no quarto dele no hospital.

E ele de camisola de hospital. Que *ótimo*.

— Oi — disse ela, o braço imobilizado do cotovelo até o pulso. Na mão direita, segurava um vaso cheio de margaridas.

Alaric nunca tinha dado bola para flores. Na verdade, sempre achou flores uma coisa idiota.

Até aquele momento. Agora, margaridas eram as flores favoritas dele.

— Oi — disse ele.

Exceto pelo braço imobilizado, Meena Harper estava bem. Ele diria até que Meena Harper estava ótima. A marca de mordida no pescoço dela tinha desaparecido quase completamente. Ela usava roupas novas — bem, é claro. Porque da última vez que ele a tinha visto, ela estava coberta de sangue.

Do sangue dele.

Ela estava de vestido. Era curto e preto, e um pouco justo no peito.

Alaric gostou muito.

Meena colocou as margaridas na janela. Estava chovendo lá fora, e as flores alegraram um pouco o quarto.

E isso era um milagre. Ele não imaginava que houvesse algo que pudesse alegrar aquele quarto de hospital.

Mas agora ele sabia. Margaridas. Margaridas e Meena Harper.

— Eu vim visitar minha amiga Leisha — disse ela, sentando-se na cadeira rosa de vinil perto da cama dele. Rosa! Vinil. A cadeira era um desastre. Menos quando Meena Harper sentava nela usando o vestido preto e curto. Porque aí ele podia ver uma boa parte das pernas dela. Então, talvez a cadeira não fosse um desastre tão grande. — Ela teve uma menina. É um pouco prematura, mas elas vão ficar bem. Leisha está tão feliz. Ela não parece lembrar o que aconteceu na igreja. E nem em frente ao meu prédio. Adam falou para não contar a ela. Ele acha melhor.

— Ele provavelmente está certo — disse Alaric, cuidadosamente.

— É verdade — disse ela, dando de ombros. — Adam diz que gostaria de conseguir esquecer. Ele e Jon estão montando o quarto da bebê. Se eles não terminarem, a bebê vai ter que dormir numa gaveta.

— Ah — disse Alaric. Ele não sabia nada sobre bebês. Só conhecia a filha de Martin, Simone, que já tinha sido bebê um dia. Alaric achava que Martin era louco por querer um bebê. Mas tentou demonstrar apoio, assim como tinha feito com Martin, porque sabia que era desse jeito que as pessoas deviam agir com relação aos bebês. — Que bom.

— Escolheram o nome Joana. Joanie. — Ela estava olhando para todos os cantos do quarto... menos para Alaric.

Isso, ele concluiu, era realmente estranho.

Principalmente porque, como a amiga de Meena, Leisha, Alaric também não se lembrava bem do que tinha acontecido na igreja. Pelo menos não de tudo. Ele sabia que tinha dito coisas a ela quando os dois ficaram sozinhos, depois que o mezanino do coral desabou.

Só não conseguia lembrar que coisas tinham sido aquelas.

Quando perguntou a uma médica, ela disse que isso não era incomum. Era por causa da perda de sangue. Ele não precisava se preocupar.

Mas Alaric se preocupava. O que teria dito?

Ele esperava não ter soltado nada inadequado. Como, por exemplo, seus sentimentos por Meena Harper. Isso não seria nada bom. Ele não precisava que ela soubesse o que ele sentia por ela. Não se ela ia trabalhar com ele na Palatina. Como isso poderia funcionar? Como ia conseguir executar sua sutil magia de Alaric Wulf se ela já sabia o que ele sentia?

Assim, a magia não seria nada sutil. Seria o mais distante possível de sutil.

E então a magia não funcionaria. Ele já estava competindo com o príncipe das trevas. Que diabos ele tinha a mais além de sua magia especial de Alaric Wulf?

Mas talvez ele não tivesse falado nada sobre gostar dela.

É claro que ele podia simplesmente *perguntar* a ela o que tinha dito.

Mas aí, ia parecer que ele estava preocupado. E ele não estava preocupado. Só estava... um pouco apreensivo.

Só isso.

— Joana é um nome bonito — disse Alaric. Depois se sentiu um idiota.

— Foi sugestão minha — disse Meena. — Em homenagem a Joana D'Arc. — Por fim, ela olhou para o rosto dele. Por algum motivo, antes tinha parecido relutante em fazer isso. — É uma santa.

Ele respondeu:

— Já ouvi falar dela. Foi queimada numa fogueira acusada de bruxaria. Eu estudei, sabe. Não sou um completo idiota.

A preocupação dele sobre o que possivelmente tivesse ou não dito enquanto estava alucinando pela perda de sangue talvez o estivesse fazendo agir na defensiva.

A boca de Meena se contraiu enquanto ela o observava.

— Não vim aqui para brigar com você.

Obviamente, o médico estava certo. Ele precisava relaxar quanto ao lance da amnésia.

Ele mostrou as palmas das duas mãos.

— Estou num hospital. A única coisa com que estou brigando é uma infecção. Que, pelo que sei, você me passou com suas mãos sujas.

Ela sorriu um pouco.

— Eu sei. Já me disseram. Me desculpe por isso. Eu estava tentando salvar sua vida, sabe. Do mesmo jeito que você sempre salva a minha. Pelo que percebo, nós dois temos complexo de herói.

— Dizem que é um milagre terem conseguido salvar minha perna depois do jeito que você a massacrou — mentiu ele. Pronto, isso era melhor. A velha magia de Alaric Wulf estava de volta.

Ela parou de sorrir e pareceu aflita.

— Ah, é mesmo? Achei que tinha feito certo. Me desculpe. Foi daquele jeito que ensinaram quando fiz uma pesquisa para a novela. Eu estava mesmo querendo impedir que você sangrasse até a morte.

Alaric estava tendo a distinta impressão de que não tinha expressado sua devoção eterna a ela enquanto estavam presos atrás dos escombros e ele estava deitado, com hemorragia.

Isso era um alívio.

Será?

— É incrível o tanto que você estava disposta a fazer para que eu não morresse — disse Alaric, recostando-se sobre o horrível e achatado travesseiro do hospital.

— O quê? — Ela balançou a cabeça. — Não. Foi só um torniquete. Só isso. E, pelo visto, quase matou você. Acho que você não é tão fortão e heroico quanto quer que todo mundo pense.

— E ainda assim, você está aqui comigo, e não em algum lugar se escondendo de nós da Palatina com Lucien Antonesco — disse ele, abrindo de novo os braços e mostrando as mãos.

Ela ficou olhando para ele.

— O que isso tem a ver? Já falei, eu vim visitar minha amiga Leisha e pensei em dar uma passadinha aqui...

Alaric deu de ombros.

— Só achei interessante, só isso.

Ele tinha tocado num ponto importante. E ela sabia. Mais ainda, ela sabia que ele sabia. Pôde ver um rubor rosado subindo pelo pescoço longo, seguindo pela gola do vestido preto e indo em direção às bochechas.

— Nós todos sabemos que ele não está morto, Meena — disse Alaric. — Ele deve ter pedido que você fugisse com ele.

O rubor dela ficou escarlate.

— Bem — disse ela, o olhar descendo para o chão. — É isso mesmo. Ele pediu. Mas eu disse não.

O coração de Alaric se inchou de deleite. Aquele era seu melhor dia no hospital até aquele momento. Tudo estava indo muito bem. Ele *definitivamente* não tinha feito nada de imbecil embaixo do mezanino do coral. Por que havia se preocupado?

— Foi porque você vai vir trabalhar com a gente, certo? — Ele entrelaçou os dedos atrás da cabeça, incrivelmente satisfeito consigo mesmo. — Eu sabia que você só estava enrolando Holtzman. É assim que se faz. O velho precisa ficar de olho aberto. Você vai pedir mais dinheiro, não vai? E por que não? Você é uma aquisição valiosa para a equipe. Ou será que está tentando conseguir um emprego para aquele seu irmão também? Ele mostrou uma iniciativa surpreendente lá no campo de batalha. — Embora além daquele primeiro disparo de sorte, ele tivesse a pior mira que Alaric já tinha visto. — Provavelmente podemos encontrar alguma coisa para ele no departamento de tecnologia. Olha só, se eu fosse você, tentaria pedir que pagassem um adicional de moradia. Onde você está morando agora?

Ela ergueu o olhar. Mas o rubor, por algum motivo, estava aumentando. Ele podia jurar que até os seios dela estavam ruborizados. E essa era uma visão que ele se interessaria muito em conferir mais detalhadamente.

— Na St. Clare — disse ela. — O padre Bernard foi muito gentil em acolher Jon e a mim depois que meu apartamento foi infelizmente...

— Você não foi olhar, foi? — ele a interrompeu, rapidamente tirando as mãos de trás da cabeça. Não queria que ela visse o apartamento. Principalmente a cama e o que estava pichado na parede atrás dela.

— Não — disse ela. —Mas Jon foi. E ele disse...

— Não — disse ele. Aquilo era muito importante. — Prometa que não vai nunca mais lá. Peça para alguém tirar tudo de lá e jogar fora. Depois venda o imóvel. Nunca volte lá.

— Farei isso — disse ela. — Prometo. Mas não vou pedir mais dinheiro, Alaric. A verdade é que... não vou aceitar o emprego.

Ele sentiu como se alguém tivesse aberto outra veia dele. Talvez do coração.

— O quê? — disse ele estupidamente.

— Foi muita gentileza do Dr. Holtzman fazer a proposta — disse ela apressadamente. — Estou lisonjeada. Mas eu... eu acho que não posso fazer isso. Ir trabalhar para... as pessoas para quem você trabalha. Nesse momento.

Alaric ficou olhando para ela.

— Mas pensei que você tivesse dito que Lucien pediu que fugisse com ele. E que você tivesse dito não.

— Eu disse não — falou Meena. Ela tinha se encolhido, como se estivesse com frio. — Mas isso foi... antes.

— Antes de quê? — Aos poucos, ele foi compreendendo. — Espere... antes de ele virar um dragão e tentar matar todos nós?

Meena assentiu, sem dizer nada.

— Então você não o *viu* desde aquela noite?

Ela assentiu de novo.

— Então você não está exatamente *morando* na paróquia de St. Clare — disse ele. Tudo estava ficando claro. Talvez até claro demais. — Você está se *escondendo* lá. Está se escondendo dele. Porque está morrendo de medo dele.

— Bem — disse ela —, eu não colocaria exatamente assim.

— Como colocaria então? — perguntou ele. — Se não está com medo dele, está com medo de quê, então? De si mesma? Com medo de dizer *sim* se ele pedir de novo? — Alaric mal podia acreditar. Mas estava bem ali, escrito no rosto dela.

— Não sei do que você está falando — disse Meena. — Só vim aqui dizer oi, não para ouvir um sermão.

Sermão!

— Mas se você vai agir assim — disse ela, no mesmo tom de voz —, vou embora. Acho que te deram muito remédio.

Ela se levantou para ir embora... mas não com rapidez suficiente. Porque mesmo de cama, ele era rápido demais para ela. Ele conseguiu esticar o braço e pegar a mão boa com a dele.

Não ia deixá-la ir a lugar algum.

— Não estou tomando nada — disse ele com o tom mais gentil que tinha, o que guardava para Simone e... bem, para mais ninguém, na verdade. — E não tem problema ter medo, Meena.

Ela ficou ali parada por um segundo ou dois, olhando para os dedos que seguravam os dela. Depois, abruptamente, se deixou cair de novo sobre a cadeira rosa de vinil.

— Tudo bem — disse ela, erguendo o olhar de encontro ao dele. Seus olhos castanhos estavam arregalados e atormentados. — Você está certo. Estou apavorada. Assim que o sol se põe todo dia, pego Jack Bauer e vou para um daqueles quartos sem janela onde enfiaram Yalena. E fico lá. Não saio até a manhã seguinte. Porque sei que ele não pode fazer contato comigo lá. Isso se ele estiver procurando por mim, o que não sei se está acontecendo. *Ele virou um dragão*, Alaric. Tentou nos matar, a todos nós.

— Você, não — disse Alaric. Não podia acreditar que estava *defendendo* Lucien Drácula. Mas incrivelmente seu desejo de vê-la sorrindo de novo era maior do que seu ódio pelo príncipe. — Ele fez o melhor que pôde para evitar que você morresse.

Ela lhe lançou um olhar sarcástico.

— Ele virou um *dragão* — lembrou-lhe.

Alaric olhou para a mão dela, tão pequena dentro da sua. Ela estava segurando com bastante força.

Ela estava com medo. Estava com *muito* medo.

Alaric já tinha visto aquilo antes. Pessoas — homens e mulheres crescidos, outros guardas, assim como ele — que tinham voltado de missões exatamente do jeito que Meena estava agora, esgueirando-se, perdida em terror abjeto, com medo da própria sombra por causa dos horrores demoníacos que tinham visto no campo de batalha.

Ele não queria que ela fugisse com o príncipe.

Mas não podia deixar que ela continuasse assim.

Mesmo se isso significasse perdê-la.

Ele respirou fundo e disse:

— Se aprendi alguma coisa nessa vida, Meena, foi que há muitas coisas assustadoras por aí. Às vezes *eu* quero entrar em um quarto sem janelas até que o sol volte a subir no céu e as coisas assustadoras tenham ido embora. Mas a verdade é que... essas coisas assustadoras não vão embora sozinhas.

Meena, como se sentisse onde ele estava querendo chegar, começou a puxar a mão, sacudindo a cabeça. Os olhos dela estavam cheios de lágrimas.

Mas ele não soltaria os dedos dela. Porque ela precisava ouvir.

Mesmo que não quisesse.

— Porque acontece que tenho um dom — prosseguiu ele. — E esse dom é o de ser bom em matar coisas assustadoras. Então uso meu dom para ajudar os que não são tão fortes quanto eu, para tornar o mundo um lugar mais seguro para eles. Não *posso* me trancar em um quarto sem janelas até que o sol volte a nascer, Meena. Não importa o quanto possa querer isso às vezes.

Ela virou a cabeça de repente na direção dele, começando a protestar.

Mas Alaric ficou segurando a mão dela e prosseguiu.

— Porque meu trabalho é encarar as coisas assustadoras. E acho que lá no fundo, Meena, você sabe que é seu trabalho também. Que talvez o motivo de pessoas como eu e você terem sido postas aqui na Terra seja para que todas as outras pessoas, as que não têm nossos dons, possam dormir em seus quartos sem janelas enquanto tornamos o mundo um pouco mais seguro para elas.

Ela não disse nada por alguns segundos. Depois ele viu por quê.

Estava chorando.

Bem... ele não pretendia fazê-la chorar.

Talvez ele não soubesse fazer nada direito. Talvez não existisse a magia de Alaric Wulf. Talvez Holtzman estivesse certo e ele precisasse mesmo de terapia.

Depois de um tempo ela olhou para a frente e disse:

— Tenho sido uma boba.

— Não acho que você seja boba — disse ele.

Ele queria dizer muitas outras coisas. Mas não estava mais sofrendo de perda de sangue. Então ficou em silêncio.

Meena puxou a mão de novo. Dessa vez, ele a soltou.

Meena levou essa mão e a imobilizada até os olhos, que estavam vermelhos de lágrimas não derramadas.

— Você é muito irritante às vezes — disse ela.

Martin costumava dizer a mesma coisa.

— Eu sei — concordou ele.

— Por que você *faz* isso comigo? — perguntou ela, secando os olhos com a ponta do lençol. Ele duvidava que ela fosse achá-lo muito absorvente. O número de fios não devia ser muito alto.

Ele desejava envolvê-la com os braços, abraçá-la.

Mas tinha medo de que ela desse um tapa nele.

Ou que Holtzman entrasse no quarto. Qualquer uma das duas coisas teria sido igualmente constrangedora.

E, além disso, Alaric não podia se inclinar o bastante para colocar os braços ao redor dela por causa da perna imbecil, que estava pendurada.

Naquele momento, com os olhos secos, ela ficou de pé.

Ele achava que ela ia embora agora, e sua depressão ficou completa. E não tinha ideia se a veria de novo.

Só que, para a surpresa dele, em vez de ir embora, Meena colocou a mão boa no peito dele.

— Acho que ainda não estamos quites, estamos?

Ele balançou a cabeça sem entender o que ela queria dizer.

A confusão dele aumentou quando ela se inclinou e o beijou gentilmente na bochecha, do modo como tinha feito na paróquia na outra noite.

— Provavelmente não — continuou quando se ergueu. — Acho que ainda estou em débito com você. Além do mais, você também salvou Jack.

Ah. Ela estava falando de todas as vezes em que ele tinha salvado a vida dela. Mas ela não estava em débito com ele por isso. Isso era o trabalho dele.

— Você precisa se barbear — disse ela, franzindo o nariz. — Quer que eu traga alguma coisa para você poder se barbear amanhã?

— Quero — disse ele, o humor melhorando visivelmente.

Ela havia sido a única a oferecer. A *única*.

Era por isso que ele a amava.

Além do mais, ela dissera que ia visitá-lo de novo amanhã.

Não, não era o mesmo que dizer que ia aceitar o emprego.

E talvez fosse só porque ela ia visitar a amiga na maternidade, então era fácil dar uma passadinha lá para vê-lo.

Mas até amanhã ele teria outro discurso pronto sobre como ela deveria fazer parte da Palatina.

E quando ela chegasse no dia seguinte — e ela iria, ele sabia que iria —, ele teria outro.

E assim, acabaria vencendo-a pelo cansaço. Era assim que a velha magia de Alaric Wulf funcionava.

E mesmo se a magia de Alaric Wulf não existisse — Martin costumava dizer que não existia —, um dia daqueles iam ter que tirar a perna dele da posição em que estava, pendurada, e ele ia dar de cara com mais perigo.

E então ela não ia conseguir resistir a avisá-lo para ficar longe dele.

E seria naquele momento que ele diria, com o tipo de lógica brilhante e indiscutível pela qual era famoso, que ela podia muito bem ser paga para fazer isso como profissão.

Ela ficaria impotente frente a tão superior argumento intelectual.

— Tudo bem — disse Meena. Ela sorriu e passou o dedo pela barba por fazer na bochecha dele. Ele teve o cuidado de ficar muito parado enquanto ela fazia isso, para que não parasse. Era outro exemplo de como a magia de Alaric Wulf funcionava. — Te vejo amanhã.

Infelizmente, foi naquela hora que ela se virou e saiu.

Mas o quarto de hospital não parecia mais tão insuportável para Alaric como era antes de ela ir visitá-lo.

Na verdade, o quarto de repente parecia até mesmo alegre.

Alaric não achava que era o resultado de poderosos neurotransmissores, como a dopamina, sendo liberados em seu cérebro.

Ele concluiu que era por causa das margaridas.

Alaric provavelmente teria se sentido completamente diferente se tivesse alguma ideia de para *onde* Meena Harper estava indo... se soubesse que seu discurso sobre não dormir em quartos sem janelas a tinha convencido não que ela precisava fazer parte da Guarda Palatina para ajudá-lo a lutar contra as forças do mal, mas que tinha que ir, assim que saísse do hospital, para o único lugar que mais a apavorava e para o qual ele a tinha feito prometer que não voltaria.

Capítulo 61

20h, sexta-feira, 23 de abril
Park Avenue, 910, apto. 11B
Nova York, NY

Meena não tinha certeza do que a tinha feito voltar ao apartamento. Todo mundo falou para ela não fazer isso. Alaric, que tinha estado lá e tinha visto a terrível destruição com os próprios olhos. Abraham Holtzman, consultando o manual sobre estresse pós-traumático e explicando como isso só pioraria as coisas para ela. A irmã Gertrude, que era prática e gentil sobre essas coisas.

Até mesmo Jon, que também tinha estado lá, para ver se conseguia salvar alguma coisa.

— Está horrível — disse ele com tremor. — Acredite em mim. Você não quer saber.

Mas Meena *queria* saber. Desde aquela noite...

Ela tentou não pensar naquela noite. Não queria pensar sobre ela porque cada vez que começava, as lágrimas vinham, e com elas a convicção de que Lucien estava morto.

Ele *tinha* que estar morto.

E então vinha a terrível sensação de vazio no meio do peito...

E depois, também terrível, o medo de que ele *não* estivesse morto. E se ele não estivesse morto, e ainda a amasse, e quisesse que eles ficassem juntos?

O que era pior?

O fato de que ela não sabia foi o que a fez decidir que não podia pensar naquilo. Não podia mesmo.

Não pensar era mais fácil do que qualquer um poderia imaginar. Cada vez que começava a pensar, ela afastava os pensamentos, as lembranças, qualquer coisa e tudo relacionado a Lucien Antonesco da mente dela e pensava com firmeza em outra coisa.

Ela se manteve tão ocupada na paróquia de St. Clare que não tinha tempo para pensar em Lucien. Havia pratos para serem lavados depois de cada refeição, as panelas e caçarolas e travessas empilhadas na pia da cozinha da paróquia. Lavá-las era a penitência de Meena pelas queimaduras que todos tinham sofrido por sua causa. Ela as esfregava até brilharem, às vezes até tarde da noite, só ela, sozinha na cozinha, com a esponja e as luvas de borracha e a água quente e cheia de espuma.

E a escuridão atrás da janela acima da pia.

E os olhos vermelhos brilhantes que ela estava convencida que via ardendo na escuridão, observando cada movimento dela.

Ela tentava não pensar nos olhos, e se eles estavam realmente lá ou se estava apenas imaginando-os.

Havia a sopa dos pobres para ajudar a servir, os donativos para o bazar para ajudar a separar. (O bazar foi onde ela encontrou o vestido preto novo, dentre várias outras aquisições para o guarda-roupa dela. Ela sabia que os donativos eram para serem vendidos no bazar. Mas pegar uma coisa ou outra enquanto ela as separava não parecia um grande crime. Tudo que tinha havia sido destruído pelos Dracul ou ficado encharcado com o sangue de Alaric Wulf.)

Mas talvez ela tivesse se mantido um tanto ocupada *demais* não pensando em Lucien Antonesco (aqueles olhos, ardendo pela escuridão do lado de fora da janela da cozinha) e no que tinha acontecido naquela noite.

Porque até o discurso de Alaric sobre como era errado pessoas como eles se esconderem das coisas assustadoras do mundo em vez de lutar contra elas — e ele *estava* certo, ela sabia: acreditava piamente que eles dois *eram* parecidos, ele com a espada, ela com o dom de prever perigo e morte —, Meena achava que estava fazendo a coisa certa ao não se permitir pensar em Lucien.

Mas, depois do discurso de Alaric, ela se deu conta de que isso era errado. Era sua obrigação moral não só de pensar em Lucien mas de encará-lo, e o que ele tinha feito a ela e à vida dela.

Ou seja, destruí-la.

Se ele estivesse vivo, é claro. Ela ainda não sabia se ele estava ou não (mas... aqueles *olhos*). Ninguém parecia conseguir dizer a ela. Abraham só dizia que, depois do último sopro de fogo branco e quente na igreja — que tinha deixado a ele e todo mundo inconsciente por alguns segundos —, ele tinha acordado e visto que o príncipe tinha sumido.

— *Sumido?* — tinha perguntado Meena, achando difícil acreditar que um dragão de trinta toneladas e vinte metros de asas vermelhas podia simplesmente desaparecer no ar, do modo como Emil e Mary Lou Antonesco tinham desaparecido.

— Sumido — respondera Abraham com um movimento de cabeça.

Lucien não tinha saído *voando*. O teto da catedral, era verdade, tinha sido queimado com o resto da construção, mas ninguém havia declarado ter visto nenhum dragão voando sobre Manhattan naquela noite. (O departamento de polícia de Nova York classificou o que tinha acontecido na catedral de St. George como ação de incendiários juvenis, graças em grande parte às vagas declarações que Meena e Alaric deram aos policiais. Mas é claro que nenhum incendiário juvenil foi preso.)

Então onde estava ele?

Talvez ele tivesse implodido, Meena pensou enquanto se aproximava do prédio naquela noite chuvosa depois da visita a Alaric Wulf no hospital, as chaves bem seguras na mão. Aquela última explosão de fogo branco, da qual ele havia insistentemente tentado protegê-la, tinha sido a combustão espontânea de Lucien.

Pelo menos desse jeito, ela pensou quando as portas automáticas do prédio se abriram na frente dela, não teria mais que se preocupar se ele ainda a amava. E nem se ele pediria, como Alaric tinha sugerido no hospital, para que ela fugisse com ele.

E nem se ele a mataria e a transformaria em um membro da espécie dele para que pudessem ficar juntos para sempre.

— Srta. Harper! — Pradip gritou quando a viu. — Está de volta!

— Estou — disse ela, tentando dar um sorriso para seu porteiro favorito, mas não foi fácil, levando tudo em consideração. — Mas só vim dar uma passada. Não vou ficar. Vou vender o apartamento.

O rosto de Pradip se entristeceu.

— A senhorita também? Os Antonesco acabaram de colocar o deles à venda. — Ele parecia triste. — A senhorita soube? Eles já se foram. A empresa do Sr. Antonesco os levou para a Ásia. Ou teria sido para a Índia?

Meena não ficou exatamente surpresa em ouvir isso. Emil e Mary Lou podiam ter lutado do lado deles durante a guerra de vampiros, mas não achava que isso ia tirá-los da lista de procurados da Guarda Palatina.

— É uma pena — disse ela. Depois sorriu. — Talvez um astro do rock rico compre meu apartamento e o deles e derrube a parede para ficar com o décimo primeiro andar inteiro.

Pradip ficou olhando para ela. Estava tentando alegrá-lo e, para ela, ter um astro do rock rico no prédio seria uma coisa boa.

E o dinheiro extra da venda do apartamento seria útil para que ela pagasse o que devia a David.

Mas Pradip não pareceu achar a ideia tão atraente quanto Meena.

— Acho que o comitê não aprovaria um astro do rock — falou ele.

Por que não?, Meena queria perguntar. Tinham aprovado um casal de vampiros. Em vez disso, respondeu:

— Você deve estar certo. Muito bem. Vou subir.

— Boa-noite, Srta. Harper — disse Pradip.

Meena conseguiu sorrir para ele, depois seguiu para o elevador.

Pela primeira vez em séculos ela subiu até o décimo primeiro andar sozinha. Mary Lou não segurou a porta quando estava fechando para subir junto com ela, como sempre fazia no passado. Não houve nenhuma conversa sobre algum cara do escritório de Emil que seria *perfeito* para ela. Não houve sugestão de como Meena podia melhorar o enredo de *Insaciável*... o que era triste, já que com Fran, Stan e Shoshana desaparecidos — Paul tinha deixado um recado no celular dela dizendo que todo mundo supunha que eles, junto com Stefan Dominic, tinham sofrido um acidente a caminho da casa de campo dos Metzenbaum nos Hamptons e que era apenas questão de tempo até que o veículo fosse recuperado, com os corpos dentro —, Meena provavelmente ia conseguir a promoção para redatora-chefe que sempre quis.

Por que não? Sem Shoshana, não havia registro sobre a "demissão" dela. Quem sabia o que ia acontecer a ABN (e ao CDI) agora que a presidente do novo dono também estava desaparecida?

Mas por outro lado... quem se importava?

Todos os tabloides fervilhavam sobre o fato de que o astro de *Luxúria*, Gregory Bane, também estava desaparecido. Metade das mulheres dos Estados Unidos estava de luto.

Logo suspeitariam de crime, Meena supunha.

Mas nenhum corpo jamais iria aparecer.

Quando o elevador chegou ao décimo primeiro andar, Meena saiu e olhou ao redor, começando a sentir as primeiras pontadas de medo. Por que mesmo ela tinha achado que aquilo era uma boa ideia?

Claro, os Dracul provavelmente estavam todos mortos.

Pelo menos os que moravam em Manhattan.

Mas e se alguns que moravam em outro lugar tivessem sabido do que havia acontecido na catedral e decidiram procurá-la para se vingar? Ou tivessem dado uma parada para provar o sangue dela, sobre o qual àquela altura os vampiros do mundo todo deveriam ter ouvido falar?

Pare, ela disse para si mesma. *Alaric estava certo. Você não pode passar o resto da vida em um quarto sem janelas, Meena.*

Ela olhou para os lados no corredor. Tudo *parecia* bem... até mesmo normal.

A porta do apartamento dela também parecia normal. Ela engoliu em seco, andou até lá e enfiou a chave.

Fosse o que houvesse atrás da porta, disse para si mesma, podia suportar. Tinha sido jogada do outro lado de uma igreja por um *dragão*, afinal. Havia enfiado uma estaca não em um mas em dois vampiros, um dos quais fazia papel de vampiro na TV.

Podia lidar com o que estava guardado para ela no apartamento 11B.

Ela abriu a porta, esticou a mão para o interruptor de luz...

... e se engasgou.

Esperava que estivesse ruim.

Mas não esperava *aquilo*.

Alguém já tinha ido lá e... tinha *limpado* o apartamento dela. Não apenas limpado, mas transformado... em um lugar completamente diferente. As pichações dos Dracul haviam sido raspadas das paredes e elas tinham sido pintadas de branco casca de ovo. A mobília quebrada e os eletrodomésticos quebrados tinham sido jogados fora. Os livros encharcados, as roupas rasgadas, os pratos quebrados... tudo tinha sumido.

Eletrodomésticos de aço inoxidável tinham sido instalados na cozinha. O piso de parquete tinha sido lixado e brilhava com a cera fresca. Até a chaminé da lareira estava finalmente liberada, embora ela nunca tivesse funcionado.

O apartamento estava *melhor* do que em qualquer época em que ela esteve morando lá. Estava melhor do que no dia em que ela e David tinham se mudado.

Quem tinha feito aquilo tudo?

Não Jon, tinha certeza disso. Ele estivera na casa de Leisha e Adam a semana toda, trabalhando no quarto da bebê, tentando terminar antes que Leisha e a bebê voltassem para casa do hospital.

Não Alaric, obviamente. Como ele podia ter feito aquilo enquanto estava deitado numa cama com a perna pendurada?

E Abraham Holtzman e o padre Bernard e os outros estavam sem a primeira camada de pele dos rostos e mãos.

Além do mais, onde eles teriam conseguido dinheiro?

Só havia uma outra explicação.

E enquanto Meena estava pensando que era impossível — *impossível*, porque ele estava morto, *tinha* que estar morto (exceto pelo fato de que ela podia jurar sentir o olhar de alguém toda noite pela janela da cozinha da paróquia enquanto lavava a louça); tinha quase se convencido de que *queria* que ele estivesse morto —, ela se virou e lá estava ele, saindo da chuva e entrando pela porta da varanda.

Capítulo 62

20h30, sexta-feira, 23 de abril
Park Avenue, 910, apto. 11B
Nova York, NY

— Oi, Meena — disse ele. Havia gotas de chuva no cabelo preto e curto dele.

Ela prendeu a respiração, o coração dando um pulo repentino e doloroso.

Ficou surpresa de o coração sequer se lembrar de *como* bater, pois apenas de vê-lo ali, entrando no quarto daquele jeito, ela teve um choque tão grande que pensou que sofreria uma parada cardíaca.

Ele estava incrível, é claro, como sempre, mesmo vestido de forma casual com um suéter de cashmere cinza e calça preta. Alto, ombros largos, ocupando tanto espaço no pequeno quarto onde eles haviam feito um amor louco e intenso, tentando fazer silêncio para que não despertassem suspeitas no irmão dela e em Alaric, bem ali no cômodo ao lado...

Ele parecia tão sombrio e lindo, e tão seguro de si.

Não dava indicação alguma de que há menos de uma semana ele tinha virado...

... bem, o que tinha virado.

Ou feito o que tinha feito.

— Tenho esperado por você — disse ele, aqueles olhos castanhos escuros tão melancólicos como sempre. Ainda assim, por mais tristes que aqueles olhos pudessem estar, Meena não deixou de perceber o olhar que lançou na direção dela, fazendo-a sentir, como sempre, que ele sabia exatamente como ela era por baixo do vestido que estava usando. E é claro que ele sabia. — Eu tinha esperança de que você voltasse. Sei que você não quer me ver. Mas espero que agora possamos conversar...

Abruptamente, os joelhos de Meena se dobraram. Simplesmente deixaram de suportar o peso do corpo dela. Ela teria caído no chão — não havia mais mobília no apartamento para ela se apoiar e impedir que caísse no chão de madeira que se aproximava com tanta rapidez — se ele não a tivesse pegado nos braços fortes e depois deitado no chão com ela, aninhando o corpo dela contra si.

— Desculpe-me, Meena — sussurrou ele contra os cabelos dela. Havia um mundo de remorso, de dor, de sofrimento na voz baixa e intensa dele. — Lamento muito. Você tem que saber que eu...

— Você não tem o *direito* — disse ela. Ficou surpresa pelos lábios e a língua funcionarem. Ela se sentia toda entorpecida. Tinha sido por isso que as pernas cederam. Mas ao que tudo indicava, apesar de estar fraca, ela ainda tinha voz. — Depois do que você fez...

— Eu sei — disse ele. Estava embalando-a, a testa pressionada contra a dela. — Eu sei.

— Você não pode simplesmente vir aqui — disse Meena. A voz tinha começado a soar mais forte. — E limpar meu apartamento como se isso fosse fazer tudo melhorar. Porque não vai. Lucien, pessoas *morreram.*

— Eu sei — disse ele. Ele parecia (e soava) como se carregasse o arrependimento de mil vampiros de mil anos, e não de apenas um, de quinhentos anos. — Mais gente do que você sabe, Meena. Meu irmão era mau. Sempre foi. Eu devia tê-lo matado há muito tempo. Isso foi tudo minha culpa. Tudo. Mas agora ele se foi. Não vai mais matar ninguém.

— Pessoas se *machucaram* — disse ela, balançando a cabeça. Ele tinha que entender que não era suficiente o fato de Dimitri ter morrido. *Se* é que ele tinha mesmo morrido...

— Eu sei — disse ele, e ergueu o pulso ferido dela e o beijou. — E quero passar a eternidade compensando você por isso.

— Não fui só eu — disse Meena, as lágrimas nos olhos tornando difícil enxergar. — Sequestraram minha melhor amiga. Que estava *grávida*. Morderam o pescoço do marido dela quando ele estava tentando impedi-los. E ela entrou em trabalho de parto por causa do que aconteceu. Ela podia ter perdido o bebê. Quase perdeu.

Lucien a acariciou.

— Como podemos compensá-los? — perguntou ele. — Uma caderneta de poupança para a faculdade do bebê, talvez? Vou abrir uma e transferir um milhão de dólares amanhã.

— Lucien! — Meena ficou olhando para ele sem acreditar em meio às lágrimas. — Você não pode sair por aí dando dinheiro para as pessoas para compensar os seus erros. Você incendiou uma *igreja*!

— Eu sei, Meena — disse ele. Ele pegou algumas lágrimas dela com o polegar. — Mas o que você quer que eu faça? Como espera que eu compense as pessoas? Já fiz uma doação anônima para a igreja. Uma doação considerável que deve cobrir todos os consertos que não forem cobertos pelo seguro de incêndio...

Meena inspirou fundo.

— Não. Isso não conserta nada. Você virou um...

Ele pousou um dedo sobre os lábios dela para silenciá-la antes que ela pudesse pronunciar a palavra *dragão*.

— As circunstâncias contribuíram. Seu irmão *disparou* contra mim. Uma estaca. Nas costas.

Ela fez uma careta.

— Eu sei — disse ela. Ele tinha afastado o dedo. — E você jamais vai saber o quanto lamento sobre isso. Mas Lucien...

— Independentemente do que mais aconteceu, Meena, e apenas do que fiz de errado, e não estou negando que tenha feito muitas, muitas coisas erradas naquela noite, por favor, permita que eu comente que, apesar do que você insistia que eu faria, não matei nem seu irmão nem aquele guarda palatino do qual você gosta tanto... apesar dos esforços *meticulosos* dos dois para me assassinar. Os dois ainda estão bem vivos.

Meena inspirou de novo.

— Por *minha* causa. *Eu* os salvei. Fiz um torniquete em um e mandei o outro para a maternidade com minha melhor amiga. Mas, Lucien, não posso ficar fazendo essas coisas. Não vou sempre estar presente. Não posso ficar observando as pessoas que amo quase serem mortas por sua causa. Ah, espere, perdão. Quase serem *incineradas*...

— É por isso — disse ele, inclinando a cabeça para colocar os lábios onde, um minuto antes, o dedo havia estado — que sugeri irmos para longe. Para a Tailândia. Lembra?

Meena ficou olhando para ele, o rosto molhado, a boca ainda formigando devido ao beijo.

Ela não se sentia mais entorpecida. Em parte alguma. As lágrimas e os lábios dele tinham resolvido o problema.

— Não posso ir para a Tailândia com você, Lucien — disse ela, balançando a cabeça novamente. Como ele podia não entender?

— É claro que pode. Por que não?

A mão dele já estava subindo pela coxa dela, entrando por baixo da barra da saia do vestido preto novo de segunda mão.

— Por um... um milhão de razões — disse ela.

— Sei que você está com medo, Meena — disse ele com a voz grave. O olhar escuro parecia exercer uma atração hipnótica sobre ela... o mesmo tipo de atração que seus dedos pareciam exercer.

Ela estava tendo dificuldades em se lembrar do quanto estava furiosa com ele a tocando daquele jeito. Como ela podia ter tido medo dele? Daqueles lábios, que a beijavam naquele momento no pescoço?

— E você tem direito de estar — prosseguiu ele com a voz profunda e grave. — Há horrores indescritíveis no mundo, que você não consegue nem imaginar. O que aconteceu com você naquela noite, naquele dia, foi imperdoável. Aquelas coisas, aquelas criaturas, nunca deviam ter tocado em você. Foi minha culpa você ter sido colocada em uma posição na qual eles conseguiram fazer isso. E você está absolutamente correta: nada do que aconteceu pode ser consertado com um cheque, não importa o tamanho dele.

— Não quero seu dinheiro, Lucien — murmurou ela. A sensação dos lábios dele na pele do pescoço era quase mais do que ela era capaz de suportar. Estava pronta para começar a arrancar o vestido ali mesmo, no chão do quarto.

— Sei disso. E nunca vou permitir que você seja colocada nesse tipo de situação de perigo de novo — disse ele. A mão que ele havia enfiado por baixo da saia dela tinha chegado à calcinha. Agora os dedos dele passeavam pela borda da renda na parte de dentro da coxa dela. — Mas para que eu proteja você do jeito que quero, você tem que vir morar comigo. Para que possamos ficar juntos. De verdade.

— Na Tailândia — disse Meena, de olhos fechados. Ela tinha encostado a cabeça no peito dele, o pescoço à mostra num convite tentador.

— Ou onde você quiser. Não precisa ser na Tailândia. — Os lábios dele se aproximaram do pescoço dela.

O coração de Meena deu outro salto. Tudo parecia tão perfeito. Os dois iriam embora juntos. Talvez para a Tailândia. Lucien a protegeria. Ele podia fazer isso, pois era grande e forte. E rico. Ela não precisaria se preocupar se Leisha ou Jon ou Adam ou Alaric ou a bebê ou qualquer um de quem gostava seria morto.

Porque ela teria ido embora. Estaria longe deles. Só teria Lucien com quem se preocupar.

Mas...

Uma coisa a incomodou lá no fundo da mente. A mesma coisa que sempre a incomodava quando Leisha mencionava o bebê. A mesma coisa que a incomodou quando Yalena mostrou a ela a foto do namorado no celular...

O poço de nada.

Ela abriu os olhos, surpresa de ver que a boca de Lucien estava aberta e em seu pescoço.

— Espere — disse ela, se afastando, a pulsação disparando, a respiração travada na garganta. — O que você está fazendo?

Lucien olhou para ela sem expressão alguma no rosto. A mão debaixo da saia dela ficou parada.

— Nada — disse ele cuidadosamente. — Não estou fazendo nada com você, Meena. A não ser amar você.

Ela ergueu a mão e tocou o pescoço. Ficou aliviada de ver que estava seco.

Mas só seria preciso mais uma mordida, ela sabia, e então um gole do sangue dele...

E ela se tornaria como ele.

Ela sabia. Ele sabia.

Meena ficou parada, de repente sentindo como se as paredes do quarto se fechassem sobre ela.

O coração dela estava disparado, como o de um coelho. Tão disparado que ela teve medo de que ele pulasse para fora do peito.

O que estou fazendo?, ela se perguntou. *O que estou fazendo aqui?*

Alaric Wulf a tinha avisado para não ir ao apartamento. Ele tinha falado... ele a tinha feito prometer que não iria lá ver.

Será que ele sabia? Será que ele sabia que Lucien voltaria para lá para encontrá-la e que faria aquilo com ela?

É claro que ele sabia.

E ela não tinha escutado. Ah, Deus, por que não tinha *escutado*? Ela era como todas as pessoas que nunca *a* escutavam.

Porque só agora o grande perigo que ela corria estava começando a ficar claro para ela... dessa vez, era ela que estava na beirada do precipício. Como ia escapar? Como ia sair daquela situação?

Não tinha arma nenhuma.

E mesmo se tivesse, será que ela poderia matar o homem que amava, mesmo se isso significasse...

... a vida dela?

Ela andou de um lado para outro do quarto e depois voltou, respirando de forma rápida e leve.

— Meena — disse Lucien, olhando para ela com curiosidade. — Qual é o problema?

— Nada — disse ela. Será que ele conseguia ler a mente dela?

Sim. É claro que conseguia. Em parte, ao menos. Sempre conseguira. *Muito bem*, ela decidiu.

Que ele a leia agora.

Ela parou na frente dele, os dedos bem na beirada do precipício.

— Não posso fazer isso — disse ela. — Não posso... fazer *isso*.

Ele olhou para ela do chão, onde ainda estava sentado.

— Não sei do que você está falando — disse ele.

— Ah, não minta pra mim, Lucien — disse ela, explodindo. — Depois de tudo que passei por sua causa? Da aberração do seu irmão tentar me matar? De um exército de vampiros tentar beber meu sangue? E você vai ficar aí sentado, *mentindo* na minha cara?

Ele ficou parado, a atitude dura de tranquilidade desaparecendo.

— Tudo bem — disse ele. As mãos grandes estavam crispadas. Havia um músculo latejando no maxilar dele. Era óbvio que ele sabia exatamente sobre o que ela estava falando desde o começo. — E daí? Admita que tornaria tudo mais simples, Meena.

— Mais simples? — Ela riu alto, mas sem humor. — Se eu estivesse *morta*?

— Se você fosse uma de nós — disse ele, colocando as coisas de uma forma que obviamente achava mais palatável. — Aí eu e você poderíamos ficar juntos de verdade. Toda essa conversa de ir para a Tailândia...

— Ah, tá — Meena o interrompeu com sarcasmo. — Para sua informação, eu sempre soube que isso nunca ia acontecer, porque você queimaria como fogos de artifício na praia.

— ... não significa nada se você vai envelhecer ao meu lado enquanto eu...

— Ah, mas que legal — disse Meena, interrompendo-o de novo. — Então você vai me trocar por outra mais jovem quando eu ficar velha, como todos os caras fazem? Está sugerindo que eu experimente usar o creme para rugas Revenant ou que me hospede em um dos spas de Dimitri...

Ele esticou as mãos e as colocou sobre o rosto de Meena, olhando bem dentro dos olhos dela.

— Eu vou amar você, Meena — disse ele com intensidade — até o fim dos tempos. Nunca vou deixar de amar você. Minha vida antes de eu te conhecer não era nada. Você consegue entender isso? Minha vida não era nada, não significava nada, mesmo eu não sabendo disso. E então você apareceu, e de repente tudo que eu sabia, ou achava que sabia, foi virado de cabeça para baixo. Nunca mais serei o mesmo. Como poderia? Você me mostrou o que é amar, sentir e rir e, sim, até mesmo me sentir vivo de novo. Então quer você escolha ser como eu ou não, vou continuar amando você, Meena, mesmo depois que tenha virado um cadáver apodrecendo debaixo da terra. Mas, Meena, eu gostaria de fazer o que puder para impedir que você vire um cadáver. Acho que já mencionei isso antes.

Ela ficou olhando para ele, abalada.

— Sim, mas, Lucien — disse ela, pegando os pulsos dele e olhando nos olhos escuros, onde ela achou ver o brilho de uma chama —, me enganar para me fazer virar vampira para que eu não envelheça e morra ao seu lado? E se eu não quiser *ser* vampira? E eu não quero, aliás. Tenho um cachorro que odeia vampiros, lembra? Tenho amigos e família aqui na cidade de Nova York que eu gostaria de poder visitar... durante o dia. Além disso, já vi a morte. Não gosto mesmo de ir por esse caminho. Mesmo só de visita. Mesmo que por um tempo curto. E mais uma coisa, Lucien. — Ela tirou as mãos dele do rosto e as virou de forma que ela pudesse segurá-las. — Consigo fazer uma coisa especial. Acho que você teve uma experiência com ela, pelo menos em pequena escala, quando bebeu meu sangue. Sei quando as pessoas vão morrer... E ultimamente sei quando elas estão em perigo. E isso significa que posso avisá-las, dar uma chance real para que lutem contra a morte... ou pelo menos que a adiem. Se você me matasse e me transformasse em vampiro... não sei se ainda teria essa habilidade. Acho mesmo que, se meu sangue deixasse de correr nas minhas veias, isso acabaria. E...

Ela respirou fundo de forma trêmula.

— Não sei se consigo viver sem isso. Porque, sabe aqueles horrores indescritíveis que você mencionou antes, os quais você acha que não sou capaz de imaginar e os quais tenho certeza de que você governa?

Ele ficou olhando para ela sem entender.

— Sim? O que tem eles?

— Acho que é deles que eu devo proteger as pessoas — disse ela. Esperava que as lágrimas que tinham começado a correr pelo rosto de novo não o fizessem pensar que ela estava se arrependendo do que dizia.

Porque não estava. Nem um pouco.

— Não sei ao certo — prosseguiu ela. — Mas sei que sempre que *não* ajudo as pessoas... coisas ruins acontecem. Então... é isso que vou fazer.

Ele sacudiu a cabeça. Agora Meena tinha *certeza* de que havia um brilho de chamas naqueles olhos escuros, pequenas brasas, ardendo com intensidade. Do lado de fora do apartamento, a chuva, que caía com suavidade antes, de repente começou a desabar com força. Um trovão soou não muito distante.

— Meena — disse ele. As brasas brilhavam num tom de vermelho profundo, exatamente como os olhos do dragão. — Não estou entendendo. O que você está dizendo?

— Estou dizendo — continuou ela, incapaz de conter um soluço — que vou trabalhar para a Palatina.

Ele ficou olhando para ela por um segundo ou dois.

Depois jogou a cabeça para trás e riu.

Quando ele olhou para ela de novo, as brasas tinham virado chamas vermelhas e ardentes.

— Ah, Meena. Você está brincando.

— Não estou brincando — disse ela, erguendo a mão boa e limpando as lágrimas. — A Palatina me ofereceu um emprego. E decidi que vou aceitar.

Os olhos dele estavam completamente vermelhos agora. O castanho tinha sumido. O dragão estava assumindo.

— Eu jamais faria qualquer coisa para ajudá-los a ir atrás de você, Lucien — se apressou em explicar. — Você sabe disso. Sempre vou tentar fazer tudo que puder para ajudar você. Porque também amo você. E sempre vou amar. Mas não posso ficar com você. Não se isso significa que meus amigos vão se machucar. E esse emprego... significa que finalmente posso fazer o que sempre deveria ter feito.

— Você não *precisa* de um emprego — disse ele com selvageria repentina. Ele esticou a mão e a pegou pela cintura, puxando-a com força contra si. Do lado de fora, um relâmpago brilhou na mesma hora em que o trovão fez o prédio tremer. A tempestade estava diretamente acima deles. — Já falei que vou cuidar de você.

Meena ergueu o queixo para olhar nos olhos dele. Naqueles ferozes olhos de dragão.

— Mas não sem me matar — disse ela baixinho.

Ele olhou para ela enquanto a chuva caía com força na varanda, o olhar volátil dele queimando de tanta intensidade. Ela achou que ele podia consumi-la em sua ira e apagá-la completamente da face do planeta, do modo como o fogo de dragão tinha apagado os Dracul naquela noite.

E ninguém saberia. Ninguém jamais saberia o que tinha acontecido com Meena Harper.

Ele podia fazer isso. Não havia nada para impedi-lo.

Exceto sua coragem.

— Sabe — disse ela, engolindo em seco. — Quando você me contou a história de São Jorge e o dragão na noite em que estávamos no museu, Lucien, teve uma coisa que você deixou de fora.

— O que foi?

Ele estava se controlando com esforço. Ela podia sentir os braços dele tremendo quase tanto quanto os joelhos dela enquanto Lucien tentava corajosamente não levar os lábios ao pescoço dela e fazer o que tanto queria.

— Você não me contou que era o dragão — sussurrou ela.

Um trovão — ou talvez tenha sido a voz dele — fez tremer as paredes do apartamento, com tanta força que Meena teria colocado as mãos por cima dos ouvidos se não as tivesse colocado defensivamente sobre o rosto, certa de que a próxima coisa que veria seriam as presas dele indo em direção a seu pescoço.

— Sou o príncipe das trevas. — A voz dele era como um ribombar nos ouvidos dela. — O que você achava que isso significava, Meena? Achava que significava que... eu... era... um... *santo*?

E, exatamente quando ela achou que ele ia cair sobre ela...

... ele a soltou.

Lucien baixou os braços e ficou ali parado, tremendo e olhando para ela.

Nunca tinha visto tanta tristeza nos olhos de alguém.

— Não, Meena — disse ele em sua voz normal. — *Você* é a santa.

O que isso significava? Por que ele a tinha soltado?

— Vá — disse ele secamente, assentindo em direção à porta do quarto.

Ela deu um pulo.

— Se você quer ir embora — insistiu, o tom de voz subindo —, vá *agora*. Antes que eu mude de ideia. Acho que você sabe o que vai acontecer se eu mudar.

Ela se virou e saiu correndo do apartamento, sem parar para trancar a porta atrás de si. Ignorou o elevador, não querendo esperar, e correu pelos onze lances de escada, incapaz de acreditar que ele não estava indo atrás dela — fosse em forma de morcego, de dragão ou de homem.

Não diminuiu o passo. Como Lucien tinha dito, ele ainda podia mudar de ideia.

Saiu correndo pelo saguão, sem parar para dizer adeus a Pradip. Saiu correndo pela chuva, que imediatamente a encharcou, e pegou o primeiro táxi vazio que viu. Desabou no banco de trás, ofegando e dizendo sem fôlego o endereço da paróquia de St. Clare para o motorista.

Ela não olhou para trás.

Não ousava fazer isso.

Capítulo 63

22h, sexta-feira, 23 de abril
Capela de St. Clare
Sullivan Street, 154
Nova York, NY

Só quando estavam na metade do caminho, Meena conseguiu parar de tremer e começou a acreditar que tinha conseguido.

Tinha dito não para ele.

E ainda estava viva.

Tinha sobrevivido.

Não sabia o que ia acontecer depois.

Mas sabia que a terrível sensação de vazio no peito tinha sumido. Conseguia pensar nele e ainda respirar. Estava a salvo.

E mais ainda, tinha um plano. Mais que um plano... tinha um *objetivo*, pela primeira vez na vida.

Talvez tudo fosse ficar bem, como Alaric tinha dito. Talvez ela não precisasse mais dormir em um quarto sem janelas.

Quando o táxi parou em frente da paróquia, tinha parado de chover. A tempestade repentina tinha desaparecido. Ela pagou o motorista, saiu do carro e subiu correndo os degraus até a porta da frente. Pela primeira vez, não olhou ao redor, com medo de que *ele* pudesse estar esperando por ela, observando das sombras.

Tudo estava pingando, mas Meena não se importou. Era como se o mundo tivesse sido batizado, lavado e renovado, só para ela. De repente parecia uma noite adorável de primavera. Talvez ela até convencesse Jon e Yalena a sair para tomar uma bebida com ela. Por que não?

Não havia mais nada a temer.

Ela apertou o interfone.

Foi Jon quem abriu para ela, as roupas cobertas de pó do trabalho que ele estava fazendo no apartamento de Adam e Leisha.

— Ei, por que você demorou tanto? — perguntou ele. — Achei que você só ia visitar Leisha. O horário de visitas acabou há muito tempo.

Jack Bauer — sentindo, como sempre, que Meena tinha chegado — pulou do colo de Yalena, que estava no sofá da sala de estar assistindo TV, e correu para ela, latindo com alegria.

— Como está meu homenzinho? — Meena se ajoelhou para fazer carinho nele, deixando que lambesse seu rosto. — Quem foi um bom menino? Quem salvou o mundo hoje?

— Bom, ele não — disse Jon. — Ele fez cocô nas rosas da irmã Gertrude. Ela não gostou. Falei que era um bom adubo, mas mesmo assim ela não ficou feliz. Mas falando sério. Onde você estava?

— Você fez cocô nas rosas da irmã Gertrude? — perguntou Meena ao cachorro, pegando-o e deixando que lambesse seu rosto mais um pouco. Ignorou a pergunta do irmão sobre onde estivera. — Quem é o pior menino? Quem é o pior menino do mundo?

Yalena, que os observava do sofá, deu uma risada. Meena havia reparado que Yalena vivia de olho no irmão dela, Jon. Com frequência. Mas Meena não tinha certeza se Jon se dava conta.

Mas ela notou que naquela noite Jon tinha dobrado bastante as mangas da camiseta. Ela aprendeu com o tempo que ele costumava fazer isso para mostrar suas "armas", das quais tinha muito orgulho, sempre que havia uma mulher atraente por perto que ele queria impressionar.

E ele não fazia isso para qualquer garota.

Tinha que ser Yalena que ele estava tentando impressionar com os bíceps. Quem mais podia ser ali na paróquia de St. Clare? Todas as outras mulheres eram noviças ou freiras.

Meena ficou feliz por ele ter transferido a afeição por Taylor Mackenzie para alguém um pouco mais próximo.

— Tudo bem, não conte onde estava — estava dizendo Jon para Meena com um tom de voz uma oitava mais grave do que seu tom normal. — Abraham está procurando por você. Ele disse que houve algum tipo de, sei lá, tumulto em Viena. Seja lá o que isso quer dizer. E precisa conversar com você sobre isso. — Ele olhou para ela de um jeito estranho enquanto Meena colocava Jack Bauer no chão, depois tirava a jaqueta e a pendurava no cabide de casacos. — Por que ele precisaria conversar com *você* sobre isso?

— Porque... — disse Meena. Estava se perguntando como ia explicar isso para Jon. E quando. Agora parecia uma hora tão boa quanto outra qualquer. — Vou começar a trabalhar para a Palatina.

Jon, que estava tomando refrigerante, imediatamente cuspiu o que estava prestes a engolir. Isso fez com que Yalena, que ainda observava os dois, desse mais algumas risadas.

— Espere — disse ele. — O *quê*? E *Insaciável*?

— Bem — disse Meena com um movimento de ombros —, vou pedir demissão. Acho que é hora de seguir em frente. Preciso começar a ajudar a tornar o mundo um lugar mais seguro.

— Mas você já faz isso — disse Jon. — Você diz o tempo todo para as pessoas como elas vão morrer. Não que ninguém acredite. O que faz você pensar que isso vai ser diferente?

— Hum — disse Meena, começando a subir a escada com Jack Bauer atrás —, porque vão me pagar? Então devem estar propensos a escutar.

— Não é verdade ninguém acredita nela — disse Yalena do sofá. — Eu acredito.

Jon lançou um olhar azedo para Yalena.

— Não a encoraje. Você tem alguma ideia do que ela me fez passar a vida toda, praticamente? Sabia que a chamavam de Garota Você-Vai--Morrer na escola? Experimente ser irmão *disso*.

Yalena só riu novamente do comentário.

Rindo, Meena subiu correndo o resto da escada. Queria colocar um suéter antes de ir ver sobre o que Abraham precisava conversar com ela. Era um pouco frio lá na paróquia.

Ela abriu a porta do quartinho sem janelas — falaria com a irmã Gertrude no dia seguinte sobre se mudar para um novo quarto, um que tivesse janelas — e foi direto para a pequena pilha bem arrumada de roupas de segunda mão sobre a cadeira ao lado da cama.

Ela tirou o suéter do topo da pilha e estava voltando para a porta quando vislumbrou uma coisa com o canto do olho. Uma coisa sobre a cama. Não estava lá quando ela saiu para ir ao hospital. Ela voltou para olhar o que era, com Jack Bauer logo atrás.

Uma carta.

Havia uma carta meio enfiada debaixo da ponta do travesseiro dela sobre a cama.

Meena se sentou na cama e pegou a carta, e Jack Bauer pulou sobre o colchão para se deitar ao lado dela.

Mas os dedos de Meena ficaram paralisados quando ela viu a cor e o tamanho do envelope.

Prateado. Exatamente da mesma cor do bilhete que estava na caixa que Lucien tinha mandado para ela. A caixa que guardava a bolsa com o dragão cor de rubi na lateral.

A bolsa, assim como o laptop, tinha virado cinzas na catedral de St. George.

O sangue dela pareceu congelar nas veias. Meena olhou ao redor no quartinho com as paredes nuas e brancas — nuas exceto pelo crucifixo sobre a cama.

Não. Não era possível. Como ele tinha entrado lá? Era um quarto sem janelas. A porta da frente da paróquia — definitivamente um portal sagrado, do tipo que ele tinha garantido a ela que os vampiros não podiam cruzar a não ser que fossem convidados — ficava sempre trancada. E tinham consertado todas as janelas quebradas no ataque da semana anterior...

Talvez, disse a si mesma, ao mesmo tempo em que seu coração começou a bater com tanta força que ela só ouvia os batimentos, ele tivesse enviado o bilhete por um mensageiro e alguém, quem sabe Yalena, o tivesse posto no quarto.

Mas quando ela abriu o envelope com dedos trêmulos e viu a caligrafia elegante e antiquada, percebeu que não tinha sido isso que havia acontecido. De jeito algum.

Meena, minha querida, ele tinha escrito.

> *O que eu queria dizer agora mesmo, embora estivesse sofrendo e em estado de choque, é que acho certo e bom para você trabalhar para a Palatina. Espero que eles saibam o quanto têm sorte em ter você.*
>
> *Mas isso não significa que vou parar de tentar ter você para mim. Você sabe tão bem quanto eu, Meena, que fomos feitos um para o outro.*
>
> *Espero que esse dia chegue logo.*
>
> *Nesse meio-tempo: trégua.*
>
> *Com todo o amor no meu coração, Lucien*

Estupefata, Meena ficou olhando para o cartão cor de marfim, no qual a tinta ainda não tinha secado completamente. Ela soube disso porque já tinha conseguido manchar uma parte com o dedão.

Como ele tinha feito aquilo? Como tinha conseguido entregar o bilhete tão rapidamente, antes que — Meena tinha certeza — ela mesma saísse do táxi?

Meena não sabia.

E não tinha certeza se *queria* saber. Tudo que sabia ao certo era que tinha sido mesmo o olhar dele que havia sentido todas as noites quando lavava a louça na cozinha da paróquia. Tinham sido mesmo os olhos dele, observando-a da escuridão.

Teria ele evitado se aproximar dela porque suspeitara que ela não estava pronta para vê-lo de novo depois do que havia acontecido e tinha preferido que ela tivesse pelo menos aquele lugar para se sentir segura?

Ou será que estava esperando que ela estivesse pronta, que parasse de ter medo e fosse até ele?

É claro. É claro que era isso que tinha acontecido.

Só que, em vez de concordar em se tornar sua esposa quando finalmente foi até ele, do jeito que ele esperava, ela fez o impensável:

Ela mudou de lado e se juntou ao inimigo.

E agora ele queria que ela soubesse que, onde quer que ela fosse, fosse lá o que fizesse no resto da vida dela, ela não podia escapar. Não com tanta facilidade.

Ele sempre estaria lá, na escuridão. Observando. Esperando.

Para protegê-la, era como ele sempre encararia.

E Meena não tinha a menor dúvida de que ele a protegeria. Ele protegeria cada segundo da vida dela.

Ela olhou para a caligrafia graciosa e um tanto antiquada.

Uma trégua, ele chamara.

Ela sorriu.

Depois enfiou o bilhete debaixo do travesseiro, chamou o cachorro e desceu para se juntar a Abraham e aos outros.

Não tinha medo. Não mais.

Só conseguia pensar que Lucien tinha errado no primeiro bilhete.

Ela não tinha matado o dragão. Não mesmo.

Esperava que ninguém jamais conseguisse.

Nota da Autora

Todos os detalhes sobre a vida de Vlad, o Empalador (Vlad Drácula), mencionados neste livro — incluindo o suicídio por afogamento no Rio da Princesa da primeira esposa dele; o desconhecimento da localização dos restos dele; e o fato de que Bram Stoker pegou o sobrenome dele emprestado para o título de seu clássico — são historicamente precisos.

A GUARDA PALATINA foi uma unidade militar real do Vaticano, formada em 1850 para defender Roma contra ataques de invasores estrangeiros. Atualmente, a Guarda Palatina aparece na maioria das enciclopédias e mecanismos de buscas como extinta.

A IGREJA LOCALIZADA na Sullivan Street, 154, na cidade de Nova York, se chama Capela de St. Anthony of Padua, não Capela de St. Clare. No entanto, a Capela de St. Anthony é dirigida por freis franciscanos. Santa Clara, uma das primeiras seguidoras de São Francisco de Assis, fundou a Ordem das Irmãs Pobres de Santa Clara, mais conhecida hoje em dia como Ordem das Clarissas.

SANTA CLARA FOI DESIGNADA a padroeira da televisão em 1958 pelo papa Pio XII.

SÃO MIGUEL ARCANJO, Santa Joana D'Arc e São Jorge são os padroeiros dos militares.

TRAGICAMENTE, NÃO EXISTE MAIS uma catedral localizada na rua 78.

HÁ TANTAS PESSOAS a quem devo muitos agradecimentos pela ajuda e apoio enquanto eu escrevia este livro que, se eu listasse os nomes de todas, a lista seria mais longa que o próprio livro. Então vou apenas dizer muito obrigada a todos! Um agradecimento especial vai para Beth Ader, Jennifer Brown, Barbara Cabot, Benjamin Egnatz, Carrie Feron, Michele Jaffe, Laura Langlie e Abigail McAden.

MANDO TAMBÉM um agradecimento extraespecial para todos os meus leitores.

MEG CABOT

Este livro foi composto na tipologia Sabon
LT Std, em corpo 11/16, e impresso em papel
off-white no Sistema Cameron da Divisão
Gráfica da Distribuidora Record.